Knaur

Von Keith Baker ist außerdem erschienen:

Ungesühnt

Über den Autor:

Keith Baker arbeitet seit 1962 als Nachrichtenjournalist für die BBC in Nordirland. *Mit kalter Hand* ist sein zweiter Roman. Sein Erstling *Ungesühnt*, erschienen 1996, wurde in Großbritannien als eines der fünf besten Thrillerdebüts des Jahres ausgezeichnet und erhielt hervorragende Kritiken.

Keith Baker

MIT KALTER HAND

Roman

Aus dem Englischen von
Klaus Fröba

Knaur

Die englische Originalausgabe erschien 1998 unter dem Titel
»Reckoning« bei Headline, London

Besuchen Sie uns im Internet:
www.knaur.de

Deutsche Erstausgabe 2002

Umschlaggestaltung: ZERO Werbeagentur, München
Umschlagabbildung: stone, München / John Lund
Satz: Ventura Publisher im Verlag
Druck und Bindung: Nørhaven Paperback A/S
Printed in Denmark
ISBN 3-426-61269-0

2 4 5 3 1

Für Jo, Louise, Rose und Simon

1

Eine Schrecksekunde lang dachte Sean Donovan, jemand habe auf ihn geschossen. Sein Herzschlag stockte.

Da ... noch einmal.

Er folgte seinem Instinkt, sprang zurück in die Eingangshalle und schlug die Tür zu.

Wo, zum Teufel, blieb Vinnie? »Komm zum Haupteingang«, hatte er ihm per Mobiltelefon aufgetragen, »ich will meinen Wagen in fünf Minuten hier haben.«

Obwohl es eine massive Tür war, lehnte er sich von innen dagegen, als müsse er mit seinem Körpergewicht dafür sorgen, dass sie nicht von außen aufgestoßen wurde. Er brauchte einen Augenblick, bis er sich gefangen hatte und begriff, dass es nur das grelle Licht war, das ihn genarrt hatte. Derselbe jähe Lichtreflex in seinen Augen wie beim ersten Mal. Er fuhr sich mit der Hand am Kopf entlang. Kein Blut. Niemand hatte auf ihn geschossen, er war unverletzt.

Gut und gern zwei Jahre waren jetzt seit seinem Raubüberfall auf das große Lagerhaus vergangen – im Süden Dublins, dem bevorzugten Revier eines Gangsters, der allgemein als »der Lorryman« bekannt war. Und dieser Lorryman hatte beschlossen, dass niemand auf seinem Terrain wildern dürfe, ohne ihm einen angemessenen Anteil der Beute zu überlassen. Und weil Donovan sich nicht an diese Regel hielt, hatte der Lorryman ihm einen Kerl auf den Hals gehetzt, der ihn umbringen sollte. Bei Donovan zu Hause.

Fast wäre es ihm gelungen, der Kerl hatte ihn kalt erwischt. Weil er damals viel zu sorglos gewesen war. Alarmanlage, Flutlicht, Überwachungskameras vor und hinter dem Haus, das hatte er alles erst später installieren lassen.

Der Mistkerl musste nur an der Haustür klingeln, Donovan hatte ihm arglos geöffnet. Normalerweise wäre seine Frau an die Tür gegangen, nur, die hatte ihn vor einem Monat verlassen.

Nicht, dass er ihr auch nur eine Träne nachweinte. Aber der Junge fehlte ihm – Fintan, sein kleiner Sohn.

Jemand zog die Klappe des Briefkastens hoch und rief ihm irgendetwas zu.

Donovan zog sich einige Schritte zurück, er wollte mehr Abstand schaffen zwischen sich und der Stimme vor der Tür.

Er konnte sich noch genau an damals erinnern, jedenfalls bis zu dem Moment, in dem ringsum alles im Dunkeln versank. Zuerst war da dieser grelle Lichtblitz gewesen, genau wie heute. Nur dass damals noch der brennende Schmerz dazukam, als das Projektil ihm die Schläfe versengte und er umkippte. Als er ohnmächtig dalag, hatte der angeheuerte Killer noch zweimal auf ihn gefeuert, dabei aber so schlecht gezielt, dass er ihn lediglich an der Schulter und an der Hüfte erwischte – Schüsse, die nicht viel Schaden anrichteten. Sie hatten keinen Profi auf ihn angesetzt, sondern einen Halbstarken, für so was noch nicht trocken genug hinter den Ohren. Darum hatte der Junge den Job nur halb erledigt und war dann schleunigst im Dunkel der Nacht untergetaucht.

Ein paar Monate später war Vinnie Dwyer zu ihm gestoßen. Der Lorryman war damals gerade zu zwölf Jahren Haft verdonnert worden, nachdem man bei ihm die Hälfte der Whiskeykisten aus einem ausgeraubten Lagerhaus gefunden hatte.

Donovan wusste nicht, was Vinnie mit dem Jungen gemacht hatte, und er stellte auch keine Fragen, aber Vinnie hatte sich bei der Abrechnung bestimmt viel Zeit genommen. Irgendwo draußen im Ödland, wo niemand den Jungen schreien hörte. Immerhin wusste er von Vinnie, dass der den Burschen gefesselt in einem Müllsack verstaut, im Dämmerlicht der frühen Morgenstunden im Kastenwagen in die Grafschaft Kildare gekarrt und in einer Kalkgrube verscharrt hatte. Wer weiß, ob der Junge zu dem Zeitpunkt überhaupt schon tot gewesen war.

Die Stimme draußen vor der Tür rief seinen Namen.

»Sean Donovan – wir möchten mit Ihnen reden.«

Wo blieb Vinnie so lange? Kutschierte mit dem Auto Gott weiß wo rum, während er hier in der Klemme saß. Donovan schielte auf die Uhr. Von wegen fünf Minuten.

Er wusste, wer draußen auf ihn lauerte. Wieder dieser Kelly, der krumme Hund, der wie eine Klette an ihm klebte. Jetzt wurde ihm auch klar, was der Lichtblitz gewesen war: Die hatten ihren Kamerascheinwerfer eingeschaltet, damit sie ihn im Halbdunkel der Eingangshalle besser aufs Bild kriegten.

Verdammt, woher wussten die überhaupt, dass er hier war? Machte keinen guten Eindruck, wenn er sich hier drin verkroch. Ließ ihn wie einen Feigling aussehen.

»Mr. Donovan …« Laut und selbstbewusst, wie die Fernsehtypen eben sind. »Hier ist Marcus Kelly von der Sendung *Kelly fragt nach.*«

Was du nicht sagst.

»Wir wissen, dass Sie da sind. Wir haben Sie vorhin unter der Tür gesehen. Wir haben mehrmals versucht, mit Ihnen einen Termin für ein Interview zu vereinbaren, und nun müssen wir's eben unangemeldet versuchen. Wir möchten Ihnen einige Fragen zu dieser Wohnanlage stellen. Soweit wir wissen, sind Sie der Hauseigentümer und haben die Häuserzeile in Mietwohnungen aufgeteilt. Aber nach unseren Recherchen haben Sie in Ihrer letzten Steuererklärung keine Einnahmen aus Vermietungen angegeben. Ist das richtig, Mr. Donovan?«

Gott im Himmel, woher hatten die das schon wieder?

Allmählich wurde das Ganze lächerlich. Es war erst ein paar Monate her, dass Kelly ihn in seiner Sendung aufs Korn genommen hatte, mit dem Ergebnis, dass er jetzt in den Medien den Ruf des Volksfeinds Nummer Eins weghatte. Kelly hatte in einer Dokumentation seinen Weg vom Organisator von Raubüberfällen auf Lagerhäuser zur Zentralfigur im Dubliner Rauschgifthandel und ungekrönten König im Geschäft mit dem Laster nachgezeichnet.

Im ersten Moment hatte Donovan sich bei dem Gedanken, so etwas wie eine Berühmtheit zu werden, geschmeichelt gefühlt, aber dann war er sehr schnell auf den Boden der Realität zurückgekehrt. Er konnte sich nirgendwo mehr frei bewegen, ohne von einem Bullen unter irgendeinem Vorwand aufgehalten zu werden. Natürlich höflich und unverbindlich, denn trotz seines schlechten Rufs hatten die Cops bis jetzt nie etwas Konkretes gegen ihn in der Hand gehabt.

Und was noch schlimmer war: Er war inzwischen in der Öffentlichkeit bekannt wie ein bunter Hund. Es traf ihn jedes Mal wie ein Schlag mit dem Presslufthammer, wenn ihn sein grimmiges Konterfei von der Titelseite einer Zeitung anstarrte, und zwar immer im Zusammenhang mit irgendwelchen Verbrechen.

Nach der Fernsehsendung hatte sein Anwalt Kelly und dem Intendanten des irischen Rundfunks geschrieben und eine unverzügliche Entschuldigung und das Angebot einer Entschädigung wegen übler Nachrede und Rufschädigung verlangt. Die Anwälte des Senders hatten höflich zurückgeschrieben, aber im Grunde nur klar gemacht, dass Donovan ihnen den Buckel herunterrutschen könne.

Manchmal juckte es Donovan in den Fingern, den beschissenen Fernsehsender kurzerhand in die Luft zu jagen. Die einzige Waffe, die ihm jetzt noch blieb, war der Antrag auf Strafverfolgung durch die Staatsanwaltschaft, den der Anwalt für ihn vorbereitet hatte. Wenigstens hätte er dadurch die Pressemeute zum Kuschen gebracht, die sich hinter Kelly verschanzte und immer nur unter Berufung auf ihn berichtete, aber Kelly selbst hätte deshalb den Schwanz nicht eingezogen. Der ließ sich von der angedrohten Verleumdungsklage nicht einschüchtern, im Gegenteil, der besaß sogar die Frechheit, ihm persönlich auf die Pelle zu rücken.
Donovan sah sich um. Sein Eigentum. Sein Grundbesitz.
Eine Häuserzeile – georgianisch, spätes achtzehntes Jahrhundert, mit eindrucksvoller Fassade, aber ziemlich heruntergekommen. Die früheren Eigentümer – meist ähnlich dubiose Gestalten wie er – hatten das Haus verlottern lassen. Die Tapeten fleckig und von einem gelbbraunen Schmierfilm überzogen, die Decke vermodert, überall Schimmelflecken.
Ein Rattenloch, aber es brachte was ein.
Zwölf Wohnungen, darunter allerdings einige, die nur aus einem Zimmer bestanden, da kam Woche für Woche eine hübsche Miete zusammen. Er hatte keine Ahnung, wie viele Leute einschließlich der illegalen Zuwanderer hier hausten, aber Marcus Kelly würde es zweifellos herausfinden und in alle Welt hinausposaunen.
Eine junge Frau war mit der Miete im Rückstand, deshalb hatte er beschlossen, ihr heute Morgen einen kleinen Besuch abzustatten. Was er nachträglich bedauerte. Gewöhnlich fielen solche Probleme in Vinnies Zuständigkeit, aber der hatte Donovan gebeten, ihm das heute abzunehmen, weil er den Wagen nachsehen lassen wollte. Mit der Zündung stimmte irgendwas nicht.
Wenn er gelegentlich einen seiner Mieter persönlich aufsuchte,

trug Donovan einen maßgeschneiderten Anzug und teure Schuhe, damit die Leute gleich sahen, dass sie Welten von ihm trennten. Er genoss das Gefühl, sie in der Hand zu haben, er mochte es, die flackernde Angst in ihren Gesichtern zu lesen, wenn er die Hand aufhielt.

Die junge Frau schuldete ihm drei Wochenmieten. Nun, er hatte sie gefragt, wo denn das Geld von den Freiern geblieben wäre, die sie an der nächsten Straßenecke auflas und mit hierher schleppte. Sie hatte behauptet, sie sei zu krank, um anschaffen zu gehen. Na schön, da konnte was dran sein, sie sah tatsächlich leichenblass aus. Er hatte ihr ein bisschen Stoff zum Aufmöbeln hingeworfen und dann eine kleine Lektion erteilt – nicht zu hart, nur ein paar Schläge mit der flachen Hand ins Gesicht. Gerade mal so, dass die Lippe leicht blutete, aber ihre Freier nicht abgeschreckt wurden.

Er mochte es nicht, wenn sie ihm Leid taten. Mitleid war der erste Schritt auf dem Weg zur Schwäche. Und Sean Donovan zeigte keine Schwächen, das hatte er bewiesen.

Er hatte früher selbst Drogen genommen, war aber, als er wegen eines Raubüberfalls für achtzehn Monate ins Gefängnis musste, davon losgekommen. Manchmal holte ihn nachts die Erinnerung an die Schweißausbrüche, die Schüttelanfälle, das ständige Kotzen und den hämischen Spott der Wärter ein. Als er wegen guter Führung nach einem Jahr rauskam, war er sauber gewesen, und dabei war es auch geblieben.

Wegen der Miete würde Vinnie morgen noch mal herkommen. Und der ging nicht so sanft mit ihr um, wenn sie das Geld bis dahin nicht hatte.

Kelly dachte einfach nicht daran, zu gehen.

»Mr. Donovan, nach unseren Informationen sind Sie innerhalb der letzten Monate zweimal via Amsterdam nach Zürich geflogen, und zwar am fünfzehnten Dezember und am sechsten Februar. Beide Male sollen Sie annähernd tausend Pfund in bar bei sich gehabt haben. Ich möchte Ihnen zwei Fragen stellen – erstens, ob diese Informationen korrekt sind, und zweitens, woher das Geld stammte und wohin Sie es gebracht haben.«

Er musste der Sache ein Ende machen. Auf der Stelle.

Dass Kelly ihn so unverblümt mit der Wahrheit konfrontierte, machte ihn rasend vor Wut. Er riss die Tür auf – der Fernsehreporter und sein Kameramann wichen verdutzt zurück. Kelly schien mit seiner gepflegten Erscheinung so etwas wie Unantastbarkeit auszustrahlen. Der Kameramann richtete, die Sony geschultert, das Objektiv auf sein Opfer. Künstliches Licht brauchten sie an so einem hellen Frühlingsmorgen nicht.

Passanten blieben neugierig stehen – ein paar ältere Frauen, ein Mann mit einer Schiebermütze, drei junge Burschen mit Ringen in den Ohren.

Kelly hatte offenbar etwas von seiner Selbstsicherheit eingebüßt, wahrscheinlich fehlte ihm die Barrikade der Tür. Dazu kam, dass Sean Donovans Erscheinung ohnehin auf alle einschüchternd wirkte: die bullige Gestalt, die mädchenhaft weichen Lippen und als scharfer Kontrast dazu Augen, in denen Frost glitzerte.

»Mr. Donovan …«, begann Kelly.

Im gleichen Moment sprang Donovan ihn an, packte ihn an den Revers seines teuren Anzugs, riss ihn so grob nach vorn, dass er buchstäblich auf der Nase landete, und versetzte ihm gleichzeitig einen harten Stoß mit dem Kopf – eine gekonnte Attacke.

Ein blauer Mazda, der dringend eine Wäsche gebraucht hätte, fuhr an die Bürgersteigkante, der Fahrer hatte es offensichtlich eilig.

Kelly wollte sich – halb kriechend, halb rollend – aus Donovans Reichweite bringen. Er blutete aus der Nase, und weil das Blut seinen grauen Anzug besudelte, sah der nun nicht mehr so elegant aus. Donovan setzte ihm nach, verpasste ihm einen

Tritt zwischen die Beine. Während Kelly sich vor Schmerz krümmte, traf ihn Donovans Schuh zum zweiten Mal.
Die Zahl der Gaffer wurde rasch größer, die meisten schnappten erschrocken nach Luft, das Ohrring-Trio zollte Donovan johlend Beifall.
Kelly hielt sich die Arme vors Gesicht und versuchte wegzukriechen. Aber Donovan trat unbarmherzig weiter zu und brüllte so laut, dass man's Gott weiß wie weit hören konnte: »Ich mach dich kalt, du Scheißkerl. Hörst du? Ich bring dich um, verdammt noch mal.«
Er hatte den Fuß schon wieder hochgerissen, als Vinnie Dwyer ihn an den Schultern packte und zurückriss. Donovan wehrte sich, aber Vinnie war größer und stärker, er schob ihn mühelos in den Mazda und murmelte: »Besser, wir verdrücken uns.«
Donovan schrie Kelly durchs offene Wagenfenster ein paar obszöne Flüche zu, dann hatte Vinnie sich mit quietschenden Reifen und ohne viel Rücksicht auf andere Autos in den Verkehr eingefädelt.
Der Kameramann half Kelly auf die Beine. Die Kamera legte er vorsichtshalber nicht weg, in so einer Gegend wusste man nie, ob sie nach zehn Sekunden noch da war.
Kelly befingerte vorsichtig seine Nase – gebrochen, da gab's keinen Zweifel. Er sah aus wie aus der Gosse gezogen, das Haar hing ihm zerzaust ins blutverschmierte Gesicht. Trotzdem spielte ein triumphierendes Lächeln um seine Lippen. Das, was sich hier abgespielt hatte, war nicht nur ein gefundenes Fressen für seine eigene Sendung, das brachten sie sogar in den Abendnachrichten, und die Presse würde sich um Fotos von der Prügelei reißen. Er musste nur dafür sorgen, dass er auf den Fotos nicht zu würdelos aussah. Keine Schnappschüsse, die ihn zeigten, wie er auf allen vieren kroch und zusammengetreten wurde.
»Hast du alles im Kasten?« Er spürte einen scharfen Schmerz,

als er sich zu dem Kameramann umwandte, möglicherweise eine gebrochene Rippe.
»Klar, ich hab alles.«
»Gut. Dann geb ich jetzt noch meinen Kommentar dazu, gleich hier draußen.«

Donovans Blut kochte immer noch, er schlug wütend mit der Faust aufs Armaturenbrett. »Wo warst du so lange? Du wolltest in fünf Minuten zurück sein.«
»Tut mir Leid«, sagte Vinnie, »war verdammt viel Verkehr.«
Donovan saß stumm im Wagen und wartete darauf, dass seine Wut abklang. Dann stöhnte er gequält auf. »O Gott, wie komm ich aus der Scheiße wieder raus?«
Vinnie zuckte die Achseln, starrte geradeaus auf die Straße und murmelte: »Keine Ahnung.« Aber er wusste genau, dass Donovan aus diesem Schlamassel nicht wieder rauskam.

2

Tom, du musst hinfahren.« Kate Forrest fasste seine Hand fester. »Es ist genau das, was du jetzt brauchst. Es wird dir gut tun.«

Sie waren von Dublin aus ein Stück südwärts die Küste hinuntergefahren. Gallagher spürte den eindringlichen Blick von Kates braunen Augen. Er wandte sich ab, nahm das Bild des weit geschwungenen, goldfarbenen Sandstrandes und des glitzernden Meeres in sich auf.

»Ich weiß nicht recht«, sagte er. »Es ist lange her, dass ich vor jungen Leuten gesprochen habe.«

»Sie werden dich mögen. Wie oft haben sie schon Gelegenheit, einem FBI-Agenten zuzuhören?«

»Einem Exagenten«, korrigierte er sie. »Nach meinen Erfahrungen dürfte das keinen Seltenheitswert für die haben.«

Kate überhörte den bitteren Unterton. »Sei nicht albern. Die haben noch nie einen vom FBI gesehen. Und wenn doch, wär's keiner wie du gewesen. Einer, der in Dublin geboren und aufgewachsen ist und sich in den Staaten bei der Verbrechensbekämpfung einen tollen Ruf erworben hat.«

»Nur weiter so«, sagte er spöttisch, »ich kann gar nicht genug davon kriegen.« Er hatte heute nicht seinen besten Tag.

Kate drückte seine Hand, blieb stehen, und sah zu ihm hoch. Sie las in seinem Gesicht immer noch Spuren des großen Jun-

gen, den sie einst gekannt und dann so viele Jahre nicht gesehen hatte. Bis vor sechs Monaten.
Äußerlich hatte er sich nicht sehr verändert, groß, schlank, kaum Falten im schmal geschnittenen Gesicht. Was sie am meisten an den jungen Tom Gallagher erinnerte, waren die haselnussbraunen Augen und das sandfarbene Haar, dessen widerborstige Strähnen immer aus der Reihe tanzen wollten. Trotzdem, gestand sie sich ein, man sieht es ihm an, dass er um die Fünfzig ist.
»Du musst es versuchen, Tom. Du kannst dich nicht in dir verkriechen«, redete sie ihm zu. »Also gut, du warst krank. So was kommt vor. Es ist kein Verbrechen, nicht mal ein persönliches Verschulden. Hör auf, dir Vorwürfe zu machen, dass du ein Mensch bist wie wir alle.«
»Weißt du, dein Bruder könnte dir eine Menge Antworten dazu geben.« Seine Stimme hörte sich bei der Erinnerung an ihren gemeinsamen Sonntagsspaziergang mürrisch an. »Wenn er mich nicht überredet hätte, etwas für seine verdammte Zeitung zu schreiben, wäre das alles nicht passiert.«
Alan Warnock, Feature-Redakteur beim *Dublin Sunday,* Kates um sechs Jahre älterer Bruder, war in Gallaghers Alter. Alan, Tom und Kate waren im selben Dubliner Vorort aufgewachsen.
Sie lächelte verstohlen. Er wurde schon weich. »Du machst es also?«
Er seufzte. »Ja, ich denke schon.«
Kate reckte sich auf die Zehenspitzen und küsste ihn auf die Wange. »Ist das Beste für dich.«

Eine Woche später, als er mit schweißnassen Händen und trockener Kehle in seinen Renault stieg, war er sich dessen gar nicht sicher. Vielleicht war seine Nervosität normal, aber er kannte so etwas eigentlich nicht.

Er verstellte den Sitz, um etwas mehr Platz für seine langen Beine zu schaffen, und grübelte auf dem Weg zur Polizeiakademie in Templemore im County Tipperary, wo die irische Polizei den Nachwuchs für ihre *Garda Siochana* ausbildete, darüber nach, was die Jungs wohl von ihm erwarteten. Wie stellten sich die künftigen Schutzengel, die für Ruhe und Frieden sorgen sollten, einen FBI-Mann vor?

Wenn sie dachten, dass er eine Sonnenbrille auf der Nase trug und im dunklen Anzug und blütenweißen Hemd herumlief, stand ihnen eine Enttäuschung bevor. Er hatte die typische FBI-Verkleidung schon seit Jahren nicht mehr getragen und es auch vorher immer geschafft, irgendwie zerknittert auszusehen. Sehr zum Ärger seiner Vorgesetzten, denen alles, was nicht nach korrekter Uniformität aussah, von vornherein suspekt war.

Klar, der Akzent würde ihnen auffallen – nach dreißig Jahren in den Staaten war alles verwischt, was sich nach Dublin anhörte. Meistens wurde er wegen seiner Aussprache und der ausgefallenen Kleidung – weizengelbes Jackett und Slacks im Abercrombie-&-Fitch-Look – sowieso für einen Amerikaner gehalten.

Er wusste, was die Jungs hören wollten: Geschichten von Gangstertricks, Polizeirazzien und Superganoven, die er persönlich gekannt hatte.

»Ein paar Anekdoten, so was in der Art«, hatte Chief Superintendent Niall Phelan am Telefon gesagt. »Einige unserer Polizeischüler stehen kurz vor Abschluss ihrer Ausbildung, da laden wir gern jemanden ein, der ihnen ein bisschen was erzählt – Dinge abseits der Polizeiroutine, verstehen Sie? Ich hab Ihren Artikel über die Gefahr zunehmender Professionalität bei den Kriminellen gelesen, und dass sie umso erfolgreicher sein werden, je weniger wir mit ihnen Schritt halten können. Da wusste ich, dass Sie der richtige Mann für uns sind.«

»Woher haben Sie meine Nummer?«, hatte Gallagher ihn gefragt.
»Mr. Warnock vom Dublin Sunday war so freundlich. Er meinte, Sie hätten nichts dagegen.«
»Verstehe. Ich werd mir das durch den Kopf gehen lassen. Wie wär's, wenn ich in ein, zwei Tagen zurückrufe?«
Verdammt. Alan wollte ihn unbedingt rehabilitieren.
Gallagher wusste, dass die wachsende Kriminalität die Polizei in Dublin vor große Probleme stellte, darum hatte er gern zugesagt, den Artikel zu schreiben. Ihm war auch klar, dass Alan ihn vor allem aus seinem mentalen Winterschlaf wach rütteln wollte; noch ein Grund, sich darauf einzulassen. Außerdem brachte der Artikel ein bisschen Geld, das er gut brauchen konnte. Mit seiner FBI-Pension kam er in Dublin gerade mal über die Runden. Im Übrigen hatte er geglaubt, ein Zeitungsartikel falle nicht sonderlich auf, da bleibe man quasi anonym. Was sich freilich bei der Lektüre von Alans Begleittext als Trugschluss erwies: früherer stellvertretender Abteilungsleiter für New York, Spezialgebiet organisiertes Verbrechen, Jura-Examen an der Harvard, Autor von Büchern über Erpressungen im großen Stil und Geldwäsche.
Aber einen Artikel zu schreiben, war eben etwas anderes, als angehenden Führungskräften der Polizei Rede und Antwort zu stehen. Da gab es keine Anonymität mehr.
Und trotzdem hatte Kate Recht, er musste sein Selbstvertrauen zurückgewinnen.
Depressive Reaktion, hatten es die Ärzte in Amerika genannt. Er wurde inzwischen besser damit fertig, die Stimmungstiefs waren seltener geworden. Aber er fürchtete, dass Kate und Alan ihn zu etwas trieben, dem er innerlich noch nicht gewachsen war.
Sie wussten von seinem Nervenzusammenbruch, er hatte kein Geheimnis daraus gemacht. Nur, wie sehr er in schlaflosen

Nächten unter seinen Schuldgefühlen litt und warum, das hatte Gallagher ihnen nicht gesagt.

Er war auf der Suche nach der Wärme lange vergangener Zeiten zurück nach Dublin gekommen, weil aber von den alten Freunden nur noch wenige da waren, hatte er nicht mehr viel von dieser Wärme gefunden. Nur mit Alan Warnock war er immer in Kontakt geblieben. Eine Freundschaft nach Männerart, sie konnten sie vor sich hin schlummern lassen und jederzeit wieder aktivieren, sie nahm nicht mal Schaden, wenn der Kontakt zwischen ihnen längere Zeit abriss.

Das Wiedersehen mit Kate nach so langer Zeit hatte ihm einen unerwarteten Auftrieb gegeben – mehr als alle individuellen und Gruppentherapien und Tabletten in New York. Sie war eine Offenbarung. Nicht mehr das schüchterne vierzehnjährige Mädchen, an das er sich erinnerte, sondern eine gereifte, attraktive Frau mit Schokoladenaugen und einem Lächeln, das fast wie eine Umarmung war. Und je mehr er erfahren hatte über die Tragödie ihres Lebens und die Kämpfe, in denen sie sich behaupten musste, desto größer war seine Bewunderung für sie geworden.

Bewunderung? Nein, das traf es nicht. Bewundern kann man ein Gemälde, eine Aussicht oder Abraham Lincoln. Alles, was man distanziert betrachtet und was einem für kurze Zeit ehrfürchtiges Staunen abringt, bevor man sich wieder anderen Dingen zuwendet.

Er war inzwischen in den Ebenen von Kildare angekommen, der Hochburg der irischen Pferdezucht – flach, unendlich weit und, obwohl es noch nicht mal neun Uhr war, wie von Gold überzogen. Die letzten Nebelschwaden lösten sich auf und gaben den Blick frei auf eine Landschaft, die nahezu menschenleer wirkte. Doch dann entdeckte er in der Ferne zwei Reiter, die ihre Einjährigen bei einem leichten Morgengalopp aufwärmten.

Er wusste nicht viel über Kate, aber er lernte sie immer besser kennen. Sie waren sich bei einem Abendessen im Hause ihres Bruders begegnet und hatten sich danach ein paarmal getroffen. Eine außergewöhnliche Frau. In den Vierzigern – und doch schon seit zehn Jahren Witwe.

An einem warmen Maiabend war ihr Mann mit dem Wagen von einer Landungsbrücke abgekommen und ins Meer gestürzt. Unerklärlich, alle standen vor einem Rätsel. So ein netter Mann, sagten sie schockiert, ein angenehmer Nachbar, überall beliebt, Chef einer Reiseagentur mit vier Filialen. So eine reizende Frau. Und ihr Sohn Paul war noch so jung, gerade mal sieben.

Das Untersuchungsergebnis war eindeutig. Kein Fremdverschulden, allenfalls ein Unfall. Selbstmord wäre die nahe liegendste Erklärung gewesen. Aber warum?

Kate wusste wenig später die Antwort, als sie herausfand, wie hoch ihr Mann geschäftlich verschuldet war. Schulden, von denen sie keine Ahnung gehabt und die er hinter einer Fassade von Wohlstand verborgen hatte, was die monatlichen Kosten nur noch mehr in die Höhe trieb: einen BMW für ihn, einen für sie, teure Kleidung, Mitgliedschaft in einem exklusiven Golfklub, Jahr für Jahr luxuriöse Urlaubsreisen.

Als der Schock und der Schmerz abgeklungen waren, wurde sie wütend über die Scharade, mit der ihr Mann sie getäuscht und an der sie ahnungslos teilgenommen hatte. Allmählich überwand sie ihren Zorn und kam zu der Erkenntnis, dass das Leben weitergehen müsse.

Sie musste Entscheidungen treffen, die wehtaten: die Filialen schließen, die Angestellten auszahlen, das aufwendige Haus in Dalkey verkaufen, für sich und Paul ein neues Zuhause in Ranelagh suchen und sich ums Geschäft kümmern.

Und sie bekam die Probleme in den Griff. Langsam, in kleinen Schritten, ging es im Laufe der Jahre wieder aufwärts. Die eine verbliebene Agentur spezialisierte sich auf die Vermittlung von Austauschurlaub zwischen irischen und amerikanischen Familien mit schmalem Geldbeutel. In Zusammenarbeit mit einer französischen Agentur wurden Besichtigungstouren zur *l'Île d'Emeraude* organisiert, und der Kassenschlager wurden Kates Bildungsreisen nach Dublin, die, seit ein internationales Reisemagazin positiv darüber berichtet hatte, sehr gefragt und lange im Voraus ausgebucht waren.

Gallagher bewunderte Kates Leistung, aber der berufliche Erfolg hatte auch seinen Preis. Sie hatte sich so in die Arbeit gestürzt, dass ihr keine Zeit blieb, auf ihre Gefühle zu hören und den tragischen Tod ihres Mannes innerlich zu verarbeiten. Und als sie dann wieder Licht am Ende des Tunnels sah, hatte sie zu trinken begonnen – nicht nur hin und wieder ein Glas in Gesellschaft, sondern regelmäßig und in einem Maß, das Alkoholabhängige am nächsten Morgen mit verquollenen Augen aufwachen lässt. Inzwischen gehörte das freilich der Vergangenheit an, sie war auch damit fertig geworden.

Und wie war's mit seinen eigenen Narben, mit all dem, was er niemandem anvertraute, nicht mal dieser Frau, bei der er so viel Verständnis gefunden hatte?

Er verdrängte die Frage. Kein Thema für einen Tag wie heute.

Ein orangefarbenes Verkehrszeichen kündigte Bauarbeiten auf der Strecke vor ihm an. Eine nur allzu alltägliche Erscheinung, überall Bagger, Planierraupen und Männer in gelben Helmen. Anscheinend wurde in Irland schnell noch jede zweite Straße aufgerissen und frisch asphaltiert, ehe die Europäische Union womöglich dahinterkam, dass die irische Volkswirtschaft gesund genug war, um die Kosten dafür selbst zu tragen, statt ein Vermögen an Subventionen in der Erde zu verbuddeln.

Er kam auf einen Streckenabschnitt, auf dem sich ein Schlagloch ans andere reihte, musste um Absperrkegel herumkurven – und schließlich war endgültig Schluss: Der Verkehr wurde umgeleitet auf eine Straße, die dahin zurückzuführen schien, wo er hergekommen war. Ein Blick auf die Karte belehrte ihn eines Besseren, die Ausweichstrecke verlief praktisch parallel zu der gesperrten Route.

Nur, es war eine noch schmalere, noch kurvenreichere Straße. Er fühlte sich an die Küstensträßchen im nördlichen Maine erinnert, nahe der Grenze zu Kanada. Als dann auch noch ein Traktor und ein Wohnwagen vor ihm herzockelten und an ein Überholen wegen der schmalen Fahrbahn und der vielen Kurven nicht zu denken war, musste er sich wohl oder übel in Geduld üben.

Er schaltete das Radio an. Nein, das selbstverliebte Gequassel irgendwelcher Fachidioten im RTE-Vormittagsprogramm wollte er sich nicht antun, er suchte eine andere Station. Der Reporter eines Regionalsenders interviewte Obdachlose in Dublin. Eine junge Frau, die Mühe hatte, sich verständlich auszudrücken, berichtete, wie sie auf Betreiben einiger Mitbewohner aus einem Mietshaus rausgeworfen worden war. Die Tugendwächter hatten sie des Drogenhandels bezichtigt, was, wie sie sagte, natürlich eine Lüge gewesen sei. Sie hörte sich an, als ob sie unter Alkohol- oder Drogeneinfluss stünde, aber Gallagher hörte mit wachsendem Interesse zu. Die Sendung war schnörkellos gemacht, der Reporter ließ die Leute für sich selbst sprechen, ohne sich in den Vordergrund zu spielen.

Es folgten Interviews mit Leuten, die nachts auf dem Fußboden eines leer stehenden, ehemaligen psychiatrischen Krankenhauses schliefen. Darunter war auch ein junger Mann mit einem Baby.

»Nein, im Augenblick nehm ich nix. Ich war auf 'm Herointrip und so, aber ich bin davon weg. Ist verdammt hart, auch wenn die Leute einem immer wieder was geben, Klamotten und Essen und so. Aber ich hab eben auch das Baby, für das ich sorgen muss.«

»Und die Mutter?«
»Keine Ahnung, wo die ist. Verschwunden, verstehen Sie? Muss den Winzling mit mir rumschleppen. Für 'ne Kinderkarre oder so hab ich kein Geld. Ich geh auf der O'Connel Street betteln. Was soll ich denn machen? Ich versuch, genug zusammenzukriegen, damit ich das Kleine durchfüttern kann.«
Das Programm wurde für die Werbepause unterbrochen.
Eine fröhliche, aufmunternde Frauenstimme verkündete: *»Kein Tag kann schöner beginnen als mit einem Frühstück, bei dem natürlich Irlands meistgekauftes Müsli nicht fehlen darf ...«*
Eine Männerstimme, sonor und vertrauenswürdig. *»Sie brauchen Baugeld? Greifen Sie zum Hörer und rufen Sie an unter ...«*
Der Traktor war abgebogen, Gallagher kam durch ein Dorf. Auf der Bank vor einem Pub, in dessen Fenster Blumenkästen mit Tulpen und Narzissen standen, saß, auf den Stock gestützt, ein alter Mann, schmauchte seine Pfeife und winkte Gallagher fröhlich zu. Kaum zu glauben, dass all das in ein und demselben Land geschehen konnte.
Eine halbe Stunde später kam er in Templemore an. Die Stadt bestand im Grunde nur aus der Hauptstraße in der Breite einer mehrspurigen Autobahn. Früher war hier Vieh durchgetrieben worden, dieselben Kühe, die heute den Ort nur noch laut muhend in hochbordigen Viehtransportern zusammengepfercht passierten. Die Straßenmitte wurde als Parkplatz benutzt. Da es keine Markierungen gab, stellte jeder seinen Wagen so ab, wie es ihm gerade passte.
Ein imposantes steinernes Gebäude im Stadtzentrum beherbergte, wie die Aufschrift verriet, die Büros der Distriktverwaltung. In die Außenwand waren zwei Gedenktafeln eingelassen. Auf der einen standen die Namen der Gefallenen des Krieges 1914–18 aus der Grafschaft Tipperary.
It's a long way to Tipperary ... Auf einmal wurden durch die alte Liedzeile die Ängste wach, die die jungen Männer damals in

Frankreich durchlitten hatten – die Sorge, vielleicht nie wieder heimzukommen.
Die andere Gedenktafel war denen gewidmet, die in den Jahren vor der Gründung des Irischen Freistaates 1922 in dem blutigen Konflikt mit den Briten und später mit ihren eigenen Landsleuten ihr Leben verloren hatten.
Auch die Polizeiakademie war so etwas wie eine zu Stein gewordene Fußnote der Geschichte: eine ehemalige Kaserne der britischen Armee, gut erhalten, mit weiß gekalkten Steinwänden und einem Glockenturm am Ende der langen Allee, die durch den Unterkunftsbereich führte. Den Alleebäumen war anscheinend erst vor kurzem eine Gärtnerkolonne mit der Säge zu Leibe gerückt, die Enden frisch gestutzter Äste ragten weiß, ohne jede Spur von Verwitterung in die Luft.
Gallagher musste an die Wälder bei Quantico in Virginia denken, wo das FBI und andere Agencies ihre Übungen abhielten, und an den hohen Wert, den man dort auf Abschirmung und Geheimhaltung gelegt hatte. Hier wurde das lässiger gehandhabt: ein offenes schmiedeeisernes Tor, dahinter ein einfacher Schlagbaum, bewacht von einer jungen Polizistin, die ihm zeigte, wo er parken konnte. Als er ausstieg und sich streckte, kamen drei junge Männer in grünen Trainingsanzügen vorbei, am kurz geschnittenen Haar, der rosigen, gesunden Hautfarbe und den eifrigen Gesichtern leicht als Rekruten auszumachen.
»Seien Sie herzlich willkommen«, sagte warm eine Stimme.
Er wandte sich um – Chief Superintendent Phelan kam auf ihn zu. Die Akademie stand offiziell unter dem Kommando eines Assistant Commissioners, aber die eigentliche Arbeit erledigte Phelan – jünger als Gallagher, etwa gleich groß, massig gebaut.
Er führte Gallagher in sein Büro, und als die Sekretärin ihnen Kaffee eingeschenkt hatte, sagte er: »Ich weiß es sehr zu schätzen, dass Sie sich die Mühe gemacht haben, zu uns zu kommen.

Sie empfinden das Ganze hoffentlich nicht als allzu große Zumutung.«
Gallagher zwang sich zu einem Lächeln. »Nein, ich freue mich darauf.« Aber er spürte auf einmal ein leichtes Flattern im Magen.
»Wissen Sie«, sagte Phelan mit gesenkter Stimme, als sie allein waren, »es war meine Idee. Mein Chef ist – nun, ich will's mal so formulieren: nicht betont risikobereit. Seine Begeisterung hielt sich in Grenzen. Aber ich habe ihm erklärt, dass wir unsere jungen Leute mit den Realitäten einer enger zusammenrückenden Welt konfrontieren müssen. Ihnen zeigen, wie internationale Banden operieren und welche Erfahrungen in anderen Teilen der Welt bei der Verbrechensbekämpfung gemacht wurden. Und dann wollen sie natürlich auch ein paar Geschichten hören, von jemandem, der das alles hautnah miterlebt hat.«
»Von jemandem, der dazugehört hat«, sagte Gallagher trocken.
»Genau das. Sehen Sie, unsere Polizeianwärter haben die Ausbildung bald hinter sich, das Ganze soll also eine Auflockerung sein, ein kleiner Bonus. Ach ja, wir haben heute Officer von anderen Dienststellen hier – aus Dublin, Cork und Limerick –, die sich ansehen wollen, wie ihre jungen Leute sich machen. Ich hoffe, Sie haben nichts dagegen, wenn die zuhören.«
»Kein Problem«, sagte Gallagher. Die Sache wuchs sich zu einem Albtraum aus.
Phelan schlug einen Rundgang durch die Akademie vor, ehe das Seminar begann. Und Gallagher merkte bald, dass sich die frische Luft und das Gefühl, sich auf vertrautem Terrain zu bewegen, beruhigend auf seinen Magen auswirkten. Das Ausbildungszentrum war in den achtziger Jahren neu gestaltet worden, und wenn die irische Polizei auch nicht über das Budget des FBI und ein so großzügig bemessenes Arenal wie in Quantico verfügte, so konnte sich das Ergebnis durchaus sehen lassen.

Und das sagte er Phelan auch (und zwar vor dem kurzen Besuch in der Bibliothek, wo er sich insgeheim geschmeichelt fühlte, als er in einem der Regale ein Standardwerk über die ökonomischen Ressourcen des organisierten Verbrechens entdeckte, an dem er mitgearbeitet hatte).

Anschließend besichtigten sie die Ausbildungsräume, zu denen auch ein nachgebauter Gerichtssaal und ein vollständig möblierter, fiktiver Tatort gehörten – noch mit den Kreidemarkierungen von der letzten Ausbildungsstunde auf dem Teppichboden. Sie sahen sich im Fernsehstudio um, im Sprachlabor, dem Computerraum, der Druckerei und der Sporthalle, dann führte Phelan Gallagher wieder ins Freie.

Von der Schallisolierung gedämpft, drang aus dem überdachten Schießgraben Gewehrfeuer zu ihnen herüber. Sie setzten sich gepolsterte Kopfhörer auf. Ein halbes Dutzend Lehrgangsteilnehmer übte mit Handfeuerwaffen. Es handle sich um Polizeischüler, deren Ausbildung gerade erst begonnen habe, beeilte sich Phelan zu erklären, als sie den Schießgraben wieder verließen, denn er ahnte natürlich, dass seinem Gast aufgefallen war, wie stotternd das Gewehrfeuer gekommen war.

Dann wurde es Zeit für Gallaghers Seminar, für das sich etwa achtzig Polzeischüler im Großen Hörsaal versammelt hatten. Als Phelan und Gallagher eintraten, verstummten die Gespräche, das Strichmännchenmalen in den Notizblöcken hörte abrupt auf, alle standen auf, bis auf das halbe Dutzend Polizeioffiziere in der ersten Reihe, offenbar die Besucher von anderen Dienststellen.

Nur Männer, wie Gallagher auffiel. Bei der irischen Polizei steckte die Gleichberechtigung noch in den Kinderschuhen, aber die etwa zwanzig jungen Frauen unter den Polizeischülern ließen ahnen, dass sie unaufhaltsam auf dem Vormarsch war. Gallagher spürte, wie seine Nervosität schlagartig wieder erwachte. Er hatte das Gefühl, dass seine Augenbrauen klebrig feucht waren, widerstand aber der Versuchung, sich mit dem Finger darüber zu fahren.

Während Phelan ihn vorstellte, versuchte er, seine Nervosität zu überwinden, indem er die Gesichter der jungen Männer und Frauen vor ihm studierte. Wie viele von ihnen mochten aus Familien stammen, in denen der Dienst in der Polizei Tradition war, schon seit der Staatsgründung oder sogar noch länger? Wie viele von ihnen schlugen die Detective-Laufbahn ein? Saß in einer der Stuhlreihen vielleicht ein künftiger Commissioner vor ihm? Der eine oder andere warf wahrscheinlich irgendwann das Handtuch und schied aus dem Polizeidienst aus. Und ein paar der hoffnungsvollen Polizeischüler verloren vermutlich in Ausübung ihres Dienstes das Leben.

Das kam vor, wie er nur zu gut wusste.

Gallagher war, als höre er einen unsichtbaren Fingernagel an das Fenster seiner gespeicherten Erinnerungen klopfen.

Höflicher Applaus, als Phelan die Einführung beendet hatte. Gallagher stand auf, trat ans Pult, zog seine Notizen aus der Innentasche des Jacketts und schickte ein Stoßgebet zum Himmel, dass seine Hände nicht zitterten, wenn er die Seiten umblätterte.

Aber dann, im letzten Moment, als er den Blick schon auf die Notizen gerichtet hatte, entschloss er sich, von der vorgesehenen Route abzuweichen – ähnlich wie bei der Umleitung auf dem Weg hierher. Er fing mit der Rundfunksendung an, die er im Wagen gehört hatte.

»Ich glaube, der Reporter wollte auf die Probleme der Armut und der Obdachlosigkeit aufmerksam machen, aber in Wirklichkeit ging es gar nicht darum. Es ging um Drogen. Und was mich dabei am meisten geschockt hat, war, dass dieses Thema gar nicht angesprochen wurde, obwohl es unterschwellig bei jedem Interview eine Rolle spielte. So, als ob Drogenabhängigkeit etwas Unabänderliches wäre, eines der Probleme, bei

denen wir resigniert haben, weil wir ohnehin nichts daran ändern können. Wie ... was weiß ich? Wie beim Wetter, zum Beispiel.«
Er suchte die Augen seiner Zuhörer. Seine Ängste waren verflogen, als er fortfuhr, fühlte er sich gelöst und auf sicherem Boden.
»Hinter jedem kleinen Beutel, der an irgendeiner Straßenecke verkauft wird, steckte jemand, der den Stoff in Portionen aufgeteilt und in die Beutel abgefüllt hat. Und hinter dem kleinen Dealer an der Straßenecke steckt einer, der das Zeug besorgt. Und hinter dem wiederum die Leute, die den Drogenimport in großem Stil betreiben. Und hinter denen steckt jemand in Spanien oder Amsterdam, der von dort aus den internationalen Verteilerring steuert.
Und wie hat er diesen Verteilerring aufgebaut? Mit Hilfe der mächtigen Kartelle in Kolumbien oder im Fernen Osten und ihrer Helfershelfer. Und glauben Sie mir, diese Burschen stecken unter einer Decke mit höchst ehrenwerten Kreisen: mit Handelsketten, weltweit operierenden Konzernen, großen Tieren in Vorstandsetagen und Aufsichtsräten, die oft nicht mal etwas ahnen von dem schmutzigen Geld, das zu Millionen und Abermillionen auf verschlungenen Wegen in einem riesigen, komplexen Bankensystem hin und her flutet und bei jeder Zwischenstation ein bisschen weißer gewaschen wird, bis die letzte Spur der ursprünglichen Herkunft verwischt ist.
Bleibt die Frage, woher all das Geld kommt. Es ist der millionenfach multiplizierte Gewinn aus den kleinen Straßendeals mit – wie nennt ihr das Zeug hier? *Gear?*« – eifriges Nicken aus den Reihen der junger Zuhörer –, »gepanscht mit Aspirin, Mehl und Gott weiß was und verkauft von dem kleinen Dealer, der mit seinem Mobiltelefon an der O'Connel Bridge steht.«
Er lauschte der eigenen Stimme nach, die langsam in dem großen Hörsaal zu verhallen schien. Dies war sicher nicht das, was

seine Zuhörer eigentlich von ihm erwartet hatten, aber wenn sie in ihrer künftigen Verwendung etwas leisten wollten, mussten sie zumindest wissen, wogegen sie tagtäglich ankämpften. Andererseits wollte er bei ihnen auch nicht wie ein fanatischer Laienprediger auftreten, der unsere sündhafte Welt in den düstersten Farben malt und die ewige Verdammnis heraufbeschwört.

Er hielt sich also wieder an sein Konzept, aber die vorbereiteten Notizen brauchte er jetzt nicht mehr. Er beschrieb den Zuhörern in großen Zügen die Aufgaben des FBI, dessen Zuständigkeit und die Abgrenzung gegenüber den Aufgaben der CIA, der DEA, dem Secret Service und anderen Behörden. Dann erzählte er ein paar Geschichten über berühmte FBI-Operationen in früherer Zeit, angefangen bei Dillinger, über die besondere Situation während des Kalten Krieges bis zur Gegenwart. Dabei kam er auch auf Einsätze zu sprechen, an denen er selbst teilgenommen hatte und bei denen es vor allem um Fälle gegangen war, die etwas mit dem organisierten Verbrechen und dem Phänomen der Geldwäsche zu tun hatten.

»Das Phänomen ist nicht neu, es hat schon zu Zeiten Al Capones eine Rolle gespielt. Der hatte die Idee mit Autowaschanlagen, in denen er nicht nur Autos, sondern auch sein schmutziges Geld waschen ließ. Heutzutage ist die Masche mit Firmen, die im Grunde nur zur Tarnung der Geldwäsche gegründet wurden, wesentlich verfeinert und ausgebaut worden. Restaurants, Bars und Juweliergeschäfte rechnen meistens bar ab und tragen jeden Tag erhebliche Summen zur Bank. Wenn man also eine Kette von solchen Tarnfirmen aufbaut, kann man die Einnahmen aus Drogengeschäften leicht verschleiern. Die kolumbianischen Drogenkartelle betreiben das natürlich in größerem Stil, über ein teilweise weltweit operierendes Netz, das große Immobilienfirmen, Rundfunk- und Fernsehsender, Fabriken und auch kleine Einzelhandelsläden umfasst.«

Er erzählte den jungen Leuten von den Oasen für die Anlage von Schwarzgeld – der Schweiz, Liechtenstein, den Niederländischen Antillen und den Kaimaninseln –, vom Schutzwall des Bankgeheimnisses, von Briefkastenfirmen und von dem ausgeklügelten System mit Scheindarlehen, mit deren Hilfe die Spuren der illegalen Geldtransfers verwischt werden konnten.
»Nehmen wir an, Sie sind Geldwäscher mit Wohnsitz in Dublin und einer Million Dollar auf einer Züricher Bank, Geld aus Drogengeschäften. Sie würden gern einiges davon abheben, befürchten aber, dass die hiesigen Behörden misstrauisch werden könnten, woher Ihr plötzlicher Reichtum stammt. Nun, zum Glück waren Sie vorsorglich genug, zwei Scheinfirmen in der Schweiz zu gründen. Auf dem Bankkonto der einen Firma schlummert ebenfalls Drogengeld, die andere ist als Finanzierungsgesellschaft getarnt. Also veranlassen Sie, dass Ihre Züricher Bank der Finanzierungsgesellschaft eine Million Dollar leiht, und bieten dafür als Sicherheit die Million auf Ihrem Privatkonto. Soweit alles klar?«
Allgemeines Nicken, obwohl Gallagher bezweifelte, dass wirklich alle verstanden hatten, worauf die Transaktion hinauslief.
»Unser Geldwäscher hier in Dublin ist ein offenbar vertrauenswürdiger Partner, und so leiht ihm die Finanzierungsgesellschaft anstandslos die Million, die er in den Büchern ordnungsgemäß als aufgenommenes Betriebskapital für irgendwelche hiesigen Geschäfte einträgt. Vom Gewinn aus diesen Geschäften zahlt er – steuermindernd, versteht sich – Zinsen und Tilgung an die Finanzierungsgesellschaft in der Schweiz. Also an sich selbst.«
Er ließ den Zuhörern Zeit, die Transaktion gedanklich nachzuvollziehen, dann sagte er trocken: »Und das ist noch einer der einfacheren Tricks.« Achtzig Gesichter grinsten ihn an.
Er legte – gestützt auf sein Insiderwissen aus der Zeit beim FBI – dar, wie Devisen-, Aktien-, Wertpapiergeschäfte und

sogar das Internet für die Geldwäsche genutzt werden konnten, und erzählte dann von einem Fall, der die ganze Raffinesse der professionellen Geldwäscher illustrierte. Es war die Geschichte von zwanzig älteren Damen, die regelmäßig mit einer Einkaufstasche voller Bargeld in die nächste Stadt reisten und bei einer willkürlich gewählten Bank Überweisungen oder Orderschecks, jeweils bis zum Limit von zehntausend Dollar, zugunsten fremder Konten ausschrieben und bar bezahlten, bis das FBI ihre Aktivitäten enttarnte und den Geldwäscherring zerschlug.

»Auf die Weise kann man enorme Summen von Drogengeld in Minimalbeträge aufteilen und spurlos versickern lassen. Die alten Damen haben alles in allem einhundertundfünfzig Millionen Dollar gewaschen.«

Nachdem er abschließend von Observationen, Operationen unter Einsatz von Undercover-Agenten und Abhöraktionen erzählt hatte, die sich über Wochen oder sogar Monate erstrecken konnten, gab er den Ring frei für die Fragen der Zuhörer.

Eine der ersten Fragen war – wie eh und je – die, ob er irgendwann persönlich mit J. Edgar Hoover zusammengetroffen sei. Worauf er nur mit Nein antworten konnte, obwohl er ganz am Anfang seiner FBI-Zeit tatsächlich mal in Washington an einer Besprechung teilgenommen hatte, die Hoover leitete. »Wissen Sie«, erklärte er dem Fragesteller, »ich war damals eigentlich nur so etwas wie ein gut bezahlter Aktentaschenträger.«

Jemand wollte wissen, ob es beim FBI wirklich eine Spezialeinheit für parapsychologische Sondereinsätze nach dem Muster der Fernsehsendung *Akte X* gäbe. Gallagher schüttelte den Kopf und hatte die Lacher auf seiner Seite, als er zugab: »Und selbst wenn es sie gäbe, müsste ich, wie Ihnen sicher klar ist, die Existenz einer solchen Spezialeinheit leugnen.«

Dann meldete sich einer der Polizeioffiziere in der ersten Reihe zu Wort – ein Mann mit grauem Teint und skeptischen Augen.

Gallagher war schon die ganze Zeit aufgefallen, dass er unruhig und missmutig auf seinem Sitz hin und her rutschte.
»Wir haben nun viel über erfolgreiche Aktionen des FBI und Ihre eigenen Erfolge gehört. Gab es denn nichts, was schief gelaufen ist? Nichts, was Sie anders machen würden, wenn Sie's noch mal zu tun hätten?«
Alle hörten deutlich den unterschwelligen Spott heraus.
Gallagher ging durch den Kopf, dass der Mann, ohne es zu ahnen, ziemlich genau ins Schwarze getroffen hatte, aber er versteckte den Gedanken hinter einem Schmunzeln. »Nun, vielleicht würde ich, zum Beispiel, beim nächsten Mal darum bitten, die Fragen vorher schriftlich einzureichen.« Alle bis auf das Graugesicht schmunzelten.
»Ja, natürlich gibt es Dinge, die man, nachträglich betrachtet, anders machen würde«, fuhr Gallagher ernst fort. »Und natürlich waren nicht alle Einsätze erfolgreich. Ja, manches ist schief gegangen – manchmal so schief, dass es Tote gab. Wenn ich freie Hand hätte, würde ich vor allem gegen die großen Bosse im Drogengeschäft vorgehen, denn während wir hier über die Probleme reden, nutzt das organisierte Verbrechen die Zeit, seine Organisation weiter auszubauen. Wir tun alles, um das zu verhindern, aber wir sind an Recht und Gesetz gebunden. Nur, es könnte sein, dass Recht und Gesetz unseren Spielraum zu sehr einengen.«
»Was wollen Sie damit sagen?«, fragte das Graugesicht scharf.
Gallagher breitete die Arme aus, als wollte er sein Auditorium um Unterstützung bitten. »Ich rede nicht von den alten Damen mit den Einkaufstaschen voll Bargeld, sondern von den Bossen im Hintergrund, von denen manche mit Vermögen operieren, die größer sind als das gesamte irische Bruttosozialprodukt. Diesen Leuten kann man nicht mit den heute geltenden Gesetzen beikommen. Wir müssen die Möglichkeit schaffen, ihre Organisationen zu zerschlagen. Für die Drogenbarone hängt

alles davon ab, dass ihre Multimillionen weiter relativ ungehindert zirkulieren können. Nur wenn wir dem einen Riegel vorschieben, können wir sie so nervös machen, dass sie sich untereinander bekämpfen. Wir müssen die Kartelle so weit treiben, dass sie Krieg gegeneinander führen. Notfalls durch Guerilla- und Sabotageaktionen.«

»Gesetzwidrige verdeckte Aktionen?«, fragte der Polizeioffizier mokant. »Ich dachte, so was wäre das Privileg der CIA?«

»Fällt Ihnen etwas Besseres ein? Die Drogenbarone sind nicht so dumm, Fehler zu begehen. Sie haben dem Gesetz nach immer eine reine Weste.«

Er rechnete mit einer scharfen Entgegnung seines Angreifers, doch die kam nicht. Ein paar Polizeischüler stellten noch Fragen, dann entließ Phelan die Zuhörer, führte Gallagher ins Kasino, wo ein kaltes Buffet angerichtet war, und machte ihn während des Lunchs mit einigen seiner Ausbilder bekannt. Gallagher fiel auf, dass sein Kontrahent aus der ersten Reihe als einziger der von auswärts angereisten Polizeioffiziere nicht an dem Mittagsimbiss teilnahm.

Irgendwie tat es ihm Leid, dass er mit dem Graugesicht aneinander geraten war, so etwas hinterließ bei ihm immer ein flaues Gefühl im Magen. Erst später, als er sich bereits verabschiedet hatte und Phelan am Tor stand und ihm zum Abschied nachwinkte, fiel ihm ein, dass er sich nicht mal nach dem Namen des Mannes erkundigt hatte, der offensichtlich ganz andere Ansichten vertrat als er.

3

Jerome war die ganze Nacht gefahren und hatte morgens noch ein paar Stunden drangehängt, jetzt war er auf dem Rückweg zur Zentrale.

Den Ellbogen aufs offene Wagenfenster gelegt, wartete er darauf, dass die Ampel umsprang. Er schielte verstohlen auf die irre Wollmütze des Äthiopiers am Steuer eines Taxis, das neben ihm hielt. Am Rückspiegel des Äthiopiers baumelte ein Bild von Haile Selassi. Nicht Jeromes Stil, er trug ein Sonnenkäppi und ein DKNY-T-Shirt aus feiner Baumwolle. Wenn er schon Taxifahrer spielen musste, wollte er wenigstens cool aussehen und sich auch so fühlen.

Er hatte den Teilzeitjob angenommen, um sein Medizinstudium zu finanzieren, und sobald er damit fertig war, würde er nach Hause fliegen und der beste Chirurg werden, den Kingstone je gehabt hatte. Er war Jamaikaner, aber den Löwe-von-Zion-Quatsch und ähnlichen Humbug lehnte er ab, er machte nicht jeden Trend mit. Wie zum Beweis schob er eine Kassette in den Rekorder und drehte den Lautstärkeregler voll auf.

Vivaldis *Vier Jahreszeiten* dröhnten den Fußgängern, die vor ihm in geschlossener Formation die Fifth Avenue überquerten, in die Ohren. Einige drehten sich sogar neugierig nach dem gelben Taxi mit der eingebeulten Kühlerhaube und dem Fahrer um, dessen Kopf im Rhythmus der Musik auf und ab hüpfte.

Eine junge Weiße musterte ihn stirnrunzelnd. Es schien ihr schwer zu fallen, einen Jamaikaner und Vivaldi unter einen Hut zu bringen. Jerome grinste und rief ihr »Schönen Tag auch« nach.

Der letzte Fußgänger hatte den Anschluss verpasst, er kam erst an der Bürgersteigkante an, als das Lichtsignal auf der gegenüberliegenden Straßenseite schon *Don't walk* blinkte. Jerome hatte die Lautstärke zurückgedreht, den Gang eingelegt und ließ den Fuß bereits auf dem Gaspedal spielen.

Nicht zu fassen – der Typ wollte trotzdem noch rüber! Jerome konnte gerade noch mit quietschenden Bremsen halten. Hinter ihm hupten empörte Autofahrer.

Der Übeltäter hatte sich auf den Bürgersteig gerettet. Jerome schob den Kopf durchs Fenster und sah den Mann finster an. Ein älterer Knabe, wahrscheinlich taub.

»Hey, Mann!«, rief er ärgerlich, »wollen Sie sich umbringen?«

Der Fußgänger wandte langsam den Kopf und sah ihn auf eine derart merkwürdige, irgendwie einschüchternde Art an, dass Jerome das Gaspedal beim erneuten Anfahren nur vorsichtig kitzelte und kleinlaut sagte: »Bitte seien Sie vorsichtig, wenn Sie die Straße überqueren.«

Gilbert Leslie sah dem Taxi nach, bis es vom Verkehrsgewühl verschluckt wurde. Er war auf dem Weg zu einer Besprechung. Natürlich hätte er vom Grand Central ein Taxi nehmen können, aber er ging den relativ kurzen Weg lieber zu Fuß. Womöglich hätte er einen Fahrer wie den Burschen von eben erwischt.

Wie die Kerle schon rochen. Abschaum der Erde. Die City wimmelte von denen. Er hatte, als er in dieses Land gekommen war, eine Wohnung an der Lower East Side genommen. Inzwischen war er, Gott sei Dank, ins County Westchester umgezogen, wo es sich entschieden zivilisierter lebte.

Eigentlich hieß er Gabor Lazlo, geboren 1937 in Ungarn. Aber nachdem er Budapest nach den brutalen Ereignissen im Winter '56 den Rücken gekehrt hatte, war es ihm angemessen erschienen, den Namen zu anglisieren – eine Art Schönheitsoperation an seiner Identität. Er sprach fließend Englisch, wenn auch manchmal mit etwas gedrechselten Formulierungen und einem unausrottbaren Akzent, den niemand so recht einzuordnen wusste. Die Leute konnten lediglich raten, dass er aus Europa kam. Italiener, vielleicht Grieche, rätselten sie. Leslie unternahm keine Anstrengungen, um ihnen auf die Sprünge zu helfen.

Für sein Umfeld war er jemand, der durch kluge Investitionen für seine alten Tage vorgesorgt hatte und daher als Ruheständler über zwar nicht üppige, aber sichere Einkünfte verfügte. Im Übrigen hielten seine finanziellen Verhältnisse jeder Überprüfung stand. Der Steuerfahndung, die sich nach einem Wink des FBI in recht penetranter Weise für ihn interessiert hatte, waren jedenfalls keine Unregelmäßigkeiten aufgefallen.

Sie waren ihm nicht auf die Schliche gekommen, ahnten weder etwas von den Fonds, die sicher in seinem Bankfach auf den Niederländischen Antillen ruhten, noch von dem Geld, das er in Gibraltar angelegt hatte. Und erst recht nicht, dass sein Vermögen sich auf beinahe siebzehn Millionen Dollar belief.

Der Mann, der an diesem Vormittag die Fifth Avenue hinunterging, sah nicht wie ein Multimillionär aus, und das entsprach durchaus seiner Absicht. Er achtete bei seiner Kleidung auf gute Qualität, legte aber keinen Wert auf Extravaganz. Er wollte nicht auffallen. Leslie begegnete man, ohne sich versucht zu fühlen, ein zweites Mal hinzusehen. Er war nicht eine Erscheinung, bei der man auf die Idee gekommen wäre, sich sein Äußeres einzuprägen. Und genau so wollte er es. Nur wenn jemand einen Grund hatte, ihn länger anzustarren – wie zum Beispiel dieser Taxifahrer vor wenigen Minuten –, fiel ihm viel-

leicht das Eis auf, das gelegentlich in den blassgrauen Augen glitzerte.
Die Frauen, die Leslie eine Zeit lang etwas bedeutet hatten, waren von diesen Augen fasziniert gewesen, sie hatten nie etwas Einschüchterndes in ihnen gelesen. Vielleicht war es gerade das Rätselhafte an ihm gewesen, was sie angezogen hatte – die Ahnung einer inneren Kraft, die er verborgen hielt.
Er fühlte sich behaglich warm in dem Mantel, den er vorsorglich angezogen hatte. Man wusste nie, ob in der City nicht ein garstig kühler Wind blies, es war schließlich erst Anfang März. Aber an diesem Vormittag lag in Manhattan eher ein Hauch Frühling in der Luft. Der Himmel dehnte sich wolkenlos blau, in den Glasfronten der Bürotürme spiegelte sich eine strahlende Sonne.
Vor zwei Jahren, als sie alle – die ganze Gruppe – sich das letzte Mal getroffen hatten, war es Winter gewesen …

Sie kamen aus dem Dunkel des Abends in das elegante kleine Hotel in der Innenstadt, stampften sich den Schnee von den Schuhen und fuhren nach oben, wo ein Raum für ihr Treffen vorbereitet war.
Sie waren sechs – samt und sonders Männer mit Macht und Einfluss, die in Banken oder Firmengruppen das Sagen hatten. Freilich, das Vermögen, das jeder von ihnen besaß, hätte er in seinem Beruf nie und nimmer erwerben können.
Der Sinn ihres Treffens war, sie noch reicher zu machen. Der Plan dafür stammte von Leslie.
Michael Grant, der den Vorsitz führte, traf als Erster ein. Noch nicht vierzig, leitete er eines der größten Investmentunternehmen an der Wall Street. Ein Mann, der sich mit Squash fit hielt und dem Alkohol – wenn überhaupt – so mäßig zusprach, dass er nie das funkelnde Feuer in seinen blauen Augen löschen konnte. Ein Repräsentant des Ostküstenestablishments, stets

untadelig gekleidet, mit gewinnenden Manieren. Doch mehr als Yale und die Wall Street hatte ihn das sizilianische Blut seiner Mutter geprägt, das auch in seinen Adern floss.
Leslie machte die Runde, schüttelte den anderen die Hand und flocht da und dort beiläufig eine Bemerkung über gemeinsame Bekannte ein. Dass es sie gab, war den anderen aus der Gruppe eher peinlich. Leslie umgab in ihren Augen etwas, was man tunlichst nicht zu nahe an sich heranließ. Zum Glück konnten sie sich gewöhnlich in ihren repräsentativen Büros dagegen abschotten. Was freilich nicht bedeutete, dass sie bereit gewesen wären, auf die enormen Zugewinne zu verzichten, die ihnen durch die gemeinsamen Bekannten erwuchsen, an die sie so ungern erinnert wurden.
Als alle am runden Tisch Platz genommen, sich den Aschenbecher zurechtgerückt und ihr Glas nachgefüllt hatten, eröffnete Grant die Besprechung.
»Gentlemen, ich danke Ihnen, dass Sie gekommen sind. Wir sind seit längerem auf der Suche nach Möglichkeiten für eine globale Expansion unserer geschäftlichen Aktivitäten, insbesondere für eine stärkere Einbeziehung des europäischen Raumes und neue Verfahren zur Geldwäsche. Wie Ihnen bekannt ist, habe ich unseren Berater in solchen Fragen, Mr. Leslie, gebeten, Überlegungen in dieser Richtung anzustellen. Ich freue mich, Ihnen mitteilen zu können, dass er eine – und das werden Sie sicher genauso sehen – geradezu bahnbrechende Strategie entwickelt hat. Gilbert, wenn du so freundlich sein willst …«
Leslie stand auf und legte jedem Teilnehmer eine Mappe hin, die den Jahresbericht, Vorschläge für das künftige Vorgehen und eine realistische Abschätzung der zu erwartenden Gewinne enthielt. Er ließ den fünf Männern Zeit, die Unterlagen zu studieren, erst dann ergriff er das Wort.
Was er nun ausführte, hatte er aus gutem Grund nicht zu Papier gebracht. Bei seinen Vorschlägen ging es nicht nur um ge-

schäftliche Aktivitäten, sondern auch um Mord. Er beobachtete die Reaktion der anderen genau. Wenn sie von den Vorschlägen aufgeschreckt und bei dem Gedanken an das Blut, das vergossen werden sollte, entsetzt waren, so ließen sie sich das zumindest nicht anmerken.

Als er fertig war und wieder Platz genommen hatte, steckten sie die Köpfe zusammen und berieten sich leise. Das Glitzern in ihren Augen zeigte ihm, dass sie durchaus begriffen hatten, welchen enormen Profit seine Vorschläge verhießen.

Dann ergriff Grant wieder das Wort. »Ich danke dir, Gilbert. Sie wissen nun, worum es geht, Gentlemen. Sie werden mir zustimmen, wenn ich sage: ein ebenso gewagtes wie viel versprechendes Projekt, dessen Realisierung uns Türen öffnen wird, die bisher verschlossen waren. Das Ziel wird nicht leicht zu erreichen sein. Wir werden viele Jahre sorgfältiger Vorarbeit investieren und eine umfangreiche Basisorganisation aufbauen müssen, bevor wir die Ernte unserer Bemühungen einfahren können. Aber« – er lehnte sich zurück –, »genug von mir. Sie wollen sicher Gelegenheit haben, Gilbert Fragen zu stellen.«

Es gab kaum etwas, was Leslie nicht bereits ausgeführt hatte, aber diese Männer waren gewöhnt, sich bis ins letzte Detail informieren zu lassen, ehe sie sich auf ein Projekt dieser Größenordnung einließen. Eine halbe Stunde lang stellten sie Fragen, dann schienen sie überzeugt zu sein.

»Ich glaube, wir könnten nun zur Abstimmung kommen«, sagte Grant. »Zuvor sollte ich allerdings noch erwähnen, dass ich mit Gilbert bereits über die Höhe seines Honorars gesprochen habe. Auch dazu muss Einvernehmen zwischen uns hergestellt werden.«

Er forderte Leslie mit einer Geste auf, etwas dazu zu sagen. Leslie sah die anderen der Reihe nach an. »Mein Honorar beträgt vier Millionen Dollar, zur Hälfte im Voraus zahlbar, die zweite Hälfte wird bei Abschluss der Aktivitäten fällig. Sie ist auch

dann zu zahlen, wenn Sie irgendwann beschließen sollten, das Projekt nicht weiter zu verfolgen.« Er wartete gespannt auf die Reaktion der Tischrunde.
»Vier Millionen? Das dürfte etwas hoch gegriffen sein«, entrüstete sich Heywood Corbett, der Präsident der Grund- und Bodenbank von Virginia, und sog erregt an seiner Zigarre.
Stille in der Runde, nur gestört von dem rhythmischen Klopfen, mit dem Grant den Kugelschreiber auf die Schreibunterlage stieß.
Leslie sah Corbett lange an. Um seine Lippen spielte ein Lächeln, aber seine Augen hatten sich verengt. »Ich sehe, es hat sich nichts geändert.«
»Was meinen Sie damit?«
»Nun«, sagte Leslie, »wegen der Morde, die nun mal dazugehören, hat niemand Bauchschmerzen. Aber wenn's ums Geld geht – da sieht die Sache schon anders aus. Wie eh und je.«
»Aber ein Honorar in dieser Höhe …«, wollte Corbett einwenden.
»Mein Gott, wer sind wir denn?«, unterbrach ihn Roger Hurll, der Aufsichtsratsvorsitzende einer global operierenden Computerfirma, über den das *Forbes*-Magazin erst vor kurzem ein ausführliches Porträt gebracht hatte. »So wie wir hier am Tisch sitzen, kontrollieren wir zusammen mit unseren Partnern in Kolumbien und anderswo ein Kapital, das man zu Recht als Alternative zum Staatsetat aller Länder dieser Erde bezeichnen könnte. Wir verfügen über enorme Geldreserven, die sich durch die Profite Jahr für Jahr vermehren – wollen wir da allen Ernstes bei vier Millionen zu knausern anfangen?« Er schüttelte fassungslos den Kopf. »Ich halte das Honorar für angemessen. Geben wir Mr. Leslie das Geld.«
Leslie nickte zufrieden.
»Ganz meiner Meinung«, sagte Grant. »Wir sollten nicht vergessen, dass diese Besprechung vor drei, vier Jahrzehnten,

wenn es unsere Runde schon gegeben hätte, in einem Restaurant in der Mullberry Street stattgefunden hätte, mit ein paar Schlägertypen vor der Tür. Gilbert Leslie war es, der zum Glück rechtzeitig das Menetekel an der Wand erkannt hat: den drohenden Niedergang der alten Familien, wenn wir die Zeichen der Zeit nicht erkennen und es anderen – Männern wie John Gotti, zum Beispiel – überlassen, das Schiff zu steuern, statt es selber zu tun.«

Er legte sich dramatisch die Hand aufs Herz. »Gilbert Leslie war es, dessen Rat meinen Großvater in die Lage versetzt hat, die geschäftlichen Aktivitäten meiner Familie in neue, erfolgversprechende Bahnen zu lenken. Ihm verdanke ich meine heutige Position, und da Sie mit meiner Hilfe ebenfalls Verbindungen zu ihm knüpfen konnten, sollten Sie ihm, Herrgott noch mal, ebenfalls dankbar sein. Er hat sich loyal für unsere Interessen engagiert. Den Profit, den wir Tag für Tag machen, hat er für uns eingefahren.«

»Und für sich«, murmelte Corbett störrisch.

»Ach, kommen Sie«, sagte Grant. »Roger hat völlig Recht. Wir repräsentieren das Sahnehäubchen im Big Business dieses Landes. Dazu kommt, dass die Quelle unserer Vermögen dank Leslie genauso sorgfältig verschleiert ist wie das von ihm aufgebaute Verteilernetz. Angesichts dieser Tatsachen halte ich Gilberts Honorar für durchaus angemessen.« Er blickte in die Runde. »Möchte jemand noch etwas dazu sagen?«

Niemand meldete sich zur Wort.

»Gilberts Forderung ist also akzeptiert?«

Alle nickten, auch Corbett neigte zögernd den Kopf.

»Und die Vorschläge, die er uns unterbreitet hat? Sind wir damit ebenfalls einverstanden?«

Zur allgemeinen Verblüffung kam Leslie diesmal dem zu erwartenden einhelligen Kopfnicken zuvor. »Dazu möchte ich noch etwas ausführen. Ich habe damit absichtlich bis zum

Schluss gewartet, weil der Punkt sorgfältig bedacht werden sollte. Bei einem Projekt wie diesem und den Auswirkungen, die es haben wird, muss mit der Möglichkeit gerechnet werden, dass wir im entscheidenden Stadium mit Schwierigkeiten konfrontiert werden. In diesem Fall müssen wir dafür gerüstet sein, unsere – sagen wir: Opponenten zu neutralisieren. Ich habe vorsorglich über den Kreis der in Frage kommenden Personen Informationen eingeholt und Überlegungen angestellt, welche Maßnahmen unter Umständen notwendig werden könnten.«

Er verwandte einige Minuten darauf, die eventuell auftretenden Probleme und seine Vorschläge für deren Lösung zu konkretisieren. Obwohl er in wohlgewählten Worten und mit betont ruhiger Stimme sprach, schien sich ein Eishauch in dem Raum auszubreiten.

Corbett stieß seinen Stuhl zurück, sprang auf und rief: »Das ist ungeheuerlich!«

»Heywood, bitte«, mahnte ihn Grant.

Aber Corbett ließ sich nicht beschwichtigen. »Das ist Barbarei. Ich weiß, wir waren einverstanden, bestimmte Einzelpersonen zu … äh, zu eliminieren, und haben uns darauf verständigt, dass das notwendig ist, wenn unser Plan Erfolg haben soll. Aber das hier, das ist überzogen. Barbarisch. Widerlich.«

Er sah Leslie mit stechendem Blick an. »Was sind Sie überhaupt für ein Mensch?«

Leslie starrte sekundenlang auf die Tischplatte. Als er die Augen schließlich hob, funkelten sie kalt wie Kristall.

»Es hat keinen Zweck, hier den Moralapostel zu spielen. Blut und Geld sind immer unsere Währungen gewesen und werden es immer bleiben. Das bringt die Art unserer Geschäfte nun mal mit sich, daran kann auch eine noch so ehrenwerte Fassade nichts ändern. Wenn Sie das von mir vorgeschlagene Vorgehen widerlich finden – nun gut, dann sagen Sie nein.

Ich möchte Sie aber vor den Risiken warnen und darauf hinweisen, dass nicht ich es bin, der die Konsequenzen zu tragen hat.«
Das Schweigen schien Minuten zu währen, bis Hurll schließlich sagte: »Finden wir uns damit ab, dass es sein muss.«

Und nun hatten sie ihn wieder zu einer Besprechung eingeladen. Ein wenig beklommen fragte sich Gilbert Leslie, warum. Seit jener Winternacht hatte er nicht an ihren Treffen teilgenommen. Die Durchführung der Operation war nicht seine Sache gewesen. Die zwei Millionen waren auf seinem Auslandskonto eingegangen, bald wurde die zweite Rate fällig. Falls es ein Problem gab und sie ihn deshalb hergebeten hatten – nun, an seinem Plan lag es nicht, dessen war er sich sicher.
Er sah sein Ziel vor sich: das Plaza Hotel an der Südostecke des Central Park – achtzehn Stockwerke, achthundert Zimmer, im Stil der französischen Renaissance eingerichtet.
Leslie stieg die Stufen hoch, trat durch die Drehtür ein und durchquerte die Lobby. Vor den Fahrstühlen warteten schon einige Leute, er stellte sich dazu – direkt neben eine junge Frau, Anfang zwanzig, dunkles, gewelltes Haar, elegant und geschmackvoll gekleidet. Sie wandte sich kurz zu ihm um. Dunkle, gedankenverlorene Augen. Genau sein Typ. Er neigte den Kopf und lächelte ihr zu, sie lächelte zurück.
Schön, zu wissen, dass er – immerhin schon über sechzig – noch Eindruck auf Frauen machen konnte, sogar auf sehr junge.
Und er gestand sich im Stillen ein, dass er bei so einem hübschen jungen Ding – genau wie andere Männer – auf dumme Gedanken kommen konnte. Obwohl das schon lange nicht mehr vorgekommen war. Seit dem Tod seiner Frau vor fünf Jahren hatte er ein enthaltsames, fast asketisches Leben geführt. Darum überraschte es ihn umso mehr, plötzlich festzustellen,

dass die Nähe einer so attraktiven jungen Frau seinen Puls immer noch zu beschleunigen vermochte.
Der Fahrstuhl kam, sie stiegen ein. Leslie fuhr nur bis zum neunten Stock mit, ihr Ziel lag irgendwo weiter oben. Er hätte gern gewusst, wohin sie wollte – oder sagen wir: zu wem, aber das würde er wohl nie erfahren.
Er ging den Flur hinunter und klopfte an eine Tür. Ein groß gewachsener Mann mit einer Brille und wachsamen Augen – Leslie kannte ihn nicht – öffnete und nahm ihm den Mantel ab.
Er sah sich um: der Salon einer kleinen Suite. Michael Grant kam auf ihn zu und schüttelte ihm die Hand. Weiter hinten sah Leslie die anderen Mitglieder der Gruppe an einem Tisch sitzen und zu ihm herüberstarren.
Der Großgewachsene mit der Brille nahm auf einem kleinen Sofa neben dem Kamin Platz, offensichtlich ging es ihm darum, die Tür im Blick zu behalten.
Grant hatte Leslies fragenden Blick bemerkt und sagte: »Das ist Mr. Parrish«, um nach kurzem Zögern fortzufahren: »Bedauerlicherweise hat uns heute die Nachricht erreicht, dass ein paar unserer kolumbianischen Freunde zurzeit in kleine Differenzen untereinander verstrickt sind. Ich könnte mir vorstellen, dass wir mit dem einen oder anderen keine Geschäfte mehr machen. Die Wogen werden sich natürlich wieder glätten, einstweilen dürfte jedoch eine gewisse Vorsicht angebracht sein.«
Grants weit ausholende Handbewegung schien das ganze elegant möblierte Hotelzimmer einzuschließen. »Das bringt die Art unserer Geschäfte nun mal mit sich, daran kann auch eine noch so ehrenwerte Fassade nichts ändern.« Er sah Leslie an. »Wenn mein Gedächtnis mich nicht im Stich lässt, müsste ich dich richtig zitiert haben.«
»Es lässt dich nicht im Stich«, sagte Leslie. Er schielte zu Heywood Corbett hinüber. Hatte kräftig zugelegt, der Gute, und

auch die tiefrote Gesichtsfarbe ließ, was seine Gesundheit anging, nichts Gutes ahnen.
Grant deutete auf einen leeren Stuhl, Leslie setzte sich.
»Nun zu unserem aktuellen Problem«, sagte Grant. »Ich bin dir sehr dankbar, Gilbert, dass du den weiten Weg nicht gescheut hast und gleich gekommen bist. Ich fürchte nur, wir haben nicht viel Zeit. Einige meiner Mitarbeiter besprechen unten im Konferenzraum Investitionsmöglichkeiten in den osteuropäischen Ländern, der Bürgermeister ist auch dabei. Ich denke, da sollten wir uns, wenn wir schon mal hier sind, unbedingt sehen lassen.« Er grinste. »Vielleicht wär's eine gute Idee gewesen, den Bürgermeister zu unserer kleinen Besprechung einzuladen. Es würde mich interessieren, was er von unserem Problem hält.«
Die Tischrunde reagierte mit kehligem Lachen auf den Scherz. Grant schlug einen bauchigen Aktenordner auf, wandte sich an Leslie und sagte: »Wir beschäftigen uns heute mit der Bilanz diverser Operationen, unter anderem jener Aktivitäten, die auf deine Pläne für den europäischen Markt zurückgehen. Im Großen und Ganzen läuft alles gut, das Netz ist aufgebaut, aber ich dachte, ich sollte dich doch über die eine oder andere neue Entwicklung unterrichten.«
Leslie runzelte fast unmerklich die Stirn. Das war ungewöhnlich. Hatte Grant ihn etwa deswegen in die City kommen lassen?
Grant nahm ein Blatt Papier aus dem Ordner und schob es Leslie über den Tisch zu. »Daraus ersiehst du, welche Fortschritte wir erzielt haben. Einer unserer Partner ist allerdings, wie du bemerken wirst, ein wenig raffgierig geworden. Er verlangt einen größeren Anteil am Kuchen und macht Andeutungen« – er lächelte, als ginge es um etwas sehr Spaßiges –, »die ich als Drohung verstehe, unsere Pläne aufzudecken, wenn wir seine Forderungen nicht erfüllen.«

Leslie las das Papier, zuckte die Achseln und schob den Bogen wieder zu Grant hinüber. »Mit solchen Eskapaden mussten wir rechnen. Jetzt hast du einen guten Grund, ihm zu sagen, dass du künftig auf seine Dienste verzichtest. Ich sehe nicht, dass daraus wirklich ein Problem erwachsen wird. Oder, wenn ich's mal so sagen darf: Wie ich davon betroffen sein könnte.«

Grant lächelte, aber in seinen Augen lag ein boshaftes Glitzern. »Lass mich versuchen, das zu erklären, Gilbert. Die Operation befindet sich in einem kritischen Stadium. Wir können uns nicht leisten, dass irgendjemand quer schießt. Gewiss, wir haben an Ort und Stelle gute Leute, die das regeln könnten, aber in der derzeitigen Situation brauchen wir dafür jemanden, der mit allen Zusammenhängen der Planung vertraut ist und das Schiff in den rettenden Hafen steuern kann. Mit anderen Worten, mein lieber alter Freund, wir brauchen den speziellen Kick, den du der Sache geben kannst.«

»Ich? Das soll wohl ein Scherz sein?« Leslie war irritiert. »Derlei Dinge erledigt doch die Durchführungsebene.«

»Sie sind sich wohl zu gut dafür?«, stichelte Corbett.

Grant ging auf die Bemerkung nicht ein. Er schob Leslie den ganzen Ordner hin. »Ich denke, ein bestimmter Name in der Personalliste wird dich veranlassen, deine Meinung zu ändern.«

Leslie verstand nicht, was Grant andeutete. Etwas widerwillig überflog er die Liste. Doch schon nach wenigen Sekunden hörte er auf zu lesen, wurde blass und sah abrupt hoch.

»Das ist … das kann doch nicht wahr sein?«

Grant nickte bedächtig. »Doch, Gilbert, es ist wahr.«

Leslie starrte noch einmal auf die Namen. »Das kann … kann nur …« Er schluckte schwer.

»Kann nur ein *unglückliches Missverständnis* sein? War's das, was du sagen wolltest, Gilbert? Ich muss zugeben, das überrascht mich. Ich hätte gedacht, so etwas würde deinem Sinn für – wie

nennst du das immer? – das *naturgegebene Recht auf Selbstjustiz* entsprechen.«
Er beugte sich vor. »Übernimm diese Operation. Sieh zu, dass alles zu einem guten Ende kommt. Es war von Anfang an dein Baby. Wenn also plötzlich etwas hakt, ist es deine Sache, das in Ordnung zu bringen und dafür zu sorgen, dass diese – sagen wir: Personalangelegenheit zufrieden stellend geregelt wird. Mr. Parrish« – er deutete mit dem Kopf auf das kleine Sofa – »wird dir dabei gern assistieren. Er hat an den Vorbereitungsarbeiten mitgewirkt und ist über das Projekt bestens unterrichtet.«
Leslie stand auf und ging zum Fenster. Tausend beunruhigende Gedanken gingen ihm durch den Kopf, während er den Blick auf das weite Grün des Parks richtete, der hier am Südzipfel wie eine Märchenlandschaft aussah. Aus dem sechsten Stock waren die friedlich daliegenden Seen und der prächtige Boulevard wunderschön. Er sehnte sich mit allen Fasern seines Herzens danach, dort unten zu sein, die Sonne auf der Haut zu spüren, den frischen Duft des Frühlings einzuatmen und das, was er soeben erfahren hatte, weit, weit weg zu schieben.
Er wandte sich um.
»Wer wird die nötigen Arrangements veranlassen?«

4

Gallagher sah ihr sofort an, dass irgendetwas nicht stimmte. »Ist was?«
Sie deutete auf den Küchentisch. »Ich wollte seine Jeans in die Waschmaschine stecken, da hab ich das hier gefunden.«
Er griff nach der kleinen weißen Tablette, in die eine winzige Taube eingeprägt war. »Was, zum Teufel, ist das?«
Kate sah ihn schief an. »Kommst du vom Mond? Oder gibt's die Dinger in den Staaten nicht?«
»Scheiße«, murmelte er. Darum ging's also. »Ecstasy, wie?«
»Nehme ich stark an. Ich hab mal gelesen, dass die Dinger mit solchen Symbolen verziert werden.«
Er ließ sich seufzend auf einen Stuhl fallen. »Paul soll auf solches Zeug stehen? Er ist doch gar nicht der Typ dafür.«
»Ach? Gibt's für so was einen bestimmten Typ?«
Kate hatte Recht. Wer weiß schon, was in den Köpfen junger Leute vorgeht? Er nicht, das stand fest.
Es fiel ihm einfach nichts ein, was er ihr sagen konnte.
Seit dem Vortrag an der Polizeiakademie in Templemore hatte er viel von seiner Selbstachtung zurückgewonnen. Er schlief nachts sogar wieder besser. Als Alan ihn angerufen und gebeten hatte, noch mal einen Artikel für den *Dublin Sunday* zu schreiben – diesmal über den Wirbel, den Marcus Kelly nach seinem Zusammenprall mit dem miesen Typen Sean Donovan

im Fernsehen entfacht hatte –, war er sofort dazu bereit gewesen. Das Top-Thema in den regionalen Medien, das Erinnerungen an die einige Jahre zurückliegende Ermordung der Journalistin Veronica Guerin weckte, die sich durch mutige Artikel über die kriminelle Szene und Prozesse gegen prominente Mitglieder einen Namen gemacht hatte.
Gallagher betrachtete die Episode allerdings aus einem anderen Blickwinkel, er hatte seinen Artikel gerade abgeliefert.
Es war Mittwoch. Mittwochs ging Kate selten in ihre Agentur. Sie brauchte einen freien Tag, um aufzuarbeiten, was im Haushalt liegen geblieben war. Dafür verbrachte sie dann die Samstage im Büro – das typische Schicksal berufstätiger Hausfrauen und Mütter. Er hatte gedacht, mittwochs treffe er sie bestimmt zu Hause an, deshalb war er zu ihr rausgefahren. Aber nun sah es eher so aus, als hätte er den falschen Zeitpunkt gewählt.
»Was wirst du jetzt tun?«, fragte er.
»Mit ihm reden, vermutlich.« Ihre Stimme klang müde. »Obwohl ich nicht weiß, ob es viel Sinn hat. Es ist neuerdings ziemlich schwierig, ein vernünftiges Gespräch mit ihm zu führen.«
»Hat sein Verhalten sich verändert? Ist er irgendwie seltsam geworden? Du weißt schon, was ich meine.«
»Ist mir nicht aufgefallen. Aber ich seh ihn ja kaum, verdammt noch mal. Er treibt sich den ganzen Tag bei dieser blöden Zeitschrift rum. Sobald die Schule aus ist. Da wird er vermutlich jetzt auch stecken.« Sie blickte finster auf die Tablette. »Ich nehme an, die hat er auch von dort.«
Die Zeitschrift – Paul hatte ihm eines Abends davon erzählt. Ein windiges Blättchen mit einem winzigen Redaktionsbüro in der Dubliner Innenstadt, über einer Boutique für Designerkleidung, die einer der bekanntesten Discjockeys Dublins seiner Frau eingerichtet hatte. Ein gewisser Max, im reifen Alter von vierundzwanzig Jahren, finanzierte das Blatt, fungierte als He-

rausgeber und stützte sich, was die Arbeit anging, hauptsächlich auf freiwillige Helfer wie Paul. *Dave* nannten sie das Blättchen – ein Kunstwort, zusammengebastelt aus *dance* und *rave*. »Immerhin besser als die Alternative *Rance*«, hatte Gallagher trocken zu Paul gesagt.

Inzwischen war *Dave* sehr populär geworden und brachte sogar Geld ein, und Paul war der Computerspezialist in der Redaktion.

»Wenn meine Mutter bloß nicht so strikt dagegen wäre«, hatte er sich bei Gallagher beklagt. »Bei Dave ist echt was los, dort hab ich das Gefühl, dass ich … na ja, etwas mitgestalten kann. Ich richte jetzt sogar 'ne Website für sie ein. Einfach irre.«

Gallagher hatte in der Zeitschrift geblättert und nicht ein Wort verstanden. Wenn es um die Musikszene ging, kam er sich uralt vor. Tanzmusik verband er mit der Vorstellung von einem Orchester und Pärchen, die sich herausgeputzt hatten und sich Mühe gaben, beim Foxtrott eine möglichst gute Figur zu machen. Techno war für ihn eine völlig fremde Welt. Und im Übrigen schon wieder Schnee von gestern. *Drum and bass* war zurzeit *in*.

»Schau mal«, hatte er zu Kate gesagt, »du solltest das nicht zu ernst nehmen. Kids probieren eben gern mal was Neues aus.«

Aber da war er bei ihr schlecht angekommen. »Ach? Du findest das also alles ganz in Ordnung?«

»Nein, das habe ich nicht gesagt. Ich meine nur, er ist zu intelligent und zu sehr an allem Möglichen interessiert – an diesen Computerdingen zum Beispiel –, um in die Drogenszene abzurutschen. Wenn er tatsächlich abhängig wäre, hätte er die Tablette nicht in der Tasche einer Hose gelassen, die in die Wäsche wandern sollte. Oder … vielleicht hat er sie absichtlich dringelassen, damit du sie findest. Kann sein, dass er sich nur nach ein bisschen Aufmerksamkeit sehnt.«

Kate machte eine gekränkte Miene. »Willst du behaupten, dass ich ihn vernachlässige?« Aber Gallagher las auch ein leichtes Erschrecken in ihrem Blick.
»Natürlich nicht. Aber es ist nicht einfach für eine allein erziehende Mutter, zusätzlich eine Agentur zu leiten. Und nun komme ich noch dazu und nehm dir Zeit weg. Vielleicht fühlt er sich … na ja, ein bisschen beiseite geschubst.«
Kate stützte den Kopf in die Hände. »Aber ich hab doch nur ihm zuliebe so hart gearbeitet. Es war alles für ihn.«
»Das weiß er. Du hast einen prächtigen Jungen aus ihm gemacht – gut erzogen, aufgeweckt und selbstständig. Zumindest finden wir das alle. Nur, möglicherweise ärgert es ihn, dass wir das für selbstverständlich halten?« Er griff nach ihrer Hand. »Willst du, dass ich mal mit ihm rede?«
Kate schüttelte den Kopf. »Nein, das ist meine Aufgabe. Ich hätte ein schlechtes Gewissen, wenn ich mich davor drücken würde. Ich kann doch nicht, ohne ihn zu fragen, dir so was wie die Rolle eines …« Sie brach ab.
Gallagher wusste, was sie meinte. Seine Rolle in ihrer Beziehung war nicht klar definiert, aber er war mit Sicherheit nicht Pauls Ersatzvater.
»Trotzdem, danke für dein Angebot. Aber ich werd lieber selber mit ihm reden.«
Sie zuckten zusammen, als plötzlich die Küchentür aufging.
Paul Forrest war erst siebzehn, wäre aber leicht für zwanzig durchgegangen. Äußerlich kam er nicht nach seiner Mutter. Gallagher vermutete, dass der Junge Kate sehr an ihren verstorbenen Mann erinnerte. Groß, hager, mit blauen Augen und einer ausgeprägten Nase, das blonde Haar kurz gestutzt. Komisch, heute liefen die Kids freiwillig herum wie früher die GIs, nur über den Ohren ließen sie es etwas länger wachsen.
Der Junge ahnte sofort, was los war. Auch wenn die Tablette nicht auf dem Tisch gelegen hätte, ihre Mienen verrieten sie.

»Hi, Paul.« Gallagher kam sich auf einmal wie ein Eindringling vor. Er stand verlegen auf.
»Hi«, murmelte der Junge, ging zum Kühlschrank und trank einen großen Schluck aus der Milchflasche.
Gallagher sah Kate an. »Soll ich in der Nähe bleiben?«, fragte er leise.
»Nein, schon gut«, sagte sie. »Lass dich nicht aufhalten.«
»Rufst du mich an?«
Sie nickte.
Gallagher ging zur Tür, dann drehte er sich um und versuchte, einen fröhlich kumpelhaften Ton anzuschlagen. »Macht's gut, Leute, bis bald mal.« Er merkte selber, wie verkrampft sich das anhörte.
Ein Glück, dass Kate sein Angebot nicht angenommen hatte. Wer weiß, vermutlich hätte er sowieso alles vermasselt und wie eine Quasselstrippe auf den Jungen eingeredet.
Aber als er ungefähr eine halbe Meile weit vom Haus weg war, schlug er wütend mit der Faust aufs Lenkrad und verfluchte seine eigene Feigheit. Da hatte er nun in seiner langen FBI-Laufbahn gelernt, wie man Kidnappern und sogar korrupten Kongressabgeordneten die Wahrheit entlockt, Spione umdreht und aus hartgesottenen Bandenmitgliedern Polizeispitzel macht, und nun war er wie ein Hasenfuß geflüchtet, bloß um der Konfrontation mit einem Siebzehnjährigen auszuweichen – wegen einer kleinen Tablette. Jesus, mein Gott! Andererseits, was verstand er schon von Teenagern und ihren Problemen?
An der Sandford Road hielt ihn eine provisorische Verkehrsampel auf – wieder irgendwelche Bauarbeiten. Der Verkehr staute sich Gott weiß wie weit.
Aber mit welchen Argumenten er sich auch herauszureden versuchte, er wusste nur zu gut, was da in ihm nagte. Mit Schuldgefühlen kannte er sich aus.

Endlich sprang die Ampel um. Er legte den Gang ein und folgte der Autoschlange, die sich schleppend vorwärts bewegte.
Er hätte darauf bestehen müssen, zu bleiben. Natürlich, wenn Kate das lieber war, hätte sie das Gespräch führen können, aber er hätte dableiben und ihr das Gefühl geben müssen, nicht mit ihren Problemen allein zu sein.
Plötzlich ging gar nichts mehr, sie standen im Stau.
Gut hundert Meter vor sich entdeckte er einen Pub, in dem er schon mal gewesen war, und beschloss, dort einen Drink zu nehmen und zu warten, bis der Stau sich aufgelöst hatte. Bei der nächsten Gelegenheit bog er ab und kurvte durch die Seitenstraßen, bis er einen Parkplatz gefunden hatte.
Schon an der Tür schlugen ihm Lärm und lautes Lachen entgegen. Der Pub war einer alten Postkutschenstation nachempfunden, mit einem Wassertrog, auf Eiche getrimmten Plastikpfosten mit Messingringen zum Anbinden der Pferde und einer Holztafel, auf der man in goldener Schrift den fiktiven Tarif für eine Passage von Dublin nach Galway oder Cork ablesen konnte. Der auf einem Wandgestell montierte Fernseher in der Ecke zerstörte die Illusion allerdings schnell.
Der rothaarige Hüne, der als Barkeeper agierte, gab sich demonstrativ beschäftigt, damit ja niemand auf die Idee kam, er könnte womöglich Zeit für einen Plausch haben. Gallagher kannte den Typ, er hatte oft genug Leute von seinem Schlag als potenzielle Zeugen vernommen. Die sahen alles, ließen sich aber kein Wort entlocken.
»Was darf ich Ihnen geben?«
»Eine Flasche Bud.«
Er winkte ab, als der Barkeeper ihm ein Glas geben wollte, sammelte das Wechselgeld aus der Pfütze auf dem Bartresen auf, in die der rothaarige Hüne die Münzen geklatscht hatte, und gesellte sich mit der Bierflasche in der Hand zu drei Männern in Baumwollhemden und schmutzigen Jeans, die sich so dicht vor

dem Fernseher aufgebaut hatten, dass sie die Köpfe in den Nacken legen mussten. Die Nachrichten liefen, die drei Männer in Arbeitskleidung warteten sicher ungeduldig auf die Sportergebnisse.

Der Nachrichtensprecher – stocksteif und wie aus dem Ei gepellt – verlas mit sonorer Stimme die Anmoderation zu einem Bericht aus dem *Dail*, dem Dubliner Parlament.

»Zu einem heftigen Wortgefecht kam es heute beim Thema Verbrechensvorbeugung, insbesondere bei der Diskussion über geeignete Maßnahmen gegen das wachsende Problem der wechselseitigen Auswirkung von Drogen und Gewalt. Die Opposition verlangte von der Regierung vor dem Hintergrund der handgreiflichen Auseinandersetzung zwischen dem Fernsehjournalisten Marcus Kelly und dem Dubliner Geschäftsmann Sean Donovan eine härtere Gangart.« Der letzte Satz der Moderation wurde von kurzen Bildsequenzen über den Zwischenfall begleitet.

Die Regierungsbank war überwiegend von Staatssekretären besetzt, die auf eine neuerliche Erörterung des Themas nicht vorbereitet waren – eine Situation, die Ben Caffrey, der Sprecher der Opposition, natürlich weidlich ausnutzte.

»Wann ist im Zusammenhang mit dem Kelly-Zwischenfall endlich eine Anklage zu erwarten? Und wann beabsichtigt die Regierung – da spreche ich besonders das Justizministerium an – angesichts der zunehmenden Straßenkriminalität durch Drogenhandel und Prostitution der Polizei mehr Geld zur Verfügung zu stellen, damit sie der Entwicklung wirksam entgegentreten kann?«

Caffray setzte sich und wartete auf eine Antwort von der Regierungsbank. Der Justizminister nahm in Straßburg an einer internationalen Konferenz über Menschenrechte teil, so dass seine Staatssekretärin in die Bresche springen musste, und genau darauf zielte Caffreys Taktik offenbar ab. Seine Erwartung,

leichtes Spiel mit ihr zu haben, erwies sich allerdings als trügerisch. Die Staatssekretärin, eine ausnehmend schöne, dunkeläugige Frau Anfang dreißig, die sich mit dem wie angegossen sitzenden, figurbetonenden Kostüm als erfreulicher Farbtupfen vom grauen Einerlei des Parlaments abhob, konnte ihm durchaus Paroli bieten. Ihre Erwiderung war knapp und prägnant.
»Ermittlungen in Strafsachen fallen in die Zuständigkeit der *Gardai*, die Entscheidung über mögliche Konsequenzen obliegt dem Leiter der Anklagebehörde. Was den zweiten Teil der Frage angeht, so wird der Commissioner im Rahmen des vom Parlament verabschiedeten Jahresbudgets die als notwendig beurteilten Prioritäten setzen. Das Justizministerium und der Commissioner arbeiten bei der vorbeugenden Verbrechensbekämpfung eng zusammen und werden dem Hohen Haus zu gegebener Zeit einen Maßnahmenkatalog vorlegen.«
Sie setzte sich und wartete. Die Frage des Oppositionssprechers war, wie sie sehr wohl wusste, nur das Vorgeplänkel gewesen, das eigentliche Wortgefecht stand noch aus.
Nun war Caffrey wieder am Zug. Er hatte in der Vorgängerregierung selbst das Amt des Justizministers bekleidet und hoffte, es durch das Ergebnis der in Kürze anstehenden Wahlen wiederzuerlangen, was nach seiner Überzeugung nicht mehr als recht und billig war. Die derzeitige Regierung war nur ein bedauerliches Zwischenspiel. Seiner Meinung nach durchweg Nichtskönner, vor allem diese Staatssekretärin.
Caffrey stand die Verachtung ins Gesicht geschrieben, als er sich erhob, das Jackett zuknöpfte und zur Regierungsbank hinüberstarrte. »Darf ich die Frau Staatssekretärin fragen, ob die Regierung wirklich keine Notwendigkeit sieht, den Etat der ohnehin mit kargen Mitteln ausgestatteten Polizei aufzustocken, damit sie ihren Aufgaben gerecht werden kann? Ob ihr nicht bekannt ist, dass das Verbrechen sich immer mehr auf unseren Straßen ausbreitet und die Öffentlichkeit deswegen tief beunru-

higt ist? Und ob sie nicht zumindest einräumt, dass es, wenn die gegenwärtige Regierung bei ihrem unentschlossenen Kurs bleibt, im nationalen Interesse liegt, eine andere Regierung zu haben: eine, die fähig ist, mit dem Problem fertig zu werden?«
Der dramatische Auftritt wurde durch laute »Hört-hört«-Rufe von den Bänken der Opposition begleitet.
Die Staatssekretärin wartete, bis Ruhe eingekehrt war, dann griff sie nach einem Aktenordner, stand auf und las einige Zahlen vor, die aus der Statistik über Gewaltverbrechen und Festnahmen oder Verurteilungen wegen Straftaten unter Drogeneinfluss stammten. Danach folgten Zahlen, die eindeutig die Abnahme krimineller Aktivitäten belegten, wogegen die Zahl der Festnahmen und Verurteilungen beträchtlich angestiegen war.
Sie legte den Ordner weg und wandte sich an den Sprecher der Opposition. »Die zuerst genannten Zahlen stammen aus dem vergangenen Jahr, als die Regierungsverantwortung bei der jetzigen Opposition lag und niemand anderer als Mr. Caffrey das Justizministerium geleitet hat.« Die Abgeordneten ihrer Partei lachten hämisch. »Und ich glaube, unsere Bürger wissen, wie schwierig es ist, Missstände und Versäumnisse innerhalb eines Jahres wettzumachen. Dennoch zeigen die Zahlen, die ich danach genannt habe und die aus diesem Jahr stammen, deutlich, welche Fortschritte die *Gardai* und die Anklagebehörde dank der Unterstützung durch die gegenwärtige Regierung erzielen konnten.«
Ihr Ton wurde eine Spur schärfer. »Es gibt also eine Regierung, die nicht nur entschlossen, sondern auch fähig ist, mit den Problemen fertig zu werden, und deren Erfolge beredtes Zeugnis von der Unfähigkeit und Inkompetenz der Vorgängerregierung, ihres Justizministers Ben Caffrey und seiner ihm fröhlich beipflichtenden Parteifreunde, geben.«
Die drei Männer, von denen Gallagher vermutet hatte, dass sie

nur wegen der Sportergebnisse vor dem Fernseher des Pubs ausharrten, stimmten in den Beifall von den Bänken der Regierungspartei ein, und als der Nachrichtensprecher zu anderen Themen überging, sparten sie nicht an – offensichtlich leicht bierseligen – Kommentaren.
»Die hat's dem gegeben, was?«
»Und 'ne Schnuckelbiene ist sie sowieso.«
»Glaubst du, die hat heimlich was mit dem alten Knacker?«
»Mit wem? Mit deinem Caffrey? Würd'st wohl selber gern mal bei der landen?«
»Ich wette, die bumsen alle mit ihr.«
»Heiliger Bimbam, würdest du's etwa nicht tun?«
»Und ob ich das täte, verdammt noch mal. Ich würde ihn sogar vorher dir reinschieben, wenn sie mich ranlässt.«
Ihr schmieriges Lachen dröhnte Gallagher in den Ohren, Zornesröte stieg ihm ins Gesicht. Er trank den letzten Schluck Bier und stellte die Flasche ab, und zwar ziemlich hart. Der Barkeeper sah, als er das Geräusch hörte, mit gerunzelter Stirn hoch. Die drei Männer hatten es auch gehört, fuhren verdutzt herum und starrten betroffen auf den Fremden und dessen finstere Miene.
Gallagher hatte eigentlich vorgehabt, ihnen ein paar deutliche Worte zu sagen, besann sich aber eines Besseren, machte auf dem Absatz kehrt und verließ den Pub.
Als er seinen Wagen aufschloss, war er schon ein wenig ruhiger geworden. Die Männer hatten nicht gewusst, wie sehr ihr rüdes Gerede ihn verletzen musste. Weil sie nicht wussten, wie Emma und er zueinander standen, und nicht ahnen konnten, dass er seine Tochter nur sah, wenn ihr Bild auf dem Fernsehschirm auftauchte.

5

Ein verbeulter, stahlgrauer Nissan-Kastenwagen mit Vinnie Dwyer am Steuer fuhr die Ballyfermot Road hinunter. Dem Autokennzeichen nach war das Vehikel vor vier Jahren im County Cavan angemeldet worden, tatsächlich hatte Vinnie das Nummernschild aber erst gestern angeschraubt, gleich nachdem er den Nissan auf dem Hof eines Bauunternehmens in Blanchardstown gestohlen hatte. Im Stauraum lag noch eine Ladung Bauholz, er hatte sich nicht die Mühe gemacht, den Wagen leer zu räumen.

Es war Sonntagmorgen acht Uhr, die Ballyfermot machte noch einen verschlafenen Eindruck. Auf einer Straße wie dieser kehrte, ähnlich wie im Dschungel, nie friedliche Stille ein. Hier schlichen Tag und Nacht zweifelhafte Typen herum, die Angst und Schrecken verbreiteten und keinem Ärger aus dem Weg gingen.

Vinnie schreckte das nicht ab, im Gegenteil, die Atmosphäre törnte ihn an. Er war vor dreißig Jahren in Ballyfermot geboren worden, und obwohl er jetzt in einer besseren Gegend wohnte, etliche Meilen weit weg, hatte das Raubtier in ihm sich nie zähmen lassen.

Er sah nicht wie ein Schläger aus. Kein Ohrring, kein Stoppelbart, keine Tätowierung, kein verschlagener Blick, keine demonstrativ zur Schau gestellten Muskeln – nein, Vinnie machte mit seinen braunen Augen und dem breiten Lächeln den Eindruck eines netten, gut aussehenden Burschen. Aber das Äußere trog, er konnte, wenn die Situation es verlangte, unglaublich brutal sein. Er hatte ohne Skrupel Menschen zusammengeschlagen und getötet, und nicht mal das hübsche Lächeln war ihm dabei auf den Lippen gefroren.

Zu den Gefängnisstrafen, die er abgesessen hatte, war er wegen der Teilnahme an Raubüberfällen verurteilt worden, nie wegen Gewalttätigkeit, und so hatten die Behörden keine Veranlassung gesehen, ihn auf seinen Geisteszustand untersuchen zu lassen. Hätte es eine solche Untersuchung gegeben, wäre zweifellos festgestellt worden, dass Vinnie Dwyer ein Psychopath war.

Er fuhr an Pubs, Buchmacherbüros, Kebab-Treffs und Spielsalons vorbei, alle mit heruntergelassenen eisernen Rollläden und vergitterten Fenstern. Vor einem Eckladen, der schon offen hatte, lungerte ein ausgemergeltes, wie in einem Fieberanfall zitterndes junges Pärchen herum, ansonsten waren zu dieser frühen Stunde nur für Ballyfermot eher atypische Gestalten unterwegs: brave Bürger im mittleren oder fortgeschrittenen Alter auf dem Weg zur Kirche, wo sie im Sonntagsgottesdienst Gott vermutlich anflehen wollten, sie aus diesem Irrenhaus herauszuholen.

Links der Hauptstraße erstreckte sich das wahre Ballyfermot, nicht enden wollende Reihen von zweistöckigen Wohnhäusern, lieblos in eine öde Umgebung gesetzt und nun das Zuhause für Zehntausende von Menschen: kinderreiche Familien, in denen oft der Vater, die Mutter oder beide fehlten und deren Mitglieder nichts miteinander gemein hatten als das Dach, unter dem sie hausten, und dazwischen hier und da eine ganz normale Familie, die sich verzweifelt bemühte, ein einigermaßen geordnetes Dasein zu führen.

Rechts der Hauptstraße verlief die vierspurige Schnellstraße, die nach Westen führte, nach Limerick und Galway, und weit dahinter lag der fast tausend Hektar große Phoenix-Park, Europas größtes Naherholungsgebiet, an diesem Morgen eine Oase der Stille. In den Parkanlagen und an den Waldrändern waren Jogger unterwegs, auf den noch vom Nachttau feuchten Wiesen ästen Rehe, in der Luft schien Frühling zu liegen. In wenigen Stunden würde der Zoo öffnen, in seiner mitten ins üppige Grün gebetteten Residenz nahm der Präsident der Republik Irland jetzt wahrscheinlich sein Frühstück ein, und nicht weit von ihm entfernt tat der amerikanische Botschafter in seinem von einer Schutzmauer umgebenen Amtssitz – einem Herrenhaus aus dem achtzehnten Jahrhundert – vermutlich dasselbe.

Aber all das hatte nichts mit Ballyfermot zu tun, es gehörte zu einer fremden Welt, irgendwo auf einem fernen Planeten.

Ballyfermot war Anfang der Sechziger aus dem Boden gestampft worden, um für Familien aus maroden Dubliner Slums ein neues Zuhause zu schaffen, doch die Menschen, die man aus der Innenstadt in trostlose Wohnschachteln am Stadtrand verpflanzt hatte, fühlten sich entwurzelt, der Familienbande und vertrauten Nachbarschaft beraubt und von Fremden umgeben, die ihnen und denen sie fremd blieben. Und so waren Ballyfermots Anfänge zugleich der Beginn seines Verfalls gewesen – ein Problem, für das niemand eine Lösung wusste.

Vinnie war zweimal links, dann einmal rechts abgebogen und schließlich in dem am wenigsten einladenden Teil der Wohnstadt angekommen. Außer seinem Nissan bewegte sich kein Auto auf den Straßen; der verbeulte Kastenwagen schien im Übrigen der einzige fahrbare Untersatz zu sein, der überhaupt dazu in der Lage war. Bei den am Straßenrand abgestellten Autos handelte es sich vorwiegend um alte Rostlauben ohne Räder, auf Holzblöcken aufgebockt. In einer Parkbucht stand ein – wahrscheinlich gestohlener – ausgebrannter Ford Sierra.

Die Mülleimer quollen über, verwahrloste, von Narben gezeichnete Köter strichen auf der Suche nach essbaren Happen um sie herum. Wie überall im Dschungel waren die Überlebenschancen – wenn es überhaupt welche gab – auch hier für die Tiere am besten. Und weil es, wie sich erst kürzlich bei einer öffentlichen Anhörung herausgestellt hatte, das für Stadtsanierungen zuständige Verwaltungsdezernat seit Jahren versäumt hatte, Rücklagen zu bilden, bestand kaum Aussicht, dass sich an dem Zustand etwas änderte.

Vinnie hielt vor einem Haus, das den zerbrochenen, notdürftig mit Holzlatten vernagelten Fensterscheiben nach längst aufgegeben worden war, stellte den Motor ab und stieg aus. Er trug einen dunkelblauen Overall – jemand von den Stadtwerken, hätte ein zufälliger Beobachter vermuten können, obwohl dieses Haus schon seit langem nicht mehr ans Strom- und Gasnetz angeschlossen war, jedenfalls nicht offiziell.

Er ging auf das Haus zu – durch das Loch, das im Gartenzaun gähnte. Irgendwann war es durch ein Gattertor ausgefüllt gewesen, bis es bei einem Nachbarschaftsstreit ausgehängt und als Wurfgeschoss missbraucht worden war, um dem Kontrahenten das Fenster einzuschlagen. Ein Schloss gab's in der Haustür nicht mehr, es hatte nach mehreren gewaltsamen Attacken den Geist aufgegeben. Vinnie wusste, dass der derzeitige Bewohner ersatzweise die Tür von innen zu verrammeln pflegte. Beim Versuch, sie von außen aufzudrücken, merkte er, dass er auf hartnäckigen Widerstand stieß, und beschloss, sein Glück an der Gartentür zu versuchen. Bingo – die Tür war unverriegelt.

Der Küchenfußboden starrte vor Schmutz, Vinnie hatte bei jedem Schritt das Gefühl, mit den Schuhen festzukleben. Einen Küchentisch gab es nicht, und da, wo früher der Kochherd gestanden hatte, hingen nur noch ein paar gekappte Leitungen aus der Wand. Nur der Elektrokocher auf der Ablage des

Spülbeckens und ein paar beschichtete Pappkartons mit verkrusteten Essensresten vom Chinesen, deuteten darauf hin, dass noch jemand hier hauste.

Vinnie blieb einen Augenblick stehen und lauschte mit schräg gelegtem Kopf den gedämpften Geräuschen im Obergeschoss.

»Dezo?«, rief er, »ich bin's, Vinnie. Bist du da?«

Er ging in die Diele, wo sich das Rätsel des verschwundenen Küchentischs löste: Mit dem hatte Dezo die Haustür verrammelt. Vinnie stieß eine Tür auf. Das Wohnzimmer war leer geräumt, bis auf ein fleckiges, durchgesessenes Sofa und einen vergammelten alten Rucksack, der in der Ecke lag.

Am oberen Treppenabsatz tauchte ein junger Mann auf. Barfuß, in Jeans, gerade dabei, sich ein T-Shirt überzustreifen. Um die zwanzig, mager, mit Einstichwunden und Blutergüssen in den Armbeugen und strähnigem, ungewaschenem Haar, das er gewöhnlich zu einem Pferdeschwanz zusammenband.

»Je-je-jesus, Vinnie. Hab ja nicht gedacht, dass du's bist.« Dezo stotterte, wenn er aufgeregt war.

Vinnie stieg die Treppe hoch, die Holzstufen knarrten unter seinen schweren Stiefeln.

»Äh – Vi-vinnie, das ist …«

»'ne echte Überraschung, wie?«, fragte Vinnie mit strahlendem Lächeln, sah sich um und stieß eine Zimmertür auf.

Neben dem zerwühlten Bett stand ein Mädchen, höchstens sechzehn oder siebzehn, nur mit dem BH und einem Höschen bekleidet. Sie war blass, hohläugig und noch magerer als Dezo, die Schenkel dünner als ein kräftiges Handgelenk. Das Zimmer stank nach ungewaschenen Körpern.

Vinnie schenkte ihr ein hübsches Lächeln. »Ah, Aileen, mein Goldschatz. Frisch und knusprig wie immer.« Dann drehte er sich zu Dezo um. »Los, zieht euch an. Alle beide.«

Dezo zwängte sich an ihm vorbei, zog sich Sneakers über die nackten Füße und fragte: »Was liegt denn an, Vinnie?«

»Er hat einen Job für euch. Wird euch zu bisschen Bargeld verhelfen.«
»Prima.« Dezos Nervosität war verflogen. »Worum geht's?«
Vinnie zuckte die Achseln. »Weiß ich nicht. Hat er mir nicht gesagt. Er hat nur gesagt, ich soll euch holen.«
Der Junge starrte ihn an. »Warum hast du 'n Overall an?«
Vinnie sah an sich herunter und zupfte an dem groben Baumwollstoff herum. »Ach, das Ding? Hat weiter nichts zu bedeuten. Ich muss später was für ihn erledigen, Knochenarbeit. Die Gottlosen haben eben auch sonntags keine Ruhe.«
Das Mädchen hatte sich inzwischen Jeans und ein bekleckertes T-Shirt angezogen. *Nike* stand darauf, aber man sah auf den ersten Blick, dass es eine billige Imitation war.
»Und er hat tatsächlich gesagt, dass du uns beide mitbringen sollst?«, wollte Dezo wissen.
»Ja, warum nicht?«
Dezo sah das Mädchen besorgt an. »Fühlst du dich … bist du okay?«
Das Mädchen nickte, sie stiegen die Treppe hinunter.
Als sie in der Diele an dem als Barrikade benutzten Küchentisch vorbeikamen, schüttelte Vinnie lachend den Kopf. »Himmel noch mal, rechnest du etwa mit einem Sturmangriff? Was gibt's bei dir schon zu holen, Dezo?«
Sie zerrten den Tisch weg, verließen das Haus durch den Vordereingang und stiegen in den Nissan. Aileen saß in der Mitte, zwischen den beiden Männern. Dezo warf noch mal einen Blick zurück und runzelte die Stirn. Dass die Haustür jetzt einen Spalt offen stand, gefiel ihm gar nicht.
Als sie losfuhren, bemerkten weder Vinnie noch Dezo oder Aileen die Gestalt, die sich rasch hinter einen Busch duckte und erst wieder hochkam, als der Nissan an der nächsten Straßenecke abgebogen war.
Dermot Davis war nicht von den Spuren des Drogenmiss-

brauchs gezeichnet wie seine Schwester oder ihr Freund Dezo, Heroin war für ihn nicht die Quintessenz des Lebens. Er hatte das Zeug nie probiert und auch nicht vor, es je zu tun oder gar Dealer zu werden wie Dezo, der den Stoff in kleine Beutel abfüllte und an den Haustüren verschacherte – normalerweise im Auftrag von Vinnie, der ihn dafür mit einem winzigen Anteil am Gewinn abspeiste.

Wahrscheinlich deshalb war Dezo auf die Idee verfallen, von der Menge *Gear*, die Vinnie ihm lieferte, einen Teil abzuzweigen und auf eigene Rechnung zu verkaufen. Damit das nicht auffiel, musste er den Stoff mehr als üblich strecken. Und gerade das war das Gefährliche daran. Nicht auszudenken, was den Jungen erwartete, wenn Vinnie ihm auf die Schliche kam.

Dermot ahnte, dass es von Tag zu Tag dringender wurde, Aileen heim nach Waterford zu holen, wo sie hingehörte. Deshalb war er nach Dublin gekommen, um seine Schwester zu suchen. Nun gut, er hatte sie gefunden, aber ihm war klar, dass er behutsam vorgehen musste, sonst würde sie wieder irgendwo abtauchen. Im Augenblick konnte er nicht viel mehr tun, als zu versuchen, sie am Leben zu halten.

Und darum hatte er Dezo und Aileen jetzt in der blauen Tragetasche, die er mitschleppte, einen Beutel Milch, einen Laib Brot, etwas Butter und ein paar Teebeutel bringen wollen. Nachdem er sie wochenlang beobachtet hatte, war er ziemlich sicher, dass sie um die Zeit noch schliefen, aber er brauchte ihnen die Sachen ja nur in die Küche zu legen.

Es machte ihm jedes Mal Angst, wenn er sie heimlich beobachtete, wie sie im Bett lagen. Für ihn sah das nicht nach Schlaf, sondern eher nach Koma aus. Er fürchtete, dass sie sich irgendwann im Schlaf erbrachen und daran erstickten.

Und nun waren sie mit diesem Fremden in den stahlgrauen Nissan gestiegen. Dermot war Vinnie Dwyer nie begegnet, hatte sich aber, noch bevor Dezo ihn mit dem Namen anredete,

denken können, wer Dezo zu so früher Stunde einen Besuch abstattete.
Aileen hatte ihm von Vinnie erzählt. Der Bursche war ihr irgendwie unheimlich. Lachte ständig und machte Scherze, aber jeder wusste, dass das nur Maskerade war. Über Vinnie waren eine Menge Geschichten im Umlauf, und die hörten sich nach verdammt viel Blut an, eine wie die andere.
Dermot warf zur Vorsicht noch einen Blick über die Schulter zurück, dann ging er aufs Haus zu. Die Straße war immer noch menschenleer, aber die Gegend schien langsam zum Leben zu erwachen. Irgendwo schrie ein Baby, ein zweites stimmte ein, etwas weiter die Straße hinunter plärrte ein Radio los, eine Frauenstimme keifte: »Stell den verdammten Kasten ab.«
Er hatte Dezo gewarnt, dass es ihm übel ergehen könnte, wenn Vinnie hinter seinen Schwindel käme. Hoffentlich hatte Vinnies früher Besuch nichts mit dem gepanschten *Gear* zu tun. Für Dezo war er nicht verantwortlich, der hatte sich das selber eingebrockt. Aber Aileen – die hatte doch nichts mit Dezos krummen Touren zu tun? Warum hatte Vinnie beide mitgenommen? Und wohin wollte er sie bringen?
Dermot schob die Gedanken beiseite. Es gab wichtigere Dinge zu tun – Dinge, die keinen Aufschub duldeten. Einen Plan hatte er nicht, er verließ sich ganz auf seinen Instinkt.
In der Küche sah er auf dem Fensterbrett ein Stemmeisen liegen. Genau das, was er suchte. Er nahm es mit in das nach vorn gelegene, fast leer geräumte Zimmer neben der Diele, schob das Sofa beiseite und entdeckte, dass da, wo es gestanden hatte, die Fußbodenbretter gelockert worden waren. Dezo hatte es anscheinend nicht für nötig gehalten, sie wieder ordentlich zuzunageln oder wenigstens fest nach unten zu drücken. Dermot konnte die losen Bretter mühelos mit dem Stemmeisen hochziehen. Er legte sich flach auf den Boden, schob den Arm so weit wie möglich in den Hohlraum unter dem Fußboden und fing

mit den Fingern zu tasten an, bis er auf etwas Weiches stieß. Dem Rascheln und Knistern nach ein Plastikbeutel. Er musste sich ein bisschen strecken, dann hatte er ihn fest im Griff und konnte ihn herausziehen.

Er roch das Geld, bevor er es sah.

Ein halbes Dutzend Bündel abgegriffener Banknoten in unterschiedlicher Sortierung, jedes von einem Gummiband zusammengehalten, zusätzlich ein kleiner Plastikbeutel mit Münzen. Zählen würde er es später, aber Dezos Prahlerei nach mussten es an die fünftausend Irische Pfund sein.

Er stopfte alles in den alten Rucksack. Gut möglich, dass jemand herkam und danach suchte, aber dann waren er und das Geld längst verschwunden.

Nach ein paar Meilen bog Vinnie von der vierspurigen Schnellstraße ab.

»Wo-wo-wo geht's denn hin?«, fragte Dezo.

»Wirst du schon sehen, wenn wir da sind.«

Die Straße führte zu einem im Bau befindlichen Industriepark. Rings um Dublin schossen solche Gewerbegebiete wie Pilze aus dem Boden, und jeder von ihnen fraß ein Stück von dem Grüngürtel weg, der die Stadt umgab. An Wochentagen hallte das Gelände von Baulärm wider, aber jetzt, am Sonntagmorgen, rührte sich hier nichts. Die Bürohäuser, Lagerschuppen und Fabrikationsgebäude befanden sich alle noch im Rohbau, keine Firma war bisher hierher umgezogen.

Vinnie hielt vor einem Tor. Das große Schloss war Attrappe, Vinnie brauchte es nur auszuhängen und das Tor aufzustoßen. Er fuhr auf einen langen, flach gehaltenen Schuppen zu, bei dem da, wo später die Tore eingesetzt werden sollten, noch Löcher gähnten. Vor dem Schuppen parkte ein blauer Mazda.

»Ist das seiner?«, wollte Dezo wissen.

»Ja«, sagte Vinnie einsilbig, lenkte den Nissan in den leeren

Schuppen und stellte den Motor ab. »Okay, alles raus«, ordnete er an, sprang aus dem Wagen, ging nach hinten, öffnete die Ladetüren und nahm, während seine Mitfahrer gerade von der Sitzbank kletterten, etwas heraus.
Dezo sah sich um. »Wo ist er denn?«
Der Baseballschläger traf ihn mit voller Wucht in die linke Kniekehle, Dezo knickte ein und fiel mit einem kehlig gurgelnden Laut zu Boden.
Aileen stieß einen Schrei aus, ihre Arme zuckten wie bei einer Marionette. Vinnie holte mit dem Baseballschläger aus und traf sie hart am Hals, dicht unterhalb des Ohrs. Aileen sackte nach vorn, als wäre irgendetwas in ihr zerbrochen. Sie lag mit bizarr verdrehtem Kopf stumm und reglos da, ihre Pupillen waren nach oben gerollt, die weißen Augäpfel starrten ins Leere.
Dezo stöhnte, versuchte aber, auf allen vieren zur offenen Toreinfahrt zu kriechen. Vinnie ignorierte ihn fürs Erste, ging in die Hocke, um sich das Mädchen genauer anzusehen.
»Verdammt«, sagte er enttäuscht, »das ging aber schnell.«
Er richtete sich auf. »Sicher ist sicher«, murmelte er, fasste den Baseballschläger mit beiden Händen, holte weit aus und zerschmetterte dem Mädchen den Schädel. Eine dunkelrote Blutlache breitete sich hinter ihm aus, als er gemächlichen Schritts auf Dezo zuging.
»Und nun, mein Junge«, sagte er, »werd ich dir zeigen, warum es keine gute Idee ist, ein bisschen was von Sean Donovans *Gear* abzuzweigen und auf eigene Rechnung zu verkaufen.«
Seine Hände schlossen sich um das Griffstück des Baseballschlägers. Am besten, er fing mit dem rechten Knie an.

Eine Stunde später stand der Kastenwagen am Rand einer riesigen Grube, die von der Stadt als Müllhalde genutzt wurde – und heute auch von Vinnie, er hatte menschlichen Abfall aus Ballyfermot mitgebracht.

Seemöwen kreisten über dem Müll, um rasch noch etwas zu ergattern, bevor morgen früh die Bulldozer kamen und die stinkende Halde mit Erde zudeckten. Irgendwo kokelte ein Feuer, halb verbrannte Papierfetzen flatterten durch die Luft. Einer segelte an Vinnie vorbei, genau in die Senke, zu der er Dezos blutigen, zerschlagenen Leichnam schleifte – an den Füßen gepackt und mit dem Gesicht nach unten.
Am Rand der Senke machte er Halt und warf einen Blick nach unten. In dem schlammigen, von einer schimmernden Ölschicht bedeckten Wasser, das sich angesammelt hatte, lag ein ausrangierter Kinderwagen. Vinnie stemmte Dezo den Stiefel in den Rücken, trat zu und ließ ihn hinunterrollen. Dann ging er zum Kastenwagen zurück, um Aileen zu holen.
Als sie beide in der Senke lagen, blieb er einen Augenblick stehen und musterte das Ergebnis seiner Mühe. Das Mädchen hatte Dezo mit der letzten Rollbewegung unter sich begraben und unter die Wasseroberfläche gedrückt. Eine eindeutige Botschaft an jeden, der auch nur mit dem Gedanken spielte, ähnlich krumme Touren zu versuchen wie Dezo: Ihr seid alle entbehrlich.
Er stieg in den Nissan und fuhr zurück in den Lagerschuppen. Der Fußboden war blutbesudelt, auch die Wand des Schuppens hatte etwas abgekriegt. Vermutlich von der abschließenden Abrechnung mit Dezo.
Im Stauraum des Kastenwagens lagen zwei Benzinkanister. Vinnie kippte das Benzin bis auf einen kleinen Rest über dem Nissan aus, ließ die Ladetüren weit offen und ging nach draußen, zum Mazda. Er nahm eine Tasche mit frischen Jeans und sauberen Schuhen vom Rücksitz, zog sich um, brachte den Overall und die Stiefel zum Kastenwagen und warf sie mitsamt dem Baseballschläger in den Stauraum des Wagens. Dann füllte er den Rest Benzin in eine leere Milchflasche, stopfte einen benzingetränkten Lappen in den Flaschenhals, zündete ihn mit

seinem Feuerzeug an, schleuderte die Benzinbombe in den Stauraum und rannte los.

Hinter ihm schlugen die Flammen wie eine Feuerwalze aus dem Nissan. Er schaffte es gerade noch bis zum Tor des Lagerschuppens, bevor der Wagen explodierte und einen Teil des Schuppendachs wegriss.

»Whaoohoo!«, heulte Vinnie begeistert.

Erst etwas später, als er mit dem Mazda auf der Schnellstraße Richtung Tallaght unterwegs war, zu Sean Donovans Haus, wurde ihm klar, dass ihm am Schluss doch noch ein Fehler unterlaufen war. Er hatte zwar sein Feuerzeug einstecken, aber die Zigaretten waren mit dem Overall verbrannt.

Na gut, musste er eben unterwegs noch mal Halt machen.

Donovan wohnte in einer exklusiven Wohngegend – gerade mal zehn aus goldgelbem Backstein errichtete, an einer schmalen Sackgasse gelegene, von gepflegten Gärten umgebene Häuser. Das heißt, Donovans Garten glich mit dem wuchernden Gras eher einer Wildnis – ein ständiges Ärgernis für die Nachbarn.

Vinnie bog in die kurze Einfahrt ein, klemmte sich die Sonntagszeitungen unter den Arm, die er unterwegs erstanden hatte, und ging, damit er nicht erst klingeln musste, um das Haus herum auf die Gartentür zu.

Donovan – im seidenen Morgenmantel, einen Becher Tee in der Hand – verfolgte die Annäherung auf dem auf der Arbeitsplatte der Einbauküche montierten Monitor. Zunächst lieferte ihm die Überwachungskamera neben der Haustür eine Schwarzweiß-Version des Mazda, kurz danach zeigte ihm die Überwachungskamera hinter dem Haus, wie Vinnie die Stufen der Hintertreppe hinaufstieg.

»Alles erledigt?«, fragte Donovan.

»Alles erledigt«, bestätigte Vinnie. »Ich schätze, der hat seine

Lektion gelernt.« Er warf den Stapel Zeitungen auf den Küchentisch.
Donovan sah schnüffelnd hoch. »Du riechst nach Benzin – wie kommt das?«
»Ja, hab's selber schon gemerkt. Ich geh mir schnell mal die Hände waschen.« Er verschwand im Badezimmer. »Hat nichts weiter zu bedeuten«, rief er Donovan durch die offene Tür zu. »Nur ein kleines Problem mit einem Kastenwagen.« Er seifte sich die Hände ein, wusch sie unter laufendem Wasser ab und kam, während er sie mit einem pinkfarbenen Handtuch abtrocknete, zurück in die Küche.
»Wann geht Ihr Flieger? Halb eins?«
»Halb zwei.«
»Oh, dann bleibt uns ja noch eine Menge Zeit. Ach, ehe ich's vergesse ...« Er deutete auf den Zeitungsstapel. »Die bringen heute wieder was über Sie.«
Donovan nickte. »Ich weiß, hab's schon gefunden«, sagte er und beugte sich tiefer über die aufgeschlagene Zeitungsseite.

6

Gallagher hatte kein Auge zugetan, er saß unrasiert, mit rot geränderten Augen am Küchentisch.
Gestern waren die Briefe gekommen, am Samstag. Beide am selben Tag – wenn's kommt, kommt's dicke. Er griff danach, obwohl er sie weiß Gott wie oft gelesen hatte und inzwischen auswendig kannte. Er konnte sie lesen, so oft er wollte, der Inhalt blieb immer derselbe: Sein Geld war weg.
Er hing nicht sonderlich an materiellen Dingen, ihm war der Job stets das Wichtigste gewesen. Er hatte während all der Jahre in den Staaten immer zur Miete gewohnt und nie den Wunsch verspürt, ein Haus oder eine Eigentumswohnung zu besitzen. Was den Vorteil mit sich brachte, dass er vor der Rückkehr nach Europa nichts verkaufen musste.
Da das FBI sich bei frühzeitiger Pensionierung, was die Höhe der Abfindung anging, nicht lumpen ließ, war die Anzahlung für die kleine Wohnung in Sandymount – an der Küstenstraße gelegen, mit unverbaubarem Meerblick – kein Problem gewesen, die restliche Hypothek zahlte er in monatlichen Raten ab. Die rund dreißigtausend Dollar, die von der Abfindung übrig geblieben waren, hatte ein New Yorker Broker für ihn in Regierungsanleihen angelegt.
Die monatliche Pension, die ihm aus den Staaten überwiesen wurde, reichte fürs Nötigste, wenn er sich einschränkte; große

Sprünge konnte er sich nicht erlauben. Darum war ihm die Idee gekommen, die Regierungsanleihe zu kündigen und das Geld inklusive Zinsgewinn hier in Irland anzulegen, wo er im Bedarfsfall schneller darauf zurückgreifen konnte. Er hatte also vor einigen Wochen an seinen Broker geschrieben und ihn gebeten, ihm den aktuellen Verkaufswert mitzuteilen. Und am Samstag, als die beiden Briefe gekommen waren, hatte er den aus New York zuerst geöffnet – in der Annahme, das wäre die Antwort.

Nun, der Brief kam zwar von der Brokerfirma, war aber von jemand anderem unterzeichnet. *»Ich bedaure, Ihnen mitteilen zu müssen …«*

Im ersten Augenblick hatte er gedacht, es sei jemand gestorben. Nur, als er den Brief zu Ende gelesen hatte, wusste er, dass das – zumindest für ihn – das kleinere Übel gewesen wäre.

Der Broker war verschwunden. Und mit ihm etliche Millionen, die ihm von seinen Klienten anvertraut worden waren. Inklusive Gallaghers dreißigtausend.

Keine Regierungsanleihe, keine Zinsen – alles futsch.

Der Broker war untergetaucht, die Polizei und die Aufsichtsbehörde für das Bankenwesen und Anlagengeschäfte ermittelten in dem Fall.

Und während er noch versuchte, die Hiobsbotschaft zu verdauen, hatte er den zweiten Brief geöffnet. Von der Geschäftsführung seiner Bank hier in Dublin.

»Ich erlaube mir, darauf hinzuweisen, dass Ihr Konto per Saldo von gestern ein Soll von 3.237,41 Pfund aufweist; der Ihnen eingeräumte Dispositionskredit ist damit um 737,41 Pfund überschritten. Ich bitte Sie, das Konto auszugleichen und baldmöglichst einen Gesprächstermin mit uns zu vereinbaren, damit wir Sie über Möglichkeiten zur dauerhaften Regelung Ihrer Finanzen beraten können …«

Kein Wunder, dass ihm die Hände gezittert hatten, als er den

Brief weglegte. Der Schock saß ihm immer noch in den Knochen.
Er schaute auf die Datumsanzeige seiner Armbanduhr. Gott sei Dank kam morgen, am Montag, der monatliche Scheck vom FBI. Aber auf lange Sicht half ihm der auch nicht aus der Klemme. In New York konnte er wegen des Wochenendes erst am Montag anrufen, um zu hören, ob von seiner Anlage noch irgendetwas zu retten wäre. Viel Hoffnung hatte er nicht. Einigen seiner Bekannten war es vor Jahren ähnlich ergangen, sie hatten auch alles verloren.
Verdammt, er war zu leichtsinnig gewesen.
Am besten rief er am Montag auch gleich bei seiner Bank an. Gut, er wusste, dass das Konto unter Schwindsucht litt, aber dass die das gleich so dramatisierten ... Aber dann hatte er, nachdem der Brief gekommen war, den Bankauszug mit der Kontoübersicht für die letzten drei Monate aus der Schublade gekramt, in der er ungeöffnet lag, und gesehen, dass es tatsächlich dramatisch war. Eine stetige Abwärtsbewegung, die Schulden wuchsen Monat für Monat an. Und das alles, weil er sich nicht rechtzeitig darum gekümmert hatte.
Er saß ganz schön in der Patsche.
Und wenn's so weit kam, dass er die Wohnung verkaufen musste?
Bei dem Gedanken stockte ihm der Atem. Wo, zum Teufel, sollte er dann bleiben? Er konnte sich doch nicht Kate aufdrängen. Und bei Emma einzuziehen, das kam erst recht nicht in Frage.
Er ging zum Fenster und sah hinaus. Aber auf einmal war ihm, als gehöre der Blick ihm gar nicht mehr. Zur Linken pafften die schlanken, durch den in Pink und Weiß gehaltenen Anstrich an riesige Lutscher erinnernde Schornsteine des Kraftwerks Coolock dünne Rauchfähnchen in den Himmel. Die Ebbe hatte eingesetzt, auf dem Küstenstreifen, und da, wo vor wenigen Stunden noch das Meer gewesen war, stocherten Muschelsucher

mit langen Stangen und Sandpfeifer mit spitzen Schnäbeln um die Wette nach versteckter Beute.
Der Morgen war klar und sonnig, aber Gallagher meinte schon zu sehen, wie sich – noch hinter dem strahlenden Blau verborgen – dunkle Wolken über ihm zusammenbrauten.
Das Telefon läutete. Alan.
»Tom«, sagte er, »die Sache tut mir wirklich sehr Leid.«
Gallagher hob die Augenbrauen. Alan konnte doch von seinen Problemen noch gar nichts wissen? Wovon redete er?
»Was tut dir Leid?«
»Das mit der Zeitung. Hast du's schon gesehen?«
Ach so, die Zeitung. Heute sollte ja sein Artikel veröffentlicht werden. Das hatte er völlig vergessen.

Emma Gallagher wendete, stieß sich mit den Füßen an der gefliesten Wand des Hallenbads ab und schwamm locker, den Kopf tief im Wasser, mit kraftvollen Arm- und Beinbewegungen weiter – ihre letzte Bahn für heute. Sie war noch genauso gut in Form wie zu der Zeit, als sie bei den Universitätsmeisterschaften Erste im Freistil geworden war, und das lag immerhin über zehn Jahre zurück. Sie schwamm mit der Zielstrebigkeit, mit der sie alles im Leben anpackte, entschlossen und ohne Zaudern. Ihre Freunde nannten das Engagement, diejenigen, die ihr nicht gewogen waren, sprachen eher von Rücksichtslosigkeit. Das Urteil über sie war schon immer gespalten gewesen, schon als sie sich einen Namen als öffentliche Anklägerin gemacht hatte, und jetzt, in ihrer politischen Laufbahn, erst recht.
Schräg gestellte Sichtblenden schirmten die Glasflächen des Hallenbads gegen die Sonne ab, aber der eine oder andere Strahl hatte sich an diesem Sonntagmorgen doch hindurchgemogelt und malte nun hinter ihr goldene Kringel aufs Wasser.
Neben dem Pool standen – in mattem Weiß gehalten – ein

Tisch und einige Korbsessel. In einem der Sessel saß ein Mann im weißen Frotteebademantel, nippte hin und wieder an der Kaffeetasse und verfolgte, die Augen gegen das blendende Licht zusammengekniffen, ihr Morgentraining. Anfang vierzig, mit gesunder Gesichtsfarbe und langsam grau werdendem Haar, das sich jetzt, nach dem Schwimmen, zu Löckchen kringelte. Seine linke Hand ruhte neben einem Mobiltelefon; Fergal Mulryne mochte sich nie lange von seiner Antenne zum Rest der Welt trennen.

Er hatte seine Runden bereits hinter sich. Obwohl er selbst ein passionierter Schwimmer war, wäre es ihm nicht in den Sinn gekommen, sich mit Emma zu messen. Zumal ihn das um die Augenweide gebracht hätte, ihr zuzusehen, wie sie energisch und doch voller Anmut durch das Wasser pflügte.

In seiner zufriedenen Miene spiegelte sich der geschäftliche Erfolg wider, dessen er sich – nach einigen eher lauen Jahren – erfreute, seit er die Generalvertretung eines renommierten italienischen Keramik- und Fliesenherstellers für Irland und Großbritannien übernommen hatte und auf die lukrative Idee verfallen war, in seinen Verkaufsstellen zusätzlich teuren, im Grunde unnützen Schnickschnack anzubieten, all das, was unter dem Sammelbegriff »Ambiente des gepflegten Heims« rangierte.

Seine Geschäfte warfen so viel ab, dass er sich – neben einer Wohnung in Mailand – dieses in der Abgeschiedenheit der Wicklow Hills gelegene Haus leisten konnte, das bis vor kurzem noch einem amerikanischen Filmregisseur gehört hatte. Es war mit Sicherheit nicht nur die Nähe der Ardmore Studios, die neben Malern und Schriftstellern Leute aus dem Film- und Showgeschäft in diese stille, reizvolle Landschaft lockten. Irlands Steuergesetze begünstigten Künstler neuerdings so, dass viele von ihnen überhaupt keine Einkommensteuer zahlen mussten.

Mulryne erwuchs aus diesem vom Parlament abgesegneten Steuersegen leider kein Vorteil, obwohl er sich nach Meinung vieler Bürger durch sein selbstloses Engagement für wohltätige Ziele mindestens ebenso um das Land verdient machte wie irgendwelche Filmfuzzis. Nun, immerhin war ihm zum Dank letztes Jahr im November die Ehre zuteil geworden, vom Premierminister beim alljährlichen festlichen Dinner in Dublin als einer der »Menschen des Jahres« ausgezeichnet zu werden. Was ihm viel bedeutet hatte. Wenn auch natürlich nicht annähernd so viel wie seine wundervolle Beziehung zu Emma Gallagher.

Sie stand in einem schimmernden schwarzen Badeanzug vor ihm, der sich wie eine zweite Haut um sie schmiegte. Das abperlende Wasser sammelte sich zu kleinen Rinnsalen. Sie nahm die stramm sitzende Badekappe ab und schüttelte den Kopf hin und her, um das dunkle Haar zu lockern.

»Dir macht das Spaß, wie?«, fragte er.

»Und wie«, sagte sie ein wenig außer Atem, ließ die Träger des Badeanzugs über die Schultern rutschen und zog ihn aus. Die pinkfarbenen Brustwarzen richteten sich steil auf. Ihre nackte Haut roch verlockend frisch und sauber. Sie beugte sich zu Mulryne hinunter, küsste ihn sanft aufs Ohr, griff nach ihrem Bademantel, der hinter ihr über einer Sessellehne hing, zog ihn an und setzte sich, um einen Schluck Kaffee zu trinken.

Ein rascher Blick auf die Uhr. Mein Gott, schon elf?

Gestern Abend waren sie mit Freunden, die – wie sie – in der Nähe von Bray wohnten, zum Essen in ein Restaurant gegangen und danach hierher gefahren. Wenn Mulryne im Land war, hielten sie es immer so, dass sie nach dem Essen entweder zu ihr oder zu ihm fuhren, wobei ihr Letzteres lieber war: Sie mochte dieses luxuriöse Haus und genoss es, ab und zu der Enge ihres kleinen Cottages zu entfliehen – und natürlich war

da auch noch der Swimmingpool im Souterrain, der sie magisch anzog.
Heute Morgen war sie sehr früh aufgewacht, aber offensichtlich später als Mulryne, denn er lag neben ihr und sah sie unverwandt an – weiß der Himmel, wie lange schon. Als er merkte, dass sie wach war, fing er an, sie sanft zu streicheln – nur mit den Fingerspitzen, so, wie sie es am liebsten mochte. Man konnte es kaum eine Berührung nennen, es war eher die elektrisierende Ahnung von fremder Haut auf ihrer Haut. Sie vermochte das nie lange zu ertragen, auch heute Morgen nicht, und als sie zu ihm hinübergerutscht war, hatte ihre bauchabwärts tastende Hand schnell gespürt, wie ungeduldig er schon auf sie wartete.
Danach waren sie beide noch mal in tiefen, traumlosen Schlaf gefallen und erst spät wieder aufgewacht. Und dabei hatte Emma sich so viel vorgenommen, was sie unbedingt heute erledigen musste, bevor es am Montag wieder rundging, verflixt noch mal.
Mulrynes Telefon läutete.
»Hallo?«, meldete er sich. »Oh – hi, Tony.«
Emma ahnte sofort, wer dran war.
Tony Goulding war der Minister für Industrielle Entwicklung und Technologie und zugleich stellvertretender Premierminister. Ihr geistiger Ziehvater – der Mann, der sie vor ein paar Jahren dazu überredet hatte, auf weitere Lorbeeren im Gerichtssaal zu verzichten und sich ganz der Politik zu widmen, die ohnehin ihre heimliche Liebe war.
Er hatte vorher selbst eine der kleineren politischen Parteien Irlands geleitet, bis sie – rechtzeitig vor den Wahlen – mit zwei anderen Gruppierungen zur neuen Democratic Nation verschmolzen war, die nun die Regierung stellte. Emma war in einem sicheren Wahlkreis an der Ostküste als Ersatzkandidatin für einen Abgeordneten angetreten, der sich aus der aktiven

Politik zurückziehen wollte, und jetzt – so schnell geht das manchmal – Mitglied der Regierung.
Sie war sich bewusst, dass sie das Goulding verdankte, der als väterlicher Freund seine schützende Hand über sie hielt und ihr mit Rat und Tat zur Seite stand. Er erwartete als Gegenleistung nichts als die Loyalität, zu der sie sich ohnehin verpflichtet fühlte. Sie sah sich eher als Mitglied in *seinem* Team als im Regierungsteam.
Außerdem hatte sie durch ihn Fergal kennen gelernt – noch etwas, wofür sie ihm Dank schuldete.
»Ja, ist sie«, hörte sie Mulryne sagen. »Ich geb an sie weiter.«
Emma nahm den Hörer, sagte artig »guten Morgen« und kam sich vor wie ein Schulmädchen, das bei irgendeiner Ungehörigkeit ertappt worden ist. Goulding, der alte Fuchs, hatte natürlich geahnt, wo er sie erreichen konnte. »Ich hab gerade ein paar wunderschöne Runden im Pool hinter mir. Sie sollten mal die Gelegenheit nutzen ...«
»Haben Sie schon einen Blick in den *Dublin Sunday* geworfen?«
»Nein«, sagte sie irritiert, »noch nicht. Ich ...«
»Dann schlage ich vor, dass Sie's tun«, fiel er ihr ins Wort, »und mich dann zurückrufen und mir erklären, was das, in drei Teufels Namen, zu bedeuten hat.«
Ein kurzes Klicken, danach der Freiton.
Und da saß sie dann, starrte den Hörer an und rätselte, worum es überhaupt ging.

Also gut, nun hatte er die Zeitung gelesen. Nach Warnocks Anruf war er losgelaufen, hatte sich an der nächsten Ecke ein Exemplar des *Dublin Sunday* gekauft und seinen Artikel noch unterwegs überflogen. Und nun saß er in der Küche wie vom Donner gerührt und wusste, warum Warnock sich bei ihm entschuldigt hatte.
Der Artikel wurde als kritische Analyse eines Fachmanns ange-

kündigt, der sich auf in vielen Jahren in den Staaten gewonnene Erfahrungen mit dem Problem des organisierten Verbrechens und seiner Bekämpfung stützen konnte. Aber die Art, wie der Artikel aufgemacht und mit tendenziösen Fotos illustriert worden war, erweckte den Eindruck, als ging es ihm bloß darum, Kritik zu üben an der gegenwärtigen irischen Regierung und der Bereitwilligkeit, mit der sie die Medien den Job tun ließ, der ihre Sache und die der Polizei gewesen wäre.

Tatsächlich hatte er geschrieben, man habe mitunter den Eindruck, als werde seitens der Regierung und der Polizei die beharrliche Anprangerung von Verdächtigen durch die Medien nicht nur geduldet, sondern sogar begrüßt. Aber, hieß es in dem Artikel, die Wachsamkeit der Medien sei kein Ersatz für eine konsequente Untersuchung durch die für die Verbrechensbekämpfung zuständigen Stellen, im Gegenteil, sie eröffne dem Verbrecher die Möglichkeit, vor Gericht darauf abzuheben, dass nach der massiven öffentlichen Vorverurteilung in den Medien ein fairer Prozess faktisch unmöglich geworden sei. Er hatte an etlichen Beispielen belegt, dass einige Gangster in den USA mit dieser Argumentation eine Bewährungsstrafe oder sogar einen Freispruch erreicht hatten.

Gallagher erkannte in seinem Artikel die Bemühungen der Regierung bei der Bekämpfung des organisierten Verbrechens durchaus an, machte aber andererseits deutlich, dass es verstärkter Anstrengungen bedürfe, um das Problem in den Griff zu bekommen, und verwies in diesem Zusammenhang auf die Erfolge, die in den Staaten seit der Einrichtung des Criminal Assets Bureau erzielt worden waren, weil die Strafverfolgungsbehörden jetzt über neue und umfassendere Erkenntnisse verfügten, auf welchen Schleichwegen und durch welche Verschleierungstaktiken kriminelle Elemente ihr illegal erworbenes Geld hin und her schoben. Und er hatte kritisch angemerkt, dass die irische Regierung anscheinend die Notwendigkeit verkenne, mit veränderten Methoden der Verbrechensbekämpfung auf veränderte Herausforderungen zu reagieren, und dass man sich, wenn das Problem überhaupt im Parlament angesprochen werde, nicht des Eindrucks erwehren könne, den Abgeordneten gehe es nicht um die Sache, sondern eher darum, Gift und Galle gegen die jeweilige politische Gegenseite zu versprühen.

Er schielte auf das Foto, mit dem die Redaktion diese Passage illustriert hatte. Ein Foto von Emma bei irgendeiner Rede – mit zornigem Gesichtsausdruck, weit aufgerissenem Mund und wild gestikulierenden Armen. Mit Sicherheit das am wenigsten schmeichelhafte Foto von ihr, das sie im Archiv finden konnten. Darunter die Textzeile: *»Geht es unseren Politikern um die Sache oder lediglich um eine Gelegenheit, Gift und Galle zu versprühen?«*

Dass sich das eher wie ein Seitenhieb gegen die Regierungspartei als gegen die Opposition ausnahm, war bei der politischen Linie des *Dublin Sunday* nicht verwunderlich, vor allem, wenn man die komplizierten Verhältnisse in der irischen Parteienlandschaft in Betracht zog. Bisher hatte es vorwiegend Zweckbündnisse zwischen Parteien gegeben, deren politische Ansichten weit auseinander klafften und deren Repräsentanten sich oft auch persönlich nicht grün waren. Nun waren mit der Verschmelzung dreier kleiner Parteien zur Democratic Nation zum ersten Mal die Voraussetzungen für eine starke, geschlossen auftretende Regierung geschaffen worden, und die Opposition setzte natürlich alles daran, vermeintliche Risse und Sprünge hinter dieser Fassade zu entdecken.

Gallagher war dazu missbraucht worden, ihr dabei zu helfen.

Zwischen Emma und ihm hatte es seit zwei Monaten keinen Kontakt mehr gegeben, aber als das Telefon läutete, sagte ihm eine innere Stimme, dass sie es war, die anrief.

Sie hielt sich nicht mit Präliminarien auf, sondern kam sofort

zur Sache. »Welche Spielchen spielst du da? Willst du mich um jeden Preis fertig machen?«
»Es tut mir Leid. Ich wusste doch nicht, dass so was dabei herauskommt. Wenn es dir ein Trost ist: Ich komme mir auch hereingelegt vor.«
»Du lässt mich dastehen wie eine Idiotin«, fauchte sie ihn an. »Aber in Wirklichkeit hast du mich und dich zu Idioten gemacht. Und ich darf mir jetzt dank deines Geschreibsels etwas einfallen lassen, um dem Stellvertreter des Premierministers zu erklären, was das alles soll.«
Gallagher runzelte die Stirn. »Aber er kann dich doch nicht dafür verantwortlich machen, was irgendeine Zeitung schreibt?«
»Natürlich nicht, aber darum geht's gar nicht. Ich weiß, dass wir nicht in engem Kontakt zueinander stehen und nicht oft miteinander reden, aber wenn du vorhast, Attacken gegen die Regierung zu reiten, der ich angehöre, oder mich persönlich anzugreifen – verdammt noch mal, hättest du da nicht wenigstens so viel Anstand besitzen können, mir vorher Bescheid zu sagen? Wie stehe ich denn jetzt da?«
Er stöhnte lautlos in sich hinein. »Ich wollte weder die Regierung noch dich attackieren, sondern lediglich meine persönliche Ansicht zur Frage der Verbrechensbekämpfung zum Ausdruck bringen. Wenn es eine Attacke gegen irgendetwas war, dann gegen das politische System. Mit dir hatte das gar nichts zu tun, Emma.«
»Aber jetzt hat es doch was mit mir zu tun, oder nicht?«
»Bitte, glaub mir«, sagte er eindringlich, »ich wollte absolut nichts tun, was dich persönlich in Schwierigkeiten bringen könnte. Ich habe den Artikel vor eurer parlamentarischen Fragestunde geschrieben. Und dass sie ein Foto von dir bringen, wusste ich doch nicht. Die Sache ist mir sehr unangenehm.«
»Bestimmt nicht so unangenehm wie mir«, sagte Emma in

einem Ton, der sich eher verletzt als zornig anhörte. »Ach Gott, was bist du bloß für ein Dummkopf.«
Er zuckte betroffen zusammen. »Ich bin gern bereit, die Redaktion aufzufordern, das in der nächsten Ausgabe zurechtzurücken. Durch eine Entschuldigung oder so was.«
Emma seufzte. »Das lässt sich nicht mehr aus der Welt schaffen. Mit einer Entschuldigung würde die Sache nur noch mal aufgerührt. Tu mir den Gefallen und denk demnächst vorher darüber nach, was du anrichtest.«
»Es wird nicht wieder vorkommen.«
»Aber ich muss nun den Reportern mit ihren sarkastischen Fragen Rede und Antwort stehen. Ich kann mir schon vorstellen, was da für Gerüchte kursieren. Dass mein Vater bei der nächsten Wahl für die Opposition kandidieren wird – und ähnlicher Unsinn. Bei der Gelegenheit: Falls sie dir solche dämlichen Fragen stellen, verkneif dir bitte jeden Kommentar.«
Und damit legte sie auf.
Gallagher fühlte sich wie ein waidwundes Tier. Da war er nun endlich zurück aus den Staaten, und seine Tochter wollte nichts mehr von ihm wissen. Und nach dem, was heute vorgefallen war, bestand weniger Aussicht als je zuvor, dass sich ihr Verhältnis doch noch einrenken ließ.
Andererseits, was hatte er denn erwartet?
Angesichts der unverhohlenen Verachtung, mit der Emma ihm begegnete, waren seine finanziellen Probleme auf einmal nichtig geworden.
Er zog den Telefonstecker aus der Wand, setzte sich ans Fenster und starrte aufs Meer. Die Flut setzte ein, die Strandläufer waren wieder unterwegs und stocherten mit ihren Stöcken im Sand herum.
Viele Stunden später, als die Dämmerung sich schon anschickte, das Tageslicht zu schlucken, saß Gallagher immer noch reglos da. Bis es an der Wohnungstür klingelte.

Kate Forrest stand vor der Tür. Sie sah mitgenommen aus.
»Ich hab den ganzen Tag versucht, dich telefonisch zu erreichen. Ist dein Telefon kaputt?«
»Ich hab den Stecker rausgezogen. Mir war nicht danach zumute, mit jemandem zu reden.«
Sie gingen in die Küche.
»Alan hat mich angerufen und mir gesagt, was passiert ist«, sagte Kate. »Er war ziemlich bedrückt, weil du nun den Eindruck haben musst, er hätte dich reinlegen wollen. Ich hab mir Sorgen gemacht, deshalb bin ich hergekommen.«
»Du kannst ihm sagen, dass ich mich großartig fühle. Absolut großartig. Das kann er von mir aus auf seiner verdammten Titelseite bringen.«
Kate zuckte zusammen, als hätte sie einen Schlag ins Gesicht bekommen. Das fehlte ihr gerade noch, dass er seinen Zorn an ihr ausließ. »Wenn's so ist, lass ich dich wohl besser allein.«
Gallagher riss sich zusammen. »Mein Gott, Kate, entschuldige bitte. Mit dir hat das alles nichts zu tun. Es ist nur … ach, ich komm mir vor wie einer, der mitten in einem riesigen Scherbenhaufen sitzt. Emma hat heute Morgen angerufen. Sie war sehr wütend. Ich glaube, diese dumme Geschichte bringt uns noch weiter auseinander.«
Kate las Kummer und Ängste in seinen Augen. Und sie sah, wie er die Hand zum Mund führte und anfing, am Fingernagel herumzuknabbern. Ein unbehagliches Gefühl beschlich sie.
Sie gab sich einen Ruck. »Ich werd mal den Wasserkessel aufsetzen.«

7

Mit neunzehn Jahren hatte er sich – schon mit der Aussicht auf ein Stipendium an der Harvard – am Dubliner Trinity College für den Grundkurs in Rechtswissenschaften eingeschrieben. Er war zu dieser Zeit mit einer Kunststudentin befreundet gewesen, einem flotten kleinen Persönchen mit kastanienbraunem, nach Hippiemanier gekräuseltem Haar.
»Emmas Mutter«, mutmaßte Kate, als sie mit zwei Teebechern aus der Küche hereinkam. »Wie hieß sie noch mal?«
Er war bis jetzt nicht sehr gesprächig gewesen, was die Vergangenheit anging. Sooft Kate glaubte, er habe endlich den Absprung gefunden, brach er nach wenigen Sätzen ab und suchte Zuflucht auf sicherem Terrain, indem er ihr von der politischen Karriere seiner Tochter erzählte. Von Alan wusste Kate das eine oder andere über Gallaghers Zeit in Amerika, aber es hätte sie doch interessiert, wie er selbst über diese Jahre dachte, die immerhin eine lange Spanne seines Lebens ausmachten.
An diesem Abend schien er bereit, sein Schweigen zu brechen. Aber er machte auf Kate einen nervösen, seltsam gereizten Eindruck, als gebe es etwas, was ihn innerlich umtrieb. Sie fragte sich besorgt, ob das wohl eine ähnliche Gemütsverfassung wäre wie damals in Amerika, kurz vor seinem Nervenzusammenbruch.
»Mary«, antwortete er. »Mary Norris.«

»Ach ja.« Sie erinnerte sich wieder. »Hast du je wieder etwas von ihr gehört?«
Er schüttelte den Kopf. »Nein. Sie hat bald nach der Scheidung wieder geheiratet. Einen Mann, zu dem sie jahrelang eine enge Beziehung unterhalten hat. Aber heiraten konnten sie erst, als das Scheidungsrecht geändert war. Sie leben jetzt in Südafrika. Ich denke, Emma wird wohl hin und wieder von ihr hören. Sie hatten – nein, sie *haben* ein sehr gutes Verhältnis zueinander.«
»Denkst du, dass es vielleicht anders gekommen wäre, wenn du eurer Ehe eine Chance gegeben hättest?«
»Sie hatte von Anfang an keine Chance«, erwiderte er leise, fast flüsternd, aber mit einem bitteren Unterton.
Kate sagte nichts. Er hatte den Blick durchs Fenster auf den Horizont gerichtet, wo das Rot des Abendhimmels allmählich von der Dunkelheit verschluckt wurde.
»Erinnerst du dich noch, wie ich zur Harvard gegangen bin?«, fragte er plötzlich.
»Vage. Ist eben schon lange her. Ich weiß noch, dass Alan gesagt hat, du wärst ein Glückspilz. Hauptsächlich erinnere ich mich daran, dass meine Mutter fand, es wäre ein Skandal, einfach nach Amerika zu gehen und Frau und Tochter hier sitzen zu lassen.«
Er sah sie groß an. »Und wie denkst du darüber?«
Sie zuckte verlegen die Achseln. »Ich weiß nicht. Ich war ja erst vierzehn oder so. Da macht man sich mehr Sorgen darum, ob man das Haar hinkriegt oder nicht. Du warst einfach nur Tom für mich.« Sie flocht ein kleines Lächeln ein. »Aber etwas traurig war ich doch, dass du geheiratet hast. Irgendwie hatte ich immer gehofft …« Sie brach ab, als sie merkte, dass er ihr gar nicht richtig zuhörte. »Ach, ist ja nicht so wichtig.«
Er schien irgendwo in der Abenddämmerung nach seinen Erinnerungen zu suchen. »Eines Tages bekam ich die Nachricht, dass das Stipendiat bewilligt ist. Ich bin sofort zu ihr nach Hau-

se geeilt und hab ihr den Brief gezeigt. Ziemlich dumm von mir, wenn ich's mir heute überlege, aber ich bin eben vor Freude fast geplatzt. *Was sagst du dazu,* hab ich sie gefragt. Und sie hat gesagt: *Ich bin schwanger*. Einfach nur: *Ich bin schwanger.*«
Er nippte an seinem Tee und verzog das Gesicht. »Ich könnte jetzt was Stärkeres vertragen.«
»Nein«, sagte Kate streng, »der Tee tut dir gut. Alkohol und Sorgen vertragen sich nicht miteinander.«
»Trotzdem.« Er stand auf, ging in die Küche und kam mit einem Glas Whiskey zurück.
Zum ersten Mal seit vielen Jahren verspürte Kate das Bedürfnis, sich auch einen einzuschenken. Gallagher hatte wohl nicht bedacht, dass einige Versuchungen ihren Reiz nie ganz verlieren. Sie griff rasch nach ihrem Teebecher und trank gierig, bis das Verlangen abgeklungen war.
»Harvard, das war mein Traum, ich konnte an nichts anderes mehr denken«, sagte er. »Ich hab nur noch mich gesehen und gar nichts von ihrer inneren Qual gemerkt.«
Vielleicht geht's dir immer noch so, dass du nur dich siehst, dachte Kate, sagte aber nichts.
»Ich hab einfach nichts begriffen. Nicht mal, als sie gesagt hat, sie sei schwanger. Ich hab nicht kapiert, dass sie absichtlich schwanger geworden war, damit ich Harvard sausen lasse und bei ihr bleibe.«
»Und so hast du dich sozusagen heiraten lassen?«
»Eine Riesendummheit. Weil ich nicht genug Mut hatte, gegen den Strom anzuschwimmen. Der zornige Gemeindepfarrer und beide Familien haben mir ständig in den Ohren gelegen, und schon hatte Mary erreicht, was sie wollte. Eine unverheiratete Mutter – das war damals ein Stigma, eine Sünde, der Verlust der göttlichen Gnade –, weiß der Himmel, was sie mir alles gepredigt haben. Ich vermute, die geistige Liberalisierung in den Sechzigern hat nur einen kurzen Blick auf Irland geworfen

und ist eilends weitergezogen. Und eine Abtreibung? Du liebe Zeit, das Wort hat niemand in den Mund genommen, obwohl alle genau wussten, warum so viele Mädchen mit dem Schiff nach England gefahren sind. Aber für Mary kam das sowieso nicht in Frage.«

»Also Harvard. Nur, wieso ...«

»Sie haben mir goldene Brücken gebaut. Ich hatte ihnen mitgeteilt, dass ich das Stipendium nicht annehmen könne, aber sie haben geantwortet, dass sie mir die Option ein Jahr offen halten wollten, für den Fall, dass ich mich doch noch anders entscheide. Wir sind bei Marys Eltern eingezogen, und ich habe als Barkeeper gearbeitet, um etwas Geld zu verdienen. Dann wurde Emma geboren. Den Namen hat Mary ausgewählt, ich hatte dabei nichts mitzureden.« Er trank einen großen Schluck. »Ich hatte nie was mitzureden. Neunzehnjährige, die vor den Traualtar gezerrt worden sind und deshalb ständig der großen Chance eines Stipendiums an der Harvard nachtrauern, geben eben keine sehr guten Väter ab. Mary und ich haben die ganze Zeit nur gestritten. Nach einer Weile hat sie selbst zugegeben, dass unsere Ehe ein großer Fehler war.«

»Sie hatte dich um deine große Chance betrogen – war's das, was du damals empfunden hast?«, fragte Kate.

Er sah nachdenklich aus. »Betrogen, ja, aber ganz vermasselt hatte sie's mir nicht, weil das Jahr Bedenkzeit ja noch nicht abgelaufen war. Schließlich fand sie selber, dass es am besten sei, mich gehen zu lassen. Sie hatte einen Job als Sekretärin in der Anwaltskanzlei ihres Onkels angenommen und war finanziell aus dem Schneider. Ihr war, glaube ich, inzwischen längst klar geworden, dass sie auf lange Sicht ohne mich besser zurechtkäme.«

»Und ihre Eltern? Und deine? Was haben die dazu gesagt?«

»Sie fanden das unmöglich, genau wie deine Mutter. Andererseits hatten sie natürlich gemerkt, dass ich Mary alles andere als glücklich machte. Also ging ich. Ich konnt's kaum erwarten. Ach Gott, wie selbstsüchtig ich damals war!«

»Das hast du gesagt, nicht ich.«

Er sah sie betroffen an. »Meine Güte, Kate, ich war einfach noch nicht trocken hinter den Ohren. Sollte ich mir eine Chance entgehen lassen, die es vielleicht nur einmal im Leben gab? Irgendwie hab ich mir wohl eingebildet, Amerika könnte mir meine Seele zurückgeben, verstehst du? Ich wollte mich von den Fesseln befreien, die ich zu Hause nicht loswerden konnte.«

Es war nicht ganz einfach, aus ihm schlau zu werden. Gerade hatte er sich noch bittere Vorwürfe gemacht, und auf einmal sah er alles durch die Brille der Selbstgerechtigkeit.

Aber Kate dachte nicht daran, ihm nach dem Mund zu reden. »Meinst du nicht, du hättest dir das vorher überlegen müssen?«

Er hob abwehrend die Hand. »Keine Moralpredigt, ja?«

»Wenn du meinst.«

»Ich hab mich nicht wie ein gewissenloses Schwein benommen, ich war mir meiner Verantwortung durchaus bewusst. Ich hab mich verdammt hart in mein Studium reingekniet und während der Freizeit alle möglichen Teilzeitjobs angenommen, damit ich ein bisschen was im Geldbeutel hatte. Und mein Vater hat mir zusätzlich jeden Monat ein wenig geschickt. Ich vermute, er hat meiner Mutter nie etwas davon gesagt. Er war der Einzige, der zu mir gehalten hat. Mög's ihm Gott vergelten.«

»Aber du hattest nie ernsthaft vor, wieder hierher zurückzukommen, oder? Du hast dir gesagt: Wenn's irgendwie geht, bleibe ich, stimmt's?«

Er sah sie erschrocken an, fast verzweifelt. »Du findest es nicht richtig, wie ich mich damals verhalten habe, nicht wahr? Bitte, Kate, brich nicht voreilig den Stab über mich. Den Entschluss, zu bleiben, hab ich erst gefasst, als das FBI bei mir angeklopft hat. Ich hatte an der Harvard einen Aufsatz über das organisierte Verbrechen geschrieben und darin vorgeschlagen, den Straf-

verfolgungsbehörden einen größeren Handlungsspielraum einzuräumen, einschließlich der Überwachung der Konten von Verdächtigen. Der Aufsatz wurde in einer periodisch erscheinenden, wissenschaftlichen Zeitschrift veröffentlicht. Was ich nicht wusste, war, dass die Vorschläge exakt auf der Linie lagen, die das FBI seit längerem verfolgte. Einige Monate vor dem Examen wurde ich zum Dekan der Fakultät gerufen. In seinem Büro warteten zwei Typen vom FBI auf mich und behaupteten, mein Aufsatz habe auf einige einflussreiche Leute großen Eindruck gemacht. Und ob ich nicht Lust hätte, nach dem Examen in ihre Rechtsabteilung einzutreten.«
Sie sah ihm an, wie bewegend die Erinnerung an diesen Augenblick der Anerkennung auch jetzt noch für ihn war.
»Alles hörte sich sehr verlockend an – Einbürgerung, rascher Aufstieg in Washington –, da gab's natürlich nur eine Entscheidung für mich. Und so hab ich den nächsten Flieger nach Dublin genommen, um das Ganze mit Mary zu besprechen. Denn das war mir klar: Solange ich meine persönlichen Angelegenheiten nicht in Ordnung gebracht hatte, gab's beim FBI keine Zukunft für mich.«
»Ich schätze, sie hat dir nichts in den Weg gelegt?«
»Nein, absolut nichts. Sie hat sich toll verhalten. Besser, als ich's verdient hatte. Jedenfalls musste ich den Eindruck haben, dass nach der Aussprache einem neuen Anfang nichts mehr im Weg stand.«
»Aber all die Jahre – das muss doch ein schrecklicher Schwebezustand für euch gewesen sein?«
»Weißt du, mein Job hat mir darüber weggeholfen. Er hat mir so viel bedeutet, dass alles andere unwichtig wurde. Ich kann's selber nicht fassen, was für ein Narr ich war. Ich hab Mary und Emma unterstützt, dafür gesorgt, dass das Mädchen eine ordentliche Schule besuchen konnte, aber dass ich jeden Tag von morgens bis abends an sie gedacht hätte, kann ich nicht be-

haupten. Sicher, ich hab sie immer mal wieder besucht, aber je älter Emma wurde, desto fremder wurde ich ihr und sie mir. Und ihre Mutter hat bestimmt nichts unternommen, um uns einander näher zu bringen. Aber im Grunde hatte ich's mir selber eingebrockt. Ich hab mich Emma gegenüber wirklich nicht wie ein Vater benommen. Ich konnte es jedes Mal kaum erwarten, wieder zurück in die Staaten zu fliegen, zurück zu meinem Job, und weiter an meiner verdammten Karriere zu basteln.«
Er trank einen tiefen Schluck.
»Und jetzt, wo ich alles wieder gutmachen will, gibt sie mir keine Chance. Sie braucht mich nicht, das hat sie mir klipp und klar gesagt. Sie habe früher keinen Vater gehabt, jetzt brauche sie keinen mehr. Mein Gott, Kate, kannst du dir vorstellen, wie weh mir das getan hat?«
»Trotzdem, für dich war's die richtige Entscheidung, nach Hause zu kommen.« Sie legte ihm die Hand auf die Wange. »Emma will dich dafür bestrafen, dass du nicht hier bei ihr warst. Lass ihr Zeit, irgendwann kommt sie darüber weg. Ich glaube, es ist so ähnlich wie mit Paul. Er will mich dafür bestrafen, dass er keinen Vater gehabt hat.«
Er starrte sie an. Und dann schlug er sich mit der flachen Hand vor die Stirn. »O Gott, Kate, entschuldige bitte. Ich war schon wieder so ein verdammter Egoist. Ich wollte dich nicht mit meinen Geschichten belasten, du hast selber genug Sorgen.«
Sie stand lächelnd auf. »Ich geh die Teebecher abwaschen.« Sie trug die beiden Becher in die Küche, nur das beinahe leere Whiskeyglas ließ sie stehen. Als sie Wasser ins Spülbecken laufen ließ, spürte sie, wie sich irgendetwas in ihrer Brust verkrampfte. Das ging ihr oft so, wenn sie unter Stress stand. Sie hatte beruflich eine Menge um die Ohren, dazu kamen die Probleme mit ihrem Sohn. Und nun auch noch das. Toms Weg, die Vergangenheit zu überwinden, war länger, als sie gedacht hatte. Hatte sie genug Kraft, sich auch das noch aufzuladen?

Auf dem Küchentisch stand die Whiskeyflasche. Das warme Braun des Whiskeys war eine lockende Versuchung, doch zugleich erschreckte es sie.
Neben der Flasche lagen zwei Briefe, beide offen.
Sie wusste, dass sie das nicht tun sollte.
Und während sie die Briefe dann doch las, holte ihre eigene Vergangenheit sie ein. Das Bild ihres toten Mannes, das finanzielle Desaster, das ihn in den Tod getrieben hatte.
Ein Zittern durchlief sie.
Sie riss sich zusammen und ging zurück ins Wohnzimmer. Er lächelte ihr zu, sie musste sich ihr Lächeln abquälen. Er tat ihr Leid, und sie hoffte inständig, dass er ihr nicht ansah, was sie getan hatte.

8

Wenn das vorbei ist, setze ich mich zur Ruhe.«
Grant nippte an seinem Perrier. »Das sagst du jedes Mal.«
»Und du bringst mich jedes Mal davon ab.«
Sie saßen auf der Terrasse von Grants Wochenendhaus auf Long Island und ließen sich die Meeresbrise ins Gesicht wehen. Ein paar Schritte hangabwärts, hinter einer Baumreihe, stand Grants Privatjet, dahinter dümpelte die Yacht am Bootssteg. Sie waren allein, abgesehen von dem Koch, der den Abschiedslunch anlässlich Leslies bevorstehender Abreise nach Europa für sie zubereitet hatte. Die ideale Voraussetzung für ein offenes, ungestörtes Gespräch von Mann zu Mann.
»Reden wir darüber, wenn alles erledigt ist«, sagte Grant.
»Nein, Michael, ich möchte jetzt darüber reden.«
Grant sah ihn verwundert an und fragte sich, ob Leslie wohl beim Tischwein ein bisschen zu tief ins Glas geschaut hätte, dass er so mutig war.
»Na gut, von mir aus.«
»Die Schlussrate steht immer noch aus«, erinnerte ihn Leslie.
Grant hob die Augenbrauen. »Ich bin nicht Heywood Corbett, darum möchte ich auch nicht den Eindruck erwecken, dass ich in seine Kerbe haue. Aber Verluste sind nun mal von allen zu tragen.«

Leslie nickte. »Gut, das akzeptiere ich. Ich bin in all den Jahren gut abgefunden worden, aber irgendwie werde ich das Gefühl nicht los, immer noch in deiner Schuld zu stehen. Ich finde, wir müssten allmählich quitt sein. Es wird Zeit, dass du das in aller Form feststellst.«

Die beiden Männer sahen einander an. Es gab Dinge, die keiner weiteren Worte bedurften. Dinge, die zu ihrer gemeinsamen Vergangenheit gehörten.

»Ich bin kurz davor, eine wichtige neue Phase eurer Operation einzuleiten«, sagte Leslie. »Mehr noch, du hast mir die Gelegenheit eröffnet, etwas zu rächen, was ich all die Jahre befürchtet habe und was nun wahr geworden ist. Wenn das erledigt ist, möchte ich einen Schlussstrich unter diesen Teil meines Lebens ziehen.«

Grant ließ den Blick in die Ferne schweifen. »Kann sein, dass du Recht hast. Aber du hast uns immer eingeschärft, wie wichtig es ist, rechtzeitig den jeweils übernächsten Schritt zu planen. Also müsste ich jetzt schon anfangen, darüber nachzudenken, wer dein Nachfolger werden soll.«

»Das musst du nicht. Du wirst mit allem allein fertig, Michael. Alles, worum ich dich bitte, ist, dass ich mich ins Privatleben zurückziehen darf. In allen Ehren und mit dem Gefühl, dass ich meine Pflicht getan habe.«

Grant legte ihm die Hand auf den Arm. »Einverstanden. Sobald du deinen Auftrag ausgeführt hast.« Mehr gab es nicht zu sagen. Er lächelte. »Europa … Es ist lange her, dass du dort warst.«

Leslie nickte. »Vierzig Jahre. Ich war noch nicht mal zwanzig, als ich in dieses Land gekommen bin. Allein – meine Eltern und mein Bruder waren beim Ungarnaufstand umgekommen.«

Grant sah ihn mitfühlend an. »Noch etwas Wein?«

»Bitte. Nur einen kleinen Schluck.«

Grant stand auf und ging ins Haus. Leslie legte den Kopf zurück und sah zu, wie der Kondensstreifen, den ein Jet über den blauen Himmel zog, allmählich von der Sonne aufgesogen wurde.

Zweihunderttausend waren sie seinerzeit gewesen, Flüchtlinge wie er, die bei Nacht und Nebel über gefrorene Felder stolperten und in Reisetaschen und Koffern ihre Vergangenheit mit in eine ungewisse Zukunft schleppten, nach Frankreich, Großbritannien und in die Vereinigten Staaten – in all die Länder, die es versäumt hatten, um der Freiheit der Ungarn willen zu intervenieren, und die nun ihre rettende Zuflucht werden sollten.

Er hatte sich nach Österreich durchgeschlagen, von da weiter nach Italien und dort ein Schiff nach New York bestiegen. Ein entfernter Cousin hatte für ihn gebürgt und ihn bei sich aufgenommen. In den ersten Monaten war er vollauf damit beschäftigt gewesen, sich nicht von den überwältigenden Eindrücken der Metropole erdrücken zu lassen. Er wollte sich die Stadt untertan machen, nicht umgekehrt. Und so hatte er angefangen, alles über Amerika zu lernen – die Verfassung, die Exekutive, die Legislative, die Judikative und natürlich die Sprache.

Mit Sprachen tat sich der junge Gabor Laszlo, wie er seinerzeit noch hieß, nie schwer, aber seine eigentliche Begabung war der Umgang mit Zahlen. Er konnte in Ziffern verschlüsselte Konzepte blitzschnell erkennen und komplizierte Probleme mühelos zu Ende durchdenken. Sein Gehirn speicherte Zahlen und ihre Bedeutung so zuverlässig, dass er sie jederzeit abrufen konnte.

Sein Cousin, ein Mann in den Fünfzigern, besaß ein nicht besonders gut besuchtes, kleines Restaurant an der Lower East Side und hielt sich durch den Verkauf von Sandwiches an Arbeiter und ältere Immigranten aus dem alten Europa recht und schlecht über Wasser. Gabor warf einen Blick in die Bücher seines Cousins und entwickelte ein neues Geschäftskonzept, das

zwar eher das Attribut einfallsreich als legal verdiente, bei dem jedoch fragwürdige Praktiken so geschickt verschleiert waren, dass die Steuerfahndung nicht stutzig werden konnte.
Der überglückliche Cousin vertraute seinen Freunden am Freitagsstammtisch hinter vorgehaltener Hand an, dass er einen Jungen kenne, der in prekären finanziellen Situationen wahre Wunder vollbringen könne.
Und damit hatte vor vierzig Jahren alles angefangen. Vierzig Jahre, in denen er Pläne geschmiedet, Kontakte geknüpft, in Erfahrung gebracht, wer auf dem Weg nach oben war und bei wem es abwärts ging, menschliches Spreu vom Weizen getrennt und sich schließlich eine Position erarbeitet hatte, in der er seinerseits auf den Lauf der Dinge Einfluss nehmen konnte.
Grant kam mit einem Glas Wein zurück. Es hörte sich wie eine beiläufige Bemerkung an, als er sagte: »Heywood Corbett ist dir nach wie vor nicht sehr zugetan.«
Leslie trank einen Schluck Wein und zuckte die Achseln. »Mir macht das nichts. Aber du solltest ein wachsames Auge auf ihn haben. Er ist ein brüchiges Glied, und brüchige Glieder können dazu führen, dass beim geringsten Druck die ganze Kette zerreißt. Darüber solltest du mal nachdenken.« Er sah Grant an und las in dessen Augen, dass die Botschaft angekommen war.
Grant hob sein Glas. *»Bon voyage.«*

Als er an diesem Abend packte, schmunzelte Leslie in sich hinein. Es war nicht einfach und würde eine Weile dauern, aber es musste sein. Heywood Corbett war so gut wie erledigt.
Der Koffer, der offen auf dem Bett lag, war nicht sehr groß, aber für jemanden, der gern mit leichtem Gepäck reiste, genügte er vollauf. Er hatte nicht viel einzupacken: leichte Baumwollhosen, kurzärmelige Sommerhemden, bequeme Deckschuhe aus Segeltuch, eine Baseballkappe und zwei, drei Bermudas.

Die persönlichen Toilettenartikel, das Insektenschutzöl und die Sonnencreme mit besonders hohem Schutzfaktor fanden bequem in seinem ledernen Bordcase Platz.
Nicht das Gepäck, das man bei einem Mann erwartet, der nach Zürich will. Eher die spärlichen Habseligkeiten für einen kurzen Abstecher nach Florida. Und genau so sollte es aussehen.
Obwohl Leslie bei seinen Aktivitäten auf äußerste Diskretion achtete, war ihm doch sehr wohl bewusst, dass diverse Polizeidienststellen jeden seiner Schritte mit regem Interesse verfolgten. Es wäre töricht gewesen, einen Flug nach Zürich zu buchen. Das FBI hätte sofort Wind davon bekommen und Interpol und die Schweizer Behörden verständigt, die ihm womöglich die Einreise verweigert und ihn umgehend wieder abgeschoben hätten.
Ein Flug nach Florida war dagegen völlig harmlos. Er hatte in Palm Beach ein Haus am Strand gemietet und Vorsorge getroffen, alles so aussehen zu lassen, als wolle er einige Wochen dort verbringen.
Natürlich konnten auf Reisen immer unvorhergesehene Probleme auftreten. Es wäre nicht das erste Mal gewesen, dass sein Koffer nach ihm ankam oder auf dem falschen Laufband landete. Ein Versehen, das meist nach einer Viertelstunde aufgeklärt war, aber die fünfzehn Minuten genügten dem FBI, sein Gepäck zu durchsuchen.
Nun, die Jungs hatten noch nie irgendwelche Geheimnisse entdeckt. Und sie würden auch diesmal keine entdecken, sagte er sich, während er den seidenen Pyjama zusammenfaltete und obenauf legte. So – fertig, alles drin. Die Sachen, die er tatsächlich tragen wollte, würde er an Ort und Stelle kaufen.
Nur im Bordcase fehlte noch etwas. Etwas, was ihm so viel bedeutete, dass er es auf Reisen stets mitnahm.
Er öffnete die Nachttischschublade, nahm einen Silberrahmen

heraus, betrachtete das Foto liebevoll und schloss dann kurz die Augen.
Der Anblick dieses Fotos versetzte ihm immer einen schmerzlichen Stich. Jedes Mal.
Es zeigte das Gesicht eines jungen Mannes um die Zwanzig mit tiefschwarzem, streng nach hinten gekämmtem Haar. Die Ausleuchtung des Bildes ließ den blassen Teint noch zarter und verletzlicher erscheinen. Der Junge lächelte, aber es war ein verhaltenes Lächeln, mit geschlossenen Lippen. Und die von dicht gewachsenen Brauen überwölbten Augen ließen ahnen, dass sie viele Geheimnisse kannten.
Alex, mein Junge. Du fehlst mir so sehr.
Alex war nun fast vier Jahre tot. Seitdem bewahrte Leslie das Foto in der Nachttischschublade auf. Er hätte es nicht ertragen, es irgendwo in der Wohnung aufzustellen und ständig vor Augen zu haben. Aber ohne dieses Foto zu verreisen, es nicht in seiner Nähe zu haben, nicht danach greifen zu können – das hätte er erst recht nicht ertragen.
Er strich zärtlich über den Rahmen, als wolle er sich, während seine Finger den Schnörkeln und Verzierungen der antiken Silberarbeit folgten, in eine unwiederbringliche Vergangenheit zurücktasten.

9

Tony Goulding war zwar in seiner Eigenschaft als Minister für Industrielle Entwicklung und Technologie gekommen, aber der Umstand, dass er zugleich stellvertretender Premierminister war, verlieh seiner Anwesenheit besondere Bedeutung.

Er stand mit dem Oberbürgermeister und einigen anderen Honoratioren auf einem Podest an der Stirnseite der großen Ausstellungshalle auf dem Gelände der Royal Dublin Society bei Ballsbridge. Zwischen den Ausstellungsständen drängten sich Hunderte von Messe- und Kongressteilnehmern, die auf seine Eröffnungsrede warteten. Da das Podest nicht sonderlich hoch war, standen die Chancen, Goulding leibhaftig zu sehen, für die meisten Zuhörer, insbesondere für die in den hinteren Reihen, nicht gerade gut, was aber dank der televisuellen Übertragungsanlage und der Möglichkeit, Gouldings goldene Worte später online abzurufen, kein nennenswertes Manko war. Eine gewisse Ironie lag allerdings darin, dass die nach heutigem Stand hochmodernen Kommunikationsmöglichkeiten gemessen an den Konzepten, die während der nächsten Tage vorgestellt werden sollten, schon in wenigen Jahren wie Relikte aus der Zeit der Dampfmaschinen erscheinen mussten.

Es ging um die Eröffnung der WONTEC, der – inzwischen dritten – jährlich stattfindenden internationalen Messe für

Informationstechnologie. Die Messe, die in Verbindung mit einem Fachkongress abgehalten wurde, war ursprünglich unter dem Arbeitsbegriff WINTEC konzipiert worden, aber einige der Initiatoren fanden, das höre sich zu sehr nach einer Einflussnahme von Microsoft an. Bill Gates mochte mittlerweile fast die ganze Welt erobert haben, etliche seiner Konkurrenten waren dennoch nicht bereit, das Feld kampflos zu räumen. Also hatte man sich zu guter Letzt auf ein Kürzel verständigt, das Missverständnissen keinen Vorschub leistete. Bill Gates wurde übrigens in zwei Tagen in Dublin erwartet, wo er einen Vortrag an der Universität halten wollte. Und so verstand es sich, dass andere Gurus aus dem Bereich der Informationstechnologie seinem Beispiel eilends gefolgt waren und ihre Teilnahme an Seminaren in diversen wissenschaftlichen Zirkeln zugesagt hatten.

Gouldings fleischiges, Vertrauen erweckendes Gesicht strahlte von den Bildschirmen der Übertragungsanlage. Die Jahre, die ihn noch von dem Zeitpunkt trennten, ab dem er unweigerlich zur Generation der Älteren gehörte, waren gezählt, er selbst sah in sich allerdings – dem Silberglanz auf dem gewellten, stets untadelig gekämmten Haar und der ein wenig müden Augenpartie zum Trotz – unverdrossen einen Mann in den besten Jahren.

Die beiden ersten WONTECs hatten in Kalifornien und in Japan stattgefunden. Dass der dritte Kongress nach Irland vergeben worden war, konnte nur diejenigen überraschen, die über die wirtschaftlichen Rahmenbedingungen nicht informiert waren. Die Grüne Insel war seit Jahren bemüht, Computerfirmen ins Land zu locken, was ihr in Insiderkreisen den Spitznamen »Silikoninsel« eingebracht hatte und vor allem den günstigen steuerlichen Bedingungen zuzuschreiben war, die Irland ausländischen Investoren einräumte, insbesondere in zukunftsorientierten Sparten.

Industrieansiedlungen und die daraus resultierende Schaffung von Arbeitsplätzen waren der Schlüssel zum Wahlerfolg der Democratic Nation gewesen. Tony Goulding hatte sich als der für die Förderung moderner Technologien verantwortliche Minister geradezu den Ruf eines Hexenmeisters erworben. Obwohl er im Wesentlichen auf Strategien und Erfolge früherer Regierungen aufbauen konnte, verstand er die Entwicklung so darzustellen, als sei sie ausschließlich sein Verdienst. So gesehen waren diese dritte WONTEC und die Tatsache, dass er die Eröffnungsrede hielt – in der er unter anderem den Vertrag mit einer amerikanischen Softwarefirma über den Bau eines Werkes in der Grafschaft Mayo zu erwähnen gedachte –, ein persönlicher Triumph für ihn.

Vermutlich hatten heute Morgen nur wenige von auswärts angereiste Messegäste eine Dubliner Zeitung aufgeschlagen, es sei denn die Seiten, denen sie das Angebot an abendlicher Zerstreuung entnehmen konnten, und auch da wären die meisten wohl eher auf die Idee gekommen, die eigens für die Messe- und Kongresszeit eingerichtete Webseite im Internet aufzurufen. Hätten sie doch in einer Zeitung geblättert, wären sie über die in allen Blättern groß aufgemachten Berichte über ein lokales Ereignis gestolpert, das ihnen ein anderes Bild von der Stadt vermitteln konnte als das, das sie in ihren Hotels gewannen.

Selbst in einer Stadt, die sich leider immer mehr an Gewaltverbrechen gewöhnen musste, hatte die Nachricht, dass man auf einer Müllhalde am Stadtrand die verstümmelten Leichen eines Mädchens und eines jungen Mannes gefunden habe, wie ein Schock gewirkt. Der Schädel des Mädchens war zertrümmert worden, bei dem jungen Mann sprachen alle Anzeichen dafür, dass er zunächst einer regelrechten Folter durch schwere Schläge unterzogen worden war, bevor auch ihm der Schädel eingeschlagen wurde.

Die Polizei hatte die Ermittlungen aufgenommen und eindringlich um sachdienliche Hinweise aus der Bevölkerung gebeten, bis jetzt war es ihr aber lediglich gelungen, die Identität der Toten festzustellen. Das Mädchen stammte aus Waterford, hatte bereits vor Monaten ihr Elternhaus verlassen und war nach Dublin gezogen, wohin genau, wusste ihre Mutter nicht. Der Bruder des Mädchens war, den Zeitungsberichten zufolge, nach Dublin gefahren, um seine Schwester zu suchen und heimzuholen. Allerdings war es der Polizei bisher nicht gelungen, ihn ausfindig zu machen. Sie musste sich bei der Suche nach ihm auf eine allgemeine Beschreibung stützen, die auf Hunderte junger Männer zutreffen konnte. Da die Mutter kein aktuelles Foto von ihm besaß und die wenigen Schnappschüsse aus der Kinderzeit, die sie der Polizei zeigen konnte, nicht weiterhalfen, hegte die *Gardai* keine große Hoffnung, ihn irgendwo aufspüren zu können, wenn er es nicht wollte. Sie war nicht mal sicher, ob er überhaupt noch lebte.

Der tote junge Mann stammte aus Norddublin und war der Polizei nur allzu gut bekannt. Er hatte wegen Raubdelikten und Drogenbesitz wiederholt in Jugendstrafanstalten und Gefängnissen eingesessen. Sowohl er wie auch das Mädchen waren drogenabhängig gewesen, so dass die Polizei einen Zusammenhang zwischen ihrem gewaltsamen Tod und der Drogenszene vermutete.

Ein Kriminalreporter hatte unter Berufung auf »eine als zuverlässig einzustufende Quelle« berichtet, die Polizei habe einen bestimmten Verdacht, wer für die beiden Morde verantwortlich sei, es fehle ihr aber an stichhaltigen Beweisen. Im Übrigen war von einem Zusammenhang zwischen den Morden und der Entdeckung eines gestohlenen, offensichtlich vorsätzlich in Brand gesetzten Kleintransporters in einer Lagerhalle auszugehen, die in einem noch im Bau befindlichen Industriepark lag. Die Polizei hatte auf dem Betonfußboden der Halle ausgedehnte Blutspuren entdeckt. Sie hatte auch das Haus in Ballyfermot ausfindig gemacht, in dem das Pärchen untergekrochen war. Der Versuch einer Befragung der Nachbarn war, wie zu erwarten, reine Zeitverschwendung gewesen; wer in Ballyfermot wohnte, erzählte der Polizei nichts, ganz gleich, worum es ging. Wenn nicht der Bruder des ermordeten Mädchens doch noch auftauchte, und zwar lebend, waren die Aussichten, den Fall aufzuklären, nicht sehr gut.

Wie gesagt, von all dem wussten die meisten der bereits anwesenden Messegäste nichts, und erst recht nicht diejenigen, die gerade erst in nahezu pausenlosem Strom aus allen Teilen der Welt auf dem Flughafen Dublin eintrafen – und sie wären wohl auch nicht sonderlich daran interessiert gewesen.

Zu den Neuankömmlingen gehörten fünf unauffällig gekleidete, perfekt dem üblichen Erscheinungsbild der Messebesucher angepasste Männer im Alter zwischen fünfundzwanzig und vierzig Jahren. Obwohl sie alle einen Hausausweis von Tochtergesellschaften der Hurll Incorporation einstecken hatten, also Mitarbeiter des amerikanischen Computergiganten waren, erweckten sie nicht den Eindruck, irgendetwas miteinander zu tun zu haben. Sie waren nicht mal gemeinsam angereist. Drei von ihnen besaßen amerikanische Pässe und waren aus New York, Boston und Los Angeles eingeflogen, die beiden anderen kamen aus London und Paris und mussten sich dank ihrer Pässe der Europäischen Union keinen Formalitäten bei der Zoll- und Einwanderungsbehörde unterziehen.

Bei den Kriterien, nach denen sie ausgewählt worden waren, spielten die unauffällige Erscheinung, die profunden Fachkenntnisse, aber auch der Umstand eine Rolle, dass sie Kaukasier waren, also nicht durch schwarze Hautfarbe oder als Asiaten oder durch südamerikanisches Aussehen auffallen konnten. Dublin war nun mal, auch wenn es sich viel auf seine kosmopolitische Weltoffenheit zugute hielt, im Kern eine weiße Stadt.

Die Gruppe hatte einen Führer, einen Mann namens Parrish. Er war, wie zwei seiner Begleiter, nicht zum ersten Mal in Dublin.

Sie hatten sich für ihren Aufenthalt Hotels ausgesucht, die zu großen Hotelketten gehörten, so dass eine gewisse Gewähr für ein geschäftiges Kommen und Gehen gegeben war. Keiner von ihnen hatte die Absicht, länger als zwei Tage in den Hotels zu bleiben, in denen sie zunächst abstiegen, anschließend waren bereits Zimmer in anderen Hotels gebucht. Auch das Transportproblem war gelöst. In der Tiefgarage des Flughafens standen zwei Limousinen, in denen, unter den Rücksitzen versteckt, alles bereit lag, was sie während ihres Aufenthalts benötigten.

In den nächsten Tagen würden sie sich zunächst mit den geografischen Gegebenheiten vertraut machen, um dann, sobald sie ihre Hausaufgaben gemacht hatten, auf den richtigen Moment zum Handeln warten.

Gallagher ließ das kühle, herbe Guinness die Kehle hinunterrinnen und leckte sich den Schaum von der Oberlippe. Auf dem Bild über ihm verfolgte James Joyce das Ritual ernsten Blickes durch seine Brille.

Alan Warnocks Schluck dehnte sich ein wenig in die Länge. Es dauert eben einige Zeit, bis man die zerkauten Reste einer Portion Erdnüsse hinuntergespült hat.

Sie waren beide im selben Alter, aber Warnock – klein, kahl und mit deutlichem Übergewicht – hatte sich nicht so gut gehalten, doch das sanfte Braun der Augen nahm jeden für ihn ein. Es waren dieselben Augen wie die seiner Schwester.

Sie waren ein paar Schritte von der Grafton Street abgebogen und saßen im berühmten Davy Byrne's Pub, seit Generationen traditionsreiche Tränke für die Großen der Literatur und diejenigen, die es werden wollten. Der Pub gehörte zum Pflichtprogramm der Touristen, sie sogen mit großen Augen eine Atmosphäre in sich auf, die die Stammkunden kaum noch wahrnahmen.

Gallagher und Warnock hatten sich auf zwei Barhockern an der langen Wandtheke aus Marmor niedergelassen, unter einem der wie Osterglocken geformten Kupferlämpchen, das freilich mit seinem eher trüben Licht ihre Gemüter kaum aufzuhellen vermochte.

»Nun«, begann Warnock, »ich bin dir dankbar, dass du gekommen bist. Ich – äh – ich wollte nicht, dass wir uns wegen dieser Sache entzweien, verstehst du? Für mich war das ein ebenso großer Schock wie für dich.«

Gallagher, der keine Lust hatte, noch einmal von seinen Problemen mit Emma zu erzählen, reagierte mit einem griesgrämigen Achselzucken.

»Wenn's dir ein Trost ist«, fuhr Warnock fort, »ich hab wegen dieser blöden Geschichte auch eine Menge Probleme am Hals.«

Gallagher sah ihn fragend an und wartete.

»Da wollte eine ziemlich unbedarfte Praktikantin bei uns besonders schlau sein. Ich hab ihr den Artikel gegeben, und dann kam's zu diesem Rededuell im *Dail*, und … na ja, sie hat wohl gedacht, jetzt wär's Zeit, mal so richtig auf die Pauke zu hauen. Weißt du, bei unserer Zeitung steht die Democratic Nation nicht sehr hoch im Kurs.«

»Das hab ich gemerkt.«

»Ich hätte das Foto ja rausgeschmissen, wenn ich geahnt hätte, was sie vorhat. Als ich dann die fertige Seite gesehen habe, dachte ich, mich trifft der Schlag.«

Gallagher nippte an seinem Glas. »Und wieso hast du deswegen Probleme? Ich hätte eher gedacht, dein Herausgeber gibt dir eine Gehaltserhöhung.«

»Als mein Herausgeber erfahren hat, dass ich dem Mädchen die Leviten gelesen habe, hat er mich rufen lassen und mir klar gemacht, die Kleine hätte ausgezeichnete Arbeit geleistet und läge genau auf der Linie unserer Zeitung. Und das solle ich ihr gefälligst sagen und mich künftig vor voreiliger Kritik hüten, sonst könnte es leicht passieren, dass er der Kleinen meinen Job gibt.«

»Ach du liebe Zeit! Und wie hast du reagiert?«

»Na, wie sollte ich schon reagieren? Ich hab ihr gesagt, dass der Herausgeber sehr mit ihr zufrieden ist und ich anderer Meinung bin. Und dann bin ich losgezogen und hab mich bis obenhin voll laufen lassen. Ich werde nicht jünger, und ich hab noch die Hypothek abzuzahlen und kann's mir nicht leisten, auf Prinzipien herumzureiten. Weißt du, in meinem Beruf fängst du als *enfant terrible* an, und über Nacht gehörst du plötzlich zum alten Eisen. Du bist ein alter Furzknochen, den keiner mehr haben will. Aber egal wie, ich wollte nur, dass du weißt, wie's zu der Panne gekommen ist. Ich entschuldige mich dafür. Sag mir Bescheid, wenn ich's irgendwie wieder gutmachen kann.«

Gallagher wusste, dass er die leidige Sache einem alten Freund nicht ewig nachtragen konnte. Zumal der Scheck vom *Dublin Sunday* unterwegs war, und er brauchte nun mal Geld. Die bevorstehende Unterredung mit seinem Bankmanager lag ihm schwer im Magen.

»Okay«, sagte er, »dann pump mir zwanzig Riesen.«

»Warum nicht?«, erwiderte Warnock lachend. »War 'n guter Witz. Wie hättest du's denn gern – in Pfund oder Dollar? Geht's auch ein bisschen realistischer? Zum Beispiel, dass ich die nächste Runde ausgeben soll.«

Gallagher kippte den Rest seines Guinness mit einem Schluck in sich hinein. »Na gut, dann gib eben die nächste Runde aus.«

10

Ein paar Tage später stand eine Gruppe Taxifahrer vor der Ankunftshalle des Dubliner Flughafens und tauschte die neuesten Gerüchte aus. Es war ein sonniger Märztag, einer jener Tage, an denen die Luft noch am frühen Abend von Wärme und Licht erfüllt ist. Die automatischen Türen glitten auf, ein schlanker, grauhaariger Mann mit einer dunkel getönten Brille schob seinen Rollwagen auf die Gruppe zu.

Der Taxifahrer, dessen Wagen ganz vorn stand, richtete sich auf. »Taxi, Sir?«

Leslie musterte kurz die wartenden Wagen, kam zu dem Schluss, dass er nichts Besseres als den weißen Toyota finden werde, und nickte. »Bringen Sie mich bitte zum Shelbourne Hotel.«

»Das Shelbourne«, bestätigte der Fahrer und verstaute Leslies Koffer im Kofferraum, »selbstverständlich, Sir.« Er öffnete die hintere Tür, und Leslie stieg ein.

Der Fahrer summte gut gelaunt vor sich hin, während er unter Missachtung der Verkehrsregeln auf dem kürzesten Weg die vierspurige Schnellstraße Richtung Innenstadt ansteuerte. Der Akzent seines Fahrgastes war ihm aufgefallen. Er warf einen kurzen Blick in den Rückspiegel. »Sie sind Amerikaner, wie?« Mal sehen, ob er richtig getippt hatte.

»Kanadier.«

Der Fahrer nickte. Knapp daneben. »Geschäftlich oder nur zum Vergnügen hier?«
»Ich denke, es wird eine Kombination aus beidem werden.«
»Na, sicher doch. Warum sollten Sie die Zeit nicht genießen, wenn Sie schon mal hier sind?«
»So sehe ich das auch.« Leslies Tonfall ließ keinen Zweifel, dass er die Plauderei als beendet ansah. Er drehte den Kopf zur Seite und sah aus dem Fenster. Bis sie in der Innenstadt waren und er auf der von Bäumen und Statuen irgendwelcher berühmter Männer gesäumten O'Connel Street die Fahnen entdeckte, mit denen sämtliche Gebäude vom Dach bis zum Erdgeschoss geschmückt waren. »Warum ist hier überall geflaggt?«
Der Fahrer vergewisserte sich durch einen Blick in den Rückspiegel, dass die Frage tatsächlich ernst gemeint war. »Noch nie was vom St. Patrick's Day gehört?«, fragte er zurück. »Ist bald so weit.«
Richtig. Komisch, Leslie brachte den Tag immer mit New York, der Parade auf der Fifth Avenue, obergärigem Bier und feuchtfröhlichen Iren in Verbindung. Meine Güte, wo war er mit seinen Gedanken gewesen? Klar, dass der Tag in Dublin noch ausgelassener gefeiert wurde.
Sie überquerten die O'Connel Bridge, umrundeten das Trinity College, fuhren ein Stück weit die Kildare Street Richtung St. Stephens Green hinauf und hielten vor einem Hotel.
»Da wären wir, Sir«, sagte der Fahrer, »das Shelbourne.«
Leslie stieg aus und ließ die ansprechende Architektur des Gebäudes auf sich wirken. Das Hotel war 1824 eröffnet worden, gedacht als Zuflucht für den anglo-irischen Landadel, wenn er Dublin einen Besuch abstattete und ein Haus brauchte, in dem es sich gut speisen und trinken und alsdann in blütenweiß bezogenen Betten standesgemäß und angenehm schlummern ließ. Der Name des Hotels erinnerte an Lord Shelbourne, einen britischen Premierminister im achtzehnten Jahrhundert, zu dessen

Familienbesitz der Teil des ausgedehnten Parks gehört hatte, auf dem das Hotel errichtet worden war. Eine Laune der Geschichte hatte es so gefügt, dass sich 1922 in einem Luxuszimmer im ersten Stock eine Handvoll Männer getroffen hatte, um unter dem Vorsitz des zur Legende gewordenen Michael Collins die Verfassung des Irischen Freistaates zu entwerfen.

Der Fahrer nahm den Koffer aus dem Kofferraum und übergab ihn der Obhut eines Hoteldieners, der seinem geröteten Gesicht nach in seiner unbequemen Uniform jämmerlich schwitzte. Leslie bezahlte die Taxifahrt und gab dem Fahrer ein ansehnliches Trinkgeld.

»Oh«, sagte der überrascht, »herzlichen Dank, Sir.« Was sich anhörte, als meine er's ehrlich. »Ich darf Ihnen einen angenehmen Aufenthalt in Dublin wünschen.«

»Den werde ich bestimmt haben«, versicherte ihm Leslie.

An der Rezeption identifizierte er sich als Mr. Gerd Schenk aus Toronto und füllte den Meldezettel entsprechend den Angaben in seinem kanadischen Pass aus. Das Hotel schien voll belegt zu sein. Auf dem Weg zur Rezeption waren Leslie bereits die Poster aufgefallen, die auf die internationale Messe für Informationstechnologie hinwiesen, die vor einigen Tagen begonnen hatte.

Der Hoteldiener nahm seinen Koffer, führte ihn zu einem engen, mit edlem Holz und glänzendem Messing ausgekleideten Fahrstuhl und drückte den Knopf zum dritten Stock. Der mit Teppichboden belegte alte Fußboden knarrte unter ihren Schritten, als sie die wenigen Meter zu einer kleinen Suite zurücklegten.

Leslies lange Reise hatte mit dem lediglich der Irreführung dienenden Flug nach Palm Beach begonnen, von wo er sich auf wenig würdevolle Weise im Stauraum eines Wäschereitransporters abgesetzt hatte, um mit seinem kanadischen Pass als Mr. Schenk nach Toronto zu fliegen. Nachdem er sich dort einen neuen Koffer und angemessene Kleidung besorgt hatte, war er nach Zürich geflogen, wo er einem Banker diverse Anweisungen zu übermitteln hatte. An der nächsten Station seiner Reise, in Amsterdam, hatte er sich mit einigen Geschäftsleuten getroffen, denen bei der geplanten Operation eine Schlüsselrolle zugedacht war.

Wie schon in Zürich war er auch in Amsterdam mit ausgesuchter, beinahe an Ehrfurcht grenzender Höflichkeit empfangen worden, als sähen seine Gesprächspartner in ihm eine Art Personifizierung der Macht und des Einflusses, die er auf seiner Reise vertrat. Ein Gefühl, das er sehr mochte.

Und nun stand er am Fenster eines Hotelzimmers, von dem der Blick auf den Park St. Stephens Green fiel, eine Insel der Ruhe inmitten des unablässig rauschenden Großstadtverkehrs. Die Statue am Eingang des Parks machte ihn neugierig. Eine imposante, soweit er vom Fenster aus sehen konnte, nach der Mode des frühen neunzehnten Jahrhunderts gekleidete Gestalt.

Er wandte sich um. Die Sitzecke seiner Juniorsuite war winzig, eigentlich nur ein Appendix des geräumigen Schlafzimmers, aber sie bot alles, was er an Bequemlichkeit brauchte. Das Bad war blitzsauber und machte einen frischen Eindruck.

Gut so. Immerhin würde er eine Weile hier verbringen müssen, um all das zu planen, zu organisieren und von allen Beteiligten absegnen zu lassen, was geschehen sollte.

Gleich morgen würde die Operation mit einem Bauernopfer beginnen – der ersten Figur, die vom Schachbrett entfernt wurde. Und dann kamen die übrigen dran, einer nach dem anderen.

Zuletzt derjenige, dessentwegen er die Reise angetreten hatte.

Er legte seinen Koffer aufs Bett und fing mit dem Auspacken an. Er konnte sich Zeit nehmen und morgen früh lange ausschlafen, um so die Spuren der wegen der verschlungenen Wege etwas anstrengenden Reise aus seinem Gesicht zu tilgen.

Aber zunächst war ihm nach einem kleinen Spaziergang zumute. Der Park lag verlockend nahe, und er wollte unbedingt erkunden, was es mit der Statue am Eingang auf sich hatte.
Als er schließlich davor stand, stellte sich heraus, dass es sich um ein Denkmal für Wolfe Tone handelte, den ersten Märtyrer des irischen Freiheitskampfes, der 1798 eine recht stümperhaft geplante Rebellion gegen die Engländer angeführt hatte, ins Gefängnis geworfen worden und dort gestorben war.
Leslie hatte nicht viel übrig für heroische Gesten politischer Eiferer, die es an strategischem Weitblick fehlen ließen. So gesehen, waren sowohl Tones Rebellion wie auch der Aufstand, den seine eigenen Landsleute 1956 gewagt hatten, von aufwallenden Gefühlen statt von kühlem Bedacht geleitete Fehlleistungen gewesen. Unabhängigkeit wird letztendlich oft durch Schläue und Beharrlichkeit gewonnen, auch ohne Blutvergießen. In Irland war es so gewesen, und auch in seiner Heimat Ungarn hatten schließlich die Zeit und ein unbeirrbarer Wille zur Wende geführt.
Im Geiste sah er Budapest vor sich, die Donau und die Brücken, die sich über den Fluss spannten. Vierzig Jahre lang war er der Stadt nie näher gekommen als bis nach Zürich. Ob er wohl je wieder durch die alten Straßen und Gassen wandern würde?
Gleich hinter dem Parkeingang traf er abermals auf ein Denkmal, das in vagen Umrissen zwei verhärmte Gestalten zeigte, von denen die eine aus einer Schale Wasser nach unten rinnen ließ. Die andere, die ein wenig tiefer stand, fing das Wasser durstig mit beiden Händen auf. Es war zum Gedenken an die vielen Toten errichtet worden, die Irlands nationale Katastrophe, die durch eine Kartoffelkrankheit hervorgerufene »Große Hungersnot« von 1845–49 gefordert hatte. Ja, auch dieses Land hatte einen langen, leidvollen Weg hinter sich.
Er ließ sich vom Zufall über die Pfade leiten, die durch den

Park führten, und fand sich plötzlich auf der anderen Seite des Platzes wieder, an dem auch das Shelbourne lag. Er wartete, bis die Ampel umsprang und er die Straße überqueren konnte, damit er sich die eindrucksvollen Gebäude aus der Nähe ansehen konnte, die sich auf der gegenüberliegenden Straßenseite aneinander reihten. Es handelte sich, wie er den Plaketten an den Fassaden entnahm, samt und sonders um Regierungsgebäude, die, wie er verwundert feststellte, weder bewacht wurden, noch durch irgendeine erkennbare Absperrung gesichert waren. Das altehrwürdige, von Säulen geschmückte Außenministerium lag direkt neben einem eher hässlichen, sechs Stockwerke hoch aufragenden Zweckbau aus Glas und Beton: dem Justizministerium, wie Leslie auf einem Schild neben dem Eingang las. Auf dem kleineren Schild darunter wurden Motorradfahrer aufgefordert, vor Betreten des Gebäudes den Helm abzunehmen.
Er schmunzelte in sich hinein. Wie kompakt diese Stadt doch war, alles schien zum Greifen nahe zu liegen.
Er kam sich vor wie ein Schauspieler, der nur wenige Schritte braucht, um die Bühne zu überqueren, bevor sich der Vorhang hebt.

11

Die Erkennungsmelodie der Sendung verebbte, Marcus Kelly wartete, bis die Abmoderation zu Ende war, und wandte sich dann seinen Gästen zu, um sich bei ihnen zu bedanken. Doch nachdem er in seiner Sendung derart rüde mit ihnen umgesprungen war, verspürten weder der stellvertretende Oberbürgermeister von Dublin noch der Leiter der Presseabteilung beim Commissioner der Dubliner Polizei große Lust, ihm die Hand zu schütteln. Sie standen wortlos auf, verschwanden in der Maske, um sich abschminken zu lassen, und waren sich darüber einig, dass die Sache für Kelly noch ein Nachspiel haben werde.

Kelly sah ihnen mit triumphierendem Lächeln ungerührt nach. Die Typen konnten ihm gestohlen bleiben.

Morgen, am St. Patricks Day, würde er in sein Stammlokal gehen, sich wie alle einen hinter die Binde kippen, von den anderen Gästen sagen lassen, dass er klasse gewesen sei, und sich in der allgemeinen Bewunderung suhlen. Mit Recht, denn heute Abend war er in seiner Sendung *Kelly fragt nach* noch besser als sonst gewesen, und das allein zählte.

Das Thema des Abends waren die illegalen Autorennen gewesen, die Teenager an jedem Wochenende mit gestohlenen Wagen auf den Straßen rund um die großen Wohnsilos veranstalteten. *Joy-riding* nannten sie den gefährlichen Wahnsinn, für den jedes Jahr Hunderte von Autos gestohlen wurden, die die Polizei hinterher ausgebrannt – und natürlich ausgeschlachtet – in irgendeiner Seitengasse fand. Kelly war es darum gegangen zu entlarven, dass den Behörden bisher so gut wie nichts eingefallen war, um diesen groben Unfug zu stoppen, und das war ihm gelungen.

Vor allem, weil er seine beiden ahnungslosen Gäste mit verblüffenden Bildbeweisen in die Enge treiben konnte. Es hatte nun mal keinen Zweck, ein so brisantes Thema in einer Fernsehsendung aufzugreifen, ohne den Zuschauern durch wahrhaft schockierende Aufnahmen vor Augen zu führen, was sich da allwöchentlich in ihren Straßen abspielte. Also hatten Kelly und sein Kameramann sich in eines der gestohlenen Autos gesetzt, von einem Vierzehnjährigen in Wahnsinnstempo und halsbrecherischer Manier durch angeblich ruhige Wohngegenden kutschieren lassen und dabei Aufnahmen eingefangen, bei denen braven Fernsehzuschauern der Atem stocken musste. Anschließend hatte Kelly die Kids vor laufender Kamera befragt, warum sie das täten und welchen besonderen Kick sie dabei erlebten.

Und genau das war es gewesen, was der Leiter der Presseabteilung beim Commissioner der Dubliner Polizei bei der anschließenden Studiodiskussion angeprangert und weshalb er Kelly beschuldigt hatte, Jugendliche mit solchen spektakulären Filmaufnahmen geradezu zu ihrem gesetzwidrigen Verhalten zu ermuntern. »Ihr Verhalten erfüllt den Tatbestand der Beihilfe zum Rechtsbruch«, hatte er Kelly wütend vorgehalten, »und ich werde persönlich dafür sorgen, dass die Strafverfolgungsbehörde das nicht auf sich beruhen lässt.«

Die Diskussion war recht hitzig und erregt geworden, doch am Schluss konnte Kelly – weil er sich mit den Gesetzen des Fernsehens besser auskannte – einen klaren Punktsieg für sich verbuchen. Denn so viel stand fest: Egal, auf wessen Seite der einzelne Zuschauer stand, er würde nächste Woche wieder einschalten, und nur darauf kam es an. Der Tatsache, dass Kelly sich stets an diesem Grundsatz orientiert hatte, verdankte er seine Position als Nummer Eins unter Irlands Fernsehjournalisten.

Er entwirrte die Drähte seines Kopfhörers, bedankte sich bei seiner Crew und überlegte einen Augenblick, ob er das Make-up gleich hier im Studio oder erst zu Hause entfernen sollte. Wer immer das Abschminken übernahm, er musste behutsam mit seiner Nase umgehen. Die Spuren von Donovans hinterhältigem Kopfstoß waren zwar verheilt, aber die Hautpartie war immer noch sehr empfindlich.

Er beschloss, erst mal einen Drink zu nehmen. In der kleinen Studiokantine hielt sich zu dieser Zeit niemand auf, er musste sich sein Glas trockenen italienischen Weißwein selber einschenken. Als er es an die Lippen führen wollte, flog die Tür auf.

Dan Corrigan, RTEs Programmchef, stürmte mit zerzaustem Haar und fleckigem Gesicht in Jeans und Sweater herein – offenbar so, wie er zu Hause vor dem Fernseher gesessen hatte – und fauchte Kelly mit bebender Stimme an: »Was für eine beschissene Nummer haben Sie da eben abgezogen, Himmeldonnerwetter?«

Kelly spielte den Unschuldigen. »Wovon reden Sie überhaupt?«

»Sie wissen verdammt genau, wovon ich rede. War der Film von diesem *Joy-riding*-Quatsch mit Ihrem Redakteur abgesprochen?«

Kelly zuckte die Achseln. »Dazu blieb keine Zeit.« Und dann kam er endlich dazu, den ersten Schluck Wein zu trinken.

»Kommen Sie mir nicht mit ›keine Zeit‹!«, fuhr der Programmdirektor ihn an. »Sie haben uns das vorsätzlich verschwiegen. Natürlich, Sie haben dem zuständigen Abteilungsleiter erzählt, um welches Thema es geht und wer Ihre Studiogäste sind, aber von diesem Film haben Sie nichts erwähnt. Und ich weiß auch, warum. Weil Sie genau wussten, dass wir Nein gesagt hätten.« Er kam mit gesenktem Kopf wie ein gereizter Stier auf Kelly zu. »Und wissen Sie, warum wir Nein gesagt hätten? Weil wir das Programm zum Teil aus öffentlichen Mitteln finanzieren und deshalb nicht nur unseren Zuschauern, sondern auch der Regierung verantwortlich sind, vom Aufsichtsrat des RTE ganz zu schweigen. Wir haben Rücksicht zu nehmen auf …«

»Lassen Sie mich mit diesem Blödsinn zufrieden«, fiel Kelly ihm ins Wort. »Mir müssen Sie nichts vormachen. Sie verstecken sich doch nur hinter angeblich notwendigen Rücksichtnahmen, damit Sie überhaupt mitreden können. Sie leiden darunter, dass Sie im Grunde nichts zu sagen haben. Leute wie Sie sind doch schon bei der Entscheidung, ob sie schwarze oder braune Schuhe anziehen sollen, hoffnungslos überfordert.«

Unwillkürlich schielte Corrigan auf seine Füße. Er trug ausgelatschte Turnschuhe, und die waren grau.

»Sie können ja gar nicht beurteilen, ob eine Sendung gut ist oder nicht«, fuhr Kelly fort. »Und lassen Sie sich gesagt sein: Meine Sendung heute Abend war gut. Sie war sogar verdammt gut.« Er stellte sein Glas ab und fuchtelte mit dem Zeigefinger vor Corrigans Nase herum. »Wenn Sie's nicht glauben, erkundigen Sie sich nach den Zuschauerreaktionen und lesen Sie morgen früh die Fernsehkritiken. Dann dämmert's Ihnen vielleicht, dass es Sendungen wie meine sind, denen Sie's zu verdanken haben, dass Sie überhaupt noch auf Ihrem Sessel sitzen.« Und damit steuerte er, ohne den Programmdirektor auch nur eines Blickes zu würdigen, die Tür an.

Corrigan fuhr herum und pumpte sich empört auf. »Jetzt hören Sie mir mal zu, Kelly. Wagen Sie es nie wieder, in so einem Ton mit mir …«

»Ach, halt die Klappe«, murmelte Kelly, ohne sich umzudrehen, und schlug die Tür hinter sich zu.
Der dumpfe Knall hallte ihm noch in den Ohren wider, als er den leeren Flur hinunter und am Glaswürfel der Rezeption vorbei auf den Parkplatz ging. Es war nach elf Uhr abends, die Reihen der geparkten Autos hatten sich bereits seit Stunden stark gelichtet, und sein weißer Audi stach ihm sofort ins Auge. Er drückte den Impulsgeber am Autoschlüssel, die Türverriegelung öffnete sich mit sattem Schmatzen, die Rücklichter blinkten kurz auf.
Sein Blut brodelte immer noch. Sich über Leute wie Corrigan aufzuregen, war Zeitverschwendung. Die hatten keine Ahnung von guten Fernsehsendungen, speisten ihn und seine Produktionsgesellschaft mit Almosen ab und steckten ihr Geld den hohen Einschaltquoten zuliebe lieber in seichte Serien. Gemessen an der Breitenwirkung, die *Kelly fragt nach* hatte, war er eindeutig unterbezahlt. Ein Thema, das er demnächst mal ansprechen musste.
Er bog vom Parkplatz auf die Straße ein, die ihn nach Hause führte. Und da fiel ihm plötzlich ein, dass er nun doch vergessen hatte, sich abschminken zu lassen. Sein Make-up würde ihm, so wie er vor Erregung schwitzte, das Hemd ruinieren. Er öffnete den obersten Knopf und fühlte sich wie erlöst.
Bis zu seinem Apartment in einer umgebauten viktorianischen Villa an der Küste bei Killiney waren es ungefähr fünf Meilen. Eine Traumwohnung, auf einer leichten Anhöhe gelegen, hinten von Bäumen umgeben, vorn mit freiem Blick aufs Meer. An schönen Tagen kam er sich vor wie an einer italienischen Küste, und sogar an weniger schönen Tagen hatte es einen besonderen Reiz, dort zu wohnen.
Er tastete am Autotelefon die Nummer ein, unter der sein Anschluss zu Hause gespeichert war, hörte aber nur sich selbst auf dem Anrufbeantworter. Aha, seine Frau war also unterwegs

oder schon zu Bett gegangen und hatte das Telefon auf den Anrufbeantworter umgestellt.
Wie immer ärgerte er sich über die vielen durch Ampeln gesicherten Kreuzungen auf der Strecke. Da musste man schon besonderes Glück haben, um irgendwann in den vierten Gang schalten zu können. Da – schon wieder eine rote Ampel! Kelly trommelte ungeduldig im Takt eines Schlagers aus dem Autoradio aufs Lenkrad, merkte aber, dass er innerlich allmählich ruhiger wurde.
Rechts sah er schon die ersten Häuser des Frascati-Wohnparks und die Umrisse des großen Einkaufszentrums. Frascati-Wohnpark! Weiß der Geier, welche Erinnerungen an Italienurlaube dem Baulöwen da durch den Kopf gespukt waren!
Die Ampel sprang auf Grün um, er gab Gas und bog nach links in die Zufahrtsstraße zum Wohnpark ab. Um die Geschwindigkeitsbegrenzung kümmerte er sich wie üblich einen Teufel. Und dass die Scheinwerfer, die plötzlich in einigem Abstand hinter ihm hingen, zu einem Wagen gehörten, der schon an der Ampel hinter ihm gestanden hatte, fiel ihm nicht weiter auf.
Als er sich seiner Wohnung näherte, verlangsamte er das Tempo. Die Straße schlängelte sich nun die Anhöhe hinauf und wurde so schmal, dass zwei Autos nur bei extrem vorsichtiger Fahrweise aneinander vorbeikamen. Im Nachbarhaus hatte anscheinend jemand Besuch, auf der Bankette unter den Bäumen stand ein dunkler Wagen.
Die dicke Kiesschicht der Wendeschleife knirschte laut unter den Reifen, als er auf die mittlere der drei Doppelgaragen zufuhr. Er griff nach der Fernbedienung in der Mittelkonsole und klickte sie an, um das Garagentor zu öffnen.
Es tat sich nichts. Ärgerlich, aber das war schon öfter passiert. Vermutlich ein störendes Fremdsignal. Na schön, da half nur Geduld, bisher hatte es noch immer geklappt. Nur komisch,

dass die Bewegungsscheinwerfer hinter dem Haus auch nicht angingen. Ob da vielleicht was kaputt war?
Er drückte abermals die Fernbedienung. Wieder nichts.
Noch mal – aller guten Dinge sind drei.
Scheiße.
Nun musste er sich wohl oder übel dazu bequemen, das verdammte Garagentor von Hand zu öffnen; das zu den so genannten Segnungen des technischen Fortschritts zählte.
Er stieg aus. Der Gong der Autoelektronik erinnerte ihn daran, dass die Autoscheinwerfer noch angeschaltet waren. Ja – verdammt noch mal, natürlich waren die an! Wie sollte er denn sonst im Dunkeln das Schlüsselloch des Garagentors finden?
Er ließ die Wagentür offen und suchte, während er aufs Tor zuging, den richtigen Schlüssel.
Die beiden Gestalten, die sich aus dem Halbdunkel unter den Bäumen lösten, bemerkte er nicht.
Jedenfalls zunächst nicht. Dann jedoch verriet sie, so vorsichtig sie auch aufzutreten versuchten, der knirschende Kiesbelag.
Kelly wirbelte herum, starrte geblendet ins gleißende Licht der eigenen Autoscheinwerfer und hob instinktiv die rechte Hand, um die Augen abzuschirmen.
Der Knall der Schrotflinte zerriss die nächtliche Stille wie ein Böllerschuss.
Der Schuss zerfetzte Kellys Brust. Das Garagentor protestierte mit blechernem Scheppern, als er rückwärts dagegen geschleudert wurde und leblos zusammensackte.
Eine der beiden Gestalten war mit zwei schnellen Schritten bei ihm, beugte sich mit einer Pistole in der Hand über ihn und drückte zweimal ab. Zwei Schüsse aus nächster Nähe, direkt hinter das Ohr. Dann huschten die beiden Gestalten zurück ins Dunkel unter den Bäumen.
Dicht hinter ihrem Wagen, der in der Nähe des Nachbarhauses parkte, stand inzwischen mit laufendem Motor ein zweites

Auto – das, dessen Scheinwerfer Kellys Audi gefolgt waren. Sobald die Insassen sicher waren, dass die beiden Mörder unbemerkt entkommen und in ihren Wagen gestiegen waren, rasten beide Fahrzeuge in unterschiedliche Richtungen davon.
In einigen Fenstern flammte Licht auf, laute Stimmen fragten ärgerlich, was denn, zum Teufel, da unten los wäre, und all das wurde vom sanften elektronischen Gongsignal des weißen Audi untermalt, das nicht müde wurde, den Fahrer an die immer noch brennenden Scheinwerfer zu erinnern.

12

Am nächsten Morgen saß Peter O'Neill, der irische Premierminister – oder auf gälisch: *Taoiseach* –, schon um halb sieben am Schreibtisch, obwohl er nicht damit gerechnet hatte, am heutigen St. Patrick's Tag überhaupt im Büro zu sein, schon gar nicht zu so früher Stunde. Sein Terminkalender sah vor, dass er zunächst im Dublin Castle eine Gruppe amerikanischer Kongressabgeordneter begrüßte, die sich auf einer emotionsträchtigen Reise ins Land ihrer Vorväter befanden, danach wollte er – auf der Tribüne vor dem Hauptpostamt, wo ihn alle gut sehen konnten und von wo die Fernsehkameras ihn den Bürgern winkend frei Haus auf den Bildschirm lieferten – die Parade auf der O'Connel Street abnehmen, um anschließend in seinen Wahlkreis nördlich von Dublin zu eilen und dort, wiederum publikumswirksam, die Preise an die Sieger beim irischen Jugendtanzfestival auszuhändigen.

Nur, Morde nehmen eben weder auf hohe Festtage noch auf den Terminkalender des *Taoiseach* Rücksicht.

Das heißt, irgendein gewöhnlicher Mord hätte den Tagesablauf des Premierministers nicht unbedingt berühren müssen, doch wenn es um Marcus Kelly ging, galten andere Maßstäbe. Die Schlagzeilen der Tageszeitungen, die säuberlich ausgebreitet vor ihm auf dem breiten Schreibtisch lagen, und die hochkarätige Besetzung der Viererkonferenz, die er zu so früher Stunde in seinem Büro einberufen hatte, gaben beredtes Zeugnis davon.

Conor Hogan, der Commissioner der *Garda*, hatte eine auffallend breite Nase und einen bemerkenswert schmalen Mund. Die Nase war ein Erinnerungsstück an die Jahre in der Boxstaffel des Polizeisportvereins, der kleine Mund war angeboren – vielleicht ein Geschenk von Mutter Natur, mit dem sie Hogan davor bewahren wollte, zu viel zu sagen. Sollte das ihre Absicht gewesen sein, so hatte sie ihr Ziel verfehlt: Conor Hogan gehörte zu den Leuten, die kein Blatt vor den Mund nehmen.

Neben ihm saß Eamon Savage, der Justizminister, ein hoch aufgeschossener, breitschultriger Mann in den Sechzigern, der sich unnachahmlich darauf verstand, durch einen missbilligenden Blick über die Halbbrille Unmut auszudrücken. Heute Morgen galt dieser Unmut offensichtlich der Tatsache, dass der Premier auf die Idee gekommen war, Tony Goulding zu dieser Besprechung hinzuzuziehen, obwohl die Erörterung eines Verbrechens und seiner Folgen absolut nicht in Gouldings Ressort fiel. Dies offen auszusprechen, verkniff sich Savage allerdings fürs Erste.

O'Neill repräsentierte rein äußerlich einen Kontrast zu den drei Männern, die ihm gegenübersaßen, wie er krasser kaum sein konnte. Zum Ersten war er deutlich jünger als sie, Anfang vierzig, zum Zweiten kleiner und feingliedriger. Sein Gesicht hätte fast mädchenhaft zart gewirkt, wären da nicht die frühzeitig erschlafften Hautpartien unter den Augen gewesen – ein unübersehbarer Tribut an die Last seines Amtes.

Er fischte mit spitzen Fingern ein reißerisches Boulevardblatt aus dem Zeitungsstapel und ließ es gleich wieder angewidert fallen. »Mein Gott, sehen Sie sich das an!«

MASSAKER AM ST. PATRICK'S DAY, verkündete die Schlagzeile.

»Genau genommen war es gar nicht am St. Patrick's Day«,

sagte Goulding. »Ganz davon abgesehen, dass es kein Massaker war.«
»Richtig. Aber seit wann geben Fakten eine gute Schlagzeile ab?«, gab der Commissioner zu bedenken.
»So oder so, das wird uns eine Menge Ärger einbringen«, warf Savage ein. »*Taoiseach*, meiner Meinung nach sollte uns der Commissioner zunächst vortragen, was bis jetzt zu dem Fall bekannt ist und wie er sich politisch auswirken könnte.«
O'Neill nickte. »Natürlich. Unbedingt.«
Der Commissioner brauchte nicht lange für seinen Vortrag. Marcus Kelly hatte das RTE-Studio kurz nach dreiundzwanzig Uhr verlassen und war einer groben Zeitschätzung nach offenbar direkt nach Hause gefahren.
Hogan deutete ein Lächeln an. »Wie wir herausfinden konnten, muss es wohl kurz zuvor einen heftigen Wortwechsel zwischen ihm und dem Programmdirektor gegeben haben, offenbar, weil Kelly in seiner Sendung ziemlich rüde mit dem Stellvertreter des Oberbürgermeisters und dem Leiter meiner Presseabteilung umgesprungen war, und zwar live vor laufender Kamera. Dennoch gehen wir nicht davon aus, dass einer der drei Gentlemen, so groß ihre Abneigung gegen Mr. Kelly auch gewesen sein mag, auf den Gedanken gekommen wäre, sich zu irgendwelchen Gewalttätigkeiten hinreißen zu lassen.«
O'Neill versuchte, Hogans Weitschweifigkeit einen Riegel vorzuschieben. »Sean Donovan?«
Der Commissioner nickte. »Käme natürlich als Verdächtiger in Frage, aber er hält sich zur Zeit außer Landes auf. Nach unseren Informationen in Amsterdam.«
»Gut eingefädelt«, bemerkte Goulding, »ein perfektes Alibi. Aber ich finde, das macht ihn erst recht verdächtig.«
»Was der Polizei aber nicht weiterhilft«, sagte Savage. »Der Mord war die Tat von Profis, die offensichtlich als Team gearbeitet haben. Nahe dem Tatort wurden Spuren von zwei

Fahrzeugen gefunden, die nach den Schüssen das Wohngebiet in rascher Fahrt verlassen haben. Falls es sich um von Donovan angeheuerte Handlanger gehandelt hat, dürfte das schwer zu beweisen sein.«

Der Commissioner nickte. »Oder sie des Mordes oder der Beihilfe zum Mord zu überführen.«

»Hat er« – O'Neill zögerte, – »Leute an der Hand, die als Komplizen oder Handlanger oder wie Sie's nennen wollen in Frage kämen?«

»Etliche. Leute mit gleichen Interessen oder in einem Abhängigkeitsverhältnis – Drogenkuriere, Prostituierte, Zuhälter und dergleichen. Offizielle Mitarbeiter beschäftigt er nicht, außer die junge Frau, die für ihn im Büro der so genannten Wohnungsverwaltung Anrufe entgegennimmt. Aber er hält sich so was wie einen Bodyguard, seinen Fahrer, der, wie wir vermuten, gleichzeitig die anfallende – wenn ich so sagen darf – Drecksarbeit erledigt. Ein gewisser Vinnie Dwyer. Wir haben ihn heute Morgen aus dem Bett geholt und vernommen. Er hat allerdings ein unanfechtbares Alibi. Will sich zur Tatzeit in einem Pub in Tallagh aufgehalten haben, und das wurde uns dort bestätigt.«

O'Neill nagte an der Unterlippe, ließ den Blick über die vor ihm ausgebreiteten Zeitungen huschen und murmelte düster: »Wenn ich mir vorstelle, was die morgen für Kommentare bringen!«

»Mr. Gallagher, beispielsweise, der Vater meiner Staatssekretärin«, sagte Savage und sah Goulding scharf an. »Wobei mir übrigens nicht nachvollziehbar ist, wieso Sie die Regelung dieser Sache an sich gerissen haben, obwohl das doch eindeutig in mein Ressort fallen dürfte.«

»Möglicherweise«, räumte Goulding ein. »Aber wir sollten die Tatsache nicht übersehen, dass ich als *Tanaiste* den Premierminister bei Abwesenheit vertrete, und da ich seinerzeit dafür plädiert habe, Emma Gallagher in unser Team zu holen, war ich der Ansicht, dass ich am ehesten berechtigt bin, ihr wegen dieser Sache den Kopf zu waschen.«

»Mag sein«, erwiderte Savage, »aber finden Sie nicht ...«

»Ich denke, wir haben dringendere Probleme zu lösen«, unterbrach ihn O'Neill und wandte sich an den Commissioner. »Conor, wie geht's jetzt weiter?«

Hogan ließ sich nicht anmerken, wie gut ihm die vertrauliche Anrede mit dem Vornamen tat. Offenbar wollte der Premierminister ihn dafür belohnen, dass er sich – unbeirrt von den Seitenhieben, die Savage und Goulding austauschten – um Sachlichkeit bemühte.

»Die Öffentlichkeit ahnt noch nichts davon, *Taoiseach*«, sagte er, »aber wir sind Donovan bereits dicht auf den Fersen. Das Criminal Assets Bureau bereitet eine Anklage wegen Bereicherung durch illegale Aktivitäten gegen ihn vor und wird in diesem Zusammenhang beantragen, ihm einstweilen – also bis zu einer Entkräftung aller gegen ihn erhobenen Beschuldigungen – die Verfügungsgewalt über Teile seines Vermögens zu entziehen. Damit hat er den Schwarzen Peter und muss seine Unschuld beweisen.«

O'Neill nickte zufrieden. »Gut, das wäre doch immerhin schon was. Wie schnell lässt sich das umsetzen?«

»*Taoiseach*«, warf Savage hastig ein, »ich darf darauf hinweisen, dass das nicht so einfach ist. Ehe das CAB Anklage erhebt, müssen die Schuldvorwürfe hieb- und stichfest durch die Steuerbehörden untermauert werden, sonst laufen wir Gefahr, dass das Gericht die Anklage zurückweist. Es ist bereits in früheren Fällen zu solchen Blamagen gekommen, und ich glaube, es liegt in unser aller Interesse, dass uns das nicht wieder passiert.«

O'Neill sah ihn nachdenklich an. Savage war mitunter ein wenig schwerfällig und spielte sich gern auf, aber was er anpackte, erledigte er gründlich, und er hatte zweifellos das, was man

gemeinhin politisches Gespür nennt. Eine Zeit lang war O'Neill dem Irrtum erlegen, sie seien beide aus demselben Holz geschnitzt, aber irgendwann hatte er erkannt, dass es eben doch Unterschiede zwischen ihnen gab. Und weil es sie gab, war er Premierminister geworden.
Er kam nicht aus den seit den Unabhängigkeitskämpfen erstarrten politischen Strukturen des Landes, seine Wurzeln lagen in Nordirland, und das hatte ihn geprägt, auch wenn er bereits in früher Jugend mit seinen Eltern in die Republik umgezogen war. Er hatte die neue Partei, die Democratic Nation, in der Erkenntnis gegründet, dass es an der Zeit sei, verkrustetes Denken zu überwinden und das Land für ein neues Zeitalter fit zu machen, und genau deswegen hatten ihn die Menschen in Irland gewählt. Aber jetzt war er an der Macht, und um sie zu erhalten, brauchte er Vollblutpolitiker der alten Schule.
Vor allem Leute wie Tony Goulding.
Goulding war der typische Königsmacher, einer von denen, die einen Aufruhr der Hinterbänkler anzetteln oder ihn im Keim ersticken können, ohne Ambitionen, je selbst den Thron zu besteigen. Und darin lag wohl sein Geheimrezept für politisches Überleben.
Nur, die nächsten landesweiten Wahlen rückten näher, und einige der wichtigsten Wahlversprechen der Democratic Nation waren noch nicht eingelöst, besonders das der Privatisierung von Staatsbetrieben oder Betrieben, bei denen der Staat Mehrheitseigner war. Dieser verdammte Mord kam also im denkbar ungünstigsten Moment, weil er O'Neill zu viel Zeit raubte – Zeit, die für die Wahl entscheidend sein konnte.
Sicher, Savage hatte Recht, der Versuch, das Criminal Assets Bureau drängen zu wollen, brachte nichts und konnte sich sogar als schwerer Fehler erweisen. Aber ihm lief die Zeit davon.
»Ich verstehe Ihre Bedenken durchaus«, wandte er sich an Savage, »aber wir sollten dringend darauf hinwirken, dass die An-

klage gegen Donovan so früh wie möglich bei Gericht eingereicht wird. Ich denke, da sind wir uns einig, oder?«

Der Commissioner rutschte unruhig auf seinem Stuhl hin und her. »*Taoiseach*, wenn Sie erlauben …«

O'Neill bedeutete ihm, fortzufahren.

»Ich bin, wie wir alle, beunruhigt wegen des zu erwartenden Medienechos auf diesen Mord, aber erlauben Sie mir, darauf hinzuweisen, dass ich Polizist und nicht Politiker bin.«

»Im Klartext?«, fragte O'Neill.

»Im Klartext: Ich muss die Möglichkeiten der mir unterstellten Polizeikräfte nüchtern und realistisch beurteilen. Ich habe, wie die Protokolle früherer Besprechungen belegen, wiederholt meine Sorge über die Budgetbeschränkungen in den vergangenen Jahren zum Ausdruck gebracht …«

»Nein, nicht wieder die alte Platte!«, stöhnte Savage.

»… und ich fühle mich verpflichtet, das auch heute wieder zu tun. Das zugewiesene Finanzvolumen macht es uns schlichtweg nicht möglich, allen unseren Aufgaben gerecht zu werden. Es ist einfach, die Dinge durch eine rosarote Brille zu sehen und sich mit dem Argument zu beruhigen, dass die Zahl der Verurteilungen ständig steigt, aber das ändert nichts an dem Problem, dass meine Leute sich mit Recht überfordert und zugleich ständiger öffentlicher Kritik ausgesetzt sehen. Dabei rechne ich noch nicht mal die zusätzliche Belastung durch Antiterror-Maßnahmen in den grenznahen Grafschaften mit.«

»Sie arbeiten auf der Basis eines verabschiedeten Budgets«, hielt ihm Savage vor, »dem Sie im Übrigen zugestimmt haben.«

»Zugestimmt haben Sie, mir wurde es aufgedrückt«, korrigierte ihn Hogan. »Ein immer größeres Aufgabenspektrum bei stagnierenden Mitteln – wie soll diese Gleichung aufgehen?« Er wandte sich direkt an den Premierminister. »Es geht um zwei Missstände, die ich schon bei früherer Gelegenheit mit Nachdruck angesprochen habe. Unser Informationssystem stützt sich auf die Technologie von vorvorgestern. Es gibt Pläne für eine Modernisierung, aber das schleppt sich zu lange hin. Das zweite Problem ist die Mobilität. Wir brauchen mehr Fahrzeuge, damit wir Präsenz zeigen können, was zum einen beruhigend auf die Bürger und zum anderen abschreckend auf potenzielle Gesetzesbrecher wirken könnte.« Er lehnte sich zurück und sah Savage an. »Es genügt nicht, die laufenden Kosten abzudecken, dadurch könnten wir allenfalls den gegenwärtigen Standard absichern. Es geht um Investitionen, die uns in die Lage versetzen, unsere Aufgaben auch in der Zukunft zu erfüllen. Und wir sollten nicht die Augen davor verschließen, dass es hier nicht nur um das Wohl und Wehe des Landes, sondern auch um das Wohl und Wehe der gegenwärtigen Regierung geht.«

»Nun machen Sie mal halblang«, brauste Savage auf.

O'Neill griff mit ruhiger Stimme ein. »Ich glaube, wir sollten uns das Budget noch einmal genau ansehen.«

Savage sah ihn mit gequältem Blick an. »Aber das haben wir doch alles schon hinter uns. Wir haben keine Almosen zu verteilen.«

»Wir werden uns die Budgetverteilung trotzdem noch mal ansehen.« O'Neills Ton hörte sich entschieden an. »Ich beabsichtige, bei der nächsten Kabinettssitzung darauf zurückzukommen.«

Savage startete einen letzten Versuch, den Premier umzustimmen. »Ich denke, die anderen Ressortchefs werden keineswegs bereit sein, Kürzungen in ihrem Aufgabenbereich hinzunehmen.«

»Nun, das wird sich herausstellen.«

O'Neill nickte dem Commissioner zu. Hogan war fürs Erste ruhig gestellt und würde so kurz vor der Wahl keine politisch unliebsame öffentliche Diskussion entfachen. Andererseits passte es O'Neill absolut nicht, in einer Besprechung unter

Druck gesetzt zu werden und seinem Justizminister derart in den Rücken fallen zu müssen. Mal sehen ... je nachdem, wie die Wahl ausging, ergab sich vielleicht die Möglichkeit, Conor Hogan in den vorzeitigen Ruhestand zu schicken.

»Also gut«, sagte er, »zurück zu den Tagesproblemen. Es wird wohl am besten sein, wenn ich ein paar Worte mit den Presseleuten rede. Was meinen Sie, sollte ich schon näher auf den Stand der Ermittlungen eingehen?«

Goulding schüttelte den Kopf. »Nein, ich glaube, das sollten Sie dem Commissioner und seinen Leuten überlassen.«

Kurz darauf beendete O'Neill die Besprechung, Savage und Hogan verließen den Raum, Goulding blieb als Einziger zurück.

»Dieser Hogan ist ein gerissenes Schlitzohr«, sagte er. *»Ich bin kein Politiker!* Wirklich, von dem könnte der eine oder andere Abgeordnete noch eine Menge lernen.«

O'Neill ordnete stumm den Zeitungsstapel.

»Mal ganz offen, Peter«, fuhr Goulding fort, »glauben Sie, dass Savage Hogan gewachsen ist? Ich hab da gewisse Zweifel. Sie haben ja selbst miterlebt, wie der Justizminister sich gewunden hat. Mein Gott, er müsste doch mittlerweile längst einen Dreh gefunden haben, den Commissioner auf seine Seite zu ziehen.«

O'Neill sah hoch. Die Animosität zwischen Goulding und Savage wäre ihm auch ohne die ständigen Sticheleien seines *Tanaiste* nicht verborgen geblieben.

»Falls es das ist, was Sie mir nahe legen wollten: Ich beabsichtige nicht, ihn fallen zu lassen«, sagte er kühl.

»Er könnte unsere Achillesferse sein, wenn es hart auf hart kommt«, gab Goulding zu bedenken. »Sie sollten sich nach jemandem umsehen, der die Dinge besser in den Griff bekommt.«

O'Neill ärgerte sich schon lange darüber, dass es Goulding

an jeglichem Gespür für den nötigen Respekt gegenüber dem Regierungschef fehlen ließ. Diesmal wollte er ihm das nicht durchgehen lassen.

»Ich habe bereits gesagt, dass ich ihn nicht fallen lasse. Es war misslich genug, ihn so brüsk behandeln zu müssen, weil sonst der Commissioner keine Ruhe gegeben hätte. Ich werde das Savage unter vier Augen erklären und mich bei ihm entschuldigen. Savage ist ein guter Mann. Geben Sie also den Versuch auf, mich in Ihr gespanntes Verhältnis hineinzuziehen.«

Goulding stand achselzuckend auf und schickte sich an zu gehen. »Wie Sie meinen.« Die versteckte Zurechtweisung des Premierministers schien keinen großen Eindruck auf ihn zu machen.

Als er gerade nach dem Türknauf greifen wollte, wurde die Tür von außen aufgestoßen. Eamon Savage stand mit bedrückter Miene auf der Schwelle.

»Noch eine schlechte Neuigkeit: Jemand hat auf Sean Donovans Sohn geschossen.«

13

Donovan hatte für den Flug von Zürich nach Dublin nur noch einen Mittelplatz bekommen, eingezwängt zwischen zwei schlafenden Geschäftsleuten in der Reihe zehn.
Er verstand die Welt nicht mehr. Es war, als habe jemand mit den Fingern geschnippt, und plötzlich sei alles, was er sich in den letzten Jahren aufgebaut hatte, zu Staub zerronnen.
Sogar Amsterdam, das er weiß Gott wie oft besucht hatte, war ihm diesmal wie ein fremdes, feindseliges Territorium vorgekommen. Er hatte im Scandic Crown Hotel eingecheckt, sich vom Zimmerservice ein Steak und eine Flasche Scotch bringen lassen und dann den ganzen Abend dagesessen, sein Mobiltelefon angestarrt und darauf gewartet, dass es endlich klingelte.
Die Leute, mit denen er es zu tun hatte, pflegten ihre Gespräche nicht über das normale Telefonnetz abzuwickeln, sie unterhielten auch keine Büros, in denen man sich mit ihnen treffen konnte. Man traf sich in Hotelzimmern wie diesem, in Bars am Leidseplein oder in einem der verschwiegenen Etablissements in einer Seitengasse der Warmoestraat. Einmal hatten seine Geschäftspartner ihn und eine Handvoll aus London, Berlin und Paris angereister Interessenten ausnahmsweise in ein ehrsam wirkendes Privathaus mit Blick über das IJsselmeer eingeladen, wo sie sich von der Qualität des in großen Mengen bereit-

liegenden Kokains und Heroins überzeugen und ihre Bestellungen für etliche Monate im Voraus aufgeben konnten.
Auch diese Reise diente geschäftlichen Interessen. Auf Dublins Straßen stieg der Bedarf an gutem Stoff rasant an, was eine Reorganisation der Logistik und die Vereinbarung neuer Routen und Übergabeorte erforderlich machte. Natürlich schloss das nicht aus, dass sich Geschäft und Vergnügen miteinander verbinden ließen. Donovan hatte Amsterdam schon immer gemocht, unter anderem wegen der Bereitwilligkeit, mit der die Frauen Männerträume wahr werden ließen.
Am Morgen nach seiner Ankunft hatte er von sich aus Kontakt aufnehmen wollen und zwei Mobilfunknummern angewählt, aber beide Male hatte er lediglich eine Mitteilung auf holländisch gehört – vermutlich, dass die Anschlüsse derzeit nicht erreichbar seien. Merkwürdigerweise war auch Vinnies Mobiltelefon in Dublin ausgeschaltet. Und so hatte er sich schließlich am zweiten Abend aufgemacht, um ein paar ihm bekannte Bars und Nachtklubs aufzusuchen, in der Hoffnung, auf ein bekanntes Gesicht zu stoßen.
Nichts – absolut nichts.
Bis ein Uhr nachts.
Eine in schwüles Schummerlicht getauchte Bar mit Sichtblenden aus Bambusvorhängen, die Wände in grellen Farben mit chinesischen Drachen bemalt. Er hatte hier, wenn die Geschäfte unter Dach und Fach gewesen waren und der vergnüglichere Teil begann, schon höchst amüsante Abende verbracht. Und so saß er nun wieder da, den Sessel aus dem Lichtschein der roten Lampe über dem Tischchen gerückt, und suchte die Gesichter der etwa zehn anderen Gäste ab. Was nicht weiter auffiel, da alle Augen wie gebannt auf die geschmeidigen Körper zweier eurasischer Mädchen gerichtet waren – und auf die erotischen Spiele, die sie auf der winzigen Bühne miteinander trieben.

Und da hörte er das kehlige Lachen eines dunkelhäutigen Mädchens – einer Kubanerin, nur mit einem hauchdünnen, nichts verhüllenden Fummel bekleidet, die sich lasziv auf dem Schoß eines offenbar bereits angetrunkenen Mannes von bemerkenswerter Leibesfülle rekelte.

Donovan kannte das Mädchen. Er erinnerte sich an ihre flinke rote Zunge, daran, wie verführerisch ihre Haut auf dem seidenen Laken geschimmert hatte. Und an das schmierige Grinsen des Mannes, der sie ihm hingeschoben und gesagt hatte: »Nimm sie dir, sie gehört dir, Sean.« Einer der Männer, die er suchte.

Das Mädchen musste ihn wohl ebenfalls wieder erkannt und aus den Augenwinkeln mitbekommen haben, wie er aufgestanden und auf sie zugekommen war, und in dem Moment war ihr offenbar schlagartig klar geworden, dass sie schleunigst verschwinden musste.

Lächerlich, wie sie eilends auf ihren hochhackigen Pumps auf den Notausgang zustakste. Er war natürlich schneller als sie, holte sie ein, packte sie hart am Arm und schob sie mit Gewalt die steile eiserne Wendeltreppe zu den Waschräumen hinunter.

Er war kräftiger, als seine Statur vermuten ließ, und jetzt verlieh ihm die Wut zusätzliche Kräfte. Er stieß ihren Kopf ein paarmal roh gegen die raue Backsteinwand über dem Urinal, dann ließ er sie auf den feuchten Fliesenboden fallen. »Wenn du mir nicht sofort sagst, was hier gespielt wird, bist du in zehn Minuten tot.«

Die Tür flog auf, der Mann, bei dem sie auf dem Schoß gesessen hatte, stand schwankend im Türrahmen und starrte mit unstet glotzendem Blick auf die Szene.

»Verpiss dich, Fettwanst!«, brüllte Donovan ihn an, woraufhin der Dicke eilends den Rückzug antrat.

Das Mädchen lag stöhnend, mit blutender Nase und aufge-

schürften Lippen auf dem Boden. Donovan kauerte sich über sie.
»Also, wie hast du dich entschieden?«, herrschte er sie an.
»Ich … ich weiß nichts«, keuchte sie.
Donovan richtete sich auf und versetzte ihr einen Tritt gegen die Rippen. Sie winselte wie ein Hündchen.
Er ließ einen Moment verstreichen, dann beugte er sich wieder über sie. »Na?«
»Du … du bist abgemeldet«, stammelte das Mädchen wimmernd. »Tu mir nicht mehr weh, bitte.«
Donovan konnte sie kaum verstehen, was nicht an ihrem Englisch, sondern an ihrer fast erstickten Stimme lag. Er grub ihr die Hand ins Haar, riss ihren Kopf hoch und starrte auf ihr verwüstetes Gesicht. »Was soll das heißen?«
»Abgemeldet. Erledigt. Das hört man jedenfalls überall.«
»Was redest du da? Abgemeldet?«
Sie schüttelte verzweifelt den Kopf. Mehr wusste sie wirklich nicht. »Ich hab nur gehört, dass jemand aus New York rübergekommen ist. Er hat angeordnet, dass keiner mehr mit dir Geschäfte macht. Schluss, aus, Ende.«
»Jemand aus New York?«, fragte Donovan fassungslos. »Wer?«
Diesmal schaffte sie es nur mit Mühe, den Kopf zu schütteln. »Jemand von den großen Makern. Das ist … alles, was ich weiß. Jemand hat gesagt, dass du … geächtet bist.« Sie sah mit bettelndem Blick zu ihm hoch. Das eine Auge schwoll allmählich zu, die Hautpartien ringsum hatten sich bläulich verfärbt. »Es gibt keinen Ort mehr, an dem du dich verkriechen kannst. Du bist ein toter Mann.«
Er starrte sie erschrocken an, und als er schließlich ihren Kopf losließ, schlug der hart auf dem Fliesenboden auf. Donovan verließ die Toilette, sah gerade noch rechtzeitig zwei Indonesier mit grimmigen Gesichtern die Wendeltreppe herunterstürmen, machte auf dem Absatz kehrt, stieß den Notausgang auf, rannte

die dunkle Seitengasse hinunter und hielt sich, als er endlich die Straße erreicht hatte, dicht im Schatten der Hauswände, bis er so weit weg war, dass er sich einigermaßen in Sicherheit wähnen konnte.

Nach einer Weile blieb er stehen und atmete ein paarmal tief durch. Seine zittternden Hände waren mit Blut besudelt. Gewöhnlich versetzte es ihn in einen beglückenden Rauschzustand, Gewalt auszuüben, aber nun mischte sich Angst dazu, und das machte alles anders. Er eilte weiter, zurück zum Hotel, gehetzt von den Worten des Mädchens, die ihm immer noch in den Ohren gellten, und von dem unheimlichen Gefühl, dass es irgendwo im Dunkel einen unsichtbaren Feind gab, der ihn belauerte.

In seinem Hotelzimmer signalisierte das blinkende rote Telefonlämpchen, dass eine Nachricht für ihn vorlag. Sie stammte von Matt Clancy, seinem Dubliner Anwalt. Donovan klingelte ihn bei seinem Rückruf aus dem Schlaf.

»O Mann«, schnaufte Clancy, »ich kann hier nicht reden. Gib mir ein paar Minuten. Ich geh runter und ruf dich übers Mobilfunknetz an.«

Donovan war im Badezimmer und schrubbte sich die Hände, als sein Handy klingelte.

»Also, hör zu – ich hab schlechte Nachrichten«, sagte Clancy. »Angeblich steht das CAB kurz davor, dir auf die Pelle zu rücken. Im Klartext: Sie werden bei Gericht die Beschlagnahme deines Vermögens beantragen – deine hiesigen Bankkonten und deinen Grundbesitz.«

Ein Glück, dass die Schnüffelnasen von seinem Nummernkonto in Zürich nichts wussten. »Wann soll das steigen?«

»In ein, zwei Tagen, du bekommst eine offizielle Mitteilung. Aber wenn es so aussieht, als hättest du dich ins Ausland abgesetzt, wird's schwierig, die Anordnung anzufechten.«

»Ich weiß nicht, ob ich Lust habe, zurückzukommen«, sagte

Donovan. »Ich werde das beschissene Gefühl nicht los, dass ich dann meinen Kopf in die Schlinge legen würde.«
»Hör zu, da ist noch was. In einer Müllgrube sind zwei Leichen mit zerschmetterten Schädeln gefunden worden. Die eine ist die von einem jungen Burschen, der angeblich Kleindealer gewesen sein soll. Bei der zweiten handelt es sich um ein Mädchen. In der Szene wird gemunkelt, dass du dahinter steckst.«
Donovan versteifte sich unwillkürlich. »Wie heißt der Tote?«
»Harkin, glaube ich. Sein Spitzname war ...«
»Dezo?«, fiel ihm Donovan ins Wort.
»Ja, genau.«
»O Gott«, stöhnte Donovan. »Dieser verdammte Vinnie. Wo, zum Teufel, steckt der eigentlich?«
»Mit dem hab ich nichts zu tun«, erwiderte Clancy. »Du bist mein Mandant, nicht er. Ich will mit solchen Typen nicht in Verbindung gebracht werden. Nun sag mir endlich, wann du zurückkommst.«
»Weiß ich nicht«, antwortete Donovan. Sein Blick huschte unruhig hin und her. Er kam sich in diesem Badezimmer wie eingemauert vor. »Ich ruf dich morgen noch mal an. Und ob du's gern tust oder nicht – krieg raus, wo Dwyer ist.«
Er unterbrach die Verbindung und versuchte noch einmal, Dwyer übers Mobiltelefon zu erreichen. Wieder vergeblich.
Es gibt keinen Ort mehr, an dem du dich verkriechen kannst. Du bist ein toter Mann.
Am besten, er sah zu, dass er aus Amsterdam verschwand.

Er packte sofort seine Sachen und zog in das große Ibis-Hotel am Flughafen Schiphol um. Eine innere Stimme riet ihm, sich sein Geld aus Zürich zu holen, ehe sich das Netz in Dublin immer enger um ihn zog.
Und so war er am nächsten Morgen nach Zürich geflogen, hatte im Marriot eingecheckt und sich ein Taxi zu seiner Bank

genommen. Von außen konnte dem gediegen wirkenden Gebäude etwas abseits der geschäftigen Bahnhofsstraße niemand ansehen, wie viel Gold und Bargeld – darunter auch seine sechs Millionen US-Dollar – in den unterirdischen Tresoren lagerten.

Im Schalterraum schluckten der Teppichboden und die Edelhölzer der Wandverkleidung jedes Geräusch, so dass man sich eher an das Büro eines Leichenbestatters erinnert fühlte. Der Empfangsraum dagegen – in den man allerdings nur gelangte, wenn man nach dem Fingerdruck auf die Außenklingel als vertrauenswürdig eingestuft worden war – strahlte dasselbe herzliche Willkommen aus wie das Lächeln der jungen Frau am Empfangstisch.

Donovan nannte ihr seine Kontonummer, gab ihr das Beglaubigungsschreiben, das ihm ein Mitarbeiter der Bank bei der Kontoeröffnung vor einem Jahr ausgehändigt hatte, deutete auf dessen Unterschrift und sagte: »Ich möchte gern mit diesem Herrn sprechen.«

»Einen Moment bitte.« Sie verschwand mit dem Legitimationspapier durch eine in die Holztäfelung eingelassene Tür.

Zwei Minuten vergingen ... drei ... fünf. Donovan ging ungeduldig auf und ab und schielte von Zeit zu Zeit mit gerunzelter Stirn zum gläsernen Auge der Überwachungskamera hoch. Und dann tauchte die junge Frau endlich wieder auf und in ihrer Begleitung ein etwas klein geratener Banker, der in der einen Hand Donovans Schreiben und in der anderen seine Brille hielt. Definitiv nicht der Mann, mit dem er es bisher zu tun gehabt hatte, also vermutlich jemand aus der Direktionsetage.

Der Banker setzte die Brille auf, musterte Donovan neugierig und sagte: »Ich bin nicht sicher, ob ich das richtig verstanden habe. Sie sagten, Sie hätten ein Konto bei uns?«

»Natürlich habe ich ein Konto bei Ihnen«, erwiderte Donovan in einem Ton, der allein von der Lautstärke her nicht zur

Atmosphäre dieser Privatbank passte. »Warum fragen Sie? Ich habe vor einem Jahr bei Ihnen ein Konto eröffnet und war seitdem wiederholt hier, um Bargeld zu deponieren. Auf meinem Konto müssten um die sechs Millionen Dollar liegen. Gibt's da ein Problem?«

Der Banker setzte eine missbilligende Miene auf. »Das Problem besteht darin, dass es sich bei diesem Legitimationsschreiben um eine Fälschung zu handeln scheint«, sagte er mit einem angedeuteten Achselzucken. »Es wurde zwar auf einem Briefbogen unseres Bankhauses geschrieben, aber die Unterschrift stammt nicht von einem unserer Mitarbeiter, und es fehlt auch die Gegenzeichnung durch mich. Abgesehen davon werden Kontonummern wie diese nicht bei uns geführt.« Er lächelte unterkühlt. »Wäre es denkbar, dass Sie uns mit einer anderen Bank verwechseln?«

Donovan richtete sich auf und ballte die Fäuste. »Nein, hier liegt keine Verwechslung vor, verdammt noch mal.«

»Ich fürchte doch«, sagte der Banker. »Beim Verdacht von Manipulationen reagieren wir hier in Zürich sehr allergisch, so dass ich Sie bitten muss, unser Haus zu verlassen. Es sei denn, Sie möchten, dass ich die Polizei rufe und sie bitte, sich dieses Papier einmal genauer anzusehen.«

Donovan kam mit zwei schnellen Schritten auf ihn zu. »Jetzt hören Sie mal gut zu, Sie kleiner ...«

Der Banker wich einen Schritt zurück. Im gleichen Augenblick öffnete sich die Wandtür, zwei bewaffnete Sicherheitsleute traten ein – Burschen wie wandelnde Kleiderschränke.

»Ich denke, es gibt zwischen uns nichts mehr zu besprechen«, sagte der Banker. Und an seine beiden Gorillas gewandt: »Tragen Sie bitte Sorge dafür, dass der Gentleman unser Haus schnellstmöglich verlässt.«

Donovan leistete keinen Widerstand, als die Muskelprotze ihn Richtung Tür schoben. Die hätten ihm mühelos das Handgelenk gebrochen. Und so schloss sich die schwere Eichenholztür für immer und ewig hinter ihm und seinem Geld.

Du bist abgemeldet. Erledigt.

Nur, wer steckte hinter dieser Sache? Wer besaß so viel Einfluss, dass er sogar die Bank für sein schmutziges Spiel einspannen konnte? Das Legitimationsschreiben war mit Sicherheit keine Fälschung. Und das war dem Banker klar gewesen, sonst hätte er, ohne lange zu fackeln, gleich die Polizei gerufen. Wer weiß, ob er nicht selber bei der Intrige mitmischte.

Wie auch immer, er war zu einer Spielfigur geworden, die von seinen Feinden nach Belieben hin und her geschoben werden konnte, dachte er, als er ein Taxi heranwinkte, um sich zurück zum Hotel bringen zu lassen. Und er kannte niemanden, der genug Reputation und Einfluss besaß, um diesem Spuk ein Ende zu machen.

Jemand aus New York. Aber er hatte doch nie Geschäftsbeziehungen zu jemandem aus New York unterhalten?

In seinem Hotelzimmer schenkte er sich einen Scotch aus der Minibar ein und rief Clancy an. Im Büro meldete sich der Anrufbeantworter. Ach so – St. Patrick's Day. Er rief Clancy zu Hause an, gab ihm die Telefonnummer des Hotels und wartete.

»Mein Gott, Sean«, platzte der Anwalt heraus, als er zurückrief, »jetzt musst du zurückkommen. Unbedingt.«

»Was ist denn nun wieder los?«

»Marcus Kelly ist ermordet worden.«

»Was?«

»Jemand hat ihn vergangene Nacht mit einer Schrotladung vor seinem Apartmenthaus weggepustet.«

»Gott im Himmel. Wer hat das …«

»Keine Ahnung. Ich kann dir nur sagen, was alle vermuten.«

Donovan versuchte noch, die Nachricht innerlich zu verarbeiten, als Clancy fortfuhr: »Und da ist noch was, was ich dir sagen muss. Mal vorweg: Sie glauben, dass er durchkommt. Jemand hat auf deinen Sohn geschossen. Er wurde mit einem Hüftschuss in einer Seitengasse aufgefunden. Als die Polizei und der Rettungswagen eintrafen, hatte er bereits viel Blut verloren und befand sich in einem kritischen Zustand. Aber so wie's jetzt aussieht, wird er's wohl schaffen.« Eine lange Pause. »Sean? Bist du noch dran?«

Donovan brachte kein Wort heraus. Er versuchte gerade, wieder beten zu lernen.

Fintan war dreizehn.

Jemand musste genau gewusst haben, wie er ihn nach Dublin zurücklocken konnte.

Als die Stewardess durch den Mittelgang kam, bat er sie um einen Brandy.

Jemand wollte ihn in Dublin haben. Und ihm war nichts anderes übrig geblieben, als diesem Wunsch zu folgen. Egal, was ihn zu Hause erwartete.

O Gott, wenn er den Kerl, der dem Jungen und ihm das angetan hatte, in die Finger bekam!

Fintan, der einzige Mensch auf Erden, von dem Donovan ehrlichen Herzens sagen konnte, dass er ihn liebte. Und jetzt lag der Junge auf der Intensivstation und kämpfte um sein Leben.

Die Maschine setzte mit einem sanften Ruck auf. Während sie aufs Terminal zurollte, trank er seinen Brandy aus, stopfte den leeren Becher ins Zeitschriftennetz vor dem Sitz und warf einen Blick aus dem Fenster. Dublin, sein Jagdrevier. Mit dem einzigen Unterschied, dass jetzt er der Gejagte war.

Aber er hatte kommen müssen. Er musste den Jungen sehen.

Er war einer der Ersten, die ausstiegen. Das Bordcase in der Hand, eilte er durch die Flure, der Ausschilderung für Flugreisende mit irischem Pass nach. Durch die grüne Zollschleuse, weil er ja nichts zu deklarieren hatte, und weiter auf die automa-

tischen Schiebetüren zu, die in den Ankunftsbereich führten. Dort wollte Clancy auf ihn warten, weil Vinnie immer noch unauffindbar war. Spurlos verschwunden, wie vom Erdboden verschluckt.
Das übliche Gedränge hinter den Absperrungen, Verwandte oder Geschäftsfreunde, die jemanden abholen wollten. Heute kam Donovan die Menge allerdings noch größer vor als sonst. Und dann entdeckte er die Kamerateams und Fotoreporter. Aha, wahrscheinlich wurde irgendein Filmschauspieler oder Rockstar erwartet.
Schließlich entdeckte er Clancy – groß, schlank, gepflegter dunkler Schnäuzer, teurer Mantel. Und Clancy hatte ihn auch bereits ausgemacht und kam auf ihn zugeeilt.
Jemand rief: »Da ist er!«
Die Fernseh- und Presseleute drängten nach vorn. Und Donovan wurde mit Schrecken klar, dass sie es auf ihn abgesehen hatten.
Clancy packte ihn am Arm und bahnte ihm eine Gasse durch das Gedränge. »Sag nichts«, zischte er ihm zu, »überlass das mir.«
Sie schlängelten sich durch die Menge. Blitzlichter flammten auf, Mikrofone wurden ihnen vor die Nase gehalten, ein wahrer Hagel von Fragen prasselte auf sie nieder.
»Können Sie irgendwas zu dem Mord an Marcus Kelly sagen?«
»Haben Sie eine Ahnung, wer auf Ihren Sohn geschossen hat?«
»Stimmt es, dass sich Ihr Vermögen auf zwanzig Millionen beläuft?«
Das war das Dämlichste, was Donovan je gehört hatte. Er war drauf und dran, auf den Reporter loszugehen, doch Clancy hielt seinen Arm mit eisernem Griff umklammert und zog ihn weiter.
Vor dem Flughafengebäude wartete ein Wagen mit abgedunkelten Scheiben. Der Anwalt half Donovan beim Einsteigen,

dann wandte er sich an die Reporter und bedeutete ihnen mit erhobenen Armen, dass er eine Erklärung abgeben wolle.
»Es wird Ihnen vermutlich bekannt sein, dass ich Mr. Donovans Anwalt bin. Lassen Sie mich ein paar Dinge klarstellen«, begann er. »Mr. Donovan ist vorzeitig von einer Geschäftsreise zurückgekehrt, nachdem er erfahren hat, was mit seinem Sohn passiert ist. Und nun hat er, wie das wohl jedem besorgten Vater ginge, das dringende Bedürfnis, seinen Jungen im Krankenhaus aufzusuchen. Ich darf sicher davon ausgehen, dass Sie seine Gefühle und den Wunsch, in Ruhe gelassen zu werden, respektieren werden.«
Die Aasgeier sollen etwas respektieren?, dachte Donovan grimmig. Die Pressefotografen versuchten weiter, eine Aufnahme von ihm in den Kasten zu kriegen, scheiterten aber am Spiegeleffekt der dunkel getönten Scheiben.
»Noch etwas«, fügte Clancy hinzu. »Mr. Donovan und ich werden die Berichterstattung im Fernsehen und in der Presse aufmerksam verfolgen. Ich darf daran erinnern, dass gegen Mr. Donovan nichts vorliegt, er wird nicht polizeilich gesucht. Sollten wir also in den Medien irgendwelche diffamierenden Behauptungen finden, werden wir unverzüglich Strafanzeige wegen Verleumdung erstatten und Schadensersatz fordern. Und glauben Sie mir, das könnte sehr teuer werden.«
Er war schon auf dem Weg zum Wagen, als ihm einfiel: »Vielleicht sollten Sie das vorsorglich auch Ihren Chefredakteuren und Programmchefs sagen.« Dann zog er die Wagentür auf und ließ sich neben Donovan fallen.
Als der Chauffeur losgefahren war, sagte er zu Donovan: »Das CAB wird übrigens, wie ich heute Nachmittag erfahren habe, morgen die Beschlagnahme deines Vermögens beantragen.«
Donovan war mit seinen Gedanken woanders. »Woher können die Kerle gewusst haben, dass ich mit dieser Maschine komme?«

»Wer weiß? Vielleicht hat ihnen jemand einen Tipp gegeben.«
»Außer dir und mir hat doch keiner was davon gewusst.«
»Gut, gehen wir mal davon aus, dass du's nicht warst und mir glaubst, dass ich's ebenfalls nicht war. Bleibt die Frage, wer sonst noch davon wusste.« Clancy zählte die verbleibenden Möglichkeiten an den Fingern ab. »Ich habe mit deiner Exfrau gesprochen, sie wusste es also. Außerdem habe ich das CAB darüber informiert, dass du heute Abend zurückkommst und morgen am Gerichtstermin teilnehmen wirst. Ich habe nicht gesagt, woher du kommst, aber das hätten sie vermutlich leicht feststellen können. Und dann hab ich, so sehr es mir auch zuwider war, wunschgemäß versucht, deinen Freund Vinnie aufzuspüren. Du wirst es kaum glauben, aber ich habe ihn tatsächlich endlich am Telefon erwischt. So, nun kannst du dir jemanden aussuchen.«
Donovan sagte nichts, er starrte nur mit kaltem, nichts Gutes verheißendem Blick ins Leere.

14

Der Liffey teilt Dublin von Norden nach Süden. Kaianlagen säumen beide Ufer, doch wo einst Kontore und Lagerhallen von weltweiten Handelsbeziehungen gekündet hatten, ragen nun Apartmenthäuser auf, aus deren Panoramafenstern man einen wunderschönen Blick über den Fluss und die Stadt genießen kann.

Gleich hinter den nördlichen Kais erstreckt sich ein Gewirr aus verwinkelten Gassen mit verwahrlosten Grundstücken, auf denen Holz gelagert, Autos repariert und Blechschäden ausgebeult werden. Dazwischen findet man kleine Büros, in denen überwiegend obskuren Geschäften nachgegangen wird. An einem davon ist ein handgeschriebenes Schild angebracht, das in verblassender Schrift anzeigt, dass von hier aus Donovans Grundstücke verwaltet werden – zumindest die, die im Grundbuch offiziell auf seinen Namen eingetragen sind.

Es war zwei Uhr nachts, nächtliche Ruhe lag über dem Viertel, die Rollläden waren heruntergelassen und die Türen verriegelt, der St. Patrick's Day hatte seine Spuren nur in bierseligen Erinnerungen und dem einen oder anderen Brummschädel hinterlassen. Es dauerte sicher noch etwa sechs Stunden, bis die Holzsägen zu kreischen begannen und in den Reparaturwerkstätten das blecherne Hämmern einsetzte.

Und doch gab es Leute, die auch jetzt ihren Geschäften nachgingen – Junkies, die ihre Ware auslieferten, und Huren, die in dunklen Gassen für eilige Freier schnell mal den Rock hoben. In dieser Nacht verlief das Geschäft freilich schleppend. Das hatte etwas mit den beiden Limousinen und dem Kastenwagen zu tun, die vor Donovans Grundstücksverwaltung vorgefahren waren, und mit dem vierten, der den Hinterausgang blockierte. Keiner der Wagen war als Polizeifahrzeug gekennzeichnet, aber als die Officers aus den Limousinen sprangen, noch ehe die zum Stehen gekommen waren, und einer von ihnen mit einem schwarzen, ungeduldig an der Leine zerrenden Labrador aus dem Kastenwagen gekrochen kam, konnte sich jeder einen Reim darauf machen, was hier gespielt wurde. Dennoch hätten die kleinen Dealer und die Bordsteinschwalben unbesorgt weiter ihrem Broterwerb nachgehen können, ihnen galt die Polizeiaktion nicht.

Der Wucht des Vorschlaghammers hielt das Schloss der Haustür nicht lange stand, und Sekunden später stürmten die ersten Officers die Holztreppe zu Donovans Büro hinauf. Ein kurzer Tritt – die Tür gab nach, Licht flammte auf, die Durchsuchung konnte beginnen.

Sie sahen auf den ersten Blick, dass sie nicht lange brauchen würden. Das Mobiliar bestand aus einem Schreibtisch mit je drei Schubladen links und rechts, einem Aktenschrank und einem altmodischen Lehnstuhl. Die Labradorhündin fing aufgeregt winselnd am Schreibtisch zu schnüffeln an, erst an den Schubladen, dann an der Rückseite. »Braves Mädchen«, lobte sie der Hundeführer.

Die Schubladen waren verschlossen, leisteten aber nicht lange Widerstand, als einer der Beamten einen massiven Schraubenzieher als Brecheisen benutzte. Die Mietverträge und der Routineschriftwechsel waren uninteressant geworden, als der Labrador anfing, an der Rückwand des Schreibtischs herumzukratzen.

Von seiner feinen Nase auf die richtige Spur gebracht, zogen die Officers die Schubladen heraus und wurden prompt fündig. An der hinteren Innenwand des Schreibtisches, die bisher von den Schubladen verdeckt gewesen war, fanden sie, was sie suchten.
Anonyme Hinweise bekamen sie fast täglich. Oft steckten hinter den Anrufen nur Neid und persönlicher Ärger, aber gewöhnlich gingen sie jedem Hinweis nach, und wenn der Anrufer Donovans Namen erwähnte, wurden sie erst recht hellhörig. Es hatte keiner besonderen Mühe bedurft, den zuständigen Richter zur Ausstellung eines Durchsuchungsbeschlusses zu bewegen.
Und siehe da, die nächtliche Aktion hatte sich gelohnt. Dutzende kleiner Plastikbeutel klebten an der Innenseite der Rückwand, jeder etwa so groß wie ein Zuckertütchen zum Kaffee und mit staubfeinem weißem Pulver gefüllt.
»Ein bisschen zu viel für den persönlichen Gebrauch«, konstatierte der Detective vom Rauschgiftdezernat grinsend und zog das Funkgerät aus der Innentasche seines Jacketts.
Ein paar Meilen weiter südlich wurde seine Nachricht in einer der drei ebenfalls nicht als Dienstwagen zu erkennenden Limousinen empfangen, die an der Zufahrt zu dem zur Gemeinde Tallaght gehörenden Wohngebiet parkten, in dem auch Donovans Haus lag. Auch hier stand vorsichtshalber im Sichtschutz dichter Büsche ein vierter Wagen in der schmalen Stichstraße hinter Donovans verwildertem Grundstück bereit.
Und dann ging alles sehr schnell.
»Verstanden«, sagte der Superintendent in die Sprechmuschel des Handfunkgeräts und gab seinen Detectives und Officers ein Zeichen. »Los geht's.«
Zwei Fahrzeuge preschten bis vors Haus, eines blockierte das Gartentor. Die Männer sprangen aus den Wagen und umstellten mit gezogener Waffe sämtliche Ein- und Ausgänge. Der

Superintendent klingelte. Als sich im Haus nichts rührte, stimmte er das weitere Vorgehen über Funk mit der Einsatzleitung ab, dann nickte er seinen Leuten zu. »Okay.«
Nahezu gleichzeitig brachen die schweren Vorschlaghämmer die Schlösser der Haustür und der Hinterausgänge auf, und das Durchsuchungskommando drang in das Haus ein.
Im ersten Stock klappte eine Tür, im Obergeschoss tauchte der Umriss einer Gestalt auf. Taschenlampen und die Mündungen sämtlicher Dienstwaffen wurden nach oben gerichtet, bis schließlich jemand auf die Idee kam, das Deckenlicht anzuschalten.
Donovan stand in Boxershorts und einer Schlafanzugjacke wie erstarrt am oberen Treppenabsatz und blinzelte verschlafen ins grelle Licht. Er hielt eine Pistole in der Hand, hatte die Hand aber vorsichtshalber seitlich ausgestreckt und den Finger nicht am Abzug.
»Fallen lassen!«, befahl der Superintendent. Donovan gehorchte, und die Waffe fiel mit gedämpftem Poltern auf den Teppichboden. Zwei Officers stürmten die Treppe hoch, rissen ihm die Arme auf den Rücken und legten ihm Handschellen an, während der Superintendent ihn darüber belehrte, dass er des gewerbsmäßigen Drogenhandels verdächtigt werde und vorläufig festgenommen sei.
»Was ist los?«, fragte Donovan mit gekränkter Miene, »was erzählen Sie da?«
Als der Superintendent ihn kurz über die Durchsuchung seines Büros und den Drogenfund informierte, fing Donovan schallend zu lachen an. »Tun Sie mir den Gefallen und reden Sie keinen Unsinn. Glauben Sie im Ernst, ich bin so blöde und lasse *Gear* im Wert von was weiß ich wie vielen Pfund einfach im Büro herumliegen? Weiß der Himmel, wer mir das Zeug untergeschoben hat. Vielleicht waren Sie's?«
Der Superintendent pfiff einen seiner jungen Officers zurück,

der aus Wut über Donovans Unverschämtheit drohend auf den Festgenommenen zuging. Dann deutete er auf die Pistole. »Haben Sie dafür zufällig einen Waffenschein?«
Donovan sah ihn trotzig an. »Glauben Sie etwa, dass mir einer von Ihren Kollegen so einen Wisch ausstellt? Nein, ich hab das Ding heute Nacht in meinem Garten gefunden. Muss wohl jemand über den Zaun geworfen haben. Ich wollte sie heute Morgen bei der Polizei abliefern, aber nun sind Sie mir zuvorgekommen.«
Der Superintendent grinste. »Ein weiterer Grund für die vorläufige Festnahme. Scheint nicht Ihre Nacht zu sein, Sean.«

Der Vormittag wurde auch nicht besser.
Um zehn Uhr stand Clancy mit seinem Mandanten vor einem Distriktrichter, der dem Anwalt offiziell eröffnete, dass Donovan wegen des illegalen Besitzes einer größeren Menge Heroin sowie einer nicht registrierten Handfeuerwaffe vorläufig festgenommen worden sei. Clancy sah unter den gegebenen Umständen kaum Chancen, seinen Mandanten gegen Kaution freizubekommen, aber versuchen wollte er es.
Donovan sah wie ein Landstreicher aus: zerzaust, mit geröteten Augen, Bartstoppeln am Kinn, in den Sachen, nach denen er in der Eile greifen konnte, bevor die Officers ihn mitgenommen und über Nacht in eine Arrestzelle der Polizeiwache Tallaght eingeliefert hatten. Er hatte keine Minute geschlafen. Wie denn auch, wenn ihm pausenlos tausend Dinge durch den Kopf gingen und alle nasenlang irgendein junger *Garda*-Officer neugierig durch den Sehschlitz schaute, als gäbe es ein seltenes Tier zu bestaunen? Dachten die Idioten, sie wären im Jurassic Park?
Ehrlich gesagt, irgendwie kam er sich selber so ähnlich vor. Sie hatten ihn gejagt und hinter Gitter gesperrt. Und wer weiß, was noch alles auf ihn zukam.

Im Gerichtssaal drängten sich die Reporter. Die Zahl derer, die keinen Einlass mehr gefunden hatten und draußen auf dem Flur warteten, war noch größer, so dass der junge Anwalt Dick Mitchell, der das Anklagebegehren der Polizei vertrat, sich plötzlich im Rampenlicht des öffentlichen Interesses sah. Der Auftrag war ihm heute Morgen telefonisch erteilt worden. Er hatte sich kurz über die Einzelheiten unterrichten lassen, in aller Eile geduscht, seinen Tee und eine Scheibe Toast zu sich genommen, den dunklen Anzug angezogen und sich die erst vor wenigen Tagen bei FX Kelly's auf der Grafton Street erstandene Missoni-Krawatte umgebunden. Seine Hoffnung, dass sich bereits auf dem Weg ins Gerichtsgebäude eine der zahlreichen Kameras auf ihn richtete, hatte sich zwar nicht erfüllt, aber er rechnete zuversichtlich damit, dass sich das nach der richterlichen Anhörung änderte.

Er stand auf und beantragte, den Beschuldigten bis auf weiteres in Untersuchungshaft zu nehmen. »Zur Begründung verweise ich auf die umfangreichen weiteren Ermittlungen, die in diesem Fall erforderlich sind. Die dem Gericht vorgetragenen Schuldvorwürfe, nämlich die Entdeckung einer nicht unerheblichen Menge Rauschgift im Büro des Beschuldigten und der illegale Besitz einer Handfeuerwaffe, sind der Polizei erst in den frühen Morgenstunden bekannt geworden. Ich ersuche das Gericht daher, wegen der Gefahr der Verschleierung möglicher weiterer Straftaten Untersuchungshaft anzuordnen.«

Dann war Clancy an der Reihe. Der Richter wartete mit gerunzelter Stirn auf seinen Gegenantrag.

»Wir beantragen die Freilassung meines Mandanten gegen Festsetzung einer Kaution. Ich bitte das Gericht anzuerkennen, dass gegen meinen Mandanten lediglich Indizienbeweise vorliegen. Wir bestreiten die Schuldvorwürfe, da es keine Beweise dafür gibt, dass Mr. Donovan irgendetwas mit den in seinem Büro vorgefundenen Drogen zu tun hat. Wobei ich darauf

hinweise, dass mein Mandant bei der Durchsuchung seines Büros nicht anwesend war.«
Er machte eine bedeutsame Pause, blätterte in den Unterlagen und verlieh seiner Stimme ein zu Herzen gehendes Tremolo. »Mit Ihrer Erlaubnis darf ich hinzufügen, dass sich durch die Anordnung der Untersuchungshaft derzeit eine unangemessene zusätzliche Härte für meinen Mandanten ergeben würde. Das Gericht möge bitte berücksichtigen, dass Mr. Donovans Sohn Opfer eines bisher nicht aufgeklärten Angriffs mit einer Schusswaffe wurde und im Krankenhaus liegt. Glücklicherweise befindet er sich nicht mehr in Lebensgefahr, aber ich bin sicher, dass das Gericht es meinem Mandanten nicht verwehren wird, das Kind so oft wie möglich zu besuchen und ihm in dieser tragischen Situation am Krankenbett Trost und Kraft zu spenden.«
Es hörte sich leicht gelangweilt an, als der Richter fragte: »Und was ist mit der Pistole, Mr. Clancy?«
Clancy blätterte in seinen Papieren. »Die – äh – Waffe ist, wie mein Mandant bereits gegenüber der Polizei ausgeführt hat, rein zufällig in seinen Besitz gekommen. Er hat sie gestern am späten Abend in seinem Garten gefunden und wollte sie heute bei der Polizei abgeben. Als er dann in der Nacht Geräusche im Haus hörte, hat er zunächst an Einbrecher gedacht und in seiner verständlichen Angst nach der Pistole gegriffen, die, wie gesagt, durch einen reinen Zufall in seinen Besitz gekommen war.«
Er setzte sich, begleitet von hämischem Kichern aus den Reihen der Reporter, das jedoch unter dem strengen Blick des Richters sofort verstummte.
Mitchell war aufgesprungen. »Gegen eine Freilassung auf Kaution legen wir entschieden Widerspruch ein. Die Schuldvorwürfe sind ernster Natur, im Übrigen ist der Beschuldigte nicht zum ersten Mal mit dem Gesetz in Konflikt gekommen. Und da

er sich häufig auf angeblichen Geschäftsreisen im Ausland aufhält, kann Fluchtgefahr nicht ausgeschlossen werden.« An Clancy gewandt, fügte er mit vorgetäuschtem Mitgefühl hinzu: »Selbstredend werden wir es Mr. Donovan gern ermöglichen, seinen Jungen am Krankenbett zu besuchen. Unter Bewachung, das versteht sich ja von selbst.«

Der Distriktrichter nickte, er hatte genug gehört. »Hiermit wird verfügt, dass der Beschuldigte für die Dauer von sieben Tagen in Untersuchungshaft bleibt.«

Clancy war sofort auf den Beinen. »In diesem Fall beabsichtigen wir, Berufung einzulegen.«

»Das bleibt Ihnen unbenommen, Mr. Clancy«, sagte der Richter und erklärte die Anhörung für beendet.

Die Reporter eilten aus dem Gerichtssaal und drückten, noch bevor sie auf dem Flur waren, auf ihren Mobiltelefonen die vorprogrammierte Nummer ihrer Nachrichtenredaktion, wo die Meldung so schnell wie möglich als Aufmacher für die Mittagsnachrichten und Dublins einzige Abendzeitung vorliegen sollte. Während zwei Fernsehreporter sich eilends Stichworte für ihren Kommentar zu den Filmaufnahmen notierten, waren die Fotoreporter bereits auf dem Weg zu dem Seitenausgang, bei dem sie hofften, Donovan beim Abtransport ins Gefängnis vor die Kamera zu kriegen.

Was für Dick Mitchell die missliche Konsequenz hatte, dass er beim Verlassen des Gerichts seine Hoffnung auf ein Blitzlichtgewitter der Reporter endgültig begraben musste. Ärgerlich, weil er sich extra die Haare gekämmt und ein strahlendes Siegerlächeln aufgesetzt hatte.

Zu dieser Zeit lief Donovan in einer Zelle im Keller des Gerichtsgebäudes erregt auf und ab. Clancy hatte darum gebeten, fünf Minuten mit seinem Mandanten unter vier Augen sprechen zu dürfen, und der Leiter des Gefangenentransports wartete draußen vor der Tür.

»Die Sache mit dem CAB hat sich, wie mir kurz vor der Anhörung mitgeteilt wurde, einstweilen erledigt«, teilte der Anwalt Donovan mit. »Sie haben den für heute anberaumten Termin abgesagt. Vermutlich wollen sie erst weitere Beweise sammeln. Ach ja – rate mal, was noch passiert ist. Die Polizei hat sich Vinnie Dwyer geschnappt. Sie verhören ihn gerade.«

»Dem Scheißkerl hätte ich auch ein paar Fragen zu stellen«, murmelte Donovan grimmig. »Wie stehen die Chancen für die Berufung?«

Clancy zuckte die Achseln. »Ich werde versuchen, heute Nachmittag oder morgen einen Termin beim Berufungsrichter zu bekommen. Aber es wird nicht leicht werden. Weshalb musstest du auch die blöde Pistole in der Hand haben?«

»Ach Mann, da hätte sich doch Gott weiß wer im Haus rumtreiben können. Wer denkt denn bei so was an die dämlichen Bullen?« Er versetzte der Mauer einen wütenden Tritt, und das mit so einer Wucht, dass Clancy schmerzlich zusammenzuckte. »Alles geht schief«, schimpfte er. »Ich seh einfach keinen Ausweg mehr.«

Dann drehte er sich abrupt um. »Aber mir ist heute Nacht etwas eingefallen. Es gibt jemanden, mit dem ich reden könnte.«

15

Es war acht Uhr abends, als bei Richter Lionel Purcell das Telefon klingelte. Purcell kniete, einen ausgefransten Panamahut auf dem Kopf, in der milden Abendsonne vor dem Rosenbeet hinter seinem hübschen Haus in der Grafschaft Kildare.

Er hatte vorsorglich die Terrassentür offen gelassen, um das Telefon zu hören, aber insgeheim gehofft, dass ihm seine Frau im Falle eines Falles die Mühe abnähme. Aber sie werkelte im hinteren Teil des großen Gartens herum, bei den Hortensien, wo sie das Telefon nicht hören konnte. Also musste er sich wohl oder übel selbst bemühen.

Er stemmte sich hoch, ging zur Terrasse und zog die schmutzigen Arbeitsschuhe aus. Das Telefon klingelte unermüdlich weiter. Wer immer da anrief, der Kerl gab so schnell nicht auf.

Das Telefon stand auf einem Beistelltischchen im Frühstückszimmer, neben einem letztes Jahr im Garten aufgenommenen Foto seiner Tochter mit seinen beiden Enkelkindern. Purcell nahm den Hörer ab und meldete sich.

Die Stimme am anderen Ende der Leitung kannte er nicht. Später sagte er der Polizei, dass der Anrufer offenbar einen Dubliner Akzent vortäuschen wollte, was ihm allerdings nicht gut gelungen war.

»Wenn Sean Donovan nicht gegen Kaution frei kommt, wird

einer Ihrer Richter sterben«, sagte der Anrufer. »Und es kommt weder zu einer Anklage noch zu einer Verurteilung – verstanden?«
Der Richter hatte absolut nichts verstanden. »Wie bitte? Was soll das?«
»Na gut, dann werde ich jetzt deutlich«, sagte der Anrufer.
Ein Augenblick Stille, dann hörte Purcell vier scharf peitschende Laute in schneller Folge, der Anrufer legte auf.
Der Richter stand, den Hörer immer noch am Ohr, wie vom Donner gerührt da. Erst Sekunden später begriff er, dass es sich um Gewehrschüsse gehandelt hatte. Er ging zum Barschrank, schenkte sich einen großen Brandy ein und wählte die Nummer der Polizei.
Er war nicht der Einzige, der an diesem Abend einen mysteriösen Anruf erhielt, einem halben Dutzend seiner Kollegen war es genauso ergangen, einschließlich der peitschenden Schüsse im Hintergrund. Das Beunruhigende an der Sache war, dass keiner der angerufenen Richter im Telefonbuch eingetragen war, die Geheimnummern mussten also durch irgendeine undichte Stelle im Sicherheitssystem bekannt geworden sein. Der anonyme Anrufer hatte in allen Fällen mit denselben oder ähnlichen Worten ultimativ verlangt, Donovan gegen Kaution freizulassen und von jeder Strafverfolgung abzusehen.
Bis Mitternacht hatte Commissioner Conor Hogan den Justizminister über die Vorfälle informiert, und zum ersten Mal waren er und Eamon Savage einer Meinung gewesen: Personenschutz für die Richter und Bewachung ihrer Häuser durch wiederholte Polizeipatrouillen, aber all das möglichst unauffällig und natürlich ohne Verlautbarung gegenüber den Medien, damit die Bürger nicht in Panik gerieten und Donovan nicht glaubte, seine Helfershelfer würden mit solchen rüden Methoden irgendetwas erreichen.
Obwohl alle Dienststellen entsprechend instruiert worden

waren, hatte irgendjemand doch nicht dichtgehalten, sondern das Ganze Ben Caffrey gesteckt, dem rechtspolitischen Sprecher der Opposition, und der hatte nichts Eiligeres zu tun gehabt, als die Nachricht den Morgenzeitungen zuzuspielen und sich bei den Fernsehsendern als Interviewpartner anzudienen. »Handeln mit eiserner Faust«, lautete die Forderung in seinem eilends herausgegebenen Bulletin. »Anders sind der Rechtsstaat und seine Richter nicht gegen derart abscheuliche Erpressungsversuche zu schützen.«

Nachdem feststand, dass Caffrey Bescheid wusste, blieb Savage nichts anderes übrig, als den Premier noch in der Nacht aus dem Schlaf zu klingeln. Sie kamen überein, einstweilen auf eine offizielle Stellungnahme des Justizministeriums für die Medien zu verzichten und es bei einer kurzen Pressemitteilung der *Garda* zu belassen, in der lediglich bestätigt wurde, dass es anonyme Anrufe gegeben habe und die Hintergründe durch die Polizei untersucht würden.

»Ist sichergestellt, dass da nicht wieder etwas durchsickert, Eamon?«, fragte der *Taoiseach,* ehe er wieder zu Bett ging.

»Absolut«, versicherte ihm Savage.

Um zehn Uhr abends ließ sich Vinnie Dwyer von einem Officer das vorübergehend in Verwahrung genommene Mobiltelefon aushändigen und zog die Tür der *Garda*-Wache Bridewell im Zentrum von Dublin hinter sich zu. Er blieb einen Augenblick stehen, sah auf seine Armbanduhr und stellte grinsend fest, dass die Pubs noch geöffnet waren. Ein Pint würde ihm jetzt gut tun.

Dreimal hatten die Bullen ihn in dieser Woche zum Verhör geholt. Das erste Mal nach dem Mord an Dezo und dem Mädchen. Sie konnten ihm nichts nachweisen, auch nicht anhand der Ergebnisse der gerichtsmedizinischen Untersuchung. Und wenn sie glaubten, einer wie er bekam weiche Knie, bloß weil

sie ihn ein bisschen in die Mangel nahmen, hatten sie sich geirrt.
Das zweite Mal hatten sie ihn in der Nacht, in der Marcus Kelly ermordet worden war, aus dem Bett geholt. Nun, er hatte ein absolut wasserdichtes Alibi gehabt, die Hälfte seiner Zechkumpane in der New Western Inn in Tallaght konnte bezeugen, dass er zur Tatzeit an der Bar gesessen hatte.
Und nun hatten sie ihn wieder geholt, dieses Mal, um ihn zu belastenden Aussagen gegen Sean Donovan zu drängen.
Er hätte sich beschweren oder sich sogar weigern können, mitzukommen, solange sie ihm keinen Haftbefehl unter die Nase hielten, aber er war in der Überzeugung, dass sie ihm ohnehin nichts anhaben konnten, seelenruhig mitgegangen und hatte nicht mal einen Anwalt verlangt, sondern nur mit den Fingern auf die Tischplatte getrommelt und leise vor sich hin gepfiffen, während sie ihn mit ihren Fragen löcherten. Sogar ein paar Superintendents waren sich nicht zu schade gewesen, sich persönlich an den Verhören zu beteiligen, aber das hatte Vinnie natürlich auch nicht beeindruckt. So hatten sie ihn eben eine Weile schmoren lassen, bevor sie ihn wieder laufen ließen.
Er spazierte zu einem Taxistand und ließ sich nach Tallaght fahren, wo er knapp eine halbe Stunde vor der New Western ausstieg. Der Pub war im Stil eines Stallgebäudes gebaut, weil es in alten Zeiten, als Dublin noch ein größeres Dorf gewesen war, hier draußen tatsächlich eine Farm gegeben hatte. An der Außenwand hingen große Wagenräder, der Parkplatz sollte mit dem weißen Zaun wie eine Pferdekoppel aussehen, mit der Attrappe eines alten Ziehbrunnens in der Mitte. Das Gebäude war von orangefarbenen Flutleuchten angestrahlt, aus dem Inneren des Pubs dröhnte Country-Musik – schön langsam, im Schmusesound.
Vinnie stieß die Tür auf und trat ein. Gut und gern zweihundert Gäste saßen an den schmutzigen Tischen und der langen,

einem Western-Saloon nachempfundenen Bar. Das Heer von Kellnern, das sich seinen Weg durch das Labyrinth der Tische bahnte, musste randvolle Tabletts balancieren. Das Attribut »randvoll« hätte übrigens auch für viele Gäste gepasst, aber die waren selber daran schuld.

Auf einer kleinen Bühne versuchte sich – von einem Gitarrespieler begleitet, der aussah, als würde er lieber etwas anderes spielen – eine Frau mit heiserer Stimme an einem alten Patsy-Cline-Titel. Sie war mal so etwas wie ein Star gewesen und konnte das Publikum hier draußen immer noch begeistern.

Das heißt, bis auf eine Gruppe junger Burschen mit glatt rasierten Schädeln und Tätowierungen auf den Schultern, die sich an der Bar niedergelassen hatten und in dieser Umgebung ein wenig wie Fremdkörper ausnahmen. Die Lautstärke, mit der sie sich Satzfetzen zubrüllten, verriet, dass sie nicht zu den Fans von Country-Musik gehörten.

Als sie Vinnie entdeckten, begrüßten sie ihn mit lautem Hallo. »Da ist er ja – hat die Saftsäcke wieder geleimt. Hey, Vinnie, komm rüber, ich geb dir 'n Pint aus.«

Vinnie, mit derben Rippenstößen begrüßt, setzte sich zu ihnen. Bei dem allgemeinen Gedränge schenkte keiner von ihnen dem jungen Mann in Motorradkleidung Beachtung, der kurz darauf hereinkam, den Helm abnahm, die Lederhandschuhe auszog, beides unter den Barhocker legte, ein Miller bestellte und sich wie einer, der jemanden sucht, im Pub umsah.

Für Vinnie schien er sich nicht zu interessieren, obwohl er tatsächlich nur seinetwegen hergekommen war, aber das musste man ihm ja nicht unbedingt anmerken. Seit Tagen kreiste sein ganzes Denken um Vinnie Dwyer, er beobachtete ihn, sooft sich Gelegenheit dazu bot.

Denn Vinnie Dwyer war der Mörder seiner Schwester.

Beweise gab es dafür natürlich nicht, aber Dermot Davis wusste es so sicher, wie er am Sonntagmorgen gewusst hatte, dass

irgendetwas Schlimmes passieren würde, als Aileen und ihr Freund zu Vinnie ins Auto gestiegen waren.
Er hatte nicht weinen können, als man die Leichen fand – ein verblüffender Schock für ihn. Stattdessen hatte er nur kalte Wut empfunden. Die Wut, die er noch immer wie flüssiges Eis in seinem Blutkreislauf spürte und die ihm half, ruhig zu bleiben, einen kühlen Kopf zu bewahren und auf den Moment zu warten, in dem er tun konnte, was er tun musste.
Weil er nicht wollte, dass die Polizei ihn fand, war er seither in billigen Hotels und Pensionen in der Nähe der Bahnstation Connoly im Zentrum von Dublin untergekrochen und hatte seinen Plan zu Ende durchdacht. Er war nicht zur Beerdigung gegangen, weil ihm sonst die Polizei Fragen gestellt hätte, die er nicht beantworten wollte und für die er so wenig Zeit hatte wie für alles andere, was ihn von seinem Vorhaben ablenken konnte.
Die Trauer um Aileen musste er aufschieben, bis er Zeit dafür fand. Bis er mit Vinnie fertig war.
Von einem Teil der fünftausend Pfund aus dem Versteck unter dem Fußboden des Hauses in Ballyfermot hatte er sich ein Motorrad gekauft – nichts Besonderes, das wäre nur aufgefallen, eine gebrauchte Suzuki. Danach hatte er begonnen, nach Vinnie zu suchen.
Und ihn schnell gefunden. Bei den wenigen Gesprächen, die er mit Aileen und Dezo geführt hatte, waren hin und wieder die Namen von Pubs und Billardsalons gefallen, in denen Vinnie verkehrte, und einmal auch der dieses merkwürdigen Schuppens in Tallaght. Er hatte auch sehr bald herausgefunden, dass Vinnie in einem kleinen Apartment über einem Videoladen in Tallaght hauste. Und heute früh hatte er aus dem Café gegenüber beobachtet, wie die Cops kamen und ihn abholten.
Er war ihnen nach Bridewell nachgefahren, hatte vor der Polizeiwache gewartet und inständig gehofft, dass die Cops nichts

gegen ihn in der Hand hatten, denn dann wäre Vinnie für ihn unerreichbar geworden. Aber als er gerade aufgeben und zu seinem schäbigen Hotel zurückfahren wollte, war Vinnie plötzlich grinsend als freier Mann aus der Polizeiwache gekommen.
Dermot bestellte noch ein Bier – sein letztes, er war hundemüde. Vinnie und seine Kumpel legten sich weder bei den Getränken noch bei der Lautstärke ihrer Gespräche Zurückhaltung auf.
Bis Vinnie plötzlich aufhorchte, sein Mobiltelefon piepste. Er zog es aus der Hosentasche, rutschte vom Barhocker und verdrückte sich ein paar Schritte zur Seite.
»Ja, okay«, hörte Dermot ihn sagen, »ich komme, so schnell es geht.« Er klappte das Handy zu und verabschiedete sich von seinen Zechkumpanen. »Jungs, ich muss weg. Hab 'ne kleine geschäftliche Sache zu erledigen.« Bevor er hinausspazierte, bat er den Barkeeper: »Paddy, rufst du mir mal 'n Taxi?«
Irgendwie kam er Dermot auf einmal stocknüchtern vor. Dermot ließ sein Bier stehen und verschwand zum Parkplatz. Es war kalt geworden, aber die frische Luft war nach dem Qualm und dem Lärm im New Western eine wahre Wohltat. Er setzte den Helm auf, zog die Handschuhe an, stieg aufs Motorrad und rätselte, während er wartete, was wohl passiert sein mochte, weil Vinnie die Bar derart überstürzt verlassen hatte.
Das Taxi kam nach wenigen Minuten, um die Zeit herrschte ein regelrechter Pendelverkehr zwischen dem Pub und den Wohngebieten in der näheren Umgebung. Als das Taxi losfuhr, folgte Dermot ihm unauffällig. Schon unterwegs konnte er sich anhand der Strecke ausrechnen, dass Vinnie sich zu seiner Wohnung über dem Videoladen bringen ließ.
Er schaltete den Motor und den Scheinwerfer aus, bezog hinter einem Zeitungskiosk auf der gegenüberliegenden Straßenseite Posten und wartete.
Merkwürdig, Vinnie machte keine Anstalten, nach dem Haus-

türschlüssel zu kramen, er ging vor dem Videoladen auf und ab.

Und dann tauchte in schneller Fahrt ein Auto auf, ein großer schwarzer Peugeot, der zunächst an dem Videoladen vorbeifuhr, aber gleich darauf wendete und zurückkam. Die hintere Tür wurde von innen geöffnet, Vinnie stieg ein.

Der Fahrer gab Gas und preschte los. Bis Dermot sein Motorrad angeworfen hatte, konnte er die Rücklichter des Peugeot nur noch weit in der Ferne ausmachen.

16

Tom Gallagher fragte sich, wem das Gespräch wohl peinlicher war, ihm oder dem Filialleiter der Bank.

»Wie wär's, wenn wir die Hypothek etwas strecken?«, schlug er mit dem Mut der Verzweiflung vor. Er hatte sich für die Besprechung in Schale geworfen, mit Schlips und Jackett, und kam sich nun in dem schmalen, mit Aktenregalen voll gestellten Büro wie ein Schuljunge vor, der zum Rektor zitiert worden ist.

Noel Meehan, ein untersetzter Mann Anfang dreißig, der die Filiale erst seit kurzem leitete, schüttelte den Kopf. »Das wäre keine gute Idee. Was nutzt es Ihnen, wenn Sie sich kurzfristig Luft verschaffen und dafür die finanzielle Belastung umso länger tragen müssen? Sehen Sie, Mr. Gallagher, einer Bank ist daran gelegen, dass der Kunde sich auf lange Sicht gesehen keine zusätzlichen Probleme auflädt. Der Dispositionskredit, den wir Ihnen einräumen, setzt regelmäßige Einkünfte voraus und orientiert sich an der Erwartung, dass Ihr Konto, von vorübergehenden Ausnahmen abgesehen, ausgeglichen ist. Aber in Ihrem Fall weist es seit drei Monaten ein Soll aus.«

Er hakte den Blick auf die Zahlen in seinen Unterlagen fest. Solche Gespräche waren ihm verhasst, darum hatte er gehofft, dass Gallagher ihm die Dinge leichter machte, indem er mit einem soliden Lösungsvorschlag bei ihm auftauchte. Stattdessen tischte der Mann ihm eine Horrorgeschichte von veruntreuten Investmentanlagen und einem drohenden Insolvenzverfahren auf.

So wie die Dinge lagen, kamen sie heute mit Sicherheit nicht zu einer vernünftigen Lösung.

»Ich glaube, wir müssen das Ganze beide noch mal überdenken«, fuhr er fort. »Die Bank wird fürs Erste stillhalten. Wenn Sie nicht gerade ein neues Auto kaufen, werden Ihre Schecks von uns eingelöst. Ich rechne in den nächsten Tagen ein paar Optionen für Sie durch, und Sie machen sich bitte ebenfalls Gedanken über Ihre monatlichen Ausgaben und die Möglichkeiten, neue Einnahmequellen zu erschließen, ja?«

»Meinen Sie, ich soll mir einen neuen Job suchen?«

»Das wäre eine Möglichkeit. Obwohl ich einräume, dass das in Ihrem Alter nicht ganz einfach sein dürfte.«

Gallagher starrte ihn betroffen an.

»Entschuldigung«, sagte der Filialleiter verlegen. »Das war nicht so gemeint, wie sich's vielleicht angehört hat.«

Als Gallagher die Bank verließ, hatte er das Gefühl, dass ihm alle im Schalterraum verstohlen nachstarrten. Er kam sich abgeschrieben vor. Meehan hatte ihn wie einen dummen Jungen behandelt, was ihn vor allem deshalb ärgerte, weil er sich so benommen hatte. Hierher zu kommen ohne Idee, wie es weitergehen sollte – was hatte er sich bloß dabei gedacht?

Er fuhr nach Sandymount, stellte das Auto ab und schlug, als er das letzte Stück bis zu seinem Apartment auf dem Küstenpfad zurücklegte, fröstelnd den Mantelkragen hoch. Es war ein sonniger Tag, aber vom Meer her wehte eine kalte Brise, die unbarmherzig daran erinnerte, dass der Winter noch nicht vorbei war.

In der Wohnung angekommen, blieb ihm gerade noch Zeit, seinen Mantel aufzuhängen, dann läutete das Telefon.

»Ja, bitte?«, sagte Gallagher.

»Guten Tag. Spreche ich mit Mr. Tom Gallagher? Mein Name ist Matt Clancy. Sie kennen mich wahrscheinlich nicht.«
Richtig, der Name sagte ihm nichts.
»Ich bin Anwalt in Dublin. Ich vertrete Mr. Sean Donovan.«
Gallagher runzelte die Stirn. »Sean Donovan? *Den* Donovan?«
»So könnte man's formulieren.«
Gallagher hatte die Frühnachrichten im Fernsehen gesehen und wusste, dass Donovan wegen eines Drogendelikts festgenommen worden war. Und in den Kommentaren war sein Name auch im Zusammenhang mit anonymen Anrufen bei einigen Richtern erwähnt worden. Einzelheiten waren noch nicht bekannt, einige Moderatoren ließen aber durchblicken, dass die telefonischen Morddrohungen etwas mit Sean Donovans gegenwärtigen Schwierigkeiten zu tun haben könnten.
Nur, was ging ihn das an? »Sind Sie sicher, dass Sie tatsächlich den richtigen Mann an der Strippe haben?«
»O ja, ganz sicher. Ich sollte dazu vielleicht erklären, dass Mr. Donovan sehr von dem Artikel beeindruckt war, den Sie kürzlich für den *Dublin Sunday* geschrieben haben. Und auch von Ihrer Kritik an der Hetzjagd, die die Medien gegen ihn veranstalten. Erinnern Sie sich?«
Und ob, dachte Gallagher. »Ich weiß, was Sie meinen.«
»Nun, sehen Sie, Mr. Donovan wäre sehr an einer persönlichen Unterredung mit Ihnen gelegen. Er zählt Sie zu den wenigen Leuten in diesem Land, die ihm gegenüber eine gewisse Fairness walten lassen, und hat mich gebeten, einen Besuchstermin bei ihm zu arrangieren.«
»Einen … sagten Sie: Besuchstermin?«
»Nun ja, bedauerlicherweise sitzt er bis zu einer abschließenden Entscheidung über seinen Antrag auf Haftentlassung gegen Kaution im Mountjoy-Gefängnis ein. Am besten, ich nehme Sie bei einem meiner Besuche mit.«

»Hören Sie«, sagte Gallagher mit einem flauen Gefühl im Magen, »ich kann mir absolut keinen Grund vorstellen, warum Sean Donovan an meinem Besuch gelegen ist, und, um es offen zu sagen, mir ist mit Sicherheit nicht daran gelegen. Also, danke für Ihren Anruf, aber die Antwort ist: Nein.«
Clancy ließ so schnell nicht locker. »Dieser Besuch scheint ihm aber sehr wichtig zu sein. Und er könnte für Sie ebenfalls von Bedeutung sein.«
»Inwiefern?«
»Das zu erklären, würde ich lieber Mr. Donovan überlassen.«
»Tut mir Leid«, sagte Gallagher schroff, »ich möchte nichts mit ihm zu tun haben. Sagen Sie ihm, er ist auf dem Holzweg, wenn er glaubt, ich hätte mit meinem Artikel gut Wetter für ihn machen wollen. Mir lag nur daran, die Verantwortlichen auf die Notwendigkeit einer Abgrenzung ihrer Kompetenzen gegenüber denen der Medien hinzuweisen. Trotzdem bleibt es dabei, dass ich grundsätzlich mit Leuten wie Mr. Donovan nichts am Hut habe.«
»Ich verstehe. Nun, ich werde in dieser Angelegenheit zu gegebener Zeit noch mal auf Sie zukommen.«
»Nein«, blockte Gallagher ab, »ersparen Sie mir das. Vergessen Sie die Sache einfach.«
Dennoch ging ihm der Anruf den ganzen Vormittag immer wieder durch den Kopf. Er suchte sich im Telefonbuch Matt Clancys Nummer heraus und notierte sie. Weshalb, hätte er selber nicht sagen können, es war nur – ach, verdammt, irgendwie kam ihm diese Geschichte nicht koscher vor.
Emma … ja, damit musste es etwas zu tun haben. Donovan wusste genau, wer er war, und versuchte, ihn irgendwie vor seinen Karren zu spannen, um so einen kurzen Draht zum Justizministerium zu bekommen. Aber falls Donovan es darauf anlegte – also, das konnte er sich getrost abschminken.
Am frühen Nachmittag rief Clancy wieder an.

»Ich weiß, Sie haben mich gebeten, Sie in dieser Sache nicht mehr zu belästigen, aber als ich gegen Mittag etwas mit Mr. Donovan zu besprechen hatte, hat er mich gedrängt, Sie doch noch mal anzurufen. Mir ist das selber etwas peinlich.«

»Und ich empfinde es als Belästigung«, sagte Gallagher.

Clancy überhörte den Vorwurf. »Ich soll Ihnen mitteilen, dass Mr. Donovan gewisse Informationen für Sie hat, die Sie sehr interessant finden werden.«

»Informationen? Worüber?«

»Das weiß ich nicht. Darüber hat er mich nicht unterrichtet. Er sagt, er möchte nur mit Ihnen darüber sprechen. Es ginge um einen dicken Hund. So hat er das wörtlich ausgedrückt.«

Gallagher fuhr sich über die Nachmittagsbartstoppeln am Kinn. Er kannte sich, wenn seine Neugier geweckt war, juckte sie, bis er nachgab. Wahrscheinlich hatte Donovan das geahnt.

»Okay«, sagt er schließlich. »Wie haben Sie sich …«

»Ich komme Sie um halb sieben abholen«, fiel ihm Clancy ins Wort. »Geben Sie mir bitte Ihre Adresse.«

Es war kurz nach sieben, als sie in der Nähe der nördlichen Umgehungsstraße aus Clancys Lexus stiegen und auf das Tor des festungsartigen Backsteinbaus im viktorianischen Stil zugingen.

Beiderseits des Zufahrtsweges reihten sich kleine Häuser aneinander, die früher Dienstwohnungen für das Wachpersonal gewesen waren, jetzt aber leer standen und allmählich verfielen. Etliche Dachziegel fehlten, das Gebälk war Wind und Wetter ausgesetzt. Einen um so krasseren Kontrapunkt stellten die knorrigen, in voller Blüte stehenden Kirschbäume in den Vorgärten der Häuser dar. Auf den letzten Metern schritten sie regelrecht über einen rosaroten Blütenteppich.

Sobald sie aber das Tor passiert hatten, kam Gallagher sich

schlagartig wie in einer freudlos dunklen Welt vor. Es war lange her seit seinem letzten Besuch in einem Gefängnis, aber die typische Atmosphäre und den Geruch von Eintönigkeit, Hoffnungslosigkeit und chemischen Reinigungsmitteln erkannte er sofort wieder. Auch der dumpfe Knall von zufallenden Stahltüren und der hohle Widerhall von Schritten auf dem Steinfußboden weckten Erinnerungen in ihm. Das Gefühl, von der Außenwelt durch dicke Mauern getrennt zu sein, war für alle gleich, für Häftlinge wie für Wachpersonal. Was da in der Luft lag, schien mühsam gezähmter Aufruhr zu sein, der jederzeit ausbrechen konnte.

Als Anwalt war Clancy für Besprechungen mit seinem Mandanten nicht auf den allgemeinen Besuchsraum angewiesen, wo sich die Häftlinge und ihre Angehörigen, durch vergitterte Glaswände getrennt und ständig von Wachpersonal umgeben, in langen Reihen gegenübersaßen. Er und Gallagher wurden in einen kleinen, spärlich möblierten Raum geführt, nahmen an einem wackeligen Blechtisch Platz und warteten, während Donovan geholt wurde. Ein Gefängniswärter saß etwas abseits auf einem Stuhl an der Wand und nutzte die Pause, um eine Zigarette zu rauchen.

Kurz darauf wurde ein kleinwüchsiger, nicht sonderlich imposanter Mann in das Zimmer geführt. Für Gallagher war diese erste Begegnung mit Dublins ungekröntem König der Unterwelt eher ernüchternd.

Aber er kannte das aus den Staaten, die legendären Dons waren, wenn man sie leibhaftig vor sich sah, regelmäßig rasch auf Normalmaß geschrumpft. Ob sie in maßgeschneiderten Designerklamotten oder schmutziger Arbeitskleidung herumliefen, auf einmal entpuppten sie sich als weisungsgebundene Befehlsempfänger, die nur für die Schmutzarbeit zuständig waren und nach der Pfeife irgendwelcher Hintermänner tanzen mussten, die wirklich die Weichen stellten.

Nach Gallaghers Einschätzung gehörte Donovan in dieselbe Kategorie. Er war ein kleiner Fisch und mit Sicherheit nicht der Strippenzieher des organisierten Verbrechens, als den die Medien ihn gewöhnlich darstellten. Zweifellos verfügte er über kriminelle Energie, aber wenn jemand skrupellos genug und risikobereit ist, gehört keine besondere Begabung dazu, mit Hilfe des Drogenhandels und der Prostitution eine Menge Geld zu scheffeln.

Donovan nahm an einem kleineren Tisch ihnen gegenüber Platz und musterte Gallagher, als wolle er Maß nehmen. Andere hätten das als plump-vertraulich empfunden, Gallagher nicht. In seinen Augen war Sean Donovan ein in die Enge getriebener, verzweifelter Mann, der sich irgendwo festklammern wollte.

Donovans Blick irrte einen Moment lang ab. »Was hast du ihm gesagt?«, fragte er seinen Anwalt.

»Nur, was du mir aufgetragen hast. Dass du Informationen für ihn hast.«

»Ja, das ist richtig.« Donovan wandte sich wieder Gallagher zu. »Ich habe gewisse Informationen, und ich brauche Ihre Hilfe. Natürlich gehe ich nicht davon aus, dass ich die umsonst bekomme. Für Sie wären hunderttausend drin.«

Gallagher stieß seinen Stuhl zurück und stand auf. »Die können Sie sich sonst wohin schieben.« Er maß Clancy mit einem finsteren Blick. »Verbindlichsten Dank. Wenn Sie nichts dagegen haben, suche ich mir eine andere Rückfahrgelegenheit.« Er bedeutete dem Mann vom Wachdienst, dass er gehen wollte.

Donovan war mit einem Satz auf den Beinen, fasste Gallaghers Handgelenk und hielt es mit eisernem Griff umklammert.

»He, lassen Sie das«, rief der Aufseher.

Donovan lockerte den Griff. »Tut mir Leid. Ich sehe ein, dass das ein Fehler war. Ich wollte Ihnen nur ein geschäftliches Angebot machen.« Er zuckte die Schultern. »Macht der Gewohnheit, Sie verstehen schon. Das geht einem in Fleisch und Blut über.«

Gallagher wandte sich an Clancy. »Haben Sie mich wegen diesem Blödsinn überredet, hierher zu kommen? Informationen, die ich sehr interessant finden werde – dass ich nicht lache. Sie haben diesen Besuch eingefädelt, um dem kleinen Pinscher Gelegenheit zu geben, sich meine Unterstützung zu erkaufen. Und wenn ich mal den Finger in den Wind halten darf: Irgendwann wäre meine Tochter ins Spiel gekommen, nicht wahr? Mein Gott, haben Sie ernsthaft geglaubt, dass ich mich auf so ein mieses Spiel einlasse?«

Sein Blick nagelte Donovan fest. »Sie müssen wirklich am Ende sein.«

»Ja, das bin ich.«

Der klägliche Ton, den Gallagher heraushörte, dämpfte seinen Zorn ein wenig.

»Bitte hören Sie sich an, was ich Ihnen sagen will.« Donovan sah ihn fast flehentlich an. »Nur fünf Minuten, dann können Sie von mir aus gehen.«

Gallagher starrte in Donovans blutunterlaufene Augen. Es war immer dasselbe mit miesen kleinen Gaunern: Aus der Nähe stanken sie nach Angst. Er überlegte einen Moment lang, dann nickte er und setzte sich wieder. »Fünf Minuten.«

Donovan beugte sich vor und sagte mit leiser Stimme: »Da spielen sich hinter den Kulissen Dinge ab, von denen keiner etwas ahnt. Und Sie sind der Mann, der mir helfen kann. Sie werden mich verstehen.«

»Warum erzählen Sie das nicht einfach der Polizei?«

Donovan schüttelte den Kopf. »Die Jungs von der *Garda* hören mir nicht zu, mir nicht. Ich brauche einen, der ihnen an meiner Stelle klar macht, was sie mir nicht abkaufen würden. Einen …« Er schielte Hilfe suchend zu Clancy hinüber.

»Einen ehrlichen Makler?«, warf der Anwalt ein.

Möglichst einen, der gerade knapp bei Kasse ist, dachte Gallagher. Hunderttausend Pfund waren eine Menge Geld.
»Genau«, griff Donovan Clancys Stichwort auf. »Genau das ist es, was ich brauche. Und darum hab ich an Sie gedacht. Weil Sie Erfahrung in solchen Dingen haben. Ich meine, aus der Zeit beim FBI und so.«
»Warum wenden Sie sich nicht an Ihren Anwalt?«
Donovan winkte ab. »Da könnte ich auch gleich selber mit den Bullen reden. Die hören Clancy ebenso wenig zu wie mir. Aber Sie – ich meine, zu Ihnen haben die Cops mehr Vertrauen.«
»Na schön, und was soll ich ihnen übermitteln, falls ich das Sprachrohr für Sie spiele?«
»Sie kennen sich mit den internationalen Syndikaten aus, Sie wissen, wie die arbeiten. Ich glaube, hier wird ein ganz großer Coup vorbereitet.«
Als der Gefängniswärter seine Sitzposition verändern wollte, schrammten die Stuhlbeine mit kurzem, hässlichem Kreischen über den Fußboden. Donovan fuhr bei dem Geräusch leichenblass herum, in seinen Augen lag flackernde Angst.
»Es gibt keinen, dem ich trauen kann«, murmelte er. »Selbst dieser Scheißkerl Vinnie hat mich im Stich gelassen.«
Gallagher runzelte die Stirn. Er konnte mit dem Namen nichts anfangen, wollte Donovan aber auch nicht fragen.
»Vor zwei Jahren war ich noch eine Null. Ein kleiner Gauner, der Lagerschuppen ausgeräumt und das Zeug verhökert hat«, fuhr Donovan fort. »Aber dann haben mich ein paar Burschen aus Holland besucht und gesagt, ich wär genau der Typ, den sie suchen. Einer, der weiß, wie man solche Dinge abzieht und dabei nicht viel Staub aufwirbelt. Und dann haben sie mir von der Dubliner Drogenszene erzählt. Dass da zu viele Kerle mitmischen. Zu viele Figuren auf zu engem Raum, zu viele Vertriebswege, zu viele Angriffsflächen für die Polizei, zu viele Konkurrenzkämpfe. Sie brauchten jemanden, der ihnen eine

stromlinienförmige Organisation aufbaut und die Sache fest im Griff hat. Notfalls mit harten Bandagen, haben sie gesagt. Und ich wär der richtige Mann für sie. Ich bin natürlich sofort darauf angesprungen.«

Er riss die Arme hoch, als regnete es Hundert-Pfund-Noten vom Himmel. »Und plötzlich konnte ich im Geld baden. Und meine holländischen Freunde hatten jede Menge gute Ratschläge für mich. Wie man Geld wäscht und wie man's sicher auf einem Bankkonto in Zürich anlegt. Und das Beste war, dass die Cops lange Zeit nicht mal Wind davon gekriegt haben. Lief alles wie geschmiert.«

Seine Miene verfinsterte sich. »Und dann mischt sich plötzlich dieser Marcus Kelly ein. Der Bursche scheint sich nur noch für mich zu interessieren. Und er weiß alles über mich. Was ich frühstücke und wie oft ich scheißen gehe – einfach alles. Himmelarschundzwirn, woher hat er das alles? Wer hat ihm das gesteckt?«

Er sah Gallagher an, als erwartete er die Antwort von ihm.

»Und was versprechen Sie sich davon, wenn ich das alles der Polizei erzähle?«, fragte Gallagher skeptisch.

»Jeder glaubt, dass ich Kelly umgebracht habe. Blödsinn! Ich hatte mit dem Mord nichts zu tun. Oh, ich hätte ihn liebend gern kaltgemacht, das ist wahr – notfalls eigenhändig, kein Problem. Aber ich war's nicht. Gott noch mal, warum sollte ich was tun, was nur dazu führt, dass die Bullen mich aufs Korn nehmen? Halten die mich alle für total verblödet? Ich sag Ihnen was – wer immer Kelly abgemurkst hat, er hat's nur getan, damit alle denken, ich wär's gewesen.«

Er schien darauf zu warten, dass Gallagher zustimmend nickte, aber den Gefallen tat der ihm nicht.

»Aber die entscheidende Frage ist: Wer wollte mir die Bullen auf den Hals hetzen? Und warum wollte er's? Und wer hat ihn mit den nötigen Informationen versorgt?« Er hielt mit beiden

Händen den Tisch umklammert, als fürchtete er, dass ihm der Boden unter den Füßen wegrutschen könnte. »Und dann kam's knüppeldick. Der Stoff, der in meinem Büro gefunden wurde – den muss jemand anderes dort versteckt haben, und zwar so, dass die Bullen ihn finden. Ich kleb mir doch nicht Heroíntütchen in den Schreibtisch. Und diese saublöde Sache mit den anonymen Anrufen bei den Richtern ... damit hab ich nicht das Schwarze unterm Fingernagel zu tun. Das kann sich doch nur einer mit 'nem kranken Gehirn ausgedacht haben.«

»Fünf Minuten«, erinnerte ihn Gallagher, damit Donovan endlich zum Kern der Sache kam.

»Okay, ich sag Ihnen, da muss einer dahinter stecken, der mich fertig machen will. Alles, was in letzter Zeit passiert ist, gehört zu einem Plan, der nur darauf rausläuft, mich kaltzustellen. Da will mich jemand zur Schlachtbank führen, und ich weiß nicht mal, wer es ist und warum er das alles tut. Als ich neulich nach Amsterdam geflogen bin ...«

»Augenblick mal«, unterbrach ihn Clancy. »Ich rate dir dringend, nicht zu viel zu sagen. Das könnte dir später Leid tun.«

Donovan wischte die Warnung mit einer verächtlichen Handbewegung beiseite.

»Na schön ...« Clancy wandte sich an Gallagher. »Wenn das so ist, möchte ich betonen, dass es geschäftliche Aktivitäten meines Mandanten gibt, mit denen ich nichts zu tun habe. Das bitte ich in aller Form zur Kenntnis zu nehmen.«

»Ja, ja, nimmt er«, blaffte Donovan ihn an. »Reg dich nicht auf, er glaubt dir aufs Wort.«

Und dann erzählte er von seinen Geschäftspartnern in Amsterdam. Und wie die plötzlich unerreichbar geworden waren. Und wie auf einmal in der Züricher Bank sein Geld spurlos verschwunden war. Und von dem Gerücht, dass hinter dem Ganzen jemand aus New York steckte. Nur von der Nutte, die er in Amsterdam zusammengeschlagen hatte, erzählte er nichts.

»Ich hatte nicht vor, mich hier in Dublin wieder blicken zu lassen«, sagte er, »aber als sie dann meinen Jungen angeschossen hatten und er im Krankenhaus lag, konnte ich ihn doch nicht im Stich lassen. Da musste ich einfach zurückkommen, es hätte ja sein können, dass er stirbt. Gott sei Dank ist er inzwischen außer Lebensgefahr.« Und mit Rührung in der Stimme fügte er hinzu: »Im Gegensatz zu mir.« Es fehlte nicht viel, und er wäre in Tränen ausgebrochen.

Auch das war nicht neu für Gallagher. Er hatte das bei diesen Typen oft erlebt, dass sie ihren Söhnen liebevolle Väter waren, obwohl sie gleichzeitig alles daransetzten, sie zu skrupellosen Verbrechern zu erziehen. Was Donovan anging, so fragte er sich, wie viel von seiner Geschichte Wahrheit war und was davon in den Bereich fantastischer Ausschmückungen gehörte, mit denen ein gerissener Gauner seine Haut retten wollte. In einem Punkt war er sich allerdings ganz sicher: Die Angst, die er in Donovans Augen las, war nicht gespielt, sie war echt.

Nur, was ging ihn das an?

Er stand auf. »Gut. Ich gehe jetzt.«

»Denken Sie darüber nach«, bat ihn Donovan. »Wer sind diese Leute, und warum wollen sie mich fertig machen?«

Gallagher ging zur Tür, der Wärter öffnete ihm.

»Wer hat Vorteile davon, wenn ich abserviert bin?«, rief Donovan hinter ihm her. »Wer macht bei diesem Spiel Profit? Ohne Sie kriege ich das nicht raus.«

Gallagher drehte sich stumm um. Donovan stand mit einem irren Flackern im Blick und rudernden Armen da, während Clancy versuchte, ihn auf den Stuhl zurückzudrücken.

»Hören Sie, Sie müssen mich bei der Polizei rausboxen«, bettelte Donovan. Und dann kam ihm plötzlich eine Idee. »Sagen Sie ihnen – sagen Sie, ich liefere ihnen den Kerl ans Messer, der Dezo und das Mädchen getötet hat. Sagen Sie ihnen das.«

»Hey, hey«, machte Clancy, »überleg dir gut, was du sagst.«
»Und mein Angebot ...« Donovans Stimme überschlug sich fast. »Die hundert Riesen – dazu stehe ich. Nein, warten sie, ich erhöhe auf hundertfünfzig.«
Die Tür schlug mit dumpfem Knall hinter Gallagher zu.

17

An so einem Tag musste er einfach raus an die frische Luft. Gilbert Leslie stand in einem der kuschelig weichen Bademäntel des Shelbourne am Fenster und blickte auf den Park, wo die Morgensonne Goldkringel auf das Laub malte. Irgendwie bildete er sich ein, bis hier oben zu spüren, welche Stimmung über der Stadt lag. Heute war sie voll heiterer Gelassenheit, als hätte Dublin in einem Jungbrunnen gebadet. Niemand schien es heute eilig zu haben.

Was doch ein paar Grad mehr auf dem Thermometer ausmachten!

Er sah Männer in kurzärmligen Hemden, das Jackett lässig geschultert, ein Lächeln um die Lippen. Die Röcke der Frauen kamen ihm kürzer und die Farben eine Spur kecker vor.

Leslie verspürte eine innere Unruhe. So komfortabel das Hotel auch war, er hatte sich seit seiner Ankunft ein wenig wie in luxuriöser Isolierhaft gefühlt. Er verbrachte den ganzen Tag auf seinem Zimmer, führte übers Mobiltelefon Gespräche, bei denen es um geschäftliche Dinge ging, tauchte nur zum Dinner auf, das er sehr früh und immer allein einnahm, und traf sich ab und zu an verschwiegenen Orten mit Männern, die eine Schlüsselrolle bei den Aktivitäten spielten, deretwegen er gekommen war.

Es gab Leute unter diesen Gesprächspartnern – und er dachte

da besonders an einen –, die er eher unsympathisch fand. Andererseits hatte gerade dieser Mann sich in jüngster Zeit als äußerst effektiv, zuverlässig und loyal erwiesen.
Und was, wenn dieser Teil der Operation beendet war?
Nun, er hoffte, dass Parrish und seine Leute sich dann genauso effektiv, zuverlässig und loyal um den Rest kümmerten.
Sie hatten sich eines Abends in einem Pub unweit der Grafton Street getroffen, wo die gelöste Stimmung an der gepflegten Bar und die Anwesenheit vieler gut gelaunter WONTEC-Teilnehmer, alle mit einem Ansteck-Clip an der Brusttasche, dazu beitrugen, dass gar nicht erst der Verdacht auf eine konspirative Begegnung aufkommen konnte.
Als sie dann unter dem wie eine Narzisse geformten Wandlämpchen an einem der kleinen Tische saßen, hatte Parrish ihn wissen lassen: »Einen können Sie bereits abhaken.«
»Und der Nächste?«
»Ist morgen oder übermorgen dran. Sobald wir wissen, wer es sein soll.«
Leslie musterte ihn neugierig. »Der letzte Teil unserer Operation … Sie wissen, was dann von Ihnen erwartet wird. Bereitet Ihnen das rein gefühlsmäßig irgendwelche Probleme?«
Parrish starrte ihn verdutzt an. »So was bin ich noch nie gefragt worden.«
Leslie verschanzte sich hinter einem verlegenen Lächeln. »Es gibt Leute, die mich für eine Art Bestie halten. Weil ich vorgeschlagen habe, diesen Teil so zu erledigen, dass man von einem … nun, einem …« Er zögerte.
»Einem Gemetzel sprechen könnte?«, versuchte sich sein Gegenüber in Formulierungshilfe.
Leslie sagte nichts.
»Ich bin der Hammer«, sagte Parrish achselzuckend, »ich frage nicht, wo und wie ich zuschlagen soll. Entweder nimmt man so einen Job an, oder man lässt die Finger davon. Wenn man's tut,

dann tut man's entschlossen und schnell, egal, was es ist. Zaudern und Zweifel können tödlich sein.«
Leslies Nicken signalisierte Zufriedenheit und Anerkennung. Parrish verstand sein Geschäft. »Wen werden Sie dabeihaben?«
»Meinen besten Mann. Hört auf den Spitznamen Humble.«
»Und? Stimmt das?«
»Wie bitte?«
»Ist er einer von denen, die keine langen Fragen stellen?«
Parrish runzelte die Stirn. Wortspiele wie dieses irritierten ihn. Er bevorzugte Fragen, die man mit ja oder nein beantworten konnte.
»Er ist einer von denen, die tun, was nötig ist.«
Leslie legte ihm mit versöhnlichem Lächeln die Hand auf den Arm. »Meine Art von Humor ist mitunter etwas verwirrend.« Um die Verlegenheit zu überspielen, wechselte er das Thema. »Wir haben noch nicht besprochen, wie es weitergehen soll, wenn diese Operation beendet ist. Sie wissen schon – mein persönliches … Anliegen.«
»Keine Sorge, wir haben das im Griff.« Das Thema lag Parrish mehr, da ging es um harte Fakten. »Wir haben bereits ein paar Erkundungen angestellt. Es ist lediglich eine Frage der Zeit.«
»Und der Methode.«
»Und der Methode«, bestätigte Parrish.

Hab Geduld, ermahnte sich Leslie, als er sich von dem Blick auf den Park löste, um sich anzuziehen.
Er wählte einen leichten grauen Anzug, dazu ein weißes Hemd, eine rubinrote Krawatte und ein teures Eau de Toilette.
Er fuhr im Lift nach unten, eilte durch das Gedränge in der Lobby, nickte dem Türsteher zu, der ihn mit freundlicher Ehrerbietung grüßte, und trat auf die Straße. Das grelle Sonnenlicht blendete ihn, er setzte eine Brille mit getönten Gläsern auf.

Als er die Stufen hinuntergelaufen war, wandte er sich nach rechts, Richtung Grafton Street. Er verspürte eine innere Heiterkeit, die ihn sorglos und beschwingt machte.
Das Frühjahr war ihm schon immer die liebste Jahreszeit gewesen, eine Zeit des Erwachens, die ihn noch mehr zu beflügeln vermochte als der Herbst mit seiner reifen Milde, bei der freilich auch schon ein Hauch Melancholie mitschwang. Schon lange hatte er nicht mehr eine so stille Freude in sich gespürt wie an diesem Vormittag. Was aber, gestand er sich ein, wohl weniger an der Jahreszeit lag als vielmehr daran, dass er sich, weil die Dinge genau nach Plan verliefen, ein wenig Müßiggang gönnen und all das genießen konnte, was sich rings um ihn abspielte.
Der Tag war noch jung, doch auf der Grafton Street pulsierte bereits das Leben. Die schmale Straße, die sich kurvenreich den Hügel hinunterschlängelte, war erst vor kurzem zur Fußgängerzone umgewandelt worden – kaum vorstellbar, dass sich noch vor wenigen Wochen der Autoverkehr hier durchgezwängt hatte.
Seriös gekleidete Männer, eben noch in Gedanken bei wichtigen Geschäften, riskierten verstohlen einen bewundernden Blick, wenn eine elegant gekleidete Frau aus dem Modehaus Brown Thomas kam, vor dessen Eingang ein grauhaariger Straßenmusikant mit traurigen Augen auf dem Akkordeon *When I Grow Too Old To Dream* spielte. Leslie tröstete sich mit dem Gedanken, dass er gottlob noch keinen Grund zu solchen Einsichten hätte.
Touristen – untrüglich am offenbar obligatorischen Urlaubsoutfit aus bunten Allwetterjacken, leichten Baumwollhosen und Laufschuhen zu identifizieren – schlenderten von Schaufenster zu Schaufenster. Leslie schnappte im Vorbeigehen ein paar französische, italienische und spanische Wortfetzen auf. Auf einmal hatte er das Gefühl, mit jedem Atemzug die beson-

dere Atmosphäre einer europäischen Hauptstadt einzuatmen, und das musste es wohl sein, was ihm diese innere Ruhe vermittelte. Es war alles so ganz anders als in New York – ohne ständige Hast und Eile, die Leute nahmen sich Zeit, stehen zu bleiben, ein paar Worte zu wechseln, herzlich miteinander zu lachen und sich ihres Lebens zu freuen.
Im Zeitungsständer eines Papierwarenladens sah er den *Irish Independent* stecken, die Schlagzeile lautete: *Neues vom Terror gegen die Richter.* Er ging hinein, um sich die Zeitung zu kaufen.
Das Mädchen am Ladentisch bedachte ihn mit einem netten Lächeln und der Floskel »Ist das nicht ein besonders schöner Tag, Sir?« – beides sozusagen als kostenlose Beigabe.
Er erwiderte ihr Lächeln. »Ja, das kann man wohl sagen.«
»Hoffentlich bleibt's lange so schön.«
Eine der kleinen Nichtigkeiten, nur so dahergesagt, aber dass zwei wildfremde Menschen, die sich wahrscheinlich nie wieder sehen würden, Zeit dafür fanden, freute Leslie. Es gehörte zu den winzigen Facetten des Alltags, die dem Leben ein wenig von seiner nüchternen Kälte nahmen. Aus einer plötzlichen Laune heraus erstand er an einem Blumenkiosk eine Nelke und steckte sie sich ins Revers. Nun musste er nur noch ein hübsches Café finden, in dem er in Ruhe den Artikel über die anonymen telefonischen Drohungen gegen einige Richter lesen konnte.
Bis jetzt war er auf seinen seltenen und immer einsamen Spaziergängen nie weiter als bis zur Grafton Street gekommen, aber heute, nahm er sich vor, wollte er irgendeine neue Ecke entdecken. Ein Hinweisschild an einer Straßenlaterne lockte ihn zur Temple Bar, die, wie er aus dem Touristenprospekt im Hotel wusste, in Dublins altem, laut Prospekt sehenswertem Künstlerviertel lag.
Es war nicht weit. Nachdem er die Dame Street überquert hatte, war er nach wenigen Minuten in malerischen kopfsteinge-

pflasterten Gassen angekommen, mit Läden, in denen man Antiquitäten, Kunsthandwerk, Kleidung aus der Dritten Welt und Naturkost erstehen konnte. Die Atmosphäre erinnerte ein wenig an Greenwich Village oder SoHo, nur sauberer und gepflegter. Eben – nun ja, – unverkennbar *weiß*. Was für Leslie ein Synonym für Geborgenheit war.
Die Menschen auf den Straßen waren jünger, überwiegend Studenten und Rucksacktouristen, aber niemand musterte ihn argwöhnisch oder nahm gar Anstoß daran, dass sich jemand im gesetzteren Alter hierher verirrt hatte.
An einer Straßenecke entdeckte er ein Bistro – und einen freien Tisch am Fenster. Er schlug die Zeitung auf. Es gab absolut nichts Neues in der Sache mit den Richtern, der *Independent* brachte lediglich eine Zusammenfassung alter Meldungen, ergänzt durch Interviews mit so genannten Persönlichkeiten des öffentlichen Lebens. *Neues* hieß im Zeitungsjargon offenbar, dass der Leser mit frisch aufgewärmten Nachrichten von vorvorgestern rechnen musste.
Er legte die Zeitung weg und zog die Karte aus dem Salz-und-Pfeffer-Ständer. Ein doppelter Espresso, hörte sich gut an. Der Kuchen war sicher auch gut, aber auf den verzichtete er lieber. Oder nein – heute war ein so schöner Tag, da durfte er sich ruhig mal ein bisschen verwöhnen.
»Wollen Sie zu einer Hochzeit?«
Leslie sah hoch. Die Kellnerin – nicht viel älter als zwanzig, etwa so groß wie er, mit Lockenkopf – sah ihn lächelnd an. Ihre locker fallende, weiße Bluse erinnerte an eine Landschaft aus Hügeln und Tälern. Leslie ertappte sich bei dem Wunsch, die Konturen dieser Landschaft ein wenig genauer zu ergründen. Dann riss er sich zusammen. Mein Gott, da saß er, gaffte sie dümmlich an und hatte noch nicht mal ihre Frage beantwortet.
»Entschuldigung, was haben Sie gefragt?«
»Ob Sie zu einer Hochzeit gehen.«

Er sah sie verdutzt an, bis ihm die Nelke im Revers einfiel. »Oh« – er musste unwillkürlich lachen –, »nein, nichts dergleichen. Ich dachte, an so einem schönen Tag darf man sich mal eine kleine Extravaganz erlauben.«
Sie nickte. »Recht haben Sie, Männer sollten sich öfter Blumen ins Revers stecken. Wahrscheinlich haben sie nur Angst, dass die Leute sie für schwul halten.«
»Haben Sie's getan?«
»Was?«
»Mich für schwul gehalten?«
»Nein, ganz sicher nicht. Und wenn, wär's mir auch egal gewesen.«
»Und wieso waren Sie dann sicher, dass ich nicht schwul bin?«
»Oh, ich weiß nicht.« Sie zuckte die Achseln. »Weibliche Intuition, vermutlich. Darf ich Ihnen irgendwas bringen?«
»Ach – Entschuldigung, jetzt habe ich Sie mit meinem Gerede aufgehalten.«
Was, zum Teufel, fiel ihm ein? *Flirtest hier mit einem jungen Mädchen, du alter Trottel!*
»Kein Grund zur Entschuldigung. Ich hab damit angefangen.« Sie nahm die Bestellung auf und versicherte ihm, dass der Kuchen ausgezeichnet sei. Als sie zur Theke ging, konnte er sich nicht verkneifen, ihr mit den Augen zu folgen. Die Art, wie ihre schmalen Hüften sich unter dem engen schwarzen Rock wiegten, faszinierte ihn. Sie bewegte sich mit der Anmut einer Tänzerin.
Sie brachte ihm Kaffee und Kuchen, er aß und trank, tat, als blättere er wieder in der Zeitung, schielte aber, sooft sie mit wiegendem Schritt durch das Bistro ging, verstohlen hinter ihr her. Das Mädchen hatte es ihm angetan. Und dass er sich einzureden versuchte, das läge an ihrer natürlichen, unbefangenen Art, war, wie er nur zu gut wusste, Selbstbetrug – und nicht mal ein frommer.

So ein Mädchen hätte sein Sohn sich suchen müssen, nicht die oberflächlichen Tussis, mit denen er sich ständig herumgetrieben hatte. *Genau wie ich, nur, bei mir waren es kleine Nutten gewesen.* Mit so einem Mädchen wäre Alex' Leben ganz anders verlaufen.
Sie beugte sich – ein Bein leicht angezogen, das Knie abgewinkelt – über einen Tisch, um ihn abzuwischen. Er konnte nicht anders, er musste zu ihr hinüberstarren. Als sie sich aber unvermittelt umdrehte, ehe ihm Zeit zum Wegschauen geblieben war, ahnte er, dass sie ihn ertappt hatte. Und da kam sie auch schon lächelnd auf seinen Tisch zu.
»Na, zufrieden?« *Ja, sie musste ihn ertappt haben, ihr Grinsen verriet sie.* »Mit dem Kuchen, meine ich.«
»Der Kuchen – oh, der war köstlich.« Irgendwie fand er Gefallen an dem kleinen Flirt. »Sie hatten völlig Recht. Nur« – er klopfte sich auf den Bauch, freilich erst, nachdem er ihn eingezogen hatte –, »ich sollte auf so was lieber verzichten.«
»Och – ich finde, Sie können sich das ruhig leisten. Möchten Sie noch ein Stück?«
Er drohte ihr scherzhaft mit dem Finger. »Ich lasse mich von Schmeicheleien nicht verführen. Nein, keinen Kuchen mehr.«
»Und wie wär's mit noch einem Kaffee?«
»Ja, danke, das wäre nett.«
Sie war im Nu zurück und brachte ihm einen zweiten Espresso.
»Ich hoffe, Sie nehmen mir meine Neugierde nicht übel, aber Ihr Akzent klingt ein bisschen fremd. Woher kommen Sie?«
»Aus Italien, aber ich lebe schon seit Jahren in Amerika.«
»Machen Sie Urlaub bei uns?«
»Nein, ich bin geschäftlich hier. Ich hab mir heute nur mal frei genommen. Zumal ich ein paar familiäre Bindungen an Irland habe.«
»Ein Italiener mit familiären Bindungen nach Irland?«, fragte sie schmunzelnd. »Hört sich nach Mafia an.«

Er lachte. »Na klar. Ich bin der große Pate, haben Sie mir das nicht gleich angesehen?«
»Sinead«, rief jemand aus der Küche.
»Tut mir Leid«, sagte sie, »ich werde gebraucht.«
Sinead. So hieß sie also.
Er hätte gern noch länger mit ihr geplaudert. Aber das Bistro hatte sich inzwischen gefüllt, und das war vielleicht ganz gut. Es war ohnehin leichtsinnig gewesen, sein Interesse an ihr so deutlich zu zeigen. Er trank seinen Espresso aus, warf einen Blick auf die Rechnung, legte den Betrag und ein großzügig bemessenes Trinkgeld auf den Tisch und ging.
Erst draußen gestand er sich ein, dass das mit dem Trinkgeld ein Fehler gewesen war. Viel zu spendabel. Als hätte er es darauf angelegt, dass sie ihn in guter Erinnerung behielt.
Nur, wenn er ehrlich war … hatte er es nicht genau deshalb getan?

18

Gallagher musste immer wieder an die Begegnung mit Sean Donovan denken.
Und an die hundert Riesen. Das heißt, inzwischen waren es ja hundertundfünfzig.
Jeden Abend vor dem Einschlafen ging ihm die Sache durch den Kopf. Einmal träumte er sogar, er säße dem Filialleiter seiner Bank gegenüber, wieder in dem schuhkartongroßen Büro, nur diesmal lümmelte Sean Donovan mit schmierigem Grinsen neben ihm.
Er hätte nur die Hand aufhalten müssen, damit es Geld regnete. Aber natürlich konnte er so ein Angebot nicht annehmen. Zum ersten Mal verstand er, wozu Verzweiflung Menschen treiben kann. Kates Mann wurde, zum Beispiel, in den Suizid getrieben. Und Drogenabhängige klauten oder mordeten sogar, um an Geld für den nächsten Schuss zu kommen.
Beim Gedanken an Drogenabhängige fielen ihm zwangsläufig Donovans schmutzige Geschäfte ein. Nachträglich bedauerte er, dass er sich überhaupt Zeit für den Mann genommen hatte. Ein zweites Mal würde er sich nicht dazu überreden lassen, diesen Kerl zu besuchen. Zumal es auf der Hand lag, dass Donovan nur darauf aus war, Gallaghers Beziehungen zum Justizministerium auszunutzen.
Andererseits, einfach links liegen lassen konnte er den Kerl des-

wegen nicht. Er hatte in seiner Zeit beim FBI oft genug Männer wie Donovan aus Angst vor konkurrierenden Banden oder dem langen Arm fremder Regierungen zittern sehen, um zu wissen, wann sie die Wahrheit sagten. Und ob es nun stimmte oder nicht, Donovan war jedenfalls überzeugt, dass ihm irgendjemand ans Leben wollte.

Paranoia? Ja, vielleicht. Aber manchmal hatten Menschen gute Gründe, paranoid zu sein.

Was Gallagher am meisten bedrückte, war die Sorge, dass Emma etwas über seinen Besuch im Mountjoy erfahren könnte. Falls der Gefängnisdirektor ihn in seinen Wochenbericht aufführte, und der nahm dann den Dienstweg zum Justizministerium … ein Albtraum.

Oder, noch schlimmer, die Presse bekam Wind davon. Im Geiste sah er schon die Schlagzeile vor sich: VATER DER STAATSSEKRETÄRIN BESUCHT DONOVAN HEIMLICH IM GEFÄNGNIS.

Das wäre ein gefundenes Fressen für den *Dublin Sunday* gewesen und hätte seiner Beziehung zu Emma endgültig den Todesstoß versetzt. Sein Besuch wäre nur dann zu rechtfertigen gewesen, wenn Donovan ihm etwas wirklich Handfestes erzählt hätte, einen echten Knüller. Aber mehr als verschwommene Vermutungen und Andeutungen waren ja nicht dabei herausgekommen. Was konnte man auch von einem Typen wie Donovan erwarten, noch dazu, wenn ihm das Wasser bis zum Hals stand?

Oder gab es doch brauchbare Informationen?

Na gut, eine vielleicht, die Sache mit Dezo und dem Mädchen, mit der Donovan ganz am Schluss herausgerückt war. Richtig klar geworden war das Gallagher erst auf dem Heimweg im Taxi. Diese Morde und der Umstand, dass die Leichen der beiden jungen Leute in einer Müllgrube gefunden worden waren, hatten in der Öffentlichkeit eine Schockwelle des Entsetzens

und der Empörung ausgelöst. Allerdings – und das war typisch für unsere schnelllebige Zeit – nur so lange, bis der Mord an Marcus Kelly publik geworden war.
Und alles andere, was Donovan ihm zu sagen gehabt hatte?
Nun gut, er hatte erstaunlich freimütig von seinen Drogengeschäften, dem weit verzweigten Dealernetz und seinem Bankkonto in der Schweiz erzählt – übrigens sehr zum Missvergnügen seines Anwalts. Andeutungen, die immerhin den Schluss zuließen, dass möglicherweise ein Machtkampf zwischen konkurrierenden kriminellen Organisationen entbrannt war.
Gallaghers Insiderwissen, wie die Karten im Drogengeschäft verteilt waren, entsprach nicht mehr dem neuesten Stand, es war ein bisschen angestaubt. Aber es konnte keinen Zweifel daran geben, dass Irlands Drogenszene einen starken Aufwärtstrend erlebte. Dahinter steckten natürlich wie eh und je die Syndikate in Kolumbien und anderswo, weltweit operierende Kartelle, die ihr Europageschäft über Mittelsmänner abwickelten. Aber die Drogenbarone würden den Teufel tun, sich wegen Sean Donovan die Finger schmutzig zu machen. Donovan war eine kleine Wanze, und Ungeziefer lässt man zerquetschen.
Mal angenommen, Donovan hätte tatsächlich die Wahrheit gesagt und dieser Mann aus New York, der angeblich die Fäden zog, wäre wirklich existent und hätte dafür gesorgt, dass Sean Donovan bei den Drogenbaronen in Ungnade gefallen war, dann musste er diesen Leuten dazu irgendwie Anlass gegeben haben. Wobei er, das nahm Gallagher ihm ab, nicht mal ahnte, wodurch er sich ihren Zorn zugezogen hatte.
So wie die Dinge lagen, blieb ihm nichts anderes übrig, als Emma anzurufen. Obwohl er im Voraus ahnte, dass sie ihm die Hölle heiß machen würde. Und das mit Recht, er hätte sich gar nicht erst mit jemandem aus diesen Kreisen einlassen dürfen.

Sei's drum.
Er wählte den Sammelruf des Justizministeriums, bat, ihn zum Büro der Staatssekretärin durchzustellen, und wartete. Ein mulmiges Gefühl beschlich ihn, denn er hatte noch nie dort angerufen.
Eine weibliche Stimme meldete sich mit: »Vorzimmer Staatssekretärin Gallagher?«
»Ich hätte gern Miss Gallagher gesprochen. Mein Name ist Tom Gallagher, ich bin ihr Vater.«
»Ihr Vater? Ich verstehe«, sagte die Sekretärin mit skeptischem Unterton. »Nun, ich vermute, die Staatssekretärin hat Ihre Telefonnummer bereits, Mr. Gallagher, aber darf ich sie mir sicherheitshalber trotzdem notieren?«
Natürlich, sie wollte die Nummer überprüfen, um sicherzugehen, dass es sich nicht um einen dummen Scherz handelte. Gallagher nannte ihr seine Telefonnummer.
»Ich bedaure, Miss Gallagher ist derzeit außer Landes«, sagte die Sekretärin. »Offenbar war Ihnen das gar nicht bekannt?« Er konnte sie förmlich denken hören. *Wenn du der wärst, als den du dich ausgibst, hättest du das doch wissen müssen.* »Sie nimmt für die Regierung an einer Konferenz in Straßburg teil. Das kam übrigens heute Morgen in den Nachrichten. Ich lasse ihr baldmöglichst eine Nachricht zukommen, dass Sie angerufen haben. Sie wird dann sicher zurückrufen.«
Gallagher dankte ihr und legte auf.
Er seufzte. Gerade jetzt hätte ihm so viel daran gelegen, mit Emma über die Sache mit Donovan zu sprechen, egal, wie sie darauf reagierte. Aber es ging nicht, sie war nicht da.
Trotzdem, mit irgendjemandem musste er darüber reden, sonst rotierte das unaufhörlich in seinem Schädel. Und dann kam ihm eine Idee. Er blätterte im Telefonbuch und suchte sich die Nummer des *Garda*-Präsidiums in Phoenix Park heraus.

Jim Foy war, wie Alan Warnock, ein alter Freund aus Kindertagen. Gallagher hatte gleich nach seiner Rückkehr aus Amerika wieder mit ihm Kontakt aufgenommen und dabei festgestellt, dass Foy inzwischen Chief Superintendent war und in der Operationszentrale des Deputy Commissioners arbeitete.

»Tom«, sagte Foy, als das Gespräch zu ihm durchgestellt war, »das ist mal eine Überraschung. Was kann ich für dich tun?«

»Es geht um den Marcus-Kelly-Mord, diese Sean-Donovan-Sache und so weiter. Ich brauche unbedingt jemanden, mit dem ich darüber reden kann. Wer ist da zuständig?«

Foy lachte. »Was hast du vor? Wieder einen skurrilen Artikel über uns zu schreiben?«

»Mein Gott, Jim, fang du nicht auch noch an. Es würde zu lange dauern, dir das alles zu erklären. Also machen wir's kurz: Ich habe nichts dergleichen vor.«

»Nett von dir. Tja, dann wollen wir mal sehen. Das fällt alles in die Zuständigkeit der Dublin Metropolitan, wird aber an verschiedenen Schreibtischen bearbeitet, unter anderem auch vom CAB. Lass mich mal nachdenken … hm, ich denke, am besten wendest du dich an Chief Superintendent Barrett Greeley vom National Bureau of Criminal Investigation.«

»Und wo finde ich den?«

»Er hat sein Büro am Harcourt Square, in der City.«

»Großartig. Ich werd ihn anrufen. Du bist klasse, Jim.«

Er blätterte wieder im Telefonbuch, fand die Nummer und bat, ihn zu Chief Superintendent Greeleys Büro durchzustellen.

Die Frau, die sich meldete, ließ sich kein X für ein U vormachen, das merkte er gleich an der energischen Stimme.

Gallagher sagte wieder sein Sprüchlein auf. »Ich hätte gern mit Chief Superintendent Greeley gesprochen.«

»Darf ich fragen, wer am Apparat ist?« Klar, sie kannte seine Stimme nicht. Sekretärinnen müssen misstrauisch sein.

»Mein Name ist Tom Gallagher.«
»Der Chief ist im Augenblick nicht da. Darf ich fragen, worum es geht?«
Also, das stank ihm schon mal gewaltig: Erst fragen, wen sie an der Strippe hätte, und ihn dann wissen lassen, das der gewünschte Gesprächspartner nicht da wäre. Wetten, dass er doch da war und sich nur verleugnen ließ?
»Ja, Sie können ihm sagen, dass ich ein Gespräch mit Sean Donovan geführt habe und ihm ein paar Dinge zu berichten hätte.«
»Äh – nun ja …« Sie war offenbar unsicher geworden. »Würden Sie einen Moment dranbleiben?«
Sekunden später meldete sich Barrett Greeley.
»Nanu? Man hat mir gesagt, Sie wären nicht da?«
»Ich war in einem anderen Büro«, ließ Greeley ihn abblitzen.
»Aha. Nun, ich sollte wohl erst kurz erklären, wer ich bin. Ich habe fürs FBI gearbeitet und bin jetzt …«
»Ja, ich weiß, wer Sie sind«, unterbrach ihn Greeley. »Was ist das für eine Geschichte mit Sean Donovan?«
»Ich habe ihn im Mountjoy besucht und würde Ihnen gern davon erzählen.«
»Sie haben ihn besucht? Wieso das?«
»Er hat mir durch seinen Anwalt mitteilen lassen, dass er unbedingt mit mir reden wolle.«
»Und da sind Sie prompt hingefahren?«, fragte Greeley ungläubig.
»Ja.«
Greeleys arroganter Ton ärgerte Gallagher. Der Bursche behandelte ihn wie einen einfältigen Trottel. Er war nicht mehr ganz sicher, ob er bei dem richtigen Ansprechpartner gelandet war. »Bei unserem Gespräch hat er mir ein paar Dinge erzählt, die möglicherweise interessant für Sie sind.«
»Nun, mich interessiert alles, was Mr. Donovan zu sagen hat.

Aber es wäre vielleicht besser, wenn Sie mich aufsuchen und mir das persönlich berichten.«

Harcourt Square war eine ziemlich heruntergekommene Gegend hinter St. Stephen's Green. Das Polizeigebäude beherbergte diverse Spezialeinheiten und war von einem hohen Zaun umgeben. Offenbar wurde Sicherheit hier groß geschrieben. Der junge *Garda*-Officer im Wachhäuschen neben dem offenen Tor schien das allerdings etwas entspannter zu sehen. Als ein Wagen mit drei Männern in Zivil kurz anhielt und ein Hupzeichen gab, winkte er ihn mit lässiger Gebärde vorbei und vertiefte sich wieder in die Sportseiten seiner Zeitung.

In den Staaten hätte man die Bewachung eines solchen Gebäudes nicht lediglich einem Officer überlassen, es wäre eine waffenstarrende, mit Überwachungskameras und elektronischen Sicherheitsschleusen gespickte Festung gewesen.

Gallagher sagte dem Posten, mit wem er verabredet war.

»Chief Super Greeley?«, vergewisserte sich der junge Officer und suchte, als Gallagher nickte, das Besucherbuch ab. »Ja, da steht's ja. Ich melde Sie an.« Er griff zum Telefon. »Moya? Ich hab hier einen Mr. Gallagher, er will zum Chief.« Pause. »Ja, klar.« Er legte auf und deutete auf den Haupteingang. »Gehen Sie schon mal durch, Sie werden gleich abgeholt.«

Gallagher hatte kaum angefangen, die Steckbrieffotos auf der Wandtafel zu studieren, als er hinter sich Pumps klacken hörte. Eine rothaarige Frau mit abweisendem Gesichtsausdruck kam auf ihn zu.

»Mr. Gallagher? Wenn Sie mir bitte folgen wollen, ich bringe Sie zu Chief Superintendent Greeley.«

Sie stöckelte einen Flur mit dem spröden Charme des typischen Büroambientes hinunter, machte vor einer Tür mit Greeleys Namensschild Halt und klopfte energisch an.

»Herein.«

Schale, verqualmte Luft – das Büro eines Rauchers, das leider

zu selten gelüftet wurde. Aber schon beim ersten Blick auf den Mann hinter dem Schreibtisch ahnte Gallagher, dass das sein geringstes Problem war.
Das Graugesicht, das bei seinem Vortrag in Templemore in der ersten Reihe gesessen hatte und ihm mit penetranten Fragen auf die Nerven gegangen war.
Greeleys Miene verriet, dass ihm der Schock seines Besuchers nicht entgangen war. Er streckte Gallagher nicht die Hand hin, deutete nur auf einen Besuchersessel und bestätigte ungefragt, aber mit offenbar klammheimlichem Vergnügen: »Ja, wir sind uns schon mal begegnet.«
Gallagher setzte sich. In dem Aschenbecher, der unmittelbar vor seiner Nase stand, türmten sich die Zigarettenkippen.
»Ein unerwartetes Wiedersehen«, sagte er. »Schade, dass wir damals in Templemore nach unserem kleinen ... Meinungsaustausch keine Gelegenheit mehr hatten, das Gespräch fortzusetzen. Sie waren nicht bei dem Lunch.«
»Ich war durch dringende Termine verhindert.« Greeley stapelte einige Akten übereinander. »Aber ich hatte ohnehin nicht viel Lust, zuzusehen, wie die Polizeischüler sich um Sie drängen und weiter Heldenverehrung betreiben.«
»So haben Sie das empfunden?«
Greeley zuckte die Achseln. »Darauf hatten Sie's doch angelegt, oder?« Er zündete sich eine Zigarette an, blies den Rauch in Gallaghers Richtung. »Also, lassen Sie mal Ihre Donovan-Story hören.«
Er hatte zwar Block und Stift vor sich liegen, fand es aber, als Gallagher ihm von seiner Begegnung mit Donovan berichtete, offenbar nicht der Mühe wert, sich irgendwelche Notizen zu machen.
Stattdessen schwang er seinen Schreibtischstuhl seitlich herum und studierte angelegentlich das Märzblatt des Wandkalenders der Bank of Ireland, das die Klippen von Moher samt branden-

der Gischt und – auf dem Foto gottlob stumm – kreisenden Möwen zeigte.
Als Gallagher fertig war, schwang Greeley seinen Stuhl zurück und sagte kühl: »Gut, Mr. Gallagher, danke für Ihre Mühe. Moya wird Sie zum Ausgang begleiten.«
Gallagher starrte ihn verdattert an. »Moment mal. Wollen Sie keinen Kommentar dazu abgeben?«
Greeley schien über die Frage nachzudenken. »Na gut, ich gebe Ihnen den gewünschten Kommentar. Ich glaube, Sie waren – legen Sie den Ausdruck bitte nicht auf die Goldwaage – ein *eejit*, sich auf einen derart engen Kontakt mit Sean Donovan einzulassen. Um ganz offen zu sein: Mir ist es völlig egal, welchen Ärger Sie sich einhandeln, aber ich bin zufällig der Meinung, dass Ihre Tochter im Justizministerium erstklassige Arbeit leistet. Ich hatte bereits in ihrer Zeit als Anklagevertreterin mit ihr zu tun und erinnere mich an ihre brillanten Plädoyers. Es geht mich nichts an, aber wenn sie meine Tochter wäre, würde ich alles vermeiden, was ihr schaden könnte. Weiß Sie etwas von Ihrem Besuch bei Donovan?«
»Nein.«
»Das habe ich mir gedacht. Der kleine Mistkerl Donovan wollte Sie benutzen. Denken Sie doch mal nach – er zieht den Vater der Staatssekretärin mit in seine Probleme hinein und sorgt natürlich dafür, dass das bekannt wird. Eine sehr peinliche Situation. Beim Prozess – falls es überhaupt so weit kommt – behauptet er, er sei das Opfer eines abgekarteten Spiels, die in seinem Büro gefundenen Drogen seien ihm von irgendwem – möglicherweise von der Polizei – untergeschoben worden, und schon spaziert er als freier Mann aus dem Gerichtssaal. Nur, vergessen Sie nicht« – er hob vorwurfsvoll den Zeigefinger –, »Sie waren es, der ihn durch den Artikel über die Gefahr einer Vorverurteilung durch die Medien auf diese Idee gebracht hat, erinnern Sie sich?«

Gallagher sagte nichts. Greeley sprach nur aus, was ihm selber schon durch den Kopf gegangen war.

»Für jemanden mit Ihrem Hintergrundwissen – schließlich waren Sie mal Topagent beim FBI – haben Sie sich ziemlich arglos in die Nesseln gesetzt. Ihr Glück, dass Sie wenigstens das Geld nicht angenommen haben.«

Werde jetzt bloß nicht wütend, ermahnte sich Gallagher.

Er wusste, dass Greeley ihn reizen wollte. Seine Rache für das Wortgefecht in Templemore, bei dem er den Kürzeren gezogen hatte.

»Sie wollen also alles, was er gesagt hat, einfach unter den Tisch fallen lassen?«, fragte er.

Greeley schüttelte den Kopf. »Ich lasse gar nichts unter den Tisch fallen. Es ist nur so, dass er Ihnen absolut nichts gesagt hat, was wir nicht schon wissen.«

»Und was ist mit dem Mord an den beiden jungen Leuten?«

»Ach du liebe Zeit.« Greeley drückte angewidert seine Zigarette aus. »Das war er selber. Nicht eigenhändig, das mag sein, so was lässt er von seinem Freund Vinnie Dwyer oder anderen Handlangern erledigen. Wir haben diesen Dwyer bereits verhört, mussten ihn aber mangels Beweisen wieder laufen lassen.«

Gallagher horchte auf. Dwyer – das war der Name, den Donovan erwähnt hatte.

»Dezo – der Junge, der ermordet aufgefunden wurde – war einer von Donovans Dealern. Vermutlich ist er mit der Hand in der Ladenkasse erwischt worden, bildlich gesprochen. Hat einen Teil des Stoffs für sich selber abgezweigt. Das Mädchen könnte dabei mitgemischt haben. Oder sie war einfach im Weg.«

»Aber wenn Donovan klar war, dass Sie das alles wissen, warum hat er dann von sich aus angeboten …«

»Weiß der Himmel, wen er ans Messer liefern will. Den Papst, den *Taoiseach* – einer wie der lässt jeden über die Klinge springen, wenn er dadurch seine Haut retten kann. Und in der Marcus-Kelly-Sache sind wir ebenfalls sicher, dass er hinter dem Mord steckt. Was wir aber wahrscheinlich nie beweisen können, es sei denn, derjenige, der für ihn den Finger am Abzug hatte, wird erwischt und packt aus. Aber solche Kerle erwischt man nicht so schnell, das sind Profis.«

»Und was ist mit Amsterdam? Mit dem Geld in Zürich? Mit den Andeutungen über jemanden aus New York?«, hakte Gallagher nach.

Greeley zündete sich eine Zigarette an, bevor er antwortete. »Sie werden es nicht glauben, aber es ist uns nicht ganz unbekannt, dass Mr. Donovan Verbindungen zum internationalen Drogenhandel hat. Aber die Behörden europäischer Länder arbeiten bei der Überwachung solcher Geschäfte eng zusammen, davon haben Sie sicher zumindest andeutungsweise schon mal gehört.« Seine Stimme triefte vor Hohn. »Und was sein Ammenmärchen vom großen Unbekannten aus New York angeht, das musste ja einem wie Ihnen wie Honig runtergehen. Klar, wenn man sich so wie Sie sich in die Idee von irgendwelchen weltweit operierenden Verbrecherorganisationen verrannt hat.«

Gallagher ließ nicht locker. »Und wer hat seinen Sohn angeschossen?«

»Wissen Sie, in Dublin gibt es viele Leute, die etwas gegen Drogen haben. Sie finden, dass wir nicht energisch genug dagegen tun, und dann kommt schon mal jemand auf die Idee, die Sache selber in die Hand zu nehmen. Im Fall von Donovans Sohn ist der Apfel nach allem, was wir hören, nicht weit vom Stamm gefallen. Das Bürschchen soll schon in der Schule Drogen an seine Klassenkameraden verkauft haben. Unsere Leute vermuten, dass ihm jemand einen Denkzettel verpassen wollte. Also – nicht, dass ich solche Praktiken billige, aber …«

Greeley ließ den Rest in der Luft hängen und fuhr schmallippig lächelnd fort: »Und noch ein Punkt. Ich habe mit Interesse zur Kenntnis genommen, dass unser Freund Clancy an Ihrer Unterredung mit Donovan teilgenommen hat. Wir werden ihn mal ein wenig kitzeln. Vielleicht fängt er an zu plaudern, wenn er denkt, dass wir etwas gegen ihn in der Hand haben. Kann nichts schaden, eine zweite Front gegen Mr. Donovan zu eröffnen.«

Gallagher runzelte die Stirn. Er merkte, dass Greeleys übertriebene Skepsis gegenüber Donovan nur dazu führte, dass er sich innerlich unwillkürlich auf dessen Seite schlug.

»Der Mann hatte vor irgendetwas Angst«, sagte er. »Ich kann verstehen, dass Sie misstrauisch sind, aber der Mann hatte Angst, da bin ich ganz sicher.«

»Er hat auch allen Grund dazu. Jedenfalls haben wir ihn fürs Erste da, wo wir ihn haben wollen, und ich versichere Ihnen: So schnell lassen wir ihn nicht wieder laufen, so wahr ich Greeley heiße.«

Gallagher versuchte es mit seinem letzten Trumpf. »Und wer hat der Polizei den Tipp wegen der Drogen in Donovans Büro gegeben?«

»Wer weiß? Vielleicht jemand, der eine alte Rechnung begleichen wollte. Wir sind da nicht besonders neugierig, Hauptsache, es hat dazu geführt, Donovan aus dem Verkehr zu ziehen.«

Es klopfte, die rothaarige Sekretärin kam herein und steckte Greeley einen zusammengefalteten Bogen Papier zu. Greeley überflog die Nachricht und grinste.

»Es geschehen noch Zeichen und Wunder. Das Berufungsgericht hat es abgelehnt, Donovan gegen Kaution freizulassen. Sehr gut. Ich glaube, Mr. Gallagher, wir sind am Ende unseres Gesprächs angekommen. Ich rate Ihnen dringend dazu, Ihre Tochter baldmöglichst wissen zu lassen, dass Sie im

Mountjoy waren. Am besten, bevor sie's von anderer Seite erfährt.«

Als Gallagher vor dem Gebäude stand, atmete er erst mal tief durch. Er war nicht sicher, was ihn mehr ärgerte – der Zigarettenqualm, der ihm in den Lungen brannte, oder die arrogante Art, in der ihn Greeley abgekanzelt hatte.

19

Es war nach elf, als Lionell Purcell leicht schwankend aufstand und den vier anderen mitteilte, er werde jetzt gehen. Mitunter fragte er sich ohnehin, ob er nicht allmählich zu alt für solche von Völlerei begleiteten Kindereien sei.

Er und seine Freunde, eine Fünferrunde, die sich in nostalgischer Erinnerung an Schülertage Egon-Toast-Klub nannte, fielen einmal im Monat als selbst ernannte Restauranttester in Dublins erlesensten Gourmettempeln ein, vergaben nach eigenem Gutdünken Sterne an die Küche und entzogen sie wieder, wenn irgendetwas ihrer Meinung nach nicht perfekt gewesen war.

Die Restaurants übersahen die Marotte ebenso geflissentlich wie die bisweilen ein wenig überschäumende Ausgelassenheit der ergrauten Herren, schließlich ließen sie, wie das eben bei Männern im Zenit beruflichen Erfolgs ist, viel Geld da. Zu dem honorigen Zirkel gehörten neben Purcell, seines Zeichens Richter am obersten Gericht für Strafsachen, ein bekannter Chirurg, ein reicher Investmentbanker, der millionenschwere Besitzer einer Supermarktkette und ein aus England stammender Bestsellerautor, der sich in Wexford niedergelassen hatte, weil ihm die waldreiche Umgebung und die Steuerbefreiung, die Künstler dort genossen, mehr Luft zum Atmen ließen.

Heute Abend hatten sie das La Stampa heimgesucht, sich durch

fünf opulente Gänge – jeder selbstredend mit einem neuen Wein – geschlemmt und waren nun bei Brandy, Montechristos und Gesellschaftsklatsch angekommen, den sie, je mehr er sich auf an Verleumdung grenzende Vermutungen stützte, umso mehr genossen.
Aber Purcell fühlte sich müde und wollte nach Hause. Die Regeln ihres Klubs sahen vor, dass sie reihum die meist überaus stattliche Rechnung beglichen, und er war heute nicht dran. Er winkte, die Zigarre zwischen zwei Fingern, seinen Freunden adieu zu, machte sich – angestrengt bemüht, nirgendwo anzuecken und keinen Kellner anzurempeln – auf den Weg zur Tür und ärgerte sich unterwegs einmal mehr über die Bilder, mit denen die Wände geschmückt waren; es blieb ihm ein Rätsel, wie jemand Knuttels rattengesichtigen Gestalten etwas abgewinnen konnte.
Jemand half ihm in den Mantel, den er, als er hineinschlüpfte, prompt mit Zigarrenasche bekleckerte. Die kühle Nachtluft, die ihm vor dem Restaurant entgegenschlug, machte ihn ein wenig schwindelig. Auch seine Sehschärfe musste wohl getrübt sein, die hell erleuchteten Fenster des gegenüberliegenden Mansion House gaukelten ihm eine Feuersbrunst in der Residenz des Oberbürgermeisters vor.
Nicht sein Bier. Wofür gab's die Feuerwehr?
Ein dunkler Mercedes wartete auf ihn, der Fahrer, ein in Zivil gekleideter Officer von der Abteilung Personenschutz, stieg aus und öffnete ihm die Tür.
»Heute zum Herbert Park, Jackie«, erinnerte Purcell ihn beim Einsteigen mit schwerer Zunge, »nicht nach Kildare.«
»Ganz recht, Sir«, antwortete der Personenschützer in stoischer Gelassenheit, obwohl Purcell ihm das bereits auf der Herfahrt mindestens dreimal eingeschärft hatte.
Purcell besaß eine kleine Einzimmerwohnung in einem komfortabel restaurierten, ehemaligen Marstall im Süden von Dub-

lin. Wenn es spät wurde, er ungestört an einer Urteilsbegründung arbeiten wollte und auch nach dem monatlichen Gelage mit seinen Freunden pflegte er dort zu übernachten.
Er hatte nicht vor, die Mitgliedschaft in ihrem kleinen Klub aufzugeben, aber die anderen mussten ihm entgegenkommen und die monatlichen Treffen künftig so legen, dass sie nicht auf die anstrengenden Gerichtstage fielen. Er verkraftete das nicht mehr, er merkte, dass er völlig ausgelaugt war.
Heute hatte er sich, zum Beispiel, mit einer Gruppe von Anwälten herumschlagen müssen, die für einen Burschen namens Donovan Haftverschonung gegen Kaution beantragten. Ein wegen der unverfrorenen telefonischen Drohungen von vornherein aussichtsloses Unterfangen. Nicht, dass seine Entscheidung davon beeinflusst worden wäre, absolut nicht, aber nach Lage der Dinge kam eine Kaution nicht in Frage, selbst wenn er sie auf zehn oder – sagen wir – zwanzig oder dreißig Millionen festgesetzt hätte. Die Polizisten bei der Hausdurchsuchung mit der Waffe bedrohen, blöder konnte man sich ja nicht anstellen! Nein, da gab's nichts, Kerle wie der gehörten hinter Gitter.
Sie brauchten nur wenige Minuten bis Herbert Park. Er musste zwar einige Sekunden herumstochern, schaffte es aber ohne fremde Hilfe, die Wohnungstür aufzuschließen. Jackie kam kurz mit hinein, um sich zu überzeugen, dass drinnen kein ungebetener Besucher wartete. Dann rief er bei der örtlichen *Garda*-Wache an und sagte Bescheid, dass der Richter zu Hause sei. Ab sofort würden die Jungs alle halbe Stunde einen Streifenwagen vorbeischicken.
»Jackie, Sie waren wie immer ein exzellenter Fahrer«, bedankte sich Purcell.
Der Officer überzeugte sich, dass die Alarmanlage ordnungsgemäß eingeschaltet war. Zusätzlich gab es unter dem Dielentischchen einen versteckten Knopf, mit dem Purcell die Her-

bert-Park-Wache per Notruf alarmieren konnte. Jackie deutete mit den Fingerspitzen einen Gruß an und verließ die Wohnung.

Richter Purcell starrte verdutzt auf seine leere Hand. Wo, zum Teufel, war die Zigarre? Das Ding musste ihm auf dem Weg vom Wagen zur Wohnung aus den Fingern gerutscht sein.

Ein schnarrender Summton – die Gegensprechanlage.

Wahrscheinlich Jackie. Hatte die Zigarre wohl auf dem Rücksitz entdeckt und brachte sie ihm hoch. Sehr schön. Wäre schade um das teure Ding, Purcell hatte kaum ein Drittel davon geraucht. Nicht auszudenken, wenn es im Auto zu einem Schwelbrand gekommen wäre.

Er drückte auf den Sprechknopf. »Ja?«

»Ich bin's, Sir.« Jackies Stimme.

Der Richter presste das Auge ans Guckloch. Richtig – Jackie. Ein wenig verschwommen, aber er war's.

Purcell öffnete und zuckte bei dem jäh einsetzenden, ohrenbetäubenden Jaulen erschrocken zusammen. O verdammt, er hatte die Alarmanlage vergessen.

Fast im selben Moment hörte er die peitschenden Laute, die er schon aus seinem Garten in Kildare kannte. Und im nächsten Augenblick stolperte Jackie auf ihn zu und kippte wie vom Blitz getroffen vornüber.

Purcell blinzelte verdutzt. Himmeldonnerwetter, wieso waren da auf einmal zwei Fremde, von denen einer, ohne lange zu fragen, in seine Wohnung stürmte und eine Art Schirm oder Spazierstock auf ihn richtete?

»Hören Sie mal, meine Herren, so geht das aber …«

Die Schrotladung machte einen Höllenlärm, aber Purcell bekam nur noch wenig davon mit. Aus seiner zerfetzten Brust spritzte Blut auf die Wände, er knickte in den Knien ein und fiel rückwärts auf den toten Officer. Die Schallwellen waren noch nicht verebbt, als der zweite Mann in die Diele eindrang, sich breitbeinig über ihm aufbaute und eine Pistole auf seinen Kopf richtete.

Um fünf Uhr morgens landete der Regierungsjet auf dem Militärflugplatz Baldonnel am Rand von Dublin. Emmas Körper lechzte nach Schlaf, aber bei all dem, was ihr durch den Kopf ging, hätte sie während des Fluges sowieso kein Auge zutun können.

Der Anruf hatte sie vor ein paar Stunden im Hotel erreicht – der Premierminister persönlich klingelte sie aus dem Schlaf, um ihr mitzuteilen, dass der Berufungsrichter, der Donovans Antrag auf Haftverschonung gegen Kaution verworfen hatte, und der zu seinem Schutz abgestellte Officer ermordet worden waren.

»Ich brauche Sie sofort hier«, hatte er gesagt, »die Maschine ist bereits unterwegs, um Sie abzuholen. Und sobald Sie hier sind, möchte ich Sie unverzüglich in meinem Büro sehen.« In einem Ton, der keine weiteren Diskussionen zuließ.

Während des ganzen Fluges hatte sich Emma den Kopf zerbrochen, was das wohl zu bedeuten hatte. Aber da half alles Spekulieren nichts, sie konnte nur tief durchatmen und abwarten.

Sie löste den Sicherheitsgurt, griff nach dem Bordcase, verschwand im Waschraum und starrte im trüben Licht der Deckenbeleuchtung auf ihr Spiegelbild. Gegen übermüdete Augen und angeschwollene Tränensäcke war kein Kraut gewachsen, aber ein bisschen was konnte sie doch tun. Als sie das Haar gebürstet, sich die Lippen nachgezogen und ein paar Spritzer Parfüm auf ihren Nacken getupft hatte, fühlte sie sich gleich viel frischer.

Zwei Officers vom Personenschutz warteten mit grimmigen Mienen neben einem dunklen Mercedes am Rand der Rollbahn auf sie, ihr Gepäck hatten sie schon im Kofferraum verstaut. Sie konnte sich denken, wie den Männern zumute war,

schließlich hatten sie vor wenigen Stunden einen ihrer Kollegen verloren.
»Ich war sehr betroffen, als ich von dem Vorfall in Herbert Park gehört habe«, sagte sie zu dem Officer, der ihr die hintere Wagentür aufhielt.
Er nickte kurz. »Danke, Frau Staatssekretärin.«
Zu dieser frühen Morgenstunde herrschte auf den Straßen wenig Verkehr, und sie kamen schnell voran. Ein paar goldene Sonnenstrahlen zeigten sich am allmählich blau werdenden Himmel, Vorboten eines schönen Tages, aber Emma ahnte, dass ihr kaum Zeit bleiben würde, ihn zu genießen.
Der Fahrer informierte das Büro des Premiers über Funk, dass sie gleich ankämen. Die Innenstadt war wie leer gefegt, bis auf den Regierungssitz in der Upper Merrion Street. Ein Großaufgebot von Polizei vor dem Gebäude, Reporter und Kameraleute vertraten sich die Beine, schlürften dampfenden Kaffee aus Pappbechern und warteten auf lohnende Objekte. Aber der Wagen mit Emma war schon an ihnen vorbeigeprescht, ehe sie richtig mitbekamen, was sie verpasst hatten.
Eine Mitarbeiterin aus dem Vorzimmer des Premiers nahm Emma am Eingang in Empfang. »Der *Taoiseach* erwartet Sie bereits. Minister Goulding ist bei ihm, Frau Staatssekretärin.«
Emma hörte einen neuen ehrerbietigen Ton heraus, ähnlich ungewohnt wie das respektvolle Verhalten der beiden Officers auf dem Militärflughafen, und ahnte instinktiv, dass die Welt nicht mehr so war wie bei ihrer Abreise vor zwei Tagen. Die Vorzimmerdame hielt ihr die Tür zum Amtszimmer des Premiers auf.
Die Welt mochte sich verändert haben, Emma nicht. Sie betrat das Amtszimmer in der forschen, selbstbewussten Art, die O'Neill an ihr kannte. Er mochte serviles, katzbuckelndes Getue nicht, da ging es ihm wie ihr.
O'Neill und Tony Goulding saßen sich gegenüber, sie kamen

ihr müde und ein wenig grauhäutig vor. Verglichen mit ihnen sah sie aus wie der junge Morgen.

Der *Taoiseach* stand auf und kam lächelnd auf sie zu. »Schön, Sie hier zu haben.« Er ergriff ihre Rechte mit beiden Händen und hielt sie einen Augenblick fest. Emma fühlte sich bei der jovialen Geste ein wenig unbehaglich, ließ aber ein paar Sekunden verstreichen, bevor sie ihm die Hand entzog. O'Neill spürte sofort, dass seine demonstrative Gönnerhaftigkeit ein Fehler gewesen war. Er deutete mit einer einladenden Handbewegung auf die Sitzgruppe vor dem Kamin.

Er selbst nahm wieder auf der Kante des Schreibtisches Platz und schlug die Beine übereinander – einmal mehr ein Beweis dafür, wie meisterhaft er sich darauf verstand, die Körpersprache taktisch zu nutzen. Seine lässige Art sollte signalisieren, dass er die Dinge im Griff hatte und keinen Grund für hektische Aktivitäten sah.

Emma blickte auf seine Füße. Ihr war schon bei früheren Gelegenheiten aufgefallen, dass er großen Wert auf die Wahl seiner Schuhe legte. Diesmal waren es schwarze, seitlich mit Schnallen verzierte Loafers, die seinem Äußeren einen sicher nicht zufällig unkonventionellen Anstrich gaben. Ob Mrs. O'Neill allerdings mit der Wahl einverstanden war, bezweifelte sie.

»Nun«, sagte er, »ich will ohne Umschweife zur Sache kommen. Vor etwas über einer Stunde war Eamon Savage bei mir. Ich habe ihm schweren Herzens den Rücktritt nahe gelegt und darf mit großem Respekt hinzufügen« – er sah Goulding an, als erwarte er dessen Zustimmung –, »dass er meiner Anregung ohne Zögern gefolgt ist.«

Emmas Blick pendelte zwischen den beiden Politikern hin und her. Sie versuchte zu erahnen, was sie untereinander ausgefochten hatten, bevor sie gekommen war.

»Ich muss zugeben, es war wahrlich kein Vergnügen, ihn darum zu bitten«, fuhr O'Neill fort. »Savage ist ein verdienter

Politiker, aber unter den gegebenen Umständen blieb mir keine andere Wahl.« Seine Hand deutete fahrig zum Fenster. »Nach den beiden Morden heute Nacht hätten sie da draußen lauthals nach einem Opferlamm verlangt, und ich fürchte, wir hätten uns schwer getan, den zu erwartenden Vorwurf zu entkräften, dass es bei den Absicherungsmaßnahmen für die bedrohten Richter an der nötigen Umsicht gemangelt hat.«

»Und was ist mit dem Commissioner?«, fragte Emma.

Eine gute Frage, gestand sich O'Neill ein, durchaus dazu angetan, die letzten Zweifel an der Richtigkeit seiner Entscheidung zu zerstreuen. Sie sah die Dinge nüchtern und brachte sie auf den Punkt, ohne sich mit wortreichem Bedauern über das vorzeitige Ausscheiden ihres Ressortchefs aufzuhalten.

»Das wird irgendwann unvermeidlich werden«, sagte er, »jetzt wäre es allerdings denkbar ungeschickt, ihm die Zügel aus der Hand zu nehmen, selbst wenn wir schon einen geeigneten Nachfolger im Auge hätten, was keineswegs der Fall ist. Sein Stellvertreter ist erst seit so kurzer Zeit im Amt, dass es unfair wäre, ihn mit einer Aufgabe zu betrauen, auf die er noch nicht genügend vorbereitet ist. Und da dem Attentat auch ein Polizist zum Opfer gefallen ist, wäre es eine unpopuläre Maßnahme, den Commissioner ausgerechnet jetzt zu entlassen, zumal er sich darauf berufen kann, dass er strikt nach den Anweisungen des zuständigen Ministers gehandelt hat. Nein, ich fürchte, Savage muss als Opferlamm herhalten, er allein. Er hat die Gefahr für die Richter sträflich unterschätzt.« O'Neill rutschte von der Schreibtischkante. »Und damit komme ich zum nächsten Punkt.« Er ging zur Kaminecke und blieb neben Emmas Lehnstuhl stehen. »Natürlich ahnen Sie schon, worauf ich hinauswill. Wichtige Entscheidungen haben es an sich, dass es stets nur eine nahe liegende Lösung gibt. Ich bitte Sie, das Justizministerium zu übernehmen. Sind Sie dazu bereit?«

Obwohl sie insgeheim damit gerechnet hatte, war sie nun, als sie es aus O'Neills Mund hörte, doch überrascht. Sie stand auf, knickte aber eingedenk O'Neills Eitelkeit und der Tatsache, dass sie größer war als er, rasch ein wenig in den Knien ein.

»Nun … ja, *Taoiseach*, ich bin dazu bereit. Ich gehe davon aus, dass es sich um eine Interimslösung handelt?«

»Nein. Ich habe keinerlei Zweifel, dass Sie diesen Posten eines Tages ohnehin eingenommen hätten, aber nun haben die Ereignisse der letzten Nacht die Entwicklung beschleunigt. Ich beabsichtige, den Präsidenten am Montag um Ihre förmliche Ernennung zu bitten.«

»Also … ich kann nur sagen, dass ich mich geehrt fühle und alles tun werde, um dem in mich gesetzten Vertrauen gerecht zu werden. Ich bin Ihnen sehr dankbar.«

O'Neill wiegte den Kopf. »Sie werden nicht viel Grund haben, mir dankbar zu sein, Emma. Auf Sie kommen harte Zeiten zu, aber ich« – er tauschte schnell einen Blick mit Goulding –, »wir sind davon überzeugt, dass Sie die Aufgabe meistern werden.«

»Meinen Glückwunsch!«, rief Goulding mit strahlendem Lächeln.

Emma drehte sich zu ihm um. Sie wusste, dass Goulding mit Vergnügen mitgeholfen hatte, an Eamon Savages Stuhl zu sägen. Als er ihr den Arm um die Schulter legte und sie an sich zog – ein wenig zu eng, wie sie fand –, beschlich sie ein ungutes Gefühl. Gewöhnlich sparte er sich vertrauliche Gesten der Zuneigung für Gelegenheiten auf, bei denen sie allein waren. Dass er sich plötzlich keine Zurückhaltung mehr auferlegte, kam ihr wie der Versuch einer öffentlichen Inbesitznahme vor.

Er hatte sie dazu ermutigt, in die Politik zu gehen, und sie hatte sich geschmeichelt und unter seiner Schirmherrschaft geborgen gefühlt, weil sie wusste, dass sein Einfluss ihr nahezu alle Türen öffnen konnte. Er hatte ihre Traumkarriere prophezeit, und sie hatte ihm eingestanden, wie sehr sie sich wünschte, dass er mit

seiner Vorhersage recht behielte, und erkennen lassen, dass sie sich tief in seiner Schuld fühle.
Das alles hatte wohl etwas mit ihrer Kindheit zu tun, damit, dass sie ohne Vater aufgewachsen war. Wahrscheinlich hatte sie in Goulding unbewusst den Mann gesucht, der diese Leere in ihrem Leben ausfüllte.
Bis Tom Gallagher zurückgekommen war und ihre Emotionen und ihr geordnetes Leben gründlich durcheinander gebracht hatte.
Und trotzdem fühlte sie sich Tony Goulding so stark verbunden, dass das, was man gewöhnlich die Bande des Blutes nannte, für sie zweitrangig geworden waren. Eine Ironie des Schicksals schien es so gewollt zu haben, dass Blut vergossen werden musste, um sie vorzeitig in eines der höchsten Ämter des Landes zu katapultieren.
Sie las Triumph und Genugtuung in Gouldings Augen und fragte sich beklommen, welchen Preis sie wohl eines Tages dafür bezahlen müsse, dass er ihr die Steigbügel gehalten hatte.

20

Vinnie Dwyer war unterwegs, um sich mit jemandem zu treffen. Er schob sich durch das an strahlend schönen Tagen wie heute besonders dichte Gewühl auf der O'Connel Street und schwenkte einen Plastikbeutel, der neben einem Brot, einer Tüte mit Äpfeln und einer Packung Müsli ein paar Dinge enthielt, die man nicht im Supermarkt kaufen kann.
Im Vorbeigehen fiel sein Blick auf einen Zeitungsstand und die fette Schlagzeile eines Boulevardblättchens:

RICHTER UND SEIN FAHRER ERSCHOSSEN

Hin und wieder blieb jemand stehen und kaufte eine Zeitung. Vinnie nicht. Bei ihm löste diese Sache gemischte Gefühle aus – eine Mixtur aus Ängsten und gespannten Erwartungen.
Es ging um einen hohen Einsatz, und das Spiel war noch nicht vorbei. O nein, noch lange nicht.
Für ihn hatte es vor einem Jahr begonnen, als er nach einer durchzechten und durchpokerten Nacht, tief in den Kissen vergraben, friedlich im Bett lag – in der Unterhose und mit Socken an den Füßen, so wie er reingekrochen war. Und plötzlich hatte er durch den Alkoholnebel hindurch im Unterbewusstsein verdächtige Geräusche gehört, blinzelnd die Augen geöffnet, Schatten durchs Zimmer huschen sehen und instinktiv ver-

sucht, sich seitlich aus dem Bett zu rollen. Sein Pech, dass er sich dabei mit den Füßen in der Bettdecke verheddert hatte und auf die Nase gefallen war.
Er erinnerte sich an Hände, die ihn packten, ihm die Unterhose herunterzerrten und ihn hochhoben. An Fäuste, die hart zuschlugen, als er sich wehren wollte, und daran, dass ihm das Laken übers Gesicht gezogen wurde. Als sie's wieder wegzogen, lag er nackt und mit gefesselten Händen auf dem Bett und blinzelte gegen das grelle Licht an.
Zwei Männer – einer trug eine Brille – standen neben ihm und musterten ihn. Er reckte den Kopf ein wenig, schielte verstohlen auf seinen Schwanz und stellte erleichtert fest, dass das gute Stück noch da war; er lag schlaff auf seinem Oberschenkel – wenigstens das. Komisch, er wünschte sich in dem Augenblick nichts mehr, als die Fesseln abstreifen und die Hand schützend über das Ding legen zu können. Es entbehrte jeder Logik, aber irgendwie bildete er sich ein, dass er sich dann sicherer gefühlt hätte.
Nie zuvor war er Fremden so auf Gnade oder Ungnade ausgeliefert gewesen.
Sein zweiter Gedanke war die Pistole. Sie lag in einer Keksdose in der Küche, unter einer Lage Marsriegeln versteckt, seine Notration für den jähen Heißhunger auf etwas Süßes, der ihn manchmal überfiel. Aber sie hatten die Neun-Millimeter-Browning schon gefunden. Der Mann mit der Brille sah sie sich gerade mit amüsierter Neugier an, ungefähr so, wie man irgendeine Kuriosität im Museum inspiziert.
Sie waren zu dritt gekommen, er kannte keinen von ihnen. Die beiden neben dem Bett, die ihn stumm ansahen, machten einen seriösen Eindruck, in Schlips und Kragen, aber unter ihren Anzügen zeichneten sich Muskeln ab. Der Dritte – Vinnie wusste seinerzeit noch nicht, dass er Humble genannt wurde – futterte genüßlich einen von seinen Marsriegeln.

Es ärgerte ihn, dass sie ihn musterten, als gäbe es an ihm wunder was zu sehen. Na gut, er hatte hier und da etwas Fett angesetzt. Aber den Scheißkerlen machte es offensichtlich Spaß, ihn splitternackt gefesselt auf dem Bett liegen zu sehen.
Was zu einer Frage führte, die ihm Magengrimmen verursachte. Der Frage, weshalb sie ihn so verschnürt hatten. Wenn sie gekommen wären, um ihn umzubringen, hätten sie das längst getan. Es sei denn, sie wollten irgendetwas aus ihm rauskitzeln. Ein Gedanke, bei dem sich sein Magen verkrampfte.
Der dritte Mann – derjenige, den der Anblick der Browning so fasziniert hatte – zog sich einen Stuhl neben das Bett und den schwarzen Regenmantel so zurecht, dass er die Knie bedeckte. Wobei Vinnie plötzlich merkte, wie lausig kalt es im Zimmer war. Er nahm sich zusammen, um den Kerlen nicht den Gefallen zu tun, ihn zittern zu sehen.
»Vinnie«, sagte der Typ im schwarzen Regenmantel, »endlich.« In einem Ton, in dem man einen lange herbeigesehnten Freund begrüßt.
Er sprach mit amerikanischem Akzent, was in Vinnie zusätzliche Ängste auslöste. Amerikaner waren meistens gefährlich. Gut möglich, dass alle drei aus den Staaten kamen. Aber sie hatten bestimmt nicht die Absicht, sich vorzustellen.
»Wer, zum Teufel, sind Sie?«
Der Mann lächelte. Und Vinnie begriff sofort, warum. Es war irgendwie lächerlich, nackt und gefesselt hier zu liegen, während einem ein Fremder die eigene Browning auf den Penis richtet, um – zumindest verbal – den starken Mann zu spielen.
»Tut mir Leid, dass wir dich fesseln mussten«, sagte der Mann, »aber du stehst in dem Ruf, hart zuzulangen, und da mussten wir eben dafür sorgen, dass wir ungestört plaudern können, ohne dass du … nun, sagen wir mal: ausrastest. Ich bin hier, um dir einen Vorschlag zu machen. Aber zunächst möchte ich dir einiges über dich selbst erzählen.«

Und das tat er dann auch. Zu Vinnies Überraschung wusste er eine Menge über ihn.
»Wir haben seit langem ein Auge auf dich und deinen Freund Sean Donovan«, sagte der Mann im Regenmantel. »Wir wissen genau, dass er dich die Drecksarbeit machen und das ganze Risiko tragen lässt. Und was zahlt er dir dafür?« Er ließ den Blick durch das winzige, schäbig eingerichtete Zimmer schweifen. »Ist nicht gerade das Waldorf, wie?«
Seine Begleiter lachten, er brachte sie mit einer ungehaltenen Geste zum Schweigen.
»Bindet ihn los«, befahl er. »Schluss mit der Würdelosigkeit. Zieh dich an, Vinnie.«
Vinnie zog sich in großer Hast an, als rechne er jeden Moment damit, dass der Mann es sich anders überlegte. Und er hörte dabei genau zu, was der Mann ihm zu sagen hatte. Was er sagte, hörte sich gut an, Wort für Wort, und klang so verständnisvoll und mitfühlend, dass Vinnie glaubte, zum ersten Mal im Leben jemandem begegnet zu sein, dem er vertrauen konnte.
Als Vinnie sich angezogen und wieder aufs Bett gesetzt hatte, zog der Mann einen dicken braunen Umschlag aus der Manteltasche. »Mach ihn auf.«
Ein Bündel Banknoten. Exakt zehntausend Pfund, ließ der Mann ihn wissen – und das sei erst der Anfang. »Aber gib's nicht mit vollen Händen aus, sonst könnten sich Donovan und die Cops fragen, von wem du's hast.«
Alles, was Vinnie dafür tun sollte, war, jemanden telefonisch mit zuverlässigen Informationen über Donovan zu füttern. Danach werde es eine Weile dauern, bis gewisse Pläne in die Tat umgesetzt waren, aber wenn Donovan zu guter Letzt aus dem Weg geräumt sei, sollte Vinnie das Verteilernetz übernehmen und in Zukunft alle Operationen leiten. Und von da an wären zehntausend nur noch Kleingeld – darauf könne er sich verlassen.

Irgendwie hatte Vinnie das Gefühl, dass er auf das Wort dieser Leute bauen konnte.
»Also, Vinnie, was sagst du dazu?«
»Aber warum ausgerechnet ich?«, fragte er. »Wer seid ihr? Und worauf läuft das Spiel raus?«
Der Mann lachte. »Die Frage lautet nicht, warum du, die Frage lautet, warum Donovan. Aber das stellen wir erst mal hintan. Und auch die Frage, wer wir sind. Im Laufe der Zeit werden sich viele Gelegenheiten ergeben, solche Fragen zu beantworten. Was dich betrifft: Du bist der richtige Mann zur richtigen Zeit und am richtigen Ort, so einfach ist das. Tu, was dir gesagt wird, und warte, bis deine Stunde gekommen ist. Na, was sagst du?«
Vinnie hatte natürlich Ja gesagt.
Eine kluge Entscheidung, dachte er, als er an diesem sonnigen Vormittag die O'Connel hinunterging, vorbei am Bekleidungshaus Clery, in dessen Schaufenstern Shorts und T-Shirts für die ganze Familie dominierten, hübsch an einer Gruppe Schaufensterpuppen auf einer Lage Sand drapiert, samt großem, buntem Ball, Liegestuhl und Plastikkrebs.
Er wusste, dass er auf der Stelle ein toter Mann gewesen wäre, wenn er Nein gesagt hätte.
Also hatte er das Geld eingesteckt und getan, was ihm gesagt wurde, wozu auch ein paar Telefonate mit Marcus Kelly gehörten, deren Sinn und Zweck ihm schleierhaft blieben, bis er mitbekam, dass Kelly in seiner Sendung eine Attacke nach der anderen gegen Donovan ritt und ihn seinem Publikum als Monster präsentierte.
Es dauerte nicht lange, bis Vinnie Leute kennen lernte, die ebenfalls bei dem Spiel mitmischten. Stück für Stück wurden ihm die Spielregeln klarer. Und dann wurde aus dem Spiel Ernst.
Mein Gott, diese Leute verstanden sich darauf, ihre Pläne in die

Tat umzusetzen. Erst benutzten sie Kelly, dann pusteten sie ihn weg. *Peng.* Ohne viel Federlesen.

Und vergangene Nacht – der Mord an dem gottverdammten Richter und dem Officer, der ihn beschützen sollte … unglaublich.

Die Jungs waren hartgesottene Burschen – und trotzdem nichts gegen den Mann, zu dem sie ihn in der Nacht gebracht hatten, in der er als freier Mann aus der Polizeiwache Bridewell spaziert war. Der hatte ihn wahrhaftig das Fürchten gelehrt.

Sie hatten natürlich gewusst, dass er sich im New Western Inn in Tallaght herumtrieb, und zwar aus nahe liegenden, persönlichen Gründen. Als der Schuppen gebaut worden war, hatten er und ein paar seiner Freunde dem Besitzer einen Besuch abgestattet – in einem Pub, der ihm ebenfalls gehörte – und ihm gesagt, wenn er wolle, dass die Bauarbeiten zügig vorankämen, wäre es eine ausgezeichnete Idee, Vinnie zu beauftragen, ein wachsames Auge auf den Baufortschritt zu haben.

»Nicht, dass einer der Bauarbeiter kalte Füße kriegt und sich nicht mehr auf die Baustelle traut. Sie verstehen, was ich meine?«

Der Besitzer verstand. Vinnie und seine grinsenden Begleiter widerten ihn zwar an, aber er ahnte instinktiv, dass mit Kerlen, die mit kurz geschorenen Haaren und Tätowierungen herumliefen, nicht gut Kirschen essen war. Und siehe da, es hatte keinerlei Verzögerungen beim Bau gegeben, der Schuppen konnte auf den Tag genau eröffnet werden. Und damit es auch künftig keine Probleme gab, zum Beispiel bewaffnete Überfälle, hatte der Besitzer Vinnie und seine Kumpel als Fachberater in Sicherheitsfragen auf seine Lohnliste gesetzt.

Nur, genau das war es, was dem Mann, zu dem man ihn in jener Nacht gebracht hatte, nicht gefiel.

Das Treffen fand in der Nähe von Blackrock statt, in einem Auto – nur Vinnie, der Fremde und dessen Fahrer. Bei den

Lichtverhältnissen im Wagen hatte er den Mann nicht richtig erkennen können, aber sehr schnell gemerkt, dass er aus härterem Holz geschnitzt war als alle, mit denen er es bisher zu tun gehabt hatte.

Schon beim Einsteigen hatte er ein merkwürdiges Prickeln auf der Haut gespürt, wahrscheinlich wegen der sauberen, fast antiseptischen Ausstrahlung des Mannes, die in krassem Gegensatz zu Vinnies Alkoholfahne und dem schalen Zigarettenrauch stand, der in Vinnies Kleidung hing.

Der Unbekannte hatte kerzengerade auf der Rückbank gesessen, ihn kaum eines Blickes gewürdigt und gesagt: »Vinnie, ich hatte den Eindruck, dass wir uns mal kennen lernen müssen. Es gibt viel zu tun, und Sie spielen eine entscheidende Rolle dabei.«

Vinnie hätte hinterher nicht sagen können, woher er den Mut nahm, den Fremden zu fragen: »Wer sind Sie?« Irgendwie war ihm der Akzent des Mannes aufgefallen. Hörte sich fremd, aber nicht nach einem Amerikaner an.

Der Mann lächelte. »Mein Name ist Schenk, das ist alles, was Sie über mich wissen müssen. Und nun zu dieser Bar, bei der Sie eine Art Schutzfunktion übernommen haben. Das muss aufhören. Es riecht nach Erpressung und könnte unerwünschte Aufmerksamkeit erregen. Zumal Sie es in Kürze nicht mehr nötig haben werden, sich mit solchem Kleinkram abzugeben. Sie sollten sich da raushalten. Was sagen Sie dazu?«

Und auch diesmal hatte er natürlich wieder zugestimmt.

Schenk hatte noch weitere Instruktionen für ihn, die, wie er betonte, unbedingt beachtet werden mussten. Sobald er seine anstößige Nebentätigkeit im New Western Inn aufgegeben hatte, sollte er sich bedeckt halten, sich nicht mehr in den Kaschemmen blicken lassen, in denen er bisher Stammgast gewesen war, und darauf achten, sich nicht zu betrinken, weil das nur dazu verleitet, zu viel zu reden, und das sei höchst unklug.

Schenk wandte ihm kurz das Gesicht zu, und Vinnie sah ihm an den Augen an, dass er meinte, was er sagte. »Das wäre ein dummer Fehler. Unverzeihlich – und Ihr letzter.«

Dann erläuterte er ihm, wie die Dinge sich künftig gestalten würden, wenn Vinnie ihr Verteiler geworden wäre. Er sprach von den beträchtlichen Summen, die dabei für ihn abfielen, und von Möglichkeiten, ihm bei der Geldwäsche zu helfen, so dass ihm die Polizei und das CAB nicht im Nacken säßen. »Sie müssen nur noch ein wenig Geduld haben, bis alles abgewickelt ist und Sie die ganze Operation übernehmen können«, fügte er lächelnd hinzu.

Vinnie hätte ihm gern die Frage gestellt, die ihn schon lange beschäftigte: die Frage, was Donovan falsch gemacht habe. Er war sicher, dass es viele Dinge gab, von denen er nichts ahnte, ein erheblich größeres Spektrum als den winzigen Ausschnitt, in den Donovan ihm Einblick gewährt hatte. Aber einstweilen wollte er sich alle Fragen verkneifen und sich damit begnügen, von einer goldenen Zukunft zu träumen. Wie der Mann im Regenmantel damals nachts gesagt hatte: Warten, bis seine Zeit gekommen war.

Ein Jahr lang hatte er nun alles, was sie von ihm verlangten, anstandslos erledigt und ihnen alle Informationen geliefert, die sie brauchten, um Donovan zu Fall zu bringen. Nur die Idee, Dezo und das Mädchen zu töten, war auf seinem eigenen geistigen Mist gewachsen. Er wollte ihnen beweisen, dass er ein harter Bursche war, der vor nichts zurückschreckte.

Nur – außer einer Verwarnung hatte ihm das nichts eingebracht.

»Derartige Demonstrationen sind unnötig«, stellte der Mann klar, den er inzwischen unter dem Namen Parrish kannte. »Keine unnötigen Morde. Nur wenn es aus geschäftlichen Gründen unvermeidlich ist.«

Und jetzt war es eben unvermeidlich geworden.

Schenk persönlich hatte ihm den Auftrag erteilt. Wieder einer, den er ans Messer liefern sollte. Nur, diesmal bekam Vinnie Herzflimmern, wenn er nur daran dachte.
Er entdeckte eine Lücke im Verkehr und hastete quer über die Fahrbahn auf den breiten Grünstreifen in der Mitte der O'Connel Street, stand dort neben einer Anlage mit roten und gelben Tulpen und lauerte auf eine Lücke im Gegenverkehr. Als er es endlich bis zum gegenüberliegenden Bürgersteig geschafft hatte, trennten ihn nur noch ein paar Schritte von einem McDonald's. Plötzlich verspürte er Hunger, und er stellte sich an der Kasse an.
»Was darf's für Sie sein?« Das Mädchen ratterte ihr Sprüchlein gebetsmühlenhaft herunter.
Er bestellte einen Big Mac, Fritten und eine Coke und balancierte alles auf dem Tablett zu einem Klapptisch mit zwei Hockern an der Wand. Auf dem Tisch lagen noch Essensreste, auf dem Hocker ihm gegenüber las ein Mann Mitte dreißig – in Jeans, mit offenem Hemdkragen und in Arbeitsstiefeln – den *Mirror*.
»Ist der zweite Hocker noch frei?«, fragte Vinnie.
»Ja, nehmen Sie ruhig Platz.«
Vinnie stellte den Plastikbeutel auf dem Boden ab, unter dem Klapptisch, in der Mitte zwischen den beiden Hockern. Er öffnete den Big-Mac-Karton, entschied sich dann aber doch dafür, zuerst die Fritten in sich reinzustopfen.
Und schließlich sagte er, ohne sein Gegenüber anzusehen: »Es liegt alles drin.«
»Auch das Geld?«
»Ja, auch.«
Der Mann faltete seine Zeitung zusammen, steckte sie in Vinnies Plastikbeutel, rutschte vom Hocker und suchte das Restaurant mit nervösen Blicken ab. So auffällig, dass Vinnie ihn dafür am liebsten in den Hintern getreten hätte. Zum Glück hatte

er sich bereits selber davon überzeugt, dass sich hier niemand für sie interessierte.
Der Mann nahm den Plastikbeutel und ging auf den Ausgang zu. *Leg einen Zahn zu, du Stümper*, dachte Vinnie. Der Bursche musste sich ja erst noch zu Hause umziehen, bevor er seinen Dienst im Gefängnis antrat.
In dem Beutel steckte eine Menge Geld, ganz zu schweigen von all dem anderen Zeug. Hoffentlich vergaß der Saftsack ihn nicht im Bus.

Für Gallagher sollte es ein Samstag voller Überraschungen werden.
Die Neuigkeiten aus dem Büro des Premierministers hatten ihn genauso überrascht wie alle anderen, aber bei ihm kam ein anderes Gefühl dazu. Er konnte seinen Stolz nicht leugnen.
Seine Tochter – Justizministerin mit dreiunddreißig Jahren. Moment mal … Quatsch, sie war ja erst zweiunddreißig.
Und dann die dramatischen Umstände, die dazu geführt hatten. Er hatte den Fernseher den ganzen Vormittag über eingeschaltet. RTE brachte eine Sondersendung über den Mord an Richter Purcell und dessen Fahrer, Eamon Savages Rücktritt und Emmas Ernennung. Sie stellten Emma in einem Porträt, bei dem auch er kurz erwähnt wurde, samt seinem beruflichen Hintergrund vor. Sie berichteten über Emmas politischen Werdegang und ihre Beziehung zu dem Geschäftsmann und Philanthropen Fergal Mulryne. Dann folgte eine kurze aktuelle Reportage, bei der allerdings nicht viel mehr zu sehen war als Emma, wie sie heute in aller Früh das Regierungsgebäude betreten hatte.
Ihm gingen eine Menge Fragen durch den Kopf. Ob sie der Aufgabe wirklich schon gewachsen war und wusste, was alles auf sie zukam? Er hätte ihr gern gesagt, wie sehr er sich für sie freute, aber irgendwie hatte er das Gefühl, dass es ungehörig gewesen wäre, zum Hörer zu greifen und sie anzurufen.

Das zweite große Thema des Tages war Donovan, alle Fernsehkanäle, Rundfunksender und Zeitungen waren voll davon. Die Kommentatoren machten keinen Hehl daraus, dass sie Donovan hinter den spektakulären Morden von heute Nacht vermuteten.

Gallagher hätte allen Grund gehabt, auf Donovan stinkwütend zu sein, weil der Bursche versucht hatte, ihn zu seinem Handlanger zu machen. Stattdessen sah er Donovans angstverzerrtes Gesicht vor sich. Irgendwie vermochte er nicht zu glauben, dass derselbe Mann, den er im Gefängnis als Nervenbündel erlebt hatte, anschließend diese kaltblütigen, hinterhältigen Morde geplant und angeordnet hatte.

Kate rief an, eine erfreuliche Ablenkung.

Sie hatten sich seit letztem Sonntag ein paarmal getroffen, aber Gallagher glaubte zu spüren, dass sie sich fremder wurden, die enge Verbundenheit von einst hatte einen Knacks bekommen. Sie hatten sich sogar einmal geliebt, hier in seinem Bett, aber ein Gefühl sagte ihm, dass sie sich nur ihm zuliebe darauf eingelassen hatte, ohne inneres Engagement. Hinterher hatte er sie fragen wollen, was falsch gewesen sei, sich die Frage aber dann doch verkniffen. Aus Angst vor einer ehrlichen Antwort.

»Na, wie fühlst du dich?«, fragte Kate.

»Hin und her gerissen. Einerseits bin ich völlig aus dem Häuschen. Für Emma ist es natürlich toll – ein Riesensprung auf der Karriereleiter. Aber das mit dem Richter und dem Officer – das ist wirklich entsetzlich.«

»Hast du mit ihr gesprochen?«

»Nein, natürlich nicht. Ich glaube nicht, dass ihr mein Anruf willkommen wäre.«

»Da wäre ich nicht so sicher. Ihre Gefühle sind deinen vielleicht sehr ähnlich. Menschen reagieren eben manchmal verletzt, sie auch. Ruf sie doch einfach an.«

»Ach, die stellen mich doch nie zu ihr durch.«
»Versuch's, Tom. Ruf sie zu Hause an. Sprich ihr was auf den Anrufbeantworter.«
Was er dann auch tat. Zusätzlich rief er im Justizministerium an. Die Mitarbeiterin, die sich meldete, schien es selber noch nicht zu glauben, dass sie an einem Sonntagvormittag am Schreibtisch sitzen musste. Sie versprach, der Ministerin auszurichten, dass er angerufen habe.
»Ich kann aber nicht garantieren, dass Sie zurückruft«, sagte sie. »Sie können sich sicher vorstellen, was hier los ist.«
Ja, das konnte er. Emma hatte sich eine schwere Bürde aufgeladen. Die Öffentlichkeit war beunruhigt und erwartete, dass die neue Ministerin etwas unternahm, und zwar schnell.
Er ging den ganzen Tag nicht aus dem Haus. Es war kaum anzunehmen, aber auch nicht ganz ausgeschlossen, dass Emma anrief.
Und um sechs klingelte tatsächlich das Telefon.
»Hallo.« Sie klang erschöpft.
»Eine schlimme Tretmühle, wie?«
»Das kannst du laut sagen.«
»Ich rechne es dir hoch an, dass du anrufst. Ich hab's kaum zu hoffen gewagt. Aber ich musste dir einfach sagen, dass ich … na ja, dass ich an dich denke.«
»Das ist nett«, sagte sie.
Kate hatte Recht gehabt. Ressentiments hörte er heute nicht heraus. Vielleicht war Emma einfach zu müde dazu.
»Ich hab eine Nachricht vorgefunden, dass du angerufen hast. Worum ging's denn?«
»Oh, nichts weiter. Ich wollte nur mal mit dir reden.« Heute war nicht der richtige Tag, um ihr von seinem Besuch bei Donovan zu erzählen. Nur, wann würde er's dann tun? »Bist du noch im Büro?«, fragte er.
»Ja, leider. Glaub's oder nicht, die nächste Besprechung ist für

sieben Uhr angesetzt.« Sie zögerte. »Hör mal, ich hab mir gerade überlegt ... hast du heute Abend schon was vor?«
»Nein, nichts.«
»Dann – na ja, vielleicht könnten wir dann etwas später einen Drink zusammen nehmen?«
Gallaghers Herzschlagfrequenz nahm zu. »Das wäre mir recht. Sogar sehr recht.«
»Du warst noch nie bei mir zu Hause«, sagte sie, als sei ihr das gerade erst klar geworden.
»Nein, war ich nicht.«
»Ich weiß noch nicht, wie spät es bei mir wird, aber wenn es dir nichts ausmacht, eine Weile zu warten, könnte ich dir einen Wagen schicken. Der bringt dich dann später wieder heim.«
»Sehr schön. Ich meine, wenn du nicht zu müde bist?«
»Es ist jemand da, der dich reinlässt. Und die Flasche findest du sicher allein, wenn dir danach zumute ist.«
Um halb acht wartete der Fahrer vor seiner Haustür, sie fuhren Richtung Süden, zu den Ausläufern von Bray. Emmas kleines, weiß getünchtes Haus lag unter einer Gruppe Kastanienbäume versteckt. Es war einst das Torhäuschen eines anglo-irischen Herrensitzes gewesen, der jetzt als Sanatorium genutzt wurde – eine Pilgerstätte für Prominente, die sich die horrenden Preise leisten konnten, die man dort für eine Entziehungskur berechnete.
Vor dem Haus parkte ein dunkler Kastenwagen, eine Gruppe Polizeitechniker in Overalls, mit Werkzeugkästen und Kabelrollen machte sich im und um das Haus zu schaffen.
»Sie sind vermutlich Mr. Gallagher«, sagte einer von ihnen. »Das Ministerbüro hat uns verständigt, dass Sie kommen.«
»Ja.« Gallagher deutete aufs Haus. »Neues Amt, neue Alarmanlage?«
»So ähnlich. Eine Alarmanlage gab's schon, wir installieren zusätzliche Kameras und einen Notrufknopf. Direkt mit der

Garda-Wache verbunden«, erzählte der Techniker. »Obwohl, dem armen Richter hat's nicht viel gebracht, wie?« Und dann schien ihm zu dämmern, was er da eben gesagt hatte. »Äh – 'tschuldigung. Das sollte natürlich nicht heißen …«

Gallagher winkte ab. »Schon gut.« Er fragte sich, wie lange Emma in dem Haus bleiben konnte. Die abgeschiedene Lage würde immer Sicherheitsprobleme aufwerfen.

Als der Fahrer zurückgefahren war und die Männer eingepackt hatten, schien die Stille bedrückend zu werden. Im Schatten der Bäume lag das Haus völlig im Dunkeln. Er knipste einige Tischlämpchen an. Früher war das Erdgeschoss anscheinend in zwei Zimmer aufgeteilt gewesen, ein späterer Besitzer, vielleicht Emma, hatte die Zwischenwand herausbrechen lassen, so dass jetzt ein großzügig geschnittener Wohn- und Essraum daraus geworden war. Das Mobiliar sah ein wenig zusammengewürfelt aus, vermutlich hatte Emmas Mutter ihr vor ihrem Umzug nach Südafrika einiges davon vermacht. Acht Stühle mit hoher Rückenlehne am Esstisch, links und rechts vom Kamin zweisitzige Sofas mit einladend bequemer Polsterung. Auf dem Boden lagen Zeitungen verstreut.

Ein paar Dinge fand Gallagher sehr hübsch, zum Beispiel die Bilder und die beiden Sammlerschränkchen mit wertvollen Porzellansachen und mundgeblasenen Gläsern. Auch einige Fotos standen herum – Emma in der Schuluniform, zusammen mit ihrer Mutter bei der Examensfeier, Emma und Fergal Mulryne an irgendeinem Strand an der Westküste.

Fotos von ihm gab es nicht. Als existiere er gar nicht. Und daran lag es wahrscheinlich, dass er sich plötzlich wie ein Eindringling vorkam, ein naseweiser Fremder, der in ihrer Privatsphäre herumschnüffelte. Andererseits, Emma hatte ihn eingeladen. Vielleicht gab es doch noch eine Chance, dass sich die Dinge zwischen ihnen änderten.

Auf einem Rollwagen entdeckte er die Whiskeyflasche. Er goss sich einen guten Schuss Scotch ein, ließ sich auf einem der Sofas nieder und sah sich um. Hübsch hatte Emma es hier. Und doch atmete der Raum die Unpersönlichkeit von Wohnungen, deren Inhaber nicht allzu viel Zeit zu Hause verbringen. Über Emma sagte er im Grunde nichts aus, jedenfalls nichts, was eine Bereicherung seiner spärlichen Erinnerungen an sie gewesen wäre.

Er bückte sich nach der *Irish Times* und wunderte sich, dass er auf der Titelseite nichts über den Purcell-Mord fand. Stattdessen beschäftigte sich der Aufmacher mit der bevorstehenden Entscheidung über eine Privatisierung des Flughafens, der derzeit von der aus dem Zusammenschluss zweier konkurrierender Firmen entstandenen, halbstaatlichen Aer Rianta betrieben wurde. Er schaute stirnrunzelnd auf das Datum – die *Times* von vor einer Woche.

Er stellte sein Glas ab, schaltete den Fernseher ein.

Und als er wach wurde, stellte er fest, dass im Fernsehen die letzten Fußballübertragungen liefen und dass Emma neben dem Sofa stand, die Hände in die Hüften gestemmt, den Blick auf ihn gerichtet.

Er fuhr hoch. »Ich muss eingenickt sein.«

»Und zwar vor ein paar Stunden, so wie's aussieht.«

Er stand auf. Sie war groß, das hatte sie von ihm. Die Augen und die geschmeidige Haut waren dagegen ein Erbstück ihrer Mutter. Sie standen da und sahen sich stumm an, anscheinend wussten sie beide nicht, was sie mit der Situation anfangen sollten. Er hätte sie gern in den Arm genommen, ihr ein wenig Zuneigung gezeigt, aber irgendwie schien es eine unsichtbare Barriere zwischen ihnen zu geben.

Emma ging zum Rollwagen und schenkte sich einen Scotch ein.

»Hübsch hast du's hier«, sagte er. Einfach aus dem Bedürfnis heraus, ihr irgendetwas Nettes zu sagen.

»Danke. Ich hab nicht oft Gelegenheit, mein Zuhause zu genießen. Und künftig vermutlich noch seltener.«
»Ja, ich empfinde es … nun, als eine Art Auszeichnung, dass du mich eingeladen hast.«
Er schaute auf eines der Fotos von Emma und ihrer Mutter. Sie bemerkte seinen Blick und wartete.
»Hörst du oft von deiner Mutter?«
»Sie hat heute Morgen angerufen. Offenbar hat CNN was darüber gebracht.«
»Gibt's irgendwas Neues über den Mord an Richter Purcell? Du hast ja mitgekriegt, dass ich die Abendnachrichten verschlafen habe.«
»Na ja, heute ist niemand mehr umgebracht worden. Was unter den gegebenen Umständen bereits eine positive Nachricht ist.«
»Dein Job wird nicht leicht werden. Was wirst du tun?«
»Nun, ich denke, als Erstes könnte ich jemanden ins Mountjoy schicken, mit dem Auftrag, beruhigend auf Donovan einzuwirken. Zumindest würde uns das ein bisschen Luft verschaffen.«
Donovan. Er konnte es ihr einfach nicht sagen. Ausgeschlossen.
Er trank sein Glas leer.
Sie nahm ihm das Glas ab. »O Gott, schau nicht so entsetzt. Das war selbstverständlich nur ein Scherz.« Offensichtlich hatte sie seinen Gesichtsausdruck falsch gedeutet.
Emma brachte ihm einen neuen Drink und setzte sich auf das Sofa gegenüber.
»Aber mal im Ernst«, sagte er, »das Wichtigste wird wohl im Moment sein, die hysterischen Forderungen abzufedern, die jetzt von allen Seiten kommen werden … Panzer auffahren lassen und weiß Gott was alles. Wart nur ab, was morgen früh in den Zeitungen steht, ganz zu schweigen vom *Dail* nächste Woche.«
Emma saß, das Glas an den Lippen, wie versteinert da und sah

ihn groß an. »Du hast nicht zufällig vor, irgendwas in der Art zu schreiben, oder?«

»Nein, ganz bestimmt nicht.«

»Freut mich zu hören.«

»Wann hast du etwas von den Vorfällen heute Nacht erfahren?«

Emma erzählte ihm vom Anruf des *Taoiseach* in Straßburg, dem vorzeitigen Rückflug, der Besprechung im Büro des Premierministers, dem hektischen Ablauf des Tages und von ihrer ersten Besprechung mit dem Commissioner und seinen engsten Mitarbeitern.

Gallagher fragte sich beklommen, ob wohl auch Barret Greeley dabei gewesen wäre.

»Und dann, mitten in all dem Trubel, hatte ich noch eine Besprechung mit Tony Goulding über Probleme, bei denen sich seine Zuständigkeit und die des Justizministeriums – also ab heute meine – überschneiden.« Ein Schatten legte sich auf ihre Augen. »Die bittere Wahrheit ist, dass wir die Mörder nie kriegen werden, es sei denn, sie planen einen weiteren Mord und wir bekommen zufällig Wind davon. Der Commissioner und sein *Garda*-Stab sind ratlos … Oh, dass Donovan dahinter steckt, wissen wir natürlich alle. Aber ansonsten haben sie keinen Anhaltspunkt, wer da am Werk war. Gute Leute, schnell und effizient. Sie sind bei dem Richter nach derselben Methode vorgegangen wie bei Kelly. Und unsere Polizeispitzel liefern nichts – Null. Niemand hat je so etwas erlebt.«

»Was ist mit dem Minister – ich meine, mit deinem Vorgänger? Hast du mit Savage gesprochen? Wird ihm schwer fallen, das alles wegzustecken.«

Emma sagte kopfschüttelnd: »In seinen Augen war es ein Fehler, und damit ist aus seiner Sicht alles gesagt.«

Sie saßen sich ein paar Sekunden schweigend gegenüber. Dann beugte Gallagher sich vor.

»Emma, es gibt so vieles, was ich dir gern sagen möchte. Ich weiß, dass du eine Menge Schmerz und Verbitterung mit dir herumschleppst ...«

Sie richtete sich rasch ein Stück auf. »Hältst du's wirklich für richtig, wenn wir das noch mal aufwärmen?«

»Vielleicht nicht, aber ich habe, seit ich zurück bin, keine Gelegenheit gehabt, mich mit dir auszusprechen. Du sollst wenigstens wissen, wie sehr ich es bedaure, dass ich dir kein guter Vater war. Wenn ich's könnte, würde ich die Uhr noch einmal zurückdrehen. Ich würde ...«

Sie sah ihn zweifelnd an. »Tatsächlich? Würdest du das wirklich tun? Angenommen, du könntest die Uhr zurückdrehen, würdest du dann hier in Dublin bleiben, statt an die Harvard zu gehen?«

Er rutschte ein wenig hilflos auf seinem Platz hin und her. »So einfach war das nicht. Es hatte auch was damit zu tun ...«

»Für mich sah es ziemlich einfach aus.«

»Emma, deine Mutter und ich – es hätte nie zwischen uns geklappt. Das muss sie dir doch irgendwann in all den Jahren selber gesagt haben.«

»Sie hatte in all den Jahren viel zu tun. Eine Menge zusätzlicher Verantwortung. Da blieb ihr nicht viel Zeit, mir zu erklären, warum du nicht bei uns bist.« Sie seufzte und schmiegte sich tiefer ins Sofa. »Ich bin zu erschöpft für so was.«

»Du hast Recht. Vielleicht ein andermal. Es ist wohl besser, wenn ich jetzt gehe.«

Sie widersprach nicht.

Der Fahrer ihres Dienstwagens wartete draußen. Als Emma ihm die Haustür aufhielt, beugte er sich vor und küsste sie auf die Wange. Sie zuckte zusammen.

»Pass auf dich auf«, sagte er.

Es war nach Mitternacht, als er seine Wohnungstür aufschloss, das rote Lämpchen des Anrufbeantworters blinkte. Gallagher

ließ das Band zurücklaufen, zog das Jackett aus und warf es auf einen Sessel. Als er die Stimme auf dem Anrufbeantworter erkannte, fuhr er herum und starrte auf das Gerät wie auf eine Geistererscheinung.
Donovan.
Er bekam nicht alles mit, offenbar benutzte Donovan ein Mobiltelefon, ab und zu waren ein paar Worte von Rauschen überlagert. Aber am Klang der Stimme erkannte Gallagher, dass der Mann tief beunruhigt war.
»Sie müssen mir helfen.«
Weinte er? War er betrunken?
»Ich bin das nicht«, sagte die Stimme auf dem Anrufbeantworter, was Gallagher einen Moment lang verwirrte. »Ich hab nichts mit all dem zu tun. Aber ich weiß, was die vorhaben.«
Ein längeres Rauschen, Gallagher versuchte, wenigstens einige Wortfetzen mitzubekommen.
»... nicht ich ... Richter ...« Dann wurde die Stimme wieder klarer. »Schaff ein Problem – und dann löse es. Oder lass es wenigstens so aussehen. Ich glaube, nach der Masche soll das laufen.«
Donovan lachte – ein zerfasertes, an ein keckerndes Tier erinnerndes Lachen. Danach kam noch etwas, aber Gallagher konnte nichts verstehen. Dann brach die Nachricht ab.
Er ließ das Band noch zweimal ablaufen und schrieb sich auf, was er mitbekam.
Schaff ein Problem – und dann löse es.

21

Um halb neun riss ihn das Klingeln des Telefons aus dem Schlaf.

Er hatte bis kurz nach fünf Uhr wach gelegen, ein Tribut an seine übliche Schlaflosigkeit und an die Irritation, die Donovans merkwürdiger Anruf in ihm ausgelöst hatte. Kein Wunder, dass er völlig übermüdet war. Er griff verschlafen nach dem Hörer.

»Warum hast du mir nichts davon erzählt?« Emma, mit leiser, beherrschter Stimme.

Gallagher schob die Steppdecke beiseite und setzte sich auf die Bettkante. »Was nicht erzählt?«

»Dass du Donovan im Mountjoy besucht hast.«

Er starrte auf seine nackten Füße. Das kam davon, wenn man etwas vor sich herschob, bis es zu spät war.

»Ich hatte es vor. Aber heute Nacht … ich meine, da konnte ich es dir einfach nicht sagen.«

Und auf einmal durchfuhr es ihn wie ein Stromschlag. »Woher weißt du das überhaupt?«

Ein paar Sekunden lang bedrückendes Schweigen. »Du hast noch nichts davon gehört?«

»Was soll ich gehört haben? Ich hab fest geschlafen, bis das Telefon geklingelt hat.«

»Donovan ist tot.«

Der Schock ließ seine Haut wie elektrisiert knistern. »Tot? Wie meinst du das: tot? Er hat doch heute Nacht angerufen.«
»Was hat er getan?«
»Er hat mich angerufen. Als ich heimkam, hab ich seine Nachricht auf dem Anrufbeantworter abgehört.«
»Gott im Himmel!«
»Wie ist es denn passiert? Ich meine …«
»Er wurde heute Morgen um sechs Uhr tot in seiner Zelle aufgefunden. Allem Anschein nach eine Überdosis Heroin, die Spritze lag neben ihm. Polizei und Gefängnisleitung haben die Besucherliste auf Anhaltspunkte überprüft, wie er an das Zeug gekommen sein kann. Es gab nur zwei Besucher, dich und seinen Anwalt. Der Commissioner meinte, dass ich es erfahren sollte.«
»Emma, ich …«
Ihr Ton war eiskalt, umso mehr zerrte er an Gallaghers Nerven. »Die Leute von der *Garda* wollen ein paar Worte mit dir reden. Und jetzt werden sie sich wohl auch für Donovans Anruf interessieren. Was wollte er übrigens von dir?«
»Ach, das war sinnloses Gestammel. Ich habe nicht viel verstanden. Er hat ein Mobiltelefon benutzt, die Verbindung wurde immer wieder unterbrochen.«
»Hast du das Band noch?«
»Ja.«
»Dann empfehle ich dir, dass du es der Polizei übergibst und sie entscheiden lässt, ob es nur sinnloses Gestammel war, findest du nicht auch?«
»Ja, natürlich. Du hast Recht.«
»Ich hielte es für gut, wenn du dich gleich ins Auto setzt und mit dem Band zum Hartcourt Square fährst. Soweit ich weiß, warst du schon mal dort.«
In seinem Bauch kribbelte ein Ameisenvolk. »Greeley?«, fragte er.

»Greeley«, bestätigte sie. »Du kennst ihn ja bereits.«
»Ja, ich kenne ihn.«
»Die Polizei hat also gewusst, dass du bei Donovan warst. Aber ich habe nichts davon gewusst. Wieso nicht?«
»Ich hab versucht, dich anzurufen, als du aus Straßburg …«
»Ich hab dich gestern darauf angesprochen. Du hast geantwortet, es wäre weiter nichts gewesen.«
»Ja, nur, die Umstände heute Nacht … Ich war bei dir zu Hause, da konnte ich doch nicht … Emma, es tut mir …«
»Nein, erzähl mir nicht wieder, dass es dir Leid tut«, unterbrach sie ihn rasch. »Ich will davon nichts hören. Tu einfach, was ich dir gesagt habe, fahr zum Hartcourt Square.«
»Ja, mach ich.« Er kam sich wie ein Schuljunge vor.
»Mein Gott, schon so spät? Der *Taoiseach* erwartet mich. Wird sicher eine höchst vergnügliche Unterredung.« Sie legte auf.
Er saß mit dem Hörer in der Hand da, spürte, wie sich irgendetwas von allen Seiten auf das Zentrum seines Ichs zubewegte, und identifizierte es als das, was man gewöhnlich das heulende Elend nennt.

Greeley behandelte ihn wie einen Kriminellen, und das in Gegenwart zweier Detectives, die das Ganze mit etwa derselben Faszination verfolgten, die Zuschauern blutiger Hahnenkämpfe nachgesagt wird.
»Hatten Sie bei Ihrem Besuch bei Donovan irgendetwas dabei? Eine Aktentasche oder so etwas?«, fragte Greeley.
»Worauf wollen Sie mit der Frage hinaus?«
»Beantworten Sie sie einfach, wenn es Ihnen nichts ausmacht.«
»Nein«, sagte Gallagher, »ich hatte nichts dabei.« Er verspürte plötzlich einen Juckreiz unter dem Hemdkragen.
»Und wie war das mit Clancy?«
»Er hatte einen Aktenkoffer dabei, aber er hat ihn nicht geöffnet. Jedenfalls, soweit ich mich erinnern kann.«

»Dann denken Sie noch mal darüber nach. Sind Sie sicher, dass er nicht irgendetwas herausgenommen und Donovan gegeben hat?«

»Das wäre gar nicht möglich gewesen. Es war ständig ein Aufseher dabei.«

Greeley zündete sich eine Zigarette an und nahm einen gierigen Zug. Es dauerte eine kleine Ewigkeit, bis er den Rauch wieder ausblies. In der Zwischenzeit musterte er Gallagher mit einem fast lasziven Blick. Anscheinend genoss er dessen unverkennbares Unbehagen.

»Na schön, hören wir uns das Band an.«

Gallaghers Anrufbeantworter war klein und handlich, er hatte ihn gleich mitgebracht. Einer der Detectives schaltete ihn ein.

»Nun, was halten Sie davon?«, fragte Greeley seine Untergebenen, als sie das Band bis zu Ende angehört hatten.

»Schwer zu sagen, Sir«, meinte einer der beiden. »Hört sich ein bisschen überdreht an.«

»Überdreht. Das trifft den Nagel auf den Kopf«, sagte Greeley und fragte Gallagher: »Wann hat der Anruf stattgefunden?«

»Der Anrufbeantworter hat sich zehn Minuten nach elf eingeschaltet. Was sagt denn der Gerichtsmediziner, wann Donovan gestorben ist?«

Greeley lachte spöttisch. »Ich vermute, dass derartige Informationen ausschließlich für den Dienstgebrauch bestimmt sind.«

Die beiden Detectives grinsten etwas gequält.

»War Donovan denn drogenabhängig?«, fiel Gallagher ein.

Bei so viel Hartnäckigkeit konnte Greeley nur den Kopf schütteln. »Nun, Mr. Gallagher, ich fürchte, Sie haben die Spielregeln nicht richtig verstanden. Wir handhaben das gewöhnlich so, dass wir die Fragen stellen, nicht umgekehrt. Ich nehme an, beim FBI war das genauso. Vielleicht haben Sie das nur vergessen.«

Nach einem neuerlichen tiefen Zug an der Zigarette, sah er das anscheinend entspannter. »Ach, was soll's? Er ist sowieso tot, da macht es nichts mehr aus, wenn ich's Ihnen sage. Ja, er hat sich Heroin gespritzt. Eine große Dosis.«

»Gibt es Anzeichen dafür, dass er das auch früher schon getan hat?«

»Also, ich glaube, Sie haben jetzt wirklich genug Fragen gestellt. Wir wollen Sie nicht in dem Glauben wiegen, dass Sie die Untersuchung leiten sollen. Es juckt Sie in den Fingern, nicht wahr? Erinnert Sie an die glorreichen alten Tage, wie?«

Gallagher wurde rot. Der Bursche sollte sich nicht zu viel rausnehmen.

»Hören Sie, Chief Superintendent, warum geben Sie sich nicht einen Ruck und spucken aus, was Ihnen Probleme macht? Na schön, ich hab ihn im Gefängnis besucht. Kein Verbrechen, oder? Möglicherweise nicht sehr klug, aber ich war eben neugierig, was er von mir wollte. Wär Ihnen wahrscheinlich genauso gegangen. Aber darüber haben wir ja, wie Sie sich erinnern werden, schon ausführlich gesprochen, nicht wahr? Und nun habe ich, als ich heute Nacht nach Hause kam, eine Nachricht von Donovan auf meinem Anrufbeantworter vorgefunden. Deswegen bin ich hier und versuche, Ihnen ein wenig behilflich zu sein.«

Sie hatten anscheinend nicht damit gerechnet, dass er in die Offensive ging. Offenbar hatte ihnen das die Sprache verschlagen. Gallagher versuchte es mit einer versöhnlichen Geste.

»Ich hatte damit gerechnet, dass es sich heute um eine Unterredung zwischen Profis handelt und Sie mich in gewisse Details einweihen. Schließlich war ich ja meinerseits auch hilfsbereit. Aber wenn Sie das nicht tun wollen – bitte, ist mir auch recht. Nur, dann sehe ich keinen Grund, warum ich länger hier herumsitzen und mir sarkastische Bemerkungen anhören soll, nur weil Ihnen aus irgendeinem Grund meine Nase nicht gefällt.«

Er stand auf und sah die beiden Detectives an. Ihre Gesichter sprachen Bände. Sie hatten mit Sicherheit noch nie erlebt, dass sich jemand erdreistete, so mit ihrem Chief zu reden.
»Wenn also sonst nichts anliegt, bin ich weg.« Er ging zur Tür.
»Nur eines noch«, rief ihm Greeley hinterher, »falls Sie vorhaben, Dublin in den nächsten Tagen zu verlassen, geben Sie uns bitte vorher Bescheid. Es könnte sein, dass wir uns noch mal mit Ihnen unterhalten wollen. Was jedes Mal ein besonderes Vergnügen ist.«
Du Arschloch, dachte Gallagher. Er hatte schon eine Antwort auf der Zunge, schluckte sie aber hinunter.

22

Am Montag, lange vor halb drei Uhr mittags, war die Zuhörertribüne des Dubliner Parlaments bis auf zwei Plätze gefüllt. Gallagher hatte das Glück, einen der beiden zu erwischen – ganz in der Ecke, also nicht besonders günstig gelegen, aber die ersten Reihen der Abgeordnetenbänke konnte er einsehen, und darauf kam es ihm an, denn dort würde Emma sitzen.

Er war noch nie im *Dail* gewesen. Das altväterliche Ambiente erinnerte ihn vage an eine Baptistenkirche im Mittleren Westen, wo er für das FBI in einem Fall von Kidnapping ermittelt hatte; es ging um die Entführung der Pastorentochter. Schließlich hatten sie das Mädchen gefunden. Die Entführung war vorgetäuscht, der Pastor hatte das Mädchen vergewaltigt, erwürgt und die Leiche im Keller der Kirche verscharrt.

Nicht gerade das, was man von einem Diener Gottes erwartete, dachte Gallagher. Nun, die Richter hatten dafür gesorgt, dass er sich vor seinem obersten Chef persönlich verantworten musste.

Das Parlament war mit blauem Teppichboden ausgelegt, und Reihen mit hufeisenförmig gesetzten, braunen Ledersitzen stiegen steil an. Nahezu alle Abgeordnete waren anwesend, nur die erste Sitzreihe war noch leer, weil die Mitglieder der Regierung, angeführt vom *Taoiseach*, traditionsgemäß erst unmittelbar vor

Beginn der Sitzung einrückten. Die Oppositionsbänke konnte Gallagher von seiner Ecke aus nicht einsehen, aus dem lebhaften Stimmengewirr schloss er jedoch, dass dort die letzten Absprachen für die bevorstehenden Rededuelle getroffen wurden.

An der Stirnseite des Raums stand unter der weiß-goldenen Fahne Irlands eine Art Kanzel, von der aus der *Ceann Comhairle*, der Parlamentspräsident, die Sitzung leitete. Hoch über ihm waren die Pressebänke angeordnet, auf denen sich die Parlamentsreporter wie Hühner auf der Stange drängten. Ab und zu winkte einer von ihnen einem Intimus unter den Abgeordneten zu.

Gallagher glaubte, in der Luft ein erwartungsvolles Knistern zu spüren. Er selbst hätte es sich nie verziehen, an diesem Tag nicht auf der Zuhörertribüne zu sein. Egal, wie es um das Verhältnis zwischen Emma und ihm bestellt war, heute war ein bedeutsamer Tag in ihrem Leben, und er hatte schon zu viele solcher Tage in Emmas Leben verpasst.

Das Murmeln wurde lauter, der Premierminister und sein Kabinett nahmen ihre Plätze in der ersten Reihe ein. Emma saß zwischen O'Neill und dem stellvertretenden Premier Tony Goulding.

Seine Tochter trug, dem Anlass angemessen, ein blaues Kostüm, im Revers steckte eine große Silberbrosche mit einem keltischen Emblem. Sie war ein wenig blass, wirkte aber sehr konzentriert, als sie ihre drei Aktenmappen durchblätterte, um sich zu vergewissern, dass die Unterlagen in der richtigen Reihenfolge eingelegt waren.

Gallagher hatte die Nachrichten verfolgt und wusste, dass bereits ereignisreiche Stunden hinter ihr lagen. Am frühen Vormittag war das Parlament anlässlich der offiziellen Bekanntgabe ihrer Ernennung durch den *Taoiseach* kurz zusammengetreten, anschließend war sie, von einer Motorradeskorte flankiert,

zur Residenz des Staatspräsidenten in Phoenix Park gefahren, wo ihr das Amtssiegel ausgehändigt wurde.
Und nun war sie hier und sollte in wenigen Minuten ihre erste Regierungserklärung als Justizministerin vor dem Hohen Haus abgeben.
»Was dagegen, wenn ich mich neben Sie quetsche?«
Gallagher sah hoch. Irgendwie kam ihm der Mann mit dem dunklen, von grauen Strähnen durchzogenen Lockenkopf und dem dezent gebräunten Teint, der mit abwartendem Lächeln neben ihm stand, bekannt vor. Er rutschte ein Stück beiseite. Und als sich der Mann neben ihm niederließ, wusste er es wieder.
»Sie sind Fergal Mulryne, nicht wahr?«
»Ja, das stimmt.«
Gallagher hielt ihm die Hand hin. »Wir haben uns noch nicht kennen gelernt. Ich bin Tom Gallagher, Emmas Vater.«
Mulryne machte große Augen. »Tatsächlich? Du meine Güte.« Er schüttelte Gallagher die Hand. »Freut mich aufrichtig, Sie kennen zu lernen.«
Mulryne sah in seinem feinen grüngrauen Tuch wie aus dem Ei gepellt aus, Gallagher kam sich im beigefarbenen, leicht verknitterten Leinenjackett neben ihm ein wenig schäbig vor. Sie tauschten leise ein paar Worte, dann wurden sie durch die Stimme des Parlamentspräsidenten unterbrochen.
»Die Justizministerin«, rief er den ersten Redebeitrag des Tages auf, um sodann die Nase hochzuziehen und sich geräuschvoll ins Taschentuch zu schnäuzen.
Emma stand auf, den Blick mit erhobenem Kopf auf die Reihen der Opposition gerichtet, als wolle sie signalisieren, dass sie der Debatte wohlgerüstet und gelassen entgegensehe.
Nachdem sie kurz die Ereignisse von Freitagnacht und den aktuellen Stand der Ermittlungen geschildert hatte, sprach sie den Angehörigen der beiden Mordopfer ihre Anteilnahme aus. Sie

unternahm gar nicht erst den Versuch, die Vorfälle zu verharmlosen, sondern bezeichnete sie ausdrücklich als äußerst beunruhigend und schwerwiegend.
»Wir haben es hier mit einem feigen Angriff gegen unser Land zu tun«, sagte sie, »einem Anschlag auf die Demokratie und die Freiheit und Sicherheit des Einzelnen.«
Auf den Bänken der Regierungsparteien wurden *Hört-hört*-Rufe laut, auf den Bänken der Opposition herrschte dagegen Stille. Emma hatte ihre Worte mit Bedacht so gewählt, dass ihnen niemand widersprechen konnte. Sie brachte, dem Beispiel der Presse folgend, die Morde an Richter Purcell und dem zu seiner Sicherheit abgestellten Officer in Zusammenhang mit dem Mord an dem Fernsehjournalisten Marcus Kelly und betonte die frappierende Übereinstimmung des Vorgehens in beiden Fällen.
»Ich kann dem Hohen Haus versichern, dass die *Gardai* bei den Ermittlungen alle Spuren sorgfältig verfolgen und keine noch so vage Möglichkeit unbeachtet lassen wird. Dennoch halte ich es für ein Gebot der Aufrichtigkeit, hinzuzufügen, dass die Polizei vor einer überaus schweren Aufgabe steht. Hier waren professionelle Mörder am Werk, die, wie wir glauben, eigens für diese Morde nach Irland eingereist sind und unser Land möglicherweise bereits wieder verlassen haben. Sollte sich diese Vermutung erhärten, so wird es extrem schwierig werden, die Identität der Täter festzustellen und sie vor Gericht zu bringen.«
»Sie geben also von vornherein auf?«, rief jemand von den Oppositionsbänken dazwischen.
»Ich bitte um Ruhe!«, rügte der Parlamentspräsident.
»Es wäre falsch, die Hoffnung zu wecken, dass unter den gegebenen Umständen alsbald Festnahmen zu erwarten wären«, fuhr Emma fort, »aber ich setze volles Vertrauen in die Befähigung und Erfahrung der *Gardai* und kann die mit den Ermitt-

lungen beauftragten Stellen der uneingeschränkten Unterstützung durch mein Ressort versichern.«

Sie öffnete die erste Aktenmappe und nahm ein Blatt Papier heraus. »Ich möchte mich jetzt dem Thema Sean Donovan zuwenden. Mr. Donovan, der unter dem Vorwurf illegalen Drogen- und Schusswaffenbesitzes im Mountjoy-Gefängnis in Untersuchungshaft einsaß und gestern Morgen dort tot aufgefunden wurde, ist an einer Überdosis Heroin gestorben. Es handelte sich um Rauschgift in so hoher Konzentration, dass der Tod unmittelbar nach der Injektion eintreten musste. Die Polizei hat die Untersuchung aufgenommen, um Aufschlüsse über die näheren Umstände von Mr. Donovans Tod zu gewinnen. Ich möchte ergänzend ankündigen, dass eine Gruppe von Fachleuten aus meinem Ressort und aus dem Dienstbereich des *Garda*-Commissioners gemeinsame Empfehlungen erarbeiten und mir vorlegen wird, wie der Drogenmissbrauch in unseren Gefängnissen eingedämmt oder, wenn möglich, unterbunden werden kann. Was die Ermittlungen über die näheren Umstände dieses Todesfalles auch ergeben mögen, ich bin überzeugt, dass wir geeignete Maßnahmen ergreifen müssen, um dem Drogenproblem beizukommen, und zwar unabhängig von aktuellen Ereignissen und über den Tag hinaus.«

Sie ließ den Blick langsam in die Runde schweifen. »Wie Ihnen sicher bekannt ist, gab und gibt es zahlreiche Spekulationen in den Medien über einen Zusammenhang zwischen Sean Donovans Tod und den spektakulären Morden der vergangenen Tage. Ich möchte vor dem Hohen Haus ausdrücklich darauf hinweisen, dass es keine stichhaltigen Beweise für einen solchen Zusammenhang gibt und es nun, da Mr. Donovan tot ist, außerordentlich schwierig werden wird, solche Vermutungen durch Beweise zu untermauern, es sei denn, wir finden die Mörder. Ich möchte hinzufügen, dass die Polizei nach

Mr. Donovans Tod eine Fortsetzung der erschreckenden Mordserie der letzten Zeit für ausgesprochen unwahrscheinlich hält.«

Sie klappte die Aktenmappe zu – eine symbolische Geste, die anzudeuten schien, dass der Fall, wenn auch nicht offiziell, so doch de facto abgeschlossen sei. Als sie die nächste Mappe öffnete, wandte sie sich, wie bei Parlamentsdebatten üblich, zunächst an den Präsidenten.

»*Ceann Comhairle*, ich hatte kürzlich Gelegenheit, vor diesem Haus über die Fortschritte der Regierung bei der Verbrechensbekämpfung und -aufklärung vorzutragen.«

Von der Oppositionsseite war unwilliges Raunen zu hören.

»Ich möchte heute hinzufügen, dass ungeachtet aller bisherigen Erfolge noch viel zu tun bleibt. In der kurzen Zeit, die mir zur Verfügung stand, habe ich insbesondere Defizite bei der technischen Ausrüstung der *Garda Siochana* ausgemacht. Ich habe hierzu heute Morgen dem *Taoiseach* und dem Kabinett Verbesserungsvorschläge vorgetragen und freue mich, dem Haus mitteilen zu können, dass sie Zustimmung gefunden haben. Bei den von mir gesetzten Prioritäten geht es nicht um hektische Reaktionen auf die bedauerlichen Vorfälle der letzten Zeit, vielmehr orientieren sie sich an dem Ziel einer dauerhaften Verbesserung.«

Sie zog ein Blatt Papier aus der zweiten Mappe. »Ein erster Schritt wird die Überprüfung der Auswahl- und Ausbildungskriterien des Polizeinachwuchses sein. Wir brauchen gute junge Leute und müssen ihnen eine Ausbildung ermöglichen, die sie befähigt, der rasanten Entwicklung der Kriminalität wirkungsvoll zu begegnen. Der zweite Schritt wird darin bestehen, die Umsetzung vorhandener Pläne für die Modernisierung zu beschleunigen. Dabei denke ich insbesondere an das derzeitige, eher als veraltet einzustufende Computersystem der *Garda*, das vordringlich durch ein landesweit vernetztes System ersetzt

werden muss, und die schrittweise Modernisierung des Fahrzeugparks unserer Polizei.«
Sie blickte auf. »Und drittens bin ich mit dem Commissioner übereingekommen, dass wir das Augenmerk auf die personelle Verstärkung der Polizeikräfte in den Bereichen richten müssen, in denen sie am dringendsten erforderlich ist, nämlich bei der Bekämpfung der Schwerkriminalität und des Drogenhandels.«
Sie wandte sich abermals an den Präsidenten. »*Ceann Comhairle*, der Commissioner hat mir zugesagt, das Konzept der Polizeistrategie in den großstädtischen Gebieten innerhalb der nächsten Monate vollständig zu überarbeiten. Obwohl wir auf eine erfreulich hohe Rate bei der Verbrechensaufklärung und der Verurteilung überführter Straftäter verweisen können, gibt es einfach zu viele Straftaten, darunter einen hohen Anteil an Kleinkriminalität. Daher müssen wir Wege finden, um das weitere Ausufern dieser Entwicklung zu verhindern.«
Sie schloss den Aktenordner und legte ihn beiseite. »Wenn ich eine persönliche Anmerkung anfügen darf, so will ich meine subjektiven Gefühle dahingehend zusammenfassen, dass ich heute, in einer Zeit außergewöhnlicher und sehr beunruhigender Vorfälle, mit einer der schwierigsten Aufgaben in der Regierung betraut worden bin. Ich habe den festen Willen, meinen Pflichten mit Umsicht und Tatkraft nachzukommen, und glaube, dass Sie das auch an den Maßnahmen erkennen können, über die ich Ihnen heute vorgetragen habe.«
Sie ließ den Blick über die Bänke der Regierungsparteien und danach durch das ganze Haus schweifen. »Die Menschen in diesem Land brauchen das Gefühl, dass Recht und Ordnung und ihre persönliche Sicherheit in guten Händen liegen und für die Regierung oberste Priorität haben. Lassen Sie mich also den Bürgern unseres Landes versichern, dass das mit absoluter Sicherheit so sein wird.«

Applaus und zustimmende Rufe von den Reihen der Regierungsparteien, als Emma sich setzte. O'Neill murmelte ihr Glückwünsche zu, ein Abgeordneter aus der zweiten Reihe beugte sich vor und klopfte ihr anerkennend auf die Schulter. Gallagher merkte plötzlich, dass er praktisch die ganze Zeit über die Luft angehalten hatte. Er atmete erleichtert durch.
Mulryne fragte mit steil hochgezogenen Augenbrauen: »Na, war das nicht großartig?«
»Das kann man wohl sagen«, stimmte ihm Gallagher zu. Seine Tochter war sehr fleißig gewesen und hatte keine Zeit verloren. Die Frage war nur, zu wessen Lasten die Regierung die erforderlichen Mittel bereitstellen wollte. Denn auch wenn es niemand ausgesprochen hatte, so viel war klar: Alle Ressorts mussten für die Modernisierung der Polizei bluten.
Diese Jungfernrede und die Liste der für vordringlich gehaltenen Maßnahmen waren typisch für Emma gewesen. Nicht ein einziges anerkennendes Wort über die Arbeit, die Eamon Savage geleistet hatte. *Le roi est mort.* Sie hatte den Bürgern des Landes klar und deutlich gesagt: Jetzt bin ich da, und ich werde all das realisieren, was ich heute versprochen habe.
»Abgeordneter Caffrey«, rief der Präsident den nächsten Redner auf und griff, um den kleinen Kiekser in der Stimme zu ertränken, rasch nach dem Wasserglas.
Der Sprecher der Opposition hielt der Regierung, dem Justizministerium und der Polizei mit sichtlicher Genugtuung vor, dass sie es versäumt hätten, den Mord an Richter Purcell durch angemessene Präventivmaßnahmen zu verhindern, obwohl er wiederholte Male nachdrücklich auf diese Notwendigkeit hingewiesen habe.
»Die Wahrheit ist«, rief er den Abgeordneten zu, »dass wir Kriminellen und ihren Handlangern wehrlos ausgeliefert sind und von der Polizei keine wirksame Hilfe erwarten können. Sogar einer ihrer eigenen Officers ist ermordet worden. Die Justizmi-

nisterin hat vor dem Haus ihre Hilflosigkeit eingestanden und uns mit einer eilig zusammengestellten Wunschliste zu vertrösten versucht, als ginge es darum, rasch noch dies und jenes einzukaufen, bevor der Supermarkt schließt.«

Empörte »*Aha*«- und »*Unerhört*«-Rufe von den Bänken der Regierungsparteien. Emma lächelte nur. Caffreys sexistische, besserwisserische Attacken würden ihm wenig Sympathien einbringen.

»Natürlich begrüße ich Maßnahmen, die die Qualität der Polizeiarbeit steigern können«, fuhr Caffrey fort, »aber bedauerlicherweise haben wir kein Wort darüber gehört, woher das Geld dafür kommen soll. Wir sind also gespannt, zu hören, welche Einsparungen bei den anderen Ressorts vorgesehen sind.« Er richtete den Blick auf die Regierungsbank. »Mir scheint, der Erziehungsminister sieht ziemlich bedrückt aus. Da frage ich mich doch, wie tief ihm wohl in die Tasche gegriffen wurde.«

Unterdrücktes Kichern in den Bänken hinter ihm.

»Aber noch mehr interessiert mich die Antwort auf eine Frage, die ich der Justizministerin stellen möchte.« Er machte eine Kunstpause, um die Spannung zu steigern. »Trifft es zu, dass der Vater der Ministerin letzte Woche Sean Donovan im Mountjoy-Gefängnis aufgesucht hat? Und kann die Ministerin uns erklären, welchem Zweck sein Besuch diente und welche gemeinsamen Interessen Donovan und Mr. Gallagher haben?«

Unruhe breitete sich auf den Bänken der Regierungsparteien und unter den Reportern aus. Gallagher wäre am liebsten im Erdboden versunken. Aus den Augenwinkeln nahm er wahr, dass Mulryne ihn verblüfft anstarrte.

Caffrey nahm Platz. Der Präsident wandte sich an Emma: »Frau Ministerin, wünschen Sie die Frage zu beantworten?«

Emma griff nach der dritten Aktenmappe und stand auf. »Sehr

gern.« Zu den Abgeordneten der Opposition gewandt, sagte sie: »Es ist wahr, dass mein Vater Mr. Donovan letzte Woche im Mountjoy aufgesucht hat. Zu dem Treffen kam es auf Ersuchen von Mr. Donovans Anwalt. Soweit ich meinen Vater verstanden habe, hat er sich von der Unterredung neue Erkenntnisse für seine journalistische Tätigkeit versprochen. Da das nicht der Fall war, wurde es eine sehr kurze Unterredung.«
Caffrey sprang auf. »Trifft es zu, dass der Vater der Ministerin im Zusammenhang mit den Ermittlungen, wie Mr. Donovan im Gefängnis in den Besitz von Drogen gekommen sein könnte, polizeilich vernommen wurde?«
Tumultartiges Stimmengewirr. Die Ordnungsrufe des Präsidenten erstickten in einem Hustenanfall.
»Mein Vater hat die Polizei unmittelbar nach seiner Rückkehr über den Besuch im Mountjoy unterrichtet – also lange vor Mr. Donovans Tod. Aber es stimmt, dass es auch nach Mr. Donovans Tod Gespräche zwischen der Polizei und meinem Vater gab.«
»Und trifft es auch zu, dass Donovan wenige Stunden vor seinem Tod den Vater der Justizministerin zu Hause in seiner Wohnung angerufen hat?«
»Ja«, sagte Emma, »das trifft zu. Mein Vater fand eine Nachricht auf seinem Anrufbeantworter vor. Er hat die Polizei auch darüber unterrichtet und ihr das Band ausgehändigt.« Sie setzte sich.
Caffrey wandte sich mit dramatisch ausgebreiteten Armen an die Parlamentarier. »Nun, meine Damen und Herren Kollegen, wie sollen die Menschen in diesem Land Vertrauen zu einer Ministerin haben, deren Vater obskure und dubiose Verbindungen zu einem der schändlichsten Kriminellen dieses Landes unterhält? Der politische Anstand würde es gebieten, dass die Ministerin unverzüglich zurücktritt und der *Taoiseach* den Präsi-

denten ersucht, das Parlament aufzulösen und den Weg frei zu machen für Neuwahlen.« Er setzte sich, begleitet von lautem Stampfen und begeisterten Zurufen.
Der Parlamentspräsident bat mit versagender Stimme um Ruhe, schwang vehement die Sitzungsglocke und erteilte Emma das Wort.
»Ich glaube, die Menschen in unserem Lande können nach diesem Auftritt leicht durchschauen, welche politischen Ziele die Opposition in Wahrheit vertritt. Aber ich will gern nach Kräften zur Aufklärung der Öffentlichkeit beitragen.«
Sie öffnete die dritte Mappe so weit, dass die Oppositionsabgeordneten auf den vorderen Bänken drei, vier Fotos sehen, aber nicht genauer erkennen konnten, wer darauf abgebildet war.
»Wie Ihnen sicher allen bekannt ist, war der ermordete Fernsehjournalist Marcus Kelly sehr bemüht, Licht in das Dunkel von Sean Donovans Geschäften zu bringen. Es dürfte für die Mitglieder des Hohen Hauses von Interesse sein, dass Mr. Kelly vor seiner Ermordung mit Recherchen über Kontakte beschäftigt war, die prominente Persönlichkeiten dieses Landes zu einigen Callgirls unterhalten haben, bei denen zwei Gemeinsamkeiten festzustellen waren. Die Mädchen gehörten alle zu … sagen wir: Mr. Donovans Personalbestand – und zur so genannten gehobenen Preisklasse. Und bei dieser Gelegenheit hat Mr. Kelly gewisse Leute eindeutig beim Verlassen eines gewissen Hauses in der Nähe der Leeson Street erkannt …«
Der Lärm schwoll an, der Präsident schwang zornig die Glocke und rief das gesamte Haus zur Ordnung.
Emma verstand es geschickt, die Fotos noch ein bisschen weiter aus der Mappe spitzen zu lassen, wenn auch immer noch nicht so weit, dass die Katze aus dem Sack gewesen wäre. Ein paar waghalsige Journalisten riskierten atemberaubende Verrenkungen auf der steil ansteigenden Pressetribüne. Emma wusste,

dass sie sich beeilen musste, die Ungeduld des Parlamentspräsidenten wuchs zusehends.

»Ich muss darauf bestehen, dass die Ministerin sich bei ihren Ausführungen thematisch darauf beschränkt ...«, krächzte er angestrengt, aber seine Stimme war inzwischen so angegriffen, dass nur die unmittelbar neben ihm Sitzenden eine Chance hatten, etwas zu verstehen.

»So hat Mr. Marcus Kelly unter anderem drei prominente Vertreter der Opposition dabei beobachtet, wie sie den bereits erwähnten Damen Besuche abgestattet haben. Ich will mir dazu keine bewertenden Kommentare anmaßen, erlaube mir aber die Feststellung, dass es sich ganz offensichtlich im weitesten Sinne um geschäftliche Beziehungen zu Sean Donovan gehandelt hat und dass es daher den Kollegen von der Opposition gut zu Gesicht stünde, ihrerseits Zurückhaltung bei der Bewertung von Kontakten zu Mr. Donovan und seinem Umfeld zu üben.«

Sie setzte sich und schob die Fotos wieder zurück in die Aktenmappe. Das Parlament glich inzwischen einem Tollhaus. Etliche Abgeordnete waren aufgesprungen und versuchten sich gegenseitig niederzuschreien. Die Pressevertreter schienen unschlüssig zu sein, ob sie sofort zum nächsten Telefon eilen oder lieber erst die weitere Entwicklung abwarten sollten. Die Stimme des Präsidenten versagte vollends, er konnte nur noch die Glocke schwingen und Emma wütend anstarren.

Gallagher versuchte einen Blick auf Emmas Gesicht zu erhaschen. Ihre Attacke war nicht ganz fair, aber, zugegeben, überaus geschickt gewesen, zumal sie wohlweislich darauf verzichtet hatte, Ross und Reiter zu nennen. In kritischen Zeitungskommentaren wurde ihr morgen vielleicht vorgeworfen, sie habe »Nebelkerzen geworfen«, aber sie hatte es immerhin geschafft, der Opposition den Wind aus den Segeln zu nehmen und im Übrigen dafür zu sorgen, dass einige Parlamentarier künftig einen großen Bogen um die Leeson Street machten.

Mulryne strahlte vor Stolz. »Na, wie fanden Sie das?«, fragte er Gallagher und erwartete offensichtlich von Emmas Vater mindestens ebenso viel Anerkennung für das Kabinettsstückchen, das die frisch gebackene Justizministerin soeben abgeliefert hatte.
Aber Gallagher zuckte nur die Achseln. Er traute dem Frieden nicht.

23

Es war immer dasselbe – ob am St. Patrick's Day, vor und nach einem Rugby-Match oder beim Schlagerwettbewerb der Eurovision, jedes Mal platzte Dublins Flughafen aus allen Nähten. Zum Glück schaffte es der eine oder andere, die Rückreise in solchen kritischen Zeiten – zum Beispiel jetzt, am Ende der WONTEC-Messe – so lange hinauszuzögern, bis der schlimmste Rummel vorbei war.

Die drei Männer, die vor ein paar Tagen aus Paris, London und Boston gekommen waren und nun wieder dorthin zurückkehren wollten, gehörten zu den Glückspilzen, denen es nicht darauf ankam, ein, zwei Tage länger in Dublin zu bleiben. Eigentlich wären sie zu fünft gewesen, aber zwei von ihnen, Parrish und Humble, hatten noch etwas in Dublin zu erledigen – im Zusammenhang mit der letzten Stufe jener Operation, der Heywood Corbett vor zwei Jahren in New York ebenso empört wie vergeblich widersprochen hatte.

Und danach gab es noch etwas für sie zu tun – eine Aktion, in die nur sie und Gilbert Leslie eingeweiht waren.

Am Morgen nach der »Sensation im *Dail*«, wie die Presse ziemlich einhellig titelte, rief Gallagher Alan Warnock in seinem Redaktionsbüro an. »Erinnerst du dich, dass du mir noch einen Gefallen schuldig bist?«

»Ach ja?«, versuchte Warnock auf Zeit zu spielen.
»O ja«, sagte Gallagher. »Aber ehe du dich aufregst: Was ich von dir will, bringt dich nicht in Teufels Küche, und stell dir vor – es kostet dich nicht mal einen roten Heller.«
»Wenn's so ist – immer raus damit.«
»Ich möchte ein paar Dinge über Marcus Kelly erfahren.«
»Tatsächlich?« Warnock horchte auf. »Und was für Dinge wären das?«
»Ach, mir ist da nur das eine oder andere durch den Kopf gegangen – welche Themen ihn besonders interessiert haben, wie er bei Recherchen vorgegangen ist … so was in der Art.«
»Und das ist dir nur so ganz zufällig durch den Kopf gegangen, wie? Mit deiner Unterhaltung mit Mr. Donovan hat es nichts zu tun?«
»Nein«, behauptete Gallagher, »es ist reine Neugier.«
»Natürlich.« Warnocks Ton ließ keinen Zweifel daran, dass er Gallagher kein Wort glaubte. »Weißt du, seit dem Mord an Kelly sind so viele Profilstudien über ihn veröffentlicht worden, dass ich nur ins Archiv greifen müsste. Aber mal unter uns, Tom« – er senkte die Stimme zu einem Flüstern –, »worum geht's denn tatsächlich? Hat es irgendwas mit den Fotos von gestern zu tun? Da kenn ich nämlich Leute, die sehr daran interessiert wären, zu erfahren, wer auf diesen Fotos …«
»Hör zu, Alan, vergiss die Fotos, davon weiß ich nichts. Ich würde mich nur gern mal mit dir unterhalten. Wie wär's zum Beispiel heute Nachmittag?«
Und so verabredeten sie sich für fünf Uhr in Mulligan's Pub, den Dublins Zeitungsschreiber zu ihrem Lieblingstreff erkoren hatten, weil sie hier schnell und unkompliziert an einen guten Schluck und wertvolle Informationen kamen. Gallagher war einige Minuten zu früh, ließ sich an einem Tisch nieder und dachte bei einem kühlen Pint über Sean Donovan nach.
Er war felsenfest davon überzeugt, dass irgendjemand bei

Donovans Tod nachgeholfen haben musste, und zwar entweder ein Mithäftling, der irgendeine alte Rechnung begleichen wollte, oder jemand von außerhalb. Die Selbstmordtheorie hielt Gallagher für nicht sehr überzeugend. Ein unberechenbarer Psychopath, der bezahlte Mörder losschickte, um zunächst Marcus Kelly und danach einen Richter umbringen zu lassen, und dann von einem Tag zum anderen die Nerven verlor und sich mit einer Überdosis Heroin das Leben nahm? Möglich war vieles, aber sehr plausibel war es nicht.

Blieb noch die andere, die naheliegendste Erklärung, dass Donovans Tod kein Selbstmord, sondern ein Unfall gewesen war. Es kam gar nicht so selten vor, dass sich Drogenabhängige eine zu starke Dosis spritzten und daran starben. Nur, irgendwie wollte Gallagher daran nicht glauben.

Er wusste nicht, zu welchem Untersuchungsergebnis die Polizei letztendlich kam, aber er war sicher, dass bei der *garda* niemand in Tränen ausbrechen würde. So oder so, es war eine sehr willkommene Lösung: Dublins gefährlichster Verbrecher tot, die Menschen auf der Straße konnten aufatmen. Genau das hatte ja auch Emma durchblicken lassen: Der Fall war de facto abgeschlossen, Alarmstufe Rot beendet.

Nur, Gallagher spukten eben immer noch die merkwürdigen Andeutungen durch den Kopf, die Sean Donovan bei seiner nächtlichen telefonischen Nachricht gemacht hatte.

Ich weiß, was die vorhaben.

Und dann hatte Emma bei ihrer Antrittsrede vor dem Parlament den Namen erwähnt, der irgendwie der Schlüssel zu Sean Donovans scheinbar sinnlosem Gestammel sein musste.

Marcus Kelly.

Nur, worin lag der Sinn des Ganzen? Wie passten die Teile des Puzzles zusammen?

Schaff ein Problem – und dann lös es.

War es nicht in gewisser Weise Marcus Kelly gewesen, der das

Problem geschaffen – oder, sagen wir: zumindest die öffentliche Aufmerksamkeit darauf gelenkt hatte? Donovan war es ein Rätsel gewesen, wie Kelly an all seine Informationen gekommen war. Und er hatte sich keinen Reim darauf machen können, weshalb Kelly überhaupt zu diesem Kreuzzug gegen ihn aufgebrochen war.
Gallagher zog mitten in seinen Überlegungen die Notbremse. Mein Gott, auf welche Abwege verirrte er sich? Hielt er etwa alles, was Donovan ihm erzählt hatte, für bare Münze – unbesehen und ungeprüft?
Warnock kam hereingestürmt, begrüßte flüchtig einige Bekannte, während er zu Gallaghers Tisch ging, machte sich sofort mit einem langen Schluck über das kühle Bier her, das dort für ihn bereitstand, wischte sich den Schaum von den Lippen und fragte: »Also, raus mit der Sprache, wer ist auf den Fotos zu sehen?«
»Glaubst du im Ernst, dass ausgerechnet ich das weiß?«, blockte Gallagher ab.
Ein Blick auf Gallaghers verbitterte Miene genügte Warnock. »Verstehe. Dein Besuch bei Donovan hat kein allzu begeistertes Echo gefunden, wie?«
Gallagher schüttelte missmutig den Kopf.
»Aha. Na, wenigstens kannst du das diesmal nicht mir ankreiden.« Er kramte ein Notizbuch aus der Jackentasche. »Und woher kommt dein jäh erwachtes Interesse an Hintergrundinformationen über Kelly?«
»Um ehrlich zu sein, das weiß ich selber nicht so genau.«
Diesmal glaubte Warnock ihm aufs Wort. »Okay, verbleiben wir einfach so: Wenn's dich zu irgendwelchen interessanten Erkenntnissen führt, erzählst du es mir, ja?« Er klappte sein Notizbuch auf. »Tja, dann wären wir also bei Marcus Kelly angekommen. Wie ich dir schon am Telefon gesagt habe, in letzter Zeit sind eine Menge freundliche Dinge über ihn geschrieben

worden. Aber wenn du dich ein wenig umhörst – unauffällig und beiläufig, du verstehst, gewinnst du interessanterweise ein ganz anderes Bild.« Er lachte. »Erinnert mich an die Zeit, als ich als Volontär bei einer Zeitung in den Midlands gearbeitet habe. Da ist eines Tages der für landwirtschaftliche Themen zuständige Redakteur gestorben – eine Art lebende Legende –, und der Chefredakteur hat mich gebeten, so was wie einen Nachruf auf ihn zu schreiben. Du weißt schon: Alles, was sich die Kollegen und die Leute in der Gegend so über ihn erzählten. Ich meine, es ging ja schließlich um einen Mann, der sich ›auf dem flachen Land allgemeiner Beliebtheit erfreute‹ – Zitat Ende.« Warnock stärkte sich mit einem Schluck Bier. »Du meine Güte, das war ein echter Griff ins Klo. Alle, denen ich Fragen über den Verstorbenen stellen wollte, tischten mir geradezu haarsträubende Geschichten auf. Zum Beispiel die von dem Fotoreporter, den er mal zu irgendeiner Berichterstattung mitgenommen und von dem er hinterher einen Anteil fürs Benzingeld verlangt hat. Du ahnst nicht, wie viel Ärger da hochgebrodelt ist. Ich hab das meiste weggelassen und versucht, mir irgendwas Positives über den alten Knaben aus den Fingern zu saugen, aber im Grunde kam nichts anderes dabei heraus, als dass unser allseits beliebter Redakteur ein grauenhaftes altes Ekel gewesen war. Und genau das war die Wahrheit.«

»Und wie sieht die Wahrheit über Kelly aus?«

»Bei Kelly würde ich sagen, dass es einfach niemanden gab, der ihn leiden konnte. Nicht, dass das bei guten Journalisten unbedingt so sein musste, aber es ist schon frappierend, dass ihn offenbar alle für einen ausnehmend widerlichen Zeitgenossen hielten.« Warnock blätterte in seinen Notizen. »Es gab da zum Beispiel diese eigene Fernsehproduktion, die er aufgezogen hatte. Ist im Handelsregister als Marcu-Screen eingetragen. So weit ist das alles ganz normal. Nur, ich hab mich mal ein bisschen schlau gemacht. Marcu-Screen hatte drei Geschäftsführer –

Kelly selbst, seine Frau Francis und einen gewissen George Levy. Sagt dir der Name was?«

Gallagher schüttelte den Kopf.

»Mir auch nicht. So wie's aussieht, waren sie mit Videoproduktionen und so genannten unabhängigen Dokumentationen für irische Programme und für die BBC oben im Norden recht gut im Geschäft, und dann kam natürlich noch als absoluter Renner eine regelmäßige Show für RTE dazu. Die Sendung nannte sich, soweit ich weiß, *Kelly-Report*.«

»*Kelly fragt nach*, hieß die Sendung«, warf Gallagher ein.

Warnock sah grimmig hoch. »Wer erzählt hier wem was? Du mir oder ich dir?«

»'tschuldigung«, murmelte Gallagher, »weiter im Text.«

»Also, vor einiger Zeit hat die Regierung Druck auf RTE gemacht und verlangt, im Interesse einer höheren Einschaltquote an Stelle eigener Redaktionsarbeiten mehr unabhängige Produktionen ins Programm aufzunehmen. Das Ziel war, eine breitere Basis für Fernseharbeiten zu schaffen, verstehst du? Und so hat RTE unabhängige Produzenten aufgefordert, Vorschläge für politische Diskussionen, Sendungen zu aktuellen Themen und so weiter einzureichen. Und im Rahmen dieser Aktion kam Kelly mit seiner Idee für ›*Kelly fragt nach*‹ an.«

Warnock machte eine kleine Kunstpause und sah Gallagher lauernd an. »Das Interessante dabei scheint zu sein, dass RTE Kelly vor allem deshalb unter Vertrag genommen hat, weil er mit seinen Angeboten wesentlich preisgünstiger war als seine Mitbewerber. Und das, obwohl die redaktionelle Arbeit durchaus dem entsprach, was RTE erwartete.«

Die nächste Kunstpause nutzte Warnock für einen ausgiebigen Schluck. »Nach allem, was ich höre, war Kelly aber grundsätzlich sehr dahinter her, Kasse zu machen, so dass es etwas merkwürdig anmutet, dass er seine Sendung für einen Apfel und ein Ei angeboten hat. Vielleicht hat er gehofft, später umso mehr

zulangen zu können, das weiß ich nicht. Wenn's so war, dann wäre es jetzt zu spät dafür. Na ja, jedenfalls wurde seine Sendung ein ausgesprochener Quotenrenner. Diskussionsrunden über Themen von so genanntem allgemeinem Interesse: Abtreibung, Alkoholismus und all das Zeug, das Fernsehleute immer wieder durchkauen, weil's die Zuschauer immer wieder hören wollen. Bis er sich schließlich in Donovan verbissen hat. Und da ging's mit der Quote noch mal steil nach oben. Es war, wie ich zugeben muss, das Beste, was das Fernsehen hier zu Lande zu bieten hatte.«
»Und was wurde aus seinem Interesse, Kasse zu machen?«
»Ja, das ist die Frage. Dazu komme ich jetzt. Kelly kam ursprünglich von Carlow, dann ging er zu UCD, arbeitete eine Weile als Pressejournalist und landete schließlich als fest angestellter Fernsehreporter bei RTE. Aber« – Warnock machte eine vage Geste –, »nun ja, das ist schon einige Jahre her. Jedenfalls hat er sich nicht allzu beliebt gemacht. Er hatte ein Händchen dafür, die Leute reinzulegen, sie aufs Glatteis zu führen, ohne dass ihn hinterher jemand festnageln konnte. Du weißt vermutlich, was ich meine. Dann kam er irgendwie in Kontakt mit einem ziemlich obskuren Satellitenkanal auf dem Kontinent, für den er eine Art Mischung aus Nachrichten und Insidertipps über die Entwicklung auf den Finanzmärkten gemacht hat. Er pendelte ständig zwischen Italien und der Schweiz hin und her, und es gab gewisse Gerüchte, dass er da drüben einige merkwürdige Freunde an der Hand hätte.«
»Was heißt: merkwürdige Freunde?«
Warnock sah ihn an, als könne er es nicht fassen, dass ausgerechnet Gallagher ihn das fragte. »Schräge Vögel. Ungefähr die Typen, mit denen du beruflich dauernd zu tun hattest. Gerüchtweise hört man, dass Kelly einigen von ihnen gelegentlich einen Gefallen getan hat – mal eine kleine Besorgung erledigen, Päckchen über eine Grenze bringen –, was sich eben so ergibt.«

»Sprichst du von Drogen?«
»Kann sein, dass es auch um Drogen ging. Ganze Wagenladungen Schnee werden's sicher nicht gewesen sein. Und vergiss nicht, es handelt sich lediglich um Gerüchte. Wie auch immer, so stand's um unseren Freund Kelly bis vor wenigen Jahren. Und dann kam er zurück, zog die Sache mit Marcu-Screen auf und hatte auf einmal genug Geld, um sich ein schickes Apartment, einen tollen Wagen, teure Kleidung und die erstklassigsten Restaurants leisten zu können. Nun, von irgendwoher muss das Geld ja gekommen sein. Wer weiß, vielleicht hatte die Videoproduktion doch mehr abgeworfen, als alle dachten.«
Er deutete auf Gallaghers leeres Glas. »Nimmst du noch was?«
»Warum nicht?«
Warnock machte dem Barkeeper ein Zeichen, dass sie noch zwei Pints wollten, holte die Gläser wenig später an der Bar ab und meinte, als er wieder Platz genommen hatte: »Mir ist natürlich, als ich mich mit gewissen Leuten über Kelly unterhalten habe, der Geruch nach sauren Trauben nicht verborgen geblieben. Wenn du jemanden auf der Straße fragst, welcher Journalist ihm spontan einfällt, werden einem die meisten den Namen Marcus Kelly nennen. Alan Warnock dürfte vergleichsweise sehr weit unten auf der Bekanntheitsskala rangieren. Ich glaube, mein Name würde nicht mal meiner Mutter einfallen.«
Gallagher grinste. »Sieh das nicht so schwarz. Es könnte ja sein, dass er ihr zufällig doch noch einfällt. Und sei's ganz am Schluss.«
Warnock ging nicht auf Gallaghers Neckerei ein. »Aber eines steht fest: Die Art, wie Kelly Sean Donovan fertig gemacht hat, war einsame Klasse, das geben alle neidlos zu. Wenn Kelly etwas ausgraben wollte, hat er's ausgebuddelt, auch wenn's mit Beton versiegelt war. Kollegen, die sich ebenfalls gut in der kriminellen Szene auskennen, konnten da nicht mal annähernd mithalten. Und da fing der eine oder andere natürlich an, sich

zu fragen, wie Kelly wohl an seine Informationen kam. Und seit er tot ist, gibt's immer mehr Insider, die immer unverhohlener fragen, ob da vielleicht Kreise mitgemischt hätten, die Kelly für ihre schmutzigen Ziele benutzen wollten.«
Er zuckte die Achseln. »Wenn du mich fragst, ich würde nicht unbedingt die Cops dahinter vermuten. Meiner Ansicht nach müssen da andere Leute ihre Finger im Spiel gehabt haben. Tja, und nun bist du dran. Mach dir einen Reim drauf.«
Gallagher zögerte. »Wie du schon sagst: Wenn's irgendwo vergoren riecht, kann das von sauren Trauben kommen.«
»Kann schon sein.« Warnock trank einen tiefen Schluck. »Nur, es könnte auch eine völlig andere Erklärung dafür geben.«

24

Gilbert Leslie rief sich selbst zur Ordnung.
Du lässt dich gehen.
Dreimal war er nun schon in dem kleinen Bistro gewesen. Heute sollte es das vierte und letzte Mal werden. Danach musste mit dem Unsinn Schluss sein.
Andererseits, er sah sie gern an. Er mochte ihr Gesicht, das war alles. Und was sollte daran schon schlimm sein?
Er heiße Vialli, Guillermo Vialli, hatte er ihr vorgeschwindelt, als sie eines Abends zu ihm gesagt hatte: »Ich rede meine Stammkunden gern mit dem Namen an. Aber Ihren kenne ich nicht.«
Und sie hatte den Namen wiederholt, die Silben auf der Zunge zergehen lassen, der geschmeidigen Kadenz nachgelauscht und ihm gestanden: »Ich liebe italienische Namen.«
Für eine richtige Unterhaltung war keine Zeit geblieben, nur hin und wieder für ein paar Sätze, aus denen er erfahren hatte, dass sie keine gelernte Kellnerin war, sondern ihr Studium aufgegeben und dafür ihre Liebe zur Schauspielerei entdeckt hatte. Und nun arbeite sie in dem Bistro, um sich Geld für den Schauspielunterricht zu verdienen.
Er ordnete seine Frisur, gab ein paar Tupfer Eau de Toilette auf die Wangen und verließ beflügelten Schrittes das Shelbourne, obwohl er gar nicht wusste, ob sie heute überhaupt

arbeitete. Wenn nicht, wurde es eine herbe Enttäuschung wie schon einmal, ein paar Abende zuvor. Er hatte freudlos in seinem Salat herumgestochert und war nicht lange geblieben. Er hielt unwillkürlich die Luft an, als er die Tür aufdrückte und eintrat.

Sie war da.

Der kleine Tisch, an dem er bei seinem ersten Besuch gesessen hatte, war frei. Sie bediente gerade ein Paar am Tisch daneben, mit dem Rücken zu ihm, so dass sie ihn nicht sah, als er hereinkam.

»Guten Abend, Sinead«, sagte er leise im Vorbeigehen.

Sie drehte sich, während sie zwei Teller balancierte, zu ihm um. »Oh, Mr. Vialli.« Was sich anhörte, als freue sie sich ehrlich. »Auch wieder mal da?«

»Sonst würde mir irgendwas fehlen«, sagte er in scherzhaftem Ton, obwohl es die reine Wahrheit war.

»Ich kümmere mich gleich um Sie«, versprach sie und wandte sich wieder den Gästen am Nebentisch zu.

»Nur mit der Ruhe, ich hab's nicht eilig.«

Am frühen Abend war im Bistro nie viel los – die Verschnaufpause zwischen der Hektik des Tages und dem Ansturm der späten Dinnergäste.

Leslie sollte es recht sein, vielleicht ergab sich so die Gelegenheit, ungestört etwas länger zu plaudern.

Sinead brachte ihm sein Essen, Hähnchen mit Pasta, dazu eine kleine Flasche San Pellegrino. Dann stand sie am Tresen und beobachtete ihn.

Er kam nicht wegen des Essens oder des Ambientes her, er kam ihretwegen. Das war ihr natürlich nicht verborgen geblieben, und sie sah ja, wie sich selbst das kleinste Lächeln von ihr auf seinem Gesicht widerspiegelte.

Als er mit dem Essen fertig war und als sie abservierte, gab sie ihrem Herzen einen Stoß. »Na, hatten Sie einen schönen

Tag? Wie wär's mit der Nachtischkarte? Oder mit einem Kaffee?«

Er hielt sich an die vorgegebene Reihenfolge. »Na ja, es gab viel zu tun. Keinen Nachtisch, danke, aber einen doppelten Espresso. Und wie war Ihr Tag?«

»Gott sei Dank, ist er bald vorbei. Wenn ich Glück habe, sind Sie heute mein letzter Gast.« Dann schlug sie sich erschrocken die Hand vor den Mund. »Oh, entschuldigen Sie. Ich wollte damit natürlich nicht sagen ...«

Er lachte. »Ich hab's nicht in den falschen Hals gekriegt.«

Sie brachte ihm den Espresso und blieb an seinem Tisch stehen. »Bitte, verstehen Sie das nicht falsch, aber ... ich dachte, dass ich irgendwo noch einen Schluck trinken gehe, wenn ich hier fertig bin, und da kam mir die Idee ... Nun ja, vielleicht haben Sie ja Lust, mir Gesellschaft zu leisten?«

Er sah sie aufmerksam an. Sie hielt den Kopf leicht seitlich geneigt, ihre Augen schienen zwei große Fragezeichen zu sein. Was mochte ihr Beweggrund sein? Mitleid mit ihm? Hielt sie ihn für einen einsamen alten Mann?

Oder konnte es sein, dass sie ...?

Nein, das war natürlich eine törichte Hoffnung.

»Nett von Ihnen«, sagte er, »aber Sie wollen sich sicher mit Freunden treffen. Ich meine, ich kann mir nicht vorstellen, dass Sie ganz allein irgendwohin gehen.«

»Heute Abend wär mir danach. Ich will nur irgendwo eine halbe Stunde abschalten. Aber – wenn Sie lieber nicht ...«

»Nein, nein, ich käme gern mit«, sagte er, etwas zu schnell, wie er nachträglich merkte. »Nur, mit den Pubs in Dublin kenne ich mich nicht gut aus. Ich bin also auf eine gute Führerin angewiesen.«

Er bezahlte die Rechnung, und sie schlug vor, dass er draußen auf sie warten sollte. Nur wegen der anderen Mädchen – er wisse ja, wie das sei.

Als er dann allerdings draußen in einer dunklen Ecke stand und die misstrauischen Blicke der Vorbeikommenden sah, fühlte er sich ein wenig unbehaglich. Dabei ging's doch nur um eine Verabredung zu einem Drink, oder?
Schließlich ging die Tür des Bistros auf. »Geschafft«, sagte sie. Sie trug noch die weiße Bluse und den engen Rock wie beim Servieren, war aber in hochhackige schwarze Stiefel geschlüpft, die sie viel größer erscheinen ließen, und hatte die Hände in den Taschen eines Lederblousons vergraben. Ein Outfit, das ihm nicht sonderlich gefiel, sie sah … ja, fast ein bisschen billig darin aus. Doch dann schenkte sie ihm ihr hübsches Lächeln, und er war wieder versöhnt.
»Fertig?«, fragte sie, ohne lange zu erklären, wohin sie gingen. Aber es war, wie sich bald herausstellte, nicht weit. Eine schmale Seitenstraße hinunter, dann waren sie schon vor dem Pub angekommen.
Eine Kneipe, in trübes Licht getaucht und voller junger Leute, die höchstens ein Drittel von Leslies Lebensalter auf dem Buckel haben konnten und denen es anscheinend nichts ausmachte, bei jedem Wort gegen die laute, stampfende Synthesizermusik anzuschreien. Ein paar von ihnen nickten Sinead zu, Leslie dagegen sahen sie an wie ein Wesen aus einer fremden Galaxie. Hier blieb er bestimmt nicht lange.
Sie beugte sich zu ihm und schrie ihm »Was wollen Sie trinken?« ins Ohr.
Er schüttelte den Kopf. »Nichts.« Er hasste es, so laut brüllen zu müssen, aber es blieb ihm nichts anderes übrig. Er machte eine Handbewegung, die den ganzen Pub einzuschließen schien. »Ich frage mich … wie kann man hier abschalten?«
Sie zuckte im Rhythmus der Musik auf dem Barhocker auf und ab. »Ihnen gefällt's hier nicht, stimmt's?«
»Es ist ein Albtraum.«
Sie lachte. »Auch gut. Gehen wir woanders hin.«

Leslie blieb draußen auf der Straße erst mal stehen, bis das Hämmern in seinem Schädel aufhörte. »Mein Gott, ich kann's kaum fassen, wie laut es da drin war.«

»Suchen wir uns was, wo man eher entspannen kann.« Sie führte ihn einmal ums Eck und wieder eine schmale Seitenstraße hinunter, bis zu einem kleinen Hotel.

Marmorfußboden in der Lobby, Palmen in Terrakottatöpfen und ein Portier in einem Mittelding zwischen Gehrock und napoleonischem Übermantel. Nach links ging es zur Bar, wo sie gedämpftes, schmeichelndes Licht und aus den Lautsprechern rieselnde Pianomusik empfing. Der Barkellner deutete eine Verbeugung an und führte sie zu einem Tisch an der Wand.

»Also«, fragte Leslie, »was möchten Sie trinken?«

»Einen Wodka mit Tonic, ohne Eis, bitte.« Sie zog den Blouson aus und legte ihn über die Stuhllehne neben sich.

»Wodka Tonic«, wiederholte er für den Kellner, »und für mich äh, haben Sie einen Bourbon?«

»Selbstverständlich, Sir.«

»Dann für mich einen Bourbon und Eiswasser.«

Leslie sah sich um. Außer ihnen waren noch zwei andere Paare da, die Händchen hielten, mehr flüsterten als sprachen und sich verliebt ansahen. *Lover, die sich irgendwohin geflüchtet haben,* dachte er.

»Bourbon?«, fragte Sinead stirnrunzelnd. »Ich hätte eher vermutet, dass Sie … was trinken Italiener gewöhnlich?«

»Oh, dasselbe wie andere Leute. Viel Wein und vielleicht mal einen Scotch oder Gin oder Brandy. Mir ist einfach hin und wieder nach einem Bourbon zumute. Wahrscheinlich eine Angewohnheit aus meiner Zeit in Amerika.«

»Wie lange haben Sie drüben gelebt?«

Frag mich nur aus, dachte er, *ich erzähl dir nur so viel, wie ich mag, und auch davon wird das meiste geschwindelt sein.*

»Elf Jahre. Ich habe für die Autoindustrie in Detroit gearbeitet, und danach bin ich zurück nach Mailand gegangen und hab dort dasselbe getan.«
Der Barkellner brachte die Drinks. Leslie hob sein Glas und trank ihr zu. *»Salut.«*
»Slainte«, erwiderte sie und stieß mit ihm an.
Leslie lehnte sich im Sessel zurück. »Erzählen Sie mal – wie geht's mit der Schauspielerei voran?«
Sie erzählte ihm, dass sie hoffte, bald in den Fortgeschrittenenkurs zu kommen, von gelegentlichen Aufführungen in der alten Abtei, Gastvorstellungen auf dem Land, und dass sie sich mitunter morgens beim Aufwachen frage, ob sich die ganze Mühe und Plackerei wirklich lohne.
Er versuchte sich vorzustellen, wie es war, wenn sie morgens aufwachte.
»Natürlich lohnt es sich«, sagte er. »Wenn man sich etwas von ganzem Herzen wünscht, hat man auch Erfolg damit. Trotzdem kann es nichts schaden, von Zeit zu Zeit an sich selbst zu zweifeln, sich zurückzulehnen und die Dinge neu zu überdenken. Wenn's einem wirklich ernst war, fühlt man sich hinterher in seinem Entschluss bestärkt – ist das nicht so?«
Ja, meinte sie, da habe er wohl Recht.
Und da fasste er Mut, sie zu fragen.
»Das ist doch sehr schön«, sagte er. »Wissen Sie, ich hatte mir schon Gedanken gemacht, ob Sie das Studium nicht vielleicht aufgegeben haben, weil … nun ja, manchmal braucht man einfach Abstand von jemandem … von einem Freund oder was weiß ich.«
Sie lachte glucksend in sich hinein, weil er sich auf solchen Umwegen an den Kern der Sache herantastete. »Warum fragen Sie mich nicht direkt, ob es was mit einem Freund zu tun hatte? Oder vielleicht auch mit einer Freundin?«
Der Gedanke, dass sie lesbisch sein könnte, war ihm noch gar

nicht gekommen. Der Schock spiegelte sich in seinem Gesicht wider.

Sie hatte es gemerkt. »Nein, kein Freund. Und eine Lesbe bin ich auch nicht. Es gibt zwar einen Exfreund, aber der ist für ein Jahr in Australien. Ich seh so lange in seiner Wohnung nach dem Rechten, und da es eine sehr hübsche Wohnung ist, spart mir das viel Geld, das ich gut für den Schauspielunterricht brauchen kann.«

»Ich wollte Sie nicht aushorchen«, behauptete er reumütig.

Sie tätschelte ihm die Hand. »Sie sind sehr nett, Mr. Vialli. Ein richtig netter Mann. So einem sieht man vieles nach.«

Sie bestellten noch einen zweiten Drink, sie bestand darauf, dass er eingeladen sei, und danach dauerte es nicht mehr lange, bis er auf seine Armbanduhr schielte und sie ein Gähnen unterdrückte. Mein Gott, eine Stunde saßen sie schon hier!

»Ich habe Sie lange aufgehalten«, sagte er, »Sie sind müde.«

»Nein, das ist schon in Ordnung. Die Drinks haben mir gut getan. Sie haben ein paar Knoten in mir gelöst, wenn ich ehrlich bin.« Sie reckte mit ineinander verhakten Fingern die Arme über den Kopf, was die Bluse sehr hübsch über den Konturen ihrer Brüste straffte. »Aber etwas müde bin ich, das gebe ich zu. Zeit, nach Hause zu gehen. Sie glauben gar nicht, wie ich mich darauf freue, morgen mal ausschlafen zu können. Kann sein, dass ich überhaupt nicht aufstehe.«

Sie griff nach dem Lederblouson, er half ihr hinein, und ein paar Sekunden später standen sie draußen auf der Straße. Es war recht frisch geworden und inzwischen stockdunkel. Von irgendwoher dudelte Musik, wieder dieser stampfende Rhythmus. Vier junge Burschen kamen ihnen entgegengeschwankt, grölten die heimliche Hymne ihres Fußballklubs und machten sich einen Spaß daraus, mit nicht mehr ganz treffsicheren Tritten eine leere Bierdose scheppernd über das Kopfsteinpflaster zu kicken.

Und plötzlich sagte sie: »Haben Sie zufällig Lust, mich nach Hause zu begleiten? Es ist nicht sehr weit.«
Zehn Minuten später standen sie vor einem alten Backsteingebäude, einem ehemaligen Lagerhaus, das ein einfallsreicher Bauherr zu einem Dutzend kleiner Apartments umgestaltet hatte. Sie schloss die Haustür auf, im Treppenhaus waren ein paar Fahrräder am Treppengeländer festgekettet, auf dem Boden lagen Werbezettel, die aus den überquellenden Briefkästen gefallen waren. Von irgendwoher drang lautes Lachen, offenbar aus einem Fernseher. Es war deutlich wärmer als draußen. Vielleicht lag es daran, dass Leslie plötzlich ein Schaudern über den Rücken lief.
»Ich wohne eine Treppe hoch«, sagte sie. »Wollen Sie auf einen Tee oder Kaffee mit reinkommen? Mal sehen, vielleicht treibe ich auch was Stärkeres auf.«
Leslie fing ein bisschen herumzudrucksen an. »Nun, ich denke, ich sollte eigentlich …«
»Ach, kommen Sie«, fiel sie ihm ins Wort. Und er hörte deutlich heraus, was sie damit sagen wollte.
Hab dich nicht so. Oder fürchtest du dich vor mir?
Es lag an der Einrichtung der Wohnung, dass sie größer wirkte, als sie tatsächlich war – im Grunde nur ein Wohn-Schlaf-Zimmer, bei dem der Schlafteil durch eine Stufe optisch vom Wohnteil getrennt war, ein winziges Bad und eine kleine Kochnische. Der Raum war mit Teppichboden aus Jute in ineinander fließenden Farben ausgelegt, die Backsteinwände waren in einem warmen Gelb gestrichen. Sinead schaltete an der Tür das Licht an, mehrere kleine Lampen und einige Deckenstrahler, die weiches Licht nach unten warfen.
»Setzen Sie sich doch.« Sie lächelte ihn an und deutete auf das mit einem grünen, mit Fransen besetzten Überwurf bedeckte Sofa. Das Licht einer Deckenlampe spiegelte sich in ihren dunklen Augen, und Leslie suchte irritiert nach dem weichen,

lockenden Glanz, der ihn an diesen Augen immer so fasziniert hatte. Konnte es sein, dass er von einer Sekunde zur anderen erloschen war?

Er setzte sich und sah sich um. An den Wänden hingen Poster von irgendwelchen Theaterproduktionen. »Sehr hübsch«, sagte er.

»Nicht schlecht, wenn man bedenkt, dass ich keine Miete zahle, oder?« Sie zog den Blouson aus, warf ihn über einen Stuhl, ging zur Anrichte und kam mit einer Flasche Cointreau und zwei Gläsern wieder. »Auch einen?«

»Vielleicht einen kleinen Schluck, danke.«

Sie zog die Stiefel aus. Strümpfe trug sie nicht, nur kurze Socken, die sie rasch abstreifte und auf den Juteteppich warf. Unwillkürlich musste er, als sie so vor ihm auf dem Boden lagen, an Wollmäuse denken. Sie setzte sich mit untergeschlagenen Beinen neben ihn.

Als er an seinem Likör nippte und sich ein Schwall wohliger Wärme in ihm ausbreitete, glaubte er zu spüren, dass die süße Schwere viel von dem in ihm wegschmirgelte, was ihm bisher Halt gegeben hatte. Er ließ sich von einem Gefühl trügerischer Sicherheit einlullen, als habe er hier bei ihr, in diesem kleinen Apartment, Zuflucht vor der Welt draußen gefunden.

Irgendwann später, ermahnte er sich.

Erst musste er alles erledigt haben, weswegen er nach Dublin gekommen war. Nur, dann war es zu spät. Es konnte kein Später geben. Darum war es besser, wenn er jetzt ging.

Und das sagte er auch, als er aufstand. »Ich muss gehen.«

Sie stand ebenfalls auf und war nun – barfuß – wieder ein gutes Stück kleiner als er. »Nein.« In ihrer Stimme lag kehliges Verlangen. »Geh nicht.«

Erst waren es ihre Augen, die ihn festhielten, dann streckte sie die Hände nach ihm aus, und einen Augenblick später spürte er, wie sich ihre beiden Hände zwischen seine Beine schoben.

Er zuckte erschrocken zusammen und wand sich unter dem Griff. Sie zog die Hände weg, aber er glaubte, die Berührung weiter zu spüren, als hätte sie sich ihm in die Haut eingebrannt. Er brachte kein Wort heraus.
»Du willst doch gar nicht gehen. Noch nicht. Nicht, wenn es noch mehr gibt«, sagte sie.
Wie gebannt verfolgte er, wie sie anfing, sich langsam auszuziehen. Sie knöpfte die Bluse auf, öffnete sie weit und ließ sie über die kräftigen Schultern gleiten. Ihre Brüste waren groß und schwer, und als sie den BH aufgehakt hatte, nahm sie sie in die Hände und hob sie an, als wolle sie ihm die großen, dunklen Brustwarzen anbieten.
»Na, würde dir das nicht gefallen? Ich könnte dir noch viel mehr zeigen – dort oben.« Sie deutete mit einer kurzen Drehung des Kopfes auf den Schlafbereich. »Alles, was du dir wünschst. Und hinterher« – ein Lächeln spielte um ihre Lippen – »ich weiß ja, dass du ein großzügiger Mann bist. Könnte gut sein, dass du dir etwas einfallen lässt, wie du mir ein wenig wegen meiner Schauspielstunden helfen kannst.« Sie schlug die Augen nieder und spielte ihm das schüchterne große Mädchen vor. »Findest du nicht, dass sich das gut anhört?« Und dann kam sie einen Schritt auf ihn zu. »Na, komm schon.«
Auf einmal flammte irgendwo in seinem Gehirn jäh ein greller Lichtblitz auf. Er blinzelte dagegen an und merkte, dass er alles verzerrt und wie von roten Linien eingerahmt sah. Ihr Gesicht hatte sich in eine Fratze verwandelt, aus dem Zimmer war ein dunkler Tunnel geworden. Sein Herz hämmerte, seine Wangen brannten wie von tausend glühenden Nadeln durchbohrt.
Oh, diese Enttäuschung. Diese bittere Enttäuschung.
Warum musste es jedes Mal so sein? Warum waren sie am Ende alle vom gleichen Schlag?
Wie das Mädchen, das seinerzeit seinen Bruder Karel verraten hatte.

Irgendwann vor langer Zeit. Irgendwo in einem fremd gewordenen Land.

Bewaffnete Männer in Uniformen aus grobem Tuch kamen hereingestürmt, russische Soldaten, und überschwemmten das bescheidene kleine Haus mit ihrer Wut, während er, Gabor Laszlo, am Fuß der Treppe stand und sich in seiner namenlosen Angst wider alle Vernunft wünschte, durch ein Wunder unsichtbar zu werden.

Aber sie waren nicht seinetwegen gekommen, sie suchten seinen älteren Bruder, Karel. Und als er ihnen dann sagte, er wisse nicht, wo Karel sei, schlugen sie mit ihren Gewehrkolben auf ihn ein, warfen ihn zu Boden und stießen ihm ihre Stiefelspitzen in die Rippen. Aber er verriet es ihnen trotzdem nicht, obwohl er es genau wusste.

Der salzige Geschmack seines Blutes füllte ihm den Mund aus, Wellen von Brechreiz und Sekunden der Ohnmacht wechselten sich ab, bis plötzlich eine scharfe Stimme die anderen übertönte und die Schläge und die Tritte jäh aufhörten. All das war wie eine verhuschte Vision in ihm gespeichert, er konnte sich nur daran erinnern, dass sich jemand über ihn gebeugt und irgendetwas auf Russisch zu den anderen gesagt hatte, und dann waren die Uniformierten auf einmal verschwunden, die aus den Angeln gebrochene Haustür schaukelte knarrend hin und her, und er lag immer noch auf dem Boden, fühlte sich wie zerschlagen und versuchte mühsam, wieder auf die Beine zu kommen.

Er hatte sich oft gefragt, weshalb sie ihn nicht mitgenommen und zur ARVO, der ungarischen Geheimpolizei, geschleppt hatten, damit die ihn foltern, zum Reden bringen und dann in irgendein finsteres Verlies werfen konnten. Aber was sie taten oder nicht taten, folgte keiner Logik. Nicht Logik entschied darüber, ob Menschen starben oder weiter lebten. Alles hing nur von der Laune des Augenblicks ab.

In der Nacht, in der sie in das Haus in Budapest eingedrungen waren, fanden sie Karel nicht. Aber zwei Tage später kriegten sie ihn, als er sich im Stadtpark blicken ließ, wo er sich mit seinem Mädchen verabredet hatte. Sie wussten es und lauerten ihm auf.

Karel war ein Narr gewesen. Gabor hatte es ihm immer wieder gesagt:

Kein Mädchen ist es wert, ein Risiko einzugehen. Aber Karel liebte das Risiko, er forderte es heraus.
Er wusste genau, dass der Widerstand gebrochen war und dass sie ihn irgendwann aufspüren würden, wenn er nicht rasch außer Landes floh. Aber er wollte sich erst noch einmal mit seinem Mädchen treffen und sie überreden, mit ihm zu kommen – nach Amerika oder Frankreich oder Italien. Und so hatte er ihr eine Nachricht geschickt, und sie hatte auf der Parkbank auf ihn gewartet.
Und als er langsam auf sie zugeradelt kam, merkte er plötzlich, dass nicht nur sie auf ihn wartete. Auf einmal waren überall Männer in Trenchcoats und Soldaten mit Gewehren. Sie lauerten hinter dem Gebüsch und kamen aus Fahrzeugen gestürmt. Und das Mädchen war zu weit weg, ringsum schrien Menschen, und dann fielen auch schon Schüsse. Karel versuchte noch, mit dem Fahrrad zu entkommen, aber er kam nicht weit, er stürzte, von drei Schüssen in den Rücken getroffen, zu Boden.
Er starb nicht gleich, der ARVO blieb noch Zeit, ihn in den Krankenhausflügel zu schleppen, der für ihre Spezialverhöre reserviert war, und zu foltern, bis ihn gnädiges Dunkel erlöste.
Gabor sah seinen Bruder Karel nie wieder, er erfuhr von anderen, was im Stadtpark geschehen war. Nur, wer Karel verraten hatte, das konnte ihm niemand sagen.
Und so hatte er angefangen, das Mädchen zu beobachten, weil er zwar ahnte, was sie getan hatte, aber nicht verstehen konnte, warum. Wochenlang folgte er ihr auf Schritt und Tritt und wartete auf eine Gelegenheit, sie zu fragen. Er fand bald heraus, dass sie ein Zimmer in einem vielstöckigen, verrußten Backsteinbau bewohnte. Und wenn er abends, auf der gegenüberliegenden Straßenseite ins Dunkel gedrückt, zu dem Backsteinhaus hinüberstarrte, sah er sie fast täglich, lachend und das dunkle Haar vom Wind zerzaust, mit Soldaten losziehen.
Er wollte sie nur nach dem Warum fragen, mehr nicht.
Und so stand er in einer bitterkalten Nacht mit kalten Ohren und steif gefrorenen Fingern wieder vor dem Haus und beobachtete, wie ein junger russischer Offizier im dicken Wintermantel aus dem Haus trat. Er ließ ein

paar Minuten verstreichen, bevor er die Straße überquerte, die unverschlossene Haustür aufstieß, Treppe um Treppe hochstieg und an ihrer Tür klopfte.
Es wäre vielleicht nichts passiert, wenn sie nicht betrunken gewesen wäre, sich nicht in einem hauchdünnen Nachthemd in den Türrahmen gerekelt und ihn nicht so lasziv angesehen hätte. Sie ahnte nicht, wer vor ihr stand, er war für sie nur irgendein hübscher neunzehnjähriger Bursche mit dunklem Haar und leuchtenden Augen. So wie sie für ihn auf einmal nicht mehr das Mädchen war, das seinem Bruder den Kopf verdreht hatte und auf der Straße mit fremden Soldaten lachte. Und dann hatte sie ihn am Arm gefasst und ins Zimmer gezogen, wo sich der schale Geruch abgestandener Drinks mit dem Duft eines schweren Parfüms mischte.
Manchmal, wenn er gar nicht damit rechnete, holten ihn Erinnerungen an die Nacht in Budapest ein. So wie jetzt, in diesem Zimmer in Dublin. Damals in Budapest hatte er schließlich zwischen ihren gespreizten Schenkeln gelegen, war in ihr gekommen und hatte erst, als er aus ihr herausgeglitten war, die blutunterlaufenen Würgemale an ihrem Hals wahrgenommen und begriffen, dass sie tot war. Und selbst dann hatte es noch eine Zeit lang gedauert, bis ihm klar wurde, warum er wirklich zu ihrem Zimmer hinaufgestiegen war. Um zu tun, was er getan hatte. Und nicht, um ihr nur eine Frage zu stellen.
Viele Jahre lang hatte er verdrängt, was damals in der Nacht in Budapest geschehen war. Es war tief unter der Gegenwart verschüttet, gemeinsam mit seiner Vergangenheit. Bis zu der Nacht vor zwanzig Jahren in einem Hotel in Miami. Auch eine Nacht mit einem Mädchen, sehr jung und wunderschön, mit dunklem Haar und dunklen Augen.
Es wusste, dass sie zu ihm aufs Zimmer geschickt und bezahlt worden war, dennoch hatten sie anfangs viel Spaß miteinander gehabt, zumal sie ein nettes Plappermäulchen war und sich darauf verstand, ihm eine glitzernde Scheinwelt vorzugaukeln, die ihn vergessen ließ, dass es nur um eine Nacht ging, noch dazu um eine bezahlte. Aber dann war irgendetwas geschehen …
Er wusste nicht mehr, was es gewesen war, ob sie irgendetwas zu ihm ge-

sagt oder ihn irgendwie seltsam angesehen oder auf eine besondere Weise berührt hatte, er wusste nur noch, dass er auf einmal erkannt hatte, wie viel Verruchtheit sich unter dem schönen Schein verbarg, und dass seine Hände sich um ihre Kehle geschlossen und hart zugedrückt hatten und dass das verzweifelte, schon halb erstickte Keuchen von ihr gekommen war.
Es hatte in dieser Nacht keinen Sex gegeben, keine zerwühlten Laken, nichts Ungewöhnliches und nichts Unschickliches, abgesehen davon, dass sie am Ende tot war. Alles andere erledigten die Leute für ihn, die sie für ihn ausgesucht und bezahlt hatten. Für diese Leute war das ganz einfach gewesen, ihnen gehörte das Hotel. Nein, die ganze Stadt.
Erst Monate später, als er wieder in New York war, kamen die Agenten vom FBI zu ihm. Sie hatten ihre Leiche gefunden und recherchiert, wie und wo sie den letzten Tag ihres Lebens verbracht hatte.
Er hatte sofort zugegeben, dass er am fraglichen Tag in Miami gewesen war, aus geschäftlichen Gründen. Ja, er habe dort einige Mandanten beraten, Leute, die ihr Geld in Hotels investierten. Durch sie habe er eine junge Dame kennen gelernt, mit der er später zu Abend gegessen habe. Nein, nach dem Dinner habe er sie nicht mehr gesehen.
Und als die Agenten weiter hartnäckig Fragen stellten, hatten einige Gentlemen, darunter auch ein amerikanischer Senator, bei der Polizei ausgesagt, dass er zur vermutlichen Mordzeit mit ihnen zusammengewesen sei. Ja, den ganzen Abend.

Er hatte gedacht, es sei ausgestanden.
Aber als er die Hose hochzog und mit zitternden Fingern die Träger festhakte, fing er zu ahnen an, dass er die Hände deshalb nicht ruhig halten konnte, weil er immer noch die zuckende Kehle des Mädchens zu spüren glaubte. Und dass es keine Nachwirkung des Schocks war, wenn er nach Luft ringen musste. Es lag an dem Albtraum, den er mit offenen Augen durchlebte, weil er meinte, sie immer noch röcheln zu hören.
Sie lag mit gespreizten Beinen auf dem Sofa, den linken Fuß auf den Boden gestützt, den Rock hochgeschoben, das Höschen

neben dem Kopf. Die Augen starrten leblos an ihm vorbei ins Leere.
Nein, niemand durfte je erfahren, dass er das getan hatte.
Denk nach.
Parrish und die anderen?
Sie wussten nichts von ihr und von dem Bistro, er hatte nie ein Wort darüber verloren. Sie konnten ihn also, wenn das Mädchen tot aufgefunden wurde, nicht mit ihrem Tod in Verbindung bringen.
Und die Polizei? Nun, die fingen wieder zu recherchieren an, wie sie die letzten Stunden vor ihrem Tod verbracht hatte. Gut, es konnte sein, dass die Angestellten in dem Bistro sich an ihn erinnerten. Aber wussten sie auch, dass sie zusammen mit ihm weggegangen war? Vielleicht erwies sich ihre Idee, ihn draußen auf sie warten zu lassen, nachträglich als Rettungsanker.
Nein, du Narr – nein!
Der Pub, in den sie zunächst gegangen waren – dort hatte man sie gekannt. Ein paar Gäste erinnerten sich sicher an ihn, möglicherweise konnte ihn der eine oder andere sogar beschreiben.
Und später in der Hotelbar? Die beiden Pärchen, die dort gesessen hatten, zogen es vermutlich vor, keine Aussagen zu machen, jedenfalls nicht freiwillig. Aber wie war das mit dem Barkellner? Der erinnerte sich bestimmt an ihn. Und daran, dass er Bourbon bestellt hatte. Kellner haben ein gutes Gedächtnis und können ihre Gäste oft genau beschreiben, auch wenn sie sie nur einmal gesehen haben.
Los, lass dir was einfallen!
Es war ihre Idee gewesen, Sex mit ihm zu haben. Also war sie ziemlich sicher gewesen, dass sie nicht gestört würden. Es musste also stimmen, dass sie das Apartment allein bewohnte.
Was ihm zumindest Zeit verschaffte.

Aber seine Fingerabdrücke – die musste das FBI noch von damals, von der Sache in Miami, in den Unterlagen haben. Was hatte er hier in der Wohnung angefasst? Viel konnte es nicht gewesen sein.
Er holte ein Tuch aus der Küche und fing an, alles sorgfältig abzuwischen, womit er vielleicht in Berührung gekommen war, von der Wohnungstür bis zum Sofa.
Dann wischte er die Flasche Cointreau ab und stellte sie in die Anrichte. Trug die beiden Gläser in die Küche, wusch sie ab, rieb sie sorgfältig trocken und stellte sie ebenfalls in die Anrichte.
Und nun das Mädchen? Was machte er mit ihr?
Plötzlich sah er erschrocken, dass auf der Innenseite ihres Schenkels etwas glitzerte, eine kleine Schleimspur, ein Rest Sperma.
Nun, daran ließ sich nichts mehr ändern, er nahm sich gar nicht erst vor, es zu versuchen. Das FBI hatte damals in Miami keinen DNS-Test gemacht, für die Agenten war es also irgendein Sperma, sie konnten es nicht als seines identifizieren.
Blieben die Fingerabdrücke. Die hatten sie, und sie konnten jetzt auf ihrer Haut neue Vergleichsabdrücke von ihm nehmen.
Er holte aus dem Bad ein Handtuch und eine intensiv duftende Seife, beugte sich über die Tote, hob ihr vorsichtig mit einer Hand den Kopf an und wusch die Stellen, an denen er sie gewürgt hatte. Er konnte sich selbst nicht erklären, weshalb er es mit so viel behutsamer Zärtlichkeit tat, dass es fast wie eine letzte Liebkosung war.
Er brachte das Tuch und die Seife ins Bad zurück und zog ein paar Kosmetiktücher aus der Spenderbox, damit er, als er ging, den Lichtschalter und den Türknauf nicht mit bloßen Händen anfassen musste.
Ein paar wenige Dinge blieben noch zu tun, zum Beispiel ein

Anruf, den er, als er wieder im Hotel war, über sein Mobiltelefon erledigte. Und ein zweiter Anruf, diesmal übers Haustelefon: Er bat die Rezeption, die Rechnung fertig zu machen, weil er morgen früh abreisen wolle.

25

Als Gallagher am Samstagvormittag das Radio einschaltete, bekam er gerade noch den Schluss der Elf-Uhr-Nachrichten mit.

»... wird allgemein im Zusammenhang mit den Andeutungen gesehen, die Irlands neue Justizministerin am Montag in ihrer Antrittsrede gemacht hat. Hören Sie dazu einen Bericht unseres politischen Korrespondenten Eugene McCann:

Mr. Seamus North' Entscheidung, als finanzpolitischer Sprecher der Opposition zurückzutreten und darüber hinaus sein Abgeordnetenmandat zurückzugeben, steht am Ende einer Woche, die von Vermutungen beherrscht war, auf wen Emma Gallaghers Andeutungen im Dail *gemünzt sein könnten. North nennt zwar als Grund für seinen Rücktritt beharrlich die Absicht, künftig mehr Zeit für seine Familie und private Interessen zu haben, dennoch ist durchgesickert, dass es in den vergangenen Tagen mehrere Treffen zwischen dem Führer der Opposition und ihm gegeben hat, nachdem mehrere Zeitungen Einzelheiten über North' persönliche Lebensführung veröffentlicht haben, die den Politiker in einem zumindest fragwürdigen Licht erscheinen lassen ...«*

Mit oder ohne Fotos, Emma hatte es geschafft. Und das, ohne mehr zu tun, als die Gerüchteküche ein wenig anzuheizen.

Gallagher fragte sich, wie ihr wohl nach diesem Sieg zumute sein mochte. Hatte sie überhaupt noch ein Gespür dafür, ab wann verleumderische Andeutungen eindeutig unter der Gürtellinie landeten? Erstaunlich, wie leicht es ihr fiel, sich auf derart zweifelhafte Schachzüge einzulassen.

Du warst eben nicht da.

Irgendwie war es auch seine Schuld, wenn sie zu der Frau geworden war, die sie heute war. Ein Vater, den der Tod ihr genommen hatte, damit hätte sie sich irgendwann abfinden müssen. Aber so war er für sie der Vater gewesen, der sich ganz einfach entschlossen hatte, woanders zu leben, nicht bei ihr.

Woher nahm er das Recht, ihr Verhalten zu verurteilen? Durfte ausgerechnet er ihr den Zynismus vorwerfen, mit dem ihr auf dem Weg nach oben beinahe jedes Mittel recht war?

Lass ihr Zeit, hatte Kate gesagt. Aber in diesem Fall konnte Zeit nichts mehr ändern. Zumindest nicht die Persönlichkeit, zu der Emma in den vergangenen zweiunddreißig Jahren geworden war.

Er tastete Kates Nummer ein. Sie musste inzwischen von ihrer Geschäftsreise nach England zurück sein. Paul war alt genug, um für sich selbst zu sorgen, sie konnte also ruhig hin und wieder ein paar Tage wegfahren. Außerdem hatte sich Gallagher ein bisschen um den Jungen gekümmert.

Nicht, dass er sich um Paul Sorgen machte, mit dem Jungen war alles in Ordnung. Sie waren einfach nur abends zusammen ins Kino gegangen und hatte hinterher ein bisschen geredet – auch über seinen Vater, anfangs zögernd, dann, als sie sich warm geredet hatten, immer offener, so dass Gallagher eine Ahnung davon bekam, wie viel hilflose Wut, wie viele unbeantwortete Fragen und wie viel stumme Trauer Paul immer noch zu schaffen machten.

»Ah«, sagte er, als Kate sich meldete, »du bist zurück. Wie war's?«

»Gut. Wenn ich mal davon absehe, dass mir während meiner Abwesenheit ein paar betrunkene Hooligans mit einem Backstein die Windschutzscheibe zertrümmert haben – mir und einigen Nachbarn. Darum sitze ich jetzt hier und warte auf ein verdammtes Taxi. Ich bin im Shelbourne verabredet.«

»Mit jemandem, den ich kenne?«, fragte er und hoffte im Stillen, dass die Frage sich nicht allzu neugierig anhörte.

»Mit meinem Geschäftspartner aus Paris. Er ist hier, um sich das Rugbymatch anzusehen.«

Ach ja, Irland gegen Frankreich, an der Lansdowne Road.

»Ich muss nachher sowieso in die Stadt. Was hältst du davon, wenn wir uns nach deiner Besprechung im Shelbourne treffen und irgendwo zum Essen gehen? Ich könnte dich anschließend mit nach Hause nehmen.« Er wollte sich einfach endlich wieder mal in aller Ruhe mit ihr unterhalten.

Kate überlegte einen Moment. »Ja, das wäre schön.« Und dann fiel ihr ein: »Übrigens, nett von dir, dass du ein Auge auf Paul gehabt hast.«

Er lachte. »Ich hoffe zuversichtlich, dass Paul das nicht so verstanden hat. Ich bin gern mit ihm zusammen.«

In der Stadt stellte er rasch fest, dass er heute in seiner üblichen Ecke rund um St. Stephen's Green keinen Parkplatz finden würde. Alles voll, überall Neonpfeile, die den Verkehr zu den Parkhäusern umleiten sollten, nur, dort leuchteten auch schon die roten »Besetzt«-Schilder.

Er drehte ein paar Runden, fing zu schwitzen an und beglückwünschte sich selber, als schließlich bei der wer weiß wievielten Runde genau vor ihm eine Lücke frei wurde. Er fütterte die Parkuhr mit Münzen, legte sein Jackett auf den Rücksitz, schloss den Wagen ab und spazierte auf den Parkeingang zu.

Er trug ein kurzärmliges Hemd, die milde Brise fuhr ihm kitzelnd über die behaarten Unterarme. Auf den Beeten entfalteten Frühlingsblumen ihre Farbenpracht, auf den Rasenflächen wimmelte es schon von Sonnenanbetern, deren Mienen – als sie so mit geschlossenen Augen, die Gesichter gen Himmel gereckt, barfuß, ein paar junge Burschen sogar mit freiem Ober-

körper – deutlich signalisierten, dass ihnen heute der Alltag mit all seinen banalen Pflichten gestohlen bleiben konnte.
Gallaghers Rundgang endete an der Wolfe-Tone-Statue, nicht weit vom Shelbourne, vor dem reges Kommen und Gehen herrschte. Aus den Gepäckfächern eines großen Reisebusses mit deutschem Kennzeichen wurden Koffer ausgeladen und an der Straße abgestellt. Dahinter parkte ein dunkelblauer BMW mit offenem Kofferraum, ein Hoteldiener hievte gerade einen Koffer hinein, der Türsteher hielt jemandem, der abreisen wollte, die hintere Wagentür auf. Und dann kam der Gast aus dem Hotel.
Gallagher sah den Mann, der in den BMW stieg, nur einen kurzen Augenblick lang, und auch nur im Profil – die Nase, das gepflegte Haar, die Geschmeidigkeit der Bewegungen.
Aber das genügte.
Sein Puls jagte, das Herz schlug ihm bis zum Hals, trotz des warmen Wetters kroch ihm eine Gänsehaut über den Rücken.
Er stand wie versteinert da und starrte auf den Wagen. Nur, wegen der getönten Scheiben konnte er nicht genug erkennen, solange der BMW nicht näher herangekommen war.
Der Fahrer setzte den Blinker nach rechts, kurvte um die abgestellten Koffer herum und fädelte sich in den Verkehrsstrom ein. Die Einbahnstraße ließ nur noch zwei Möglichkeiten zu: die Ausfallstraße nach Dublin-Süd oder den Rundkurs um den Park.
Gallagher kam sich als einziger Fußgänger weit und breit wie auf dem Präsentierteller vor. Nur zwei, drei Sekunden noch, bis der Wagen auf seiner Höhe war, und dann konnte der Mann auf dem Rücksitz ihn einfach nicht übersehen. Seine einzige Chance bestand darin, kehrt zu machen und zum Park zurückzugehen. Und genau das tat er.
Aber nun war der Wagen hinter ihm, was ihm die Möglichkeit nahm, doch noch einen Blick ins Innere zu erhaschen und aus

der Vermutung Gewissheit werden zu lassen. Er schaffte es nur, kurz den Kopf zur Seite zu drehen, als der BMW vorbeifuhr, mit dem frustrierenden Ergebnis, dass er nicht mehr als das verschlungene Gewirr aus Parkbäumen, dem Wolfe-Tone-Denkmal und seinem eigenen Umriss ausmachen konnte, das sich in den getönten Scheiben widerspiegelte.
Im letzten Moment fiel ihm ein, sich wenigstens das Kennzeichen zu merken. Zu spät – er erkannte gerade noch 96 D, was lediglich besagte, dass der Wagen letztes Jahr in Dublin zugelassen worden war.
Knieweich schleppte er sich in den Park und hielt nach einer freien Sitzbank Ausschau.
Was er in sich gespeichert hatte, war nur eine Momentaufnahme, ein flüchtiger Eindruck, keine präzise Beobachtung. Aber er hätte schwören können, immer noch das hässliche Kratzen zu hören – wie von einem Stück Kreide auf einer Schiefertafel –, mit dem der kurze Blick auf den Mann im Fond des Wagens die Oberfläche seiner Erinnerungen angekratzt hatte.
Jemand aus New York.
Er merkte nicht mal, dass die Bank, auf die er sich schließlich fallen ließ, mit angetrocknetem Vogelkot bekleckert war.

Plötzlich holten ihn am hellen Tag all die Bilder ein, denen er gewöhnlich nur nachts ausgeliefert war, wenn er seine Albträume nicht abschütteln konnte. Gestochen scharf und zugleich irgendwie unwirklich, als wäre die Farbe ausgebleicht. So wie seinerzeit auf den Monitoren der Überwachungskamera, die sie in und vor dem Hotel im Stadtzentrum installiert hatten.
Gallagher hatte das Hotel ausgesucht, da wegen der Stadtlage die Zu- und Abfahrtsstraßen besonders leicht zu überwachen waren. Und weil es so wichtig gewesen war, dass bei diesem von langer Hand vorbereiteten Zugriff nichts schief ging.
Im Geiste sah er die Gesichter von Gaines und Dobchek – zwei seiner

besten Agenten, jung und karrierebesessen wie die Polizeischüler in Templemore. Sie hatten sich als irische Terroristen ausgegeben, die in Amerika Waffen kaufen wollten. Und in dieser Nacht wollte der Mittelsmann persönlich mit ihnen Kontakt aufnehmen. Er sollte ihnen einige Musterstücke aushändigen und im Gegenzug eine Anzahlung von zwanzigtausend Dollar erhalten, in einem kleinen ledernen Aktenkoffer verpackt.

Die bloße Annahme des Geldes hätte für eine Festnahme ausgereicht, aber Gallagher genügte das nicht, er wollte mehr. Gaines und Dobchek sollten herausfinden, wer die Hintermänner waren und von wo aus der weltweite illegale Waffenhandel gesteuert wurde.

Die beiden Agenten waren natürlich nicht auf sich allein gestellt; ein Hubschrauber, etliche Kastenwagen mit dreißig FBI-Agenten und dazu ein Spezialeinsatzkommando hielten sich bereit, jederzeit einzugreifen, wenn es so weit war.

Und Gallagher saß in seinem Büro in Manhattan und konnte es kaum erwarten, endlich zuzuschlagen. Für ihn ging es nicht nur darum, irgendeine Zentrale des internationalen Waffenschmuggels auszuheben, seit er wusste, dass der Mittelsmann seiner beiden Agenten Alex Leslie war, der einzige Sohn von Gilbert Leslie – dem großen Strategen, der den Waffenhandel so umorganisiert hatte, dass die Struktur völlig undurchsichtig und damit praktisch so unangreifbar geworden war wie Leslie selbst.

Leslie, der in der Maske des Biedermanns aus dem Dunkel die Fäden zog. Und genau dem wollte Gallagher in dieser Nacht einen Riegel vorschieben.

Alex, Leslies Sohn, leitete ein Transportunternehmen in New Jersey, das sein Vater für ihn aufgebaut hatte – eine perfekte Tarnung, und im Übrigen warf die Firma auch noch Profit ab. Auf diese Weise war er, auf die internationale Kontakte seines Vaters gestützt, ins Waffengeschäft gekommen, aber es lag auf der Hand, dass er nur ein Strohmann sein konnte, denn er hatte nicht genug Verstand, um so etwas im großen Stil zu betreiben. Wie immer hieß der Mann im Hintergrund Gilbert Leslie.

Aber wenn sie die Marionette erwischten, zappelte vielleicht auch der Puppenspieler am Haken.

Es war nicht einfach gewesen, gegen alle Quertreibereien der Anti-Terror-Behörde das Kommando für die geplante Aktion zu bekommen. Gallagher hatte darum kämpfen müssen und Rückenwind vom FBI-Chef persönlich benötigt. Er wusste sehr gut, wie viel davon abhing, dass der nächtliche Zugriff ein Erfolg wurde. Denn dann war der Weg nach Washington frei – ins Zentrum der Macht, Gallaghers heimliches Ziel.
Gerade hatte er mit Gaines und Dobchek die letzten Einzelheiten durchgesprochen. Er wollte, dass sie unter Berufung auf die angeblich wachsende Ungeduld der irischen Terrororganisation Druck auf Alex machten. Sie sollten behaupten, ihre Auftraggeber in Irland wollten sich nicht mit ein paar Mustern abspeisen lassen. Die Organisation in Irland verlange Gewissheit, dass die angebotenen Waffen auch tatsächlich in ausreichender Zahl geliefert werden könnten.
Gaines hatte Bedenken angemeldet. Es habe lange genug gedauert, ihren Kontaktmann überhaupt aus der Deckung zu locken, und wenn sie jetzt zu viel Druck machten, könne Alex den Braten riechen und sich ganz aus dem Geschäft zurückziehen. Aber Gallagher war viel zu ungeduldig, um sich von Argumenten beeindrucken zu lassen. Er bestand darauf, dass alles genau nach seinem Plan ablief, redete geduldig auf seine Agenten ein, lobte sie, stellte es als ihr Verdienst dar, dass die Aktion so gut vorbereitet worden sei, und verstieg sich zu der Behauptung, dass Alex ihnen blindlings vertraue.
Gaines und Dobchek war trotzdem nicht wohl zumute, das konnte er ihnen ansehen. Es wäre klüger gewesen, ihnen freie Hand zu lassen, die Aktion auf ihre Weise durchzuziehen. Aber das hatte er nicht getan, und deshalb saß er nun selber mit einem mulmigen Gefühl im Bauch vor dem Überwachungsmonitor in seinem Kastenwagen.
Der Regen hatte aufgehört, aber da die Straßen noch nass waren, sahen die Aufnahmen auf dem Monitor leicht verwischt aus. Wenn er in das Hotelzimmer der beiden Agenten schaltete, sah er, wie nervös und angespannt Gaines und Dobcheck waren. Das Zimmer war mit Wanzen gespickt, und er konnte alles mithören, was dort gesprochen wurde, selbst allerdings keinen Funkkontakt zu seinen Agenten aufnehmen. Er hatte absichtlich da-

rauf verzichtet, sie mit einem Mikro auszustatten, da er wusste, dass Alex sie mit Sicherheit abchecken und natürlich sofort die Verkabelung entdecken würde.

Und auf einmal war es so weit: Er kam.

Ein Wagen kroch langsam am Hotel vorbei, beschleunigte, fuhr einmal ums Karree, kam zurück und hielt. Gallagher erkannte den Mann, der ausstieg, auf Anhieb am federnden Gang: Alex, mit einem offensichtlich ziemlich schweren Adidas-Sportbeutel in der Hand. Alex betrat das Hotel; der Wagen, der ihn abgesetzt hatte, fuhr weiter.

Gallagher gab zwei Agenten den Auftrag, dem Wagen zu folgen. Die preschten auch sofort los, aber beim Einbiegen in die Straße schnitt ihnen eine schwere Limousine den Weg ab. Kreischende Bremsen, quietschende Reifen auf regennasser Fahrbahn, der Wagen der Agenten schlitterte gegen die Limousine.

Nichts war passiert, nur ein harmloser Blechschaden.

Aber Gallagher sah, wie sich die Blicke der Fahrer sekundenlang verhakten, und ahnte sofort, dass sie einander erkannt hatten. Die Limousine, mit der die Agenten kollidiert waren, war also nicht zufällig am Hotel vorbeigefahren. Die Männer, die darin saßen, sollten auf und ab patrouillieren und sich vergewissern, dass die Luft rund um das Hotel sauber war – Alex Leslies Rückendeckung.

Die Limousine jagte mit Vollgas davon, die Agenten folgten. Und schon war auf dem Funkkanal des FBI die Hölle los – Meldungen, Rückfragen, nutzloses Gequassel, das nur die Frequenz blockierte. Aber gut – selbst wenn Alex' Leute etwas davon mitbekamen, was konnten sie schon unternehmen? Er war allein im Hotel, wie wollten sie ihm dort eine Warnung zukommen lassen?

Aber dann kam die kalte Dusche. Der Agent, der in fieberhafter Eile die Frequenzen absuchte, wurde fündig. Und die Nachricht, die er auffing, ließ keinen Zweifel zu: »Da ist was faul. Hau ab.«

Verdammt, Alex hatte einen Mini-Empfänger im Ohr.

Gallagher schluckte. Er griff zum Mikro, um das Einsatzkommando zu alarmieren. Es sah auf dem Monitor, wie Leslie das Hotelzimmer betrat.

Und auf dem anderen Monitor seine Leute, die aus dem ein Stockwerk höher gelegenen Zimmer, in dem sie auf ihren Einsatzbefehl gewartet hatten, über die Treppe nach unten stürmten.

Sie konnten es schaffen. Sie *mussten* es schaffen.

Alex Leslie blieb verblüffend kühl und gelassen, griff in seinen Sportbeutel und hielt plötzlich eine kurzläufige Uzi in der Hand. Er drückte ab. Zwei Salven, eine für Gaines und eine für Dobchek.

Die Agenten hatten keine Chance. Gallagher sah sie noch die Arme hochreißen, dann warf die Wucht der Geschosssalven sie nach hinten.

Leslie riss den Koffer mit dem Geld an sich und war im nächsten Moment aus den Beobachtungswinkeln der versteckten Kameras verschwunden. Irgendwo fielen Schüsse, dann herrschte Stille.

Den Rest sah Gallagher erst, als er am Tatort eintraf. Drei Männer in ihrem Blut, die beiden Agenten und Alex Leslie, der es noch bis zum Flur geschafft hatte und dort den Männern des Einsatzkommandos in die Arme gelaufen war.

Und dann der Kondolenzbesuch bei den Witwen der Agenten. Zwei junge Frauen mit rot geweinten Augen, ohnmächtiger Wut im Herzen und Gesichtern, in denen Gallagher unverhohlenen Zorn las. Nur, all das, was sie ihm stumm vorwarfen, quälte ihn selbst mindestens so sehr wie sie. Das Wissen, Gaines' und Dobcheks Vorbehalte leichtfertig beiseite geschoben und die Männer in den Tod geschickt zu haben, lastete zentnerschwer auf ihm.

Ein lächerlicher Blechschaden hatte das Verhängnis heraufbeschworen, aber das änderte nichts daran, dass er den Agenten die Verfolgung des Wagens befohlen hatte, in dem Alex Leslie gekommen war. Er trug die Verantwortung für alles, was passiert war, also musste er nun auch innerlich dafür gerade stehen und mit seinen Schuldgefühlen leben.

Im Übrigen hatte sie die Aktion keinen Schritt weitergebracht. Bei der Durchsuchung von Alex' Transportunternehmen und der Prüfung der Geschäftsunterlagen war nichts gefunden worden, was seinen Vater belastete. Und der Sportbeutel, den Alex dabeigehabt hatte, enthielt außer der kurzläufigen Uzi keine einzige Waffe. Sie konnten also nicht mal nachwei-

sen, dass er mit den Agenten über den Verkauf von Waffen verhandeln sollte.

Lange, quälende Befragungen durch den für New York zuständigen Abteilungsleiter und die Aufforderung, schnellstens den aus Washington angeforderten Bericht zu schreiben. Und das lähmende Gefühl der Isolierung, als er bei strömendem Regen an der Beerdigung seiner Agenten teilnahm und nicht nur die Tränen der beiden Witwen, sondern auch die kalten, abweisenden Gesichter seiner Kollegen ertragen musste, die ihn plötzlich ostentativ mieden.

Das war der Tag, an dem Gallaghers innere Auflösung anfing. Er bildete sich ein, zu spüren, wie irgendetwas in ihm zerbröckelte. Sobald es Nacht wurde, sah er im Dunkel Gilbert Leslies Gesicht vor sich. Aber wenn er danach greifen und es festhalten wollte, löste es sich in Nichts auf. Bei Besprechungen schweiften seine Gedanken ab. Immer wieder holten ihn dieselben Bilder ein: die Leichen von Gaines und Dobchek in dem Hotelzimmer, bizarr verkrümmt wie nach einer Hinrichtung. Einmal, als er zu viel getrunken hatte, waren sie sogar auf dem Fernsehschirm in einer Bar aufgetaucht, mitten in der Übertragung eines Basketballspiels. »Es ist mir egal, wer Sie sind«, hatte der Barkeeper gesagt, als er ihn auf die Straße setzte, »ich dulde nicht, dass Sie mit Flaschen auf meinen Fernsehapparat zielen.«

Wenn er allein im Büro saß, blätterte er gedankenverloren in Akten, ohne ein Wort von dem aufzunehmen, was darin stand. Papiere, die ihm zur Unterschrift vorgelegt wurden, ließ er ungelesen zurückgehen, Entscheidungen schob er vor sich her.

Er fand keinen Schlaf mehr, lag wach im Bett und hing seinen quälenden Gedanken nach. Einmal, als er Mrs. Dobchek anrief, um ihr zu sagen, wie Leid ihm alles tue, war er völlig konsterniert, als sie mit einem hysterischen Anfall reagierte. Er hatte sich so in seine eigene Welt eingesponnen, dass er gar nicht mehr nachvollziehen konnte, wie unpassend so ein Anruf nachts um drei Uhr war. In anderen Nächten stand er, weil er sowieso nicht schlafen konnte, kurz nach Mitternacht auf und tauchte zur Verblüffung der Agenten der Nachtschicht unerwartet in den frühen Morgenstunden im

Büro auf. Meist war die Folge, dass er mitten am Tag am Schreibtisch einschlief.

Natürlich gab all das Anlass zu Getuschel und heimlichen Beratungen seiner Mitarbeiter, die sich schließlich verpflichtet sahen, die Vorfälle an die vorgesetzte FBI-Dienststelle zu melden. Den Vorschlag, sich für eine Weile dienstunfähig zu melden, lehnte er brüsk ab. Und so schickte man schließlich einen Psychiater zu ihm.

Gallagher traf sich ein paarmal mit ihm, beantwortete auch bereitwillig seine Fragen, ließ ihn aber gleich in der ersten Sitzung wissen, dass er nicht viel Zeit habe. Er müsse sich vordringlich um seine Wohnung kümmern, in der eine unvorstellbare Unordnung herrsche. Der Unrat, behauptete er, staple sich mittlerweile so hoch, dass kein Weg um eine Grundrenovierung herumführe.

Der Psychiater sah sich in Gallaghers tadellos aufgeräumtem, blitzsauberem Apartment um. Und nickte verstehend. Für ihn war der Fall klar: Depression infolge eines traumatischen Erlebnisses. Der Mann litt unter Schuldgefühlen, mit denen er aus eigener Kraft nicht fertig wurde. Er brauchte dringend psychiatrische Betreuung in einer Spezialklinik.

Während die Vorbereitungen dafür noch liefen, leistete Gallagher sich den nächsten Fehler.

Er beauftragte einige Agenten, Gilbert Leslie rund um die Uhr zu beobachten und ihm auf Schritt und Tritt zu folgen. Was den Auftrag in ein besonders dubioses Licht rückte, war die strikte Anweisung, die Überwachung so durchzuführen, dass Gilbert Leslie etwas davon merken musste. Zwei, drei Tage ging das so, dann hob der New Yorker Amtschef die Weisung auf und schickte Gallagher mit der Auflage, sich vorläufig aller Aktivitäten zu enthalten, nach Hause.

Doch Gallagher griff sich bald danach zwei Agenten, die eigentlich mit einem ganz anderen Auftrag beschäftigt waren, unterstellte sie seinem Kommando und ließ sich von ihnen ohne nähere Erklärungen ins Westchester County nördlich von New York fahren, wo sie schließlich vor einem ansehnlichen Haus mit gepflegtem Garten hielten. Gallagher wies die Agenten an, im Auto zu warten, und ging auf das Haus zu.

Als Gilbert Leslie öffnete, schickte Gallagher ihn mit einem Faustschlag zu Boden, zerrte ihn hoch und schlug weiter auf ihn ein. Die beiden Agenten konnten gerade noch rechtzeitig eingreifen, als Gallagher drauf und dran war, seine Waffe zu ziehen.
Leslie erstattete keine Anzeige. Das FBI hätte die Geschichte ohnehin völlig verdreht dargestellt, außerdem lag ihm daran, kein unnötiges Aufsehen zu erregen; seine Geschäftsfreunde hätten das nicht gern gesehen.
Für Gallagher war es das endgültige Aus.
Wenige Tage später wurde ihm ein Bogen Papier hingeschoben, den er unterschrieb, ohne richtig zu merken, worum es ging. Es war sein Gesuch, aus gesundheitlichen Gründen frühzeitig entlassen zu werden. Der Form nach kein Rausschmiss, er schied auf eigenen Wunsch aus dem Dienst aus, das FBI zahlte ihm neben der Abfindung die monatliche Pension und übernahm für begrenzte Zeit alle Kosten für eventuell erforderliche ärztliche Behandlung.
Es dauerte lange, bis er sich erholte und allmählich wieder der Alte wurde. Und dann, zwei Jahre nach seinem Ausscheiden aus dem FBI, beschloss er, nach Irland heimzukehren und alles zu vergessen, was sich in jener Nacht in Manhattan abgespielt hatte.

Bis zum heutigen Tag.
Er schüttelte den Kopf wie einer, der ein Trugbild verscheuchen will. War der Mann im BMW tatsächlich Gilbert Leslie gewesen, oder hatte er sich das nur eingebildet? Was nicht verwunderlich gewesen wäre, da er in letzter Zeit sowieso überall Anzeichen für kriminelle Verschwörungen witterte. Weil ihm immer wieder Sean Donovans Worte durch den Kopf gingen.
Jemand aus New York.
Immerhin, er hatte sich ein wenig beruhigt, seine Hände zitterten nicht mehr. Er stand auf und ging auf das Shelbourne zu. Als der Park hinter ihm lag, rechnete er im Stillen damit, den dunkelblauen BMW harmlos und friedlich vor dem Hotel parken zu sehen. Aber da stand kein BMW.

Er überquerte die Straße und betrat die Halle. In der Lounge herrschte großer Betrieb, und es dauerte einen Moment, bis er Kate an einem Tisch beim Kamin entdeckte. Ihr gegenüber saß ein Mann im blauen Blazer, ungefähr Mitte vierzig, der Kate mit übertriebenen Gesten irgendetwas beschrieb. Kate hatte Gallagher noch nicht gesehen. Er wollte gerade den Arm hochrecken, um sie auf sich aufmerksam zu machen, als sie lachend den Kopf zurückwarf, ihn dabei zufällig entdeckte und heranwinkte. Ihr Begleiter hob halb grüßend, halb einladend sein Glas. Gallagher ging zu ihnen hinüber.
»Ah«, Kate richtete sich ein wenig im Sessel auf, »da bist du ja. Ich möchte dich gern mit Philipe Foucaud bekannt machen, meinem französischen Geschäftspartner, von dem ich dir ja schon erzählt habe.«
Foucaud stand auf, knöpfte den Blazer zu und deutete – ganz alte Schule – eine kurze Verbeugung an, bevor er Gallagher die Hand schüttelte. »Überaus erfreut, Sie kennen zu lernen. Darf ich Ihnen etwas zu trinken bestellen?«
Ein Sessel wäre an dem Tisch noch frei gewesen, aber Gallagher wollte sich nicht aufdrängen. »Das ist sehr nett von Ihnen, aber mir ist gerade etwas eingefallen, was ich unbedingt noch erledigen möchte. Ich bin gleich wieder da.« Und schon war er, von Kates verblüfftem Blick verfolgt, auf dem Weg zur Rezeption.
Eine junge Frau – dem Ansteckschild nach hieß sie Adeline – tippte etwas in den Computer. Als der Drucker zu rattern begann, sah sie hoch. »Kann ich Ihnen behilflich sein?«
»Ich hoffe es«, sagte Gallagher. »Als ich vor ein paar Minuten ins Hotel kam, war mir, als hätte ich jemanden gesehen, den ich von früher kenne. Einen Mann um die Sechzig. Er ist in einen dunkelblauen BMW gestiegen, aus der Siebener-Klasse, glaube ich. Der Mann, den ich meine, heißt Gilbert Leslie. War jemand mit diesem Namen bei Ihnen abgestiegen?«

Sie sah ihn mit einem prüfenden Blick an, bevor sie sich dem Computer zuwandte und etwas ins Keyboard tippte. »Nein, ich bedaure«, erklärte sie ihm schließlich, »einen Gast namens Leslie hatten wir nicht.«

»Könnten Sie mir dann vielleicht den Namen des Gastes nennen, der zuletzt ausgecheckt hat?«

Adelines Lächeln verkümmerte. »Tut mir Leid, Sir, wir geben grundsätzlich keine Auskunft über unsere Gäste. Ich meine, wenn Sie sich nach einem bestimmten Namen erkundigen, kann ich unter Umständen eine Ausnahme machen. Aber so ...«

Gallagher versuchte verzweifelt, sich einen anderen Vorwand auszudenken, aber es fiel ihm nichts Vernünftiges ein. Und hinter ihm wartete schon ein Ehepaar, das auschecken wollte. Beide sehr füllig, mit Golfkappen auf dem Kopf – also Amerikaner.

»Wenn ich sonst nichts für Sie tun kann, Sir ...«

»Nein, nichts. Danke für Ihre Mühe.«

Er ging zurück in die Lounge. Kate saß allein am Tisch, Foucaud war inzwischen gegangen.

»Wo ist dein Bekannter geblieben?«, fragte er.

»Er will sich mit einigen anderen französischen Patrioten in der Grafton Street treffen. Vermutlich wollen sie gemeinsam zu ihrem Rugbymatch marschieren.« Sie sah ihn forschend an. »Was ist los mit dir? Du kommst mir etwas nervös vor.«

Er winkte ab. »Ach, nichts weiter. Ich dachte, ich hätte jemanden gesehen, den ich von früher kenne. Scheint aber ein Irrtum zu sein. Also – wohin gehen wir zum Lunch?«

26

Sonntags war das Bistro von elf bis einundzwanzig Uhr geöffnet, obwohl Damian Fox, der Besitzer und Küchenchef, sich fragte, ob sich das wirklich lohnte. Vorgehabt hatte er es eigentlich nicht, aber dann war ihm aufgefallen, dass die anderen Lokale sonntags geöffnet waren und dass – vor allem ab März – an Sonntagen viele Touristen durch das Temple-Bar-Viertel flanierten, und weil Touristen nun mal potenzielle Gäste sind, hatte er sich gesagt: Probier's mal aus.

An diesem Sonntag tat sich auf den Straßen nicht allzu viel, aber es könnte um die Mittagszeit lebhafter werden. Er nahm ein Blech mit frischer Ciabatta aus dem Herd und fuhr sich mit dem Handrücken über die verschwitzte Stirn.

Wo nur Sinead heute blieb?

Es war halb zwölf, sie hätte seit einer halben Stunde da sein müssen. Andererseits, wenn sie nicht kam, sparte ihm das Lohnkosten. Er hatte Carmel und Julie draußen – für gerade mal zwei Gäste, wie er bei einem kurzen Blick durch die Schiebeluke zwischen Küche und Tresen feststellte, und die saßen bei der zweiten, kostenlosen Tasse Kaffee und lasen Zeitung. Eine Bedienung pro Gast, der reinste Luxus.

Nur, zu spät oder gar nicht zu kommen, das war einfach nicht Sineads Art. Auf sie war immer Verlass gewesen.

In der Küche hatte er die Telefonnummern der Angestellten an

die Wand gekritzelt, und so beschloss er, rasch mal anzurufen und zu fragen, was bei Sinead los war. Er ließ das Telefon endlos lange klingeln, aber bei ihr zu Hause nahm niemand ab.
Als er aufhängte, kam Carmel in die Küche, ein hageres Mädchen mit einer Frisur, bei der er immer an ein Büschel Ingwerkraut denken musste. Sie und Sinead schienen recht gut miteinander auszukommen.
»Sag mal«, fragte Damian, »du weißt nicht zufällig, was mit Sinead los ist, oder?«
»Hat sie noch nichts von sich hören lassen?«
»Nein. Ich hab gerade versucht, sie anzurufen, aber es geht keiner ran.«
»Das sieht ihr überhaupt nicht ähnlich.«
»Finde ich auch. Hör mal – draußen ist nicht viel los, wärst du so nett, schnell mal bei ihr vorbeizuschauen? Vielleicht ist sie krank.«
Carmel zog eine Schranktür auf, nahm einen Schlüssel vom Haken und erklärte Damian: »Ihr Reserveschlüssel, falls sie ihren mal vergessen hätte. Den steck ich mir für alle Fälle ein. Also dann – bis gleich, es ist ja nur ein Katzensprung.«
Sie kannte die Ein-Zimmer-Wohnung, Sinead hatte sie ihr neulich gezeigt. Nichts Großartiges, aber Carmel war fast ein bisschen neidisch geworden. Eine eigene Wohnung, das wäre ihr Traum gewesen. Eine Wohngemeinschaft mochte ganz nett sein, aber mitunter ärgerte es sie, dass die anderen Mädels so taten, als wäre in Wohngemeinschaften automatisch alles Gemeinschaftseigentum, und dass sie mitunter Männer anschleppten – spätabends, wenn sie todmüde war und schlafen wollte, und zwar allein.
Und dabei fiel ihr plötzlich etwas ein.
Sinead hatte sich in letzter Zeit ein bisschen merkwürdig benommen. Neuerdings kam von Zeit zu Zeit so ein älteres Semester ins Bistro, und Sinead scharwenzelte jedes Mal ziemlich

auffällig um ihn herum. Ein Italiener, hatte sie Carmel erzählt. Das mit den Männerbekanntschaften war nicht neu, Sinead hatte schon früher mit Gästen im reiferen Alter angebändelt, und dabei war anscheinend jedes Mal irgendein hübsches Geschenk herausgesprungen.

Wie zum Beispiel der sündhaft teure Lederblouson, in dem sie herumlief. Carmel hatte sie darauf angesprochen. »Es ist mir ein Rätsel, wie du dir so einen teuren Fummel leisten kannst.« Und Sinead hatte sich nur hinter einem Lächeln verschanzt und gesagt: »Tja, Kindchen, man muss eben den richtigen Dreh raushaben.«

Also wirklich, manchmal wurde sie aus Sinead nicht schlau.

Sie schloss die Haustür des umgebauten Lagerhauses auf, stieg die Treppe hoch zum ersten Stock, vergewisserte sich mit einem Blick auf das Messingschildchen, dass sie vor der richtigen Wohnungstür stand, und klingelte.

Sie hörte es drin läuten, aber ansonsten rührte sich nichts, auch beim nächsten Versuch nicht. Sie versuchte es mit lautem Klopfen. »Sinead? Bist du da? Ich bin's, Carmel.«

Als sich wiederum nichts rührte, schloss sie auf.

Noch unter der Tür stehend, sah sie den reglosen Körper auf dem Sofa liegen. An der fast bläulichen Verfärbung des Gesichts und dem starren Blick erkannte sie sofort, dass Sinead tot war.

Als ihr klar wurde, dass der Mörder womöglich noch da war, zog sie hastig die Tür zu, stolperte die Treppe hinunter und rannte auf die Straße. Sie rannte und rannte, bis sie im Bistro angekommen war und Damian atemlos berichten konnte, was sie gesehen hatte.

Damian Fox griff zum Telefon.

Und so hatte es Frank Dolan ein paar Wochen nach seiner Ernennung zum Inspector mit seinem ersten Mordfall zu tun. Er hatte zwar schon an mehreren Mordfällen mitgearbeitet – meistens Messerstechereien mit tödlichem Ausgang –, aber dies war das erste Mal, dass er sich in der Rolle des für die Ermittlungen Verantwortlichen sah.

Vom Polizeiarzt erfuhr er, dass die Tote offenbar vergewaltigt und mit bloßen Händen erwürgt worden sei. Der Tod war seiner Schätzung nach vor mindestens vierundzwanzig Stunden eingetreten, was bedeutete, dass der Mörder einen gehörigen Vorsprung hatte. Sehr misslich.

Es gab keine Anzeichen dafür, dass der Täter gewaltsam eingedrungen war, die Wohnung durchwühlt oder irgendetwas mitgenommen hatte, was den Schluss zuließ, dass die Ermordete ihren Mörder wahrscheinlich gekannt hatte. Die Suche nach Fingerabdrücken brachte kein Ergebnis. Die Männer von der Spurensuche mussten auch Dolans schwache Hoffnung enttäuschen, dass sich möglicherweise am Hals – da, wo die Würgemale waren – Fingerabdrücke finden ließen. Falls es dort verwertbare Spuren gegeben hatte, waren sie durch den normalen Schrumpfungsprozess der Haut unerkennbar geworden, oder aber der Täter hatte sie abgewischt.

Das Apartment gehörte einem jungen Mann namens Kennedy, der zur Zeit in Australien arbeitete und, wie eine Überprüfung ergab, seit sechs Monaten nicht mehr nach Irland eingereist war. Bei einer Befragung durch die Polizei in Adelaide sagte er aus, er habe Sinead das Apartment zur Nutzung überlassen, damit sie sich während seiner Abwesenheit darum kümmern könne.

Dolan suchte Damian Fox auf, den Arbeitgeber der Ermordeten, einen bemerkenswert schlanken Mann. Dolan fragte sich, wie er das wohl, umgeben von so vielen Kuchen und Keksen, schaffte. Er hatte das Gefühl, schon beim Anblick all der Leckereien zuzunehmen.

»Arbeit und Sorgen sind zuverlässige Appetithemmer«, erklärte ihm Fox das vermeintliche Phänomen. Und als Dolan ihn fragte, was er denn für Sorgen habe, machte Fox eine weit ausholende Geste, die das ganze Bistro einzuschließen schien. »Sie glauben ja gar nicht, wie ich strampeln muss, um mich und das Lokal über Wasser zu halten. Und nach dem Mord an dem Mädchen – mein Gott, ich wage mir gar nicht auszumalen, wie sich das aufs Geschäft auswirken wird.«

Er erzählte Dolan, dass er Sinead zuletzt am Freitagabend gesehen habe, bei Ende ihrer Schicht. Darüber, wo er den Freitagabend verbracht hatte, konnte er lückenlos Auskunft geben, seine Angestellten und seine Ehefrau bestätigten die Angaben.

Carmel, die Sineads Leiche gefunden hatte, stand noch unter Schock, aber Dolan glaubte zu spüren, dass es etwas geben musste, was sie innerlich stark beschäftigte. Sie wich seinem Blick so auffällig aus, dass er sich vornahm, ihr, sobald sie sich erholt hatte, nochmals auf den Zahn zu fühlen. Und als es so weit war, erzählte sie ihm von dem Italiener, der letzte Woche ein paarmal hier gewesen sei und am Freitagabend das Bistro ungefähr zur selben Zeit wie Sinead verlassen habe.

Dolan hätte gewettet, dass das noch nicht alles war, aber er beließ es einstweilen dabei.

Sineads Eltern, Robert und Maura Patterson, kamen aus Donegal angereist, zufällig die gleiche Grafschaft, aus der Dolans Familie stammte. Er gab sich alle Mühe, sie ein wenig von ihrem Schmerz abzulenken, indem er sie auf besondere Sehenswürdigkeiten in der Umgebung und gemeinsame Bekannte ansprach, aber viel half das natürlich nicht. Mein Gott – wie auch, wenn sie gerade erfahren hatten, dass ihre Tochter tot war?

Mr. Patterson identifizierte die Tote, Mrs. Patterson hatte Fotos von ihr dabei, darunter ein paar, die ein ortsansässiger Fotograf bei einer Aufführung der Theatergruppe der Schule aufgenommen hatte, in dem Jahr, in dem Sinead von der Schule abgegangen war.

Dolan sah sofort, wie viel Lebensfreude sie ausgestrahlt und wie viel sie von der Zukunft erwartet hatte. Ein Foto, auf dem sie besonders anziehend aussah, gab er mit der Pressemitteilung vom Sonntagabend an die Zeitungen, in der Hoffnung, dadurch irgendjemanden aufmerksam zu machen, der Sinead in der Mordnacht gesehen hatte. Morde an Kindern und hübschen Mädchen gingen den Menschen besonders ans Herz, das war eine alte Polizeiweisheit. Aber die Zeitungen mussten eben gute Fotos bringen.

Seine Rechnung ging auf. Gleich am Montagvormittag meldeten sich zwei junge Männer, die Sinead am Freitagabend in einem Pub gesehen hatten. Sie sei in Begleitung eines älteren Mannes – so um die Sechzig – hereingekommen, sagten sie aus, aber die beiden seien bald wieder gegangen.

Dolan sprach mit Carmel darüber, wie der Mann nach der Beschreibung der Zeugen ausgesehen hatte, und sie bestätigte, dass sich das ganz nach dem Italiener anhöre. Trotzdem, Dolan wurde das Gefühl nicht los, dass es noch mehr gab, was sie wusste, aber nicht sagen wollte.

Und dann meldete sich am Dienstagabend ein neuer Zeuge, der eine Beschreibung des Verdächtigen abgeben konnte, wie sie sich die Polizei nicht besser wünschen konnte. Er war Kellner in einem kleinen Hotel in der Nähe des Tatorts, und da er übers Wochenende seinen Bruder in Birmingham besucht hatte, war er erst nach der Rückkehr dazu gekommen, die Nase in eine Dubliner Zeitung zu stecken. »Tja, und wie ich das Foto sehe … also, ich denke, mich laust der Affe.« Er hatte das Mädchen schon bei früheren Gelegenheiten gesehen, immer mit Männern, die – na ja, nicht mehr die Allerjüngsten waren. Als er erklärte, was er damit sagen wolle, huschte sein Blick – ähnlich wie bei Carmel – verlegen hin und her. »Sie ist tot, da mag

ich so was gar nicht sagen, aber … na ja, ich hab mich gefragt, was sie wohl mit den alten Knaben vorhat. Für mich sah das Ganze – irgendwie nach einer Liebesfalle aus.«
Der Kellner konnte sich nicht nur an viele Details erinnern, so zum Beispiel daran, dass Sineads Begleiter Bourbon getrunken hatte, er war auch in der Lage, der Polizei bei der Erstellung eines Computerbildes zu helfen: etwa sechzig, sehr schlank, gepflegtes Haar – ihm war nichts entgangen, nur bei den Augen war er sich nicht sicher, ob sie grau oder blau gewesen waren, auf jeden Fall hell.
Dolan erreichte Carmel im Bistro, bevor es schloss, und zeigte ihr das Phantombild. Ja, bestätigte sie, so habe der Italiener ausgesehen. Und dann rückte sie auch mit ihrem lange gehüteten Wissen über Sineads zahlreiche Männerbekanntschaften heraus. Dass Sinead offenbar am liebsten mit älteren Männern Umgang gepflegt habe, sei ihr immer komisch vorgekommen, sagte sie.
Dolan wusste, dass Carmels Aussage ihm nicht viel helfen würde. Immer mehr Menschen aus aller Herren Länder kamen nach Irland, um hier zu arbeiten und zu leben, wozu noch die zahlreichen Touristen kamen, die sich nur vorübergehend in Dublin aufhielten – wie zum Beispiel die vielen Franzosen, die anlässlich des Rugbyspiels übers Wochenende hier gewesen, inzwischen aber längst wieder nach Hause gereist waren.
Nun, im Augenblick suchten sie nur einen von Sineads Bekannten, und von dem gab es ein Phantombild, das Dolan noch am selben Abend an alle Dubliner Polizeistationen und an die Presse verteilen ließ.
Und prompt war am nächsten Morgen die Hölle los.
Eine Zeitung hatte umgehend einen Reporter losgeschickt, der sich bei Gastronomen, Ladeninhabern und Anwohnern in Temple Bar umhören sollte, wie die Leute auf den Mord reagierten. Schließlich hatte das ermordete Mädchen bei ihnen ge-

lebt und gearbeitet – in einem Viertel, das sich zunehmender Beliebtheit erfreute und als eine Art Oase der Lebensqualität galt.
Einer der Befragten erzählte dem Reporter, natürlich anonym, von der Angst der Menschen, dass sich womöglich ein sexbesessener Irrer in Temple Bar herumtrieb und dass viele junge Frauen um ihr Leben fürchteten. Ob das wirklich so gesagt worden oder eine freie Erfindung des Reporters war, mag dahingestellt bleiben, auf jeden Fall brachte die Zeitung es am Donnerstagmorgen in fetten Lettern auf der Titelseite:

ANGST GEHT UM – SCHLÄGT DER SEXMÖRDER WIEDER ZU?

Von da an lief das Räderwerk der Polizei auf Hochtouren.
In der Zentrale der *Garda* in Phoenix Park stieß Commissioner Conor Hogan die Tür zum Büro des für Polizeieinsätze zuständigen Deputy Commissioners auf und hielt ihm die Zeitung vor die Nase. »Wir tun gut daran, möglichst schnell handfeste Ergebnisse zu präsentieren«, schnaubte er. »*Pronto.* Unsere neue Ministerin hat schon angerufen und gefragt, ob sie sich einschalten müsse.«
»Äh – ich würde sagen, das wäre ein wenig übereilt.«
Hogan riss die Zeitung an sich und überflog nochmals die Titelseite. »Ich habe ihr gesagt, es handle sich lediglich um eine von den Medien aufgebauschte Sache, und wir hätten alles im Griff. Aber sie ist auf dem Sprung nach London, zum Gedankenaustausch mit dem britischen Innenminister über Terrorismusfragen, und ich habe zugesagt, dass wir bis zu ihrer Rückkehr sicherlich Fortschritte erzielt haben. Teilen Sie diese Ansicht?«
»Ich werde sicherstellen, dass das so ist, Commissioner.«
»Außerdem wünsche ich, dass dieser verdammte Unsinn mit Angst und Sexmörder und so sofort aufhört.«

Als sich die Tür hinter Hogan geschlossen hatte, griff der Deputy Commissioner zum Telefon und verpasste dem für die Dublin Metropolitan Area zuständigen Assistant Commissioner eine Rüge, weil er ihn nicht rechtzeitig auf dem Laufenden gehalten habe.

Was den Assistant Commissioner am Ende der knappen telefonischen Rüge veranlasste, nun seinerseits Chief Superintendent Barrett Greeley anzurufen.

»Ja, ich weiß, ich weiß«, unterbrach er Greeleys Lamento. »Ich weiß, dass Sie den verdammten Richtermord und die Donovan-Sache und was weiß ich was alles auf dem Tisch haben, aber der Commissioner wünscht, dass dieser Fall aufgeklärt wird, und ich möchte, dass Sie das sicherstellen. Wer ist an dem Fall dran?«

Greeley überprüfte das am Computer und stöhnte gequält auf, als er den Namen eines blutigen Anfängers las.

»Tja«, sagte er, »ab jetzt wohl ich.«

27

Seit dem Ärger mit der Windschutzscheibe hatte Kate nicht übel Lust, Nägel mit Köpfen zu machen und den Wagen durch einen neuen zu ersetzen. Die neue Windschutzscheibe war schnell eingebaut gewesen, aber sie fand immer noch Glassplitter in den Ritzen der Sitzpolster und unter dem Bodenteppich. Sie fühlte sich in dem Auto irgendwie nicht mehr wohl. Und so nahm sie sich für Mittwoch – ihren freien Tag – eine Mal-sehen-was-die-so-haben-Tour durch die Ausstellungsräume diverser Dubliner Autohändler vor.

Gallagher bot an, sie zu fahren, und sie wunderte sich beim Einsteigen einmal mehr, wie unaufgeräumt es in einem Wagen aussehen konnte. Nun, ihr Problem war das nicht, ihr Problem hatte eher etwas mit Gallaghers Fahrweise zu tun. Sie musste ihn einige Male auf rote Ampeln hinweisen, und einmal überholte er einen Fahrradfahrer so knapp, dass er ihn fast gestreift hätte.

»Geht's dir gut«, fragte sie besorgt. »Du kommst mir so zerstreut vor. Soll ich lieber fahren?«

»Nein«, sagte er scharf, »mir geht's gut.«

Es ging ihm nicht gut, sie war ja nicht blind. Er war mit Sicherheit mit den Gedanken woanders, was nicht gerade dazu beitrug, ihre Sorgen um seine Gesundheit zu zerstreuen. Toms Probleme mit Emma und seine derzeitigen finanziellen Schwierigkeiten machten wohl alles noch schlimmer. Es hätte ihm wahrscheinlich gut getan, sich mal auszusprechen, aber Kate wusste nicht, wie er auf so einen Vorschlag reagieren würde. Und so blieb es dabei, dass sie verkrampfter als je zuvor miteinander umgingen. Neulich im Shelbourne, als sie mit Philipe zusammengesessen hatte, war er ihr wie ein Traumwandler vorgekommen, total von der Rolle. Hatte das womöglich etwas mit seiner heutigen Stimmung zu tun?

Wie auch immer, sein seltsames Verhalten in der Hotellounge hatte ihr zu denken gegeben, weil es ihr klar gemacht hatte, wie stark sie sich zu Philipe hingezogen fühlte. Ihr Verhältnis zueinander beruhte nicht nur auf gemeinsamen Geschäftsinteressen, da steckte eindeutig mehr dahinter, auch wenn sie sich das gegenseitig noch nie eingestanden hatten. Kate war sich sehr wohl bewusst, dass sie an Philipe vor allem das Gefühl schätzte, einen Mann in ihrer Nähe zu haben, der sein Leben meisterte. Ein Gefühl, das sie bei Tom nie haben konnte.

Was andererseits nichts daran änderte, dass sie viel für Tom empfand und sich Sorgen um ihn machte.

Ihr Lunch am Samstag war kein unvergessliches Erlebnis gewesen. Sie hatte sich den Mund fusselig geredet, um ein Gespräch zustande zu bringen, und die ganze Zeit gemerkt, dass er ihr gar nicht richtig zuhörte. Er hatte sie nach Hause gefahren, war aber nicht lange geblieben. Ihr schlechtes Gewissen wegen Philipe hatte sie dazu angetrieben, ihn am Montagabend noch einmal anzurufen, doch er war ihr immer noch so einsilbig vorgekommen wie bei ihrem Lunch. Immerhin hatte er angeboten, heute für sie den Chauffeur zu spielen, und sie hatte das Angebot gern angenommen, teils auch deshalb, weil sie sehen wollte, ob es ihm wieder ein bisschen besser ging.

Nein, tat es nicht. Er hatte sich hinter einer unsichtbaren Mauer verschanzt, und sie hätte viel darum gegeben, einen Blick hinter diese Mauer werfen zu können.

Gallagher hätte ihr sagen können, was er hinter seiner Mauer tat: Er hielt unablässig Ausschau nach einem blauen BMW und einem Gesicht, das ihm bis zum Samstag nur in seinen Träumen erschienen war, in den kurzen Phasen, in denen er tatsächlich mal tief und fest schlief.

Er rang mit sich, ob er Kate erzählen sollte, was ihn innerlich beschäftigte. Aber wie sollte er das tun, ohne ihr gleichzeitig all das zu erzählen, was er in sich zu vergraben suchte? Oder war es höchste Zeit, hinter seiner Mauer hervorzukommen und Kate alles zu erzählen?

Er konnte sich nicht dazu entschließen.

Etwa um halb sechs brachen sie die Suche ab, Gallagher, die nach dem Phantom, dem er nachjagte, Kate die nach einem neuen Wagen. Und so schleppten sie, als sie in Ranelagh ankamen, nur einen Haufen Prospekte und eine Zentnerlast Unschlüssigkeit mit in Kates Haus.

Paul saß am Küchentisch, sah, dass Gallagher auch mitgekommen war, und begrüßte ihn mit »Oh, hi«. Und weil er erklären wollte, warum er fast alle seine Schulbücher vor sich ausgebreitet hatte, sagte er entschuldigend: »Morgen fangen die beschissenen Jahresprüfungen an.«

»Hi«, murmelte Gallagher geistesabwesend und ging, ohne weiter von Paul Notiz zu nehmen, ins Wohnzimmer.

Paul sah seine Mutter fragend an. Kate verdrehte nur die Augen, ihre Miene signalisierte: *Ich weiß auch nicht, was mit ihm los ist.* Dann rief sie hinter Gallagher her: »Auch einen Becher Tee?« Und da sie sowieso nicht mit einer Antwort gerechnet hatte, brachte sie ihm zwei, drei Minuten später seinen Becher ins Wohnzimmer. Im Fernsehen fingen gerade die Nachrichten an.

»Hör mal«, sagte sie mit leichtem Unmut in der Stimme, »so geht das nicht weiter. Es ist Zeit, dass wir …«

»Moment – sei mal ruhig!« Er stand abrupt auf und bedeutete

Kate, dass sie ihn jetzt nicht stören solle. Kate drehte sich um und starrte auf den Bildschirm. Paul, neugierig geworden, kam zu ihnen ins Wohnzimmer.

Es ging wieder um den Mord an einem jungen Mädchen in Temple Bar. Sie zeigten ein Computerbild von dem Mann, mit dem die Ermordete am Abend vor ihrem Tod gesehen worden war, dem Phantombild nach ein seriös aussehender Mann im gesetzten Alter, absolut nicht das, was Kate sich unter einem Mörder vorstellte.

»Es handelt sich möglicherweise um einen Ausländer italienischer Abstammung«, erläuterte der Nachrichtensprecher. »Die Polizei bittet ihn, sich mit ihr in Verbindung zu setzen, da sie sich von ihm im Zusammenhang mit dem Mord zweckdienliche Hinweise erhofft.«

Dann folgte ein Interview mit Chief Superintendent Barrett Greeley, der zwar nichts Neues über den Mord sagen konnte, aber die Gelegenheit nutzte, die Berichterstattung einiger Presseorgane heftig zu kritisieren.

»Die Vermutungen über einen Serienmörder, der bald erneut zuschlagen könnte, entbehren jeder Grundlage. Ich halte das für unverantwortliche Sensationsgier, die uns bei den Ermittlungen keinen Schritt weiterbringen wird.«

»Sie glauben also nicht, dass von diesem Mann eine unmittelbare Bedrohung für die Anwohner von Temple Bar ausgeht?«, fragte der Reporter.

»Ach – wir wissen ja noch nicht mal, ob es ein *Mann* war.«

»Aber Sie haben uns doch gebeten, das Phantombild eines *Mannes* zu zeigen?«

»Ja, im Rahmen der routinemäßigen Ermittlungen. Das bedeutet aber nicht, dass der Gesuchte der Mörder war. Es wäre ein Fehler, zum gegenwärtigen Zeitpunkt irgendwelche Spekulationen anzustellen. Wir haben es mit dem brutalen Mord an einer jungen Frau zu tun, so etwas ist immer erschreckend und löst

Ängste aus, aber es gibt keinerlei Anhaltspunkte dafür, dass es ein Serienmörder war, der wieder zuschlagen wird – das möchte ich zur Beruhigung der Anwohner von Temple Bar und von ganz Dublin ausdrücklich betonen.«
Der Reporter hakte hartnäckig nach: »Aber ausschließen können Sie es auch nicht?«
»Ich – äh … nein, das kann ich nicht. Es würde allerdings überhaupt nicht zum üblichen Verhaltensmuster von Serientätern passen, wenn der Mann …«
»Wir danken Ihnen für diese Stellungnahme, Chief Superintendent« – der Reporter blickte mit selbstzufriedenem Lächeln in die Kamera –, »und geben zurück ins Studio.« Dann folgte ein Bericht über landwirtschaftliche Probleme in Westirland.
Gallagher sah Kate und Paul mit triumphierendem Lächeln an. All seine Zweifel hatten sich in Nichts aufgelöst, das Phantombild bestätigte die Vermutung, die sich ihm am Samstagvormittag vor dem Shelbourne sofort aufgedrängt hatte. Es mochte nicht in allen Details stimmen – beim Haar beispielsweise –, aber die unverwechselbaren grauen Augen hätte Gallagher ohne jeden Zweifel unter tausend Augenpaaren erkannt.
Jemand aus New York.
Gilbert Leslie, da war er sich absolut sicher. Nur, was hatte Leslie hier in Dublin zu suchen gehabt? Gab es eine Verbindung zwischen ihm und Sean Donovan?
»Kate«, sagte er, »setz dich bitte, ich hab dir nämlich etwas zu erklären.« Der Augenblick, den er so lange vor sich hergeschoben hatte, war gekommen.
Kate und Paul setzten sich nebeneinander aufs Sofa und sahen ihn erwartungsvoll an.
Er erklärte ihnen zunächst, wer Leslie war, dann erzählte er ihnen von der Nacht in dem Hotel in Manhattan, in der zwei seiner Agenten erschossen worden waren und schließlich ihr Mörder, Leslies Sohn, selbst beim Feuergefecht mit dem Ein-

greifkommando ums Leben gekommen war. Es war für ihn wie eine Entgiftungskur, das alles endlich loszuwerden.
Danach kam der schwierigere Teil, als er davon erzählen musste, wie er nach den Ereignissen in Manhattan ausgerastet war. Bis jetzt hatte er Kate gegenüber immer nur ganz allgemein von gesundheitlichen Problemen gesprochen, er war einfach noch nicht so weit gewesen, ihr die ganze Wahrheit zu gestehen.
Der Rest sprudelte nur so aus ihm heraus – wie Donovan ihm bei dem nächtlichen Anruf verzweifelt versichert hatte, die Organisation habe jemanden aus New York hergeschickt, der ihn umbringen sollte, und was die Morde an Marcus Kelly und Richter Purcell nachträglich in einem ganz anderen Licht erscheinen ließ. Schließlich kam er zum letzten Samstag und zu dem Mann, den er vor dem Shelbourne gesehen und gerade eben auf dem Computerbild im Fernsehen wieder erkannt hatte.
»Es ist nicht nur die Ähnlichkeit, es ist auch die Art, wie er das Mädchen umgebracht hat. Sie wurde erwürgt.«
Erinnerungen wurden in ihm wach. Es war, als blättere er einen Stapel Karteikarten durch, auf denen die Einzelheiten über lange zurückliegende Verbrechen akribisch festgehalten waren.
»Wir hatten vor Jahren einen ähnlichen Fall in Miami, den Mord an einer Prostituierten. Das FBI wurde eingeschaltet, weil der Verdächtige schon seit langem als Schlüsselfigur im organisierten Verbrechen galt: Gilbert Leslie. Er war am fraglichen Abend mit dem Mädchen zusammengewesen, hatte aber für die Tatzeit ein astreines Alibi. Der Fall konnte nie gelöst werden.«
Paul schlug sich aufgeregt auf die Schenkel. »O Mann, Tom – das ist ja irre. Wie im Kino.«
Kate teilte seine Begeisterung nicht. Anfangs war sie schockiert gewesen, dann war ihr einiges ungereimt vorgekommen, und nun überwog ein Gefühl von Traurigkeit, weil Tom ihr im

Grunde immer fremd geblieben war. Da hatte sie sich nun in den letzten Tagen Gewissensbisse wegen ihrer Gefühle für Philipe Foucaud gemacht, und jetzt musste sie feststellen, dass ihr innerer Zwiespalt Gallagher, wenn er etwas davon geahnt hätte, kalt gelassen hätte. Ihn beschäftigte nur dieser Leslie – oder wie der Kerl hieß, der sein Denken wie ein Fluch aus längst vergangenen Tagen beherrschte.
Wie zur Bestätigung fuhr Gallagher fort: »Weißt du, ich hab am Samstag bei der Rezeption nachgefragt, ob jemand namens Leslie abgestiegen ist. Aber bei ihnen war niemand unter dem Namen eingetragen.«
»Dann wird er's wahrscheinlich nicht gewesen sein«, reagierte Kate kühl.
Paul schlug sich auf Gallaghers Seite. »Ach, Mum, was denkst du denn! So einer trägt sich doch nie unter dem richtigen Namen ein. Tom, was werden Sie jetzt machen?«
»Ich müsste eigentlich sofort Emma informieren. Der Haken ist nur, sie ist in London – irgendeine Konferenz beim Innenminister, kam heute in den Frühnachrichten. Und anschließend nimmt sie an einer Diskussion an der Uni von Cambridge teil.«
»Und nun?«
»Nun werde ich wohl wieder das Vergnügen haben, mich mit dem verdammten Greeley herumzuschlagen«, sagte Gallagher grimmig.
»Augenblick mal«, warf Kate ein, »wäre es nicht möglich, dass du dich geirrt hast?«
»Natürlich wäre das möglich. Glaubst du, ich hätte mir nicht während der letzten Tage Gott weiß wie oft die Frage gestellt, ob ich womöglich wieder anfange durchzudrehen? Und das ist vermutlich auch die Frage, die du dir stellst, nicht wahr?«
Kate wurde unter seinem fragenden Blick rot.
»Nein«, fuhr er fort, »Gilbert Leslie ist kein Hirngespinst, er ist aus Fleisch und Blut. Und ich weiß, dass er hier ist.«

Kate seufzte. »Ich hab nur gedacht … wenn du zur Polizei gehst, und hinterher stellt sich alles als Irrtum raus, das wäre ganz schön peinlich.«
»Mum«, wandte Paul ein, »ich glaube, Tom weiß, wovon er redet.« Kate las Auflehnung in seinen Augen, er war eindeutig auf Gallaghers Seite. Und da hörte sie ihn auch schon fragen: »Kann ich Ihnen irgendwie helfen, Tom?«
»Du mischst dich da nicht ein«, sagte sie rasch. »Davon verstehst du nichts.«
»Wovon verstehe ich nichts?«
Mein Gott, wie sollte sie dem Jungen erklären, dass Menschen von Ideen besessen sein können – Gallagher hatte sogar von einem Dämon gesprochen? Es gab ein paar Ungereimtheiten, die Paul einfach verdrängte.
Und doch musste sie sich eingestehen, dass die Düsternis, die sie so oft erschreckt hatte, aus Gallaghers Blick verschwunden war. Seine Augen strahlten einen ungewohnten Glanz aus, fast so etwas wie neue Hoffnung. Wie sollte sie ihrem Sohn da klar machen, dass dieser Mann – nun ja, unter einem Trauma litt?
»Paul, hier geht's nicht um erfundene Abenteuergeschichten, bei denen jeder selbst entscheiden muss, ob er sie glauben will oder nicht«, sagte sie etwas hilflos.
Gallagher fasste sie an den Schultern. »Genauso ist es, Kate. Nur, meine Geschichte ist nicht erfunden, sie ist Realität.«
Er sah sie lächelnd an. Doch wenn er gehofft hatte, in ihren Augen zu lesen, dass sie ihm glaubte, so sah er sich bitter enttäuscht. Und als sie sich ihm entzog und ein Stück von ihm abrückte, wurde ihm erschrocken klar, dass sie in diesem Augenblick nicht nur körperlich, sondern auch innerlich zu ihm auf Distanz gegangen war.
»Okay, Tom«, sagte sie mit Nachsicht in der Stimme, »du musst tun, was du für richtig hältst.«

28

Zu den Spätnachrichten war er wieder zu Hause, er nahm sie sogar auf Video auf, damit er sich das Computerbild so oft ansehen konnte, bis er absolut sicher war, dass er Recht hatte. Was im Übrigen nichts mit den vier Whiskeys zu tun hatte, die er getrunken hatte.

Das Phantombild gab Gilbert Leslies wesentliche äußere Merkmale realistisch wieder. Gallagher war klar, dass sein Eindruck, die Ähnlichkeit mit Leslie sei von Mal zu Mal eindeutiger geworden, auf Einbildung beruhte. Weil er den Mann so gut kannte, deutete er mehr in das Bild hinein, als es tatsächlich zeigte, besonders bei den Augen. So viel stand allerdings für ihn fest: Es waren Leslies graue Augen – Augen, aus denen nicht nur die Farbe ausgebleicht war, sondern auch alles, was an Menschlichkeit erinnerte.

In den Spätnachrichten wurde der Chief Superintendent lediglich mit ein paar Sätzen aus der offiziellen Pressemitteilung zitiert, das Interview brachten sie nicht mehr. Eine kluge Entscheidung, sogar Gallagher war er provokativ und unfair vorgekommen. Und er war wahrhaftig kein Fan von Greeley.

Und dann kam ihm wie ein Schock die jähe Einsicht, wie tief der Graben war, der sich heute zwischen ihm und Kate aufgetan hatte. Seine Schuld, er hätte ihr seine Geschichte viel früher erzählen müssen.

Aber als sie im Fernsehen noch einmal das Computerbild zeigten, korrigierte er sich laut: »Nein, du bist schuld. Du, nicht ich.«

Der gottverdammte Leslie war die Ursache all seiner Probleme. Und jetzt trieb sich der Kerl hier in Dublin herum. Warum?

Bestimmt nicht, um Urlaub zu machen, das stand fest.

Zur Hölle mit ihm. Und Greeley konnten sie gleich hinterherschicken.

Er schenkte sich noch einen Whiskey ein, suchte im Telefonbuch nach der Nummer der Kripozentrale in Hartcourt Square und murmelte, während er sie eintastete, verbissen vor sich hin: »Jungs, ich habe vor, euch einen der übelsten Verbrecher aller Zeiten ans Messer zu liefern, also kommt mir ja nicht dumm.«

Kurz nach zehn war er dort. Greeley saß noch im Büro, es kam neuerdings selten vor, dass er vor elf nach Hause fahren konnte. Offenbar hatte er diesmal auf die Anwesenheit von Ohrenzeugen verzichtet, er saß – von Zigarettenqualm vernebelt – allein im Büro, als Gallagher eintrat.

Greeley sah misstrauisch hoch und schnüffelte. »Sind Sie etwa mit dem Wagen gekommen, Mr. Gallagher?«

Verdammt, ich bin betrunken.

»Ja, und zwar völlig problemlos.«

»Das wage ich zu bezweifeln.« Greeley zündete sich die nächste Zigarette an, hackte aber nicht mehr weiter auf dem Thema herum. »Das scheint eine Art Gewohnheit zu werden, wie? Neulich bei Sean Donovan und jetzt bei dem Mord in Temple Bar. Jedes Mal haben Sie prompt irgendwelche wichtigen Informationen für mich. Dann lassen Sie mal hören. Hat die verstorbene Sinead Patterson auch eine Nachricht auf Ihrem Anrufbeantworter hinterlassen?«

Gallagher beugte sich vor und knirschte mit den Zähnen. »Hören Sie, Sie Affenarsch, es hat mich eine Menge Überwindung gekostet, hierher zu kommen.«

»Und fast eine Flasche Whiskey, schätze ich.«

Gallagher stemmte die Ellbogen auf Greeleys Schreibtisch und fauchte den Chief Superintendent mit vorgestrecktem Zeigefinger an: »Lassen Sie die Spielchen. Hier geht's um was Brandwichtiges. Und glauben Sie mir, wenn ich Ihnen gesagt habe, was ich zu sagen habe, sind Sie auf dem besten Weg, Mister Supercop zu werden.«

»Ich kann's kaum erwarten.« Greeleys Ton ließ keinen Zweifel an seinem Desinteresse. »Nur, fangen Sie endlich an, ich möchte vor morgen früh zu Hause sein.«

Gallagher lachte. »Wenn ich Ihnen meine Story über den Mann erzählt habe, den Sie suchen, vergessen Sie das Nach-Hause-Gehen. Sein Name ist« – eine Pause – »Gilbert Leslie. Kann sein, dass der Name Ihnen nichts sagt, aber ich werd Ihnen erklären, wer das ist.«

Greeley blies ihm den Zigarettenrauch ins Gesicht. »Bemühen Sie sich nicht. Gilbert Leslie, mit richtigem Namen Gabor Lazlo, gebürtiger Ungar, seit den Fünfzigern in den USA, steht im Verdacht, als Finanzberater für Gruppierungen des organisierten Verbrechens zu arbeiten, wurde nie verurteilt, hat sich vor einiger Zeit zur Ruhe gesetzt. Wie gefällt Ihnen das?«

Gallagher nahm die Ellbogen vom Schreibtisch. »Gar nicht so schlecht«, gab er zu, »ich bin beeindruckt.«

»Und was verleitet Sie zu der Annahme, dass er es war?«

»Das Computerbild. Lassen Sie sich von der FBI-Agency in New York ein Foto von ihm überspielen. Sie werden sehen, er ist es. Erkundigen Sie sich, wie das damals in Miami war, vor etwa zehn Jahren. Leslie wurde im Mordfall an einer Prostituierten vernommen. Sie werden feststellen, dass es verblüffende Ähnlichkeiten mit Ihrem Fall gibt. Ich hoffe nur, dass die Akte noch nicht in den Reißwolf gewandert ist.« Greeley sah ihn, hinter seinem Vorhang aus Zigarettenqualm verschanzt, ungerührt an. »Aber ich habe noch mehr auf Lager. Erinnern Sie sich, dass Donovan gesagt hat, es sei jemand aus New York hergekommen, um ihn fertig zu machen? Er hat Leslie gemeint, das ist mir jetzt klar. Ich weiß, dass es Leslie war – und wissen Sie, warum? Weil ich ihn gesehen habe.«

Greeleys Augen wurden eine Spur größer. »Sie haben ihn gesehen?«

»Am Samstagvormittag. Er ist vor dem Shelbourne in einen BMW gestiegen, dunkelblauer Siebener. Ich konnte leider nur das Zulassungsjahr feststellen – 96-D. Ich war anfangs nicht ganz sicher, ich hatte ihn ja nur flüchtig gesehen. An der Hotelrezeption hat man mir gesagt, dass kein Leslie bei ihnen abgestiegen sei. Klar, er hat sich natürlich unter einem falschen Namen eingetragen. Aber dann habe ich das Phantombild gesehen, und da …« Er lehnte sich zurück und reckte Greeley die Hände hin, als habe er ihm soeben ein Geschenk gemacht.

Greeley hatte die Zigarette ausgedrückt und machte sich ein paar Notizen. *Na also, diesmal interessiert er sich wenigstens für das, was ich ihm erzählt habe.* Gallagher versuchte sich zu entspannen, merkte aber, dass sein Mund staubtrocken war.

»Hätten Sie wohl ein Glas Wasser für mich?«

»Sicher.« Greeley ging zur Tür und kam einen Augenblick später mit einem Pappbecher zurück. Gallagher trank einen Schluck – schön kühl, aus dem Wasserspender.

»Wieso wissen Sie eigentlich so viel über Leslie?«, fragte er.

»Nun, wir informieren uns. Wir sind nicht die Hinterwäldler, für die Sie uns halten.«

»Ich habe nie behauptet …«

Greeley winkte ab. »Vergessen Sie's.«

»Sie werden also dranbleiben und der Sache nachgehen?«

»Selbstverständlich.«

»Denn wenn er persönlich nach Dublin gekommen ist, muss es

um eine Topsache gehen. Der Mann spielt in der Oberliga. Die Frage ist also: Was hat er in Dublin zu suchen?« Er trank wieder einen Schluck. »Das mit dem Mädchen – das war ein Fehler von ihm, damit können Sie ihn kriegen. Wegen Donovan ist er bestimmt nicht gekommen, der war nur ein armseliges Würstchen. Wenn er persönlich nach Europa kommt, muss was anderes dahinterstecken, etwas, was für die Organisation enorm wichtig ist. So wichtig, dass er es eigenhändig …« Er brach ab.

Großer Gott.

Wieso hatte er noch nicht an die naheliegendste Möglichkeit gedacht? Eine Gänsehaut kroch ihm über den Rücken. Als er wieder nach dem Wasserbecher griff, zitterte seine Hand. Und er ahnte, dass Greeley das genau registrierte.

Es klopfte, zwei uniformierte Officers kamen herein.

»Ah, da seid ihr ja, Jungs«, sagte Greeley aufgeräumt. »Diese beiden Gentlemen werden Sie nach Hause bringen, Mr. Gallagher, einer von ihnen wird Ihren Wagen fahren. Ich nehme an, Sie wissen selbst, dass sie jetzt nicht ans Steuer gehören.«

Gallagher trank das Wasser aus, nickte stumm und stand auf. Er hätte keinen klaren Satz zustande gebracht, weil sein Denken nur noch um die Erkenntnis kreiste, dass Gilbert Leslie seinetwegen nach Dublin gekommen war.

29

Sie trugen Sinead Patterson auf einem kleinen Friedhof auf der Halbinsel Inishowen zur letzten Ruhe. An diesem Nachmittag war die Luft erfüllt von Vogelgesang. Ein Tag, der dem Leben gehören sollte, nicht dem Tod, dachte Inspector Dolan.

Er war aus Mitgefühl mit den Eltern hergekommen, deren Schmerz ihn anrührte, und auch, weil er sehen wollte, wer alles zu der Beerdigung gekommen war, und aus Heimweh nach Donegal.

Sineads jüngere Schwestern schmiegten sich weinend an ihre Mutter, die die beiden Mädchen an sich drückte, als wollte sie allen zeigen, dass sie die beiden Töchter, die ihr geblieben waren, nie hergeben werde. Damian Fox und Carmel waren gekommen, beide kämpften ein wenig unbeholfen gegen die ungewohnt steife Brise an, die Damians schwarzen Anzug wie ein Segel blähte und Carmel immer wieder den Hut vom Kopf zu reißen drohte.

Als der Sarg beigesetzt worden war, alle der Familie Patterson kondoliert hatten und die Trauergemeinde sich langsam auflöste, blieb Dolan noch eine Weile auf dem Friedhof stehen, um den rauen, spröden Charme der Landschaft in sich aufzunehmen, in der er seine Jugend verbracht hatte. Wenigstens diese Erinnerung wollte er mit nach Dublin nehmen, wenn ihm der

Nachmittag schon keine Erkenntnisse gebracht hatte, die dazu beitragen konnten, den Mord an Sinead aufzuklären.
Andererseits, wenn sie den Mörder eines Tages fassen und vor Gericht stellen konnten: den Pattersons brachte es Sinead nicht zurück, es riss nur allmählich verheilende Wunden wieder auf.

Gallagher zuckte nervös zusammen, als am Freitagmorgen das Telefon klingelte. Irgendwie kam ihm das Klingeln schriller vor als sonst. Ein Indiz dafür, wie gereizt seine Nerven bereits waren.
Er war überzeugt, dass Gilbert Leslies Aufenthalt in Dublin etwas mit ihm zu tun haben musste. Ein Zufall konnte das alles nicht sein, dafür hatten sich ihre Wege in der Vergangenheit zu oft gekreuzt.
Nur, wenn Leslie ihm nach dem Leben trachtete, warum hatte er dann seine Absicht nicht längst in die Tat umgesetzt? Wollte er auf einen ganz bestimmten Augenblick warten?
Offenbar ahnte Leslie nichts davon, dass er ihn am Samstagvormittag vor dem Hotel gesehen hatte. Immerhin ein Pluspunkt, den Gallagher für sich verbuchen konnte. Der Einzige.
Trotzdem blieb er wachsam. Sooft er die Wohnung verließ, vergewisserte er sich, dass ihm niemand folgte. Was kein großes Problem war für jemanden, der die Methoden der Observation beherrschte. Er notierte sich sogar die Kennzeichen aller fremden Fahrzeuge, die in der Nähe seiner Wohnung parkten. Wenn man es mit Leslie zu tun hatte, konnte man nicht vorsichtig genug sein.
In jeder freien Minute kreiste sein Denken um die Frage, ob es einen Zusammenhang zwischen den Morden an Marcus Kelly, Sean Donovan, Richter Purcell und Sinead Patterson gab – und wenn ja, welchen. In seinem Wohnzimmer lag ein Blatt Zeichenpapier, auf dem Zettel mit den Namen der Ermordeten festgesteckt waren, im Zentrum, wie die Spinne im Netz, ein

Zettel mit dem Namen Gilbert Leslie. Dazwischen verlief ein Gewirr von Verbindungslinien, von denen freilich die meisten mit einem Fragezeichen versehen waren.
Gallaghers Hauptproblem: Es gab viele Fragezeichen, aber bis jetzt keine Antworten. Er fragte sich, wie weit Greeley inzwischen bei seinen Ermittlungen gekommen war.
Vielleicht war er es, der anrief? Er nahm den Hörer ab.
Nein, nicht Greeley, Emma.
»Aha, du bist zu Hause. Dann bleib bitte da, ich bin in etwa zwanzig Minuten bei dir«, sagte sie und legte auf.
Seltsam, sie hatte sich sehr reserviert und knapp angehört.
Und dann sah er plötzlich Greeleys Gesicht vor sich, und ihm wurde schlagartig klar, warum er noch nichts von dem Chief Superintendent gehört hatte.
Auf Emma war Verlass, und genau zwanzig Minuten später fuhr unten ein schwarzer Mercedes vor, und Emma stieg aus. Kurz darauf klingelte es, und ein, zwei Minuten später stand sie in seiner Wohnung – zum ersten Mal.
Sie sah sich um. Ein großer Bücherschrank, braune Polstermöbel, ein abgetretener Teppich. Dann entdeckte sie das Zeichenblatt mit den aufgesteckten Zetteln, den Verbindungslinien und den Fragezeichen, warf kurz einen Blick darauf und wandte sich ab.
»Lass mich raten, warum du hier bist«, sagte er. »Du hast gehört, dass ich noch mal bei Greeley war.«
Emma fuhr herum und sah ihn an. »Ja, wegen der Geschichte mit dir und diesem Gilbert Leslie. Der Commissioner hat mich aufgesucht, um mir von deinem Auftritt bei Greeley zu berichten. Und von der Räuberpistole, die du dem Chief Superintendent aufgetischt hast. Dass Leslie das Mädchen in Temple Bar ermordet hat und dass du ihn allen Ernstes gesehen haben willst, wie er aus dem Shelbourne kam.«
Ihr Gesicht sprach Bände, sie glaubte ihm nicht.

»Das war absolut keine Räuberpistole«, protestierte er, »das war die reine Wahrheit. Und Greeley hat sich sehr dafür interessiert. Ich war erstaunt, wie viel er über Leslie weiß.«

»Dass er so viel über ihn weiß«, erklärte sie ihm sarkastisch, »liegt daran, dass er nach deinem letzten Auftritt bei ihm einige Erkundigungen über dich eingeholt hat. Dabei hat er auch in Erfahrung gebracht, weshalb du aus dem FBI ausgeschieden bist und dass du geistig völlig daneben warst. Und den ganzen Hintergrund für dein … dein *Interesse* an Mr. Leslie.«

Deinen *Hass*, meinte sie in Wirklichkeit.

»Dieser Saftsack.«

Sie schnaubte ärgerlich. »Er tut nur seine Pflicht. Im Übrigen ist er all deinen Hinweisen nachgegangen. Bei der Mordsache mit dem Mädchen in Miami steht die Antwort vom FBI allerdings noch aus.«

Sie stand direkt vor ihm und sah ihm unverwandt in die Augen. »Aber eines steht fest: Du hast diesen Gilbert Leslie nicht gesehen, hörst du? Du weißt selbst am besten, dass das FBI einen Kerl wie Leslie nicht aus den Augen lässt. Daher kann ich versichern, dass Gilbert Leslie seit einigen Wochen in Palm Beach in Florida Urlaub macht. Das wissen wir aus zuverlässiger Quelle.« Sie ließ ihm ein paar Sekunden Zeit, die Nachricht zu verarbeiten, dann sagte sie: »Daher erwarte ich, dass du dich von jetzt an nicht mehr in diese Sache einmischst.«

»Das … das kann nicht stimmen«, stammelte er fassungslos.

»Es stimmt. Es ist wahr, verdammt noch mal. Mehrere Polizeidienststellen und das FBI haben es uns bestätigt. Welche Beweise verlangst du noch?«

Er stand auf und ging zum Fenster, als könnten ihm ein paar Schritte Distanz zu einer klareren Sicht der Dinge verhelfen.

»Gib dir Mühe, endlich vernünftig zu werden«, forderte Emma ihn auf. »Diese Sache mit Sean Donovan – das hat dir nicht gut getan.«

Er starrte sie an. »Was soll das heißen? Dass ich durchdrehe? Dass ich mir irgendwelchen Unsinn einbilde?«
Kate sieht es so – und jetzt auch Emma.
»Nein, du hast dich lediglich geirrt. Du siehst jemanden vor dem Hotel, der dich an Gilbert Leslie erinnert, und schon geht die Fantasie mit dir durch. Das mag vor dem Hintergrund der Erfahrungen, die du mit Gilbert Leslie gemacht hast, verständlich sein, aber du musst unbedingt daran arbeiten, dich in den Griff zu kriegen.«
Sie machte eine Pause, als müsse sie erst innerlich eine Art Anlauf nehmen.
»Oder lass mich's unter einem anderen Gesichtspunkt betrachten: Das ist alles ziemlich peinlich für mich. Der Commissioner und Chief Superintendent Greeley haben alle Hände voll zu tun und tragen eine enorme Verantwortung. Und bei mir ist das genauso. Wenn mein Vater betrunken bei einer Dienststelle auftaucht und einen Haufen dummes Zeug erzählt, bringt mich das in Schwierigkeiten.«
Betrunken. Einen Haufen dummes Zeug.
Seine Schultern verkrampften sich. Er starrte verbissen aus dem Fenster. »Ich weiß, was ich gesehen habe.«
Da riss ihr endgültig der Geduldsfaden.
»Okay, ich habe alles versucht, dir im Guten zuzureden. Nun sage ich's dir klipp und klar: Halte dich in Zukunft da raus.«
Er wirbelte herum. »Er ist hier in Dublin, glaub's mir.«
»Hast du nicht zugehört? Nein, natürlich nicht. Dir ist völlig gleichgültig, was ich sage. Es kümmert dich auch nicht, ob du mir mit deinen Eskapaden schadest – erst dieser dämliche Zeitungsartikel, dann dein blöder Einfall, Sean Donovan im Gefängnis zu besuchen, und jetzt der ganze Unsinn mit Gilbert Leslie. Du hast mir einige Steine in den Weg gelegt, und das hättest du mir, wenn du dir ein bisschen Mühe gibst, wahrhaftig ersparen können.«

Sie ließ sich von ihren Gefühlen mitreißen, ein paar Tränen glitzerten in ihren Augen, aber sie hätte ihnen um keinen Preis der Welt freien Lauf gelassen.

»Was hast du eigentlich vor? Denn eines sag ich dir: Ich lasse es nicht zu, dass du mein Leben ruinierst. Bist du eifersüchtig auf meinen Erfolg? Der Super-Agent, der beim FBI eine große Zukunft vor sich gehabt, aber sie sich mit seinen wirren Ideen und seinem unbezähmbaren Ego verpfuscht hat?«

Das hatte schon lange in ihr rumort, nun war es endlich heraus.

»Dazu wirst du keine Gelegenheit mehr haben. Beim nächsten Mal sorge ich dafür, dass du wegen Irreführung der Polizei dran bist.«

Sie rauschte aus dem Apartment und warf hinter sich die Tür ins Schloss. Erst draußen nahm sie sich Zeit, ein Papiertaschentuch aus ihrer Handtasche zu kramen und sich die Augen abzutupfen. Niemand sollte – niemand *durfte* sie so aus dem Haus kommen sehen.

30

Dermot Davis hätte nie geglaubt, dass es so einfach war. Er hatte befürchtet, sich mit der Aufgabe, Vinnie Dwyer Tag und Nacht zu beschatten, ein unerfüllbares Ziel gesteckt zu haben, aber es war überhaupt nicht schwierig. Und seit Dwyer neulich in diesen großen Wagen eingestiegen war, der ihn weiß der Himmel wohin gebracht hatte, war es erst recht ein Kinderspiel geworden.

Vinnie verließ nämlich kaum noch die Wohnung. Am Samstagmorgen war er mal ins Stadtzentrum spaziert und hatte sich mit irgendeinem Typen in einem McDonald's getroffen, aber sonst verließ er nur selten seine Bude, und wenn, dann blieb er in der näheren Umgebung.

Dermot konnte fast voraussagen, wie Vinnie den nächsten Tag verbringen würde.

Er kam aus dem Haus, ging zu dem Videoshop an der Ecke und brachte die Kassette zurück, die er sich Tags zuvor ausgeliehen hatte. Dann ging er zu dem Laden, der ein Stück die Straße hinunter lag, und kam mit einem Beutel mit Lebensmitteln und einer Pferdesportzeitung wieder heraus. Danach verbrachte er ungefähr eine Stunde zu Hause, bevor er noch mal loszog, diesmal zum Buchmacher, wo er, abgesehen von kurzen Abstechern in den Pub nebenan, den ganzen Nachmittag herumhing. Gegen sechs Uhr abends holte er sich im Videoshop sein

Tape und beim Chinesen eine Warmhaltebox mit seinem Abendessen.
Einmal war ihm Dermot zum Buchmacher nachgegangen und hatte selbst eine kleine Wette platziert, weil er dahinter kommen wollte, was Vinnie die ganze Zeit über dort trieb. Nichts Aufregendes – er las seine Zeitung, verfolgte im Fernsehen die Pferderennen und wurde von jedem, der hereinkam, wie ein Lokalmatador begrüßt.
Dermots Pferd hatte übrigens verloren. Es war offenbar kein Tag für Außenseiter gewesen.
Ach ja – und einmal hatte Dermot eine Schrecksekunde erlebt, als Vinnie plötzlich in dem schäbigen Schuppen aufgetaucht war, von dem aus Dermot ihn im Auge behielt. Dermot hatte schon gedacht: Jetzt ist alles aus, Vinnie ist mir auf die Schliche gekommen. Aber der hatte nur einen Hamburger und Chips bestellt, sich an den Tisch hinter ihn gesetzt und schweigend gegessen. Trotzdem war Dermot das mulmige Gefühl nicht losgeworden, dass er Vinnies bohrenden Blick im Nacken spürte.
Nachts blieb Vinnie zu Hause, meistens allein. Manchmal kamen allerdings auch die Kumpel aus dem New Western Inn bei ihm vorbei, reichlich mit Bier bepackt. Und einmal waren zwei junge Frauen vor dem Haus aus einem Taxi gestiegen.
Inzwischen war es so weit, dass Dermot sich fragte, ob er sich nicht die Mühe sparen sollte, da er ja sowieso im Voraus wusste, was Vinnie jeden Tag trieb. Aber, sagte er sich, das müsse ja nicht immer so bleiben. Vielleicht wagte sich Vinnie eines Tages doch aus der Deckung.
Aber so weit wollte Dermot es gar nicht kommen lassen.
Ein Problem war allerdings, dass er nicht stundenlang in der Imbissbude herumlungern konnte, ohne Verdacht zu erwecken. Keiner dachte sich etwas dabei, wenn ein Motorradkurier von Zeit zu Zeit hier Pause machte, wenn er jedoch zu lange

blieb, fiel das auf. Also musste er zwischendurch immer wieder mal ein paar Runden drehen.
Was auch Vorteile hatte. Er kannte sich mittlerweile in der Gegend bestens aus und hatte verschiedene Routen erkundet, auf denen er sich nie weiter als zwanzig Minuten Fahrzeit von Vinnies Haustür entfernte. Mal sehen, womöglich erwies sich das am Tag der großen Abrechnung als außerordentlich nützlich. Dass es tagsüber geschehen sollte, nicht in der Nacht, hatte er inzwischen entschieden.
Er beschränkte seine Besuche in der Imbissbude auf einen Becher Tee morgens, einen nachmittags und eine Portion Chips und Currywurst mittags. Es gab trotzdem ein Problem, denn zu den Stammkunden der Imbissbude gehörten auch einige echte Motorradkuriere, die ihm zwar kollegial zunickten, dann aber neugierig zu ihm herüberstarrten und offensichtlich nicht recht wussten, wie und wo sie ihn einordnen sollten. Er hatte auch mitgekriegt, dass der eine oder andere von ihnen zu seinem Handfunkgerät griff und mit gedämpfter Stimme irgendwas durchgab – vermutlich an seine Zentrale.
Es wurde allmählich Zeit, loszuschlagen.
Deshalb war er heute Abend in einem Pub nicht weit von seiner Absteige mit einem Mann verabredet. Eingefädelt hatte das Ganze der Alte, der in dem Pub den Barkeeper mimte. Dermot hatte ihm fünfzig Pfund zugesteckt und ihn gebeten, sich nach jemandem umzuhören, der sich ein bisschen Geld verdienen wollte. Was, da in dem Pub sowieso fast alle Gäste aus der kriminellen Szene stammten, kein Problem gewesen war. In dieser Gegend hätte Dermot sogar ohne große Mühe selber an jeder Straßenecke jemanden gefunden, der für Geld so gut wie alles tat.
Vor zwei Tagen hatten sich Dermot und der Typ zum ersten Mal getroffen, nur so zum Beschnuppern, damit sie beide sicher sein konnten, dass der andere kein Cop war.

Dermot hatte ihm gesagt, was er brauchte, und die Größe und Form genau beschrieben, damit es auch wirklich da hinpasste, wohin es sollte. Wofür er es brauchte, hatte er nicht gesagt, und der Typ hatte auch keine Fragen gestellt.

Natürlich war abzusehen, dass ihm auf dem Heimweg jemand folgen würde. Gut, dann wussten sie eben, dass er in dieser billigen kleinen Pension wohnte, aber mehr auch nicht. Was er tagsüber trieb, fanden sie mit Sicherheit nicht heraus, denn mit dem Motorrad konnte er sie leicht abschütteln, besonders wenn er die kurvenreichste der vertrautesten Strecken nahm.

Abends stellte er schnell fest, dass sie bei ihm in der Bude gewesen waren. Was der wieder mal angetrunkene Vermieter ungewollt bestätigte: »Haben Ihre Freunde Sie heute Morgen noch erreicht? Ich hab gehört, wie sie bei Ihnen angeklopft haben.«

Viel hatten sie in dem armseligen Zimmer nicht finden können. Sein Geld sowieso nicht, das lag in einem Schließfach im zentralen Busbahnhof. Heute Abend musste er sich wieder ein paar Scheine holen, damit er seine letzten Besorgungen tätigen konnte.

Er war zuversichtlich, dass er den Test bestanden hatte.

Die Zahl der Freunde, an die er sich wenden konnte, wurde immer kleiner.

Kate, Emma, Greeley … Na ja – der Chief Superintendent war nie sein Freund gewesen, aber einen hoffnungsvollen Augenblick lang hatte Gallagher sich eingebildet, er sei wenigstens so etwas wie ein Verbündeter und werde Seite an Seite mit ihm kämpfen.

So wie die Dinge liegen, könntest du es dir leisten, tatsächlich unter Verfolgungswahn zu leiden. Zumal sowieso alle vermuten, dass du völlig durchgeknallt bist.

Aber, sagte er sich, solange er zu solchen logischen Schlussfolgerungen fähig war, musste er sich keine Sorgen machen.

Keine Sorgen machen? Da konnte er nur müde grinsen.

Nach allem, was Emma ihm unter die Nase gerieben hatte. Das hatte ihn tief getroffen. Und nun konnte er nicht mal mehr bei Kate Trost suchen.
Ersatzweise konzentrierte er seine Gedanken ganz auf Gilbert Leslie. Er war in seinem Leben schon häufig gegen den Strom geschwommen und nicht untergegangen.
Dass Leslie in Palm Beach Urlaub mache, nahm er Emma sowieso nicht ab, da war sie einer Fehlinformation aufgesessen. Aber da er in Amerika niemanden kannte, der das für ihn überprüfen würde, wusste er nicht, wie er den Gegenbeweis antreten sollte.
Also musste er dahinter kommen, was Leslie in Dublin vorhatte. Dazu konnte er weiter die Spielchen mit den kleinen Zetteln und den Verbindungslinien treiben. Nur, solange er kein einziges der vielen Fragezeichen durchstreichen konnte, brachte ihn das nicht weiter. Diese Karte war ausgereizt.
Er brauchte jemanden, mit dem er all das besprechen konnte, was ihm durch den Kopf ging. Der Einzige, der ihm einfiel, war so etwas wie der Strohhalm, nach dem man nur greift, wenn einem das Wasser schon bis zum Hals steht.

31

Am Sonntag, kurz nach zwölf, saß Gallagher bei einer Tasse Kaffee in der Lobby des großen Golfhotels bei Portmarnock, am Küstenbogen nördlich von Dublin. Er hatte einen Tisch am Fenster gewählt, von dem aus er die Dünenkämme und die Golfspieler sehen konnte, die sich aus der Ferne wie kleine, zu Gruppen geballte bunte Tupfen ausnahmen. Im Süden ragten in der vor Hitze flirrenden Luft die Doppelschornsteine des Kraftwerks auf, die er vom Blick aus dem Fenster seines Apartments kannte, nur dass sie ihm dort viel näher waren.

Er trank seinen Kaffee und wartete.

Es sprach für Eamon Savage, dass er sich überhaupt zu diesem Treffen bereit gefunden hatte; der Name Gallagher weckte sicher nicht nur uneingeschränkte Begeisterung in ihm.

Savage wohnte in Malahide, nicht weit von Portmarnock. Seine Nummer stand nicht im Telefonbuch, Gallagher hatte sie sich von Alan Warnock besorgt.

Warnock war vor Neugier fast geplatzt. »Du willst Eamon Savages Telefonnummer wissen? Erst fragst du mich über Kelly aus, und nun willst du mit Savage reden? Worum geht's denn da?«

»Alan, ehrlich, das kann ich dir noch nicht sagen. Gib dich einstweilen damit zufrieden, dass ich unbedingt mit ihm sprechen muss. Ich verspreche dir, dass ich dich zu gegebener Zeit in alles einweihe. Kann aber ein paar Tage dauern.«

Er hatte am Freitagabend eine Nachricht auf Savages Anrufbeantworter hinterlassen und schon alle Hoffnung aufgegeben, als gestern Abend bei ihm das Telefon klingelte: Savage, der kurz angebunden fragte, was er von ihm wolle. Gallagher wollte telefonisch keine näheren Einzelheiten preisgeben, hatte sich hinter Andeutungen wie *äußerst wichtig* und *dringend* verschanzt und war, was ihm nachträglich selber beschämend vorkam, am Schluss nicht mal vor der Floskel zurückgeschreckt, es ginge *um Leben und Tod.*

Nun, jedenfalls hatte er es geschafft, aus Savage die Zusage herauszukitzeln, sich heute mit ihm zu treffen. Abgesehen von den beiden jungen Frauen an der Rezeption, war er mutterseelenallein in der Lobby. Ein großzügiger Raum – die Sessel waren mit einem Stoff in dezentem Schottenmuster bezogen, durch das Glasdach flutete das Sonnenlicht auf den Marmorfußboden. Trotzdem, eine Lobby bleibt eben eine Lobby. Sicher, es hätte angenehmere Räume gegeben, aber Gallagher hatte absichtlich diese kühle, distanzierte Atmosphäre gewählt.

Golf machte ihm keinen Spaß. Er hatte es probiert, aber bald festgestellt, dass es ihm an der nötigen Geduld mangelte. Es lag ihm nicht, sich mit etwas zu beschäftigen, das er nur halbherzig tat.

Eine seiner kleinen Lebenslügen, gestand er sich ein.

Auf der Fahrt hatte er darüber nachgedacht, wie er Savage erklären sollte, was er auf dem Herzen hatte. Der Versuch, das Gespräch gedanklich vorzubereiten, hatte freilich seine Zweifel nur größer werden lassen. Alles, was er sagen konnte, musste anderen wie ausgemachter Blödsinn vorkommen. Selbst seiner Tochter war es so gegangen, und Kate offenbar ebenfalls.

Immerhin, er hoffte, dass Savage ihm zumindest zuhören würde, schließlich ging es ja um Ereignisse, die ihn den Ministerses-

sel gekostet hatten. Wie er allerdings auf Gallaghers Theorien reagieren würde, das war eine andere Frage.
»Sie sind vermutlich Mr. Gallagher?«
Er war so in Gedanken versunken gewesen, dass er Savage nicht bemerkt hatte. Und da stand er auf einmal – ein kräftiger, etwas fülliger Mann im Sweater, neben ihm eine junge Frau, der äußeren Erscheinung nach seine Tochter.
Gallagher stand auf. »Ja … Entschuldigung, ich war meilenweit weg.«
Savage sparte es sich, ihn mit seiner Tochter bekannt zu machen. »Ich kann Ihnen nur zehn Minuten einräumen, meine Tochter und ich müssen pünktlich um ein Uhr woanders sein.«
»Ich hol den Wagen und warte auf dich«, sagte seine Tochter und ging grußlos davon.
Eine eisige, feindselige Atmosphäre. Savage setzte sich.
»Darf ich Ihnen irgendetwas bestellen?«, fragte Gallagher.
»Nein, danke. Sagen Sie einfach kurz und bündig, was Sie mir zu sagen haben.«
»Nun«, begann Gallagher, »zuerst möchte ich Ihnen sagen, wie sehr ich es zu schätzen weiß, dass Sie …«
Savage unterbrach ihn mit einer unwirschen Geste. »Wenn ich diesem Treffen zugestimmt habe, dann vor allem aus Neugier, Sie kennen zu lernen. Ihr Anruf hat mich, um es gelinde auszudrücken, überrascht. Und Ihre Andeutungen gestern Abend kamen mir – nun, ein wenig bizarr vor.«
Gallagher nahm einen neuen Anlauf. »Dann fange ich am besten damit an, Ihnen etwas über mich zu erzählen …«
»Sparen Sie sich die Mühe, ich bin über Ihre Lebensgeschichte ausreichend unterrichtet. Als Ihre Tochter in meinem Ministerium Staatssekretärin werden sollte, habe ich mich natürlich informiert.« Seine Miene verriet nicht, wie viel er über Gallagher wusste. »Was Sie mir allerdings erklären könnten, ist, wieso Sie sich an mich wenden. Wenn es um *Leben und Tod* geht, wie Sie

es gestern so melodramatisch formuliert haben, wäre es sinnvoller gewesen, wenn Sie mit Ihrer Tochter oder der Polizei sprechen.«
»Habe ich, aber der Erfolg war nicht berauschend. Die Polizei hält mich für einen Spinner und meine Tochter für eine Nervensäge.«
Der Exminister hob leicht amüsiert die Augenbrauen, Gallaghers freimütige Art schien ihm zu gefallen. »Tja, dann wollen wir mal sehen, welcher Einschätzung ich mich anschließe.«
»Okay«, sagte Gallagher und begann zu erzählen.
Zunächst versuchte er, in wenigen Sätzen darzulegen, welche herausragende Rolle Gilbert Leslie in der Welt des organisierten Verbrechens spielte. Dann rückte er mit seiner Theorie heraus, dass dieser Mann den Mord in Temple Bar begangen hatte.
Er berichtete Savage von seinem Besuch bei Sean Donovan und dessen Überzeugung, dass es eine von ganz oben angezettelte Verschwörung gegen ihn gebe und dass jemand aus New York hierher geschickt worden sei, um ihn geschäftlich zu erledigen. Er gab offen zu, dass er mit dieser Geschichte sowohl auf Greeley wie auf seine Tochter wenig Eindruck gemacht habe. Nach kurzem Zögern fügte er hinzu: »Ich sollte möglicherweise erwähnen, dass Leslie die Staaten angeblich gar nicht verlassen hat, sondern Urlaub in Palm Beach macht. Das ist jedenfalls das Ergebnis der Erkundigungen, die Greeleys Leute in Amerika eingeholt haben.«
»Dann sind Ihre Vermutungen also Hirngespinste?«, warf Savage ein. »Eine mutwillige Vergeudung meiner Zeit?«
Gallagher schüttelte den Kopf. »Nein, keineswegs. Leslie ist hier, das weiß ich. Egal, was andere sagen.«
Savage hob die Arme, als wolle er andeuten, dass er nicht die Absicht habe, sich in diesen Meinungsstreit einzumischen. »Nun, ich verstehe beim besten Willen nicht, wie ich Ihnen helfen soll.«

»Ich muss herausfinden, warum Leslie hier ist und was das mit mir zu tun hat. Leslie und ich, wir haben eine lange gemeinsame Vergangenheit. Ich glaube nicht, dass er nach Irland kommt, ohne dass ich dabei eine Rolle spiele. Deshalb muss ich wissen, was er vorhat.«

Savages Tochter kam in die Lobby und tippte mahnend auf das Zifferblatt ihrer Uhr. Savage nickte. »Nur noch ein paar Minuten. Dauert nicht lange.«

Als sie gegangen war, drückte Gallagher etwas mehr aufs Tempo. »Leslie ist nicht wegen eines kleinen lokalen Drogenkriegs hier, das wäre weit unter seinem Niveau. Er ist in der Organisation so was wie ein Chefberater. Hat überall die Finger drin, auch bei den Morden an Kelly und dem Richter. Deshalb muss ich hinter seine Pläne kommen. Und Sie mit Ihrem Hintergrundwissen aus dem Justizministerium und Ihren Kenntnissen der örtlichen Verhältnisse, könnten mir vielleicht ein paar Tipps geben, was einen Kriminellen wie Leslie hierher gelockt haben kann.«

Savage runzelte die Stirn und sah ihn an. »Wobei sicher auch der Umstand eine Rolle spielt, dass es außer mir niemanden gibt, an den Sie sich wenden können, ohne Gefahr zu laufen, dass Ihre Tochter etwas davon erfährt. Habe ich Recht?«

Gallagher zögerte, dann nickte er.

»Sie konnten dem Mann nie etwas nachweisen, stimmt's?«, fragte Savage.

»Ich verstehe nicht, was das …«

»Wie ich schon sagte, weiß ich einiges über Sie. Um korrekt zu sein: Ich weiß alles. Als Ihre Tochter Staatssekretärin wurde, habe ich ein paar von meinen Leuten mit Recherchen beauftragt. Ich weiß über Ihren mentalen Zusammenbruch Bescheid, und auch über die Ursachen. Ihre ehemaligen Kollegen beim FBI waren überaus hilfsbereit und haben bereitwillig Auskunft gegeben.«

»Ich verstehe«, murmelte Gallagher. Er kam sich vor wie einer, der eine Menge belastendes Material mit sich herumschleppt und gerade gefilzt wird.
Ein Kellner kam vorbei und stellte Gallagher ein Tellerchen mit der Rechnung hin.
»Tja, Mr. Gallagher, ich glaube nicht, dass ich Ihnen eine große Hilfe sein kann. Erstens bin ich, so ungern ich das sage, ganz der Meinung Ihrer Tochter. Und zweitens beruht Ihre Theorie ausschließlich auf dem verworrenen Gestammel eines inzwischen Verstorbenen, der zu Lebzeiten Krimineller war, und Ihrer Vermutung, der Mann, den sie einen Moment lang vor dem Hotel gesehen haben, sei Gilbert Leslie gewesen, eben der Leslie, der sich aber, verlässlichen Angaben zufolge, zur fraglichen Zeit in den Vereinigten Staaten aufgehalten hat.« Er sah Gallagher an, als wolle er an dessen gesunden Menschenverstand appellieren. »Ich würde Ihnen raten, die weiteren Ermittlungen der Polizei zu überlassen. Entspannen Sie sich und genießen Sie das Leben.«
Gallagher warf ein paar Münzen auf den Teller und brummelte wütend: »Versuchen Sie nicht, mir Vorschriften zu machen.«
Savage lehnte sich zurück. »Oh, das war nicht meine Absicht. Ich will's mal anders sagen: Wenn ich auch nur einen Augenblick lang das Gefühl gehabt hätte, dass Ihre Geschichte Hand und Fuß hat und sich nicht nur auf Vermutungen und Ihre Voreingenommenheit stützt, hätte ich das Ganze sehr interessant gefunden, und zwar einfach deshalb, weil ich die Gelegenheit gewittert hätte, Ihre Tochter in Misskredit zu bringen.«
Das ging Gallagher zu weit, er schaltete innerlich auf Abwehr. Immerhin war Emma seine Tochter. Aber er sagte nichts.
»Für einen Politiker«, fuhr Savage fort, »habe ich immer beklagenswert wenig Gespür für politische Ränkespiele entwickelt. Ich habe mich auf die Politik eingelassen, weil ich das ehrliche Bedürfnis hatte, etwas Gutes für unser Land zu tun.«

»Sehr edelmütig von Ihnen«, knurrte Gallagher.
Savage ignorierte den Sarkasmus. »Von mir aus können Sie es auch naiv nennen. Ich habe stets daran geglaubt, dass Politiker wegen ihrer Verdienste und Fähigkeiten in ein Amt berufen werden sollten, und nicht, weil sie den richtigen Leuten um den Bart gehen. Ich wollte Ihre Tochter als Staatssekretärin, weil ich dachte, sie sei die beste Wahl. Wenn ich nicht so *edelmütig* gewesen wäre und mehr auf meine innere Stimme gehört hätte, säße sie heute noch bei den Hinterbänklern. Aber nein, ich habe mich für sie entschieden. Obwohl ich sie nicht sonderlich mochte und obwohl es der hinterhältige Tony Goulding war, der sie mir wärmstens empfohlen hat.«
Eine der jungen Frauen an der Rezeption machte eine Durchsage, Savage wartete, bis das Lautsprecherecho verklungen war. »Sie hat vom ersten Tag – ach, was sage ich – von der ersten Stunde an keinen Zweifel daran gelassen, dass sie meinen Job haben will. Ich hab's ihr angesehen, wenn sie mir am Schreibtisch gegenübersaß, wie ihr Blick bereits Maß nimmt und wie sie überlegt, was sie in meinem Dienstzimmer verändern will. Nun, jetzt kann sie dort schalten und walten, wie sie will. Wobei mir allerdings mein Gefühl sagt: nicht sehr lange.«
»Wie kommen Sie darauf?«
»Weil unsere Partei die nächsten Wahlen nicht gewinnen wird, da bin ich ganz sicher. Die Methode, den politischen Gegner in den Schmutz zu ziehen, nutzt sich schnell ab. So etwas verliert auf lange Sicht an Reiz, und dann wollen die Leute den Wechsel. Davon mal abgesehen, wird ihr, nachdem sie jetzt auf dem Stuhl sitzt, auf den sie wollte, bald klar werden, dass sie dort lediglich Gouldings Erfüllungsgehilfin ist.«
Gallagher runzelte die Stirn.
»Goulding war's, der Ihrer Tochter zugeredet hat, in die Politik zu gehen«, erinnerte ihn Savage.
»Ja, das weiß ich.«

»Aber ich kann Ihnen versichern, dass Goulding nie etwas aus reiner Nächstenliebe tut. Er kauft Menschen, betrachtet sie als sein Eigentum und fordert irgendwann Zinsen in Form von Entgegenkommen ein. Und wenn die Zinsen nicht in voller Höhe gezahlt werden, dann …« Er fuhr sich mit der Handkante über die Kehle. »Man könnte Dublins Straßen mit Expolitikern – einschließlich ehemaliger Minister – pflastern, die Goulding auf unfaire Art abgesägt hat. Und so sitzen heute im Kabinett fast nur noch Leute, die auf irgendeine Weise Gouldings Günstlinge sind. Ich bin nie in diesen erlesenen Zirkel aufgenommen worden, aber Ihre Tochter hat es geschafft. Mal sehen, wie es ihr bekommt.«

Er stemmte die Hände auf die Schenkel und drückte sich hoch. Ein Lächeln spielte um seine Lippen.

»Wissen Sie, Mr. Gallagher, wenn ich mich so wie Sie in Verschwörungstheorien verstiegen hätte …« Er zögerte, schüttelte den Kopf, als hielte er es für klüger, den angefangenen Satz nicht zu Ende zu führen. Stattdessen sagte er nur: »Ich wünsche Ihnen alles Gute«, und ging.

Als er allein war, verspürte Gallagher ein seltsames inneres Kribbeln. So, als habe er den Finger auf eine Wunde gelegt, die man besser nicht anrühren sollte. Er ahnte, dass es um etwas sehr Wichtiges ging, hatte aber keinen blassen Schimmer, was es sein konnte. Das Gefühl begleitete ihn auf dem ganzen Weg nach Hause und ließ ihm auch dort keine Ruhe.

Bis spätnachmittags das Telefon klingelte und Fergal Mulryne ihm etwas mitteilte, was alle anderen Gedanken verdrängte.

32

Kate Forrest hatte Paul, ohne es zu ahnen, auf eine Idee gebracht.

Er zog die Schuluniform aus, Jeans und ein T-Shirt an, ging in das Arbeitszimmer seiner Mutter, blätterte die Papiere auf ihrem Schreibsekretär durch und hoffte, dass sie heute im Büro nicht früher Schluss machte, so dass er, wenn sie nach Hause kam, schon in der Stadt war.

Vorausgesetzt, er fand, was er suchte.

Kürzlich hatte sie ihm abends beim Tee davon erzählt, in der Annahme, dass ihn das interessierte, weil es etwas mit Computern zu tun hatte. Es war eine Art Faltblatt mit dem aktuellen Überblick über die Entwicklung im Touristikgewerbe, das *Bord Failte* im Auftrag des irischen Touristikbüros erarbeitete und in dem die Zahl der Übernachtungen, die durchschnittliche Verweildauer, die Art der An- und Abreise und so weiter aufgelistet waren, nach den Herkunftsländern der Gäste geordnet. Die letzte Aufstellung umfasste den Vierzehn-Tage-Zeitraum rund um den St. Patrick's Day und war als Information an alle Reisebüros verteilt worden.

»Sie machen laufend solche Erhebungen«, hatte ihm seine Mutter erzählt. »Das Touristikbüro lässt sich das etwas kosten, und die Agenturen, die die Daten erheben und zusammenstellen, verdienen eine Menge Geld damit. Du solltest mal überlegen, ob du dich nicht nach dem Studium bei einer großen Agentur bewerben willst. Das würde dir sicher Spaß machen, und die Bezahlung ist gut.«

Vielleicht hatte sie das Faltblatt nur deshalb mitgebracht, damit er es sich ansehen konnte, und heute Morgen wieder mit ins Büro genommen?

Nein, da lag es ja.

Paul fotokopierte es im Faxgerät, steckte sich die Kopie ein und machte sich auf den Weg zur Bushaltestelle.

Tom Gallagher war einer faulen Sache auf der Spur, das stand für Paul fest, vielleicht gerade wegen der Skepsis seiner Mutter. Na schön, er hatte mal Probleme gehabt, aber das lag lange zurück, und deshalb gehörte er nicht automatisch in die Schublade mit den Spinnern, die Hirngespinsten nachjagen und irgendwelche Geschichten erfinden.

Die Redaktion des Werbeblättchens *Dave* war im zweiten Stockwerk eines schmalbrüstigen georgianischen Gebäudes in der South William Street untergebracht, im Zentrum eines Viertels, in dem sich alles um Textilien drehte. Im Parterre hatte sich zum Beispiel die Frau des Discjockeys, der *Dave* finanzierte, eine Boutique eingerichtet – nichts für zaghafte Naturen, das Sortiment sprach eher extravagante Kunden an. Im obersten Stock war ein betagter Schneider zu Hause, der dank der Kurzlebigkeit modischer Trends seinen Lebensunterhalt hauptsächlich durch Änderungsschneiderei bestreiten konnte – und das seit fünfzig Jahren.

Paul betrat das Büro des *Dave*. Aus den Lautsprechern dröhnte elektronische Musik, auf Schreibtischen, Stühlen und Ablagetischen herrschte das gewohnte Durcheinander, und wie üblich hingen einige Figuren herum, die hier eigentlich nichts zu suchen hatten, sondern nur mal so reingeschneit waren. Genau auf diese Weise war Paul seinerzeit zu *Dave* gekommen. Niemand hatte hier was dagegen, wenn junge Leute kamen, einen

Kaffee tranken, das Telefon benutzten und sich die neuesten CDs anhörten.
Er begrüßte ein paar Kumpel, lungerte herum und wartete, bis eines der Terminals frei wurde. Natürlich hätte er auch seinen eigenen Computer benutzen können, aber es schien irgendwie sicherer, die Sache hier zu erledigen.
Endlich – er setzte sich vor einen freien Bildschirm.
Er hatte die E-Mail-Adresse des Shelbourne, aber es wäre Zeitverschwendung gewesen, sich da einzuklicken. Die verwalteten lediglich interne Daten, allenfalls noch die der Meridien-Gruppe, zu der das Hotel gehörte, viel weiter wäre er da nicht gekommen.
Er versprach sich mehr von den *Bord-Failte*-Daten, schließlich war das die Agentur, die das Faltblatt federführend erarbeitete. Das Sicherheitssystem war bestimmt keine große Hürde, da musste er sich nur ein paar Tricks einfallen lassen. Ein paar Hops, um seine Spuren zu verschleiern, und schon war er drin.
Zunächst stellte er enttäuscht fest, dass die meisten Hotels ihre Zu- und Abgänge lediglich zahlenmäßig meldeten, ohne Angabe personenbezogener Daten. Doch dann sah er, dass die größeren Hotels, darunter auch das Shelbourne, detaillierte Daten an *Bord Failte* überspielt hatten.
Gallagher hatte Leslie am Samstag vor dem Hotel gesehen, etwa in der Mittagszeit.
Paul scrollte durch die Liste vor ihm auf dem Bildschirm. Zu lange durfte er sich nicht Zeit nehmen, denn es konnte sein, dass ihm jemand neugierig über die Schulter schaute und wissen wollte, was er da tat.
Na bitte, da war's ja – die Shelbourne-Datei.
Nachdem er drin war, ließ er es langsamer angehen. Die meisten Daten interessierten ihn nicht, ihm ging es nur um die Namen. Für Samstag waren für die Zeit zwischen elf und zwölf

Uhr drei Abreisen aufgelistet: zwei weibliche Gäste aus Frankreich und ein gewisser Schenk aus Toronto. Ein Leslie tauchte in der Liste nicht auf.
Er klickte sich mit der Aufwärtstaste ein Stück nach oben. *Mr. G. Schenk* ... War das der Mann, den er suchte?
Anhand der Zugangsliste stellte er fest, dass Mr. Schenk kurz vor dem St. Patrick's Day angekommen war. Er hatte demnach rund zehn Tage im Hotel gewohnt. Eine ziemlich lange Zeit.
Er brauchte mehr Details. Er arbeitete sich mit der Maus und dem Keyboard durch die Shelbourne-Daten.
Na, wer sagt's denn?
Die Buchung war telefonisch erfolgt, unter Angabe einer Visa Card auf den Namen Gerd Schenk. Der Anruf war aus den USA gekommen, nicht aus Kanada, wie es bei einem Gast aus Toronto nahe liegend gewesen wäre. Vorwahlnummer, Anschluss – und sogar die Nebenstelle 2740 – waren elektronisch gespeichert.
Paul spürte den eigenen Herzschlag in den Schläfen. Er drehte sich um und rief: »Telefonbuch! Wo ist das Telefonbuch?«
Niemand fühlte sich angesprochen, die meisten hatten ihn wegen der lauten Musik vermutlich gar nicht gehört. Er musste sich also wohl oder übel bequemen, den Drehstuhl am Terminal freizugeben und selber nach dem verdammten Telefonbuch zu suchen.
Was prompt dazu führte, dass jemand rief: »Hey, Paul, willst du den ganzen Tag durchs Netz surfen? Könnt' ja sein, dass andere auch mal an den Computer wollen.«
»Nur die Ruhe«, rief Paul zurück, »bin gleich fertig.«
Endlich fand er das Telefonbuch unter einem Stapel zerlesener Zeitungen und Zeitschriften. Er kehrte zum Terminal zurück, lud die Information herunter und verließ das Programm.
Es gab ein Nebenzimmer, in dem es nicht so laut und hektisch war. Gewöhnlich benutzte Max den Raum als Büro, aber Max

war heute nicht da. Also – rein und Tür zu. Dieselbe Unordnung wie im Hauptbüro, aber der Lärmpegel lag nicht ganz so hoch.
Mit Hilfe des Telefonbuchs war die Vorwahlnummer rasch identifiziert: 804 stand für Virginia. Ein Blick auf die Uhr – fünf Uhr nachmittags in Dublin. Dann musste es also in Virginia zwölf Uhr mittags sein.
Kurz nachdenken. Zuerst deaktivierte er die Displayanzeige, aus der der Angerufene normalerweise ersehen konnte, woher der Anruf kam. Dann tastete er die Nummer ein, von der aus der Anruf im Shelbourne erfolgt war.
Es klingelte viermal – der schrille amerikanische Klingelton zerrte an Pauls ohnehin angespannten Nerven –, dann schaltete sich eine weibliche Stimme vom Band ein: »Sie sind mit der Grund- und Bodenbank von Richmond verbunden. Unsere Vermittlung ist zur Zeit nicht besetzt, wenn Sie aber von einem Tonruftelefon aus anrufen, können Sie die gewünschte Nebenstelle zu jeder beliebigen Zeit selbst anwählen.«
Grund- und Bodenbank – was war das für ein Laden? Er zögerte einen Augenblick, dann tastete er 2-7-4-0 ein.
Das Rufzeichen. Einmal, zweimal …
»Ja?« Eine Männerstimme, ziemlich unwirsch.
Paul hielt die Luft an und hoffte, dass der Mann auf der anderen Seite des Atlantiks nicht mitbekam, wie sein Herz klopfte.
»Hallo, ist da jemand?«
Wie war das eigentlich? Hörte man drüben in der Leitung, dass es ein Überseegespräch war? Paul legte hastig auf.
Mein Gott – auf was für Spielchen ließ er sich da eigentlich ein? Hatte irgendeinen Banker an der Strippe und brachte kein Wort heraus! Aber was hätte er dem Mann auch sagen sollen?
Grund- und Bodenbank von Richmond … Drüben in den Staaten gab es viele kleine Banken, die obskuren Geschäften nachgingen, hatte er mal gelesen. Ob dieser Schenk dort arbeitete?

Die Nuss war schwer zu knacken, das war bei Sicherheitssystemen von Banken immer so. Na schön, vielleicht hätte er es selber geschafft, aber wozu gab's Hacker, die so was viel besser konnten und über viel leistungsfähigere Computer verfügten?
Es gab da jemanden, der ihm vielleicht helfen konnte.
Paul ging wieder zurück in den großen Raum und wartete ungeduldig darauf, dass eines der Terminals frei wurde. An dem, das er vorhin benutzt hatte, saß Larry, einer der Jungs, die, genau wie er, nachmittags freiwillig in der Redaktion von *Dave* mitarbeiteten.
»Larry, ich muss dringend da ran.«
»Krieg dich wieder ein. Mann, die Manchester-United-Webseite ist toll gemacht. Hast du da schon mal reingeschaut?«
»Larry, ich muss dringend was für Max erledigen.«
»Erzähl mir nichts, der ist ja gar nicht da.«
»Larry, bitte!«
Larry kam widerwillig hoch und brummelte: »O Mann, hast du's wieder wichtig.«
Paul setzte sich. Das Internet wusste mit Sicherheit die Antwort, das war immer so. Er wählte das Suchprogramm und ging ins Chat-Menü.
Dort tummelten sich Millionen von Chattern, es gab praktisch kein Interessensgebiet, das nicht vertreten war, wobei manche davon, vorsichtig formuliert, nicht ganz astrein waren. Ein Besuch im Chat war nur möglich, wenn man eingetragen war und sich kurz mit einem persönlichen Profil vorgestellt hatte. Was allerdings eine sinnlose Vorsichtsmaßnahme war, weil Chatter es aus Prinzip mit der Wahrheit nicht genau nahmen und nie ihren wirklichen Namen nannten. Ein kurzer Blick hinter die Kulissen hätte, wenn er möglich gewesen wäre, rasch ahnen lassen, dass es in Kalifornien entweder von siebzehnjährigen Blondies wimmelte oder dass sich hinter den vermeintlichen

Teenagern in Wirklichkeit einsame, sexuell verklemmte, dem taufrischen Alter längst entwachsene alte Knacker verbargen. *Dave* war der Name, den Paul für sich schon vor einiger Zeit als Tarnkappe gewählt hatte – ein vergleichsweise normal klingendes Pseudonym. Der Chatpartner, mit dem er Kontakt aufnehmen wollte, nannte sich *Gigolo* – also vermutlich ein Mann, was aber keineswegs sicher war.

Er scrollte sich durch die Liste der – grob geschätzt – etwa tausend Benutzer, deren Decknamen er manchmal kaum lesen, geschweige denn aussprechen konnte, ohne sich die Zunge zu verrenken. Sie lebten in einer Welt, in der Buchstaben und Zahlen den gleichen Stellenwert hatten, und verschanzten sich hinter Pseudonymen, deren tiefere Bedeutung man mitunter erahnen, aber nie ganz ergründen konnte, zumal der Buchstabe X für sie offenbar ein mystisches Symbol zu sein schien.

So war es bei dem bunt zusammengewürfelten Chattervölkchen nicht weiter verwunderlich, dass man auch beim Inhalt der Mitteilungen oft im Dunkeln tappte. Der Gedankenaustausch entbehrte jeder Logik und war häufig nur eine zusammenhanglose Aneinanderreihung von Wörtern aus einer normalen Nutzern unzugänglichen, vermutlich irgendeiner Subkultur entlehnten Sprache.

Er fand Gigolos Namen rasch, aber es gab keinen Hinweis darauf, dass er irgendeinen Raum im Chat aufgesucht hatte.

Paul suchte sich also einen der Räume, bei dem er aus Erfahrung darauf hoffen konnte, ausgebuffte Computerfreaks zu treffen, und loggte ein. Rechts unten auf dem Bildschirm konnte er lesen, welche Benutzer bereits am Chat teilnahmen. Eine hitzige Diskussion war im Gange, bei der Großbuchstaben als Artillerie eingesetzt wurden und mehrere aneinander gereihte Ausrufezeichen anscheinend markieren sollten, welchem Trommelfeuer der Partner ausgesetzt war.

Paul zögerte, das Risiko einzugehen, womöglich zwischen alle

Fronten zu geraten, aber wenn er eine Chance haben wollte, Kontakt mit Gigolo aufzunehmen – vorausgesetzt, der besuchte heute den Chat –, musste er eine Nachricht hinterlassen.
In einer Zeit, in der sekundenschnelle, weltweite Kommunikation zur Selbstverständlichkeit geworden ist, gehörte es zu den unerklärlichen Eigentümlichkeiten, dass gerade erfahrene Chatter ängstlich darauf bedacht waren, anonym zu bleiben und nie einen Unbekannten in ihre Privatsphäre eindringen zu lassen.
Paul fing an einzutippen:

> Ich muss mit Gigolo reden. Hat er heute was von sich hören lassen?

Jemand, der sich Baltha4U nannte, antwortete:

> HALLO, DAVE. KEIN GIGOLO DA. WILLST DU MIT JEMAND ANDEREM REDEN?
> HOT CROSS IST DA. UND VIPER. UND ICH.

Lauter durchgeknallte Typen, nach Pauls Einschätzung.

> Nein, ich glaube nicht. Sagt's weiter: Dave will mit Gigolo reden. Morgen zur selben Zeit.

Er verließ den Raum im Chat und loggte sich aus. So wusste nun jeder, der irgendwo auf der Welt an Online-Chats teilnahm und gerade vor dem Bildschirm saß, dass er draußen war.
Er hatte schon häufig mit Gigolo gechattet. Wer sich wirklich hinter diesem Namen verbarg, wusste er nicht, nur, dass er in New York lebte. Die einzige private Information, die Gigolo je verraten hatte. Was nicht heißen musste, dass sie der Wahrheit entsprach.

Gigolo gehörte zu einer elitären Gruppe von *Supernerds*, die darauf spezialisiert waren, in vermeintlich nicht zu knackende Computersysteme einzudringen. Dabei wollten sie gar nicht hinter irgendwelche Geheimnisse kommen, sondern nur den Beweis erbringen, dass es für sie keine verriegelten Türen gab. Tatsächlich waren ihnen bisher wenige Türen verschlossen geblieben. Vielleicht reizte es Gigolo, wieder eine aufzubrechen. Und richtig – als Paul ihm am nächsten Tag von seinem Interesse an der Grund- und Bodenbank von Richmond erzählte, sagte Gigolo sofort zu, sich um das Problem zu kümmern.

33

Fergal Mulryne hatte die Rolle des Friedensstifters übernommen. »Passt es Ihnen, wenn ich heute bei Ihnen vorbeikomme?«, hatte er am Telefon gefragt. »Ich glaube, es ist wichtig, dass wir mal ein paar Worte miteinander reden.«

Nachmittags war ein kastanienbrauner Daimler vor dem Apartmenthaus vorgefahren, und kurz darauf hatte Mulryne – in Slacks und einer schicken Wolljacke – in Gallaghers Wohnzimmer gestanden und sich umgesehen. »Sehr gemütlich. Angenehm kompakt.« Und nachdem er ans Fenster getreten war: »Und der Ausblick ist einfach umwerfend.«

Gallagher schenkte ihm und sich Wein ein und wartete.

»Ich bin ein wenig in Sorge wegen Emma«, kam Mulryne zur Sache. »Diese Auseinandersetzung, die Sie beide hatten ...«

Gallagher hob die linke Augenbraue, aber Mulryne winkte beruhigend ab. »Ich weiß nicht, worum es ging, das hat sie nicht gesagt, aber ich habe gemerkt, dass sie sehr aufgewühlt war. Natürlich können Sie einwenden, dass mich das Ganze nichts angeht, nur, wenn wir schon davon reden: Ich find es schrecklich, wie Sie beide sich gegenseitig wehtun. Da kann ich einfach nicht nur zusehen. Ich möchte irgendwie dazu beitragen, dass das aufhört.«

Gallagher las Besorgnis und Entschlossenheit in seinen Augen und wollte ihm ein Stück entgegenkommen.

»Ich habe versucht, ein besseres Verhältnis zu ihr zu bekommen, aber es ist nichts daraus geworden. Weil immer irgendetwas dazwischenkam. Unglückliche Zufälle, die alles noch schlimmer gemacht haben.«

»Sehen Sie«, sagte Mulryne, »ich weiß, dass es eine Menge belastende Dinge aus der Vergangenheit gibt, die bei Emma zu einer gewissen Verbitterung geführt haben. Aber so was sollte man nicht mit sich herumschleppen, dafür ist das Leben zu kurz. Ich habe vor, diese Woche ein paar Gäste zu einem Umtrunk anlässlich Emmas Ernennung einzuladen – bei mir zu Hause, nur ein paar gute Bekannte, ohne großes Tamtam. Und Sie würden mir eine Freude machen, wenn Sie auch kämen.«

»Weiß Emma etwas von dieser Einladung?«

»Noch nicht.«

»Es wird ihr nicht recht sein, wenn ich dort auftauche.«

»Lassen Sie das meine Sorge sein. Ich versichere Ihnen, dass Sie herzlich willkommen sind. Na, sagen Sie zu?«

»Darf ich's mir noch überlegen?«

Mulryne gab ihm seine Telefonnummer, und Gallagher rief, sobald er wieder allein war, Kate an.

Sie hörte ihm geduldig zu. »Nun«, sagte sie dann, »das nenne ich doch einen Fortschritt. Mulryne scheint Gespür dafür zu haben, wann und wie man Dinge wieder einrenkt.«

»Also, ich weiß nicht recht. Meinst du, dass ich da wirklich hingehen soll?«

»Natürlich. Du darfst nichts unversucht lassen, um das Verhältnis zu deiner Tochter in Ordnung zu bringen. Egal, was sie dir an den Kopf geworfen hat.«

»Aber wenn ich nun hingehe und sie macht mir eine Szene?«

»Sei nicht albern, da wird es keine Szene geben. Tom, sie ist deine einzige Tochter, Gott noch mal, da lässt man keine Chance ungenutzt verstreichen. Was würde das denn für einen Eindruck machen, wenn du nicht hingehst? Stell dir bloß vor,

jemand von der Presse bekommt Wind davon und schreibt in seinem Blatt, dass du deine Tochter vor den Kopf gestoßen hast?«
Ganz war er noch nicht überzeugt. »Also, ich weiß nicht ...«, murmelte er unschlüssig.
Kate dachte kurz nach und gab ihrem Herzen einen Stoß. »Hör mal, würdest du hingehen, wenn ich mitkäme?«

Er parkte den Wagen vor ihrem Haus in Ranelagh und dachte, während er auf die Haustür zusteuerte, dass sie bestimmt nicht aus Begeisterung mitkam, sondern nur, weil sie befürchtete, dass er allein nicht hingegangen wäre.
Sie öffnete ihm die Tür in einem eleganten Seidenkostüm, eine schwere Perlenkette um den Hals. Er sah es ihr an, dass er mit seiner Vermutung Recht hatte: Sie kam nur notgedrungen mit.
»Ich hole meine Handtasche«, sagte sie. Auf dem Dielentisch stand eine große Vase mit Frühlingsblumen. Kate griff schnell nach dem Kärtchen, das an der Vase lehnte, und ließ es in ihrer Handtasche verschwinden.
»Wunderschöne Blumen. Ein stiller Verehrer?«, klopfte Gallagher auf den Busch.
»Nein.« Kate klappte den Verschluss der Handtasche zu. »Ich dachte nur, es bringt ein wenig Farbe in die Diele. Also – wollen wir gehen?«
Die Abendsonne malte sattes Grün auf die Hügel und hätte eigentlich auch auf Gallaghers Laune abfärben müssen. Aber er war während der Fahrt nach Wicklow verkrampft und brachte kaum die Zähne auseinander. Als er ein paarmal falsch abbog und wenden musste, wurde Kate allmählich auch gereizt.
Das Haus war von der Straße aus nicht zu sehen. Sie passierten das an diesem Abend zum Zeichen des Willkommens weit geöffnete Tor und fuhren eine von Bäumen gesäumte Allee hinauf. Einmal glaubte Gallagher, aus den Augenwinkeln am

Waldrand Rotwild äsen zu sehen. Bald darauf hörte der Wald auf, und vor ihnen erstreckten sich weite Rasenflächen, hinter denen schließlich das Haus auftauchte – ein etwas protziger, säulengeschmückter weißer Bau im Kolonialstil.
Sie waren nicht die ersten Gäste. Auf dem seitlich gelegenen Parkplatz standen bereits mehrere Wagen, alle ein paar Hubraum- und Preisklassen höher angesiedelt als Gallaghers bescheidener Renault. Er drückte einem der Hausangestellten den Schlüssel in die Hand, stieg mit Kate die Treppe hinauf und registrierte automatisch die an mehreren Stellen installierten Überwachungskameras.
Auf der obersten Stufe blieb er kurz stehen und drehte sich um, um einen Blick auf die Landschaft zu werfen. In dem Moment fuhr wieder ein Wagen vor – ein dunkelblauer Siebener-BMW.
»Tom! Schön, Sie zu sehen. Und Sie müssen Kate sein.«
Gallagher konnte sich nicht mehr mit dem BMW beschäftigen, da er den Gastgeber begrüßen musste. Mulryne, in einem leichten Leinenanzug, schüttelte ihm die Hand, dann geleitete er Kate ins Haus, und Gallagher musste den beiden wohl oder übel folgen. Schade, er hätte sich den BMW gern genauer angesehen.
War das der Wagen, den er …?
Emma erwartete sie in der großen offenen Halle. Sowohl die Art, wie ihre Hand das Glas umkrampfte, als auch ihr unruhiger Blick verrieten Gallagher, dass sie sich genauso unsicher fühlte wie er selbst. Mulryne hatte wohl viel Überredungskunst aufwenden müssen. Sie nickte ihm zu, dann wandte sie sich an Kate.
Gallagher hörte, wie Mulryne draußen den Gast begrüßte, der im BMW vorgefahren war. »George – alter Junge! Schön, dass Sie's einrichten konnten.«
Er drehte sich um und sah einen schlanken Mann mit schon

etwas schütterem, im Nacken zu einem Schwänzchen gebundenen, dunklen Haar bei Mulryne stehen.

Einen Augenblick lang glaubte er, der Boden werde ihm unter den Füßen weggezogen.

Der Neuankömmling, leicht irritiert von Gallaghers neugierigem Blick, nickte ihm zu, dann ging er ins Haus. Gallagher hatte Mühe, die Fassung wiederzugewinnen. Seine Handflächen fühlten sich nass, sein Mund staubtrocken an. Emma war gerade dabei, Kate mit anderen Gästen bekannt zu machen, und er kam sich irgendwie allein gelassen vor.

Dann stand plötzlich Mulryne neben ihm. »Ach Gott, Tom, kümmert sich denn niemand um Sie? Na, besorgen wir Ihnen erst mal was zu trinken.« Er legte ihm den Arm um die Schultern und führte ihn durch die Eingangshalle in den mit irischen Landschaftsbildern geschmückten und, wie Gallagher bemerkte, ebenfalls von Kameras überwachten Salon. Der Raum war so riesig, dass sich die plaudernden kleinen Gruppen darin zu verlieren schienen.

Mulryne winkte einen Kellner heran. »Was soll's denn sein?«

»Whiskey«, bat Gallagher.

»Wir haben Scotch, Irish, Single Malt …«, begann der Kellner aufzuzählen.

»Egal, irgendwas.«

»Ich bin so froh, dass Sie gekommen sind«, flüsterte Mulryne ihm zu. »Sie hatten Recht, ich hatte meine liebe Mühe, Emma davon zu überzeugen, dass Sie heute Abend dazugehören. Aber jetzt sind Sie hier, und das ist doch schon mal ein Anfang. Übrigens, Ihre Freundin, Kate, ist eine ganz bezaubernde Frau.«

Gallaghers Whiskey wurde gebracht, und er sah sich, während er daran nippte, suchend im Salon um.

Irgendwo in diesem Haus hielt sich der Mann auf, der Gilbert Leslie mit seinem BMW am Shelbourne abgeholt hatte. Wer war er? Und wieso war er hier?

Ein Gesicht in der Gruppe am Kamin kam ihm bekannt vor. Mulryne folgte seinem Blick und sagte: »Das ist Tony Goulding, der stellvertretende Premierminister. Ich mache Sie miteinander bekannt.«

Gouldings Händedruck fiel geradezu enthusiastisch aus. »Sie sind also der Mann, bei dem wir uns bedanken müssen.«

»Ich – äh – verstehe nicht ganz …«

»Dass Sie eine so prachtvolle Tochter zustande gebracht haben.«

»Oh, das meinen Sie.«

»Sie ist einfach brillant. Sie sind bestimmt sehr stolz auf sie.«

»Natürlich«, sagte Gallagher. »Ich hoffe …«

Und plötzlich wurde er abgelenkt. Der Mann aus dem BMW stand unter der Tür, mit einem Glas in der Hand. Es dauerte einen Augenblick, bis Gallagher klar wurde, dass er mitten im Satz abgebrochen hatte und die anderen ihn verwundert ansahen.

»Tut mir Leid«, sagte er schnell. »Wenn Sie mich bitte einen Moment entschuldigen würden. Mir ist gerade eingefallen, dass ich vergessen habe, meiner Tochter etwas zu sagen.« Er eilte los, um Mulryne zu suchen.

»Fergal«, sagte er so beiläufig wie möglich, »der Mann dort drüben an der Tür … sein Gesicht kommt mir irgendwie bekannt vor, aber ich weiß nicht, wo ich ihn hinstecken soll.«

Mulryne reckte den Hals. »Oh, Sie meinen George? George Levy, ein Finanzmakler. Übrigens zufällig auch der Anlageberater Ihrer Tochter. Vielleicht kennen Sie ihn da her.«

George Levy – wieso klingelte es da bei ihm?

Und dann fiel es ihm ein. Mulryne redete weiter auf ihn ein, aber Gallagher hörte ihn nicht mehr. Irgendetwas dröhnte ihm plötzlich in den Ohren und blockte alle anderen Geräusche ab.

George Levy – einer der Direktoren von Marcus-Screen, Marcus Kellys Filmproduktion.

Als er sich klar machte, was das bedeutete, schien sich auf einmal alles um ihn herum zu drehen. Dieser Mann hatte mit Kelly zusammengearbeitet. Und es gab irgendeine Verbindung zu Leslie. Und neuerdings auch zu Emma. Was schlagartig erklärte, woher die Informationen über Kellys Recherchen stammten, mit denen sie die Parlamentsabgeordneten geschockt hatte.

Einmal mehr hallten Donovans Worte in seinem Schädel wider.

Erst schafft man ein Problem, dann löst man es.

Cui bono – wem nutzt es? Wer hat Vorteile davon?

Ihm wurde schlecht. Mulryne war weiter gegangen, um mit anderen Gästen zu plaudern. Irgendwie schaffte er es, wenn auch mit unstetem Schritt, bis zur Terrasse hinter dem Haus. Das Pärchen an der Brüstung bemerkte ihn gar nicht. Gallagher verschwand um die Hausecke und übergab sich ins Rosenbeet. Er atmete mehrmals tief durch, putzte sich die Nase, ging in den Garten und ließ sich dort auf eine Bank fallen. Er wollte versuchen, all das, was er heute Abend erfahren hatte, in einen logischen Zusammenhang einzuordnen.

Auf einmal sah er die Dinge in einem neuen, quälend grellen Licht. Alles, was geschehen war – die Morde an Kelly, Donovan, dem Richter und dem zu seinem Schutz abgestellten Polizisten –, gehörte zu einem ausgefeilten Plan, und den hatte mit Sicherheit Gilbert Leslie ausgeheckt.

Aber wie passte Emma in das Bild? War es denkbar, dass sie irgendwie in dieses Mordkomplott verwoben war?

Erst schafft man ein Problem …

Donovan war dazu auserkoren worden, das Problem zu sein. Irgendwelche Leute hatten ihn so lange gefördert und unterstützt, bis der Mann im Hintergrund – und das war Leslie gewesen, daran bestand für Gallagher kein Zweifel – entschieden hatte, dass es an der Zeit sei, Donovan als skrupellosen Krimi-

nellen abzustempeln. Und so legten Leslies Handlanger Spuren, die auf Donovans Verantwortung für die Morde an Kelly und Richter Purcell hindeuteten, und schon war er das perfekte Opferlamm.
Durch Donovans Tod war das Problem gelöst. Emma hatte keine Minute gezögert, der erleichterten Öffentlichkeit zu verkünden, nun sei man aus dem Gröbsten heraus. Bald darauf war sie die neue Justizministerin und nach allgemeiner Einschätzung eine Garantin für Recht und Ordnung.
Ein kaltes Schaudern lief ihm über den Rücken.
Cui bono – wem nützt es? Niemand in Irland hatte mehr Vorteile gehabt als Emma mit ihrem kometenhaften Aufstieg in eines der wichtigsten Ministerien des Landes.
Aber den größten Nutzen hatte letztendlich Gilbert Leslie, das stand fest. Nur, das beantwortete noch nicht die Frage, welcher Plan am Anfang dieser Kette skrupelloser Aktivitäten gestanden hatte. Welchen Profit versprach sich Leslie von seinem Vorgehen?
Er sah auf die Armbanduhr. Zwanzig Minuten saß er nun schon hier im Garten, und die anderen fragten sich wahrscheinlich, wo er so lange blieb. Am liebsten hätte er allen Problemen der Welt und allen Leuten im Haus den Rücken gekehrt und wäre mutterseelenallein in die Nacht hinausgewandert, auf den Wald zu. Aber das ging nicht. Also machte er sich mit dem Gefühl, Blei in den Beinen zu haben, auf den Rückweg ins Haus.
Goulding stand immer noch am Kamin des Salons. Unwillkürlich wurde Gallagher an Savages Formulierung erinnert: Goulding war tatsächlich von Günstlingen umringt. Und eine seiner Günstlinge sei Emma gewesen, hatte Savage gesagt. War Goulding auch in Leslies schmutziges Spiel verstrickt? Savage war sicher gewesen, dass Goulding nichts tue, wenn er sich nicht Vorteile davon versprach. Was zu der Frage führte, welche

Vorteile er sich davon versprochen hatte, die Weichen für Emmas Ernennung zur Justizministerin zu stellen.
Kate und Emma kamen quer durch den Raum auf ihn zu.
»Da bist du ja. Wir haben uns schon gefragt, wo du abgeblieben bist«, sagte Kate.
»Entschuldigt, ich war eine Weile im Garten. Irgendwie macht mir wohl das Wetter zu schaffen.«
Emma nickte. »Du siehst tatsächlich ein bisschen blass aus.«
»Nur ein Brummschädel, das geht vorbei.«
Kurz darauf stieß Mulryne zu ihnen und fragte ebenfalls besorgt: »Ist alles in Ordnung mit Ihnen, Tom? Kann ich irgendwas für Sie tun?«
»Nein, danke. Ich werde wohl heimfahren und mich im Bett auskurieren. Irgendwas scheint seit ein paar Tagen mit mir nicht in Ordnung zu sein, ich weiß auch nicht, was es ist.«
Ein Angestellter fuhr den Wagen vor, Kate und Gallagher verabschiedeten sich an der Haustür von Mulryne und Emma. Gallagher drehte sich noch einmal zu Emma um.
»Ach – jetzt hätte ich fast vergessen, dich etwas zu fragen. Diese Fotos, die du im *Dail* dabeihattest – du weißt schon, in dem Aktenordner –, die hatten gar nichts mit Kellys Recherchen zu tun, stimmt's? Das war nur Bluff, nicht wahr?«
Emma lächelte verschmitzt. »Ich hatte an dem Tag zufällig ein paar Hochglanzfotos von Büroausstattungen dabei. Ich wollte mir Anregungen für mein neues Dienstzimmer holen. Schon merkwürdig, wie bereitwillig sogar kluge Leute aus solchen Kleinigkeiten falsche Schlüsse ziehen, findest du nicht auch?«
Das letzte Sonnenlicht verlor seinen Glanz, als sie heimfuhren. In Gallaghers Kopf herrschte Gewitterstimmung, mit düsteren Wolken. Kate bot ihm an zu fahren, aber er lehnte ab.
Als sie vor ihrem Haus hielten, saß er am Steuer und starrte wie blind vor sich hin. Kate erschrak über die Leere in seinem Blick.

»Tom«, sagte sie, »was hältst du davon, wenn du noch mal einen Arzt aufsuchst?«
Er gab keine Antwort.
Sie stieg achselzuckend aus. Und als die Wagentür zugefallen war, fuhr er los, ohne sich von ihr zu verabschieden.

34

Das Summen der Türklingel weckte Gigolo auf. Er grapschte nach der Armbanduhr auf dem Nachttisch. Verdammt, nun hatte er seine Verabredung verschlafen.
»Scheiße«, murmelte er in sich hinein. Sein Mund fühlte sich vor Müdigkeit pelzig an. Er fuhr sich mit der Hand durchs dunkle Haar und dann über das stoppelige Kinn. Er war heute Morgen mit einigen Jungs im Cyber-Café im Village verabredet, aber das konnte er jetzt kaum noch schaffen.
Noch mal die Türklingel.
»Ja, ja«, knurrte er. Das Mädchen neben ihm seufzte verschlafen, wachte aber nicht auf.
Er dagegen hatte tief geschlafen, war aber trotzdem müde wie ein junger Hund, da er gestern fast den ganzen Tag lang versucht hatte, den Sicherheitscode dieser dämlichen Grund- und Bodenbank zu knacken, leider ohne Erfolg. Kurz vor Mitternacht war dann das Mädchen gekommen, und da hatte er die beschissene Bank vergessen und war mit ihr – na, sagen wir mal: Online gegangen.
Er betrachtete sie. Sie schlief auf der Seite. Ein paar verirrte Strähnen ihres langen Haars hatten sich in ihrem Mundwinkel verfangen. Er strich sie sanft beiseite. Dann stand er auf und zog sich den Bademantel an.
Alle nannten ihn Gigolo. Er hatte sich den Namen selbst ausge-

dacht, weil er fand, dass er gut zu einem Computerfreak passte, dessen zweites Hobby hübsche Mädchen waren. Eigentlich hieß er Anton Meyer, aber das hatte er seinen Chatkumpels im Netz nicht verraten. Und sie wussten auch nicht, dass sein verstorbener Vater Investmentbanker gewesen war und ihm einen recht ansehnlichen Batzen Geld vermacht hatte.

Die finanzielle Unabhängigkeit erlaubte es ihm, sich dieses kleine, aber schicke Apartment zu leisten, immerhin an der East 76th Street, zwischen Third Avenue und Lexington. Ohne den väterlichen Kies hätte er sich auch die teure Computertechnologie nicht kaufen können, die beinahe das ganze Wohnzimmer ausfüllte. Zumindest nicht, ohne sich auf die Suche nach irgendeinem stinklangweiligen Job zu machen.

Er hatte die Rollos heruntergelassen, und die einzige Lichtquelle war das halbe Dutzend Monitore, die alle einen anderen, von ihm entworfenen Bildschirmschoner hatten, und zwar Fische aus allen sieben Meeren. Wenn er im Dunkeln durchs Wohnzimmer tappte, kam er sich wie in einem Aquarium vor.

Irgendwie irritierte es ihn, dass er trotz seiner erstklassigen Ausrüstung nicht in der Lage gewesen war, in das Datennetz dieser Bank einzudringen. Er hatte alles versucht, aber nichts erreicht. Es war, als hätte er mit einem Bleistift auf einer Stahltür herumgehämmert.

Als er die Rollos hochzog und gegen das Licht anblinzelte, summte es zum dritten Mal.

»Okay«, rief er, »mach dir nicht ins Hemd.«

Er drückte ein Auge ans Guckloch und sah draußen einen Postboten stehen – eindeutig an der Mütze und der Ledermappe zu erkennen. Er entriegelte das Schloss, öffnete die Tür einen Spalt weit, ließ die Kette aber vorgelegt.

»Ja?«

»Päckchen für Sie. Sie müssen unterschreiben.«

Gigolo blickte auf das Päckchen. Der Postbote schob eine vorbereitete Empfangsbestätigung und den Kugelschreiber durch den Türspalt. Die Stelle, an der Gigolo unterschreiben sollte, war mit einem Kreuz markiert. Gigolo überlegte kurz, dann entschloss er sich, ausnahmsweise mit dem richtigen Namen zu unterschreiben. Manchmal ließ sich das eben nicht vermeiden.

Er reichte die Bestätigung und den Kugelschreiber durch den Türspalt zurück. »Danke. Schieben Sie mir das Ding her.«

Der Postbote gab sich alle Mühe, das Päckchen durch den engen Spalt zu quetschen, was ihm aber nicht gelang.

»Warten Sie«, sagte Gigolo, »ich hak die Kette auf.«

Und das tat er dann auch.

Kaum hing die Kette baumelnd herunter, wurde ihm die Tür mit solcher Wucht gegen die Brust gestoßen, dass er nach hinten taumelte, das Gleichgewicht verlor und stürzte.

Als er auf dem Boden lag, sah er, dass sie zu zweit waren.

Der Postbote hatte die Ledertasche abgestellt und hielt auf einmal eine Pistole mit aufgesetztem Schalldämpfer in der Hand. Der zweite Mann sah in seinem schwarzen Overall aus wie einer von den Haustechnikern. Er drückte die Tür ins Schloss und als er sich umdrehte, sah Gigolo, dass auch er eine Pistole in der Hand hielt, ebenfalls mit Schalldämpfer.

Er versuchte, auf die Beine zu kommen, aber die Wucht, mit der der Postbote ihm den Pistolenknauf gegen die linke Schläfe schlug, schickte ihn sofort wieder zu Boden.

»Hey«, sagte der im schwarzen Overall und zeigte ins Wohnzimmer, »guck mal, was der da für 'n Scheiß rumstehen hat.«

Gigolo stöhnte vor Schmerz. Vor seinen Augen schien ein dünner Nebelschleier zu liegen, und unter der Schädeldecke brannte es, als hätte ihm jemand ein paar Dolche ins Gehirn gerammt.

Der Postbote hielt die Waffe auf ihn gerichtet, während der andere sich im Apartment umsah. Er war schnell wieder zurück.

»Nur ein Schlafzimmer. Im Bett liegt 'ne niedliche kleine Mieze. Schläft fest.«
»Wir bringen ihn rüber«, entschied der Postbote.
Sie schleiften Gigolo über den Fußboden ins Schlafzimmer und wuchteten ihn aufs Bett.
Das Mädchen fuhr hoch und schnappte erschrocken nach Luft. Ehe sie schreien konnte, trat der Postbote einen Schritt zurück, zielte kurz und schoss ihr zweimal in die Brust. Ihr Blut spritzte aufs Bettzeug. Gigolo versuchte, irgendetwas zu sagen, brachte aber nicht mehr als ein Röcheln zustande. Und auch das verstummte sehr schnell, als der Mann im schwarzen Overall ihm einen harten Schlag auf den Mund versetzte.
Das Mädchen war tot, der Blutfleck auf dem Laken wurde rasch größer, aber der Postbote wollte offenbar auf Nummer Sicher gehen, er hielt ihr die Pistole aufs linke Auge und drückte ab.
Gigolo war vor Entsetzen wie versteinert. Auf seinem Gesicht vermischte sich das Blut des Mädchens mit seinem eigenen. Als er spürte, dass sich unter seinen Schenkeln etwas Heißes, Feuchtes ausbreitete, ahnte er, dass er vor Angst uriniert hatte.
»So, Junge«, sagte der Postbote, »jetzt wollen wir mal über ein paar Dinge reden, die uns brennend interessieren.«

35

Gallagher ließ sich voll laufen. Er klapperte die Pubs in der Nähe seines Apartments ab, bis er schließlich spätnachts irgendwo in einer Kneipe gelandet war, wo er an der Bar Trübsal blies und ein Guinness nach dem anderen in sich hineinschüttete, jedes Mal mit einem Schluck Whiskey zum Nachspülen.

Als er die nächste Runde bestellte, zwinkerte der Barkeeper ihm zu, sah ihn forschend an und fragte, ob er nicht allmählich genug habe. Gallagher merkte, dass auch die anderen Gäste zu ihm herüberstarrten.

Und er konnte es nun mal nicht leiden, wenn ihn wildfremde Leute anstarrten. »Was, zum Teufel, gibt's denn da so blöde zu glotzen?«, fauchte er seine Nachbarn an.

»He, he«, meinte der Barmann, »das reicht.« Und ein paar Sekunden später stellte Gallagher fest, dass der Kerl ihn kurzerhand auf die Straße gesetzt hatte.

Na gut, es war ohnehin Zeit, nach Hause zu gehen, und dort fand sich bestimmt was zu trinken. Vorausgesetzt, er fand den Heimweg.

Er versuchte mehrmals, ein Taxi heranzuwinken, aber die Kerle hielten nicht an. Taxifahrer haben anscheinend eine untrügliche Antenne für angetrunkene Fahrgäste, die nur Ärger machen. Na schön, Gallagher schaffte es schließlich bis zur

Küstenstraße und schleppte sich stolpernd, mit einigen Zwischenlandungen im Rinnstein, zu seinem Apartment.
Wenn sie jetzt gekommen wären, um ihn zu erledigen – es wäre ihm egal gewesen. Sollten sie doch tun, was sie wollten, er war sowieso nichts wert. Er hinterließ überall Dreckspuren, was immer er anfasste, weil er ein Versager war. Am meisten hatte er bei seiner Tochter versagt, die er eigentlich nie richtig kennen gelernt hatte. Und nun war sie ihm nicht nur fremd, sondern er musste sich auch damit abfinden, dass sie offensichtlich ein willfähriges Werkzeug in Gilbert Leslies Mordkomplott gewesen war. Einem Komplott, von dem er leider nur sehr schattenhafte Vorstellungen hatte.
Im Flur, hinter der Tür, lag ein Stapel ungeöffneter Briefe. Er war heute Morgen achtlos daran vorbeigelaufen, und das tat er jetzt wieder. Ein Umschlag trug das Logo seiner Bank – vermutlich wollte sein lieber Filialleiter ihn wieder an das kleine finanzielle Problem erinnern. Als ob das wichtig wäre.
Er schnappte sich die Whiskeyflasche und ein Glas und lümmelte sich in einen Sessel am Fenster. Und da saß er dann, bei eingeschaltetem Licht, starrte in den Sternenhimmel und kippte Whiskey in sich hinein.
Ein paarmal klingelte das Telefon. Sollte es ruhig klingeln. Den Stecker des Anrufbeantworters hatte er sowieso schon rausgezogen. Er lauschte dem hartnäckigen Klingeln und, als der Anrufer aufgegeben hatte, ersatzweise der Stille.
Und schenkte sich den nächsten Whiskey ein.

Die Schule war ihm dazwischengekommen, die letzten Prüfungen.
Paul war seit Tagen nicht im Redaktionsbüro von *Dave* gewesen und hatte keine Ahnung, ob Gigolo inzwischen etwas herausgefunden hatte. Um das zu erfahren, musste er notgedrungen seinen eigenen Computer benutzen.

Der Bildschirm zeigte die Suchmaschine. Paul drückte die Entertaste und wartete.
Die Namen der Benutzer huschten im Schnelllauf durch.
Irgendwo musste Gigolo sein, in einem der Chat-Räume.
Als Paul sich einloggte, sah er, dass Gigolo tatsächlich da war, er hatte einen Chat verfolgt, aber nicht daran teilgenommen. Und nun konnte auch Gigolo auf dem Bildschirm ablesen, dass Dave den Chat besucht hatte.

HALLO, DAVE, SCHÖN, DASS DU DA BIST. HAB MICH SCHON GEFRAGT, WO DU STECKST.

Paul tippte seine Antwort ein:

Tut mir Leid, hatte viel um die Ohren. Wie ist es in NYC?

COOL.

Ausweichen auf Privat-Chat? Es war eine feine Sache, dass sie dank einer intelligenten Software in einen privaten Chat-Raum ausweichen konnten, wo niemand mitlesen konnte, was sie sich zu sagen hatten. Als er drin war, tippte Paul ein:

Bist du inzwischen weitergekommen?

NICHT VIEL. ABER MACH DIR NICHTS DRAUS. KANN JA NICHT SO EILIG SEIN, WENN DU TAGELANG NICHT AUF DER LINE WARST. ICH MUSS DIR ERST EIN PAAR FRAGEN STELLEN. BIN AM ANFANG NUN MAL IMMER NEUGIERIG. DU HAST MIR NICHT GESAGT, WARUM DU SO AN DRE BANK INTERESSIERT BIST.

Paul runzelte die Stirn.
Verdammt – wieso war Gigolo plötzlich so neugierig? Beim ersten Kontakt hatte er keine Fragen gestellt. Und die hätte Paul ihm sowieso nicht beantworten können, auf keinen Fall.

Tut mir Leid, kann ich noch nicht sagen. Aber ich muss unbedingt wissen, wie's bei dir läuft.

LAHM. DIE HABEN DICKE MAUERN. WÜRDE MIR SCHON HELFEN, WENN DU MIR ETWAS MEHR SAGEN KÖNNTEST. ZUM BEISPIEL, WAS DU MIT DIESEM SCHENK ZU TUN HAST?

O Mann, Gigolo machte ihn mit seinen vielen Fragen nervös.

Tut mir Leid, kann ich dir wirklich nicht sagen.

MACHT NICHTS. ICH DENKE, BIS MORGEN WERD ICH EIN PAAR ANTWORDEN HABEN. IST DOCH 'N WORT, ODER?

Paul hörte die Haustür gehen, seine Mutter war nach Hause gekommen. Eine gute Gelegenheit, Schluss zu machen.

Ich muss den Chat verlassen.

Gigolo schien enttäuscht zu sein.

SCHADE. KÖNNEN WIR NICHT NOCH 'NE WEILE CHATTEN? WENIGSTENS EIN PAAR MINUTEN?

Tut mir Leid, geht nicht. Morgen, wieder dieselbe Zeit.

Paul loggte sich aus, aber er hatte den Chat gespeichert und wollte ihn ausdrucken, damit er später noch mal alles nachlesen konnte. Er hätte nicht sagen können, warum, aber irgendwas in Gigolos Text hatte ihn stutzig gemacht.

36

Mit fünfunddreißig Jahren war Bruce Morrow der jüngste Verwaltungschef, den der Dubliner Flughafen je gehabt hatte. Aber der endgültige Durchbruch war das in Morrows Augen noch nicht. Der kam erst, wenn die Regierung dem Gutachten folgte, das ein aus leitenden Angestellten des Flughafens bestehendes Konsortium im Hinblick auf die angestrebte Privatisierung erarbeitet hatte und in dem er als Vorstandsvorsitzender vorgeschlagen wurde.

Noch gab es allerdings einen Mitbewerber: eine internationale Gruppe, die sich *Dhow* nannte und von finanzstarken Firmen aus der Computerbranche und dem Bankgewerbe getragen wurde. Wobei die Gruppe, wie Morrow widerwillig zugeben musste, auf beachtliche Erfolge bei ähnlichen Privatisierungen in Australien und Südostasien verweisen konnte.

Morrow war dennoch zuversichtlich, dass die Regierung im Sinne ihres Gutachtens entscheiden würde, zumal der Verwaltungsrat des Flughafens für alle Fälle angedeutet hatte, nötigenfalls eine Entscheidung für das ausländische Konsortium gerichtlich anzufechten. Und daran konnte der Regierung im Hinblick auf die kommenden Wahlen nicht gelegen sein.

Morrow gehörte zu den tatkräftigen, ganz ihrer Aufgabe verpflichteten Managertypen, die sowieso mit wenig Schlaf auskamen und in Zeiten, in denen wichtige Entscheidungen

anstanden, erst recht mit den Hühnern aus den Federn krochen.
So auch heute. Rasiert und angezogen, schlich er auf Socken durchs Haus, um seine Frau Nicole und die Zwillinge Rebecca und Emily nicht zu stören. Die beiden quirligen Vierjährigen würden ohnehin früh genug Leben ins Haus bringen, bis Nicole sie endlich in der Spielgruppe abgeliefert und sich selbst auf den Weg zum Holles-Street-Krankenhaus in Dublin gemacht hatte, wo sie als Assistentin in der Verwaltung des Krankenhauses arbeitete. Eine Teilzeitstelle, nur an ein paar Tagen pro Woche und immer nur vormittags, so dass sie die Zwillinge pünktlich abholen und mit nach Hause nehmen konnte. Natürlich arbeitete sie nicht des Geldes wegen, sondern weil es ihr das Gefühl einer gewissen Unabhängigkcit gab. Wofür Morrow volles Verständnis hatte.
Er schaute durch die offene Kinderzimmertür und schmunzelte. Da lagen die beiden zerzausten blonden Lockenköpfe in ihren Kissen und sahen aus, als könnten sie kein Wässerchen trüben. Dabei waren sie temperamentvoll wie zwei kleine Wildkatzen. Und von Ordnung hielten sie auch nichts, wie das Tohuwabohu auf dem Fußboden bewies, wo das Spielzeug noch so herumlag, wie es ihnen gestern Abend aus den Fingern gefallen war.
Nach dem Trauma zweier Fehlgeburten war die Schwangerschaft eine schwere Zeit für Nicole gewesen. Umso mehr wussten sie und er es nun zu schätzen, zwei gesunde, muntere Kinder zu haben. Die Zwillinge waren ihr Glück, und sie widmeten ihnen jede freie Minute. Er stieg vorsichtig über das herumliegende Spielzeug, beugte sich über die beiden und gab ihnen – ganz sanft, um sie nicht aufzuwecken – einen Kuss.
Wenn ihnen je etwas zustoßen würde – mein Gott, das wäre der Todesstoß für ihn.
In der Diele schlüpfte er in die Schuhe, griff nach der Akten-

mappe und verließ das Haus – ein ehemaliges Pfarrhaus, tief in den Hügeln von Wicklow. Ein wenig einsam und nicht besonders verkehrsgünstig gelegen, aber es war gerade diese Abgeschiedenheit, die er so liebte; sie gab ihm das Gefühl, abends in ein Refugium heimzukehren. Nach Dublin brauchte man eine Autostunde, aber da es mittlerweile ein Netz von Umgehungsstraßen gab, musste er sich wenigstens auf dem Weg zum Flughafen nicht durch die Innenstadt quälen.
Er setzte sich in seinen Jaguar und fuhr los. Ein Blick nach rechts und links an der Einmündung zur Straße – weit und breit kein anderes Auto unterwegs.
Die drei Männer, die ihren dunklen Wagen auf einem versteckten Feldweg geparkt hatten, sahen ihn wegfahren.
»Da ist er«, meldete Humble.
Leslie reckte kurz den Hals. »Früh auf den Beinen – sehr lobenswert«, kommentierte er und lehnte sich zufrieden wieder zurück. Das Bewusstsein, Herr über Leben und Tod zu sein, versetzte ihn regelmäßig in eine Hochstimmung wie bei einem Rausch. Vor allem, wenn die Opfer ahnungslos waren.
Nein, nicht immer, korrigierte er sich im Stillen, als er im Geiste das tote Mädchen auf dem Sofa liegen sah. Ein schwerer Fehler. Und nun war anscheinend auch noch jemand – weiß der Teufel, wie – über den Namen Schenk gestolpert und hatte versucht, das Computersystem der Bank zu knacken. Nun, sie hatten den Hacker ausfindig gemacht und gehörig in die Mangel genommen, ihm bislang aber nur das Geständnis herausquetschen können, dass er in fremdem Auftrag handelte. Nun arbeiteten sie fieberhaft daran, den geheimnisvollen Auftraggeber aufzuspüren, und das musste rasch gelingen.
Parrish und Humble saßen stumm und geduldig auf den Vordersitzen. Sie wussten, welche Aufgabe sie in wenigen Tagen zu erfüllen hatten, aber Leslie hatte es trotzdem für angebracht gehalten, heute Morgen eine Art Trockenlauf durchzuführen, um

ihnen deutlich vor Augen zu führen, wie wichtig es war, dass es im entscheidenden Augenblick keine Pannen gab, und welche Konsequenzen selbst der kleinste Fehler haben konnte. So eine Aktion durfte man nicht auf die leichte Schulter nehmen.

Morrows Wagen war inzwischen außer Sichtweite.

»Okay, zeigt mir mal, was ihr herausgefunden habt«, sagte Leslie.

Sie fuhren den Feldweg entlang, der sich in vielen engen Biegungen und mit tiefen Schlaglöchern am Waldrand entlangschlängelte, und hielten an einer Stelle, an der er abrupt im Wald endete.

»Hier soll's passieren«, sagte Parrish.

Leslie kurbelte das Wagenfenster herunter. Der Waldrand war in schummeriges Halbdunkel getaucht, nur oben am Hang fiel überall da, wo sich die Sonne einen Weg durch die Baumkronen gebahnt hatte, ein Lichtfleck auf die hohen Farnbüschel und die wuchernden Brombeerhecken. Nirgendwo ein Durchkommen.

»Ausgezeichnet«, sagte Leslie zufrieden. Sie fuhren zu ihrem Beobachtungsposten in der Nähe von Morrows Haus zurück.

Viertel nach acht meldete Humble: »Jetzt kommt sie.«

Leslie sah den schwarzen Audi-Kombi mit der blonden Frau am Steuer und zwei blonden, auf Kindersitzen festgeschnallten Mädchen im Fond aus der Zufahrt biegen. Sie folgten dem Wagen, wobei sie es sich leisten konnten, so viel Abstand zu halten, dass sie ihn auf der von Wald gesäumten Strecke ab und zu aus den Augen verloren. Sie wussten ja, wohin der Audi fuhr.

Die Straße war kaum befahren. Und an dem entscheidenden Morgen würde es hier überhaupt keinen Verkehr geben, weil das von Parrish aufgestellte Sperrschild Mrs. Morrow zwang, eine Umleitung zu nehmen, die sich dann allerdings als Sackgasse erwies.

Nach weiteren zwanzig Minuten Fahrzeit hielt Nicole Morrows

Kombi bei einem von Wiesen umgebenen Haus, das hinter einer für Kinder unüberwindbaren Mauer lag, eine durchaus vernünftige Vorsichtsmaßnahme bei einem Gebäude, das, wie auf dem Schild neben dem Eingang zu lesen stand, die *Spielgruppe Zwergenland* beherbergte. Vor dem Tor hielten bereits mehrere Autos, überall sah man Mütter und Kinder, die mit vielen Küsschen und Umarmungen für ein paar Stunden voneinander Abschied nahmen.

Der Wagen mit den drei Männern fuhr in unvermindertem Tempo weiter, aber Leslie hatte Gelegenheit, sich die blonde Frau etwas genauer anzusehen. Und was er sah, gefiel ihm: Eine gut aussehende, schlanke junge Mutter, der Typ, den man gewöhnlich eine Naturschönheit nannte, und zwei hübsche blonde Mädchen, die sich wie ein Ei dem anderen glichen.

Bei dem Gedanken, wie empört Heywood Corbett damals auf seinen Plan reagiert hatte, spielte ein Lächeln um Leslies Lippen. Corbetts Tage waren gezählt. Dass es einem Hacker gelungen war, in das Telefonnetz der Bank – wenn auch zum Glück nicht in das Computersystem – einzudringen, bewies auf erschreckende Weise, wie sorglos und nachlässig Corbett war. Nun gut – das Leck ließ sich abdichten, aber Corbett würde dafür bezahlen müssen.

Hier, wo er Regie führte, gab es solche Nachlässigkeiten mit Sicherheit nicht. O nein, sie würden dafür sorgen, dass hier im richtigen Moment, für alle mühelos zu deuten, ein grelles Menetekel an der Wand aufleuchtete.

Der Tod seiner Frau und der beiden Kinder würde Bruce Morrow das Rückgrat brechen. Und einem gebrochenen Mann fehlt nun mal die Kraft, weiter zu kämpfen.

Emma Gallaghers Fahrer lenkte den Dienstwagen durch Süddublins breite, gepflegte Straßen und bog in die Einfahrt des Berkley Court Hotels ein.

Es war sieben Uhr morgens. Sie und einige leitende Mitarbeiter mussten heute am frühen Nachmittag an einer Besprechung mit Vertretern der britischen Regierung teilnehmen, die sich möglicherweise bis morgen Mittag hinzog. Aber es gab etwas, was sie unbedingt vorher abklären wollte, weil es, wenn sie aus London zurückkam, dafür zu spät war.

Angenehm würde das Gespräch, das vor ihr lag, sicher nicht werden.

Nach Mitternacht war sie mit der Lektüre der Unterlagen fertig gewesen. Sie hatte sie wieder und wieder aufmerksam durchgelesen und im Hinblick auf die anstehende Entscheidung ein zunehmendes Unbehagen verspürt. Und so hatte sie, ungeachtet der späten Stunde, Tony Goulding angerufen und ihn gefragt, ob sie sich zum Frühstück treffen könnten.

Sie durchquerte die Lobby und erwiderte da und dort ein höfliches Nicken, wenn einer der Gäste sie erkannt hatte. Goulding musste bereits da sein, sie hatte seinen Fahrer und den Dienstwagen draußen gesehen. Der Oberkellner erwartete sie am Eingang des Speiseraums und führte sie zu einem Tisch in der Ecke, wo Goulding in den Sportseiten des *Irish Independent* blätterte. Er sah sie kommen, faltete die Zeitung zusammen und legte sie weg.

In Dublins großen Hotels war es nicht ungewöhnlich, Kabinettsmitglieder, Industriebosse oder bekannte Gesichter aus der Hochfinanz beim Frühstück oder Dinner beisammensitzen zu sehen; nach einem ersten neugierigen Blick nahm niemand mehr Notiz davon. Emma hatte das Gespräch nicht in ihrem oder Gouldings Büro führen wollen und deshalb das Berkley Court vorgeschlagen. Wenn es auch seltsam klingen mochte: Ein Frühstück im Hotel, unbehelligt von neugierigen Blicken und hellhörigen Ohren der eigenen Mitarbeiter, bot am ehesten die Gewähr für einen vermeintlich privaten Anstrich.

»Ich habe mir erlaubt, bereits für uns beide zu bestellen«, sagte

Goulding, als der Oberkellner Emma den Stuhl zurechtrückte und die Frühstückskarte hinlegte.
Sie schob die Karte beiseite. »Danke, für mich nur Toast und Kaffee.«
Goulding musterte sie. »Du siehst abgespannt aus. Die Hektik deines Jobs setzt dir ganz schön zu, wie?«
»Nein, es ist nicht der Job. Es ist etwas anderes.«
»Etwas Persönliches?«
»Nein, das nicht.«
Sie wollte, sie hätte es ihm sagen können. Es war nicht nur das gespannte Verhältnis zu ihrem Vater, das sie quälte, es war noch etwas anderes dazugekommen. Etwas, was sie eher früher als später zu einer persönlichen Entscheidung zwang.
Die letzte Nacht hatte sie zu Hause verbracht, allein, aber in der Nacht davor war sie bei Fergal gewesen, in seinem Haus. Und da hatten sie, wie man das so schön nennt, Liebe gemacht. Aber eigentlich war es etwas anderes gewesen, und nicht zum ersten Mal. Sie hatte es zugelassen, dass er …
… *dass er dich gevögelt hat. Denn genau das war's, mach dir nichts vor.*
Wenn sie es nur unter dem Aspekt sexueller Aktivität sah, war alles in Ordnung gewesen. Abgesehen davon, dass sie nichts dabei empfinden konnte. Ihre Beziehung war schon seit geraumer Zeit zur Routine verkümmert. Eine richtig heiße Nummer wurde es nur, wenn sie ausgehungert war und die Initiative ergriff. Aber dann hatte es, wenn sie ehrlich war, nichts mehr mit Fergal zu tun, sie hätte es genauso gut mit einem anderen treiben können.
Sie liebte ihn nicht. Es wurde Zeit, dass sie sich zu dieser Erkenntnis durchrang und es Fergal sagte. Denn es wäre unfair gewesen, ihn in dem Glauben zu lassen, dass ihre Beziehung eine Zukunft hätte, zumal sie jetzt auch Rücksicht auf ihre politische Stellung nehmen musste. Sie wollte nicht, dass die Klatschpresse ihr – für irische Verhältnisse ungehörig liberales

Verhältnis – breittrat. Aber es fiel ihr weiß Gott nicht leicht, ihm das zu erklären.
Der Kellner brachte das Tablett mit Toast und Kaffee für sie und mit einer Portion Rührei, Schinken, Würstchen und geschmorte Tomaten für Goulding.
»Du solltest mehr essen«, sagte er mit vorwurfsvollem Blick auf Emmas Spatzenfrühstück. »Es kann zu Magengeschwüren führen, wenn man nüchtern Probleme wälzt.«
Sie gab sich einen Ruck. »Tony, ich muss dir etwas sagen.«
Er kaute und sah sie erwartungsvoll an.
»Es gibt vieles, wofür ich dir zu Dank verpflichtet bin. Du bist für mich ein Vorbild. Du verfolgst deine Ziele energisch und beharrlich – getreu dem Credo, dass einem Chancen nur einmal geboten werden und man darum sofort zupacken muss. Und du legst großen Wert auf Loyalität.«
»Würde ich alles unterschreiben«, sagte er. »Du hättest noch erwähnen können, dass einer wie ich immer damit rechnen muss, dass ihm jemand Stolpersteine in den Weg legt, aber das können wir uns sparen.«
Emma nickte. »Du hast Recht, das hätte auch zu meiner Charakteristik gehört. Leute wie du und ich machen sich zwangsläufig Feinde. Aber ich kann dir versichern, dass ich nicht darauf erpicht bin, je zu deinen Feinden zu gehören.«
Gouldings Augen verengten sich kaum merklich.
»Aber«, fuhr sie fort, »wenn ich das Vertrauen rechtfertigen soll, das du in mich setzt, und wenn ich in meinem Ressort und im Kabinett Rückgrat zeigen soll, dann muss ich, egal, worum es geht, alle Entscheidungen nach *meinem* Gewissen treffen.«
Sie nippte an ihrem Kaffee. Der Toast war kalt geworden, ohne dass sie ihn angerührt hatte.
»Nur weiter«, sagte er, »ich höre zu.«
»Verdammt, es ist unheimlich schwer.«
»Komm schon, Emma, lass die Katze aus dem Sack.«

»Aer Rianta«, sagte sie.
»Aer Rianta?«
»Ich kann nicht so handeln, wie du es möchtest.«
Plötzlich schien ein Eishauch in der Luft zu liegen. Sie sahen einander stumm an.
In ungefähr achtundvierzig Stunden würde der Premierminister die Kabinettsmitglieder um ihre Meinung bitten, wie sie in der Frage der Flughafenprivatisierung entscheiden sollten. Zwei Vorschläge lagen auf dem Tisch, sie waren durch das Finanzministerium und Gouldings Ressort geprüft und bewertet worden. Emma wusste genau, welche Entscheidung Goulding von ihr erwartete. Er hatte sie nach ihrem Amtsantritt detailliert in alle anstehenden Probleme eingewiesen und bei der Frage der Flughafenprivatisierung eindringlich darauf hingewiesen, dass es eminent wichtig sei, für den Vorschlag der Dhow-Gruppe zu stimmen. Seine Worte klangen ihr noch in den Ohren.
»Kurzfristig mag es Heulen und Zähneklappern geben, aber auf lange Sicht ist es das Beste für das Land. Ich habe vertrauliche Hinweise von Insidern, dass die hinter dem Dhow-Projekt stehenden Firmen weitere bedeutende Investitionen bei uns ins Auge fassen, wenn die Entscheidung zu ihren Gunsten ausfällt.«
Sie hatte schon immer gewusst, dass Goulding sich zum Wohl des Landes nötigenfalls auch am Rande der Legalität bewegte, und soweit war sie durchaus bereit, ihm zu folgen. Wenn es zum Besten Irlands war, konnte man auch mal ein Auge zudrücken. Aber seit ihrem nächtlichen Aktenstudium war sie nicht mehr so sicher, ob die Dhow-Gruppe wirklich den richtigen Kurs einschlug. Vielmehr keimte in ihr der Verdacht, dass eine Entscheidung im Sinne dieses Konsortiums eher Tony Gouldings als Irlands Wohl diente.
»Glaub mir«, sagte sie, »das war ein schwieriger Entscheidungs-

prozess für mich. Die Unterlagen der Dhow-Leute sind exzellent gemacht, man muss kein Wirtschaftswissenschaftler sein, um sie zu verstehen. Aber bei den Zahlen bin ich ins Grübeln gekommen. Die Dhow-Gruppe liegt mit ihrer Berechnung etliche Millionen Pfund über dem Alternativvorschlag. Sicher, Geld sollte bei so einer Sache nicht das einzige Argument sein. Und ich habe in den Unterlagen keinerlei Anzeichen dafür entdecken können, dass eine der beiden Bewerbungen sich günstiger auf die Staatskasse auswirken würde.«
Sie trank einen Schluck Kaffee und sah, dass Tony sein Frühstück kalt werden ließ.
»Ich verstehe, dass du von den Dhow-Plänen beeindruckt bist«, fuhr sie fort, »und kann mir gut vorstellen, dass du für die Abstimmung im Kabinett überzeugende Argumente parat hast. Diese Leute haben Erfahrung in der Verwaltung von Flughäfen und ein beachtliches Finanzpolster. Aber, Tony, ich gebe zu bedenken, dass das Dubliner Konsortium ebenfalls viel Erfahrung mitbringt und außerdem während der letzten Jahre auf ein erfolgreiches Expansionsmanagement verweisen kann. Eine Entscheidung für unsere Gruppe könnte der heimischen Wirtschaft einen enormen Auftrieb geben, glaubst du nicht?«
Goulding sagte nichts.
»Ich habe das Für und Wider der Argumente immer wieder abgewogen, Tony. Meiner Meinung nach hat unser Dubliner Konsortium den Zuschlag verdient. Nenn es von mir aus eine Entscheidung aus dem Bauch. Mein Gefühl sagt mir, dass ich richtig liege.«
»Nein, eben nicht«, erwiderte Goulding knapp. »Es ist ein fundamentaler Fehler, so eine Sache nach dem Gefühl zu entscheiden.« Er vergewisserte sich mit einem raschen Blick, dass es keine ungebetenen Zuhörer gab. »Wir müssen das in einem größeren Zusammenhang sehen. Bei der gegenwärtigen Auslastung

unseres Flughafens springt ohnehin nicht viel raus. Und unsere Regierung bekommt ihr Geld sowieso, da hast du Recht. Aber ich denke an die Zukunft. Dhow wird von Firmen unterstützt, die sich den neuen Medien verschrieben haben. Was würdest du sagen, wenn eine Entscheidung zugunsten von Dhow einen der namhaften Hersteller von Computerspielen nach Dublin locken könnte, zum Beispiel Hurll? Das brächte Irland einen enormen wirtschaftlichen Aufschwung. Leuchtet es dir nicht ein, dass man solche Entscheidungen unter langfristigen Aspekten sehen muss?«

»Aber garantieren kannst du auch nicht, dass so etwas passieren wird.«

»Glaub mir«, sagte er, »es wird passieren.«

In diesem Moment wusste sie instinktiv, dass Tony gekauft war. Und obwohl sie es immer vermutet hatte, traf die Gewissheit sie wie ein Schlag.

Aber sie hatte sich nie für irgendwelche Machenschaften einspannen lassen, und jetzt war sie erst recht nicht bereit, Tony blindlings zu folgen.

»Es tut mir Leid, Tony. Meine Entscheidung steht fest.«

»Du wirst also für das Dubliner Management votieren?«

»Ja. Und ich glaube, ich bin es dem Kabinett schuldig, diese Entscheidung so überzeugend wie möglich zu begründen.«

Einen Augenblick lang sah er sie irritiert an. Dann knüllte er die Serviette zusammen und warf sie neben sein kaum angerührtes Frühstück.

Er lächelte schmallippig. »Nun, immerhin warst du so anständig, mich vorher zu informieren. Das weiß ich zu schätzen, Emma. Obwohl ich natürlich nichts anderes von dir erwartet habe. Und was deine Prinzipientreue angeht, die bewundere ich.«

»Es tut mir gut, dass du das sagst.«

Er griff über den Tisch und legte seine Hand auf ihre. Emma

wäre fast zurückgezuckt, so heiß und feucht fühlte sich Tonys Hand an.

»Du musst tun, was du für richtig hältst. Das ist die wichtigste Regel für Politiker.« Er stand auf. »Auf jeden Fall wird es eine interessante Abstimmung.«

»Glaubst du, es wird ein knappes Ergebnis?«

»Ich hoffe nicht. So oder so, am Ende wird eine Entscheidung stehen – welche auch immer.«

37

Leichte Turbulenzen über dem Golf von Mexiko machten sich in Palm Beach durch stürmische Böen bemerkbar, als der Streifenwagen langsam die Privatstraße hinauffuhr. Die beiden uniformierten Officers sahen stirnrunzelnd, wie die Palmen, denen das Ferienparadies seinen Namen verdankte, gezaust wurden, und argwöhnten, dass sich der Wetterdienst bei der Vorhersage, der Sturm werde an ihnen vorbeiziehen, vielleicht doch geirrt hatte.

Am Ende der Zufahrtsstraße erstreckte sich ein Komplex von Bungalows der gehobenen Preisklasse, im spanischen Stil erbaut, jeder in einen gepflegten Garten gebettet. Der Wagen hielt, die beiden Officers stiegen aus und gingen auf einen Bungalow zu. Nachdem sie mehrmals geläutet hatten, öffnete ein mittelgroßer Mann die Tür, silbergraues Haar, in den Sechzigern.

Er musterte sie argwöhnisch. »Polizei? Was kann ich für die Herren tun?«

Einer der Officers tippte an seine Mütze. »Tut uns Leid, dass wir Sie stören müssen, Sir. Ich weiß nicht, ob Sie es schon gehört haben: Hier in der Siedlung wurde letzte Nacht jemand bei einem Einbruch in sein Haus verletzt. Ein älterer Herr, etwa in Ihrem Alter. In der Stella-Maris-Anlage, ein Stück weiter unten. Kennen Sie die Anlage?«

Der Silbergraue nickte. »Ja. Das ist schrecklich. Ist er einigermaßen glimpflich davongekommen?«
»Sie haben ihn recht grob herumgeschubst. Hat ein paar blaue Flecke abgekriegt. Aber es hätte natürlich noch viel schlimmer kommen können.«
»Wir hören uns in der Siedlung um, ob jemand irgendwas Verdächtiges gehört oder gesehen hat«, erklärte sein Kollege.
Der Mann mit der Silbermähne dachte kurz nach, dann schüttelte er den Kopf. »Nein, nichts. Ich kann mich jedenfalls an nichts erinnern.«
»Waren Sie letzte Nacht zu Hause?«
»Ja. Ich gehe kaum aus dem Haus. Sitze im Garten und genieße das schöne Wetter. Obwohl« – er blickte auf die vom Sturm gepeitschten Palmen –, »heute sieht's ja nicht danach aus.«
»Nun gut«, sagte der eine Officer, »halten Sie das Haus bitte verschlossen und seien Sie vorsichtig.«
»Oh, wir haben hier ein tolle Alarmanlage.« Der Silberhaarige lächelte. »Da heult es wie verrückt, wenn was los ist. Ich achte darauf, dass sie nachts eingeschaltet ist.«
»Falls Sie irgendwas beobachten, lassen Sie's uns bitte wissen.«
»Da können Sie sicher sein. Und – danke, dass Ihr Jungs vorbeigekommen seid.«
Er blieb unter der Tür stehen, als die Officers in ihren Wagen stiegen, und winkte ihnen nach.
Kaum war der Streifenwagen außerhalb der Sichtweite des Hauses, hielten die Officers an. Einer nahm ein Foto aus dem Handschuhfach. Es war ein mit Zoom aufgenommener Schnappschuss, so dass der Mann, den es zeigte, nicht sonderlich gut getroffen war, aber eine bessere Aufnahme aus jüngster Zeit stand der Polizei nicht zur Verfügung. Und die hier erfüllte ihren Zweck.
Nachdem sie sich das Foto angesehen hatten und sich sicher waren, nickten sie sich einander zu.

Der Officer am Steuer fuhr weiter, sein Kollege griff zum Funkgerät. »Wir sind auf dem Rückweg.«
»Und?«, krächzte eine Stimme in der Zentrale.
»Nichts und. Er ist es nicht.«

Auf der anderen Seite des Atlantiks stellte Gallagher am frühen Nachmittag fest, dass sein Vorrat an scharfen Getränken zur Neige gegangen war.
Die Flut hatte eingesetzt, und das Wetter war so scheußlich, dass man keinen Hund vor die Tür gejagt hätte. Die wenigen unerschrockenen Spaziergänger, die – vermummt und vornüber gebeugt – am Strand unterwegs waren, mussten gegen den steifen Wind ankämpfen.
Er war für eine Weile im Sessel eingenickt und wieder halbwegs nüchtern. Und genau das wollte er nicht sein.
Der Laden mit der Lizenz, Alkohol außer Haus zu verkaufen, musste um diese Zeit geöffnet haben.
Er verließ das Apartment, ohne sich die Mühe zu machen, einen Mantel mitzunehmen und die Tür hinter sich zuzuziehen, und eilte die Treppe hinunter.

Im Büro des *Dave* versuchte Paul, Kontakt mit Gigolo aufzunehmen. Er war ein wenig spät dran, weil er eine Menge andere Dinge um die Ohren gehabt hatte.
Der Redaktionsschluss für ihr Werbeblättchen rückte immer näher, Max entwickelte eine hektische Aktivität und setzte alles daran, die verlorene Zeit aufzuholen. Er hatte Paul gebeten, die Webseite auf den neuesten Stand zu bringen, und ihm eingeschärft, dass das oberste Priorität habe.
Inzwischen war Paul damit fertig. Er vergewisserte sich mit einem Blick über die Schulter, dass Max immer noch in seinem Büro am Telefon hing, rief die Suchmaschine auf und klickte sich ins Chat-Menü ein.

Und genau, als er seinen Chat-Raum aufgesucht hatte, spürte er eine Hand auf der Schulter. »Junge, hör mal zu …«
Max. Paul verkrampfte die Schultern. O verdammt – was wollte der von ihm?
Die Hand wurde weggezogen, Max setzte sich auf die Tischkante und verschränkte die Arme vor der Brust.
Paul stand das schlechte Gewissen ins Gesicht geschrieben.
»Hi, Max«, sagte er gequält fröhlich.
Max sah ihn lange an, dann schüttelte er den Kopf.
Paul schielte auf den Bildschirm. Jeder konnte auf dem rechten Bildschirmrand die Namen der Chat-Partner lesen und so auf den ersten Blick erkennen, was hier gespielt wurde.
Aha, Gigolo war da.
»Ich weiß nicht, was du gerade machst …«, sagte Max.
Paul verspürte ein flaues Gefühl im Magen und feilte im Geiste schon an einer Ausrede herum.
»… aber ich nehme mal an, dass du an der beschissenen Webseite bastelst. Ich bin nicht blind und merke es, wenn einer praktisch jeden Tag herkommt und sich so ins Zeug legt wie du, obwohl du keinen müden Penny dafür kriegst. Und sogar nicht mal was verlangt hast.«
»Ich – äh – och, das ist schon okay, ich …«
»Das ist gar nicht okay«, unterbrach ihn Max. »Ich werd dich ab sofort auf die Lohnliste setzen. Ich will nicht, dass du dich für nichts abrackerst. Viel kann ich dir nicht zahlen, aber wenig ist immer noch besser als nichts. Erzähl's nicht den Brüdern vom Finanzamt.«
Er zog ein paar Geldscheine aus der Tasche. Paul merkte, wie seine Verspannung nachließ.
Max stand auf.
»Ein kleines Dankeschön für deine Hilfe.« Er schob Paul das Geld hin und ging.
»O Mann, Max, danke. Das ist ja irre.«

Paul fing wieder an, normal zu atmen. Er steckte schnell das Geld weg und begann zu tippen:

> Hi, Gigolo. Musste gerade noch mit jemandem reden. Wollen wir wieder in den Privat-Chat gehen?

Gigolo antwortete nicht. Auf dem Bildschirm stand: »Gigolo meldet sich ab.«
Paul ging in den Privat-Chat und sah, dass Gigolo bereits da war.

> So ist es besser. Also, hast du was Neues für mich?

Er wartete, aber es kam keine Antwort. Also ein neuer Versuch.

> Gibt's Probleme? Du wirst mich doch nicht hängen lassen?

Wieder nichts – Gigolo schwieg sich aus. Das konnte natürlich daran liegen, dass er durch irgendwas abgelenkt worden war. Hoffentlich.
Aha, endlich:

> TUT MIR LEID, DA HAT IRGEND SO 'N LÄSTIGER STÖRENFRIED BEI MIR GEKLINGELT. OKAY, WAS DIE ANTWORDEN BETRIFFT, AUF DIE DU WARTEST …

Paul erstarrte. Sein Herz setzte einen Schlag lang aus. Auf einmal wusste er, was ihn die ganze Zeit über unbewusst beunruhigt hatte. Irgendetwas war ihm bei ihrem letzten Chat aufgefallen, er hatte nur nicht gewusst, was.

Er starrte angestrengt auf den Bildschirm und las Buchstaben für Buchstaben von Gigolos Message, um ganz sicher zu sein, dass er sich nicht irrte.
Nein, da war's: ANTWORDEN – falsch geschrieben.
Eine unsichtbare Alarmglocke schlug an. Er dachte einen Moment nach, dann tippte er ein:

> Vielleicht sollten wir das Ganze lieber vergessen. Lass einfach die Finger davon.

Gigolo war sofort wieder da:

> NEIN, ICH KOMM IN DAS VERDAMMTE SYSTEM REIN.

> Bist du sicher?

> KEIN PROBLEM. MORGEN.

Paul zermarterte sich das Gehirn.

> Gib 8, dass sie dir nicht auf die Spur kommen. Du weißt sicher noch, wie unser alter Freund Osires versucht hat, in das Forschungslabor der Regierung in Seattle einzudringen?

> KEINE SORGE, GIGOLO ERWISCHEN SIE NICHT SO SCHNELL.

Zwei, drei Sekunden Pause, dann fragte Gigolo:

> MORGEN SECHS UHR NEW YORKER ZEIT. WÜRDE DIR DAS PASSEN?

Werd's versuchen. Ich muss jetzt abbrechen. Die Pflicht ruft.

Er verließ den Chat, loggte sich aus und blickte mit einem flauen Gefühl im Magen auf den Bildschirm. Die Sache war ihm auf einmal nicht mehr geheuer. Irgendwie kam ihm das Ganze merkwürdig vor. Wer weiß, ob da nicht etwas Schlimmes passiert war?

Tom. Er musste es Tom erzählen.

Er griff zum Telefon und wählte Gallaghers Nummer. Der Anschluss sei zur Zeit nicht zu erreichen, teilte ihm eine Automatenstimme mit. Er versuchte es noch einmal. Dann wählte er die Störungsstelle an. Wo man ihm auch nur sagen konnte, dass vermutlich eine technische Störung vorliegt.

Verdammt.

Er ging zum Fenster und sah, dass es wie aus Kübeln regnete. Die Straße unter ihm erinnerte an eine Baustelle. An einigen Gebäuden wurden Renovierungsarbeiten durchgeführt, überall standen Zementmischer herum, und aus den aufgeschütteten Sandhaufen floß ein Strom schmutzig brauner Brühe auf den Gully zu.

Er musste so rasch wie möglich nach Sandymount, Tom auftreiben und ihm alles erzählen. Aber mit dem Bus brauchte er dorthin eine halbe Ewigkeit. Ein Taxi wäre die Ideallösung gewesen, aber dafür hatte er kein Geld.

O doch, er hatte Geld.

Bei dem Sauwetter wollte offenbar niemand zu Fuß gehen, es dauerte eine halbe Stunde, bis das Taxi kam, und dann brauchte der Fahrer noch mal eine halbe Stunde bis Sandymount.

Paul bezahlte, rannte zur Haustür und drückte Toms Klingelknopf. Es tat sich absolut nichts. Er wählte willkürlich einen anderen Klingelknopf aus, im obersten Stock, und versuchte sein Glück damit.

Eine Frau fragte: »Ja – wer ist da?«
»Hallo«, sagte Paul, »entschuldigen Sie die Störung. Ich bin ein Freund von Mr. Gallagher im zweiten Stock. Wir sind verabredet, aber er reagiert nicht, wenn ich klingle. Und sein Telefon scheint gestört zu sein. Würden Sie mich freundlicherweise reinlassen, damit ich an die Tür klopfen kann?«
Die Frau war vernünftigerweise vorsichtig. »Was sagten Sie, zu wem Sie wollen?«
»Mr. Gallagher im zweiten Stock.«
»Und wer sind Sie?«
»Mein Name ist Paul Forrest.« Was ihr wahrscheinlich nichts sagte, aber es vermittelte ihr vielleicht den Eindruck, dass er nichts zu verbergen hatte.
Nach ein paar Sekunden klickte das Türschloss, und er konnte ins Haus schlüpfen. Als Paul die vier Treppenabsätze bis zum zweiten Stock geschafft hatte und nach oben blickte, sah er eine grauhaarige Frau, die sich im obersten Stock über das Treppengeländer beugte und ihn misstrauisch beäugte.
Er lächelte ihr beruhigend zu. »Danke. War sehr nett von Ihnen. Und nochmals – Entschuldigung, dass ich stören musste.«
»Na ja«, rief sie herunter, »eigentlich lasse ich nicht gern fremde Leute rein. Man weiß nie, was für Gesindel sich heutzutage herumtreibt. Sind Sie der, der gerade aus dem Taxi gestiegen ist?«
»Ja«, sagte Paul, »der bin ich.«
Das schien sie zu beruhigen. Vermutlich ging sie davon aus, dass Einbrecher und Mörder nicht mit dem Taxi zum Tatort kommen. Sie murmelte etwas vor sich hin, zog sich in ihr Apartment zurück, schloss von innen ab und legte die Kette vor.
Paul klopfte an Gallaghers Tür.
Nanu, die war ja nur angelehnt?
Er zog unwillkürlich den Kopf ein Stück zwischen die Schul-

tern, rätselte, was da wohl los war, klopfte noch mal, stieß die Tür auf und ging in die Wohnung.

»Tom?«, rief er, ein leichtes Tremolo in der Stimme.

Es rührte sich nichts. Das Apartment war leer und stank nach Fusel.

Er suchte ein Zimmer nach dem anderen ab. Im Wohnzimmer war der Telefonstecker herausgezogen. Auf dem Tisch lagen auf einem großen Blatt Zeichenpapier einige Notizzettel, und auf einem las er den Namen Gilbert Leslie. Im Schlafzimmer herrschte eine sagenhafte Unordnung, die Luft war zum Schneiden dick. In der Küche stapelte sich schmutziges Geschirr, auf der Arbeitsplatte stand neben dem Herd ein Teller mit kalt gewordenem Rührei.

Als er am Ende seiner Runde wieder im Wohnzimmer ankam, entdeckte er die leeren Flaschen neben dem Sessel am Fenster.

Wo, zum Teufel, war Tom?

Er sah aus dem Fenster. Der Regen hatte nicht nachgelassen, im Gegenteil, er war sogar noch stärker geworden. Über dem Meer hing er wie ein dichter Vorhang. Dicke, schwere Tropfen tanzten auf der Küstenstraße. Die Autos fuhren im Schritttempo, aus jeder Pfütze spritzte eine kleine Wasserfontäne hoch, die Scheibenwischer flitzten hektisch hin und her.

Als Paul sich gerade wieder umdrehen wollte, schien er plötzlich etwas zu sehen.

Er starrte angestrengt nach unten. Durch den dichten Regenschleier glaubte er, auf der Küstenmauer etwas auszumachen, was dort nicht hingehörte. Es sah aus wie ein Mensch.

Aber das war doch unmöglich, oder?

Er ließ die Apartmenttür angelehnt, rannte die Treppe hinunter, drückte an der Haustür die Türsperre fest, damit er später nicht wieder bei fremden Leuten klingeln musste, und rannte los. Die Sohlen seiner Sneaker patschten mit schmatzenden Lauten auf den nassen Boden.

Als er näher kam, sah er, dass die Gestalt auf der Mauer tatsächlich ein Mann war, nur mit Jeans und einem T-Shirt bekleidet. Da wusste er, dass es Gallagher sein musste.
»Tom!«, rief er.
Keine Antwort.
Paul blieb stehen, atmete tief durch und versuchte noch einmal.
»Tom!«
Der Mann auf der Küstenmauer drehte sich im Zeitlupentempo um: Tom Gallagher, durchnässt bis auf die Haut, mit einer Wodkaflasche in der Hand.
Paul erschrak. O Gott, Gallagher sah aus wie ein Gespenst – hohlwangig, unrasiert, das Haar triefnass, die Haut aschgrau. Und er starrte Paul an, als hätten sie sich nie zuvor gesehen. Dann drehte er sich wieder um und trank einen tiefen Schluck aus der Flasche.
Paul stand ein, zwei Meter von ihm entfernt und wusste nicht recht, was er tun sollte. Wer weiß, wie Tom reagierte, wenn er näher kam. Andererseits, in dem Zustand konnte es leicht passieren, dass er von der Mauer rutschte und ins Meer fiel.
Vielleicht legte er es sogar darauf an?
»Tom, ich brauche Ihre Hilfe«, schrie er gegen Wind und Regen an.
Keine Antwort.
»Bitte, Tom! Ich glaube, ich bin Gilbert Leslie auf die Spur gekommen.«

38

Gallagher händigte Paul widerstandslos die Flasche aus, und der ließ sie, als sie durch den Regen zurück zu Gallaghers Wohnung stapften, in einem Abfallbehälter verschwinden.

»Leslie?«, fragte Gallagher mit schwerer Zunge. »Was soll das heißen, du bist ihm auf die Spur …?«

»Gleich erzähl ich Ihnen alles«, vertröstete ihn Paul.

Als sie im Apartment waren, half er Gallagher aus der nassen Kleidung, verfrachtete ihn unter die Dusche, hörte amüsiert zu, wie er unter dem scharfen heißen Wasserstrahl stöhnte und jammerte, und rieb sich selbst, so gut es ging, mit einem Handtuch trocken.

»Himmeldonnerwetter, Paul, erzähl mir endlich, was los ist«, rief Gallagher krächzend aus der Duschkabine.

»Gleich, nur Geduld.« Er konnte es selbst kaum abwarten, seine Neuigkeiten loszuwerden, aber er wollte sicher sein, dass Tom überhaupt verstand, was er ihm erzählte.

Gallagher zog sich frische Klamotten an, Paul briet ihm inzwischen eine Portion Rühreier mit Schinken, die Tom hoffentlich wieder auf die Beine half und vielleicht sogar etwas von dem Alkohol abbaute, den er intus hatte. Und kurz darauf machte Gallagher sich heißhungrig über das Rührei her und sagte auch nicht nein, als Paul ihm und sich einen Becher Tee einschenkte.

»Wie lange geht das schon so mit dem Alkohol?«
»Hab ich vergessen. Also, was ist mit Gilbert Leslie?«
Paul schielte zur Uhr. Vor einer Stunde war er hierher gekommen. Eigentlich hätte Gallagher erst mal eine Runde Schlaf gebraucht, aber dafür blieb jetzt keine Zeit. Er sah immer noch schrecklich aus, mit rot geränderten Augen und verschleiertem Blick, aber er war wieder einigermaßen bei sich, und das musste genügen.
Paul setzte sich ihm gegenüber hin. Er hatte sich fest vorgenommen, alles schön langsam, der Reihe nach zu erzählen, aber dann sprudelte doch ein regelrechter Wortschwall aus ihm heraus. Gallagher hörte verdutzt irgendwas von einem gewissen Gigolo, einer Bank in Virginia und einer Einrichtung, die in Computerkreisen Chat-Raum hieß.
Er versuchte mit heftigem Kopfschütteln die Nebelschwaden zu vertreiben, die in seinem Schädel waberten, dann fasste er Paul an der Schulter und sagte: »Langsam, Junge, immer schön mit der Ruhe. Bis jetzt verstehe ich nur Bahnhof.«
Paul atmete tief ein, fing noch mal von vorn an und erzählte seine Geschichte von dem Moment an, als er sich bei der Agentur eingeloggt hatte, die alle relevanten Daten für das Touristikbüro sammelte, bis zu dem merkwürdigen Chat, den er heute Nachmittag mit Gigolo gehabt hatte.
Trotz seines vernebelten Gehirns war Gallagher sofort klar, dass der Junge sich auf gefährlichem Terrain bewegte.
Paul zog ein paar zusammengefaltete Bogen Papier aus der Gesäßtasche. »Ich wusste, dass irgendwas nicht stimmt, aber ich kam nicht dahinter, was es ist. Aber heute Nachmittag ging mir auf einmal ein Licht auf. Mein Kontaktmann war gar nicht Gigolo.«
»Woher willst du das wissen?«
»Ich verbringe viel Zeit damit, mich mit den Jungs im Internet zu unterhalten. Da lernt man ihre Eigenheiten kennen, ihren

persönlichen Stil, was sie für zusammengebastelte Wörter verwenden. Das ist, als ob man jemanden an der Stimme erkennt. Jeder hat seine speziellen kleinen Tricks – so ähnlich, wie wenn jemand Steno schreibt.«

Er legte die Bogen auf den Tisch und strich sie glatt.

Für Gallagher sah der Text aus wie ein Wortprotokoll. Zuerst der Name des Gesprächsteilnehmers, dann das, was er gesagt hatte.

Paul deutete auf eine bestimmte Stelle. »Da – die falsch geschriebenen ›Antworden‹. Da wusste ich Bescheid. Gigolo hat eine andere Masche, sein Buchstabendreher war jedes Mal ›dre‹ statt ›der‹. Irgendwie hatte ich den Eindruck, dass er's absichtlich macht, damit sein Chat-Partner weiß, dass er wirklich ihn dranhat. Aber sehen Sie sich mal diesen Text an, der Typ macht das nicht. Schreibt alles orthografisch richtig, bis auf das Wort ›Antworden‹.«

Gallagher studierte den Text mit zusammengekniffenen Augen. »Vielleicht passt Gigolo bei dem ›der‹ jetzt nur besser auf. Ich finde, daraus kann man nicht viel schließen.«

»Aber wenn ich früher mit ihm gechattet habe, stand da immer ›dre‹ statt ›der‹ – sein Erkennungszeichen. Ich hab's nicht gespeichert und ausgedruckt, aber ich erinnere mich genau daran. Trotzdem haben Sie Recht, ein schlüssiger Beweis wäre es nicht. Darum hab ich einen kleinen Test mit ihm gemacht.«

»Einen Test?«

Paul nickte. »Schauen Sie sich diese Textstelle an.«

Gallagher folgte Pauls Zeigefinger, der an einer bestimmten Zeile entlangfuhr. Es ging um jemanden, der sich ... wie? ... oje, die Jungs hatten eine blühende Fantasie: Osiris nannte sich der Typ. War bei dem Versuch erwischt worden, ins Computersystem eines Forschungslabors in Seattle einzudringen.

»Es gibt im Netz keinen Osiris«, sagte Paul, »und unser alter Freund ist er schon gar nicht. Ich weiß nicht mal, ob es in

Seattle ein Forschungslabor der Regierung gibt. Aber Sie sehen ja, Gigolo ist keinen Augenblick stutzig geworden. Und Sie können Gift darauf nehmen – der echte Gigolo hätte mich sofort gefragt, was ich da für einen Mist rede.«

Er sah Gallagher stirnrunzelnd an. »In dem Moment ist es mir ein bisschen unheimlich geworden. Ich kam mir irgendwie beobachtet vor. Gigolo, oder wer immer es war, wollte mich reinlegen. Hätte ja sein können, dass die ganze Sache ein Verzögerungsmanöver ist, weil jemand Zeit gewinnen will, meine Internet-Adresse zurückzuverfolgen. Und dann hat der Typ am anderen Ende mir eine präzise Zeit für den nächsten Kontakt genannt – morgen früh um sechs Uhr New Yorker Zeit, also ein Uhr mittags unserer Zeit. Ich bin sicher, dass die dann irgendwas vorhaben. Zum Beispiel, Gigolos Chat-Partner zu schnappen. Deshalb bin ich sofort zu Ihnen gekommen. Und dann hab ich Sie … da draußen gefunden.«

Gallagher senkte den Blick. Die Schramme auf dem Handrücken erinnerte ihn an den nächtlichen Streifzug durch diverse Pubs und die dämliche Mauer, an der er die Kurve nicht gekriegt hatte. Er schämte sich nachträglich, dass er sich derart betrunken hatte.

»Das war sehr schlau von dir«, sagte er. »Du bist allerdings auch ein großes Risiko eingegangen und hast nicht nur dich, sondern auch andere in Gefahr gebracht. Zum Beispiel die Jungs bei *Dave*. Hast du vielleicht sogar das eine oder andere Mal euern Computer zu Hause benutzt?«

Paul nickte bedrückt. Er hatte sich, ohne an mögliche Konsequenzen zu denken, auf etwas eingelassen, das ein paar Nummern zu groß für ihn war.

»Ich hab's für Sie getan, weil ich fest daran geglaubt habe, dass Sie Recht haben. Und ich wollte, dass meine Mutter das auch einsieht und nicht denkt, dass Sie – na ja, Sie wissen schon –, dass Sie unter Einbildung leiden.«

Gallagher sah ihn an. Verdammt, wie hatte er den Jungen nur in so was hineinziehen können?
»Also gut«, sagte er, »dann werden wir jetzt die Kavallerie rufen. Hoffentlich sind die so vernünftig, im gestreckten Galopp zu kommen.« Er ging zum Telefon und wählte.
»Chief Superintendent Greeley, bitte«, hörte Paul ihn sagen. »Mein Name ist Tom Gallagher. Sagen Sie ihm, ich hätte ein paar Informationen für ihn, die ihn sicher interessieren.«
Greeley war in Sekundenbruchteilen dran. »Ich hab wiederholt versucht, Sie zu erreichen. Ihr Telefon war offenbar gestört.«
»Ich hatte mich eine Weile – sagen wir: aus dem Kommunikationsprozess ausgeklinkt. Hören Sie, Gilbert Leslie hält sich möglicherweise immer noch im Shelbourne auf. Er benutzt einen kanadischen Pass ...«
»... der auf den Namen Schenk ausgestellt ist«, vervollständigte Greeley den Satz. »Ich schicke Ihnen einen Wagen.«

Etwa eine halbe Stunde später waren sie in Greeleys Büro versammelt: Gallagher, Paul, Greeley, einer seiner Detectives und ein etwas fülliger Mann, den Greeley als Inspector Frank Dolan vorstellte.
Greeley schnupperte und musterte Gallagher vorwurfsvoll. »Du meine Güte, haben Sie in einer Fuselbrennerei gebadet?«
»Ja, so was Ähnliches.«
»Und wer ist der junge Mann neben Ihnen?«
»Paul Forrest. Ich bin mit seiner Mutter befreundet.«
»Nun«, meinte Greeley, »dann dürfte es wohl kaum nötig sein, den Jungen mit in diese Sache hineinzuziehen, oder was meinen Sie?«
»Ich fürchte, er steckt schon mittendrin, Chief Superintendent. Er hat, um's mal so auszudrücken, einige Aktivitäten entwickelt und Ihnen eine Menge zu erzählen.«
Greeley sah Paul neugierig an. »Gut, das werden wir uns gern

anhören.« Er ging zum Fenster und öffnete es. »Vorher will ich aber noch etwas loswerden. Ich möchte mich bei Mr. Gallagher wegen meiner Uneinsichtigkeit entschuldigen. Er hatte Recht, ich hatte Unrecht, so einfach ist die Wahrheit manchmal. Womit unsere Meinungsverschiedenheiten hoffentlich ausgeräumt sind.«
Betretenes Schweigen. Schließlich sagte Gallagher: »Wir machen alle mal Fehler.«
Greeley räusperte sich. »Lassen Sie mich kurz schildern, was sich bei uns getan hat, und dann können Sie mir berichten, worum es bei den – wie sagten Sie? – Aktivitäten des jungen Mannes ging.«
Paul errötete ein wenig.
»Wir haben in der Mordsache in Temple Bar die üblichen Routineermittlungen durchgeführt«, fuhr Greeley fort. »Die berühmte Suche nach der Stecknadel im Heuhaufen. Wobei sich die Überprüfung der Gästelisten in den Hotels etwas schwierig gestaltet hat. Im Frühjahr sind viele Touristen in Dublin, und zusätzlich kamen die Messegäste dazu.«
Er zog eine Marlboro aus dem Päckchen, stutzte und schob sie wieder in das Päckchen zurück.
»Aber im Shelbourne hat uns das Glück geholfen. Dort war ein gewisser Gerd Schenk aus Toronto abgestiegen, um die Sechzig, was in etwa den Beschreibungen in der Mordsache entsprach. Und gestern Abend haben uns die Behörden in Toronto mitgeteilt, dass dieser Mr. Schenk, der seit einigen Wochen im Shelbourne logiert, schon vor Jahren verstorben sei.« Er wandte sich an Gallagher. »Da fiel mir natürlich Ihre Beobachtung vor dem Hotel ein. Wie Sie wissen, hatte uns das FBI gesagt, Leslie könne gar nicht hier sein, weil er in Palm Beach Urlaub mache. Ich konnte die dortige Polizei dazu überreden, das noch mal zu überprüfen. Und da hat sich herausgestellt, dass in dem angegebenen Ferienhaus jemand anderes wohnt. Er ist

auch um die Sechzig und sieht Leslie entfernt ähnlich, aber er ist mit Sicherheit nicht unser Mann.«
»Ein Strohmann«, warf Gallagher ein. »Hat er gemerkt, dass er enttarnt ist?«
»Soweit wir wissen, nein. In der Nähe war eingebrochen worden, und die Miami Police hat das als Vorwand benutzt, um die Anwohner zu besonderer Vorsicht zu mahnen. Falls der Mann Verdacht geschöpft hat, wird er sich umgehört und von den Nachbarn erfahren haben, dass die Sache mit dem Einbruch stimmt. Vermutlich dürfte sich damit jedes Misstrauen erledigt haben.«
Gallagher nickte zustimmend.
»Wir haben auch herausgefunden, dass Mr. Schenks Zimmerreservierung telefonisch vorgenommen wurde, und zwar durch eine Bank in den Vereinigten Staaten.«
»Die Grund- und Bodenbank in Richmond, Virginia«, sagte Gallagher.
»Sehr richtig. Woher wissen Sie das?«
Gallagher deutete auf den Jungen an seiner Seite. »Ich glaube, das ist der Augenblick, in dem Paul zu Wort kommen sollte.«
Und so war Paul die nächsten zehn Minuten damit beschäftigt, seine Geschichte zu erzählen. Als er fertig war, runzelte Greeley die Stirn.
»Ich könnte Ihnen jetzt Vorwürfe wegen missbräuchlicher Benutzung eines Computers machen«, sagte Greeley, »aber ich denke, die Sache hat Ihnen schon schlimmeren Ärger gebracht.«
Paul nickte.
»Ich hatte meinen Leuten Anweisung gegeben, wegen der Bank nichts zu unternehmen, weil ich Schenk alias Leslie nicht vorzeitig aufschrecken wollte«, fuhr Greeley fort. »Nun dürfte er den Braten allerdings gerochen haben, nicht wahr?«
Der Junge sah ihn unglücklich an.

»Wie beurteilen Sie die Sache?«, fragte Greeley Gallagher.
»Wenn Leslie etwas mit der Bank zu tun hat, werden dort vermutlich irgendwelche dunklen Geschäfte abgewickelt. Ich schätze, Paul und dieser Gigolo haben in ein Wespennest gestochen.«
»Ich fürchte, Gigolo hat bei dem Versuch, in deren Computersystem einzudringen, Fingerabdrücke hinterlassen«, meinte Paul. »Dann haben sie seine Spuren zurückverfolgt, ihn irgendwie ausfindig gemacht und ...«
Er brach ab, den Rest wagte er gar nicht auszusprechen.
»Und jemand anderes ist in seine Schuhe geschlüpft«, ergänzte Greeley.
Niemand sagte etwas, das Schweigen erinnerte an ein stilles Gedenken. Jeder hatte konkrete Vorstellungen, wie es diesem Gigolo ergangen war, der nicht geahnt hatte, worauf er sich einließ, und nun wahrscheinlich tot war.
Paul schlug die Hände vors Gesicht, Gallagher legte ihm tröstend den Arm um die Schulter.
»Dieser Kontakt morgen Mittag um eins – die Zeitangabe kommt mir verdächtig konkret vor«, sagte Greeley. »Ich nehme an, die wissen, wo Paul ist. Vielleicht sogar, wer er ist. Wenn nicht, werden sie alles daransetzen, es rauszufinden.«
Dann fiel ihm etwas ein. »Das FBI fand die Theorie, dass Leslie hier in Irland sein könnte, sehr interessant. Wahrscheinlich werden sie um unser Einverständnis bitten, jemanden herüberzuschicken.«
Gallagher fuhr hoch. »Und wie läuft so was?«
»Sie richten ein förmliches Ersuchen an den Commissioner.«
»Würde das Justizministerium etwas davon erfahren?«
»Natürlich. Die Ministerin müsste persönlich zustimmen.«
»Das geht nicht«, platzte Gallagher heraus.
Greeley wiegte den Kopf. »Ich verstehe ja, dass Sie keine ungetrübten Erinnerungen an die Firma haben, aber ...«

»Das *darf* nicht passieren!«
»Warum nicht?«, fragte Greeley erstaunt.
»Weil …« Gallagher suchte nach Worten. Die Vermutung, die er jetzt aussprechen musste, war ungeheuer. »Weil meine Tochter möglicherweise irgendwie in die Sache verstrickt ist.«
Alle starrten ihn schockiert und ungläubig an.
Er erzählte kurz von der Party bei Fergal Mulryne und davon, dass er dort den Mann gesehen hatte, der Gilbert Leslie am Samstagmorgen vor dem Hotel abgeholt hatte.
»Er heißt George Levy und ist, wie ich hörte, der Anlageberater meiner Tochter. Außerdem war er einer der leitenden Angestellten in Marcus Kellys Fernsehproduktion. Und nun dürfen Sie raten, woher sie ihre Informationen über Kellys Recherchen hatten.« Sein Blick nagelte Greeley fest. »Levy hatte Verbindungen zu Kelly, und er hat Verbindungen zu Leslie und meiner Tochter. Unter den gegebenen Umständen sollte sie besser nicht erfahren, dass wir das wissen.«
»Großer Gott«, stöhnte Greeley. Er kam sich auf einmal sehr alt und verbraucht vor.
»Was können Sie unternehmen, um das FBI draußen zu halten?«, fragte Gallagher.
»Ich weiß nicht recht. Ich könnte die Kontaktperson, mit der ich bisher zu tun hatte, vielleicht bitten, das Ersuchen um Zusammenarbeit vierundzwanzig Stunden zurückzustellen, aber damit hat es sich dann. Danach klopfen sie umso lauter an.«
Gallagher starrte zu Boden und rieb sich die Bartstoppeln. »Vierundzwanzig Stunden? Was fangen wir mit der gewonnenen Zeit am besten an? Mehrere Mordfälle lösen? Den Temple-Bar-Mörder schnappen? Der Sache mit Gigolo auf den Grund gehen? Eine Verschwörung aufdecken, in die meine Tochter möglicherweise verwickelt ist?«
Greeley zuckte die Achseln. »Suchen Sie sich's aus.«

Gallagher schlug erregt mit der Faust auf den Tisch. »Herrgott noch mal, das riecht nach einem ganz großen Coup.«

»Klar, um den geht's ja auch«, warf Inspector Dolan ein, der bisher nur stumm zugehört hatte. Alle sahen ihn verblüfft an.

»Es geht tatsächlich um einen ganz großen Coup«, wiederholte Dolan. »Der Flughafen ist doch ein großer Coup, oder?«

»Der Flughafen?«, fragte Gallagher.

»Lesen Sie keine Zeitungen?« Dolan sah die anderen an, als hätte er es mit lauter Ignoranten zu tun. »Diese Grund- und Bodenbank gehört dem Dhow-Konsortium an, das den Dubliner Flughafen übernehmen will.«

39

Plötzlich entwickelten alle einen Tatendrang, als wären sie ein lange eingespieltes Team.

Dabei sind wir in Wirklichkeit ein seltsamer, bunt zusammengewürfelter Haufen, dachte Gallagher – ein abgesägter FBI-Mann, ein überarbeiteter Chief Superintendent, ein aus der Form geratener Inspector und ein Junge, der sich übernommen hat. Wobei Letzteres im Grunde für sie alle zutraf. Was sie sich da vornahmen, war eindeutig etliche Nummern zu groß für sie. Aber das wollten sie sich natürlich nicht eingestehen.

Dolan übernahm die Aufgabe, alle verfügbaren Unterlagen über die Privatisierung des Flughafens zusammenzutragen. Während er versuchte, bei der Pressestelle Hintergrundmaterial aufzutreiben, berieten sich Gallagher und Greeley, wie sie weiter vorgehen wollten. Paul hörte ihnen schweigend zu und wartete ungeduldig darauf, dass er endlich wieder ins Spiel kam. Aber sie schienen um das Stichwort, das für ihn der Startschuss gewesen wäre, beharrlich einen großen Bogen zu machen.

»Zuerst sollten wir uns einen Ort suchen, an dem nicht jeder mitkriegt, dass wir die Köpfe zusammenstecken«, sagte Gallagher.

Greeley nickte. »Richtig. Hier im Büro sitzen wir quasi auf dem Präsentierteller. Da dauert es nicht lange, bis jemand neugierig

wird und wissen will, was wir aushecken. Ehrlich gesagt, wäre es mir lieber, wenn ich das Ganze mit meinen Leuten durchziehen könnte, aber ich brauche Mitarbeiter, denen ich vertrauen kann, deshalb muss ich den Kreis der Mitwisser im Augenblick so klein wie möglich halten. Betrachten Sie sich also vorübergehend als inoffizielle Detectives.«
Paul grinste breit.
»Dann wäre da noch das Sicherheitsproblem«, sagte Gallagher. »Irgendwie behagt mir die Vorstellung nicht, dass Paul die Nacht zu Hause verbringt.«
»Was für seine Mutter auch gilt«, ergänzte Greeley. »Ganz zu schweigen von Ihnen. Schließlich sind Sie der Mann, der Leslie auf Anhieb identifizieren kann. Aber das ist kein Problem. Sie schlafen alle bei mir zu Hause.«
Während er insgeheim noch rätselte, wie er vier Gäste in einem Haus mit vier Schlafzimmern und drei pubertierenden Söhnen unterbringen sollte, verschwand er im Vorzimmer, um ungestört mit seiner Frau zu telefonieren. Gallagher nutzte die Zeit, um von Greeleys Apparat Kate anzurufen. Sie hatte das Büro jedoch bereits verlassen.
»Glaubst du, dass sie direkt nach Hause gefahren ist?«, fragte er Paul.
»Nein, sie hat mir gesagt, es würde ein bisschen später. Sie wollte irgendwo mit jemandem einen Drink nehmen.«
Dolan kam mit einem Ordner zurück – voll mit Prospekten und fotokopierten Zeitungsausschnitten.
Gallagher schlug vor: »Wir sollten den ganzen Packen einfach mitnehmen und uns irgendwo einen Platz suchen, an dem wir Pauls Mutter abfangen können.«
Aus dem Regen war ein dicker grauer Nieselschleier geworden, als sie in zwei nicht als Polizeifahrzeuge zu erkennenden Autos Richtung Ranelagh fuhren – Greeley, Gallagher und Paul im ersten, im zweiten Dolan. Gallagher überflog unterwegs den In-

halt des Ordners, fand darin allerdings lediglich allgemein gehaltene Informationen über das Dhow-Konsortium und die zu ihm gehörende Grund- und Bodenbank.
Sie parkten die beiden Wagen in einer Querstraße nahe Kates Haus und gingen das letzte Stück zu Fuß. Paul schloss zu ihnen auf. Gallagher fiel gleich in der Diele auf, dass der schöne Blumenstrauß von neulich durch einen frischen, ähnlich prächtigen ersetzt worden war.
Außer Gallagher hatte seit dem Frühstück keiner etwas gegessen. Paul führte sie in die Küche, belegte Weißbrotscheiben mit Schinken und Käse, stellte Ketchup dazu, bewirtete alle mit Toast Hawaii und setzte Teewasser auf. Gallagher trank vorab ein Glas Wasser, seiner ausgedörrten Kehle zuliebe.
Dolan breitete seine Unterlagen aus. Gallagher stürzte sich sofort auf den Jahresbericht der Aer Rianta und staunte nicht schlecht, als er las, dass der Dhow-Gruppe bereits die Flughäfen von Cork, Shannon und Birmingham sowie eine irische Hotelkette gehörten. Das Konsortium unterhielt außerdem ein Netz florierender Duty-free-Shops in ganz Europa, dem Mittleren Osten, der früheren Sowjetunion und Südostasien. Offensichtlich war da ein überaus tüchtiges Management am Werk, das aus – zumindest dem Anschein nach – legalen Geschäften enormen Profit schlug.
Aber Gallagher las zwischen den auf Hochglanzpapier gedruckten Zeilen noch etwas anderes, und als er die beigefügte Karte aufschlug und sich die Städte ansah, in denen die Dhow-Gruppe Niederlassungen unterhielt, fand er seinen Verdacht bestätigt: Beirut, Bangkok, St. Petersburg, Karatschi …
»Himmel noch mal«, murmelte er, »das könnte glatt eine Karte der internationalen Drogenrouten sein. Alle Stützpunkte liegen genau an den Knotenpunkten.«
Damit war auch klar, was Leslie nach Irland gelockt hatte.
»Brillant«, sagte er, als die anderen ihm über die Schulter sahen.

»Genial gemacht. Mit dem Erwerb der Flughäfen haben sich Leslie und seine Leute ein perfektes Verteilernetz für den Drogenhandel und eine erstklassige Tarnung für die Geldwäsche geschaffen.«

Er ging mit großen Schritten auf und ab. »Auf Flughäfen werden ständig große Mengen Bargeld in allen Währungen gewechselt. Mit einem eigenen Flughafen hat man ideale Möglichkeiten für die Geldwäsche – Duty-free-Shops und was es sonst noch an Läden für die Einkäufe zwischen zwei Flügen gibt. Mit so einem Netz kann man jede Woche Millionen waschen. Außerdem eröffnet das System die Möglichkeit, riesige Mengen Drogen umzuschlagen, direkt unter den Augen der Flughafenpolizei und des Zolls. Wie lange wird es wohl dauern, bis die neuen Eigentümer des Dubliner Flughafens bekannt geben, dass sie ein Luftfrachtunternehmen gegründet oder ein bestehendes unter Vertrag genommen haben? Dann sind die Drogenkartelle mit Hilfe der Flughafenverwaltung praktisch Besitzer einer eigenen Luftlinie geworden.«

»Und die Zollkontrolle?«, fragte Paul. »Heutzutage können die Container doch durchleuchtet werden?«

»So was lässt sich leicht arrangieren, wenn man einen eigenen Flughafen oder – wie die Dhow-Gruppe – mehrere besitzt. Da wird das Sicherheitspersonal bestochen oder durch eigene Leute ersetzt. Natürlich lässt man hin und wieder eine Ladung hochgehen, damit die Behörden gar nicht erst auf den Gedanken kommen, dass es womöglich Lecks geben könnte, durch die täglich Dutzende von Ladungen eingeschmuggelt werden.«

Er zog einen Stuhl zurück und setzte sich. »Auf diese Weise können Leslie und seine Hintermänner den Drogenhandel weltweit kontrollieren und verfügen außerdem über ein ganz neues Verfahren zur Geldwäsche. Und die ganze Zeit über sorgen viele tausend Menschen auf den Flughäfen fleißig im

Schweiß ihres Angesichts dafür, dass die Flughäfen wachsenden Gewinn abwerfen, und haben keine Ahnung, welchen schmutzigen Machenschaften sie Vorschub leisten.«
»Wobei das leider vielen egal wäre«, warf Dolan ein.
»Aber mir nicht«, trumpfte Gallagher auf, »bei Gott nicht.«
Zum ersten Mal war es ihm möglich, einen Blick auf Leslies Pläne zu werfen, ehe sie in die Tat umgesetzt wurden. Diesmal hatte der Mann sich selbst übertroffen, sein Flughafencoup war ebenso dreist wie gewinnträchtig. Und wer weiß, was er während seines Aufenthalts in Dublin sonst noch an Gemeinheiten realisieren wollte.
Aber Dolan hatte Recht. Die Grenzen zwischen legalem und illegalem Profit bedeuteten vielen Menschen nichts mehr. Hauptsache der Rubel rollte, egal, woher er kam.
»Die Sache muss das Dhow-Konsortium um die hundert Millionen Dollar kosten«, überlegte er laut.
»Ungefähr in dieser Größenordnung wird es sich bewegen«, bestätigte Greeley, »verteilt über sieben Jahre.«
»Und dieses Geld fließt in die Regierungskassen und wird für Aufgaben zum Wohl der Allgemeinheit verwendet?«
Dolan las aus einem Zeitungsartikel vor: »Wie aus der Umgebung des *Taoiseach* zu erfahren war, soll der Erlös aus der Privatisierung des Flughafens für Projekte auf den Gebieten Erziehung und Bildung, Gesundheitswesen und soziale Maßnahmen verwendet werden – für neue Schulen, AIDS-Kliniken, Obdachlosenzentren und Rehabilitationseinrichtungen für Drogenabhängige.«
Gallagher schüttelte den Kopf: »Und damit schließt sich der Kreis. Geld aus dem Drogenhandel soll die Folgen des Drogenmissbrauchs lindern. Mein Gott, was für einflussreiche, gewissenlose Helfershelfer müssen die Leute haben?«
Das kalte Grausen packte ihn, als ihm Emma einfiel.
Beim Blättern in Dolans Unterlagen stieß er auf eine Auflistung

der zum Dhow-Konsortium gehörenden Firmen – alles illustre Namen: ein weltweit bekannter Getränkehersteller, eine der großen Ölgesellschaften, ein Computerkonzern …

Computer? »Da haben wir's«, sagte er zu Paul. »Da war es natürlich leicht für sie, die Spuren bis zu dir zurückzuverfolgen. Ich wette, das sind dieselben Leute, die das Sicherheitssystem für die Computer dieser Grund- und Bodenbank ausgetüfelt haben.«

Paul schielte auf die Liste. »Hurll? Die gehören doch zu den ganz Großen«, sagte er ungläubig.

Gallagher zuckte die Achseln. »So läuft das eben in der neuen Welt des organisierten Verbrechens.«

»Augenblick mal, das mit dem Flughafen …«, warf Greeley ein wenig gereizt ein. »Also, wenn sie den Coup unter Dach und Fach bringen wollen, müssen sie irgendwie dafür sorgen, dass das Kabinett in ihrem Sinne abstimmt.«

Gallagher nickte. »Richtig. Sie brauchen also jemanden, der im Kabinett die Weichen für sie stellt.«

»Aber wer sollte das sein?«

»Ich würde auf Tony Goulding tippen.«

»O mein Gott«, stöhnte Dolan.

Gallagher lachte trocken. »Überrascht Sie das? Mit Geld kann man vieles kaufen, vor allem, wenn es reichlich fließt. Leute wie Goulding – und leider auch meine Tochter – werden von Geldgier und Machthunger beherrscht. Goulding hat meine Tochter von Anfang an nur mit dem Ziel gefördert, eine Ja-Sagerin mehr zu haben.«

Die anderen sahen ihn mit großen Augen an.

»Ich habe mich mit Eamon Savage getroffen, in aller Stille«, fuhr Gallagher fort. »Wenn ich ihm glaube, besteht das ganze Kabinett aus willfährigen Lakaien, die ihr Mäntelchen nach dem Wind hängen, der Premier eingeschlossen. Savage war aus anderem Holz geschnitzt, er hat Goulding mit Sicherheit nicht nach dem Mund geredet. Darum musste er durch jemanden ersetzt werden, der bereitwillig nach Gouldings Pfeife tanzt.«

Er atmete tief durch. Die Wahrheit traf ihn hart.

»Wann wird die Entscheidung fallen?«, fragte Paul.

»Für morgen Abend sechs Uhr ist eine Sondersitzung des Kabinetts anberaumt«, antwortete Dolan. »Übermorgen früh soll die Entscheidung bekannt gegeben werden.«

»Aber was ist mit der Aer Rianta?«, fragte Greeley. »Die warten doch bestimmt nicht einfach ab, wie die Würfel fallen? Die wissen genau, dass Bruce Morrow und sein Team sich auf irgendeine Weise quer legen werden.«

Gallagher nickte. »Das hat Leslie bestimmt einkalkuliert. Er hat mit Sicherheit Vorsorge getroffen, die Morrow-Gruppe unauffällig kaltzustellen. Leslie überlässt nichts dem Zufall.«

»Außer bei dem Mord an Sinead Patterson«, erinnerte ihn Dolan.

Gallagher nickte grimmig. »Ja, außer bei dem Mord in Temple Bar. Also, ich schlage vor, wir setzen uns und rekapitulieren, was wir bis jetzt haben.«

Sie setzten sich. Paul stand noch mal auf, um einen Aschenbecher zu suchen, als Greeley sich eine Zigarette anzündete.

Greeley sagte kopfschüttelnd: »Ich muss zugeben, es fällt mir ziemlich schwer, das alles widerspruchslos hinzunehmen. Immerhin reden wir hier über Leute in verdammt hohen Positionen.«

Gallagher ahnte, was ihm Sorgen machte, und wusste, dass diese Besorgnis begründet war. Sie waren dabei, ein Komplott aufzudecken, und das konnte sie das Leben kosten. Es ging nicht nur um Pauls und Kates Sicherheit, sie standen alle in der Schusslinie, sogar Greeley und Dolan. Leslie und seine Handlanger hatten bei dem Mord an Richter Purcell und dem zu seinem Schutz abgestellten Officer keine Skrupel gehabt, sie

würden genauso wenig davor zurückschrecken, hohe Polizeioffiziere auszuschalten, die ihnen im Weg waren.
»Falls Ihnen das ein Trost ist«, sagte er zu Greeley, »hier geht's um die heißeste Sache, mit der Sie oder ich je konfrontiert waren, egal was wir von nun an tun. Das dürfen wir nicht aus den Augen verlieren. Allerdings haben wir einstweilen den Vorteil, dass keiner unserer Gegenspieler ahnt, wie viel wir wissen.«
Er beugte sich vor. »Ich sage Ihnen, wie ich die Sache sehe. Weiß der Himmel, wie lange Gilbert Leslie schon an diesem Plan arbeitet. Seit Jahren. Er ist ständig bemüht, die Einflusssphäre seiner Hintermänner zu vergrößern, aber er geht mit viel Geduld und großer Sorgfalt vor. Er setzt immer auf Nummer Sicher.«
»Hintermänner?«, fragte Paul. »Was sind das für Leute?«
»Das organisierte Verbrechen. Die Mafia, das Drogensyndikat, das Kartell – es spielt keine Rolle, wie wir sie nennen, keine Bezeichnung gibt auch nur annähernd wieder, welche Ziele diese Leute verfolgen und wie weit sie gehen, um sie zu erreichen. Es ist eine Art Schattenwirtschaft, bei der es Jahr für Jahr weltweit um viele Milliarden Dollar geht. Leslie ist das Gehirn. Er hat klar erkannt, welcher Profit sich in einer Europäischen Union ohne Zoll- und Handelsschranken und auf den neuen Märkten in der früheren Sowjetunion machen lässt. Vergessen wir nicht, dass er als gebürtiger Ungar selbst Europäer ist. Also liegt es nahe, dass er den Blick auf Europa richtet, wobei auch ein wenig Nostalgie eine Rolle spielen könnte.«
»So wie Sie das sagen, hört es sich fast nach einem humanen Anliegen an«, knurrte Greeley.
»Vielleicht hat er irgendwo gelesen, dass die irische Regierung eine Privatisierung des Dubliner Flughafens erwägt«, fuhr Gallagher fort. »Jemandem wie Leslie genügt das als Denkanstoß. Zuerst hat er sich der Unterstützung durch Goulding versi-

chert. Ich weiß nicht, wie ihm das gelungen ist, aber Goulding war für ihn die Schlüsselfigur. Es zeichnete sich allerdings bald ab, dass Goulding ernsthafte Schwierigkeiten mit Eamon Savage bekommen würde. So wie ich Savage einschätze, hätte er keinem Plan zugestimmt, der auf einen Verkauf des Flughafens an eine ausländische Gruppe hinauslief. Und damit stand Savage Goulding im Weg, und zwar genau in der kritischen Phase. Er hätte den Widerstand im Kabinett schüren und einen Verkauf an die Dhow-Gruppe zumindest auf lange Zeit blockieren können.«

»Wobei nicht auszuschließen ist, dass es in der Zwischenzeit eine neue Regierung gegeben hätte, die die Privatisierungspläne ad acta gelegt hätte«, sagte Greeley.

»Genau. Falls die gegenwärtige Regierung nicht wieder gewählt wird, hat sich der ganze Plan erledigt. Wenn die Sache aber bis zur nächsten Wahl unter Dach und Fach ist, kümmert es die Dhow- Gruppe keinen Deut, wer die nächste Wahl gewinnt.«

»Savage muss weg«, murmelte Dolan, als zitiere er irgendeinen populären Wahlslogan.

»Aber so einfach ging das nicht«, warf Greeley ein. »Zuerst musste Goulding geeigneten Ersatz für Savage finden und dann dafür sorgen, dass der … oder in diesem Fall die Auserkorene politische Karriere machte.«

Sein Blick schien Gallagher um Entschuldigung zu bitten.

Gallagher überging die Bemerkung. »Schritt zwei war Donovan: für viele Bürger ohnehin ein Schreckgespenst und somit der Sündenbock par excellence. Bei dieser Gelegenheit kam Marcus Kelly ins Spiel. Sie holten ihn nach Irland zurück und richteten ihm eine eigene Produktionsgesellschaft ein, so dass er ganz groß ins Fernsehgeschäft einsteigen konnte. RTE ist natürlich voll auf jemanden abgefahren, der gute Unterhaltung zu einem akzeptablen Preis anbieten konnte.«

»Aber warum wurde Kelly ermordet?«, fragte Paul.

»In den Kreisen, von denen wir reden, steht jeder zur Disposition«, sagte Greeley. »Anfangs war er zu Lebzeiten nützlich – und später eher tot, weil sie den Mord Donovan anhängen konnten. Und als Donovan den Braten gerochen hat und irgendwo auf dem Kontinent untertauchen wollte, haben sie seinen Jungen angeschossen, um ihn nach Irland zurückzulocken. Hier wurde er dann wegen illegalem Drogenbesitz in Haft genommen. Wobei wir inzwischen davon ausgehen können, dass ihm die Drogen untergeschoben wurden.«
»Ach«, sagte Gallagher, »und ich dachte, Sie glauben diesen ganzen Unsinn nicht?«
Greeley sah ihn schief an. »Man lernt eben dazu. Heute wünsche ich mir, ich hätte das alles früher geglaubt.«
Gallagher ahnte, was er damit sagen wollte. Das eine oder andere Leben hätte möglicherweise gerettet werden können.
»Richter Purcel – auch eine Art Bauernopfer« sagte er. »Als er sich weigerte, Donovan gegen Kaution freizulassen, und wenig später ermordet wurde, geriet Savage wegen vermeintlicher Untätigkeit in die öffentliche Kritik und wurde als Justizminister durch Emma Gallagher abgelöst.«
Er stand auf und lockerte die Beinmuskulatur. »Und wenn ich nicht zufällig gesehen hätte, wie unser Freund Leslie aus dem Shelbourne kommt, wäre der Plan problemlos aufgegangen.«
»Und wenn er nicht das Mädchen ermordet hätte«, sagte Dolan.
»Mein Gott, was machen wir jetzt?« Greeleys Frage hörte sich wie ein Hilferuf an.
Alle starrten schweigend vor sich hin.
Bis Paul sich zu Wort meldete. »Wir müssen sie auf frischer Tat stellen. Und das ist nur auf eine Weise möglich, das wissen Sie so gut wie ich.«
Alle wussten, dass Paul Recht hatte. Aber sie konnten sich deutlich ausmalen, wie gefährlich sein Vorhaben war.

Ehe einer von ihnen etwas sagen konnte, hörten sie, wie die Haustür aufgeschlossen wurde, und machten zwei Stimmen aus, die einer Frau und die eines Mannes, die offenbar in guter Stimmung war.

Kate lachte. »Das wirst du noch bitter bereuen. Du musst mit dem vorlieb nehmen, was wir im Kühlschrank finden.« Dann stutzte sie. »Hier raucht jemand.«

Die Küchentür ging auf, Kate und ihr Begleiter kamen herein. Gallagher brauchte einen Moment, um den Mann einzuordnen. Dann hatte er's: Philipe Foucaud, in einem gemusterten Zweireiher mit Weste. Was ihn daran erinnerte, wie lässig gekleidet er selbst herumlief.

Kate starrte verblüfft auf die Szene in der Küche. Tom, Paul und zwei wildfremde Männer, die irgendwie nach Detectives aussahen. Auf dem Küchentisch ein heilloses Durcheinander von irgendwelchen Papieren. Es stank nach Zigarettenrauch.

Foucaud fasste sich als Erster. »Hallo – schön, Sie wiederzusehen«, sagte er lächelnd zu Gallagher.

Und da wurde Gallagher schlagartig alles klar. Die Blumen in der Diele. Beim ersten Strauß war eine Karte dabei gewesen. Kate hatte sie eilends in der Handtasche verschwinden lassen.

»Hi«, sagte er. »Konnten Sie die Geschäftsbeziehungen zu Kate inzwischen vertiefen?«

Kate sah ihn wütend an. Alle schwiegen betreten.

»'tschuldigung«, murmelte Gallagher, »das hätte ich mir besser verkniffen.«

Eine törichte Bemerkung. Aber als er die beiden zusammen gesehen hatte, war ihm auf einmal klar geworden, was er verloren hatte. Und da hatte ihn eben die Eifersucht übermannt.

Foucaud zuckte nur die Achseln.

Aber Kate reagierte ärgerlich. »Dürfte ich mal erfahren, was hier eigentlich los ist?«

Greeley stand auf, ging einen Schritt auf sie zu und deutete eine

höfliche Verbeugung an. »Ich bin Chief Superintendent Barrett Greeley, Mrs. Forrest.«
Sie sah ihn erstaunt an. »Sie sind Greeley?«
»Ja. Und das ist mein Kollege, Inspector Dolan.« Er sah Foucaud fragend an.
»Philipe Foucaud«, stellte der Franzose sich vor. »Mrs. Forrest und ich arbeiten geschäftlich zusammen und sind … befreundet.« Er schielte verstohlen zu Gallagher hinüber.
»Foucaud?«, fragte Greeley. »Leben Sie in Dublin?«
»Nein, in Paris. Ich wohne im Shelbourne. Morgen früh fliege ich mit der ersten Maschine nach Paris zurück.«
Greeley nickte. »Entschuldigen Sie, dass wir einfach bei Ihnen eingedrungen sind, Mrs. Forrest. Aber ich fürchte, das musste sein. Wir mussten hier auf Sie warten. Wir haben nämlich dank Ihrem Sohn Paul und Mr. Gallagher einige Hinweise erhalten, die uns möglicherweise in die Lage versetzen, eine Reihe von Mordfällen zu lösen und ein geplantes Verbrechen zu verhindern.«
Kates Blick huschte zu Gallagher hinüber. »Sie reden von der Sache mit Leslie? Von dem Mann, den Tom angeblich …«
Greeley wandte sich, ohne auf Kates Frage einzugehen, an Inspector Dolan. »Frank, wären Sie so freundlich, Mr. Foucaud mit dem Wagen in sein Hotel zu bringen? Werfen Sie bei der Gelegenheit einen Blick auf sein Ticket und die Abflugzeit. Und dann, Sir …«, sagte er zu Foucaud, »darf ich Sie bitten, Ihr Zimmer heute nicht mehr zu verlassen. Ich werde Ihnen morgen früh einen Wagen für die Fahrt zum Flughafen schicken.«
»Hören Sie«, sagte Foucaud lau, »was hat das alles …?«
Greeley lächelte. »Nur eine allgemeine Vorsichtsmaßnahme. Es hat nichts mit Ihnen zu tun.«
Dolan fragte Paul: »Kommt man da auch zu der Querstraße?« Er deutete auf die Tür, die von der Küche in den Garten führte.

»Ja«, antwortete Paul, »hinten durch das Gartentor.«
Kate schien völlig irritiert zu sein. Foucaud verabschiedete sich mit einem liebevollen Blick von ihr und schloss sich Dolan an, der an der Tür zum Garten auf ihn wartete.
»Kate«, sagte Gallagher, als die beiden weg waren, »wir werden Pauls Hilfe brauchen.«
»Was meinst du damit? Was hat er denn damit zu tun?«
Greeley schaltete sich ein. »Ich glaube, das sollten wir ein anderes Mal erörtern. Jetzt geht es um die Sicherheit Ihres Sohnes. Er hat gewisse Dinge aufgedeckt, und ich fürchte, es könnte Leute geben, die ihn deswegen … suchen.«
Kate legte sich erschrocken die Hand auf den Mund.
»Wir müssen ihn an einen sicheren Ort bringen«, fuhr Greeley fort. »Ich erkläre Ihnen das alles während der Fahrt. Sie werden nämlich die Nacht ebenfalls nicht in Ihrem Haus verbringen. Ich darf Sie bitten, rasch das Notwendigste zusammenzupacken.«
Kate wich einen Schritt zurück. »O nein, ich habe nicht vor, dieses Haus zu verlassen. Im Gegenteil, ich ersuche Sie, zu gehen und uns allein zu lassen.«
Gallagher schüttelte den Kopf. »Das geht nicht, Kate.«
Sie fuhr herum. »Du! Du bist an allem schuld.«
»Mum, bitte«, sagte Paul.
»Was hast du dir da eingebrockt?«, fragte sie Paul.
Greeley sagte: »Gar nichts, wenn wir jetzt alle vernünftig sind.«
Das war zu viel für Kate, sie schien ein Stück in sich zusammenzusinken und hauchte: »O mein Gott.«
Paul fasste sie sanft am Arm. Plötzlich kam sie ihm sehr wehrlos vor. Sie hatte Angst um ihn. Und daran war er wegen seiner Vorwürfe, dass er ihretwegen ohne Vater aufwachsen müsse, schuld. Er hatte ihr das Leben ziemlich schwer gemacht. Aber er nahm sich fest vor, alles wieder gutzumachen, wenn das hier vorüber war.

»Komm, Mum, es wird schon alles gut. Ich helf dir, deine Sachen zu packen.«
Sie ließen Kates neuen Saab ein paar Meter die Straße hinunter stehen und nahmen denselben Weg wie Dolan, durch den Garten und das hintere Gartentor. Gallagher und Paul setzten sich auf die Rückbank des Dienstwagens, Greeley ans Steuer und Kate neben ihn. Während der Fahrt zu seinem Haus in Mount Merrion erzählte der Chief Superintendent Kate in großen Zügen, was vorgefallen war.
Kates Ängste wurden von Zorn verdrängt, sie drehte sich aufgebracht zu Gallagher um. »Siehst du, was du angerichtet hast? Ihm den Kopf mit all deinen blöden FBI-Geschichten voll zu stopfen! Und wenn diese Leute ihn jetzt töten wollen – und uns alle mit –, dann ist das deine Schuld!« Ihre Augen schienen Feuer zu sprühen. »Aber ich kann mir schon denken, was du dir davon versprochen hast. Hast du geglaubt, wenn du dem Jungen den großen Helden vorspielst, hast du auch bei der Mutter gewonnen?«
»Ach was, Kate. Ich hätte mir im Traum nicht einfallen lassen, dass Paul sich auf so was einlassen könnte. Aber es ist nun mal passiert, und das lässt sich nicht ungeschehen machen.«
Greeleys Haus lag in einer neuen Wohnsiedlung. Er lenkte den Wagen in die Zufahrt und stellte den Motor ab. Als sie ausstiegen, fing Kate zu schluchzen an. Sie war am Ende ihrer Nervenkraft. Gallagher wollte ihr den Arm um die Schulter legen, aber sie wehrte ihn brüsk ab und fauchte unter Tränen: »Fass mich nicht an!«
Es war niemand zu Hause, auf dem Küchentisch lag eine Nachricht.
Greeley las sie schmunzelnd, führte alle ins Wohnzimmer, wo sie es bequemer hatten, und sagte: »Meine Frau hat sich entschlossen, ihre Schwester zu besuchen. Die drei Jungs sind bei Bekannten untergekommen. Wir sind also ganz unter uns,

was allerdings auch bedeutet, dass wir selbst für uns sorgen müssen.«

Greeley und Gallagher verschwanden in der Küche. Paul setzte sich neben seine Mutter auf die Couch und erzählte ihr in ruhigem, sachlichem Ton von seinen Computeraktivitäten.

40

Vinnie Dwyer verlor allmählich die Geduld. Wann fing das wundervolle neue Leben endlich an, das sie ihm versprochen hatten? Es machte ihn kribbelig, herumzusitzen und endlos lange zu warten.

Heute Nachmittag hatte er seine Frustration im Pub unten an der Ecke in ein paar Pints ersäuft, und als er in seine Wohnung zurückkam, sah er, dass zur Abwechslung mal jemand auf ihn wartete: die beiden Amerikaner mit dem kalten Blick. Wie, zum Teufel, waren die überhaupt reingekommen? Er hatte es ja immer geahnt: Das waren keine Wesen aus Fleisch und Blut.

»Mr. Schenk möchte, dass du etwas für ihn erledigst«, teilte Parrish ihm mit. »Etwas Wichtiges. Wo hast du gesteckt?«

»Ich war was trinken.« Sie konnten seine Fahne sowieso riechen.

Parrish sah ihn verächtlich an. »Es geht um eine Frau namens Kate Forrest. Sie hat ein Reisebüro und wohnt mit ihrem Sohn in Ranelagh.«

Er sprach den Ortsnamen wie *Rennielav* aus. Vinnies Versuch, ihn zu korrigieren, ignorierte er. Er drückte ihm einen Zettel mit der Adresse des Büros und Kates Privatadresse in die Hand. »Meinst du, du findest das?«

Vinnie warf einen Blick auf den Zettel. »Klar. Ich kenn mich hier aus.«

»Gut«, sagte Parrish. »Wenn sie ihr Büro verlässt, hängst du dich dran und lässt sie vorläufig nicht aus den Augen. Falls sie woanders hinfährt, wollen wir das erfahren. Wir müssen ständig wissen, wo sie sich aufhält. Hast du das kapiert?«
Vinnie nickte. Die Mistkerle machten ihn nervös.
»Aber ich weiß nicht, wie sie aussieht.«
Parrish gab ihm eine grobe Beschreibung und nannte ihm die Telefonnummer, die er anrufen sollte, sobald es danach aussah, dass die Frau endgültig zu Hause blieb. »Es kann sein, dass wir dich dann auch nach Hause gehen lassen.«
Humble warf einen Blick auf die Uhr. »Wird Zeit, dass du deinen Arsch in Bewegung setzt.«
Die Pints machten Vinnie mutig. »Wieso ich? Warum macht ihr das nicht selber? Ich dachte, für so was seid ihr zuständig?«
Parrish sah ihn ausdruckslos an. »Wir haben andere Dinge zu erledigen. Mr. Schenk will, dass du das machst.« Er grinste. »Du bist der kommende Mann, Vinnie. Also sieh lieber zu, dass du das ordentlich hinkriegst.«
Einige Minuten vor fünf war Vinnie bei dem Reisebüro, gerade noch rechtzeitig, um die Frau in einen offenbar brandneuen grünen Saab steigen zu sehen. Sie fuhr zu einer Bar, einem typischen Schickeriaschuppen. Da er sich in Jeans und Bomberjacke dort nicht hineintraute, wartete er bei einem Pint im Pub gegenüber und verfolgte von da aus, was sich weiter tat.
Als das erste Glas leer war, bestellte er sich noch eines.
Ein paar Minuten später sah er die Forrest in Begleitung eines Mannes im noblen Zweireiher herauskommen. Der Typ hatte ihr den Arm um die Taille gelegt. Als sie in ihrem Saab losfuhren, hängte Vinnie sich dran. Er musste zwei-, dreimal laut rülpsen. Kam von der Scheißhektik, mit der er sich das zweite Bier reingezogen hatte.
In Ranelagh parkte die Forrest den Wagen auf der Straße und

ging mit ihrem Begleiter in ein Haus. Vinnie drehte eine Runde und kam zurück. Seiner Überzeugung nach war die ganze Observation sowieso für die Katz. So wie die beiden sich ansahen, hätte er gewettet, dass die heute nirgendwo mehr hingingen. Wahrscheinlich waren die längst ins Körbchen gekrochen und vögelten bis zur Bewusstlosigkeit.
Er nahm das Mobiltelefon aus der Tasche und rief die Nummer an, die Parrish ihm gegeben hatte. Es dauerte eine Weile, dann meldete sich ein Mann, die Stimme kannte Vinnie.
»Ja – hier ist Vinnie. Mit wem spreche ich?«
»Gib einfach deine Nachricht durch«, sagte der Mann.
»Na schön. Äh – sie ist zu Hause. Mit einem Mann im Schlepptau. Kräftig gebaut, blondes Haar. Was soll ich jetzt machen?«
»Bleib, wo du bist«, sagte der Mann.
Verdammte Scheiße.
Seine Blase drückte – und wie. Gott sei Dank gibt's in Pubs Pinkelbecken. Auf zur nächsten Kneipe. Und wenn er schon mal da war, konnte er sich auch noch ein Pint genehmigen. Warum nicht?
Es wurden zwei daraus, dann war er wieder zurück. Der Saab stand immer noch auf der Straße.
Er suchte sich einen Parkplatz ein Stück weiter unten, richtete sich auf eine lange Nacht ein und fragte sich, was dieser Scheiß eigentlich sollte. Er hasste es, in der Dunkelheit herumzuhocken, für nichts und wieder nichts.
Nach einer Weile wurde er schläfrig. Er schaltete den Scheibenwischer an, um die Schlieren von der Windschutzscheibe zu wischen. In der Straße herrschte Friedhofsruhe, bis auf den Motorradkurier, der irgendwann vorbeifuhr. Suchte wahrscheinlich eine Hausnummer.

Emma starrte von den Rücksitzen ihres Dienstwagens auf den Regen. In Belfast war das Wetter angenehmer gewesen – kühl,

aber sonnig. Erst während des Rückflugs waren sie in eine Regenfront geraten. Und die hatte sie bis nach Dublin begleitet. Sie runzelte leicht die Augenbrauen.
Sie hatte den Lunch mit einigen höheren Beamten des Nordirland-Sekretariats im Stormont Castle eingenommen, dem Sitz der Nordirland-Verwaltung. Und als sie danach in das Büro kam, das die britische Seite ihr und ihrer Delegation zur Verfügung gestellt hatte, fand sie auf dem Schreibtisch die Nachricht vor, dass Tony Goulding ihren Rückruf erwarte.
Sie tastete seine Durchwahlnummer ein. »Was gibt's, Tony?«
»Ah, großartig«, sagte er. »Es geht um etwas Wichtiges, aber am Telefon kann ich nicht darüber reden. Wann bist du zurück?«
Sie sah auf die Uhr. »Etwa um sieben, nehme ich an.«
»Wir müssen uns dringend treffen. Ohne großes Aufsehen.«
Die Adresse, die er ihr nannte, kam ihr bekannt vor.
Nun war es halb acht, sie war auf dem Weg dorthin und fragte sich, was Goulding wohl so eilig mit ihr zu besprechen hätte.
Der Dienstwagen erklomm den Hügel von Howth am Nordrand der Bucht von Dublin und kroch über schmale Straßen, von denen der Blick auf stolze, vom Vermögen alter Familien erbaute Residenzen fiel. An klaren Tagen, wenn es nicht so stark regnete wie heute, bot sich von hier oben ein atemberaubender Ausblick – über ganz Dublin und die Küste, bis zum Don Laoghaire, dem Sugarloaf Mountain und den Bergkuppen von Wicklow. Nur, heute Abend hing leider ein dichter Nieselschleier über der Landschaft.
Ted, ihr Fahrer, schaltete einen Gang herunter. Beiderseits der Straße lag nun – statt gepflegter Gärten – von niedrigen Kalksteinmauern durchzogenes, von blühendem Heidekraut überwuchertes Brachland. Die Straße stieg steiler an, Häuser tauchten nur noch ganz selten auf.
Sie bogen in eine schmale, steile Zufahrt ein, die aber, als sie auf

dem Hügel angekommen waren, sich zu einem breiten, geteerten Platz vor einem imposanten Haus vergrößerte. Dort parkten bereits mehrere Wagen, darunter auch Gouldings. Sein Fahrer wischte mit einem Lappen über die beschlagene Windschutzscheibe. Ted deutete die hin und her wedelnde Hand irrtümlich als Gruß und winkte zurück.
Ted hielt ihr die Wagentür auf, sie stieg aus und spürte augenblicklich, wie eisig der Wind hier im Hochland sein konnte. Das Haus war aus Backstein erbaut und mit Terrakottaziegeln gedeckt, die riesigen Fenster vermittelten Besuchern unwillkürlich den Eindruck, vom ersten Moment an von unsichtbaren Augen belauert zu werden.
An einem Fenster im oberen Stock stand tatsächlich jemand – ein grauhaariger Mann. Emma konnte ihn nur einen Wimpernschlag lang erkennen, weil er rasch einen Schritt zurücktrat, als sie hochblickte.
Das Portal wurde geöffnet, und George Levy tauchte auf. Obwohl sie gewusst hatte, dass es sein Haus war, überraschte es sie doch, ihn heute Abend hier anzutreffen.
»Hallo, George«, sagte sie. »Mit Ihnen habe ich, ehrlich gesagt, nicht gerechnet.«
Levy gab mit leerem Lächeln die Tür frei. »Er erwartet sie.« Als er die Tür hinter ihr geschlossen hatte, deutete er auf die Treppe: »Hier entlang, bitte.«
Irgendwie kam ihr die Atmosphäre etwas merkwürdig vor.
»Worum geht's denn eigentlich, George?«
Er beantwortete ihre Frage nicht, führte sie schweigend nach oben und hielt ihr im oberen Stock die Tür zu einem Salon auf. Goulding saß in einem Lehnsessel, mit dem Blick zur Tür. Als er sie hereinkommen sah, stand er auf. Ein zweiter Mann stand mit dem Rücken zu ihr am Fenster, anscheinend so in den Anblick des Nieselregens versunken, dass er sich nicht umdrehen mochte. Levy baute sich hinter ihr an der Tür auf.

»Emma – schön, dass du da bist«, sagte Goulding. »Ich möchte dir jemanden vorstellen.«
Der Mann am Fenster drehte sich um.
Emmas Herzschlag beschleunigte. Das Erste, was ihr auffiel, waren das stahlgraue Haar und die blassen, seelenlosen Augen. Aber eine innere Eingebung riet ihr, sich nicht anmerken zu lassen, dass sie ihn erkannte. Sie musste ihre ganze Willenskraft aufbieten, um nicht in den Knien einzuknicken.
»Darf ich dich mit Mr. Gilbert Leslie bekannt machen.«
Es war ihr, als habe sich ein mythisches Wesen vor ihren Augen in einen Menschen aus Fleisch und Blut verwandelt, und zwar in einen recht gut aussehenden Menschen. Sogar sein leerer Blick konnte die Aura von Macht und Gefährlichkeit nicht mindern, die er ausstrahlte.
Sie stand derart unter Schock, dass sie sich von ihm die Hand geben ließ. Seine Finger fühlten sich trocken an, sein Griff war fest. Aber als sie im Geiste vor sich sah, wie diese Finger sich um die Kehle eines jungen Mädchens in Temple Bar schlossen, zog sie ihre Hand schnell zurück.
Bilder zogen an ihr vorüber, wie schnell geschnittene Szenen aus einem Film. Szenen, in denen sie all das sah, was ihr Vater ihr erzählt hatte und was in den letzten Wochen hier in Dublin geschehen war.
Ihr Blick suchte Tony Goulding, doch plötzlich waren da nur noch schlaffe Gesichtszüge und ein unergründliches Lächeln; von dem warmherzigen, väterlichen Gönner, der er einst für sie gewesen war, sah sie nichts mehr.
Schlagartig wurde ihr klar, warum Gilbert Leslie nach Dublin gekommen war. Und wie aus verschwommenen Nebeln formte sich in ihr die Erkenntnis, dass ihr Leben ruiniert war.
»Wie Sie möglicherweise wissen, haben Ihr Vater und ich uns früher einmal gut gekannt«, sagte Leslie, deutete einladend auf einen der Lehnstühle und nahm selbst in einem Platz.

»Ach, wirklich?«, sagte Emma. Und weil sie fürchtete, dass die Beine ihr den Dienst versagten, setzte sie sich ebenfalls.
Leslies Augen hielten sie fest. Konnte es sein, dass sie tatsächlich nichts über ihn wusste? Oder täuschte sie die Ahnungslosigkeit nur vor? Und wenn ja, was mochten ihre Augen ihm noch verheimlichen?
Auf einmal beschlich ihn Argwohn.
Emma sah, wie seine Miene sich kaum merklich veränderte, und wusste, dass sie einen Fehler begangen hatte. Sie konnte nicht so tun, als habe sie nie etwas von einem Mann namens Leslie gehört und wisse nicht, welche Rolle er im Leben ihres Vaters gespielt hatte. Aber gleichzeitig wurde ihr erschreckend klar, dass sie den Tod ihres Vaters heraufbeschwor, wenn sie zu erkennen gab, dass er etwas von Leslies Anwesenheit in Dublin wusste.
Sie sah Goulding an. Er wusste nichts von den Theorien ihres Vaters. Sie hatte den Menschen, die ihr besonders nahe standen, nichts davon erzählt. Es war ihr peinlich gewesen und hätte ihr das Gefühl vermittelt, sich selbst eine Blöße zu geben. Und außerdem hatte sie geglaubt, die Fantasien ihres Vaters seien nur Auswüchse seines armen kranken Gehirns.
Sie hatte sich seinetwegen geschämt und ihn für einen hohlköpfigen Trottel gehalten.
Nun musste sie verlorenen Boden zurückgewinnen.
Sie brachte es fertig, Leslie lächelnd anzusehen und das Lächeln urplötzlich auszuknipsen. »Ich bin nicht so dumm, dass ich nicht wüsste, wer Sie sind. Und Sie hören gefälligst auf mit Ihrem herablassenden Gehabe.«
»Nun«, Leslie lehnte sich zurück, »das erspart uns zumindest lange Erklärungen.«
»Was ich gern wüsste«, fuhr sie fort, »ist, was ein Krimineller wie Sie in unserem Land zu suchen hat und welche Verbindungen Sie zu einem Kabinettsmitglied unterhalten.«

Sie wusste, dass sie mit ihren ungehaltenen Worten wenig Eindruck auf Leslie und Goulding machen konnte. Gewiss, irgendwo da draußen im Regen waren die bewaffneten Patrouillen der Sondereinsatzkommandos unterwegs, aber wie hätte sie die notfalls zu Hilfe rufen sollen? Sie sah Levy an der Tür stehen und kam sich wie eine Gefangene vor. Doch dann fiel ihr Blick auf Goulding, ihren politischen Ziehvater, und da musste sie sich eingestehen, dass sie schon lange eine Gefangene war.
»Zu zwei Kabinettsmitgliedern, um genau zu sein«, korrigierte Leslie. »Aber lassen Sie mich zur Sache kommen, damit wir nicht unnötig Zeit verlieren. Wie mir Mr. Goulding sagt, beabsichtigen Sie, für einen Verkauf an die Gruppe des derzeitigen Flughafenmanagements zu stimmen. Das wäre für uns sehr enttäuschend. Ich fürchte, wir könnten eine solche negative Entwicklung nicht ohne weiteres hinnehmen.«
Emma starrte ihn an. »Sie repräsentieren also das Dhow-Konsortium?«
Er nickte. »Gewissermaßen. Wir haben viel Zeit und Mühe darauf verwendet, uns einer angemessenen Unterstützung für das Angebot unserer Gruppe zu versichern. Sie, Miss Gallagher, sind nur aus diesem Grund in das Amt gelangt, das Sie jetzt innehaben. Mr. Goulding hat uns zugesichert, dass Sie sich seinen Wünschen fügen werden. Daher wäre es äußerst misslich, wenn ausgerechnet Sie unsere Pläne torpedieren würden.«
Also war alles – einschließlich ihrer Karriere – nur eingefädelt worden, um die Übernahme des Flughafens durch die Dhow-Gruppe sicherzustellen. Mein Gott, es musste Jahre gedauert haben, diesen Coup vorzubereiten. Gouldings Bemühungen, sie politisch aufzubauen, dann die Anstrengungen, Sean Donovan zur Nummer eins in der kriminellen Szene Dublins zu machen, und danach die Morde, die ihn zum brutalen Monster stempelten und mit deren Hilfe sie ihn zu Fall bringen und von ihren eigenen Aktivitäten ablenken konnten. Und all das war

nur inszeniert worden, um Eamon Savage und damit das einzige Kabinettsmitglied kaltzustellen, das möglicherweise Gouldings heimliche Regie konterkarieren und andere dazu überreden konnte, gegen den Verkauf des Flughafens an ein ausländisches Konsortium zu stimmen.
In ihr gärte Wut – teils auf diese Männer und ihre Intrigen, hauptsächlich aber auf sich selbst. Von der Aussicht auf Macht geblendet, war sie Goulding blindlings gefolgt und hatte bedenkenlos alle beiseite gedrängt, die ihrer Karriere im Weg standen. Ohne zu merken, dass sie Leslie dadurch dazu verhalf, seinem Ziel Schritt für Schritt näher zu kommen.
Warum hatte sie nicht auf die Warnungen ihres Vaters gehört, ihn sogar für einen vertrottelten Dummkopf gehalten, statt ihre eigene Dummheit zu erkennen?
Aber wie fein Leslies Plan auch gesponnen war, noch hatte er nicht gewonnen. Von ihr konnte er mit Sicherheit keine Unterstützung erwarten, im Gegenteil, sie würde alles in ihrer Macht Stehende tun, um ihm Steine in den Weg zu legen.
Was hatten sie jetzt vor? Sie aus dem Weg zu schaffen? Nein, so plump gingen sie bestimmt nicht vor. Das verursachte zu viel Aufsehen und führte womöglich dazu, dass die Abstimmung über die Privatisierung einstweilen verschoben wurde. Und diese Verzögerung konnte – wenn in der Zwischenzeit allgemeine Wahlen angesetzt wurden – unter Umständen das Aus bedeuten.
Mit einem Seitenblick nahm sie wahr, dass Goulding hinter der Fassade kühler Beherrschtheit unruhig wurde. Nach ihrem gestrigen Gespräch beim Frühstück war ihm nichts anderes übrig geblieben, als Leslie aus seiner Anonymität herauszulocken, und genau das hatten alle vermeiden wollen.
»Nun, es dürfte ziemlich klar sein, wie die Regierung jetzt reagieren wird«, sagte Emma. »Es gibt keine Abstimmung. Jedenfalls nicht, ehe ich mit dem Premierminister und dem *Garda*

Commissioner gesprochen habe. Was ich tun werde, sobald ich dieses Haus verlassen habe.«

Leslie ließ ein leises Lachen hören, fast nur ein Kollern in der Kehle. »Seien Sie nicht albern. Sie können sich denken, dass wir das nicht zulassen können.«

»Und wie wollen Sie mich daran hindern? Durch Gewalt?«

»Nein, natürlich nicht. Wofür halten Sie uns eigentlich? Sobald diese Erörterung zu Ende ist, können Sie das Haus ungehindert verlassen. Aber etwas möchte ich klarstellen. Wie Sie sich vorstellen können, haben wir geeignete Maßnahmen getroffen, um sicherzustellen, dass uns – wie soll ich es ausdrücken? – an allen neuralgischen Punkten Augen und Ohren zur Verfügung stehen. Ihr Telefon ist angezapft. Und das Ihres Vaters ebenfalls. Wenn Sie also versuchen sollten, Kontakt zum *Taoiseach*, dem Commissioner oder Ihrem Vater aufzunehmen, erfahren wir das umgehend. Jede Kurzschlusshandlung Ihrerseits hätte schwerwiegende Folgen. Insbesondere für Ihren Vater, fürchte ich.«

Sie ahnte, dass er die flackernde Angst in ihren Augen las.

»Oh, wir werden ihn nicht töten«, fuhr er fort. Und nach einer längeren Pause: »Wir töten stattdessen die Frau, zu der er sich hingezogen fühlt – Mrs. Forrest.«

Irgendwo läutete ein Telefon, Levy verließ den Raum.

»Sie werden also einsehen, dass es unklug wäre, die für morgen geplante Kabinettssitzung zu verhindern. Und es wäre genauso unklug, darauf hinzuwirken, dass sie zu einem Ergebnis führt, das nicht unseren Erwartungen entspricht.«

Emma suchte verzweifelt nach einem Ausweg, aber es gab wohl keinen.

»Der Anruf, den Mr. Levy gerade entgegennimmt, wird uns bestätigen, dass die Observierung von Mrs. Forrest wie geplant angelaufen ist«, sagte Leslie. »Der Versuch, mit ihr Kontakt aufzunehmen, wäre also auch sinnlos.«

Levy kam zurück und flüsterte Leslie etwas zu.
»Gut.« Leslie lächelte. »Offenbar ist Ihr Vater bei ihr. Was sehr praktisch ist, weil wir auf die Weise beide im Auge behalten können.«
»Das ist heller Wahnsinn«, sagte Emma.
»O nein«, widersprach Leslie, »es ist lediglich nüchternes, geschäftsorientiertes Denken.«
»Aber Aer Rianta ... Bruce Morrow und sein Management werden nicht so einfach aufgeben. Sie werden jede gegen sie gerichtete Entscheidung auf dem Rechtsweg anfechten. Damit muss dann alles neu verhandelt werden. Sie können also gar nicht gewinnen.«
Als sie Leslie grinsen sah, wusste sie, dass er auch das vorherbedacht hatte. »Überlassen Sie Mr. Morrow mir. Ich denke, er wird in ein paar Tagen ganz andere Sorgen haben. Todesfälle in der Familie können einem Mann sehr zusetzen.«
Großer Gott. Was hatte dieser Verbrecher vor?
Sie wandte sich an Goulding. »Und du hast dieses Spiel skrupellos mitgemacht? All diese Morde?«
Goulding zuckte nur stumm die Achseln. Aber er war auf einmal grau im Gesicht.
Leslie lachte. »Sehen Sie, jetzt hat es ihm die Sprache verschlagen. George, mit dem wir schon lange zusammenarbeiten« – er deutete auf Levy –, »hat ihm bedauerlicherweise vor einiger Zeit zu einer nicht sehr guten finanziellen Anlage geraten. Mr. Goulding wäre ruiniert gewesen, wenn wir ihm in dieser misslichen Lage nicht geholfen hätten. Im Gegenzug hat Mr. Goulding sich uns gegenüber sehr dankbar und hilfsbereit gezeigt. Jedenfalls bis jetzt.«
Die versteckte Drohung war unüberhörbar.
Plötzlich erinnerte sich Emma an die Verbindung zwischen Levy und der TV-Produktion Marcus-Screen. »*Sie* waren für den Mord an Marcus Kelly verantwortlich, nicht Sean Donovan.«

»Richtig. Wir haben einen Märtyrer aus ihm gemacht. Das war von Anfang an so geplant. Dass er später etwas geldgierig geworden ist, hat die Umsetzung des Plans nur beschleunigt. Eines hat sich zum anderen gefügt.«

»Und ich? Haben Sie mich wegen meines Vaters – *ausgewählt?«* Sie sprach das Wort aus, als ginge es um ein Versuchskaninchen. Und genauso fühlte sie sich auch.

Leslie schüttelte den Kopf. »Nein. Es mag überraschend klingen, aber ich bin erst vor kurzem dahinter gekommen, dass Sie mit Gallagher mehr als die Namensgleichheit verbindet. Was übrigens für mich der Anstoß zu dem Entschluss war, nach Dublin zu kommen und die Dinge sicherheitshalber selbst in die Hand zu nehmen.«

Emma spürte Wut in sich brodeln. »Bei dem Mord in Temple Bar sind Ihnen die Dinge aber aus der Hand geglitten, nicht wahr?«

Ein kurzes Flackern in Leslies Augen – der Hieb hatte offenbar gesessen. Goulding sah ihn irritiert an, Levy hob erstaunt die Augenbrauen.

»Wovon redest du?«, wollte Goulding wissen.

»Frag ihn.« In Emmas Stimme lag Spott. Sie durfte Leslie nicht sagen, dass sie den Hinweis auf den Temple-Bar-Mörder ihrem Vater verdankte, denn dann hätte der Schluss nahe gelegen, dass ihr Vater Leslie in Dublin gesehen hatte. Andererseits war Leslie sichtlich nervös geworden, und Goulding und Levy hatten Verdacht geschöpft. Und da sie nichts zu verlieren hatte, setzte sie nun alles auf eine Karte.

»Frag ihn nach der jungen Kellnerin in Temple Bar, die vergewaltigt und erdrosselt wurde. Als ich reinkam, wusste ich sofort, dass ich sein Gesicht schon mal gesehen hatte. Es hat eine frappierende Ähnlichkeit mit dem Computerbild des mutmaßlichen Mörders, das im Fernsehen ausgestrahlt wurde. Er wird mittlerweile international gesucht.«

»Gilbert?«, platzte Levy heraus.
Leslie machte eine wegwerfende Handbewegung. »Hört nicht auf das Geschwätz, sie will euch nur irritieren. Ich habe keine Ahnung, worauf sie anspielt.«
Er sah Emma an. Sein Blick war so starr, dass sie unwillkürlich an die leblosen Glasaugen einer Puppe denken musste. Und in diesem Moment begann sie zu ahnen, dass er ihr heimzahlen würde, was sie ihm soeben angetan hatte. Sobald der Flughafen-Coup erfolgreich abgeschlossen war.
Entweder war ihr Tod von Anfang an geplant gewesen, oder er hatte ihn jetzt beschlossen. Weil sie viel zu viel wusste. Und dasselbe galt für Goulding. Vielleicht ließ er eine Weile verstreichen, aber irgendwann ließ er sie umbringen.
Und ihren Vater ebenfalls – um der alten Zeiten willen.

Als sie wenig später in ihren Dienstwagen stieg, stand Leslie am Fenster und sah ihr nach. Sie hatte ihn beeindruckt. Ein rebellischer Kopf, und wenn sie böse wurde, loderte ihr Zorn wie eine Flamme. Aber diese Flamme würde bald erlöschen.
Und doch, ein paar Dinge waren unerledigt geblieben, und das gefiel ihm gar nicht. Sie war keineswegs so fügsam gewesen, wie Goulding ihm versprochen hatte. Aber jetzt hielt sie sich bestimmt an das, was er ihr gesagt hatte. Und sei's nur, um das Leben dieser Mrs. Forrest zu retten.
Auch die Sache mit der Bank und dem Versuch, in deren Computersystem einzudringen, mussten sie irgendwie zu einem Abschluss bringen. Und allmählich lief ihnen die Zeit weg.
Keine Panik, alles wird gut gehen. Und dann …
Er langte nach seinem kleinen Ledertäschchen und entnahm ihm einige Fotos von Tom Gallagher, vor langer Zeit aufgenommen und von jener schlechten Qualität, die nachträglich kopierte Bilder aus einem Videofilm nun einmal haben. Aber es waren die einzigen Fotos, die er besaß.

Er konzentrierte all seinen Hass auf Gallaghers Gesicht.
Du hast meinen Sohn getötet. Endlich kann ich Rache nehmen.
Er starrte aus dem Fenster. Die Genugtuung fiel sogar größer aus, als er sich's je erträumt hatte. Vater und Tochter …
Er wandte sich abermals den Fotos zu. Auch Goulding war auf einem zu sehen, wie er bei einer Party mit dem Glas in der Hand vor dem Kamin stand.

Emma hatte sich umgezogen, in Jeans und einer Bluse fühlte sie sich weniger eingezwängt. Sie saß mit einem Whiskey in der Hand allein in ihrem Haus und lauschte dem Wind, der draußen an den Bäumen rüttelte, und den schweren Tropfen, die auf das Blätterwerk klatschten.
Sie musste diesen Leuten Einhalt gebieten.
Nicht ihretwegen, was mit ihr geschah, war ihr egal. Aber es ging auch um Kates Leben, und um das ihres Vaters. Und damit war Leslies Mordlust vermutlich immer noch nicht gestillt. Die kaum verhohlenen Andeutungen über Todesfälle in Bruce Morrows Familie hallten ihr in den Ohren wider.
Natürlich konnte es sein, dass er nur bluffte, aber das hielt sie nicht für wahrscheinlich. All die Morde, bei denen er Regie geführt hatte, sprachen dagegen. Und das junge Mädchen, das er in Temple Bar erwürgt hatte, mitten in einem … einem Akt animalischer Lust, etwas anderes konnte es nicht gewesen sein.
Sie trank einen Schluck und starrte auf das Telefon, das sie nicht benutzen konnte. Und in diesem Augenblick klingelte es.
Sie zuckte so zusammen, dass der Whiskey überschwappte. Während sie mit der linken Hand den Hörer abnahm, leckte sie sich ein paar Tropfen von der rechten.
Es war Fergal, die Verbindung klang seltsam hohl.
»Ah, du bist zurück.«
»Von wo?«
»Aus Belfast.«

»Ach so, ja.« Sie hatte fast vergessen, dass sie dort gewesen war.
»Du hörst dich so fern an. Bist du noch in Italien?«
»Nein, auf dem Weg vom Flughafen in die Stadt – aus Mailand zurück in den irischen Regen. Ich könnte in einer halben Stunde bei dir sein.«
Fergal – auch ein unerledigtes Problem. Wenn sie ehrlich gewesen wäre, hätte sie ihm sagen müssen, dass er sie heute lieber allein lassen sollte. Doch gleichzeitig wünschte sie sich sehnlich, jemanden in ihrer Nähe zu haben – jemanden, der ihr Trost und ein wenig Wärme spenden konnte.
Nur, kurz vor dem Sex musste Schluss sein.
»Ja, das wäre schön«, sagte sie.
»Ich hole dich ab und nehme dich mit zu mir«, schlug er vor.
»Ich wette, bei dir ist es lausig kalt.«
Er hatte Recht, es war kalt im Haus. Das Kaminfeuer war heruntergebrannt, und sie hatte versäumt, nachzulegen, weil ihr zu viel anderes durch den Kopf gegangen war.
Nach fünfundzwanzig Minuten war er da. Emma rief den Dienst habenden Officer im Justizministerium an und sagte ihm, dass sie bis morgen früh über ihr Funktelefon zu erreichen sei. Sie war sicher, dass er sich den Rest zusammenreimen konnte.
»Du siehst nicht sehr glücklich aus«, sagte Mulryne, als sie in seinem Wagen saßen. »Gab's Ärger?«
»Tut mir Leid. Ich bin im Moment ziemlich eingespannt.«
»Was zu der Frage führt, ob du Hunger hast?«, fragte er.
Hatte sie nicht, aber es tat ihr gut, bei einem Glas Rotwein in seiner großen, warmen Küche zu sitzen und ihm zuzusehen, wie er aus dem Kühlschrank die Zutaten für ein mehrstöckiges Sandwich zusammensuchte.
»Willst du wirklich keines?«
Sie schüttelte den Kopf und schenkte sich Wein nach.
Er musterte sie neugierig. »Und von deinen Problemen willst du auch nicht sprechen?«

»Nein, lieber nicht.«
Weil ich nicht will, dass sie dich auch umbringen.
»Staatsgeheimnisse?«
»Ja, so etwas Ähnliches.«
Er erzählte ihr, wie es ihm in Mailand ergangen war. Und dass er ein paar viel versprechende Geschäftsabschlüsse getätigt hatte. Sie heuchelte höfliches Interesse, war aber in Wirklichkeit mit ihren Gedanken ganz woanders. Da half nicht mal der Wein.
Mulryne öffnete noch eine Flasche und fragte, ob es in letzter Zeit irgendeinen Kontakt mit ihrem Vater gegeben habe.
»Nein«, sagte sie und fühlte sich ein bisschen erbärmlich bei dem Gedanken, wie sie ihn behandelt hatte. »Ich werd ihn anrufen, sobald …«
»Sobald – was?«
»Ach, nichts. Nur so eine Redensart.«
Sie trank ihr Glas leer und ließ sich nachschenken. Es konnte nicht mehr lange dauern, bis sie betrunken war. Zeit, Schluss zu machen und ins Bett zu verschwinden, ehe ihr irgendwas herausrutschte, was nicht für Fergals Ohren bestimmt war.
»Du bist ein lieber Kerl, Fergal. Ich könnte die ganze Nacht hier sitzen und mit dir reden, aber ich bin müde und möchte zu Bett gehen, ja?« Sie konnte nur hoffen, dass er ihren entschlossenen Blick richtig deutete. »Und zwar, um zu schlafen.«
»Ganz wie du willst.« Er lächelte, gab ihr einen Kuss auf die Wange und sah ihr nach, als sie die Treppe hochstieg.

Gegen zwei Uhr wachte sie mit quälendem Durst und Kopfweh auf, der Schmerz nistete dicht über den Augenbrauen. Sie hatte Tabletten dabei, aber ohne Wasser brachte sie die nicht hinunter.
Leise, um Fergal nicht zu wecken, ließ sie sich aus dem Bett gleiten, aber dann bemerkte sie, dass er nicht da war. Sie konnte

sich nicht erinnern, dass sie ihn aufstehen gehört hatte, doch dann war ihr, als habe sie im Unterbewusstsein doch etwas gemerkt. Das musste sie wohl aufgeweckt haben.

An der Tür hing ein Morgenmantel, aber sie sparte sich die Mühe, hineinzuschlüpfen und lief nackt wie sie war zur Treppe. Sie wollte nur schnell zur Küche, und der Teppichboden fühlte sich schön weich und warm an und kitzelte ein wenig unter ihren Zehen.

Dann blieb sie wie erstarrt stehen. Fergals Stimme – er redete mit jemandem, in dem Zimmer direkt neben ihr. Sie glaubte, einen mühsam beherrschten, gereizten Unterton herauszuhören. Da sie keine zweite Stimme hörte, musste er mit jemandem telefonieren. So früh am Morgen, noch halb in der Nacht?

Sie schlich sich an die Zimmertür und lauschte.

»Das ist schlecht«, hörte sie Mulryne sagen. »Verdammt noch mal, wie konnte er sie aus den Augen verlieren? Wann hat er gemerkt, dass sie nicht da ist?«

Emma spürte, wie ihr eine Gänsehaut über den nackten Rücken lief. Stille. Offenbar beantwortete der andere Mulrynes Frage.

»Und wenn ihr sie nicht findet?«

Eine Pause.

»Was soll das heißen: So tun als ob?«

Wieder hörte er eine Zeit lang zu, dann schien der andere ihn überzeugt zu haben. »Ja, das ist wahr. Du hast Recht.«

Wieder eine Pause.

»Nein, sie wird keine Dummheiten machen, da bin ich sicher. Und sie weiß ja auch nicht, dass wir nicht an die Forrest rangekommen sind. Aber das ist ein verdammter Schlamassel, Herrgott noch mal. Wie weit sind wir in dieser Computersache?«

Der andere brauchte eine Weile für seine Antwort.

»Gut. Ich bin wirklich gespannt, was da überhaupt dahinter steckt. Hoffentlich läuft jetzt alles glatt.«

Emma hörte das kurze Klingelzeichen, als er auflegte.
O Gott.
Sie musste im Schlafzimmer sein, ehe er sie entdecken konnte. Sie huschte so leise wie möglich die Treppe hoch, und als sie gerade die Schlafzimmertür hinter sich schloss, hörte sie unten eine Tür gehen.
Hatte er sie noch gesehen?
Ihr war eiskalt, als sie ins Bett schlüpfte. Die Schlafzimmertür wurde geöffnet, gleich darauf signalisierte das sanfte Schaukeln der Matratze, dass Mulryne ebenfalls zu Bett gegangen war. Sie lag mit dem Rücken zu ihm, die Augen fest geschlossen, und hoffte inständig, dass sich ihre Atemzüge regelmäßig und ihr Herzschlag nicht zu laut anhörten.
»O Gott, du bist ja eiskalt«, murmelte er. »Ich werde dich ein bisschen aufwärmen.«
Er kuschelte sich eng an sie, sie spürte seinen Atem im Nacken. Er schob den Arm unter sie und tastete nach ihren Brüsten. Sein Penis drückte sich steif und hart gegen ihr Gesäß.
Die Dunkelheit machte ihr Angst, ihr war übel. Sie fühlte sich verspannt, blieb aber reglos liegen, weil sie wusste, dass sie sich schon bei der kleinsten Bewegung übergeben hätte.

41

Als Fergal Mulryne kurz vor sechs zu schnarchen anfing, schaltete der Geräuschsensor die Nachtbeleuchtung ein. Emma schlüpfte aus dem Bett, raffte ihre Kleidung zusammen und schlich sich ins Badezimmer.

Sie fühlte sich verkatert, wie ausgedörrt und halb erstickt von ihrer Angst. Aber in den schlaflos verbrachten Stunden, in denen sie Mulrynes schweißnasse Hände auf der Haut ertragen, abwechselnd ihn verflucht und sich bittere Vorwürfe gemacht hatte, war eine Entscheidung in ihr herangereift, und die verlieh ihrem kümmerlichen Mut Flügel.

Sie drehte den Kaltwasserhahn auf, hielt den Kopf darunter und trank dann gierig, bis der erste Durst gestillt war. Dann blickte sie in den Spiegel.

Ihre Lippen sahen geschwollen aus, ein paar verirrte Wassertropfen liefen ihr übers Kinn. Ihre Augen waren gerötet und ohne Glanz, die darunter liegenden Hautpartien schimmerten seltsam anthrazitgrau. Wut, ein schlechtes Gewissen und viele – zu viele – Gläser Rotwein hatten ihr Gesicht in eine Ruinenlandschaft verwandelt.

Sie starrte das Spiegelbild angewidert an.

Sie konnte darin lesen wie in einem Buch, und bei jeder neuen Seite, die sie aufschlug, wurde ihr klarer, dass sie ein zwar ahnungsloses, aber eben doch auch willfähriges Werkzeug gewesen war. Sie hatten sie missbraucht, Mulryne sogar körperlich.

Sie hatte Mulryne durch Goulding kennen gelernt. Sie war jung gewesen, mit großen Plänen im Kopf und kühnen Wünschen im Herzen, ohne feste Bindung, und da war er ihr vorgekommen wie der Mann ihrer Träume. Außerdem hatte es ihr geschmeichelt, dass ein so vermögender, einflussreicher Mann sich für sie interessierte, sie hatte sich sogar Vorteile für ihre politische Karriere von ihm versprochen.

Du eitler, dummer Fratz.

Und die ganze Zeit über war Mulryne ein Spitzel gewesen, der sich in ihr Leben, ihr Bett und schließlich sogar ihr Herz eingeschlichen hatte. Er hatte ihr George Levy als Finanz- und Anlageberater empfohlen – ein Schachzug, durch den sie Einblick in ihre finanziellen Verhältnisse bekamen, und bei einer jungen karrierebesessenen Politikerin weiß man ja nie, wie sich das eines Tages ausschlachten lässt.

Von Levy hatte sie die Informationen über Marcus Kellys Recherchen bekommen, die sie dann im Parlament benutzt hatte, ohne auch nur einen Gedanken daran zu verschwenden, dass sie durch ihre Andeutungen das Leben eines Oppositionspolitikers ruinierte – eines Mannes, den sie nicht einmal kannte. Nur, nachträglich betrachtet war das unbedeutend und nichtig geworden, verglichen mit den brutalen Morden, von denen sie – ohne dass sie es ahnte – jeder Einzelne auf ihrer Karriereleiter eine Stufe höher geführt hatte.

Sie nahm das Funktelefon aus ihrer Handtasche, rief den Officer vom Dienst im Justizministerium an und bat ihn, ihr ihren Wagen so schnell wie möglich zu Mulrynes Haus zu schicken. Ted, diskret und verschwiegen, hatte sie schon öfter hier abgeholt. Und heute war es ohnehin das letzte Mal, dass sie ihn hierher bestellte.

In der Dreiviertelstunde, die Ted brauchte, schlief Mulryne

Gott sei Dank weiter, so dass sie ungestört daran arbeiten konnte, die Spuren der Verwüstung zu mildern, die die Nacht auf ihrem Gesicht angerichtet hatte. So ungepflegt wie sie aussah, wäre sie Ted nicht gern unter die Augen getreten.
Sie fuhren zunächst zu ihr nach Hause, denn sie musste sich umziehen. Für den Vormittag stand eine wichtige Besprechung in ihrem Terminkalender, der Nachmittag gehörte der Büroroutine, und für den Abend war die Kabinettssitzung mit der Abstimmung über die Flughafenprivatisierung angesetzt. Sie fragte sich, wie sie das alles ohne eine kleine, nur ihr selbst gehörende Verschnaufpause überstehen wollte.
Irgendwie musste sie Kate aufspüren und mit ihrem Vater reden. Er konnte ihr sicher einen Rat geben, wie sie sich verhalten sollte. Kate zu finden, würde am schwierigsten sein. Nicht mal Leslie und seine Helfershelfer wussten, wo sie steckte. Was allerdings auch hieß, dass sie ihr nichts antun konnten. Und wenn sie als Erste herausfand, wo Kate war, konnte sie ihr vielleicht zu einem sicheren Versteck verhelfen.
Sie schienen weite Umwege zu fahren, um die dicksten Staus in der Innenstadt zu vermeiden. Irgendwann merkte Emma, dass sie auf der Küstenstraße waren, nicht sehr weit von der Wohnung ihres Vaters entfernt. Sie versuchte, ihn mit dem Mobiltelefon zu erreichen. Nichts, sie hörte nur seine Stimme auf dem Anrufbeantworter.
Mein Gott, wo konnte er sein?

Gallagher betete inbrünstig darum, dass ihm diesmal ein Desaster wie damals in Miami erspart blieb.
Er und Greeley saßen in einem leeren Büro in der South William Street, tranken pechschwarzen Kaffee und knabberten Haferflockenriegel, die aus dem Naturkostladen im Erdgeschoss stammten und nach Kanarienvogelfutter schmeckten. Auf der Fensterscheibe klebte ein Schild, auf dem die Büroräume zur

Vermietung angeboten wurden. Sie hatten sich etwas weiter hinten niedergelassen, im Halbdunkel, damit sie nicht gesehen werden konnten. Der Blick auf die vielen leer stehenden Gebäude und den nieselnden Dauerregen wäre ohnehin trübselig gewesen.

Es konnte ein langer Tag werden, da brauchten sie einen Koffeinstoß. Besonders Gallagher, dem nach dem Alkoholexzess immer noch sein Brummschädel zu schaffen machte. Und viel Schlaf hatte er in der Nacht auch nicht gefunden.

Kate war keineswegs damit einverstanden, dass Paul sich heute wieder an den Computer setzen wollte. Nur weil Greeley und Gallagher immer wieder beteuerten, dass dem Jungen nichts passieren könne, hatte sie schließlich nachgegeben.

Aber garantieren konnten sie das nicht, das wusste Gallagher genau. Er setzte also abermals ein Leben aufs Spiel, und diesmal war es das Leben eines Jungen, nicht das zweier erfahrener, gut ausgebildeter Agenten.

Formal betrachtet, trug Greeley die Verantwortung, aber das ließ Gallagher nicht gelten. Er hatte Paul mit seinen alten FBI-Geschichten überhaupt erst dazu angestiftet, sich einzumischen, und nun ließ er es zu, dass Paul immer tiefer in die Sache hineinrutschte.

Er fragte sich, wie es wohl Kate gehen mochte. Sie hatte die ganze Nacht kein Auge zugetan und heute Morgen natürlich gehört, wie Paul das Haus verließ, zusammen mit Inspector Dolan, der gestern Abend zu ihnen gestoßen war, nachdem er Foucaud ins Shelbourne gebracht hatte.

Auch Greeley hatte eine unruhige Nacht hinter sich. Für eine solche Aktion bedurfte es der Rückendeckung durch den Assistant Commissioner. Weil die Sache keinen Aufschub duldete, hatte der Chief Superintendent seinen Vorgesetzten noch in der Nacht zu Hause aufgesucht. Was die beiden im Einzelnen besprochen hatten, wusste Gallagher nicht, er hatte draußen im

Wagen gewartet. Aber offensichtlich war Greeley erfolgreich gewesen, er hatte anschließend sein Einsatzteam zusammengestellt.

Zunächst ging es darum, sich Zugang zu den Büros des *Dave* zu verschaffen und einen Ort ausfindig zu machen, von dem aus sie die weitere Entwicklung unbemerkt verfolgen konnten. Sie hatten sich für dieses leer stehende Büro entschieden, von dem aus sie fast die ganze Straße einsehen konnten. Der Makler hatte nicht schlecht gestaunt, als nachts zwei Officers bei ihm erschienen waren, ihn um die Schlüssel gebeten und ihm unter Androhung ernster Konsequenzen strengste Verschwiegenheit auferlegt hatten.

Genauso verblüfft war der Herausgeber des *Dave* gewesen, als er nachts um drei mit seiner Frau von einem Auftritt als Discjockey heimkam und zwei Officers vor der Tür auf ihn warteten. Der Nächste, dem zwei Officers die Dienstausweise unter die Nase hielten, war Max gewesen. Auch er hatte verdutzt geschluckt, wie ein Redakteur eben reagiert, wenn er mitten in der Nacht erfährt, dass es morgen früh in seiner Redaktion von diskret in Jeans und T-Shirts gekleideten, kostenlosen Mitarbeitern wimmeln werde.

Alles in allem waren inzwischen an die zwei Dutzend Leute im Einsatz oder – zumindest in großen Zügen – in das Vorhaben der Polizei eingeweiht. Zu viele, fand Gallagher und konnte nur hoffen, dass sie den Mund hielten und ihre Sache gut machten.

Irgendwann würde irgendjemand in der Redaktion auftauchen, nach Paul alias *Dave* fragen und herauszufinden versuchen, wie viel der Junge wusste – und ihn dann töten. Und das musste Gallagher unter allen Umständen verhindern. Was allerdings nicht so einfach war. Solange er in diesem Büro saß und sich auf die Tüchtigkeit von Officers verlassen musste, die er nicht kannte, kam er sich ziemlich hilflos vor.

Sie waren nicht mehr allein hier, und es war auch nicht mehr so leer wie noch vor ein paar Stunden. Die für die Überwachung benötigten technischen Geräte nahmen die gesamte Breite der Wand ein. Die beiden Officers vor den Monitoren trennten sich nicht mal für Sekunden von ihren Kopfhörern. Auf den Bildschirmen war das – jetzt noch dunkle – Redaktionsbüro des *Dave* zu sehen, von versteckten Kameras aus allen möglichen Winkeln aufgenommen.
Die Techniker hatten in der kurzen Zeit erstaunlich gute Arbeit geleistet, das musste Gallagher ihnen lassen. Aber ein wenig mulmig war ihm trotzdem zumute. Der Blick auf die Monitore weckte zu viele schmerzliche Erinnerungen in ihm. Irgendwie war ihm, als spukten die Geister von Gaines und Dobchek in diesem Büroraum.
Greeley schien zu ahnen, was in ihm vorging. »Hören Sie, ich will genauso wenig wie Sie, dass dem Jungen etwas zustößt«, sagte er. »Und ich werde Himmel und Hölle in Bewegung setzen, dass das nicht passiert. Aber wir wissen beide, dass dies die einzige Möglichkeit ist, die verdammten Kerle zu kriegen.«
Gallagher sah ihn ernst an. »Sie verlieren nur den Job, wenn etwas schief geht. Aber für Paul geht's um sein Leben.«

Charles Hearne, Emmas persönlicher Assistent, war offenbar ein gesundheitlich labiler junger Mann. Gestern hatte er über eine schwere Kopfgrippe geklagt – und sich heute prompt telefonisch krank gemeldet.
Sie war nicht dazu gekommen, die Unterlagen für die heutige Besprechung durchzulesen, und nun war nicht mal Hearne da, um ihr ein Briefing zu geben. Ausgesprochen misslich, zumal es um ein schwieriges Thema ging. Der Generalstaatsanwalt und seine Mitarbeiter wollten mit ihr eine Neuregelung zur Frage der Haftverschonung gegen Kaution diskutieren. Normaler-

weise hätte sie sich dafür bis ins kleinste Detail vorbereitet, aber an diesem Vormittag war eben nichts normal.
Die Besprechung sollte um halb zehn beginnen. Sie versuchte, die Unterlagen wenigstens quer zu lesen. Aber das brachte nicht viel, sie war einfach nicht bei der Sache.
Als der Generalstaatsanwalt und seine Sektionsleiter hereinkamen, begrüßte sie sie mit etwas gezwungen wirkender Herzlichkeit. Aber obwohl Emma angestrengt versuchte, sich auf das Thema zu konzentrieren, blieben ihre Diskussionsbeiträge schwammig und mitunter sogar irritierend.
Um elf Uhr wurde Kaffee gereicht. Sie stand auf, verließ das Besprechungszimmer, ohne sich um die fragend auf sie gerichteten Blicke zu kümmern. Sie zog sich in Hearnes leeres Büro zurück, schlug das Telefonbuch auf und suchte die Nummer des unter Kate Forrests Namen eingetragenen Reisebüros heraus.
»Es tut mir Leid«, sagte eine Angestellte, »Mrs. Forrest ist noch nicht da. Wir erwarten sie jede Minute.«
Irgendwie hörte sich das besorgt an. Unpünktlichkeit schien nicht zu Kates Untugenden zu gehören.
Sie ging zurück ins Besprechungszimmer und merkte an den betretenen Blicken und den abrupt verstummten Gesprächen, dass in der Männerrunde über sie geredet worden war. Alle sahen sie irritiert an, als sie, statt ihren Platz an der Stirnseite des Tisches einzunehmen, stehen blieb.
»Ich fürchte, es hat wenig Zweck, weiterzumachen«, sagte sie. »Sie haben wahrscheinlich bemerkt, dass ich mich heute nicht besonders wohl fühle.« Sie fuhr sich über die Stirn. »Muss irgendein Virus sein. Ich fürchte, ich nehme nur unnötig Ihre Zeit in Anspruch. Wollen wir einen neuen Termin vereinbaren?«
Die Männer schauten verdutzt, dann sammelten sie ihre Unterlagen ein und versicherten ihr, dass sie volles Verständnis

hätten. Sie wirkten sogar erleichtert, weil nun klar war, dass die Ministerin sie nicht vorsätzlich brüskieren wollte. Man kannte das ja, Frauen haben nun mal ihre speziellen kleinen Unpässlichkeiten. Was einmal mehr bewies, dass Männer die Krone der Schöpfung sind.

Emma bemerkte ihr herablassendes Wohlwollen durchaus, kümmerte sich aber nicht darum. Sollten sie doch glauben, was sie wollten.

Als alle weg waren, schloss sie die Tür und nahm sich wieder das Telefonbuch vor. Wie hieß das Blättchen bloß, bei dem Kates Sohn sich immer herumtrieb? Kate hatte ihr das abends auf Mulrynes Party erzählt. Irgendwas mit Musik – Rave oder so. Nein, *Dave* – das war's.

Im Telefonbuch war eine Adresse in der South William Street eingetragen, also nicht weit weg. Vielleicht wusste dort jemand, wo Paul war. Das war jedenfalls ihre letzte Hoffnung.

Eine Männerstimme meldete sich. »Hallo?« Im Hintergrund hörte Emma stampfende Musik.

»Hallo – ich hoffe, Sie können mir helfen. Ich versuche, einen jungen Mann namens Paul Forrest aufzutreiben, der manchmal bei Ihnen arbeitet. Können Sie mir sagen, wo ich ihn erreiche?«

»Entschuldigung«, sagte die Männerstimme, »es ist etwas laut hier. Ich werd das Gespräch lieber ins Nebenzimmer legen. Bleiben Sie dran?«

Sie wartete, hörte irgendwas wie Techno oder wie das dumpfe Stampfen hieß, fing ungeduldig mit den Fingern zu trommeln an und war drauf und dran, aufzulegen, als die Stimme sich zurückmeldete.

»So, das ist besser. Wen, sagten Sie, suchen Sie? Paul Forrest? Der ist hier. Wollen Sie ihn sprechen?«

Emma erstarrte. Und dann legte sie wortlos auf.

Paul war dort? Um diese Zeit? Schwänzte er die Schule?

Egal, er wusste vielleicht, wo sie seine Mutter und ihren Vater

erreichen konnte. Sie musste mit ihm sprechen. Aber nicht am Telefon.
Sie ging zum Fenster. Der Park wirkte wie leer gefegt. Heute gehörten die Rasenflächen nicht den Sonnenanbetern, sondern nur dem Regen. Wer unbedingt nach draußen musste, verkroch sich unter einem Regenschirm.
Wie kam sie am unauffälligsten in die South William Street? Sie konnte das Ministerium nicht einfach während der Dienstzeit verlassen, ohne ihre engsten Mitarbeiter zu informieren. Danach musste sie sich auf Ted und dessen Loyalität verlassen.
Aber war er wirklich loyal? Oder stand er auch auf Leslies Lohnliste? Und wie war das mit den Sekretärinnen?
O Gott, sie wurde noch verrückt. Nach allem, was in den vergangenen zwölf Stunden passiert war, traute sie niemandem mehr. Außer ein paar Menschen – und die konnte sie nicht erreichen.
Aber sie *musste* sie erreichen.
Ihr war warm, der Stress hatte sie innerlich aufgeheizt. Sie ging zum Schrank, zog das Jackett aus und hängte es hinein.
Unten auf dem Bodenbrett lag ihr Sportbeutel.
Na also, so verrückt war sie doch gar nicht. Sie hatte immer noch gute Einfälle.

Paul saß in der *Dave*-Redaktion am Computer, loggte sich in den Chat-Raum ein und wartete darauf, dass am rechten Bildschirmrand Gigolos Name auftauchte. Zehn Namen standen da, einige chatteten, andere machten es wie er und lasen nur mit.
»Vielleicht taucht der Name heute überhaupt nicht auf«, murmelte er vor sich hin, wohl wissend, dass Gallagher und Greeley ihn via Monitor auf der anderen Straßenseite hören konnten.

Die Monitore zeigten inzwischen hektische Betriebsamkeit in der *Dave*-Redaktion. Max überschlug sich fast vor Aktivität. Was immer hier gespielt wurde – und es schien etwas verteufelt Ernstes zu sein –, sein Blatt musste fertig werden. Wenn der Rummel zu groß wurde, konnte er sich immer noch damit trösten, dass die so genannte seriöse Presse ein Vermögen für die Möglichkeit hingeblättert hätte, die Entwicklung so nahe am Puls des Geschehens zu verfolgen und zu gegebener Zeit aus erster Hand darüber zu berichten.

Es gab nicht nur die versteckten Kameras und Mikrofone, Paul selber war auch verkabelt worden. Der Sender war mit Heftpflaster auf seinem Rücken festgeklebt, das Mikro in einem winzigen Medaillon am Hals versteckt.

»Was heißt das: der Name taucht heute vielleicht nicht auf?«, fragte Greeley.

»Der Typ könnte einen anderen Namen benutzen«, erklärte ihm Gallagher. »Er muss sich ja nicht mehr Gigolo nennen. Kann sein, dass er einer von den zehn Leuten ist, die bereits im Chat-Raum sind. Er muss nicht mal Laut geben, er will nur feststellen, dass Paul um ein Uhr vor dem Computer sitzt.«

In der *Dave*-Redaktion läutete das Telefon. Gallagher spürte, wie seine Nerven fast unerträglich vibrierten.

Der Officer drüben in der Redaktion hielt die Anruferin hin, damit sie den Anruf zurückverfolgen konnten.

»Lasst ihn mit ihr reden«, ordnete Greeley an und nahm, weil er das Gespräch mithören wollte, den Hörer ab. Aber die Anruferin hatte bereits aufgelegt.

Der Anruf löste bei allen an der Überwachung Beteiligten ein gespanntes Kribbeln aus. Endlich tat sich was, es schien loszugehen.

Sekunden später klingelte Greeleys Telefon. Er nahm ab, hörte eine Weile zu, sagte »Danke« und sah Gallagher betroffen an. »Der Anruf für Paul kam aus dem Justizministerium.«

Gallagher starrte ihn ungläubig an. »Emma?«
Greeley nickte. »Vermutlich. Es scheint ernst zu werden.«
Gallagher runzelte die Stirn. »Sie hat nicht nach einem jungen Mann, sondern ausdrücklich nach Paul Forrest gefragt?«
»Ja.«
»Woher sollte sie denn den Namen kennen?«

Halb eins – Lunchzeit. Normalerweise hätte sie jetzt mit Hearne bei einem Sandwich die Termine für die nächste Woche durchgesprochen. Eigentlich ein Glück, dass er nicht da war. Jetzt konnte sie die Mittagspause für etwas anderes nutzen.
Sie öffnete die Tür zum Vorzimmer. »Sagen Sie Ted, er soll mich bitte zum Fitnessklub fahren. Ich bin etwa in einer Stunde wieder da.«
Der Klub lag in einer engen, tagsüber fast regelmäßig durch Busse und Lastwagen verstopften Einbahnstraße. Zu Fuß wäre sie in zehn Minuten dort gewesen, Ted konnte es bestenfalls in einer Viertelstunde schaffen.
Parkmöglichkeiten gab es dort nicht, er konnte nur kurz halten und sie absetzen, ehe er weiterfuhr, sich durch einige Seitenstraßen schlängelte und schließlich die Fade Street erreichte, wo er parken konnte – zwar ein Stück weiter unten, aber der Ausgang des Fitnessklubs lag genau in seinem Blickfeld.
Heute fand er eine Parklücke genau an der Ecke – ein unverhoffter Glücksfall. Normalerweise stand dort eine Blumenverkäuferin, aber der Regen hatte sie unter die Marktarkaden vertrieben, nur ein paar Schritte weiter oben.
Im Klub ging Emma mit dem Sportbeutel in der Hand den schmalen, langen Eingangsbereich hinunter, vorbei an Herb Ritts Fotos, darunter auch ihr Lieblingsfoto: James Dean gut gelaunt bei einem einsamen Diner. Die junge Frau an der Rezeption, die gerade dabei war, einen Stapel Briefumschläge zuzukleben und dabei mit einem Auge das MTV-Programm zu

verfolgen, sah kurz hoch und signalisierte mit einem Lächeln, dass sie Emma erkannte.
»Oh, Miss Gallagher. Sie waren lange nicht da, stimmt's?«
»Ja, leider. Bin einfach nicht dazu gekommen. Wird Zeit, dass ich wieder was für die Gesundheit tue.«
Sie bekam einen Schrankschlüssel und verschwand im Umkleideraum für Damen. Sie hatte nicht damit rechnen können, zu dieser Tageszeit allein zu sein, und tatsächlich waren drei Frauen im Umkleideraum – zwei in T-Shirts und Lycra-Leggings, die dritte in Straßenkleidung, sie wollte offenbar gerade gehen. Keine der drei Frauen nahm Notiz von ihr.
Emma zog sich bis auf die Unterwäsche aus und eine Jogginghose und einen Anorak mit Kapuze an. Sie schob sich das Haar unter eine Baseballkappe und steckte sich ein bisschen Kleingeld ein. Ihr elegantes Kostüm knüllte sie achtlos zusammen, stopfte es in den Sportbeutel und schloss den Beutel im Schrank ein.
Die meisten Klubmitglieder wollten sich an den Geräten mal richtig ausarbeiten oder beim Squash ordentlich ins Schwitzen kommen, aber manche nutzten den Klub auch als Startbasis für ihr Lauftraining, weil sie sich hier anschließend in der Sauna entspannen konnten.
Eine der Frauen meinte: »Ein bisschen feucht heute fürs Joggen, finden Sie nicht?«
»Scheußlich, nicht?«, stimmte Emma ihr zu. »Aber ich muss mal wieder mein Meilenkonto aufbessern.«
Sie band die Schnürsenkel der Laufschuhe zu, machte ein paar Streckübungen – Fingerspitzen an die Zehen – und spürte, wie es im Rücken knackte und in den Waden zwickte. Also los – raus aus dem Umkleideraum und den Flur hinunter, vorbei an der Rezeptionistin, die mit Telefon und Terminkalender beschäftigt war.
Am Eingang machte sie kurz Halt. Sie sah Ted drüben an der

Straßenecke mit dem Wagen warten. Der Verkehr war zähflüssig, aber es ging wenigstens vorwärts.
Weiter oben sprang eine Ampel auf Rot – totaler Stillstand. Ein großer Container-LKW schob sich aus einer Toreinfahrt und versperrte Ted die Sicht. Sie zog die Kapuze über die Baseballkappe, wandte sich nach links und trabte los.
Sie war auf der falschen Straßenseite. Geschickt schlängelte sie sich durch den schleichenden Verkehr, wäre um ein Haar kurz vor dem Bürgersteig mit einem Radfahrer kollidiert und hatte es endlich geschafft.
Mädchen, pass auf. Willst du dich umbringen?
In den Marktarkaden drosselte sie das Tempo. Die Blumenfrau schaute ziemlich verärgert – klar, wer kaufte bei diesem Sauwetter schon Blumen? An einem Stand wurden Souvenirs aus der irischen Geschichte angeboten, Reproduktionen irgendwelcher Proklamationen und Nachdrucke eines Stichs, der Michael Collin in Uniform und heroischer Pose zeigte. Eine Libanesin hatte riesige Kübel mit Oliven und Datteln vor sich aufgebaut. Der süßlich-beißende Duft von Räucherstäbchen stieg ihr aus einem Dritte-Welt-Stand in die Nase.
Und dann war sie in der South William Street. Sie verfiel in normale Gangart und suchte die Hausnummern ab – soweit es welche gab. Und fand schließlich, was sie suchte.
Dave – 2. Stock, stand auf dem Messingschild.
Frank Dolan, der in einem Kastenwagen vor der Boutique Stellung bezogen hatte, gab Alarm: »Jemand betritt das Haus. Sieht wie ein Jogger aus. Hat die Kapuze hochgezogen. Vom Gesicht ist nichts zu sehen, aber ich tippe auf eine Frau.«
Gallagher ging zum Fenster und sah hinunter, doch da war die Gestalt schon im Hausflur verschwunden.
Gerade noch hatte im Redaktionsbüro des *Dave* schläfrige Ruhe geherrscht, jetzt veränderte sich das Szenario schlagartig, alle nahmen die besprochenen Positionen ein. Falls der Jogger

irgendwelche Tricks versuchen wollte, richteten sich in Bruchteilen von Sekunden vier Pistolenmündungen auf ihn.
Zum Beispiel die der Automatik, die Detectice Constable Nora Friel unter ihrem lose hängenden Baumwollshirt im Rückenholster trug. Sie war gerade mal einundzwanzig, hatte aber, wie alle in Greeleys handverlesenem Team, schon viel Erfahrung in Undercover-Aktionen.
»O Gott«, rief sie, »leg mal jemand eine CD auf!«
Einer der Officers spurtete los und drückte – keine Sekunde zu früh – die Play-Taste. Als Emma hereinkam, zuckte sie zusammen, so ohrenbetäubend war die Schallwelle aus Bässen und Trommeln, die ihr entgegenschlug.
Sie sah sich um. Mehrere Computer, überall lagen Papiere und Zeitschriften herum, ein unbeschreibliches Durcheinander, niemand schien Notiz von ihr zu nehmen.
Schließlich versuchte sie ihr Glück bei dem jungen Mann, der kurz zu ihr herübergeblickt hatte, ehe er sich wieder dem Bildschirm zuwandte. Sie ging auf sein Terminal zu. »Entschuldigen Sie …« Aber sie merkte schnell, dass sie viel lauter sprechen musste. Sie schob die Kapuze zurück, nahm die Baseballkappe ab und schüttelte das lange Haar aus.
In dem Büro auf der anderen Straßenseite schnappte Gallagher nach Luft. »Emma«, flüsterte er heiser.
Neben ihm starrte Greeley bleich auf den Monitor. »Dreht die verdammte Lautstärke runter«, sagte er ins Handmikro.
Paul hatte sich umgedreht und sah Emma verdutzt an – *o Mann, die war das?*
Jemand drehte den Lautstärkeregler des CD-Players einige Dezibel zurück.
»Bin ich hier richtig in der Redaktion des *Dave?«,* fragte Emma.
Der Junge nickte.
»Ich suche Paul Forrest.«
»Das« – er schluckte und stand auf – »das bin ich.«

Nora Friel schwenkte den Drehstuhl ein Stück herum und schob die rechte Hand näher an das Rückenholster heran.
Emma blickte sich um. Alle schienen in ihre Arbeit vertieft zu sein. Trotzdem senkte sie vorsichtshalber die Stimme.
»Weißt du, wer ich bin?«
Paul nickte. Irgendetwas verstopfte ihm die Kehle. Die Frau wirkte aufgeregt und nervös.
»Deine Mutter ist in Gefahr«, fuhr Emma fort. »Ein paar Leute sind hinter ihr her, und die dürfen sie auf keinen Fall finden. Ich muss ihr und meinem Vater dringend etwas sagen. Ich erkläre dir, worum es geht, aber nicht hier. Kannst du für eine Weile hier weg?«
Paul nickte wieder stumm.
In diesem Augenblick meldete Dolan aus dem Kastenwagen: »Da kommt noch jemand ins Haus – ein Mann. Er hat irgendwas in der Hand.«
Gallagher eilte ans Fenster. Der Mann trug einen Regenmantel und eine Brille. Das Bündel in seiner Hand sah weich und bauschig aus.
Die CD war abgelaufen, in der *Dave*-Redaktion wurde es plötzlich still. Draußen im Treppenhaus knarrten ein paar alte Holzstufen.
»Das Powerscourt Townhouse, ein Stück die Straße rauf«, raunte Emma Paul zu. »In zehn Minuten in dem Café im Tiefparterre, geht das?«
Der Mann im Treppenhaus wollte offenbar in den oberen Stock, die Schritte entfernten sich.
»Ja«, sagte Paul. Endlich war seine Stimme wieder da.
Die Schritte kamen zurück. Die Tür wurde geöffnet, ein Mann, der eine zusammengefaltete Hose in der Hand hielt, kam herein.
»Entschuldigung«, sagte Emma, als sie ihn auf ihrem Weg nach draußen streifte.

Der Mann wandte sich höflich an Paul. »Ich hoffe, ich störe nicht. Der alte Schneider im obersten Stock … weißt du zufällig, ob er nach der Lunchpause noch mal zurückkommt?«

»Tut mir Leid«, sagte Paul, »keine Ahnung.«

Der Mann lächelte ihn an. »Trotzdem vielen Dank.« Er wandte sich um und ging.

Dolan sah Emma aus dem Gebäude kommen. Sie hatte wieder die Kappe auf und die Kapuze übergestülpt. Sie ging Richtung Powerscourt Townhouse. Kurz darauf trat der Mann auf die Straße, sah sich kurz um und schlug dann dieselbe Richtung ein.

»Feststellen, wo er hingeht«, ordnete Greeley über das Handmikrofon an.

Das Townhouse, 1774 erbaut, einst der Stadtsitz von Lord Powerscort, war vor einigen Jahren unter Erhalt der prachtvollen alten Fassade zu einem Einkaufszentrum mit Luxusläden umgestaltet worden. Kernbereich war der hauptsächlich von Restaurants genutzte, große offene Innenhof, über dem die umlaufenden Galerien der oberen Stockwerke lagen. Dort hatten inzwischen mehrere Officers Posten bezogen, aber davon ahnte Emma nichts.

»Was, zum Teufel, hat sie vor?«, fragte Greeley.

»Die wollen es nicht hier tun«, sagte Gallagher. »Sie wollen ihn irgendwohin mitnehmen, und Emma haben sie zu ihm geschickt, weil sie sich denken konnten, dass der Junge sie kennt und Vertrauen zu ihr hat. Aber es ist mir ein Rätsel, woher sie überhaupt etwas von Paul wusste.«

Greeley wies Paul über Funk an: »Tu, was sie gesagt hat, geh zum Townhouse. Und keine Sorge, unsere Leute sind schon dort.«

»Der Mann, der Paul nach dem Schneider gefragt hat, ist verschwunden, Sir«, meldete eine Stimme. »Ich glaube, er ist Richtung Grafton Street gegangen.«

»Gut. Lassen Sie ihn laufen.«
»Und was wird aus uns?«, fragte Gallagher. Die Monitore nutzten ihnen nicht mehr viel, weil sie auf denen nicht verfolgen konnten, was sich im Townhouse tat.
»Wir warten hier«, entschied Greeley.
»Ich weiß nicht, ob ich das aushalte«, stöhnte Gallagher.
Greeley beorderte je ein Team an die Ausgänge Clarendon und South William Street, von wo aus breite Treppen zum Eingangsbereich führten. Frank Dolan und seine Leute sollten sich auf den verschiedenen Stockwerken verteilen.
Das Mary Rose Café lag im leicht erhöhten Bereich des Tiefparterres. Obwohl es Lunchzeit war, fand Emma noch einen freien Ecktisch, direkt vor einem Spezialgeschäft für Bonsai-Gewächse. Sie bestellte einen Kaffee.
»Um diese Zeit servieren wir den Lunch«, sagte die Bedienung schnippisch.
»Ich warte noch auf jemanden«, konterte Emma, »wir bestellen später.«
Dolan hatte ein Stockwerk höher auf der Terrasse eines Imbissrestaurants einen freien Tisch direkt an dem kunstvoll geschmückten Schutzgeländer entdeckt und Kaffee und ein Corned-Beef-Sandwich bestellt. Er brachte es nicht fertig, in nächster Nähe zu so viel Gastronomie Askese zu üben. Zumal ein paar Tische weiter zwei Männer aus seinem Team saßen und zwei andere in dem italienischen Restaurant auf der Galerie über ihnen die Speisekarte studierten.
Er kam sich in seinem Regenmantel etwas unförmig vor, wollte ihn aber nicht ausziehen, weil in der Innentasche seiner Jacke der Minisender steckte. Außerdem hätte sicher das umgeschnallte Schulterholster Aufsehen erregt, das er trug, um nötigenfalls schnell ziehen zu können. Er hoffte, dass es nicht so weit kam.
Er rutschte etwas näher an das Geländer heran, das ihm Schutz

vor neugierigen Blicken von unten bot, und meldete Greeley: »Alle auf ihren Plätzen.«

Als er sich Senf auf sein Sandwich strich, spielte ein Panflötenensemble über die Lautsprecheranlage des Einkaufszentrums mit viel Schmelz und Gefühl *Someone To Watch Over Me*. Er fragte sich, ob außer ihm überhaupt jemand zuhörte.

Paul kam in den Innenhof, sah sich suchend um, entdeckte Emma und steuerte auf ihren Tisch zu.

Dolan legte das Sandwich weg und meldete Greeley: »Der Junge ist da.«

Die Übertragung war von Satzfetzen vorübergehender Menschen und Hintergrundgeräuschen aus dem Einkaufszentrum überlagert, dann kam ein hässliches Kratzen dazu, als Paul bei Emmas Tisch angelangt war und sich setzte. Von da an wurde die Tonqualität besser.

Gallagher grinste. »Kluges Bürschchen«, flüsterte er Greeley zu. »Hat seinen Stuhl näher an ihren herangerückt.«

Dann hörten sie Emma. »Ich kann nicht zu weit ausholen, aber da ist etwas Schlimmes am Laufen. Ich muss unbedingt Kontakt mit meinem Vater aufnehmen. Weißt du, wo er und deine Mutter sind?«

Paul sah sie an. Offenbar war es ihr wirklich ein dringendes Anliegen. Und er glaubte einfach nicht, dass sie ihm etwas antun wollte.

»Ich bin nicht ganz sicher«, sagte er ausweichend.

Dolan sprach hastig dazwischen: »Die beiden kriegen Besuch.«

Ein Mann kam auf Emma und Paul zu – Regenmantel, Brillenträger, breites Lächeln um die Lippen.

»Verdammt«, murmelte Dolan ins Mikro, »das ist der Kerl, der vorhin nach dem Schneider gefragt hat. Klar, wen ich meine?«

Er sah, dass die Männer aus seinem Team den Mann bereits ausgemacht hatten.

Gallagher hielt es nicht mehr aus. »Ich gehe hin.«

Greeley fasste ihn am Arm. »Nein, Tom, warten Sie.«
Der Mann setzte sich zu Emma und Paul an den Tisch. Sie sahen ihn, offensichtlich verunsichert, erschrocken an.
Parrish grinste. »Das nenn ich eine Überraschung. Schon vorhin in der Redaktion – ich hätte nie damit gerechnet, Sie dort anzutreffen, Miss Gallagher. Aber Sie haben mir geholfen, auf Anhieb den zu finden, den ich suche, und mir das Leben etwas leichter gemacht, indem Sie ihn ohne großes Aufsehen dort rausgeholt haben. Verbindlichen Dank. Tja, leider können wir nicht länger hier herumsitzen und plaudern. Gehen wir.«
»Mit Ihnen gehe ich nirgendwohin«, sagte Emma entschieden.
Parrish sah enttäuscht aus. »Na schön, wenn Sie's unbedingt wollen, kann ich den Jungen auch hier erschießen.« Er warf kurz einen Blickt über ihre Schulter.
Emma drehte sich um und starrte in das verschlossene Gesicht eines Mannes, der so tat, als bewundere er die Bonsai-Bäumchen.
»Sie sind zu zweit«, meldete Dolan.
»O Scheiße«, murmelte Gallagher.
Ein stämmig gebauter Wachmann vom Sicherheitsdienst des Einkaufszentrums drehte auf der Galerie im ersten Obergeschoss seine Runde. Als er an Dolans Tisch vorbeikam, drang plötzlich ein lautes scharfes Knacken aus seinem Handfunkgerät, irgendjemand gab von irgendwoher etwas Unverständliches durch.
»Ja, geht in Ordnung«, bestätigte der Wachmann.
Einige Leute im Innenhof hatten das Knacken gehört und reckten die Köpfe. Parrishs Blick traf sich für Bruchteile von Sekunden mit dem eines Mannes, der an einem Tisch auf der Galerie saß und schnell wegsah.
Der kurze Augenkontakt genügte Parrish. Er fuhr herum. Pauls Blick nach oben war die endgültige Bestätigung, dass er die Situation richtig deutete.

»Scheiße«, keuchte Dolan ins Mikro, »er hat mich gesehen.«
Wieder dasselbe Desaster, genau wie damals in Miami.
Im Geiste sah Gallagher das Hotelzimmer vor sich, hörte die Schüsse und sah Gaines und Dobchek in ihrem Blut liegen.
»Nein!«, schrie er laut.
Er war im Nu auf den Beinen, rannte aus dem Büro, die Treppe hinunter, auf die Straße und weiter Richtung Townhouse. Er hatte sich keine Gedanken darüber gemacht, was er dort tun wollte, um Paul zu helfen, aber er hätte es einfach nicht ausgehalten, noch länger tatenlos in dem Büroraum herumzusitzen.
Im Tiefparterre des Einkaufszentrums suchte Humble die Galerien über ihm nach verdächtigen Gesichtern ab. Und er fand sie: zwei Burschen an einem Tisch im ersten Stock, zwei auf der Terrasse eines italienischen Restaurants im zweiten.
»Ein Hinterhalt«, zischte Parrish ihm zu, zog eine Glock Automatik und presste sie Emma in die Seite. »Na los, bewegt euch, macht schon.«
Sie schoben Emma und Paul durch die Menge der Kauflustigen, die nach dem Lunch zum Bummel entlang der Schaufenster mit Seidenblumen, Lederwaren und Schmuck im keltischen Stil aufgebrochen waren. Dolan und seine Leute konnten von oben nur hilflos zusehen, denn bei dem Gedränge wäre es viel zu riskant gewesen, einen Schuss abzugeben. Sie mussten ihre Hoffnung ganz auf die Aufmerksamkeit ihrer Kollegen an den Ausgängen setzen.
Gallagher war am Townhouse angekommen und hastete die Treppe zum Eingangsbereich hoch. Greeley war dicht hinter ihm.
Dolan rätselte noch an der Frage herum, wie die beiden Gangster mit Emma und Paul unbehelligt aus dem Einkaufszentrum kommen wollten, als ihm zu seinem Entsetzen klar wurde, dass es noch einen dritten Ausgang gab – eine schmale, etwas

versteckt liegende Seitentür, die zur Coppinger Row führte. *Notausgang* stand über der Tür, in Leuchtschrift, gar nicht zu übersehen.

Verdammt, warum hatte niemand daran gedacht?

Im selben Augenblick erkannte Paul, in welcher misslichen Lage sie waren. Wenn die beiden Kerle sie erst mal durch diese Tür bugsiert hatten, konnten sie in der Seitenstraße mit ihnen unbemerkt im Gedränge untertauchen.

Er sah Emma an, brachte ein zwischen den Zähnen gemurmeltes »'tschuldigung« heraus, sprang sie an, schlang, um den Aufprall zu dämpfen, die Arme so fest um sie, wie er nur konnte, und riss sie seitlich mit sich in die Außenauslagen eines Geschäfts, das ethnischen Schmuck anbot. Das Holzgestell brach unter ihnen zusammen, Broschen, Armreife und Amulette flogen durch die Luft, der Ladeninhaber, der hinter dem Stand gesessen hatte, konnte gerade noch einen Schrei ausstoßen, ehe ihn die beiden Körper mit zu Boden rissen.

Dolan starrte verblüfft auf die Szene. Einen Augenblick lang herrschte lähmende Stille, dann hörte Dolan einen lauten, trockenen Knall, und eine Sekunde später wurde ihm klar, dass einer der beiden Männer – der Kerl im Regenmantel – die Gelegenheit genutzt hatte, sich durch den Notausgang Richtung Coppinger Row abzusetzen.

In der Ladenzeile herrschte ein heilloses Chaos, die Leute rannten kopflos hin und her. Humble bahnte sich, die Waffe in der Hand, einen Weg zu der Treppe, die zur South William Street führte. Unterwegs feuerte er, ohne zu zielen, zwei Warnschüsse in Dolans Richtung ab. Einer prallte als Querschläger an einem Stahlpfosten ab, der andere zerschmetterte eine Scheibe.

Humbles Rechnung ging auf – die Schüsse und das splitternde Glas lösten eine allgemeine Panik aus.

Er war fast am oberen Ende der Treppe angekommen, als plötzlich ein großer, kräftiger Kerl auf ihn zugerannt kam.

Was hatte der Idiot vor? Wollte er ihn über den Haufen rennen?
Dann erkannte Humble ihn von den Fotos wieder, die er gesehen hatte. Er hob die Automatik und zielte.
Gallagher sah einen Atemzug lang dem Tod ins Auge.
Dann ertönten Schüsse.
Dolans erster Schuss traf Humble zwischen die Schulterblätter. Er taumelte stolpernd nach vorn, als hätte er einen Schlag in den Rücken bekommen. Der zweite traf ihn dicht oberhalb des Nackens in den Schädel. Er fiel Gallagher tot vor die Füße.

42

Vinnie saß allein in dem Haus in Howth, zu dem sie ihn nach der Panne in Ranelagh beordert hatte. Es war ihm ein Rätsel, was da schief gelaufen war. Die Frau und ihr Macker mussten sich durch den Hinterausgang verdrückt haben, anders konnte er sich das nicht erklären.

»Hinter dem Haus läuft ein Weg entlang, der zu einer Querstraße führt. Nur, davon hatte ich keine Ahnung. Und ich hätte sowieso nicht an zwei Stellen gleichzeitig sein können«, hatte er Schenk und seinen beiden Gorillas gesagt.

Von der halben Stunde, die er in einem Pub verbracht hatte, erzählte er nichts. Auch nicht, dass er hinterher im Auto eingenickt war. Er habe die ganze Zeit aufgepasst wie ein Schießhund, ob die beiden rauskämen, behauptete er. Und als es dann dunkel geworden war, habe er eine Runde ums Haus gedreht und schnell gemerkt, dass die beiden Vögel ausgeflogen waren.

Humble und Parrish waren dann noch mal weggefahren, und kurz danach hatte Schenk zu ihm gesagt: »Es könnte sein, dass ich etwas anderes für dich zu tun habe. Auf die Weise könntest du die Scharte in Ranelagh ausbügeln. Warte hier, bis du was von mir hörst.«

Dann war Schenk gegangen. Und seither hockte Vinnie in diesem Zimmer vor dem Fernseher und wartete.

Anfangs war er jeden Augenblick darauf gefasst gewesen, dass jemand reinkam und ihn zusammenschlug. Aber Schenks Gorillas waren ja nicht da. Und der feine Pinkel erledigte so was bestimmt nicht selber, das war unter seiner Würde. Außerdem hätte er es gar nicht gebracht. Er war ein alter Knacker, und Vinnie hätte ihm glatt das Genick brechen können. Andererseits, irgendetwas war an diesem Schenk dran, was einem eine Gänsehaut über den Rücken jagen konnte, das spürte Vinnie ganz deutlich. Und deshalb saß er hier, unrasiert und nervös, und wartete brav, genau wie Schenk es ihm aufgetragen hatte.

Leslie stand in einem Zimmer im oberen Stock, starrte in den strömenden Regen und ahnte, dass das Sauwetter nicht das Einzige war, was sich zusammenbraute.

Wenn Humble und Parrish aus Dublin zurück waren, sollten sie diesen Dwyer im Auto mitnehmen und ihn irgendwo abknallen. Versager schleppt man nicht unnötig mit sich herum. Solange Humble und Parrish allerdings unterwegs waren, konnte es nichts schaden, Dwyer einstweilen noch in der Nähe zu haben.

Für den Fall, dass etwas schief ging, hatte Leslie vorhin gedacht.

Und nun sah es immer mehr danach aus, dass es in Dublin absolut nicht so lief, wie es laufen sollte.

Das Mobiltelefon auf dem Fensterbrett schwieg beharrlich vor sich hin. Vor einer Weile hatte Parrish ihn mit der Horrornachricht aufgeschreckt, Emma Gallagher sei in der Redaktion dieses Käseblatts aufgetaucht und habe sich mit einem sechzehn-, siebzehnjährigen Jungen unterhalten.

Verdammt – sie hielt sich nicht an seine Anweisungen. Sie war störrischer, als er geglaubt hatte.

Aber dieser Junge …

War er das etwa, der den Hacker auf die Bank angesetzt hatte? War er das Bürschchen, das sie suchten? Wenn Emma Galla-

gher ihn kannte, konnte das möglicherweise bedeuten, dass er …
Dass er der Sohn von dieser Kate Forrest war?
Und wenn dies so war, dann mischte Tom Gallagher bei der Sache ebenfalls mit.
Das alles sah nicht gut aus. Nein, gar nicht gut.
Aufs Höchste alarmiert, hatte Leslie Parrish angewiesen, er und Humble sollten sich beide schnappen, Emma Gallagher und den Jungen. Und ihm aufgetragen, ihm jede Viertelstunde einen neuen Lagebericht durchzugeben.
Der letzte Anruf war von Humble gekommen, nur ein paar Sätze, offenbar in großer Eile. Emma Gallagher und der Junge hielten sich in einem Einkaufszentrum auf – Powerscourt oder so ähnlich. Sie wollten sie jetzt dort rausholen.
Leslie sah auf die Uhr. Seit Humbles Anruf war beinahe eine halbe Stunde vergangen. Da musste etwas passiert sein.
Er ging nach unten, ins Wohnzimmer. Dwyer saß vor dem Fernseher und sah sich die Fünf-Uhr-Nachrichten an. Eigentlich hatte Leslie genug von dem Kerl. Es wäre ihm lieber gewesen, nicht auf diesen ausgemachten Trottel angewiesen zu sein. Aber so wie die Dinge lagen, war er es nun mal.
Vinnie zuckte zusammen, als er merkte, dass Schenk hinter ihm stand. »Hey«, sagte er grinsend, »die haben eben 'ne echte Sensationsmeldung gebracht. Da hat's so was wie 'ne Schießerei im Powerscourt Townhouse gegeben.«
Damit stand Leslies Entscheidung fest.
»Komm«, sagte er, »du bringst mich zum Flughafen.«

Sie sperrten die Gegend um das Townhouse großräumig ab. Die City war praktisch lahm gelegt.
Humble lag da, wo Inspector Dolans zweiter Schuss ihn niedergestreckt hatte: tot in der Eingangshalle. Auf den schwarz-weiß gemusterten Fliesen breitete sich eine rote Blutlache aus. Dolan

stand aschfahl mit leerem Blick da und nippte an einem Becher starkem schwarzem Kaffee, den ihm jemand in die Hand gedrückt hatte.

Gallagher hatte die Arme um Emma geschlungen und wiegte sie sanft, während sie auf den Ambulanzwagen warteten. Sie und Paul hatten nur ein paar harmlose Schnittwunden davongetragen, aber die Besitzerin des Schmuckladens stand unter Schock und klagte über Schmerzen im Schultergelenk.

Sie wird morgen ein paar blau angelaufene Prellungen haben, dachte Gallagher, aber es gibt wenigstens ein Morgen für sie.

Greeley kam zurück, er hatte Pauls Mutter angerufen.

Emma schien noch immer nicht ganz zu verstehen, was hier geschehen war. Vor allem nicht, woher ihr Vater so plötzlich gekommen war. Er erklärte es ihr.

Im Gegenzug erzählte sie ihm von Goulding und von der Begegnung mit Leslie in Levys Haus in Howth. Es war für ihn nach all den quälenden Gedanken, die er sich gemacht hatte, wie eine Erlösung.

Gott sei Dank, sie hatte nichts mit dem Komplott zu tun. Sie gehörte nicht zu der Clique.

Und dann starrten sie einander plötzlich an und wussten, dass ihnen im selben Augenblick derselbe Gedanke gekommen war. Das Haus in Howth ... konnte es sein, dass Leslie sich immer noch dort aufhielt? Hatte der Kerl, der ihnen durch den Notausgang entwischt war, ihn warnen können?

Gallagher fasste Greeley am Arm. »Besorgen Sie uns einen Wagen, wir müssen sofort nach Howth.«

Kein Problem, der Dienstwagen stand bereit. Emma, Gallagher und Greeley quetschten sich hinein und sagten dem Fahrer, wohin er sie bringen sollte.

Aber sie blieben hoffnungslos im Stau stecken. Sie fuhren über Bürgersteige, kümmerten sich weder um Fußgängerzonen noch um Einbahnstraßen, versetzten ahnungslose Passanten in

Angst und Schrecken, aber es half alles nichts, es gab einfach kein Durchkommen.
»O Mann, hier kommen wir nie weiter«, stöhnte Gallagher.
Greeley griff zum Funkgerät und verlangte, sofort zur *Garda*-Station in Howth durchgestellt zu werden, wo ein völlig verdatterter Sergeant – der Einzige, der zur Lunchzeit anwesend war – Greeleys Anweisungen entgegennahm.
»Setzen Sie sämtliche Fahrzeuge ein, die Sie auftreiben können und errichten Sie Straßensperren. Sämtliche Straßen und Wege, die aus Howth herausführen, sind sofort zu blockieren. Haben Sie das verstanden?«
»Nun ja«, sagte der Sergeant zögernd, »das scheint mir etwas viel verlangt. Ich schätze, da muss ich erst mal nachfragen, ob wir das so ohne weiteres …«
Emma griff nach dem Funkgerät. »Mit wem spreche ich?«
Der Sergeant antwortete verblüfft: »Sergeant Declan Haire.« Dann erst kamen ihm Skrupel. »Und mit wem spreche ich?«
»Hier ist Emma Gallagher – die Justizministerin. Hören Sie, Sergeant Haire, wenn Sie es nicht darauf anlegen, auf einen Außenposten in der Wildnis versetzt zu werden, empfehle ich Ihnen dringend, ganz schnell exakt das zu tun, was Ihnen gesagt wurde.«
Eine Sekunde verging, man konnte den Sergeant förmlich denken hören. Dann schnarrte er: »Wird sofort erledigt.«
Greeley schüttelte den Kopf. »Komisch, dass es immer nur mit Druck geht.«
Gallagher sah aus dem Wagenfenster. Den dicksten Schlamassel hatten sie anscheinend hinter sich, links vor ihnen tauchte das erste Hinweisschild mit dem Ortsnamen Howth auf. Viel Hoffnung, dass sie Leslie dort noch erwischten, hatte er allerdings nicht.

Vinnies Auto stank nach ranzigem Fett, auf der Windschutzscheibe klebte ein schmieriger Film. Leslie saß, die Reisetasche auf den Knien, im Fond und wagte kaum zu atmen. In dieser verdreckten Karre musste es von Krankheitserregern wimmeln.
Vinnie sah in den Rückspiegel und fragte: »Wieso zum Flughafen? Wo wollen Sie denn hin?«
»Drüben in England haben sich gewisse Schwierigkeiten ergeben, darum muss ich mich kümmern. Ich habe mit den anderen vereinbart, dass wir uns am Flughafen treffen. Sie werden dir später alles erklären.«
»Und weshalb erklären Sie's mir nicht gleich jetzt?« Vinnie wunderte sich selbst darüber, wie mutig er auf einmal war. Aber er war misstrauisch geworden. Irgendetwas war aus dem Ruder gelaufen, das sah er Schenk an.
Leslie antwortete nicht, und Vinnie hakte nicht nach. Insgeheim träumte er immer noch von den goldenen Zeiten, die sie ihm versprochen hatten. Nur, wenn er in sich hineinhorchte, war er nicht mehr sicher, ob der Traum in Erfüllung ging.
Sie kamen in den Dorfkern von Howth. Die Ampel an der Kreuzung stand auf Rot. Und als sie anhielten, kamen plötzlich wie aus dem Nichts drei Polizeifahrzeuge mit heulenden Sirenen angeprescht. Sie brausten in die Richtung davon, aus der Vinnie und Schenk kamen.
Vinnie drehte sich schweigend um. Seine Augen waren zwei riesige Fragezeichen.
»Das geht uns nichts an«, sagte Leslie. »Kümmere dich einfach nicht darum und fahr weiter. Ich möchte meinen Flieger nicht verpassen.«

Es war nicht mehr weit bis Howth, nur noch ein paar Meilen, als über Funk die Meldung durchkam: »Wir sind jetzt bei dem Haus, Sir, aber es ist niemand da.«

»Verdammt«, sagte Gallagher, »wieder eine Hoffnung ärmer.«
»Ich habe mit einem der Nachbarn gesprochen«, fuhr der Officer fort. »Er hat gesehen, wie zwei Personen vor wenigen Minuten das Grundstück verlassen haben. Ein junger, stämmiger Kerl und ein älterer Mann mit einer kleinen Reisetasche. Sind in einen blauen Mazda gestiegen. Wir müssen ihnen unterwegs begegnet sein.«
Gallagher sah Greeley an. »Die hauen ab.«
Vor ihnen teilte sich die Straße. Links ging es nach Howth und Portmarnock, rechts zum Flughafen.
Das war's.
»Zum Flughafen!«, schrie Gallagher, und Sekunden später wurden sie in die Sitze gedrückt, als der Fahrer den Wagen scharf nach rechts riss.
Greeley ordnete über Funk eine zusätzliche Straßensperre auf der Strecke zum Flughafen an. »Und noch was. Überprüfen Sie sofort, welche Maschinen innerhalb der nächsten Stunde abfliegen, und stellen Sie fest, ob für einen der Flüge ein gewisser Leslie oder Schenk gebucht ist. So schnell wie möglich.«
Zwanzig Minuten später sahen sie den Flughafen vor sich liegen. Aber vor der Straßensperre am Terminal hingen acht Fahrzeuge, die nur im Schneckentempo vorankamen.
»Verdammt«, fluchte Greeley, »so war das nicht gedacht, dass unsere eigenen Leute uns aufhalten!«
Über Funk kam die Meldung: »Keine Buchung für einen Leslie. Aber ein Passagier namens Schenk ist für den Flug nach Birmingham gebucht. Hat gerade eingecheckt. Die Maschine soll in zwölf Minuten starten.«
»Das ist er!«, rief Gallagher triumphierend.
Mit dem Wagen schafften sie es nicht rechtzeitig. Also hielten sie an und stiegen aus. Gallagher musterte seine Tochter, die immer noch in ihrem Joggingdress steckte. »Du bist wenigstens richtig angezogen.«

Sie trabten Richtung Terminal los. Greeley hielt den Dienstausweis in der Hand und reckte ihn einem jungen Polizisten hin, der gerade ein Auto angehalten hatte und sich irgendetwas notierte.
»Was ist los?«, rief Greeley ihm zu.
Der Officer platzte fast vor Stolz, als er sich umdrehte und meldete: »Die Steuerplakette ist abgelaufen, Sir!«
Greeley verdrehte die Augen, murmelte: »O Gott, ich fass es nicht!«, und rannte weiter.

Im Abflugbereich des Terminals, in einer schiebenden, drängenden Menschenmenge eingekeilt, standen Leslie und Dwyer. Leslie hielt die Reisetasche und die Bordkarte in der Hand.
Vinnie starrte mit ärgerlicher Miene nach vorn, dann fuhr er herum und fragte: »Na, wo bleiben die anderen denn?«
»Die kommen noch. Nur, ich fürchte, so lange kann ich nicht warten, mein Flug ist schon aufgerufen. Weiß du, was? Du bleibst hier stehen und wartest auf sie.«
Vinnie hatte genug. Er riss dem Mann, den er unter dem Namen Schenk kannte, die Reisetasche und die Bordkarte aus der Hand. »Jetzt reicht's mir. Hier stimmt was nicht. Ich hab's satt, für Sie den Laufburschen zu spielen. Wann wird endlich was aus meiner versprochenen Belohnung? Und was haben all die Polizeifahrzeuge da draußen zu bedeuten? Ich verlange, dass Sie mir sofort erklären, was hier gespielt wird.«
Leslie sah sich nervös um. Er brauchte die Bordkarte und die Tasche. Das Terminal war voller Menschen, und immer mehr strömten herein.
Sogar ein Motorradkurier war darunter.

Heute sollte es geschehen, hatte Dermot Davis beschlossen. Nur, kaum hatte er den Entschluss gefasst, ging alles schief, was nur schief gehen konnte.

Zuerst war Vinnie nach Ranelagh gefahren und hatte sich die halbe Nacht vor einem Haus herumgetrieben. Und plötzlich war er nach Howth gefahren.

Aber so schnell ließ Dermot sich nicht abschütteln. Er hatte die ganze Nacht im strömenden Regen ausgeharrt und das Haus im Auge behalten, bis Vinnie und dieser grauhaarige Mann herausgekommen, in den Mazda gestiegen und zum Flughafen gefahren waren.

Am Flughafen hatte es eine Weile gedauert, bis er einen geeigneten Abstellplatz für das Motorrad gefunden hatte. Er musste es so unterbringen, dass er nötigenfalls schnell wegfahren konnte. Und das Ende vom Lied war, dass er Vinnie und den Grauhaarigen aus den Augen verloren hatte. Hoffentlich nicht für immer.

Er stellte sich in der Wartereihe vor der Kontrollschleuse an, nahm den Helm ab, legte die Handschuhe hinein, nahm die Umhängetasche ab und ließ alles durch die elektronische Schleuse gleiten.

Es piepte nichts, er konnte seine Sachen einsammeln und ungehindert weitergehen. Als er den Helm wieder aufsetzte, traute er seinen Augen nicht.

Da waren sie ja, keine zehn Meter von ihm entfernt.

Aha, Vinnie wollte verreisen. Er hielt die Bordkarte und eine Reisetasche in der Hand.

Dermot schluckte schwer. Nun gut, dann ging es nicht anders, er musste es jetzt tun. Hoffentlich kam der Grauhaarige, wer immer das war, nicht auf die Idee, sich einzumischen.

Er schob die Hand unter den Helm und schloss sie um die kleine Automatik, die in einem der gefütterten Handschuhe versteckt war. Dann ging er so ruhig und unauffällig wie möglich auf Vinnie und den Grauhaarigen zu.

In dem Augenblick kamen auch Emma, Gallagher und Greeley im Terminal an. Greeley wedelte mit seinem Dienstausweis,

der Uniformierte vom Sicherheitsdienst ließ sie anstandslos passieren.
»Da!«, sagte Gallagher. Sie blieben abrupt stehen.
Gilbert Leslie.
Er konnte es nicht fassen. Auch Greeley stand wie angewurzelt da und starrte auf den grauhaarigen Mann.
»Und der andere? Der neben ihm?«, wollte Emma wissen.
»Sie werden's nicht glauben«, antwortete Greeley. »Sean Donovans ehemalige rechte Hand.«
Plötzlich drehte Leslie sich um und entdeckte Gallagher.
Als Gallagher den starren Blick der eiskalten Augen spürte, kochte all die in vielen Jahren aufgestaute Wut in ihm hoch.
Aber da kam auf einmal jemand auf Leslie und seinen Begleiter zu – ein junger Mann in Motorradkleidung.
Leslie sah ihn ebenfalls. Und er sah auch die Hand, die unter den Schutzhelm glitt und mit einer Pistole wieder zum Vorschein kam.
Er kreuzte instinktiv die Arme vor dem Gesicht und warf sich zur Seite.
Vinnie drehte sich um, um zu sehen, was da los war.
Als ihn der erste Schuss in die Brust traf, hob er nur verdutzt die Augenbrauen. Dann, als er zur Seite wankte und merkte, dass seine Beine nachgaben und er in den Knien einknickte, fielen die nächsten drei Schüsse. Er hielt die Reisetasche fest umklammert, als die Wucht der Projektile ihn rücklings zu Boden schleuderte. In seinen Augen lag namenlose Verwunderung, bis sein Blick starr wurde.
Die Leute ringsum schrien in panischer Angst und stoben auseinander. Leslie nutzte blitzschnell die Gelegenheit, im allgemeinen Durcheinander unterzutauchen.
»Mein Gott!« Greeley rannte auf Vinnie zu. Er kam sich vor, als wäre er mitten in eine Stampede geraten.
Der Motorradfahrer war verschwunden.

Gallagher reckte sich und hielt verzweifelt nach Leslie Ausschau. Und in dem Moment hörte er die Lautsprecherdurchsage:
»Letzter Aufruf für Mr. Schenk, gebucht für den Flug British Midland nach Birmingham. Bitte kommen Sie sofort zum Gate A 5. Mr. Schenk, gebucht nach Birmingham, kommen Sie bitte unverzüglich zum Gate A 5.«
Gallagher packte eine vorübereilende Bodenstewardess der Aer Lingus am Arm. »Die Abfluggates – welche Richtung?«
Die junge Frau deutete irgendwohin ins Gewühl. Gallagher sah das Schild mit dem Pfeil und rannte los.
Der Zugang zu den Abfluggates war durch hüfthohe Gitter abgesperrt. Die Flugreisenden standen vor dem Nadelöhr Schlange, dahinter kontrollierten zwei Stewardessen die Bordkarten.
Gallagher drängte mit gemurmeltem »'tschuldigung« einen der Wartenden beiseite, setzte mit einer Flanke über das Gitter und war schon halb den Flur hinuntergerannt, ehe die Stewardessen begriffen, was passiert war.
Rufe wurden hinter ihm laut.
»He, was soll das?«
»Um Gottes willen, haltet ihn auf!«
Eine Alarmklingel schrillte los, rote Warnlichter blinkten, zwei Uniformierte vom Sicherheitsdienst rannten hinter ihm her, der eine forderte über sein Handfunkgerät Verstärkung an.
Gallagher staunte selbst über sein Tempo, fragte sich aber, wie lange er das wohl durchhielte. Er musste den Vorsprung verteidigen. Er musste Leslie kriegen.
Gate A 5 – verdammt, wo war das?
Er stürmte in einen Duty-free-Shop. Vorbei an bauchigen Flaschen mit Whiskey, fantasievoll verpackten Parfümfläschchen und mehrere Lagen hoch gestapelten Stangen diverser Zigarettenmarken. Er zwängte sich zwischen zwei Frauen durch, die sich nicht entscheiden konnten, ob sie den roten oder den grü-

nen Sweater kaufen sollten. Ein Schwall italienischer Schimpfworte verfolgte ihn ein paar Meter weit.
Am Ausgang auf der anderen Seite teilte sich der Flur. Und jetzt, wie weiter? Die Schilder … zum B-Bereich ging es nach links, zu den A-Gates nach rechts.
Also nach rechts.
Wieder ein langer, diesmal von Glaswänden begrenzter Flur. Im Glas spiegelte sich das Blaulicht mehrerer Jeeps, mit denen die Flughafenpolizei Jagd auf ihn machte. Anscheinend wurde er auch zu Fuß verfolgt, denn er hörte erregte Stimmen, die rasch näher kamen.
Und allmählich ließen seine Kräfte nach. Aus den Augenwinkeln nahm er neben seiner rechten Schulter einen Schatten wahr. Ein Mann vom Sicherheitsdienst, fast auf seiner Höhe, Gallagher sah ihn im Geiste schon zum Sprung ansetzen.
Er konnte sein Tempo nicht steigern, er war am Ende.
Und dann auf einmal eine Stimme: »Lasst ihn, er arbeitet mit der Polizei zusammen.«
Greeley, knapp hinter ihm, ziemlich außer Atem.
Die Meute der Verfolger blieb zurück. Gallagher rannte weiter. Am Gate 1 vorbei. Gate 2 – weiter. 3 … 4 – und dann lag das Gate 5 vor ihm. Eine Angestellte von British Midland baute sich vor ihm auf.
Gallagher blieb abrupt stehen, schnappte nach Luft, brachte kaum ein Wort heraus.
»Schenk«, keuchte er schließlich. »Schenk.«
Die Bodenstewardess sah ihn vorwurfsvoll an. »Tut mir Leid, Mr. Schenk, aber wir haben Sie mehrmals aufgerufen. Ihre Maschine ist soeben gestartet.«

Gallagher hielt irgendetwas fest vor die Brust gepresst, als er am Panoramafenster der Aussichtsterrasse stand. Emma stand neben ihm und hatte ihm den Arm um die Schultern gelegt.

Vier Maschinen warteten hintereinander auf der Startbahn auf die Starterlaubnis, darunter eine von British Midland. Ob Leslie darin saß und gerade den Sicherheitsgurt festzurrte?
Unter welchem Namen würde er von Birmingham aus weiterreisen? Sicher nicht unter dem Namen Schenk, den hatte er nur für die Buchung benutzt, um eine falsche Fährte zu legen. Und wohin reiste er?
Gallagher wandte sich achselzuckend ab. »Vergeudete Zeit«, sagte er, »er ist längst über alle Berge.«
Für die Leute ringsum schien es nur ein Thema zu geben: die Schießerei in der Eingangshalle. Die Polizei hatte den Flughafenbereich gründlich abgesucht, aber keine brauchbaren Anhaltspunkte gefunden. Greeleys Wunsch, den Flughafen ganz zu schließen, war von der Flughafenverwaltung abschlägig beschieden worden.
Und so blieb auch Vinnie Dwyers Mörder spurlos verschwunden.
Greeley zog im Stillen Bilanz. Ein Mord unter rivalisierenden Banden, am hellen Tag, mitten im Flughafenbereich. Dazu der polizeiliche Schusswaffengebrauch in einem Einkaufszentrum. Emma würde wohl zurücktreten müssen. Und das war nur der Anfang, danach rollten mit Sicherheit noch mehr Köpfe. Greeley konnte nur hoffen, dass seiner nicht dabei war.
Gallagher starrte auf den Gegenstand, den er sich die ganze Zeit über an die Brust gepresst hatte – ein Foto in einem reich verzierten Silberrahmen, aus Leslies Reisetasche.
Emma schielte zu ihm herüber. »Was ist das?«
»Ach«, sagte er, »nur etwas, was er in der Eile zurückgelassen hat. Ein Erinnerungsstück.«

43

Am Ende des Frühjahrs war das Leben für niemanden mehr wie vorher.

Emma machte ihre Aussage bei der Polizei, eine unerlässliche Pflichtübung, deren Ende die Polizei aber gar nicht erst abwartete. Goulding wurde in seinem Dienstzimmer verhaftet, Mulryne in seinem Wagen, mit dem Reisegepäck im Kofferraum. George Levy hätte es fast geschafft. Die Polizei schnappte ihn in Dundalk, im Zug nach Norden, kurz vor der Grenze.

Mit sicherem Gespür für die Bedeutung des Schritts, den sie zu tun gedachte, ließ Emma sich frische Kleidung aus ihrem Haus holen. Sie zog sich in ihrem Dienstzimmer um. Es war das letzte Mal, dass sie es benutzte. Danach ließ sie sich beim *Taoiseach* anmelden und übergab ihm ihr Rücktrittsgesuch.

Andere waren vor ihr da gewesen, darunter auch der *Garda* Commissioner, und entsprechend bedrückt und niedergeschlagen traf sie den Premierminister an. Bei der Kabinettssitzung am Abend wurde das Thema Flughafenprivatisierung nicht mehr angesprochen, einziger Tagesordnungspunkt war die Ankündigung des *Taioseach*, dass er den Präsidenten um die Annahme seines Rücktrittsgesuchs bitten werde.

Im Frühsommer wurde Eamon Savage zum Vorsitzenden der Democratic Nation gewählt; auch er konnte die vorhersehbare Niederlage bei den kurz darauf abgehaltenen Wahlen nicht verhindern. Aber Savage setzt auf Geduld und nutzt die Zeit, seiner Partei wieder zu dem hohen Ansehen zu verhelfen, das sie einst genossen hat. Er ist überzeugt, dass der Griff nach der Macht früher oder später wieder möglich wird.

Der Prozess wurde zum größten Medienspektakel, das Dublin je erlebt hatte. Mulryne, Goulding und Levy wurden der Verschwörung und der Teilnahme an einem Mordkomplott angeklagt, plädierten aber, wie zu erwarten war, auf »nicht schuldig«.

Es kam, wie Gallagher es von Anfang an geahnt hatte. Die Anklage stand auf schwachen Füßen, sie war halbherzig zusammengeschustert. Der Chefankläger war dafür gewesen, auf eine Anklage zu verzichten. Er hatte sich nur widerstrebend dem Druck der neuen Regierung gebeugt, die sich von einem Prozess politischen Rückenwind versprach.

Die Aussage stützte sich auf Emmas Aussage über den Verlauf ihrer Begegnung mit Leslie, Goulding und Levy in dessen Haus in Howth; weitere Beweismittel hatte die Anklage nicht vorzubringen. Mit dem dramatischen Geschehen in dem Einkaufszentrum an der South Williams Street und auf dem Flughafen konnten die Angeklagten nicht in Verbindung gebracht werden. Sie waren weder dort gesehen worden, noch hatte jemand ihre Namen erwähnt. Es gab keine belastenden Unterlagen, auch die Konten der Beschuldigten wiesen keine verdächtigen Bewegungen auf. Und außer Emma gab es auch keine Belastungszeugen; die wenigen, die in der Lage gewesen wären, gegen Leslie, Goulding und Levy auszusagen, waren tot.

Zum Beispiel der Mann, der im Townhouse auf Gallagher angelegt hatte. Nach Auskunft des FBI handelte es sich um einen gewissen Harold Humble, einen professionellen Killer, der, so das FBI, in einschlägigen Kreisen häufig für Auftragsmorde angeheuert wurde.

Die Strafverteidiger hatten leichtes Spiel, sie zerpflückten die Anklage wie eine welke Blüte, und besonders gnadenlos sprangen sie mit Emma um.
Der Neid auf Goulding habe sie umgetrieben, behaupteten sie. Sie sei ein Musterbeispiel für Illoyalität – habe sie doch den politischen Sturz des Mannes betrieben, der unermüdlich um ihre politische Karriere bemüht gewesen sei.
Was Mulryne betreffe, so offenbare sich bei ihr das typische Verhalten einer Frau, deren Antriebsfedern Hass und Verbitterung gewesen seien, nachdem Mulryne – wie er selbst unter Eid ausgeführt habe – beschlossen hatte, das Verhältnis mit ihr zu beenden.
Frauen wie sie schreckten vor nichts zurück, um jene Männer kaltzustellen, die ihre Schwächen bloßlegen könnten, führte die Verteidigung aus. Dies werde am Beispiel von George Levy deutlich. Sie habe versucht, ihn mit dem Ziel einer Steuerbefreiung zur Manipulation ihrer Steuererklärung zu überreden, was er jedoch – wie seine Aussage vor Gericht belege – abgelehnt habe.
Gallagher musste hilflos miterleben, wie die Strafverteidiger seine Tochter fertig machten.
Der Prozess wurde eingestellt, alle drei Angeklagten wurden freigesprochen, und die Medien hatten wieder mal ihre Sensation.
Innerhalb eines Jahres gelang es Goulding, so viele Anhänger um sich zu scharen, dass er sich für das Präsidentenamt bewerben konnte. Er stellte sich als Mann mit staatsmännischem Weitblick dar, untadelig und ehrenhaft, jemand, der sich stets dem Wohl des Landes verpflichtet gefühlt habe, zu Unrecht angeklagt worden, zu guter Letzt jedoch freigesprochen worden sei, ohne dass auch nur der geringste Makel an ihm haften blieb.
»Gott segne die anständigen Bürger von Irland und die Unbe-

stechlichkeit unseres großartigen Rechtssystems«, tönte er bei einem Fernsehinterview.
Die anständigen Bürger Irlands durchschauten ihn. Sein Wahlergebnis war das schlechteste aller vier Kandidaten. Er kehrte der Politik den Rücken und zog sich nach Sligo zurück, wo er nun ein stilles, unauffälliges Leben führt und auf die Vergesslichkeit der Menschen baut.
»Damit wird er nicht durchkommen«, prophezeite Gallagher dem Assistant Commissioner Barrett Greeley, als sie sich zu einem Drink trafen. »Die Präsidentschaft wäre eine Art Schutzschild für ihn gewesen, als Privatmann dagegen ist er angreifbar.«
Kurz nach dem Prozess verließen Fergal Mulryne und George Levy Irland, und man hörte lange Zeit nichts von ihnen. Dann wurde Levys Leiche an einem Strand in Mexiko angespült. Über Mulrynes Verbleib ist nach wie vor nichts bekannt.
In den USA nahmen mehrere Bundesbehörden, darunter auch das FBI, die Grund- und Bodenbank in Richmond genauer unter die Lupe. Ihr Präsident, ein gewisser Heywood Corbett, schloss sich am Vorabend der polizeilichen Durchsuchung in seinem Arbeitszimmer ein. Er wurde am nächsten Morgen tot aufgefunden, und alle Umstände deuteten darauf hin, dass er sich selbst erschossen hatte.
Die Endziffern seiner Durchwahlnummer lauteten, wie die Polizei bestätigte, tatsächlich 2740.
Das Dhow-Konsortium löste sich auf. Mehrere prominente Mitglieder beeilten sich zu versichern, wie entsetzt sie über Corbetts illegale Aktivitäten seien, von denen sie selbstverständlich keine Ahnung gehabt hätten.
Die Hurll-Aktien sackten vorübergehend in den Keller, inzwischen werden sie höher gehandelt als je zuvor.
In Manhattan rätselte die Polizei über die Hintergründe des unerklärlichen Verschwindens eines jungen Mannes, dessen

Computerausrüstung einen Wert von mehreren tausend Dollar repräsentierte. Man fand nie eine Spur von ihm.
Alan Warnock und Tom Gallagher schrieben gemeinsam ein Buch über die Ereignisse der letzten Wochen. Der Umstand, dass es ein Bestseller wurde, half Gallagher aus der finanziellen Misere.
Das Buch hat übrigens eine Lücke. Beide Autoren wussten und wissen bis zum heutigen Tage nicht, wie nahe Bruce Morrows Frau und die Kinder dem Tod waren.
Morrow ist immer noch Verwaltungschef der Aer Rianta. Seine Frau Nicole hat ihren Teilzeitjob aufgegeben, da sie ihr drittes Kind erwartet.
Das Thema Flughafenprivatisierung schmort auf Sparflamme vor sich hin, die neue Regierung misst ihm keine hohe Priorität zu. Der Flughafen nimmt einen derart rapiden wirtschaftlichen Aufschwung, dass die Verwaltung beschlossen hat, im mittleren Management die Stelle eines Leiters der Sicherheitsabteilung einzurichten. Morrow hatte von Anfang an einen ganz bestimmten Mann dafür im Auge. Und Gallagher hat den Posten gern angenommen.
Emma arbeitet in einer Anwaltskanzlei im Norden von Dublin. Es ist eine kleine Kanzlei, ohne spektakuläre Fälle, hauptsächlich Vermögens- und Erbschaftssachen. Aber es ist ein Neuanfang für sie. Ihr Name steht übrigens nicht an der Tür.
Ansonsten bewahrheitet sich wieder einmal, dass die Zeit Wunden heilt.
Emma und ihr Vater treffen sich oft und besuchen gelegentlich Paul Forrest, der sein Universitätsstudium begonnen und zusammen mit einigen Freunden eine Wohnung in Dublin gemietet hat.
Kate sehen sie selten, sie pendelt ständig zwischen Dublin und Paris hin und her. Paul glaubt, sie trage sich mit dem Gedanken, ihr Reisebüro zu verkaufen und sich ganz auf ihre Haus-

frauenpflichten in Ranelagh zu konzentrieren, sobald sie und Philipe Foucaud geheiratet haben.
Hin und wieder trauert Gallagher ihr nach.
Frank Dolan rührt keine Waffe mehr an, seit er im Einkaufszentrum gezwungen war, einen Menschen zu erschießen. Er hat ein Versetzungsgesuch nach Donegal eingereicht, wo er voraussichtlich bis zum Ende seiner Polizeilaufbahn Dienst tun wird. Mitunter denkt er an das tote Mädchen in der Temple Bar, Sinead Patterson, und ist in gewisser Weise froh, dass Gilbert Leslie nie gefasst worden ist. So konnte sie ihre Geheimnisse – welcher Art sie auch gewesen sein mögen – mit ins Grab nehmen.
In der Sache Sean Donovan hat der Coroner auf Mord erkannt, ohne sich, was den Täter betrifft, namentlich festzulegen. Das wird oft so gehandhabt, wenn den Umständen nach Zweifel an einem Selbstmord bestehen.
Wegen der Morde an Marcus Kelly, Richter Lionell Purcell und dessen Fahrer konnte mangels Beweisen niemand angeklagt werden. Die Morde an dem Drogendealer Dezo und seiner Freundin blieben ebenso ungeklärt wie der Mord an Vinnie Dwyer.
Der Motorradkurier schien sich in Luft aufgelöst zu haben.
Und nicht nur er.

Epilog

Der Sommer lastet in diesem Jahr heiß auf dem Süden Spaniens. Die Sonne brennt unbarmherzig auf die Weißen Dörfer an den Hängen über Malaga nieder. Ein wenig Schutz bieten die Bäume, und so haben sich Leute, die auf der Suche nach einem beschaulichen Lebensabend aus der Fremde hierher gekommen sind, im Schatten dieser Bäume ihr neues Zuhause erbaut.

Tief unten liegt die Costa del Sol – das Eldorado der Leute, die viel Geld und Jachten besitzen, sich Goldkettchen um den Hals hängen und das Leben in vollen Zügen genießen. Oben in den Dörfern verlaufen die Tage geruhsamer. Hier entgeht den Einheimischen nichts, nicht mal ein laues Lüftchen, wenn es denn unverhofft weht.

Heute regt sich keine Brise. Der Mann, der abseits der Dorfstraße ein paar Treppen und dann einen schattigen schmalen Pfad hinaufsteigt, gehört zu den Fremden. Er kommt gerade vom Markt, wo er Olivenöl, Knoblauch, Tomaten und Peperoni erstanden hat. Und das alles trägt er nun im Einkaufsbeutel den Hügel hinauf, zu dem Apartment in dem kleinen Wohnblock, das er sich gekauft hat – weiter oben, im Schatten der Bäume.

Signor Guillermo Vialli ist ein schlanker, rüstiger Mann im fortgeschrittenen Alter, ein Geschäftsmann aus Neapel, der sich vor zwei Jahren zur Ruhe gesetzt und hier niedergelassen hat. Unter dem Strohhut schaut seine silbergraue Mähne hervor, und seitdem er sich einen grauen Schnäuzer zugelegt hat, sieht er tatsächlich aus wie auf dem Foto in seinem italienischen Pass.

Der steile, schattige Pfad ist die tägliche Trainingsstrecke, die er braucht, aber manchmal wird sie ihm in der Hitze ein wenig beschwerlich. Kurz vor dem höchsten Punkt pausiert er. Er dreht sich um und blickt auf das Dorf, das wie ausgebleicht in der Sonne liegt. Heute leuchten die Farben der Geranien und der Bougainvilleen wie Feuer. Von irgendwoher weht der Duft von wildem Rosmarin.

Irgendetwas tut sich im Dorf. Ein Wagen kommt auf den Dorfplatz gefahren, ein weißes Auto mit dem Kennzeichen von Barcelona. Die Art, wie es angeprescht kommt, zu forsch und ungeduldig, beunruhigt ihn ein wenig.

Es parkt vor der Bodega. Drei Männer steigen aus, einer geht hinein, zwei bleiben neben dem Auto stehen. Wenn sie etwas erfahren wollen, sind sie an der falschen Adresse. Sie sind Fremde, und Fremden begegnet man in der Bodega mit Misstrauen.

Der dritte Mann kommt nach draußen, und da kann Signor Valli sein Gesicht sehen. Nur die Augen nicht, die sind hinter einer dunklen Sonnenbrille verborgen. Aber er weiß, wie kalt und lauernd sie sein können.

Die Männer setzen sich an einen Tisch im Schatten, nippen an kühlen Getränken, wundern sich über die Stille im Dorf und warten. Nach einer halben Stunde fahren sie wieder weg.

Morgen werden sie wiederkommen. Morgen wird sich vielleicht doch jemand zu einer Antwort bequemen, wenn Parrish wieder nach dem Freund fragt, den sie besuchen wollen.

Aber morgen wird es zu spät sein.

Danksagung

All denen, die während meiner Arbeit an diesem Buch geduldig all die lästigen Fragen ertragen haben, mit denen ich sie immer wieder traktiert habe, möchte ich aufrichtig danken: Patrick Culligan, dem damaligen Commissioner der irischen Polizei, Chief Superintendent Fachtna Murphy von der Asservatenverwaltung der Kriminalpolizei in Dublin und John Gallagher, dem Public-Relations Manager auf dem Flughafen Dublin. Zu Dank verpflichtet bin ich auch meinem guten Freund, dem Psychiater Dr. Johnty Calvert, Marty Johnston von der BBC Nordirland, die mir mit Rat und Tat bei Computerproblemen geholfen hat, und Sheila Reynolds, in deren behaglichem Heim an der Küste in der Grafschaft Antrim ich während meiner Arbeit am Plot der Geschichte Ruhe und Abgeschiedenheit gefunden habe. Und schließlich haben die klugen Anregungen meiner Agenten Carole Blake und Julian Friedmann und die von Bill Massey, meinem Lektor bei Headline, viel zum Feinschliff des Buches beigetragen, das Sie gerade gelesen haben.